ERIC BERG

DER
KÜSTEN
PFAD

ERIC BERG

DER KÜSTEN PFAD

Kriminalroman

LIMES

Der Verlag behält sich die Verwertung des urheberrechtlich geschützten Inhalts dieses Werkes für Zwecke des Text- und Data-Minings nach § 44b UrhG ausdrücklich vor. Jegliche unbefugte Nutzung ist hiermit ausgeschlossen.

Penguin Random House Verlagsgruppe FSC® N001967

2. Auflage 2025
Copyright © 2025 by Eric Berg
© 2025 by Limes in der Penguin Random House Verlagsgruppe GmbH,
Neumarkter Straße 28, 81673 München
produktsicherheit@penguinrandomhouse.de
(Vorstehende Angaben sind zugleich
Pflichtinformationen nach GPSR.)

Redaktion: Angela Troni
Umschlaggestaltung und -motiv: Maritius Images
(Alamy Stock Photos / olandsfokus), www.buerosued.de
KW • Herstellung: KH
Satz: satz-bau Leingärtner, Nabburg
Druck und Bindung: GGP Media GmbH, Pößneck
Printed in Germany
ISBN 978-3-8090-2727-0

www.limes-verlag.de

1

»Du willst auf Wanderschaft gehen?« Meinem Mann Yim fiel fast der Kochlöffel aus der Hand, und er musste die Lippen aufeinanderpressen, um nicht zu lachen.

Ich konnte es ihm nicht übel nehmen. Das Sportlichste an mir war die Geschwindigkeit, mit der ich ein Glas Prosecco leerte. Gelegentlich machten wir Radtouren, die mein Gesäß noch eine Woche danach reflektierte, und als Wanderung bezeichnete ich es bereits, wenn wir von unserem Dorf die paar Kilometer bis zum Wismarer Stadtrand spazierten. Ende Juni, also in etwa zehn Tagen, wollte Yim dort sein neues Fischrestaurant eröffnen.

»Ich habe gerade wenig zu tun«, sagte ich und spähte in den Topf, in dem ein Fischragout schmorte. »Außer, deine künftige Speisekarte rauf und runter zu probieren, was ich bereits dreimal getan habe. Und jedes Mal habe ich ein Kilo zugenommen.«

»Es steht dir gut.«

»Noch zwei solche Wochen, und ich muss mir ein halbes Dutzend neuer Etuikleider kaufen. Übrigens, die Wettervorhersage für die nächsten zehn Tage ist ziemlich günstig. Wenn nicht jetzt, wann dann? Außerdem mache ich es nicht zu meinem Privatvergnügen, sondern für den Job.«

Na ja, Letzteres stimmte nur halbwegs. Als Gerichtsreporterin war es eigentlich nicht meine Aufgabe, Mordfällen nachzuspüren, zumal der, um den es mir ging, erst wenige Tage alt und noch nicht aufgeklärt war.

Sieben Frauen und Männer waren auf eine mehrtägige Wanderung gegangen, nur sechs von ihnen hatten überlebt. Eine Person aus der Gruppe war im Wald ermordet worden. Ein Szenario für einen Gruselfilm – oder für das Buch über wahre Kriminalfälle, das ich zu schreiben gedachte. Gerade die Aktualität hatte meinen Verleger angespitzt, der in unserem letzten Gespräch meinte, ein laufender Fall sorge für den nötigen Pep. Man konnte sicherlich darüber streiten, ob die vierzehn Toten auf zweihundertsiebzig Seiten, die ich bisher in dem Buch versammelt hatte, bereits genug Pep boten. Aber es war mein erstes Projekt dieser Art. Journalistische Artikel hatte ich als Gerichtsreporterin bereits Hunderte veröffentlicht, aber ein Buch zu schreiben, war immer mein heimlicher Traum gewesen. Die diffuse Gefahr, im letzten Moment daran zu scheitern, waberte beständig durch meinen Körper, mal nah am Herzen, mal in der Magengrube, die meiste Zeit jedoch in den Windungen meines Gehirns. Ich wollte meinen Verleger glücklich sehen, und mein Verleger wollte sich auch glücklich sehen, also war es beschlossen.

»Normalerweise lieferst du mir nicht drei Argumente, bevor du etwas tust«, scherzte Yim. »Kommt mir so vor, als wolltest du eher dich selbst überzeugen und weniger mich.«

Ich schmunzelte. »Da ist was dran, leider. Ich habe so etwas noch nie gemacht, noch dazu alleine.«

»Ich würde gerne mitkommen.«

Ich schmiegte mich an Yim, der nach Kokos und Zitronengras duftete. »Wir wissen beide, dass das nicht geht. Die Eröffnungsfeier ist in weniger als vierzehn Tagen, und du hast bis dahin allerhand um die Ohren.«

Seine Hände streichelten meinen Rücken auf und ab. »Was ist das überhaupt für ein Fall?«

»Na, der Pilgermord drüben in Neuburg, fünfzehn Kilometer hinter Wismar.«

»Pilgermord« – so dramatisch hatte der Boulevard den Fall getauft. Allerdings nicht hundertprozentig zutreffend. Pilgerfahrten hatten eigentlich religiöse Ziele, etwa die Wanderung auf dem Lutherweg nach Worms, auf dem Jakobsweg nach Santiago de Compostela oder auf dem Paulusweg in die Türkei. Der Wanderweg, dem die Bürokratie den romantischen Namen E 9 gegeben hatte, war durch und durch weltlicher Natur. Er war Teil einer zwölftausend Kilometer langen europäischen Fernwanderstrecke vom Baltikum bis nach Portugal und verlief auf deutschem Boden zwischen Usedom und Ostfriesland. An der Ostsee endete er in Warnemünde, nicht weit von Lübeck.

Dennoch, in diesem speziellen Fall sah ich dem Boulevard das Schaumschlagen nach. Im einundzwanzigsten Jahrhundert durfte man das Pilgern nicht mehr so eng auslegen, vor allem nicht in Europa, wo Christen Zen-Gärten anlegten, die Sommersonnenwende in Stonehenge feierten oder sich hinduistische Schriftzeichen auf den Rücken tätowieren ließen. Das Wandern hatte eine meditative Komponente bekommen, ähnlich dem Fasten. Ursprünglich hatte es mal reinigende, mal stärkende, mal reflektierende Eigenschaften gehabt, und so konnte ein jeder die Haustür hinter sich zuknallen und auf einem x-beliebigen E-Irgendwas an die fünfhundert Kilometer zum Strand von Soundso pilgern, um dort ein Nacktbad zu nehmen.

Außerdem hörte sich Pilgermord besser an als Wanderermord oder Waldmord oder Ferienhausmord. Trotzdem war die Resonanz nicht besonders groß gewesen, von der Schlagzeile in einem großen deutschen Nachrichtenblatt einmal abgesehen. Am nächsten Tag waren bereits andere Verbrechen wichtiger, ein suspendierter Polizist, der seine Familie erschossen hatte, ein Clankrieg in Hamburg …

Ob in einem halben Jahr, wenn mein Buch erschien, der Fall noch heiß genug sein würde, war höchst unsicher. Natürlich hing es auch davon ab, ob meine Schilderung etwas Neues, Aufregendes oder Tiefgehendes böte. Damit, ein paar Akten zu studieren, den Tatort zu besichtigen und zwei, drei, meinetwegen auch fünfzehn Interviews zu führen, war es nicht getan.

Yim beschwerte sich. »Mir läuft es kalt den Rücken runter, wenn ich daran denke, dass du alleine durch einen Wald läufst, wo gerade erst jemand ermordet wurde.«

»Der Täter wird ja wohl kaum noch hinterm Busch sitzen.«

»Trotzdem, Doro, so geht das nicht. Ich werde mir die ganze Zeit Sorgen machen und die Doraden in der Pfanne anbrennen lassen.«

Um Yim – und mir selbst auch – einen Gefallen zu tun, durchforstete ich noch am selben Tag mein Adressbuch auf der Suche nach Personen, die in Frage kamen, mich zu begleiten. Sie mussten sowohl Zeit für eine mehrtägige Wanderung haben als auch entsprechendes Schuhwerk, sprich: eine gewisse Erfahrung und Leidensfähigkeit. Jemand, für den ein Hühnerauge bereits ein Grund für einen Krankenschein war, kam nicht infrage. Ferner musste der Wille vorhanden sein, sich für eine Woche vom Lebenspartner und dem heimischen Sofa zu lösen. Nicht zu unterschätzen war die nötige Toleranz, mich länger als ein paar Stunden um sich zu haben. Dutzendweise schieden die Kandidaten aus.

Erst beim Buchstaben S wurde ich fündig. Meine Freundin Sylvia fuhr jeden Sommer ins Allgäu, nach Österreich oder Südtirol zum Bergwandern. Seit ihrer Scheidung war sie vermögend und arbeitslos, eine seltene Kombination, vor allem in Berlin, außerdem verstanden wir uns prächtig. Leider weilte sie gerade auf Korsika, wie sie mir begeistert am Telefon erzählte. Und Viktor, mein frühverrenteter Cousin, der ebenfalls sämtliche Kriterien erfüllte, hatte den Fuß in Gips. Ich legte auf und stellte mich auf eine einsame Wanderung ein, was fast schon wieder etwas Meditatives an sich hatte.

Vielleicht war genau das der tiefere Grund gewesen, weshalb sich drei von sieben Leuten der Wandergruppe ohne Begleitperson auf den Weg gemacht hatten. Weil sie auf der Suche nach etwas waren oder vor etwas davonliefen. Für beide Motive waren Menschen, die man liebte und immer um sich hatte, meiner Erfahrung nach nur hinderlich. Die einen lenkten, ohne es zu wollen, von der Suche ab, die anderen riefen, ebenso unabsichtlich, permanent die Erinnerungen wach, die man verdrängen wollte. Alle meinten es gut, aber alle erreichten genau das Gegenteil. Abgesehen davon, war das Alleinsein ein Zustand, den viele Menschen mieden, sei es aus Gewohnheit oder Veranlagung. Nicht wenige ängstigten sich sogar davor, und so war das Wandern in einer Gruppe Gleichgesinnter, wenngleich Fremder, auf die man sich nach Belieben schneller oder weniger schnell einlassen konnte, ein guter Kompromiss. Im besten Fall kamen neue Freundschaften dabei heraus, im schlimmsten lief man am Ende eben doch allein.

Für mein Vorhaben kam das nicht in Frage, ich musste zeitlich und örtlich flexibel sein und die Reise auf Schusters Rappen notfalls abbrechen und an anderer Stelle wieder aufnehmen können. Eventuell musste ich auch mal länger an einem Ort verweilen, als normale Wanderer das tun. Was mir vorschwebte, war nicht nur die übliche Kriminalberichterstattung – wer wurde wo, wann, wie und warum ermordet? Ich wollte vielmehr vollständig in die Materie des Wanderns eintauchen. Ich wollte verstehen, was die Menschen dazu brachte, säkulare oder religiöse Pilgerreisen zu unternehmen, oder besser, sie auf sich zu nehmen. Und das alles sowohl ganz allgemein als auch auf den konkreten Fall bezogen, also auf die Personen besagter Wandergruppe. Normalerweise hatte ich für meine Artikel etwa dreißigtausend Zeichen zur Verfügung, eine Handvoll Seiten also, und das war im Journalismus schon viel. Um zwei Dutzend Wörter führte ich mit den zuständigen Redakteuren manchmal sogar Kriege. Bei einem Buch hingegen fielen zehn, zwanzig oder sogar dreißig zusätzliche Seiten nicht sonderlich ins Gewicht. Ich durfte daher mal so richtig im Thema schwelgen, was im Journalismus als eine der Todsünden gilt.

Als ich am nächsten Tag meinen Rucksack packte, stieß ich auf das erste Hindernis, auf das vor mir schon Millionen und Abermillionen Pilger gestoßen waren: Das Ding war voll, bevor ich die Hälfte der unbedingt benötigten Sachen verstaut hatte. Ich war zwar intelligent genug, zu begreifen, dass »unbedingt benötigt« ein dehnbarer Begriff war, aber nicht kreativ genug, die richtigen Schlussfolgerungen daraus zu ziehen. Auch nachdem ich die Liste dreimal durchforstet und so manches wieder gestrichen hatte, platzte der Rucksack noch aus allen Nähten, bevor er fertig gepackt war.

Das amüsierte Yim, als er spätabends aus dem Restaurant nach Hause kam und sich über das Riesending im Schlafzimmer wunderte.

»Dein Rucksack ähnelt eher einem Heißluftballon vor dem Start.«

Mir kam in diesem Moment der Gedanke, die Wanderung an den Nagel zu hängen, bevor ich auch nur den ersten Schritt gemacht hatte.

»Vielleicht nehme ich mir lieber einen Mietwagen, was meinst du? Ich könnte einige der Stationen abklappern, die die Wandergruppe besucht hat, hier einen Spaziergang machen, dort einen Ausflug …«

Yim setzte sich aufs Bett und knipste die Nachttischlampe an. »Das ist doch nicht dasselbe, Doro-Schatz. Das wäre ja wie eine Fahrt mit der Seilbahn auf eine Alm, wo man sich den Bauch mit Buttermilch, Schinken und Schnaps vollschlägt, um sich danach wieder nach unten fahren zu lassen. Dagegen ist nichts einzuwenden, nur ist es dann kein Erlebnis. Das Erlebnis besteht aus der Anstrengung und der nachfolgenden Belohnung. Man kann nicht eins davon weglassen und sich dann wundern, dass das Leben eintönig geworden ist.«

»Ich dachte, du bist gegen die Wanderung.«

»Mir gefällt nur nicht, dass du alleine losziehen willst. Aber eine Reportage über den Pilgermord, ohne die geringste Ahnung vom Pilgern zu haben, das wäre saftlos. Hinterher wärst du sicher enttäuscht, und weil ich dich liebe, will ich nicht, dass du enttäuscht bist. Du hast schon immer einen sehr hohen Anspruch an deine Arbeit gestellt.«

Yim hatte recht. Seit mehr als zwanzig Jahren charakterisierte ich als freie Journalistin und Gerichtsreporterin sowohl die Täter als auch die Opfer und beleuchtete die jeweiligen Fälle von verschiedenen Seiten. Der Name Doro Kagel stand für Artikel mit psychologischem Tiefgang sowie der Einordnung der jeweiligen Geschehnisse in einen größeren gesellschaftlichen Zusammenhang. Ich informierte meine Leser nicht bloß, ich lieferte ihnen den Panoramablick. Dass ich dabei mitgeholfen hatte, ein paar Mordfälle zu lösen, etwa die auf Hiddensee und Usedom, war ebenfalls meiner Leidenschaft für die Erforschung der menschlichen Seelenlandschaft zu verdanken, ihrer Höhen und Abgründe.

Nur half mir das alles nicht bei meinem Rucksackproblem, so banal es auch erscheinen mochte.

»Kannst du dir mein Gepäck morgen früh noch mal vornehmen?«, bat ich Yim, dem die Augen schon zufielen.

»Den Teufel werde ich tun und dir einen Scheidungsgrund liefern. Du springst im Dreieck, wenn ich dir etwas ausräume, was du unterwegs unverhofft dringend brauchst.«

Auch wieder wahr. Ich vertagte das Rucksackthema und ging ins Bad.

Als ich am nächsten Morgen gerade die vierte Weglassrunde einläuten wollte, klingelte mein Handy.

»Jonas! Du rufst genau zum richtigen Zeitpunkt an.«

Mein Sohn war ein durchaus erfahrener Backpacker. Lange Wanderungen waren zwar nie sein Ding gewesen, aber er hatte zwischen seinem siebzehnten und dem zweiundzwanzigsten Lebensjahr mehrere Kanutouren mit Freunden unternommen, unter anderem im Spreewald, auf der Lahn, der Durance, dem Balaton …

Ich schilderte ihm mein Problem.

»Als Erstes entfernst du alle Etuikleider aus dem Rucksack«, empfahl er mit ironischem Unterton.

»Frechheit. So eine Schickse bin ich nun auch wieder nicht, dass ich zig Kleider auf eine Wanderung mitnehmen würde. Das ist alles vernünftiges Zeug. Hosen, T-Shirts, Pullover, Jacken und so weiter.«

»Wie viele Hosen und T-Shirts?«

»Drei Hosen, fünf T-Shirts …«

»Es reichen zwei Hosen und drei T-Shirts. Eins ist immer in der Wäsche, das zweite trägst du, und das dritte ziehst du nur an, wenn du sauber aus der Dusche kommst. Du hast bestimmt auch Bücher eingepackt, oder?«

»Nur eins.«

»Lass es zu Hause.«

»Aber …«

»Ich sehe schon, so wird das nichts. Besser, ich begleite dich.«

Es verschlug mir nicht nur die Sprache, sondern zog mir auch den Saft aus den Knien. Ich setzte mich aufs Bett.

Den Namen meines Sohnes hatte ich in meinem Adressbuch schneller überblättert, als ich blinzeln konnte. Er war in einer festen Beziehung mit Fabia, die bald schon meine Schwiegertochter werden könnte, außerdem hatte er unlängst nach dem erfolgreich absolvierten Medizinstudium eine Stelle als Assistenzarzt an einer kleinen Klinik in der Nähe von Freiburg ergattert. In seiner spärlichen Freizeit spielte er Badminton in einem Verein, den er obendrein leitete, und wenn dann noch Zeit übrig war, traf er sich zum Pokern mit Freunden.

Doch selbst, wenn seine Tage weniger ausgefüllt gewesen wären, hätte ich ihn niemals gebeten, mich zu begleiten. Ich hatte das diffuse Gefühl, nicht das Recht zu haben, ihn um einen derart großen Gefallen zu bitten. Er war schon mit neunzehn ausgezogen und führte seither sein eigenes Leben. Unser Verhältnis war gut, wir stritten nie, telefonierten oft, sahen uns ein-, zweimal im Jahr … Wäre es darum gegangen, ein gemeinsames Wochenende bei ihm in Freiburg oder bei mir in Wismar zu verbringen, hätte ich keine Sekunde gezögert. Aber eine Pilgerwanderung, eine ganze Woche lang nur wir zwei, war etwas Intimes, und als intim würde ich unsere Beziehung inzwischen nicht mehr beschreiben, dafür klammerten wir seit zu vielen Jahren zu viele Themen aus. Unser letzter wirklich inniger Augenblick war vermutlich der Tag gewesen, an dem Jonas sich mit vierzehn Jahren dazu durchgerungen hatte, Kontakt zu seinem leiblichen Vater aufzunehmen, dessen gleichgültige Reaktion ihn erschütterte. Damals, vor nunmehr sechzehn Jahren, hatten wir eine ganze Nacht am Küchentisch verbracht und zutiefst persönliche Gefühle ausgetauscht. Danach eigentlich nie wieder, jedenfalls nicht derart eng beieinander.

»Ja, aber … Kannst du denn einfach so weg? Ich meine, was ist mit deiner Arbeit?«

»Das geht schon.«

Ich ließ einige Sekunden verstreichen. »Hast du mit Fabia darüber gesprochen?«

»Sie hat sicher nichts dagegen.«

Ich ließ erneut einige Sekunden verstreichen. »Schön und gut, aber vielleicht möchte sie die Zeit lieber mit dir verbringen.«

»Ich sage doch, es ist kein Problem.«

Mit Jonas war das so eine Sache – oft war er für Diskussionen über anstehende Entscheidungen in seinem Leben, ob groß oder klein, ungewöhnlich aufgeschlossen. Er blockierte nicht, wie das bei erwachsenen Kindern gegenüber elterlichen Ratschlägen kein seltenes Phänomen war. Vielmehr stellte er Fragen, hakte nach, dachte über die Antworten nach und bedankte sich. Es kam durchaus vor, dass er seine Meinung danach änderte. Mehr durfte man nicht erwarten. Manchmal jedoch machte er auch völlig zu, dann hätte man genauso gut mit einer geschlossenen Zimmertür sprechen und sie bitten können, sie möge sich öffnen.

»Und du bist dir ganz sicher?«, fragte ich.

»Morgen Nachmittag bin ich da.«

Gleich nach dem Gespräch verließ ich das Schlafzimmer mit gemischten Gefühlen und ging die Wendeltreppe hinunter ins Erdgeschoss.

Die Treppe war die einzige bauliche Veränderung, die wir vorgenommen hatten, ansonsten hatten wir das kleine Einfamilienhaus belassen wie gekauft. Es war gerade noch im Rahmen unseres Budgets gewesen, was vor allem die zeitgleich stattfindende Restauranteröffnung belastete. Yim musste die kleine Küche akzeptieren, ich den großen Garten. Große Gärten machten Arbeit, und meine Daumen hatten schon alle Farben gehabt, bis auf Grün.

Die Einrichtung war recht zusammengewürfelt, so als stamme sie aus verschiedenen Erbschaften und Flohmarktbesuchen. Mehrere Umzugskartons waren sechs Wochen nach unserem Einzug immer noch nicht ausgepackt, einige Möbel hatten wir nur provisorisch platziert. Es war uns schwergefallen, unsere schöne Wohnung in Berlin zu verlassen – überhaupt die Stadt zu verlassen – und aufs Land zu ziehen. Aber nachdem Yim mit seinem ersten Restaurant während der Pandemie pleitegegangen war und meine Mutter uns das Geld für einen zweiten Versuch geliehen hatte, war uns klar gewesen, dass man ein Fischrestaurant am besten dort eröffnen sollte, wo die Fische herkamen.

In der Küche dufteten eine Seezunge, die mit einer Muschel-Sahne-Soße überzogen war, und ein exotisch angemachter Gurkensalat um die Wette. Ich traute mich nicht, Yim zu sagen, dass ich plötzlich keinen Hunger mehr hatte.

»Hat Jonas dich angerufen?«

»Gerade eben … Moment mal, war das etwa deine Idee?«

Yim schob die Fischfilets auf zwei Teller und den Gurkensalat auf zwei weitere. »Ich habe ihn nur gebeten, dir ein paar Tipps zu geben, was Rucksacktouren angeht. Noch bevor ich Piep sagen konnte, hatte er beschlossen, dich zu begleiten. Was ist los mit dir? Ich dachte, alle Mütter sehnen sich danach, mit ihren erwachsenen Söhnen längst vergangene Urlaubsfreuden heraufzubeschwören.«

Ich nickte. Da war durchaus etwas dran.

»Es ist nur … ich habe ein komisches Gefühl, was Jonas angeht.«

Yim schenkte zwei Weißweingläser halb voll und drückte mir eins in die Hand. »Was für ein Gefühl denn?«

»Irgendetwas stimmt nicht. Ich kann es nicht beschreiben. Nur so viel … es ist kein gutes.«

EINIGE TAGE ZUVOR, ANFANG JUNI

Elsi hatte ein gutes Gefühl bei der Sache. Wieso auch nicht? Die Sonne lachte vom Himmel, und Wolgast war ein netter, angenehmer Ort: der Rathausplatz, die Kirche, das Atelier mit den

Meeresmotiven, der Kaffee mit Kuchen in einer der Gassen. Nicht zu vergessen die Geschichtstafeln an den Häusern. Leider hatte sie für all das zu wenig Zeit gehabt.

Mit schnellen, kurzen Schritten strebte sie voran. Das Gehen fiel ihr leicht. Dreiundsechzig und kein bisschen müde, sagte sie gerne. Ihre Augen musterten hellwach die Umgebung.

»Nun komm schon, Yannick. Leg mal einen Zahn zu. Oder willst du, dass deine Oma dir davonzieht?«

»Mir wumpe, Oma«, sagte er, ohne von seinem Smartphone aufzublicken.

Manchmal hasste sie diese blinkenden Monster mit den hypnotischen Fähigkeiten, die die jungen Leute davon abhielten, ihre Mitmenschen zu betrachten.

»Sieh mich mal an, Junge.«

»Was?«

»Ansehen sollst du mich.«

Ihr Blick zuckte von Yannicks leidenschaftslosen Augen zu dem schmallippigen Mund und weiter die dünnen, blassen Arme entlang zu den unruhigen Fingern.

»Hast du überhaupt irgendetwas von der Stadt gesehen, außer dem Pflaster?«

»Ich habe dich vorhin vor der Kirche fotografiert und im Café, schon vergessen?«

»Ich meine nicht durch die Linse von diesem Ding?«

»Ich hab unendlich viel Bock drauf, dieses Thema zum sechzehnten Mal zu diskutieren.«

»Du hast ab jetzt Handyverbot.«

»Ich habe was?«

»Handy-ver-bot. Eine Stunde am Tag ist erlaubt, mehr nicht. Wir haben für die nächsten zehn Tage eine Abmachung, wie du weißt. Die tritt hier und ab sofort in Kraft. Also tu, was ich dir sage. Handy weg.«

»Dann nehme ich meine fucking Handystunde eben jetzt.«
»Bist ja mal ein ganz Schlauer.«
»Yup.«
»Deswegen bist du ja auch hier gelandet, auf einer zehntägigen Wanderung mit deiner Oma, der Traum jedes Teenagers. Was bist du nur für ein schlauer Kerl.«

Sie fuhr ihm über die wuscheligen Haare, was gar nicht so leicht war, da er über eins achtzig groß war und sie weniger als eins sechzig maß. Er verstand die liebevolle Geste und lächelte.

»Nur noch ein paar Minuten, Oma. Bitte.«

Sie lachte. »Meinetwegen nimm deine Handystunde. Und jetzt hopp, weiter geht's.«

Ein bisschen Zeit war noch, daher kaufte Elsi eine Obdachlosenzeitung. Der Verkäufer sah schlimm aus. Frustrierend, er war in ihrem Alter. Sie gab ihm das Doppelte des verlangten Preises und unterhielt sich mit ihm über das Übliche: Missionsstationen, Tafeln, Schlafplätze. Fragte, ob Einzelhändler ihm Stress machten. Ob er Familie habe. Hatte er, einen Sohn in Berlin, den er zuletzt vor zwanzig Jahren gesehen hatte, vielleicht auch vor fünfundzwanzig. Sie gab ihm einen Apfel, den sie aus ihrem Rucksack fischte.

»Vitamine sind wichtig. Kann ich sonst noch was für dich tun?«

»Wenn du schon fragst … hättest du vielleicht 'nen Fünfer für mich?«

»Hier, nimm auch noch meine Orange.«

»Und der Fünfer?«

Elsi kramte in ihrem Portemonnaie, ein Zehner, zwei Zwanziger, vier Fünfziger. Sie gab dem Mann den Zehner. »Und wenn du mal nach Berlin kommst, um deinen Sohn zu suchen, ruf diese Nummer hier an.«

Sie steckte ihre Visitenkarte in die Brusttasche seiner Jacke, nachdem sie die Büronummer durchgestrichen und ihre Privatnummer auf die Rückseite geschrieben hatte. »Wie heißt du?«

»Bruno.«

»Merke ich mir. Finger weg vom Schnaps, Bruno, halt die Ohren steif. Mach's gut, ich muss weiter. Das wird schon, ich weiß es.«

Sie wusste es nicht. Elsi war Sozialarbeiterin, und alles, was sie wusste, war, dass das Elend nicht weniger wurde. Aber deswegen aufgeben? Nein. Wenn jemand, der sie noch nicht lange kannte, sie fragte, warum sie immer so gute Laune habe, antwortete sie genau das: Ich bin Sozialarbeiterin. Sie erntete dann in der Regel befremdete Blicke. Eine dreiundsechzigjährige Sozialarbeiterin, die seit zweiundvierzig Jahren diesen Job ausübte, hatte müde Augen zu haben, einen schleppenden Gang und tiefe Falten, die bis zu den hängenden Mundwinkeln reichten.

»Wir haben es fast geschafft«, sagte sie zu Yannick.

»Was haben wir geschafft?«, fragte er, ohne aufzublicken. Nebenher schrieb er eine Nachricht.

»Na, was wohl? Wir haben die Erde einmal umrundet.« Es war zum Seufzen, aber Elsi seufzte nie. Kein Fall war hoffnungslos, auch nicht ihr eigener Enkel.

»Hast du Hunger, Yannick? Also, mir knurrt der Magen.«

»Wundert's dich, wenn du deinen Proviant verschenkst?«

»Es ist ja auch schon fast sechs. Die anderen treffen sich gleich. Gehen wir zum Hotel zurück.« Sie blickte hektisch um sich. »Ich glaube, dort entlang.«

Yannick, immer noch halb abwesend, deutete in eine andere Richtung. »Nö, da entlang. Um zwei Ecken, dann sind wir da.«

»Sagt wer? Google Maps?«

Er zwinkerte ihr zu. »Ja, Oma, aber es wird Mäps ausgesprochen, nicht Maps. Dein Englisch hat sich seit der *Muppet Show* wohl nicht verbessert, hm?«

Sie lachte. In Augenblicken wie diesem war er wieder ihr kleiner Junge, wie sie ihn von früher kannte: ein bisschen frech, aber immer liebenswürdig. Stundenlang hatte er nachmittags, während sie arbeiten war, in ihrer Küche gesessen, Schulaufgaben gemacht und nebenbei ihre Süßigkeitenschublade geplündert. Nach Hause zu seinen Eltern war er erst gegangen, wenn es Zeit fürs Abendessen war. Manchmal hatte sie ihn von der Schule abgeholt und zur Arbeit mitgenommen, und wenn es bei ihm zu Hause mal wieder ganz schlimm war, durfte er bei ihr übernachten.

Aber seit zwei Jahren veränderte er sich, und manchmal erkannte sie ihn nicht wieder.

Bevor sie Yannick folgte, betrachtete sie ihn einige Sekunden lang von hinten. Er war spargeldünn, so wie sie, wie sein Vater. Damit erschöpften sich die Gemeinsamkeiten aber auch schon. In seinen Bewegungen, seiner Gestik und Mimik lag keinerlei Spannkraft, dabei war er sechsundvierzig Jahre jünger als sie. Er ging nicht, er schlurfte.

Nach zehn Metern hatte sie ihn eingeholt. »Ich bin schon ganz neugierig auf die Truppe. Du auch? Ich meine, das ist doch aufregend, oder? Wir werden zehn Tage miteinander verbringen, kennen aber keinen von denen.«

»Zum Mitschreiben, ich bin nicht neugierig, und ich werde nicht die Tage, sondern die Minuten zählen, bis ich wieder in Berlin bin. Das war die beschissenste Idee, die du je hattest, Oma.«

»Ich mache das doch nur, um …«

»Schon klar. Ich bin ja nicht dolli. Aber es wird nicht klappen.«

»Wir haben eine Vereinbarung.«

»Die haben wir. Ändert aber nichts.«

Sie stieß ihn sachte mit dem Ellenbogen an. »Nun sei mal ein bisschen positiver.«

Elsi hielt sich nicht mit Yannicks düsteren Prophezeiungen auf. Lieber malte sie sich aus, wie die kommenden Tage werden würden. So machte sie das immer, wenn sie einen neuen Sozialfall bekam, und nichts anderes war ihr siebzehnjähriger Enkel. Man handelte eine Zielvereinbarung aus, legte die Marschroute fest, besprach und analysierte regelmäßig die Fortschritte und Rückschläge – nicht anders als bei einer Schuldnerberatung oder einem Bewährungshelfer. Da galt es, ein dickes Fell zu bewahren und alle Kräfte zu mobilisieren. Erst recht in Yannicks Fall. Er war das einzige Kind ihres einzigen Sohnes, und er war kurz vorm Abkippen.

Das Hotel lag gleich beim Fischmarkt und war nur durch einen Weg und einen Schilfgürtel vom Peenestrom getrennt. Ein Fischkutter tuckerte in einiger Entfernung geräuschvoll vorüber. Ein paar Segler glitten gemächlich in Richtung des nahen Yachthafens. Einem von ihnen winkte sie zu. Warum, wusste sie auch nicht. Es war ein kleiner Spaß. In Berlin konnte sie im Sommer über keine Spreebrücke gehen, ohne den Touristen auf den Ausflugsbooten einen Gruß zuzuwerfen.

Der Segler antwortete ihr nicht. Noch so ein Muffel, dachte sie und zuckte mit den Schultern.

Gleich neben dem Hotel befand sich die Gastwirtschaft, in der sich die Wandergruppe zum ersten Mal treffen wollte.

»So, dann schauen wir uns die Bande mal an, was, Yannick?«

Die Teilnehmer hatten sich einige Wochen zuvor in einem Reiseportal im Internet zusammengefunden und sich auf einen Termin und eine Route verständigt. Dabei gab es natürlich immer ein gewisses Risiko, dass sich Einzelne nicht riechen konnten, und da fünf von ihnen in Berlin lebten, hätte es sich angeboten, vorher ein kurzes Kennenlernen zu vereinbaren. Leider kam ausgerechnet Gregor, der die meiste Organisationsarbeit leistete und so etwas wie die treibende Kraft war, aus Eisenach, und die anderen hatten es irgendwie nicht geschafft, sich vorher mal zu treffen.

»Ganz schön aufregend, aufs Geratewohl neue Leute kennenzulernen, findest du nicht?«

Ihr Enkel murmelte etwas Unverständliches. Elsi machte sich keine Sorgen, er könnte grob zu den Fremden sein. Unhöflich war Yannick eigentlich nie, nur ziemlich mundfaul, wie die meisten jungen Leute der Generation Zweitausendplus. Und er verfügte über ein reiches Repertoire an Gossensprache, mit dem sie durch ihre Arbeit bereits vertraut war. Doch vermutlich würde er außer »Hi« und »Ciao« kein Wort reden.

Vor der Eingangstür des Lokals stand ein Mann und rauchte. Elsi wollte einfach an ihm vorbeigehen.

Er aber sagte nach einem kurzen Blickwechsel: »Ihr seid bestimmt Oma und Enkel. Wanderung, oder wat? Donnerlittchen, wusste ich's doch. Bin der Joe.«

Joe hatte das zerknitterte Gesicht eines Mannes, der gelebt hatte. Nicht immer nur gut, so viel stand für sie fest. Er kam Elsi altersmäßig nahe, und auch sonst war er ihr recht vertraut. Altbekannter Typus: leicht gelbe Zähne und Fingernägel, Tabakgeruch an der Kleidung, die hier einen Fleck und dort ein Loch aufwies. Leute wie er waren meist robust, direkt und – wenn man den richtigen Ton traf – viel umgänglicher als gemeinhin gedacht. Sie erinnerte sich an seine E-Mails und Kurznachrichten, die von Rechtschreibfehlern und typischem Ruhrpott-Humor nur so strotzten. Ihr lagen solche Typen durchaus.

Als Joe ihr die Hand gab, deutete er eine Verbeugung an. Bei Yannick unterließ er es, und sein Händedruck war wohl deutlich rustikaler, denn ihr Enkel schien froh, seine Gliedmaßen im Ganzen zurückbekommen zu haben.

Obwohl erst halb geraucht, drückte Joe die Zigarette in dem roten Standaschenbecher gleich neben der Tür aus. Gemeinsam betraten sie das gut besuchte, rustikale Restaurant. Es roch nach Meerestieren und Öl. Joe führte sie an einen großen Tisch in der Raummitte, um den ein Mann und drei Frauen versammelt waren.

Elsi fiel sofort das junge Mädchen auf, vermutlich noch keine achtzehn, bildschön und mit dem Haar und dem Gesicht einer Meerjungfrau. Ihre hellblauen Augen ruhten klar, aufmerksam und ruhig auf dem Mann neben ihr, der gerade mit ihr sprach. Vom Alter her konnte er ihr Vater sein. Das waren sicher Gregor und Jule, Vater und Tochter aus Eisenach und die einzigen Nicht-Berliner der Gruppe.

»Wir sind komplett!«, rief Joe. »Darf ich vorstellen: Elsbeth und Yannick.«

»Gerne auch Elsi«, lud sie ein und hob die Hand zu einem Gruß in die Runde.

»Hi«, sagte Yannick.

Sie setzten sich auf die beiden Plätze, die noch frei waren. Elsis Augen tasteten einen nach dem anderen ab. Gregor wirkte sportlich, auch ohne das Käppi des Eisenacher Handballvereins. Sein weißes T-Shirt saß eng an dem gebräunten Körper, besonders an den Oberarmen. Obwohl bereits früher Abend, war nicht der Hauch eines Bartschattens auf Wangen und Kinn zu erkennen, was bedeutete, dass er sich am Nachmittag rasiert hatte. Elsi war überzeugt, dass dies eine Gewohnheit von ihm war. Er wirkte ein wenig förmlich, aber wenn er lächelte, blitzte ein kleiner Junge in ihm hervor. Das hätte er ruhig häufiger tun können, doch diese Gunst wurde nur seiner bildhübschen Tochter und seinem Labrador zuteil, den er als Biskuit vorstellte.

Romina war allein gekommen, Mitte dreißig und unzweifelhaft italienischer Abstammung. Zwar stellte sich heraus, dass sie eine deutsche Mutter hatte und in Charlottenburg geboren und aufgewachsen war, wo sie bis heute lebte, aber ansonsten besaß sie sämtliche Attribute einer Süditalienerin: herzerfrischendes Lachen, ausladende Gestik, rassige dunkle Haare, Kruzifix auf der Brust. Ihre Figur neigte deutlich zur Opulenz, ihre Augen waren zwei funkelnde schwarze Perlen. Trotz allem waren ihre Fingernägel das Auffälligste an ihr, sie erinnerten Elsi an Batikmalerei.

Mit Fritzie verhielt es sich ganz anders. Als befürchte sie, etwas Dummes zu sagen, brach sie ihre Sätze oft mittendrin ab: »Wie wäre es …?«, »Wir könnten ja …«, »Morgen Mittag soll es sehr …« Sie sprach sehr leise und machte den Eindruck, ebenso widerwillig vor Ort zu sein wie Yannick. Die meiste Zeit blickte sie auf das Limonadenglas, das sie unentwegt in der rechten Hand drehte, während sie mit der linken an ihrem wenig geschickt geflochtenen Zopf aus strohblonden, leicht ergrauten Haaren herumspielte. Ihre Fingernägel waren abgekaut. Dennoch warf Joe ihr einen Blick nach dem anderen zu, was sie mal verlegen, mal schmunzelnd erwiderte. Elsi schätzte sie auf fünfzig Jahre, wenngleich etwas seltsam Mädchenhaftes in ihrem fahlen Gesicht schimmerte.

In jeder Hinsicht ein bunter Haufen, stellte Elsi fest, sei es altersmäßig, von der geografischen Herkunft oder vom Typus. Genau so hatte sie sich das vorgestellt. Sie freute sich auf die Gespräche, das nähere Kennenlernen. Es war ihre dritte mehrtägige Wanderung in der Begleitung von Fremden, und sie hatte an die beiden früheren vor fünf und vor drei Jahren nur gute Erinnerungen. Allerdings waren sich die Teilnehmer damals ähnlicher gewesen als diesmal.

»Ich bin den Lutherweg fünfzehneinundzwanzig gegangen«, erklärte sie auf Nachfrage, da sie offenbar die Einzige am Tisch war, die so etwas schon einmal gemacht hatte. »Von Worms nach Eisenach. Das war kurz nach dem Tod meines Mannes, und es hat mir sehr gutgetan. Darüber zu sprechen, meine ich.

Und dann die Natur. Das Schwitzen. Die Gesellschaft. Einfach alles. Beim zweiten Mal ging es die Oder entlang, da hatten wir zwar Pech mit dem Wetter, es war aber trotzdem schön. Das Wetter wird allgemein überschätzt.« Sie lachte.

In der Chatgruppe, die Gregor bei einem Kurznachrichtendienst eingerichtet hatte, hatten sie lange darüber diskutiert, welchen Weg sie denn nun wählen sollten. Ob sie nur im Inland oder auch ein Stück im Ausland wandern sollten. Ob ein fünf- oder doch ein zehntägiger Marsch. Es hätte Elsi nichts ausgemacht, den Lutherweg noch einmal zu gehen, aber es hatte mehrere Gegenstimmen gegeben. Von Romina zum Beispiel. Vielleicht, weil ihr als Katholikin dieser Weg zu protestantisch war. Und auch von Gregor – überraschenderweise, denn der Lutherweg endete sozusagen vor seiner Haustür. Jule wolle ans Meer, hatte seine lapidare Begründung gelautet, und zwar bei jedem weiteren Vorschlag: der Rhein, die Elbe, die Heide, der Alpenrand.

Schließlich hatten sie sich auf den Ostsee-Wanderweg geeinigt. Wieso auch nicht? Zwar war jeder von ihnen schon einmal dort gewesen, sei es auf Rügen, auf dem Darß, in Holstein oder in Dänemark, aber ein Urlaub hier oder dort war etwas ganz anderes, als ein Gebiet von mehreren Hundert Kilometern zu durchwandern, wie Elsi den anderen glaubhaft versicherte.

Gregor holte eine große Karte hervor, die er aus mehreren Ausdrucken aus dem Internet zusammengeklebt hatte, und breitete sie auf dem Tisch aus. Wie gut, dass er das gemacht habe, lobte Elsi ihn sogleich, denn die Beschilderung des Wanderwegs E 9 ließ, was man in den Erfahrungsberichten so las, an manchen Stellen zu wünschen übrig.

»Donnerlittchen!«, rief Joe. »Wat haste denn da für'n Moped? Is ja generalstabsmäßig.«

»Einer musste sich doch darum kümmern«, sagte Gregor.

Joe lachte breit. Ihm fehlte links hinten ein Zahn. »Ja, aber gleich so'n Ömmes.«

Gregor konzentrierte sich. Er legte die Kuppe des Zeigefingers auf Wolgast, von dort führte sie die Reise nach Eldena, Stahlbrode, Zingst und in etliche andere Ortschaften, von denen die meisten Elsi nichts sagten.

Gregor erklärte: »Ich habe wie vereinbart Tagestouren von um die zwanzig bis fünfundzwanzig Kilometer veranschlagt, an deren Ende ein Gasthof, eine Pension oder ein Ferienhaus gelegen ist. Die Reservierungen sind bereits bestätigt, alle im mittleren bis unteren Preissegment, die Zimmeraufteilung ist wie vorab besprochen folgendermaßen: Joe und Yannick, Romina und Fritzie, Jule und ich. Elsi, du bekommst jeweils dein eigenes Zimmer oder Ferienhäuschen.«

»Ist auch besser so. Ich schnarche nämlich.«

Sie lachten.

»Okay«, sagte Gregor. »Endstation Nummer eins ist der Marktplatz von Wismar. Diejenigen, die wie Jule und ich bis Travemünde weiterwandern wollen, nehmen ab Wismar die Reservierungen bitte selbst vor.«

»Voll generalstabsmäßig«, kommentierte Joe.

»Danke«, erwiderte Gregor. »Fühlt ihr euch alle fit?«

Elsi fand, dass sein Blick etwas zu lange auf ihr ruhte, beschwerte sich jedoch nicht. Sie würde sich selbst als klein und schmächtig bezeichnen, eine Berliner Oma mit kurzen, dünnen grauen Haaren ohne richtige Frisur, fast ein Kasernenschnitt, sowie stockdünnen Gliedern. Leicht gebeugt ging sie auch schon. In Sachen Kondition machte ihr hier am Tisch allerdings kaum einer etwas vor, wenn sie die anderen so ansah.

Dass Gregor die fünfundzwanzig Kilometer am Tag locker schaffte, stand fest. Seine Tochter Jule auch, sie war jung und schlank und wirkte in sich ruhend. Yannick konnte, wenn er wollte, und dafür, dass er wollte, würde Elsi schon sorgen. Die pummelige Romina dagegen war ohne Zweifel eine Wackelkandidatin. Sie würde sicher einiges an Zuspruch und Ermunterung benötigen, Elsis Spezialgebiet. Und Fritzie machte auf Elsi den Eindruck, als sei sie so zufällig wie ein Bauklötzchen an diesen Ort gepurzelt. Joe, der jedes Mal, wenn er einen Ärmel hochschob oder einen Knopf seines Hemdes öffnete, ein weiteres ausgeblichenes Tattoo freilegte, wirkte einerseits wie ein gestandener Kerl. Vermutlich war er das auch mal gewesen mit seinen geschätzt einen Meter fünfundachtzig. Aber als starker Raucher fehlte ihm vermutlich die Ausdauer. Er war sicher gut zu gebrauchen, um eine Wurzel auszugraben, aber auf einen Baum konnte er bestimmt nicht klettern.

»Wir bekommen das schon hin«, sagte Elsi. »Am dritten Tag haben sich die Beine schön eingelaufen, ab dann wird es leichter. Wie sieht's aus? Frühstück um sieben, Aufbruch um halb acht?«

Joe blies die Backen auf, schluckte seinen Protest jedoch zusammen mit einem halben Glas Bier runter.

»Ich freue mich schon sehr«, sagte Elsi. »Ich habe ein gutes Gefühl.«

Als könnte sie ihren Optimismus zusätzlich anreichern und wie eine weitere Ration Butterbrote ihrem Proviant hinzufügen, wiederholte sie: »Ich habe ein richtig gutes Gefühl.«

Ohne von seinem Handy aufzublicken, sagte Yannick tonlos: »Wann hattest du schon mal ein schlechtes?«

2

Vor mir ergoss sich eine sattgrüne Wiesen- und Schilflandschaft bis in den Peenestrom hinein, der in der Nachmittagssonne glänzte. Ich stand auf dem Katharinenberg, der trotz seines imposanten Namens ein sanfter Hügel war, und genoss, umgeben von Bienensummen, die flirrende sommerliche Wärme. Die Verlockung auf ein kühles Fußbad war groß, und ich nahm mir vor, ihr irgendwo auf dem Rückmarsch in die Wolgaster Innenstadt nachzugeben.

»Weiter?«, fragte Jonas.

»Du scheuchst mich ganz schön, mein Sohn.«

»Ich dachte, wir wollen vor Weihnachten in Wismar ankommen.«

»Die Wanderung samt der Arbeit beginnt morgen. Das hier ist noch Freizeit.«

Yim hatte uns am Vormittag mit dem Auto nach Wolgast gebracht und war sofort zurückgefahren. Ganz kurz hatte sich mein schlechtes Gewissen gemeldet, ihn mit all den Vorbereitungen alleinzulassen, aber schon ein Teller Nudeln und eine Weißweinschorle mit Blick auf den Rathausplatz jagten es zum Teufel. Gleich danach waren Jonas und ich zu einem Spaziergang durch die Stadt aufgebrochen, der in eine spontane Wanderung entlang der Peene mündete.

An einer Badestelle mit jeder Menge verdorrtem Gras und einem kleinen Strand setzte ich mein Vorhaben in die Tat um, zog die Schuhe aus, krempelte die Hose hoch und stapfte ins flache Uferwasser, was bei dreiunddreißig Grad im Schatten einfach nur himmlisch war. Die vorbeifahrenden Segler wurden vom Fahrtwind erfrischt, die Wasservögel tauchten die Köpfe in das kühle Nass, und Jonas tat es ihnen nach. Plötzlich schoss er an mir vorbei und hechtete in den Strom, kraulte kraftvoll ein Stück hinaus und schwamm gemütlich in Seiten- und Rückenlage zurück.

Dergleichen wurde sicher schon tausendmal geschrieben, wenn nicht öfter, aber während ich meinen erwachsenen Sohn beobachtete, fragte ich mich, wo die Zeit geblieben war. So lange schien es mir noch gar nicht her, dass er auf einem ekelhaft grünen Gummikrokodil auf den Ostseewellen geritten war.

Im Schatten einer Silberweide ließ ich mich, halb sitzend und halb liegend, im Gras nieder. In der Ferne flimmerte die Peenebrücke, dahinter die Altstadt von Wolgast mit der markanten gotischen Kirche Sankt Petri. So ganz konnte ich es noch nicht glauben, dass ich dort war, dass ich mein Vorhaben in die Tat umgesetzt hatte, und ich bekam plötzlich Respekt vor meiner Entscheidung. Recherchen führte ich fast immer vor Ort durch, das war selbstverständlich für mich. Es jedoch auf einer tagelangen Wanderung zu tun, verbunden mit ständigen Ortswechseln und Anstrengungen ausgeliefert, die noch gar nicht zu überblicken waren, das war aufregend und neu – um es mal positiv auszudrücken. Es ließe sich aber auch als beunruhigend beschreiben.

Und das alles in Begleitung meines Sohnes. Auch deswegen war ich seltsam nervös. Es gelang mir nicht, den friedlichen Strom mit seinen blitzenden Perlen und Segeln, das romantische Städtchen und das Plätschern der sich im Wasser putzenden Vögel zu genießen. Irgendetwas lag über allem, durchdrang die Szenerie wie ein Gewitter, das man nicht sah, sondern nur schläfrig grollen hörte. Man konnte es innere Stimme nennen – oder Einbildung.

»Alles in Ordnung?«, fragte Jonas, als er tropfnass über mir thronte.

»Ja. Ich habe nur ein wenig Angst vor meiner eigenen Courage.«

»Keine Sorge, wir werden es schon nicht übertreiben. Wenn es so heiß ist wie heute, laufen wir eben nur zehn Kilometer und keine zwanzig. Was soll's? Und mit meiner Trekking-App verlaufen wir uns auch nicht. Ich finde alle Wege und Unterkünfte, und du kannst dich ganz darauf konzentrieren, dein Buch im Kopf zu Ende zu schreiben. *Let me be your jungle scout, Mam.*«

Ich lächelte. So alt war ich also schon, dass ich Young Tarzan brauchte, um mich zurechtzufinden.

Abends gingen wir in das Restaurant, in dem sich vierzehn Tage zuvor die bunte Wandergruppe erstmals zusammengefunden hatte. Meiner Erfahrung nach war es äußerst unwahrscheinlich, dass sieben einander fremde Menschen sehr unterschiedlichen Alters und Geschlechts, aus verschiedenen Regionen, Berufen und auch Gesellschaftsschichten gleich »Ein bisschen Frieden« zusammen sangen. Vielmehr beschnupperte man sich erst einmal, und es war das Normalste von der Welt, dass sich Grüppchen innerhalb der Gruppe bildeten. Das bedeutete noch gar nichts. Ob in der Schulklasse, im Kirchenchor, im Büro, im Schützenverein oder beim Rentnertreff, überall gab es Grüppchen, und in den seltensten Fällen ging das gründlich schief. Und selbst wenn es mal gründlich schiefging, kam es nicht zwingend zu einem Mord.

Es war mitten in der Hauptsaison, das Wetter war traumhaft, die Tage waren lang. Jonas und ich ergatterten den letzten freien Platz in der hintersten Ecke, von wo aus wir, außer den Plastikblumen auf dem Tisch, so gut wie nichts von dem Restaurant sehen konnten. Ich war froh, dass Yim die Speisekarte nicht zu

Gesicht bekam, denn es wimmelte darauf von Paniertem, was für ihn als künftigen Sternekoch ungefähr das darstellte, was ein Hackbraten für einen Vegetarier war.

Der servierte Weißwein war so warm, dass ich darin hätte baden können, und mein Lachs schwamm in einer Sahnesoße, aus der er wie eine im Klimawandel untergehende Südseeinsel herausragte.

Stell dich nicht so an, ermahnte ich mich, bevor Jonas es tun konnte. Seit ich mit Yim liiert war, bekam ich immer ein Eins-A-Essen, begleitet von einem Zwei-A-Wein. Doch jetzt war ich eine Trekkerin, und Trekkerinnen waren bekanntlich flexibel und robust.

Trotzdem war ich froh, als ich endlich den Teller von mir wegschieben und ein paar Unterlagen auf den Tisch packen konnte.

»Sind das die Dossiers von den Teilnehmern der Wandergruppe?«, fragte Jonas.

»Na ja … Dossiers.« Es war das, was ich bis dahin über die Einzelnen herausgefunden hatte, zumeist nur ein paar Zeilen pro Person. Sozusagen der Status jener sieben Menschen am Tag ihres ersten Zusammentreffens, dem siebten Juni. Ich hatte meine Kontakte zu diversen Zeitungen und den Polizeiwachen der Bundesländer spielen lassen, aus denen die Teilnehmer kamen, trotzdem war das Material spärlich. Meine Anfragen waren nur halbwegs beantwortet worden. Es war ein laufendes Verfahren, da hielten sich alle bedeckt.

Jonas griff nach dem Blatt, das zufällig obenauf lag. Er wusste so gut wie nichts über den Fall, Verbrechen hatten ihn noch nie interessiert. Weder las noch schaute er Krimis, er bevorzugte Romane und Filme, die Gesellschaftsthemen und Sozialkritik zum Inhalt hatten.

»O Mann, sieh dir die hier mal an. Romina Pantelli. Hübscher Name und, wow, auch ein hübsches Gesicht, gerade weil es ein bisschen füllig ist. Tolle Augen. Ist sie Italienerin?«

»Halbitalienerin«, korrigierte ich.

Die zweiunddreißigjährige, ledige Kosmetikerin aus Berlin-Charlottenburg hatte eine besondere Leidenschaft: Fingernägel, auf denen sie kleine Kunstwerke erschuf, sowohl malerische als auch architektonische. Sie hatte den dritten Platz bei einem landesweiten Wettbewerb gewonnen. Ich musste zugeben, ich hätte nicht gewusst, wie ich mit diesen winzigen Chagalls und Neuschwansteins auf meinen Fingernägeln hätte umgehen sollen, denn jede Tätigkeit, außer vielleicht, einen Thron zu besteigen, war damit unmöglich. Und auf einer Party? Sogar ein Sektglas damit zu halten, stellte ich mir als Herausforderung vor, geschweige denn, zuvor den Kleiderschrank auf der Suche nach dem richtigen Fummel zu durchforsten. Aber beeindruckend waren sie trotzdem. Zudem hatte Romina Pantelli Anfang des Jahres ein Diplom als Duft- und Modeberaterin erworben, was auch immer das exakt bedeutete.

»Seltsam, dass so jemand auf eine lange Wanderschaft geht«, murmelte ich nachdenklich.

»So jemand?«

»Eine Frau, die ihr Geld mit artifizieller Kosmetik und dem Versprühen von sündhaft teurem Parfüm verdient, passt besser an die Riviera als auf eine schweißtreibende Wanderung, meinst du nicht?«

»In die Falle getappt«, sagte Jonas und trank einen großen Schluck von seinem Dunkelbier. »So etwas spielt keine Rolle, jedenfalls nicht beim Wandern. Bei Kanutouren auch nicht.«

»Sie muss einen besonderen Grund gehabt haben, das wollte ich damit sagen. Denn sie kommt mir wie jemand vor, der sich überwinden muss, in derben Schuhen durch Matsch zu laufen.«

Jonas nahm sich das nächste Dossier vor. Joe Rowolt, der

eigentlich Jochen Rowolt hieß, war ein Duisburger Urgestein und trotzdem in der Welt herumgekommen: Namibia, Oman, Georgien, Brasilien … Doch gerade deswegen wies seine Biografie etliche Lücken auf. Am meisten hatte ich über seine Kindheit herausgefunden, was daran lag, dass das Jugendheim, in dem er zwischen 1977 und 1984 aufgewachsen war, noch etliche Aufzeichnungen besaß. Joe hatte eine schwere Kindheit gehabt, der Vater hatte die Familie früh verlassen, die Mutter war an Schizophrenie erkrankt und hatte sich das Leben genommen. Er machte den Hauptschulabschluss. Als Berufe waren Grubenarbeiter, Seemann, Gärtner und Mechaniker angegeben. Vor allem die letzten zehn Jahre waren dünn oder vielmehr nicht zu rekapitulieren. Bis auf die Information, dass sein letzter Wohnsitz Berlin-Tegel war, eine Wohnwagensiedlung.

Jonas nahm sich das nächste Blatt vor. »Diese Oma hier ist spannend.« Er las weiter und sagte: »Der Enkel noch mehr.«

Elsbeth Gandelagen, eine Sozialarbeiterin aus Berlin-Weißensee, der für ihr vierzigjähriges Engagement mehrere Auszeichnungen verliehen worden waren, konnte offenbar auch in ihrer Freizeit die Füße nicht stillhalten. Das war aber vermutlich nicht der wahre Grund für die Wanderung gewesen, denn sie war nicht nur in drei Vereinen aktiv, sondern betätigte sich auch als gute Fee in einem Seniorenheim und mischte bei einer Tafel mit – ausreichend Betätigung für die ruhelosen Füße einer Dreiundsechzigjährigen.

Ihr Enkel Yannick war gänzlich anders geraten als sie. Er hatte die Realschule ein halbes Jahr vor dem Abschluss abgebrochen und war wegen einiger Ladendiebstähle zu Sozialdienst und einer Bewährungsstrafe verurteilt worden. Nach dem dritten Ladendiebstahl – dabei ging es immerhin um einen Warenwert von mehreren Tausend Euro – hatte die Richterin nur deshalb von einer Jugendhaftstrafe abgesehen, weil der Name

Gandelagen einen guten Klang bei Gericht hatte und Yannicks Oma sich vehement für ihn einsetzte. Sie hatte das nur unter der Bedingung getan, dass er mit ihr auf diese Wanderung ging. Was sie sich wohl davon versprochen hatte? Ich konnte es nur vermuten.

Das zweite Gespann, der Eisenacher Gregor Klee und seine Tochter Jule, war für mich geradezu eine Blackbox. Ich hatte fast gar nichts über die beiden herausbekommen, außer ihr Alter von siebenunddreißig und siebzehn, und dass der Vater Ingenieur und Leiter der Konstruktionsabteilung in einem Automobilwerk war. Jule ging aufs Gymnasium, kein öffentliches, sondern ein privates. Warum der Name von Jules Mutter nirgendwo auftauchte, warum das Mädchen nicht am Unterricht teilnahm, obwohl die Pfingstferien bereits vorbei waren – ich wusste es nicht.

Der Reigen der Dossiers endete, wie er begonnen hatte: Fritzie Thornagel schien mir eine seltsame Wanderbiene zu sein. Sie hatte zusammen mit ihrem Zwillingsbruder und einem fast zwanzig Jahre älteren Bruder einen Großteil ihres siebenundvierzigjährigen Lebens auf Bauernhöfen verbracht. Zunächst lebte sie auf dem Hof ihrer Eltern in der Nähe von Buckow in Brandenburg, den diese nach Auflösung der LPG bald nach der Wende verkauften, um einen neuen zu erwerben, und schließlich, nach dem Tod ihrer Eltern, auf einem Viehhof in Rottal am Inn. Dort hatte sie sich vor dreizehn Jahren abgemeldet, ohne sich irgendwo neu anzumelden, was eigentlich nur ging, wenn man ins Ausland zog oder untertauchte. Auf dem Einwohnermeldeamt von Rottal verlor sich ihre Spur für dreizehn Jahre, ihr Name erschien erst wieder im Polizeiprotokoll vom zwölften Juni.

Nun bestand der Reiz einer solchen Gruppe ja gerade darin, dass sie nicht homogen war, dass Junge und Alte, gut und weniger gut Ausgebildete aus der Stadt oder vom Land aus den unterschiedlichsten Motiven eine gemeinsame Reise antraten und sich im besten Fall gegenseitig unterstützten, wenn es mal nicht so gut lief. Objektiv betrachtet, sprach wenig gegen ein harmonisches Miteinander der Wanderer, außer vielleicht die Verschiedenheit der männlichen Teilnehmer. Ein sportiver Ingenieur, ein Tausendsassa und ein Teenager auf der Kippe.

Ich fragte mich, wie das Kennenlernen der Gruppe wohl verlaufen war und wie viel die sieben dabei von sich preisgegeben hatten. Was sie nach dem ersten Beschnuppern voneinander gedacht hatten. Ob es bereits zarte Sympathien und aufkeimende Abneigungen gegeben hatte.

»Und wer von denen ist nun ermordet worden?«, fragte Jonas.

Ich tippte auf eines der Fotos, die aufgefächert vor ihm lagen.

Er sah mich lange an. »Und du willst herausfinden, wer es war?«

»Deswegen mache ich das hier nicht, Jonas. Ich wüsste auch nicht, wie.«

»Jetzt stell dein Licht mal nicht unter den Scheffel. Du hast schon mehrere Morde aufgeklärt, Mam. Hiddensee, Usedom, Fehmarn. Du bist die Insel-Queen of Crime.«

Er lachte, und ich gab ihm einen Klaps auf die Schulter. »Ich habe etwas anderes gemeint, mein Sohn. Es geht mir in diesem Fall eher darum, die Gefühle nachzuempfinden, die man bei einer solchen Kraftanstrengung hat, die Erschöpfung zu spüren und die Orte und Stationen der Wandergruppe zu besuchen. Ich will ihre Geschichte erzählen und nicht nur den kriminalistischen Aspekt beleuchten.«

Die Kellnerin kam zum Abräumen an den Tisch. »Hat es Ihnen geschmeckt?« Sie hatte einen polnischen Akzent.

»Ja«, log ich, nicht nur, weil es in den seltensten Fällen etwas anderes als Ärger einbringt, in dieser Frage ehrlich zu sein, sondern auch, um mich mit der Frau gut zu stellen.

Sie war gelockt schwarzhaarig, dünn und blass mit harten, farblosen Lippen und wirkte mit ihren hastigen Bewegungen in dem überfüllten Restaurant wie die kleine Schwester von Sisyphos. Ich gab ihr ein mehr als generöses Trinkgeld, was sie kurz innehalten ließ und ihr so etwas wie die Andeutung zur Vorstufe eines Lächelns entlockte.

»Haben Sie an dem Tag hier gearbeitet, als sich die Pilgergruppe ... Sie wissen, welche ich meine ... vor Kurzem hier getroffen hat?«

»Nein. Welche Gruppe?«

»Vielleicht hat Ihr Chef Ihnen davon erzählt. Es gab einen Mordfall bei einer Gruppe von Wanderern.«

»Ah, jetzt ja. Sie sind Journalistin?«

»Autorin«, log ich noch einmal, da es, wie ich fand, einen besseren Klang hatte. Journalisten haben den Ruf, Sensationsgeier zu sein. Autoren hingegen reflektieren tiefgründig und stehen weit über solchen irdischen Niederungen.

»Ja, ich war hier«, sagte sie. »Aber das Restaurant war voll, und es waren für mich ja auch nur normale Leute.«

»Zu dem Zeitpunkt waren sie genau das«, stimmte ich ihr zu und war dennoch ein wenig enttäuscht. Irgendeine Information hätte ich mir schon erhofft. »Also gar nichts Besonderes? Jemand, der auffallend nett, lustig oder mürrisch war?«

»In der Saison bekomme ich nichts mit, außer, dass ich am Ende vom Tag sechs Monate älter bin.«

Ich schmunzelte über ihr Bonmot, sie ging davon, und ich hatte außer einem mit Sahnesoße getränkten Magen nichts von dem kleinen Ausflug.

Später an der Tür fing uns die Kellnerin jedoch unverhofft ab. »Mir ist doch noch etwas eingefallen. Die Sache mit dem Perso«, sagte sie. »Als die Leute weg waren, habe ich beim Tischwischen auf dem Boden einen Ausweis gefunden. Der Chef hat gesagt, ich soll ihn in einen Briefumschlag stecken und wegschicken.«

»Haben Sie sich den Namen gemerkt?«

»Ja, es war ein komischer Name. Fritzie.«

Die Information ließ mein Herz höherschlagen. »Wissen Sie vielleicht noch mehr?«

»Ja, der Ort war Rottal am irgendwo. Dahin habe ich ihn geschickt, mit einem Kärtchen von uns. So eine hier.« Sie wedelte mit einer Karte des Gasthofs. »Und einem kurzen Gruß auf der Rückseite. Fritzie hat sich bestimmt gefreut.«

Ich gab ihr meine Visitenkarte, für den Fall, dass ihr noch etwas einfiele, und dankte ihr sehr.

Auf dem Rückweg zum Hotel ließen Jonas und ich die Neuigkeiten sacken. Der Abend war mild, das Pflaster reflektierte die Wärme des Tages, eine Glocke schlug neun. Wir wollten am nächsten Morgen früh raus und kamen überein, den Absacker in der Hafenbar zu streichen.

»Ich verstehe das noch nicht ganz«, nahm Jonas mir die Worte aus dem Mund. »Diese Fritzie war seit dreizehn Jahren in Rottal abgemeldet, hast du gesagt. Demnach war der Perso veraltet und ungültig. Wieso hatte sie ihn dann überhaupt dabei?«

Ich konnte mir ebenfalls keinen Reim darauf machen, und weil sich das vorläufig kaum ändern würde, betrachtete ich lieber das, was wir mit einiger Sicherheit sagen konnten. Der Brief des Restaurants war an den Hof adressiert, auf dem nur noch Fritzies Bruder und dessen Familie lebten, falls er eine hatte. Sogar die genaue Adresse hatte die Kellnerin sich gemerkt, da sie sehr einprägsam war und irgendwie malerisch klang: Spechthof 1.

»Ich würde da gerne mal anrufen«, sagte ich und hatte den Satz kaum ausgesprochen, als Jonas sein Handy hervorholte und zu recherchieren begann. Es freute mich, wie viel Anteil er an meiner Arbeit nahm. Viel zu selten hatten wir – seit er zum Studium fortgegangen und erst recht seit er Assistenzarzt geworden war – etwas zusammen unternommen. Nun wurde mir ganz warm ums Herz, als er sich lässig auf meine Schulter lehnte und mir das Ergebnis präsentierte: eine Telefonnummer aus Rottal am Inn, die zu einer gewissen Walpurga Thornagel gehörte, vermutlich Ferdis Ehefrau.

Er lachte auf. »Nur drei Ziffern nach der Vorwahl, ist ja süß.«

Ich stimmte in sein Gelächter ein, wir hakten uns unter und legten so die letzten Meter zum Hotel zurück.

Ich war ein wenig aufgeregt. Für den nächsten Morgen stand mir ein echtes Abenteuer bevor: der Start in die erste mehrtägige Rucksacktour meines Lebens. Aber ich freute mich auch. Ich dachte an das verhaltene Licht über den fahlen, lang gestreckten Stränden, an die Möwen und Kormorane, die den blassblauen Himmel sprenkelten, an das Dünengras, das sich im Wind bog, an die Strandkörbe voller Menschen, die von Kindern und Sandburgen umringt waren, und nicht zuletzt an das Salz auf den Lippen und die Reflexionen der Sonne auf den tanzenden Wellen.

EINIGE TAGE ZUVOR

Als Jule am frühen Morgen gegen fünf Uhr das Fenster öffnete, schlug ihr ein fantastischer Duft entgegen. Es war eine Mischung aus Algen, der leichten Modrigkeit von Schilf, frischen Brötchen und Kaffee, und als sie die Nase noch länger in den schwachen Wind hielt, der vom Peenestrom herüberwehte, kam noch salziger Fisch hinzu. Vermutlich wurde gerade irgendwo in der Nähe ein Markt aufgebaut. Der Himmel war klar und hell, ein paar Schleierwolken lösten sich im Blau auf, als wollten sie unsichtbar werden, um ihre Existenz zu verbergen. Wie ruhig es war! Möwen und Enten waren zu dieser Stunde geschäftiger als die Menschen, sie stritten um Reviere und putzten sich heraus für den kommenden Tag. Nur wenige Meter von Jule entfernt balancierte eine Katze elegant und selbstbewusst auf einem Dachfirst.

»Hey, Mieze!«, rief Jule und streckte die Hand aus.

Doch das Tier interessierte sich nicht für sie. So war es richtig. Warum einer hungrigen Katze die Fingerkuppen entgegenstrecken, ihr Hoffnung machen und dann nichts anzubieten haben als Fingerkuppen. Sie sah dem Tier nach, bis es zwischen den Mauern und Ziegeln verschwand.

Sie duschte und kämmte sich minutenlang das blonde Haar. Zum ersten Mal kam ihr der Gedanke, es abschneiden zu lassen. Denn es forderte viel Aufmerksamkeit, kostete Zeit. Noch vor einem halben Jahr war sie stolz auf ihre langen Haare gewesen, aber vor einem halben Jahr war eine Ewigkeit her.

Aufgeregt war sie gar nicht, was sie seltsam fand, da ihr die bevorstehende Wanderung viel bedeutete. Sie hatte die Tour unbedingt machen wollen. Ihr Vater hatte ihr andere Vorschläge unterbreitet – Mauritius, die Rocky Mountains, die Kalahari, Singapur –, doch ein klassischer Urlaub, so exotisch er auch sein mochte, sprach sie nicht an, und als er wissen wollte, warum, war sie unfähig gewesen zu antworten. Er hatte es geschluckt. Dieser Urlaub war der ihre. Genau genommen war es gar kein Urlaub.

Sie zog eine bequeme Hose an, dreiviertellang, warf sich ein T-Shirt über, band die Wanderschuhe nicht zu eng und stopfte die letzte Lücke im Rucksack mit ihrem Kulturbeutel, bevor sie die zwei Treppen hinunter zum Frühstücksraum ging. Oma Elsi war als Einzige schon da. Jule hatte ihr insgeheim diesen Spitznamen gegeben, frech, aber zutreffend. Dass sich jemand mit über sechzig Jahren noch diesen Strapazen aussetzte, damit hätte Jule nicht gerechnet. Sechzig war für sie unendlich weit weg. Ihre Großeltern hatten diese Marke alle bereits überschritten, und von denen legte keiner eine längere Strecke zu Fuß zurück als zum Sonntagsbraten im Gasthof und wieder nach Hause. Das Wandern lag nicht in Jules Familie. Das war einer der Gründe, weshalb sie nur mit ihrem Vater unterwegs war, wenngleich nicht der wichtigste.

»Guten Morgen«, sagte sie und setzte sich Oma Elsi gegenüber an den hellen Holztisch. »Oder haben Sie den Platz für Ihren Enkel gedacht?«

»Yannick würde sich notfalls auch unter den Tisch setzen«, scherzte sie. »Um das gleich mal zu klären ... Wir duzen uns hier alle.«

»Ja, natürlich. Ich muss mich erst noch daran gewöhnen, Fremde zu duzen, die viermal so alt sind wie ich ... sorry.«

»Alles gut. Wir bleiben uns nicht lange fremd, wirst sehen.« Sie zwinkerte Jule zu. Überhaupt zwinkerte sie oft, und nicht jedes Mal aus gutherziger Laune. Es schien vielmehr eine Macke zu sein, ein Ausdruck von ... Ja, wovon eigentlich? Jule suchte das passende Wort. Strom, das war es. Oma Elsi stand unter Strom, und das bestimmt nicht nur an diesem Morgen. Alles an ihr war schnell: wie sie aß, wie sie am Frühstücksbüfett vorbeifegte und den Teller füllte, wie sie Kaffee holte und einschenkte, wie sie in ihren Taschen herumnestelte ... so, als hätte jemand die Vorlauftaste gedrückt.

»Mit so jemand Jungem bin ich noch nicht auf Tour gegangen«, sagte Elsi nun. »Begleitest du deinen Vater oder er dich?«

»Er mich, sag ich mal.«

»Aha. Und was gefällt dir am Wandern?«

»Weiß nicht. Hab's noch nie gemacht und Papa auch nicht. Er ist eher der Jogger.«

»Ach, das wird schon. Wenn du eine Frage hast oder einen

Tipp brauchst, immer an die Elsi wenden.« Sie trank einen Schluck Kaffee. »Immer an die Elsi wenden, ja?« Sie trank noch einen Schluck Kaffee. »Ja?«

»Na klar.«

»Ich bin immer für euch da. Sag das auch deinem Papa.«

»Na klar.«

»Wir kriegen das hin.«

»Sicher.«

»Das wird schon.«

Ja, dachte Jule, ist ja gut, ich hab's gecheckt.

Jules Vater war der Nächste, der im gut gefüllten Frühstücksraum eintraf, zusammen mit Biskuit, der seinen Namen wegen der Butterkeksfarbe seines Fells erhalten hatte. Der Labrador war fünf Jahre alt und seit viereinhalb Jahren Teil der Familie, von allen innig geliebt. Jule kraulte ihn im Nacken, er hechelte sie dankbar an und legte sich brav zwischen sie und ihren Vater.

In schneller Folge trudelten auch die Mona Lisa und die verklemmte Zopf-Frau aus Bayern ein, es fehlten nur noch Sloppy Joe und Oma Elsis Enkel, der Freak. Damit hatten sie alle ihren ironischen Stempel weg, jedenfalls fürs Erste, und Jule fand, dass die Ausbeute an Buntheit in der Truppe nicht schlecht ausfiel. Sie hatte sich die bevorstehende Wanderung von Anfang an als lebendigen Trip vorgestellt. Nichts war schlimmer, als wenn sieben Leute sich gemeinsam langweilen, und das kam öfter vor als gedacht.

Sloppy Joe kam um fünf vor halb acht und sah aus, als sei er das letzte Mal zu seiner Schulzeit so früh aufgestanden.

Demonstrativ blickte Jules Vater auf die Uhr. »Wir wollen in fünf Minuten los.«

»Jetzt trinke ich erst mal 'nen Kaffee. Vorher bin ich zu nix zu gebrauchen.«

Jule kannte ihren Vater gut genug, um zu wissen, welche

Bosheit ihm gerade auf der Zunge tanzte: hinterher auch nicht. Doch er war auch deswegen der jüngste technische Leiter der Konstruktionsabteilung seiner Firma geworden, weil er die meisten Bosheiten heruntergeschluckte, bevor sie Schaden anrichten konnten. Die meisten …

»Wenn Yannick nicht pünktlich ist, bekommt er eben kein Frühstück«, sagte Elsi. »So einfach ist das. Punkt.«

»Ich gehe ihn mal holen«, sagte Jule.

Ihr Vater meinte zwar, das sei nicht ihre Sache, aber Jule setzte ihr Vorhaben unbeirrt in die Tat um, und Biskuit entschied sich, sie zu begleiten.

Yannick hatte sich im Zimmer neben ihrem bis tief in die Nacht Internetvideos reingezogen und Spiele gezockt, stundenlanges Geballer war durch die dünnen Wände gedrungen, bis Jule irgendwann eingeschlafen war. Und er wohl auch.

Nachdem sie an seine Tür geklopft hatte, brauchte er eine Minute, um zu öffnen. Er trug nichts als eine karierte Boxershorts.

»Fuck«, murmelte er. »Verschlafen?«

»Ich stehe bestimmt nicht vor deiner Tür, um dich zu verführen«, sagte sie. »Wenn du dich beeilst, kannst du dir noch eine Stulle grapschen, bevor es losgeht. Sloppy Joe ist auch erst superspät runtergekommen, das ist dein Glück.«

Er lächelte über ihren kleinen Scherz. Gleich darauf stürzte er zum Bett, wo er sich die Klamotten von gestern überwarf. »Fucking Trekking.«

Sie machte ein paar Schritte ins Zimmer hinein. »Warum bist du hier, wenn es dir nicht gefällt?«

»Hab Mist gebaut, und das ist meine Strafe.«

Immerhin war er direkt und ehrlich, das gefiel ihr. Ansonsten konnte sie Yannick nichts abgewinnen. Er wirkte einerseits dröge, lustlos, nachlässig und nicht besonders intelligent, andererseits wegen seiner durchweg schwarzen Klamotten freakig.

Die dicke Ghetto-Bleikette um seinen Hals machte es nicht besser. Und dann diese zerrupften Stiefel – wollte er darin wandern? Besonders gut sah er auch nicht aus, eher durchschnittlich. Seine Arme und Beine waren schlaksig, blass und knochig wie bei den Robotern, die Autos zusammenbauen.

Er füllte eine Handmulde mit Leitungswasser und rubbelte es in die mittellangen stumpfbraunen Haare. Das war seine Morgenwäsche.

»Hast du kein Deo dabei?«

»Glaub nicht. Warum?«

»Ja, warum nur? Wo du doch von Natur aus gut duftest.«

»Wenn ich dir nicht in den Kram passe, dann bleib auf Abstand«, maulte er, aber als Biskuit ihm die Hand abschleckte, überzog das wahrscheinlich erste Lächeln des Tages seine Lippen. »Dein Hund mag mich. Ist das ein Bernhardiner?«

»Du kennst dich wohl nicht besonders mit Hunden aus?«

»Nein, mein Kumpel hat einen Rottweiler, und 'nen Dackel würde ich wohl auch noch erkennen.«

»Biskuit ist ein Labrador.«

»Cool. Der Name auch, gefällt mir.«

»Ich geb dir nachher welches, wenn du willst.«

»Hä?«

»Deo. Achselhöhlen.«

»Damit ich wie du dufte? Muss nicht sein.« Er stopfte ein paar Dinge in den Rucksack, als befülle er eine überquellende Wäschetrommel. Plötzlich hielt er inne und sah sie an. »Sag mal, du hast doch einen MP3-Player dabei ... Darf ich mir den ab und zu mal ausleihen?«

»Warum benutzt du nicht dein Phone?«

»Weil meine allerliebste Oma mir ab heute nur eine Stunde Handyzeit pro Tag gestattet. Und ich will auf dieser fucking Tour nicht an Langeweile sterben, dafür bin ich zu jung.«

»Du lässt dir von deiner Oma …?«

»Ja!«, rief er. »Ich sag doch, ich hab Mist gebaut. Was ist jetzt mit der Mucke?«

Jule verschränkte die Arme vor der Brust und lehnte sich lächelnd an den Türrahmen. »Da du so nett fragst, kann ich kaum Nein sagen. Aber nur, wenn du auch mein Deo annimmst. Und keine Sorge, es ist geruchsneutral.«

»Gebongt.«

Als sie unten bei den anderen eintrafen, schob sich Joe gerade ein halbes Wurstbrötchen in die Backe, das er zuvor in Kaffee eingeweicht hatte. Ein brauner Tropfen rann vom Mundwinkel zum Kinn, während Jules Vater die Wanderstrecke des Tages referierte.

»Zunächst südwestlich bis hinter Hohendorf, dann in westlicher Richtung bis Wrangelsburg und ab dort weiter in nordwestlicher Richtung.«

»Das ist ja fast alles im Wald«, bemerkte Romina. Sie hatte ein enges türkisfarbenes Top angezogen, mit dem sie in einer Pizzeria bei Kerzenlicht garantiert alle Blicke auf sich gezogen hätte. Dazu sexy rosa Shorts, rosa Fingernägel und ein beigefarbenes, bunt gesprenkeltes Kopftuch gegen die Sonne, so eines, wie es Grace Kelly in *Über den Dächern von Nizza* bei den Cabriofahrten trug. Alles in allem sah sie aus wie eine italienische Nachspeise mit reichlich Zitronat und Orangeat.

»Wir werden noch froh sein, viel durch den Wald zu laufen. Für heute sind neunundzwanzig Grad vorhergesagt, im Schatten wohlgemerkt. Das ist rekordverdächtig für Anfang Juni. Unter den Bäumen wird es schön kühl sein.«

»Ich dachte, wir laufen am Meer entlang?«

»Das werden wir auch. Morgen Abend erreichen wir Greifswald, das liegt am Meer. Dahinter geht es für uns noch einmal ein Stück über Land, bis wir in drei Tagen dann bei Hof Gronow, also hier …«

»In drei Tagen?«, rief Romina. »Komm schon, Gregor, wir sind doch nicht auf einer Schnitzeljagd. Wir könnten stattdessen von hier nach da über die Wiesen laufen. Nördlich von der Strecke, die du ausgesucht hast.«

»Die habe nicht ich ausgesucht, Romina. Das ist der offizielle Ostseewanderweg E9.«

»Na dann pfeifen wir eben auf den E9. Wir laufen da, wo es schöner ist. Ist doch ganz einfach. Und kürzer ist es auch noch. Siehst du, eine schöne gerade Linie westwärts, und nicht erst nach Südwesten und dann im Zickzack nach Nordwesten.«

»Ich bin dafür, dass wir uns an die Wanderkarte halten«, sagte Jules Vater. »Und noch mal, auf den Wiesenwegen wird es heute garantiert über dreißig Grad heiß.«

Joe schmatzte an den Resten des halben Brötchens. »Seh ich anders. Ich pfeif auf den offiziellen E9.«

»Okay, Abstimmung«, beschloss Jules Vater, der lange Diskussionen verabscheute. »Wer kommt mit Jule und mir?« Elsi hob sofort die Hand und Yannick, halb abwesend, ebenso. »Das wäre dann die Mehrheit.«

Romina zuckte mit den Achseln. »*Allora* durch den Wald.«

Damit war die erste Krise abgewendet. Sie verließen den Frühstücksraum, zahlten ihre Rechnungen und traten hinaus in den strahlenden Morgen. Eine warme Brise ließ die Kraft der Junisonne bereits erahnen, und dem Glitzern zwischen dem hohen, wogenden Schilf hätte Jule stundenlang zusehen können. Nicht nur sie. Eine Frau stand am Ufer vor einer Staffelei und malte. Sie schien über die Pinselstriche nicht nachzudenken, sondern malte aus dem Gefühl und versuchte, es auf die Leinwand zu transportieren. Es würde ein stimmungsvolles Bild werden, voller Schönheit und Frieden, ein Bild, das Urlauber in einer Galerie als Andenken erstanden, zur Erinnerung an die friedlichen Tage hier. Sie wäre keiner dieser Urlauber.

»Kriege ich ihn jetzt mal?«

»Wie?« Jule blickte Yannick entgeistert an.

»Na, den Player.«

Sie kramte das Gerät aus der Jackentasche und gab es leichten Herzens her. Heute würde sie das Ding ohnehin nicht benutzen. Sie freute sich auf den Wald, vor allem, wenn es dort viele Buchen gab. Das Licht, das durch die Laubkronen fiel, hatte etwas Magisches.

»Bereit?«, fragte Elsi ihren Enkel.

»Nö, eigentlich nicht.«

»Das ist die richtige Einstellung«, lachte sie und streckte den Arm Richtung Südwesten aus. »Einen sicheren Tritt wünsche ich uns allen. Los geht's.«

Fuck. Ein Track schlimmer als der andere. Was war das überhaupt für ein Zeug: Claude Debussy, Mozart, Relaxing Piano? Nix als Bullshit, vor allem Geklimper und ein bisschen Folk zum Einschlafen. Kein Metallica, Bon Jovi, Nirvana, kein Eminem, Snoop Dogg oder 50 Cent, auch kein Rammstein. Nicht mal – und das war echt nicht viel verlangt – die Stones. Dafür jede Menge Schwarzwälder Kirsch, Zuckerguss, Mundharmonika und Tränendrüse.

Dieses Girl! Er hätte es wissen müssen. Sie gehörte zu den Schickimickis. Die gab es zuhauf an seiner Schule oder vielmehr Ex-Schule. Die vom Gymnasialzweig hatten sich auf dem riesigen Schulhof immer mal wieder aufs Real- und Hauptschulgelände verirrt, manche absichtlich, um sich die Minderbemittelten anzugucken wie die Affen im Zoo, andere versehentlich, wie wenn man auf dem Berliner Ring die falsche Ausfahrt nahm und plötzlich im Prekariat landete. Auf den ersten Blick waren sie oft gar nicht so verschieden: Sneakers, Sweats, Bandanas, Ethno-Schmuck und Edelstahlketten trugen fast alle. Aber ihre

Blicke ... wie wenn man an Erbrochenem vorbeigeht. Und wie sie quatschten! Gar nicht mal etepetete, einfach anders. Hochdeutsch, Opern blubbernd. So wie Yannicks Cousins mütterlicherseits. Quasselten vom Mountainbike-Urlaub in Tirol, von der Klassenfahrt nach Dublin, vom Einrichten eines Börsenkontos. Und die Cousinen vom Tina-Turner-Musical und der letzten Klima-Demo auf dem Alexanderplatz.

Welche Story hätte er zu erzählen gehabt? Wie es ist, verhaftet zu werden? Die Schule zu schmeißen oder das sechste Level bei *Toronto Car Race* zu erreichen? Sie hätten ihn so oder so wie Erbrochenes angeblickt. Also versuchte er, sich so wenig wie möglich mit ihnen abzugeben und ihre mitleidigen Fragen nach seinem prekären Leben einsilbig zu beantworten. Und wenn sie ihm ganz olympisch kamen, dann haute er einen deftigen Spruch raus, der ihre schlechte Meinung über ihn bekräftigte.

Logisch, Jule war etwas Besseres. Eine Prinzessin. Yannick musste sich nur ihre Schuhe ansehen: Jack Wolfskin. Seine stammten für zwölf Euro fünfzig aus dem Secondhand-Military-Laden, spendiert von seinem Vater, der sonst keinen müden Euro zu irgendwas beisteuerte. Mit siebzehn hatte er seine Lehre damals schon abgeschlossen gehabt und war jetzt der Meinung, Yannick müsse nun alleine zurechtkommen, und zwar in jeder Hinsicht, beruflich, finanziell und auch sonst.

Als wäre es bisher anders gewesen ...

Der Daddy der Prinzessin war auf den ersten Blick gar nicht so übel. Der hatte was drauf. Texasmäßig, Clint Eastwood für Arme. Obercool. Wusste immer, wo's langging. Lieferte sich mit Oma ein Dauerduell um die Scout-Position. Die beiden waren sich meistens über den Weg einig, aber wenn mal nicht, stoppte der ganze Zug und wartete verschnaufend darauf, dass Gregor und Oma sich einigten. Yannick mochte ihn trotzdem nicht, er spielte ihm zu sehr den Beschützer für sein Prinzesschen, ließ sie kaum zwei Minuten alleine.

Die anderen drei aus der Truppe waren gar nichts für Yannick. Viel zu alt, logisch. Aber davon mal abgesehen: Joe war ein Schlaffi, die moppelige Halbitalienerin machte schon nach wenigen Kilometern einen auf sterbenden Schwan, und die fahlgesichtige Fritzie kam ihm grenzdebil vor.

Niemand dabei, mit dem er mal quatschen konnte, die Mucke von Jule war auch nix, damit blieb nur der Hund übrig, um sich von der ewigen Lauferei abzulenken. Eigentlich hatte Yannick es nicht so mit Tieren. Er hatte nie eins gehabt und seine Eltern auch nicht. Aber nach einem halben Tag, an dem Biskuit nicht von seiner Seite wich, war das Eis gebrochen. Yannick stellte fest, dass es blödere Beschäftigungen gab, als Stöckchen zu werfen.

»Gönn Biskuit mal eine Pause, ja?«, sagte Gregor, der an einer Weggabelung auf ihn wartete. »Wir haben noch mehr als zehn Kilometer vor uns, und der Nachmittag wird heiß.«

Yannick ließ den Stock fallen, ohne aufzusehen. »Kommt nicht mehr vor.«

»Gerne morgen wieder«, sagte Gregor. »Biskuit mag dich, das ist nicht zu übersehen.«

»Wenigstens einer. Sorry, muss pinkeln.« Er schlug sich in die Büsche.

Gregor rief ihm hinterher: »Sag mal, was ist eigentlich aus Joe, Fritzie und Romina geworden?«

»Was weiß ich.«

»Sie sind doch hinter dir gelaufen.«

»Echt? Ist mir gar nicht aufgefallen.«

»Sie sind weg. Ich sehe sie nicht mehr.«

»Sorry, muss dringend pinkeln.«

Mitten im Dickicht lehnte er sich an einen Baumstamm. Was

würde er jetzt für einen Chat mit seinen Kumpels geben. Oder, noch besser, für eine Stunde in Bolkos Wohnung, die Stereoanlage voll aufgedreht, die Boxen im Takt zu Nirvana vibrierend, und dazu *Car Race*, Level sieben.

Der Tau haftete noch an den langen Grashalmen, als Fritzie sie mit flachen Schritten durchschritt, manchmal auch hüpfend. Ihre Füße waren nass und rutschten quietschend in den braunen Sandalen umher. Aber irgendwann tat es weh. Sie müsste dringend festeres Schuhwerk anziehen, und später würde sie das auch tun. Besser gleich? Oder lieber doch nicht? Nein, doch nicht. Die alten Stiefel erinnerten sie an früher: an das nasse Gras der Weiden am Morgen, an den Dunst, den die Augen kaum durchdrangen, an die fliehenden Insekten bei jedem Schritt, wie die kleinen grünen Hüpfer, die Käfer mit den schwarzen Punkten und die Dinger mit den langen, grünblau schimmernden Körpern und den vielen Flügeln.

Sie suchte weiter nach Vertrautem. Die Weite war dieselbe wie damals in Brandenburg, überall gab es Kühe, es roch nach sattem Grün und stinkenden Fladen. Ja, ein bisschen war es wie früher, wenn sie mit ihrem Bruder herumgezogen war, im Frühling, im Sommer und im Herbst, meistens nach dem Abendbrot, das bei ihren Eltern früh aufgetischt wurde. Die Hausaufgaben waren gemacht, die Arbeit auf dem Hof war erledigt. Ferdi nahm sie mit hinaus in die Dämmerung. Oft zog er sie hinter sich her, über die Weiden bis zum See oder die bewaldeten Hügel der Märkischen Schweiz hinauf. Sie ließ sich gerne von ihm ziehen. Das hatte so etwas … Es war so …

Ferdi war nur eine Stunde älter als sie, aber er wusste und kannte alles lange vor ihr, von den kleinsten Dingen bis zu den wesentlichen. Zum Beispiel kaufte er sich von dem bisschen Geld, das er zum elften Geburtstag bekam, ein paar Schachteln

Zigaretten auf dem Schwarzmarkt und fing an zu rauchen oder wenigstens zu paffen. Und er brachte sich selbst bei, allein im Wald zurechtzukommen, Feuer zu machen und Nahrung zu finden. Zwischen ihrem älteren Bruder und ihnen beiden lagen neunzehn Jahre ... oder? Egal, jedenfalls war er, als Fritzie und sie zehn wurden, schon verheiratet und Vater. Ferdi mochte Etienne nicht, also mochte Fritzie ihn auch nicht. Ferdi brachte ihr alles bei, er zeigte ihr, wie man auf Bäume kletterte und wieder herunterkam, wie man schwamm, Kopfsprünge machte, Fallen stellte, Tiere fing. Außerdem brachte Ferdi ihr bei, den anderen Menschen nicht zu trauen. Auch Etienne nicht. Auch den Eltern nicht. Ferdi zeigte ihr Verstecke, Tümpel, gewundene Bäche. Und er zeigte ihr die Höhle ...

»Die Höhle«, murmelte Fritzie gedankenversunken, während sie weiter einen schmerzenden Fuß vor den anderen setzte.

»Welche Höhle?«, fragte Romina.

Sie stand inmitten des warmen Grases, das Smartphone wie eine Wünschelrute mit beiden Händen umfasst, das Gesicht umrahmt von ihrem Kopftuch, die Stirn schweißnass, das Dekolleté schweißnass, überhaupt alles irgendwie ... fix und fertig. Vor zwei Stunden hatten sie den Anschluss zu Gregor, Jule, Elsi und Yannick verloren. Oder doch schon vor drei Stunden? Das Tempo war ihnen zu hoch gewesen, und sie waren zurückgefallen, zuerst nur etwa hundert Meter. Aber dann hatte Joe mal gemusst, und sie hatten auf ihn gewartet, danach hatte Romina mal gemusst, und sie hatten erneut gewartet. Irgendwann waren sie an einer Weggabelung links gelaufen, wo sie vielleicht lieber ... Na ja.

Romina hatte das Kommando der Nachhut übernommen und war einer App gefolgt, Joe war Romina gefolgt und Fritzie war Joe gefolgt. Wo sie war, war ihr nicht wichtig. Hauptsache unterwegs.

»Wir suchen nach keiner Höhle, Fritzie. Wir suchen nach dem Weg. Er müsste genau hier sein, wo wir jetzt stehen, aber da ist kein Weg.«

»Kein Weg«, bestätigte Fritzie. »Dafür ist es schön hier, vor allem ...« Mit einer Geste lobte sie die Kuhweide, das hölzerne Gatter mit der schmiedeeisernen Kette und die windschiefe Vogelscheuche, die keiner Krähe Angst einjagte. »Einfach schön.«

Romina ließ für einen Moment das Telefon sinken und drehte sich einmal um die eigene Achse. »Ja«, sagte sie. »Allerdings ist es fast zwölf, und wir sind erst fünf oder sechs Kilometer vorangekommen. *Mamma mia*, wo steckt der Joe denn schon wieder?«

»Hier bin ich.« Lachend kam er hinter einem Busch hervor. »Sorry, Mädels, die Bierchen von gestern.« Er legte den Arm um Fritzies Schultern und sah Romina an. »Was ist das Problem?«

»Das Problem, lieber Joe, ist, dass Google Maps Wege anzeigt, wo keine sind. Der Pfad ist immer dünner geworden, und jetzt ist er weg. In der App ist er aber noch da.«

Die beiden fachsimpelten eine Minute lang über das korrekte Lesen von Apps und übersahen das Offensichtliche.

»Wir sollten die paar Kilometer zurücklaufen bis dahin, wo ...«, schlug Fritzie vor, ohne über den Ansatz hinauszugehen.

»Och nö, Leute!«, rief Romina. »Umdrehen ist langweilig. Sag du doch auch mal was, Joe.«

»Nee, das wär bloß 'ne Genugtuung für Sheriff Gregor. Ich bin dafür, dass wir es weiter versuchen.« Er blickte auf Fritzie hinunter und sie zu ihm auf. »Aber nur, wenn es meiner Mimi nichts ausmacht.«

»Sie heißt Fritzie«, korrigierte Romina.

Joe legte den Arm um Fritzie, was er sehr gerne machte, eigentlich andauernd. »Weiß ich doch. Trotzdem ist sie meine Mimi, hm?«

Fritzie zuckte mit den Schultern. »Nein, es macht mir nichts aus, die Mimi zu sein.«

»Also gut, Leute, dann da lang«, sagte Romina entschieden und stapfte voraneweg.

Da lang, das war querfeldein, in der Hoffnung, hinter dem Horizont einen anderen Weg zu finden, der zwar in der App als deutlich sichtbarer Strich existierte, in der Realität dagegen ... Die Sonne brannte geradezu unbarmherzig für einen Junitag auf sie herunter. Die drei hielten sich südlich einer Landesstraße und nördlich des Waldes. Manchmal sah es so aus, als hätten sie Glück, wenn sie auf einen Pfad stießen, der in die richtige Richtung führte, doch irgendwas kreuzte immer früher oder später ihre Pläne: ein Zaun, ein Bewässerungsgraben und zu guter Letzt ein Skulpturenpark. Fritzie lachte jedes Mal, und wenn sie lachte, lächelte Joe so breit, dass man seine Zahnlücke sehen konnte. Romina lächelte nicht.

Ihnen blieb keine Wahl, als auf die Landesstraße auszuweichen. Kein schöner Weg zwar, doch immerhin kamen sie gut voran, und die Allee bot ihnen ein wenig Schutz vor der Hitze. Um 14:00 Uhr erreichten sie ein Dorf und bemerkten, dass sie erst ein Drittel des Tagespensums bewältigt hatten. Schließlich überwand sich Romina und stellte den Ton ihres Handys an. Sie hatten schon beim Kennenlernen am gestrigen Abend vereinbart, die Geräte auf stumm zu schalten, weil das Klingeln von sieben Telefonen mit einer Wanderung, wie sie sie vorhatten, nicht im Einklang stand.

Inzwischen waren fünf Nachrichten von Gregor aufgelaufen, der fragte, wo sie denn blieben. Romina schrieb zurück, dass sie auf einem anderen Weg zum Tagesziel gelangen würden.

Ihre Rast dauerte nur eine Viertelstunde. Gesprochen wurde wenig, und wenn, dann nur über praktische Dinge. Fritzie stieg nun doch auf festes Schuhwerk um, ihre Füße waren bereits wund. Derart erschöpft war sie früher nie gewesen. Ferdi hatte sie immer Huckepack genommen, wenn es nicht mehr anders ging. Ferdi war groß und stark.

Fritzie und Joe informierten sich an einer Bushaltestelle. Eigentlich tat es nur Joe, denn Fritzie hatte Probleme, den Fahrplan zu verstehen. Joe sagte, sie könnten drei Ortschaften weiter aussteigen und auf diese Weise acht Kilometer zurücklegen. Er überzeugte Romina, dass ihnen dabei kein Zacken aus der Krone brechen würde.

»Guck ma, Bömmsken, die Sonne knallt uns aufe Birne, und die Quanten tun weh. Jetzt is ma Schicht im Schacht, oder wat sachste?«

Es klappte. Sie nahmen den Bus und befanden sich um 16:00 Uhr nur noch sechs oder sieben Kilometer von ihrem Ziel entfernt. Die mussten sie allerdings zu Fuß bewältigen, weil der Anschlussbus erst in zwei Stunden fuhr. Fritzie hätte lieber gewartet, aber sie gab keinen Mucks von sich.

Alles hätte einen guten Ausgang nehmen können, wenn Romina nicht versucht hätte, ihre Scharte vom Vormittag auszuwetzen und erneut einen Weg vorzugeben, der abseits der Straße lag. Nach einer halben Stunde Fußmarsch durch Wiesen und Waldabschnitte standen sie vor einem Gatter, hinter dem sich offenbar eine Obstplantage erstreckte.

»Und jetzt?«, fragte Fritzie lachend.

Joe zündete sich eine Zigarette an und grinste nur.

Für Romina war die Sache klar. »Was ist schon ein Zaun? Wir klettern da drüber, und fertig.«

Fritzie wurde gar nicht erst gefragt. Nach einer Minute standen sie alle drei samt Marschgepäck auf der anderen Seite. Joe ließ es sich nicht nehmen, Fritzie an der Taille zu packen und vom Zaun zu hieven, wie in einem romantischen Film.

Joe war gut zu ihr. Er war genau so, wie sie ihn sich vorgestellt hatte, wie sie sich einen Mann vorstellte, und das war nach allem, was man so hörte, bei Internetbekanntschaften nicht selbstverständlich. Sieben Monate lang hatten sie sich nur geschrieben, nie telefoniert. Sie hatte behauptet, sie lebe in Dänemark, was nicht stimmte, jedenfalls nicht mehr, und dass ein Treffen erst mal nicht möglich sei. Dabei wohnten sie in derselben Stadt, er in Tegel und sie nur wenige Kilometer entfernt in Malchow. Ein paar Fotos hatten sie ausgetauscht, das war alles. Dann das erste Telefonat. Seine Stimme klang wie erwartet: nicht zu ernst, eher locker und fast ein bisschen kindlich, vor allem, wenn er mit ihr sprach. Sie mochte das.

»Weiter geht's!«, rief Romina wie ein Feldwebel.

Die Obstplantage war von einem Walnusshain umgeben. Die mächtigen Bäume warfen dunkle Schatten, durchbrochen vom fröhlichen Spiel der Sonnenflecken auf dem Boden. Bunter Vogelgesang lag in der Luft, die Brut war geschlüpft. Aus einem Kupferrohr plätscherte Wasser in einen Steintrog und von dort in kleinen Kaskaden in einen Ententeich. Ein Paradies. Spalierobst wechselte sich mit urwüchsigen Veteranen ab, zumeist Äpfel, Birnen und Kirschen, die natürlich noch nicht reif waren. In einer sonnigen Ecke wuchsen Erdbeeren, wunderschön rot und saftig.

»Wie wär's?«, fragte Romina. »Eine Stärkung könnte ich durchaus vertragen.«

Joe gefiel der Gedanke, und sie begannen, sich die Bäuche vollzuschlagen.

Fritzie sagte: »Ich habe das Gefühl, dass …« Die beiden beachteten sie nicht. »Joe, da vorne! Da sehe ich … Guck mal …«

Vor ihnen stand ein Häuschen, vielmehr eine Hütte, schrebergartenmäßig niedrig, gut verborgen zwischen Fliederbüschen.

»Dort wohnt jemand.«

»Ach was«, meinte Romina, während sie ihre Handfläche mit den süßen Früchten füllte.

»Doch, das Haus ist bewohnt.« Fritzie zupfte Romina am Kopftuch. »Es bewegt sich was. Jetzt sehe ich …«

Ein Mann kam auf sie zu. Mit beiden Händen umklammerte er etwas, das man von Weitem für ein Gewehr halten konnte, aber Fritzie wusste, dass es nur ein Stock war, so geschnitzt, dass er einem Gewehr ähnelte. Ferdi hatte damals auch so einen Prügel gehabt, halb Spielgerät, halb Wanderstock. Für etwas anderes als zum Spielen oder Wandern hatte er ihn jedoch nie benutzt, bis auf das eine Mal.

»Scheiße, die Mimi hat recht!«, rief Joe. »Los, wir verziehen uns. Gibt nur Ärger.«

Fritzie folgte Joe, doch Romina blieb wie angewurzelt stehen, während der Mann sich ihr näherte. Egal, was Joe ihr zurief, sie schien es nicht zu hören. Dabei hätten sie dem Alten leicht entkommen können. Er war dickbäuchig, die Beine waren krumm wie Wurzelholz. Das Hemd hatte er schlampig in die Shorts gestopft. Eigentlich komisch, solche Typen, aber irgendwie auch gruselig. In dem Schrebergarten bei ihr um die Ecke in Malchow liefen solche knorrigen alten Männer zu Dutzenden herum, am liebsten mit Zollstöcken, um die Höhe der Nachbarhecken zu überprüfen.

Weil Romina noch immer keine Anstalten machte, wegzulaufen, ging Joe zu ihr zurück.

»Keine Aufregung«, rief er dem Mann entgegen. »Nur ein paar Erdbeeren.«

Der Alte regte sich trotzdem auf. »Du willst mich wohl verscheißern, du dreister Lump.«

In diesem Stil ging das Wortgefecht hin und her, bis dem Mann das Wort »Anzeige« über die Lippen kam. »Das ist Mundraub und Landfriedensbruch. Nicht mit mir, ihr Diebe.«

Als er seinen Prügel im Zorn hob, stieß Romina einen lauten Schrei aus, und Joe schubste den Widersacher zu Boden. Ihm schien nichts weiter passiert zu sein, aber nun rief er mit schriller Stimme einen Namen, und es dauerte nur einen Wimpernschlag, bis ein deutlich jüngerer Mann zwischen den Fliederbüschen hervorsprang.

Joe zog Romina so grob mit sich, dass sie beinahe stolperte. Ihre Erstarrung löste sich, und nach ein paar Metern floh sie aus eigener Kraft. Fritzie rannte hinterher. Sie hatte keine Lust, für etwas zu büßen, was sie nicht verbrochen hatte. Nicht schon wieder.

»Ich krieg euch, ihr Lumpenpack!«, rief der Alte ihnen nach.

Sein Sohn oder Enkel half ihm auf die Beine. Keiner der beiden verfolgte die Flüchtenden. Nach ungefähr dreihundert Metern gelangten sie keuchend an ein weiteres Tor, das sie ebenso mühelos überwanden wie das erste. Nach weiteren hundert Metern ließen sie sich auf einem umgestürzten Baumstamm nieder.

Der ganze Vorfall hatte nicht länger als fünf Minuten gedauert, eher weniger, dennoch saß er bei zwei von ihnen tief. Fritzie spürte die Veränderung sofort. Joe zündete sich eine Zigarette an, die er mit zitternder Hand rauchte, Romina nahm das Kopftuch ab und fuhr sich unentwegt seufzend durch die langen schwarzen Haare.

»Gerade noch mal Schwein gehabt«, sagte Joe, aber niemand antwortete ihm. »Dem Alten ist doch nichts passiert? Oder wat meint ihr?« Es schien ihm ernstlich Sorgen zu bereiten. »Ich Eumel, ey. Hätt ihn nicht stoßen sollen, das war nicht okay. Ich werd mal nach ihm sehen.«

»Das ist keine gute Idee, Joe«, sagte Romina. »Außerdem fühle ich mich hier nicht mehr wohl. Ich muss raus aus dem Wald.«

»Jau. Ihr zwei Bömmsken geht schon mal vor, ich hole euch dann ein.«

Fritzie und Romina warfen sich die Rucksäcke über und liefen los. Nach etwa zehn Minuten schnellen Laufens fand Romina, dass es reichte, hauptsächlich, weil sie aus der Puste war. An einer Stelle, wo zwei Waldwege sich kreuzten, ließen sie sich auf zwei eng beieinanderstehenden bemoosten Baumstümpfen nieder und warteten. Das Schild »Privatweg«, nur wenige Schritte von ihnen entfernt, war unübersehbar, der offizielle Waldweg, den sie eigentlich hätten gehen sollen, wäre der andere gewesen.

Romina war seltsam aufgewühlt und würde die Schuld mit Sicherheit gleich auf jemanden schieben, der nicht anwesend war und sich nicht wehren konnte, auf die Kreisverwaltung vielleicht, das Straßenverkehrsamt oder den örtlichen Wanderverein … Fritzie konnte das nicht nachvollziehen. Wieso musste eigentlich immer jemand schuld sein? Konnten Dinge nicht einfach so passieren? Indem sie unglücklich zusammenwirkten, zum Beispiel. Eine vielfach geteilte Schuld, an der unzählbar viele Menschen oder Umstände einen Anteil hatten.

»Du kannst nichts dafür«, sagte sie zu Romina und kicherte. »War doch ein schöner Spaß. Ich fand's jedenfalls lustig.«

Romina sah sie überrascht an, so als wundere sie sich, dass eine Äußerung von Fritzie sie beeindruckte. Schließlich stimmte sie in das Kichern ein.

»Stimmt. Der Alte war wirklich ein Knaller. Hast du die schiefen Beine gesehen? Grässlich, wie bleich sie waren. Und erst die Socken in den Sandalen. Es schüttelt mich jetzt noch.« Eine Minute lang machte sie sich lustig über den Mann, der ihr gerade eben noch Angst eingejagt hatte.

»Du hast vorhin so erschrocken gewirkt«, sagte Fritzie in herantastendem Tonfall.

»Wann?«

»Als der Alte mit dem Knüppel auf uns zugelaufen ist. Was ist …? War da was?«

Romina band sich die Schuhe, erst den einen, dann den anderen, obwohl sich die Senkel nicht gelöst hatten. Vermutlich hätte sie sich auch einen dritten und vierten Schuh gebunden, wenn sie so viele Füße gehabt hätte. Fritzie vermied es, sie anzusehen. Lieber blickte sie in die Wipfel der Bäume, die in einem unerwarteten, willkommenen Luftzug wogten und rauschten und wisperten, als wollten sie den beiden Frauen etwas mitteilen. Unten kam von der Brise nichts an, und Fritzie stellte sich vor, dort oben mit den Zweigen im Wind zu schaukeln, hin und her und auf und nieder, und dabei zu lachen. Sie stellte sich vor, fliegen zu können wie Karlsson auf dem Dach, dieser Junge mit dem Rotor auf dem Rücken. Oder, noch besser, einfach davongetragen zu werden wie eine Feder.

Wie eine Feder.

Bei dem Gedanken fiel ihr ein Zitat ein, das sie mal in einem Buch gelesen hatte, sie wusste nicht mehr, in welchem: *Die Schuld wiegt schwerer als ein Berg, der Tod leichter als eine Feder.*

Da waren sie wieder, die beiden Worte: Schuld und Tod. Sie hatte lange darüber nachgedacht, früher, inzwischen nicht mehr so viel.

»Ich war vier Jahre alt«, sagte Romina, als Fritzie schon nicht mehr mit einer Antwort rechnete. »Ich habe den Sommer damals bei den Eltern meines Vaters in Kalabrien verbracht. Meine Großeltern waren gerade erst in Rente gegangen. In der Nähe von Cosenza bewohnten sie ein abgelegenes Häuschen, es war winzig, und außer für mich war dort kein Platz für weitere Besucher. Meine Eltern reisten nach Neapel und Capri, und ich schlief eine Woche lang zwischen *nonna* und *nonno* Pantelli in ihrem knarrenden Ehebett. An das Geräusch erinnere ich mich heute noch und an die Liebe, die ich für die beiden empfand. Und an die Geborgenheit.«

Sie holte Zigaretten und Feuerzeug hervor, umklammerte sie jedoch nur und betrachtete die Fäuste, die sie dabei machte.

»Am Nachmittag des siebten Tages, es war ein Samstag, saß ich auf der Schaukel im Garten. Sie war zwischen zwei krummen Olivenbäumen aufgestellt, nur einen Steinwurf vom Haus entfernt. Meine Großmutter war bei mir. Sie muss bei mir gewesen sein, denn dort hat man sie gefunden, gleich neben der Schaukel. Ihre Kehle war aufgeschlitzt. Mein Großvater war in seinem Bett erstochen worden, er hatte ein Nickerchen gemacht.«

Das war eine grausame Geschichte, bei der jeder Zuhörer zunächst mit »O Gott!« oder »Das ist ja furchtbar!« reagiert und anschließend gefragt hätte: »Und was war mit *dir*?«

Fritzie hingegen sagte nichts. Aus den Augenwinkeln beobachtete sie, wie Romina sich nun doch eine Zigarette anzündete und zwei schnelle Züge nahm.

»Mich hat ein Polizist hinter dem Haus gefunden, weinend neben der Aschentonne. Ich war unverletzt. Die Ermittlungen haben ergeben, dass ich Augenzeugin des Mordes an meiner *nonna* gewesen sein muss. Mein Kleid war besudelt von ihrem Blut, und auf meine Stirn hatte jemand, ebenfalls mit ihrem Blut, ein Kreuz gemalt. Ich habe den Mördern der beiden Menschen, die ich über alles liebte, direkt in die Augen gesehen. Aber ich … ich kann mich beim besten Willen nicht an sie erinnern. Ich weiß nur noch, dass zwei Männer mit Messern zwischen den Olivenbäumen hervorkamen, die das Haus umgaben. Aber wie sie ausgesehen haben … Fehlanzeige.«

Fritzie bemerkte, dass Romina sich ihr zuwandte, doch sie blickte weiter nach oben in die Baumkronen, die Augen fast geschlossen. Sie war nur halb bei der Geschichte. Sie war immer nur halb bei irgendwelchen Geschichten, die irgendwelche Leute ihr erzählten. Ein Teil von ihr, und zwar ein bedeutender, war stets woanders, an anderen Orten zu anderen Zeiten. Was Romina da aus ihrer frühen Kindheit berichtete, erinnerte Fritzie an ihre eigene, es erinnerte sie an die Höhle …

Die Höhle war eigentlich ein Bunker, aber Fritzie war viel zu jung gewesen, um das auseinanderzuhalten. Er stammte aus dem Zweiten Weltkrieg, lag verborgen unter Laub, Gestein und Moos, in dem die Kälte und der Tod wohnten …

»Als ich neun war«, erzählte Romina weiter, »hat die Polizei mithilfe einer Psychologin versucht, meine Erinnerungen zu wecken, und später noch mal, als ich fünfzehn war. Sie legten mir zwanzig Fotos vor, aber ich hätte selbst aus zehn oder fünf die beiden Täter nicht herausfischen können. Verdammt noch mal, ich habe den Killern direkt in die Augen gesehen, und trotzdem … Ich kann mich ums Verrecken nicht erinnern.«

Fritzie warf Romina einen kurzen Blick zu, eigentlich nur, um ihr zu zeigen, dass sie ihr noch zuhörte. Aber Romina verstand es als Aufforderung, ausführlicher zu werden.

»Wahrscheinlich die 'Ndrangheta«, erklärte sie. »Den wahren Grund hat man nie herausgefunden. Mein Vater hat vehement bestritten, dass seine Eltern etwas mit der Mafia zu tun hatten. Waren sie unfreiwillig Zeugen geworden? Haben sie die Zusammenarbeit verweigert? Sie waren zwei harmlose alte Menschen ohne Vermögen, kamen gerade so über die Runden. Man weiß es einfach nicht. Es ergibt keinen Sinn, und das macht die Tat seltsamerweise noch schlimmer.« Romina lachte bitter auf und drückte die Zigarette mit dem Stiefelabsatz auf dem Waldboden aus.

»Als der Alte vorhin zwischen den Büschen hervorkam, da … ist sie über mich gekommen, die Erinnerung.«

Fritzie kannte das. Sie verglich ihre Geschichte mit der von

Romina. Es gab Unterschiede, aber auch ein paar Gemeinsamkeiten. Gewalt war im Spiel, und das Ereignis ließ sie bis heute nicht los, es ragte weit in ihr Leben hinein wie ein riesiger Ast, der sich bei einem Unwetter durchs Fenster ins Innerste gebohrt hatte.

»Vielleicht«, fügte Romina zögernd hinzu und blickte Fritzie geradewegs in die Augen, als wolle sie prüfen, ob diese Person neben ihr auf dem Baumstumpf für eine solche Mitteilung taugte. »Vielleicht hat auch dieses Ersuchen der italienischen Behörden damit zu tun. Die kalabrische Polizei hat neulich einige Männer verhaftet, alles Killer der 'Ndrangheta. Ich soll nach Catanzaro kommen, in die Provinzhauptstadt, und sie wollen es noch mal versuchen.«

»Was denn versuchen?«

»Na, meine Erinnerungen zu aktivieren. Mit Hypnose, es gibt da wohl neue Methoden. Sie wollen mich dadurch zu dem Tag vor dreißig Jahren zurückführen.«

Was für ein Gedanke – alles noch mal erleben! »Und, wirst du es tun?«, fragte Fritzie.

»Ich weiß es noch nicht. Deswegen bin ich hier, glaube ich. Na ja, nicht nur deswegen. Ich musste mal raus. Den Kopf durchpusten, mit frischem Wind, im wahrsten Sinne des Wortes. Mit Ostseewind. Mich mal auspowern. Andere Leute um mich haben, Fremde. Nicht darüber grübeln, dass ich seit vier Jahren Single bin. Dass mir meine Eltern ständig wegen Enkelkindern in den Ohren liegen. Und dann ist auch noch Lollo gestorben, mein Kater. Vor einem Monat war das ... Ich weiß gar nicht, warum ich dir das alles erzähle, *cara*.«

»Fritzie.«

Romina lachte kurz auf und strich mit der Hand über Fritzies Haare, immer den Zopf entlang. »*Cara* heißt so viel wie Schätzchen. Wir kennen uns erst seit ein paar Stunden, aber ich habe das Gefühl, dass uns beide das Schicksal zusammengeführt hat. Glaubst du an das Schicksal, *cara*?«

Cara, Mimi, Fritzie … Ferdi hatte sie immer Vivi genannt, mit weichem V, und sie hatte den Klang des Namens so gerne gemocht, dass er ihr lieber gewesen war als ihr wahrer. Ihre Briefe an ihn, damals, als sie ihn für zwei Jahre ins Sanatorium geschickt hatten, unterschrieb sie alle mit Vivi. Sie hatte sie alle noch, denn ihre Eltern hatten sie nie abgeschickt, sondern heimlich zurückbehalten. Fritzie hatte sie Jahre später, nach dem Tod der Mutter, in deren Wäscheschublade gefunden.

»Ich glaube«, sagte sie, »dass manche Dinge einfach passieren müssen, und zwar egal, wie sehr man sich dagegen wehrt.«

Romina ergriff ihre Hand. »Ich weiß, wir sind zwar nicht im selben Alter, aber irgendwie seelenverwandt. Tut mir leid, wenn ich dich gerade vollgeheult habe.«

Fritzie lächelte zum Zeichen, dass es schon in Ordnung sei, und bemerkte zugleich Rominas irritierten Blick auf ihre Hand und ihre Fingernägel. Beide waren nicht gepflegt. Ihre Fingernägel brauchte Fritzie nur, um widerspenstige Kartons zu öffnen, wenn keine Schere zur Hand war, oder beim Flechten und Häkeln, da waren sie auch nützlich. Und waren die Hände allzu spröde, benutzte sie eine Mischung aus Leinöl und Honig, vielleicht zweimal im Jahr.

»Mit meinen Händen hättest du deine Mühe«, sagte Fritzie.

Romina kicherte. »Wir wachsen am schnellsten an unseren Herausforderungen.«

Joe kam herbeigetrottet. Der schlurfende Gang passte zu seinem Wesen. Verglichen mit seinen Händen, waren die von Fritzie aus feinstem Ebenholz, er hatte rissige, grob geschmirgelte riesige Pranken. Aber so hatte sie sich einen Mann, ihren Mann, immer vorgestellt.

»Hallo, ihr Mäusken, alles klar?«

»Das wollte ich dich gerade fragen«, erwiderte Romina. »Gab es Ärger?«

»Guck mal hier, zwei Handvoll Erdbeeren. Da staunste, wat? Der Alte hat seine Kindheit in Lintorf verbracht, gleich umme Ecke von Duisburg.«

»Und das hat zur Versöhnung gereicht?«

»Nicht ganz. Ich habe ihn vollpalavert, wie schlimm unser Tag war und dass ich ordentlich Mühe habe, meine zwei Frauen an der Leine zu halten.«

Romina fiel die Kinnlade herunter. »Deine zwei Frauen! An der Leine!«

»Jetzt nöl hier nich rum. Ich war in der Bredouille. Hier haste fünf Erdbeeren, deinen Anteil.«

»Hast du die Erdbeeren die ganze Zeit mit deinen dreckigen Händen …?«

Er blies die Luft aus der Lunge. »Dann eben nicht. Mimi, wie sieht's aus?«

Fritzie hielt die Hand auf, und er übergab ihr sein erstes Geschenk: fünfzehn knallrote Erdbeeren.

3

Die meiste Zeit des ersten Tages liefen Jonas und ich durch lichte Mischwälder, vorbei an einigen winzigen Dörfern mit gepflasterten Straßen sowie verlassenen, von Entengrütze bedeckten Tümpeln, Weihern und Seen. Unterwegs begegneten uns nur wenige Menschen, meist Spaziergänger, darunter ein junges Paar mit Rucksäcken groß wie Hinkelsteine, die uns überholten wie zwei Wiesel. Ich schlug mich nicht schlecht, wie ich fand, fragte aber meinen Sohn sicherheitshalber nicht nach seiner Meinung. Meine Füße brannten nach fünf Stunden wie in Essig eingelegt, am Abend wie durchgegart.

Wir aßen und übernachteten in der Nähe des Dorfes Hanshagen in der Pension *Sonnenfeld*, die zuvor auch die Wandergruppe beherbergt hatte. Ich wäre eine schlechte Journalistin und Buchautorin, wenn ich die Wirtin nicht zu ihnen befragt hätte. Es stellte sich heraus, dass sie und ihr Mann von dem Mordfall bisher nichts gehört hatten, und tatsächlich kamen sie mir vor wie Leute, die sich für nichts interessierten, was mehr als einhundert Meter von ihrem Gasthof entfernt passierte. Eine Wanderernase war ihnen so schnuppe wie die andere. Aber sie waren nett, und das Zigeunerschnitzel, das bei ihnen auch noch so heißen durfte, schmeckte ausgezeichnet.

Als ich im Bett lag, dachte ich entgegen meiner Gewohnheit nicht mehr lange nach, sondern schlief binnen Minuten ein. Am nächsten Morgen um sechs Uhr wachte ich erfrischt auf – erfrischter, als ich es am Vorabend für möglich gehalten hätte. Meine Zehen schickten mir Grüße, dass es sie trotz leichter

Blessuren noch gab, und auch einige andere Körperteile, die man sonst nicht spürt, weil sie einfach da sind, sandten unüberhörbare Lebenszeichen. Doch nirgendwo schmerzte es, und ich bemerkte eine gewisse Genugtuung darüber, fast schon Stolz. Ich glaube, ich war sogar leicht berauscht. Als ich mich fragte, woran das lag, fiel mir auf, dass ich gestern ab der zweiten Tageshälfte nicht mehr an all die Dinge gedacht hatte, die mir sonst so durch den Kopf gingen: der Job, Yims Restauranteröffnung, die Gesundheit meiner Mutter, ob ich mich je an das Leben auf dem Land gewöhnen würde, ob mein Sohn wohlauf war …

Sogar Letzteres war in den Hintergrund getreten, angesichts der körperlichen Herausforderung einerseits und des angenehm kühlenden Waldes mit den tanzenden Sonnenflecken auf dem duftenden Boden andererseits.

Ich empfand es als beruhigend, Jonas bei mir zu haben, und das über derart viele Stunden. So etwas wie diese Wanderung hatten wir noch nie gemacht, auch nicht, als er noch ein Kind gewesen war. Während ich anfangs dachte, wir müssten uns unentwegt unterhalten, spürte ich bald, dass gerade das stille Gehen Seite an Seite unsere Beziehung vertiefte. Es war keineswegs ein abweisendes Schweigen und auch kein verlegenes. Wir beobachteten die Welt und machten uns gegenseitig aufmerksam auf die Kleinode der Natur: ein Eichhörnchen, einen Baumläufer, einen Ameisenhaufen, die gewaltigen Wurzeln eines umgestürzten Baumes. Kein einziges Mal sprachen wir über Yim, Fabia, seinen oder meinen Job. Ich hatte Lust auf einen weiteren solchen Tag.

Bis ich aus dem Bett aufstand. Von jetzt auf gleich hatte ich das Gefühl, mir treibe jemand Pfähle durch die Fußsohlen. Wie eine Gichtkranke eierte ich ins Bad. Unter der Dusche versuchte ich mich zu erinnern, ob ich jemals solche Schmerzen in den Füßen gehabt hatte, und stieß auf einen Schülerball vor fünfunddreißig Jahren, auf dem mir die hohen Absätze von unten und mein Tanzpartner von oben zugesetzt hatten. Vergeblich drehte ich den Hebel, das Wasser wurde nicht wärmer, und die Pferdesalbe danach, die mir Yim vorsorglich mitgegeben hatte, brachte auch keine Linderung. Unfassbar, dass ich überhaupt in meine Wanderstiefel reinkam mit diesen Füßen, die gefühlt so groß, heiß und schwer waren wie antike Bügeleisen.

Jonas saß bereits vor seinem Frühstücksteller: zwei Brötchen belegt mit zermatschtem Ei. Ich begnügte mich mit einem starken Kaffee.

»Du musst was essen, Mama«, ermahnte er mich.

»Komisch, das sagen sonst Mütter zu ihren Kindern.«

»Und wenn du zum Büfett gehst, wundere dich nicht, da wird dich gleich so ein Laffe ansprechen.«

»Was denn für ein Laffe?«

»Ich wollte nicht Fatzke sagen. Er ist der Enkel der Wirte und braucht vermutlich Geld für seine nächsten Treter von Burberry. Er ist bereit, dir eine Info zu verkaufen.«

»Wie ominös. Da bekomme ich doch gleich Lust auf ein Marmeladenbrötchen.«

Der Laffe wartete bereits auf mich. Er hieß Ivo und kam mir vor, als hätte er nach seinem Schulabschluss nicht gewusst, was er mit sich anfangen solle, und sich deswegen für eine Lehre bei seinen Großeltern entschieden. Sein Outfit war für eine Servicekraft, die Tomaten und Mozzarellakügelchen auf Tellern anzurichten hatte, ein wenig übertrieben, vor allem das seidige rote Halstuch, Ton in Ton zu den Sneakers. Ivo war zwar schlank, sah aber aus, als könne er mir die Adressen der drei nächstgelegenen Fitnesscenter im Schlaf runterbeten. Außerdem grinste er unentwegt. Aufgeregt war er auch, es sei denn, er hatte immer einen derart roten Kopf, der sich von den blondierten, gestylten kurzen Haaren deutlich abhob.

»Sie müssen die Journalistin sein.«

»Glücklicherweise gibt es noch ein paar mehr als mich.«

Er verstand mein kleines Bonmot nicht. »Also, sind Sie nun die Journalistin?«

Ich legte zwei Sesambrötchen auf einen Teller. »Ja, die bin ich.«

»Bezahlen Sie Ihre Informanten?«

Das hörte sich geradezu an, als verfügte ich über ein enormes Netzwerk an Wühlmäusen, für das ich ein eigenes Budget zur Verfügung hätte.

»Nun ja, das ist auch schon vorgekommen. Aber ...«

»Also gut, ich habe da was für Sie.«

Ich schaufelte Aprikosenmarmelade in ein Glastöpfchen. »Zunächst einmal, woher wissen Sie von mir?«

»Ihr Sohn hat mich angesprochen. Zum Glück.«

»Kommen Sie, wir unterhalten uns am Tisch weiter.«

Er setzte sich verkehrt herum auf einen Stuhl und verschränkte die Arme auf der Lehne. Dass gerade zwei weitere Gäste den Frühstücksraum betraten, interessierte ihn nicht weiter. »Freie Platzwahl, die Herrschaften!«, rief er den beiden Frauen quer durch den Saal zu.

Ich bestrich ein Brötchen mit Marmelade. »Was ist das für eine Information?«

»Ich will tausend Euro dafür haben, Madame«, sagte er frech.

Das war ein Zehntel meines Vorschusses. Wenn das so weiterging, war ich am Ende der Wanderung pleite, denn es lagen noch ein halbes Dutzend Stationen vor mir.

»Das ist viel zu viel.«

»Aber ich brauche tausend Euro.«

»Und ich brauche eine Fußmassage, idealerweise von Lewis Hamilton. Ich fürchte bloß, unsere Wünsche werden heute nicht erfüllt.«

»Dann gehen Sie leer aus, Madame.«

»Sie aber auch, Monsieur. Im Übrigen sind Sie Ihre Informationen bis heute nicht losgeworden, sie sind offenbar ein Ladenhüter.«

»Ich war auf Blitzurlaub auf Malle, als es passiert ist, und als ich gestern zurückgekommen bin, war die Sache in den Medien blöderweise schon durch.«

Jonas brachte sich in das Gespräch ein. Während er das letzte Stück Eierbrötchen mampfte, sagte er: »Staatsanwaltschaft und Polizei freuen sich über jeden Hinweis. Nur leider zahlen die nicht gut, richtig?«

Sein anklagender Tonfall richtete zum Glück keinen Schaden an. Entweder begriff Ivo den Vorwurf nicht, oder er war ihm egal.

»Fünfhundert«, bot er mir grinsend an.

Ich trank in aller Ruhe einen Schluck Kaffee. »Ich sage Ihnen jetzt mal was, Ivo. Sie bekommen von mir einhundert Euro, garantiert. Selbst dann, wenn das, was Sie mir erzählen, in einem Neunundneunzig-Cent-Laden besser aufgehoben sein sollte. Sind Ihre Informationen etwas wert, stocke ich die Summe gerne auf. Maximal sind für Sie zweihundert Euro drin. Sollte Ihnen das zu wenig sein, würde ich jetzt gerne in Ruhe mein Frühstück genießen.«

Er hörte einfach nicht mit dem Grinsen auf, obwohl ich seine hochfliegenden Wünsche gerade auf Bonsai-Größe zurechtgestutzt hatte. Vielleicht dachte er bereits an das Joop-Hemd, das er sich davon kaufen würde.

»Abgemacht.« Er hielt mir tatsächlich die Hand hin, als wären wir soeben in eine zukunftsträchtige Geschäftsbeziehung eingetreten. Gleich darauf zückte er sein Telefon, legte es in die Tischmitte und spielte uns ein Video vor, gefilmt aus seiner Perspektive. Darauf war Yannick Gandelagen zu sehen, wie er gerade auf Ivo losging. Er schubste und knuffte den jungen Mann, wie halbstarke Großstadtrüpel es tun, wenn sie sich provoziert fühlen. Wenn man nur die Körperkraft betrachtete, hätte es genau andersherum sein müssen. Ivo hatte einen deutlich größeren Bizeps als der schlaksige Yannick und war zudem einen halben Kopf größer. In puncto Aggressivität und Entschlossenheit konnte er ihm allerdings nicht das Wasser reichen und wurde zum Boxsack des physisch Unterlegenen.

Der Film war stark verwackelt. Jedes Mal, wenn Yannick seinen Kontrahenten stieß, schwenkte die Kamera abrupt in die Höhe oder zur Seite. Die Auseinandersetzung fand offensichtlich vor dem Gasthof, im Halbdunkel der hereinbrechenden Nacht statt.

Nach etwa einer Minute – und das ist eine lange Zeit, wenn man mitansehen musste, wie jemand herumgeschubst wurde – ging Ivo rücklings zu Boden, wobei ihm das Telefon entglitt. Als er es nach einigen Sekunden wieder in die Hand nahm, saß Yannick auf ihm, verpasste ihm leichte Ohrfeigen und eher symbolische Schläge auf den Brustkorb, nichts, was wehtat, außer dem Stolz, falls man welchen besaß.

»Das machst du nicht noch mal, ja?«, fragte Yannick.

»Nein«, hörte man Ivo sagen. Eigentlich winselte er es.

Kurz darauf brach das Video ab.

Drei Dinge gingen mir spontan durch den Kopf, die nichts von dem betrafen, was da gerade zu sehen gewesen war. Typisches Gerichtsreporterinnensyndrom: Wir machten uns stets mehr Gedanken um das, was uns nicht auf dem Tablett serviert wurde. Aufgetischt wurde mir, dass Ivo der angegriffene und damit passive Part war, vielleicht sogar der vernünftigere, denn es war zu keiner Schlägerei gekommen. Yannick dagegen war eindeutig der Aggressor … und der Sieger. Was mir völlig fehlte, war erstens der Anlass für die Auseinandersetzung der beiden jungen Männer. Yannick hatte während der Attacke kaum ein Wort von sich gegeben, außer »Scheißkerl« und einigen amerikanischen Kraftausdrücken, und Ivo hatte kein Wort darauf erwidert, er hatte nicht einmal versucht, sich verbal zu verteidigen. Und wieso hatte er die Aufnahme gemacht? Wenn jemand auf mich losginge, würde ich ihm ganz bestimmt nicht mein sündteures iPhone unter die Nase halten. Dieser Aspekt führte mich zum dritten Punkt, denn ich fand die Tatsache bemerkenswert, dass Ivo mir das Video überhaupt vorspielen konnte. Für Yannick wäre es ein Leichtes gewesen, sich das iPhone zu schnappen und es zu zerstören oder zumindest das Video zu löschen.

»Warum war Yannick Gandelagen so aufgebracht?«, fragte ich Ivo.

Er schob das Telefon in seine vordere Hosentasche. »Bei solchen Typen ohne Bildung und Benimm weiß man nie so genau, warum sie ausflippen.«

»Vielleicht wissen Sie es ja ungenau?«

Er grinste etwas breiter als bisher. »Tja, ich habe mich eben zu gut mit dem Mädel verstanden.«

»Mit Jule Klee?«

»Genau der, Madame.«

»Und Yannick hat sich auch gut mit ihr verstanden?«

»Von wegen. Er ist ihr auf den Zeiger gegangen.«

»Hat sie Ihnen das gesagt?«

»Man hat es daran gemerkt, wie sie mit ihm umgegangen ist.«

»Wie ist sie denn mit ihm umgegangen?«

»Sie wollen es aber ganz genau wissen, Madame.«

Ich holte zwei Fünfziger aus dem Portemonnaie, die ich ihm über den Tisch schob. »Das hier ist für das Video, das Sie mir bitte gleich noch zuschicken. Wenn Sie mehr wollen, müssen Sie mir schon alles erzählen, was an jenem Abend passiert ist.«

Von einem der Tische erschallte der Ruf nach mehr Salami und Butter.

»Ja, gleich«, rief Ivo wenig freundlich und vergaß sogar für einen Moment zu grinsen.

»Wenn Sie sich erst um die anderen Gäste kümmern müssen, tun Sie …«

»Schon in Ordnung, dauert ja nicht lange«, unterbrach er mich und kehrte sogleich zu dem zurück, was für ihn am meisten zählte. »Aber dann will ich die vollen zweihundert Euro, Madame. Also, ich habe mich gut mit dem Mädel verstanden …«

»Das sagtest du bereits«, murrte Jonas.

»Sie fand meinen Gürtel toll, so hat alles angefangen, und wir haben dann ein bisschen gequatscht. Draußen war's. Ich hatte gerade Pause, da kam sie dazu und hat mir erzählt, woher sie kommt und so weiter. Dann habe ich ihr das Kühlhaus gezeigt. Das ist verrückt, meine Großeltern haben wirklich noch ein antikes Kühlhaus ohne Elektrizität, in dem sie früher die Lebensmittel gelagert haben. Dafür hat Jule sich interessiert, sie war überhaupt sehr neugierig. Wollte wissen, ob jemand aus der Familie mal den Gasthof übernimmt, ob ich das vielleicht plane, welche Hobbys ich habe. Daraufhin habe ich ihr von Malle erzählt, dass ich da in ein paar Tagen hinfliege … Wir haben uns echt gut verstanden.«

Jonas klappte lässig drei Finger seiner linken Hand auf und warf mir einen genervt-gelangweilten Blick zu.

»Auf einmal ist dieser Typ dazugekommen. Er sah ziemlich fertig aus, aber das haben Sie auf dem Video sicher selbst gesehen. Hände in den Hosentaschen, Zahnstocher im Mundwinkel. Gemüffelt hat er auch. Unser Gespräch ist sofort ins Stocken geraten, der Kerl hat so was von miese Laune verbreitet. Ich musste wieder rein und habe gerade noch gehört, wie er sie meinetwegen angepfiffen hat. Etwas später, bei meiner zweiten Pause, kam er dann raus und hat behauptet, ich hätte seine Freundin angemacht. Den Rest haben Sie gerade gesehen. Von wegen Freundin. Die beiden kannten sich gerade mal vierundzwanzig Stunden, wie Jule mir selbst erzählt hat.«

»Wann hat sie Ihnen das erzählt?«, fragte ich.

»Als wir uns spätabends noch mal getroffen haben.«

»Zufällig, oder …?«

Er grinste wieder breiter. »Halb zufällig, sag ich mal. Irgendwie habe ich geahnt, dass sie … Na ja, sie hat ein paar Stunden vorher erwähnt, dass sie sich auf die Sterne freut, weil man davon auf dem Land viel mehr sieht als in der Stadt. Mit Sternen kenne ich mich nicht aus, und sie hat mir was von Kassiopeia und Pegasus erzählt. Dabei sind wir uns ein bisschen nähergekommen, wenn Sie verstehen, was ich meine. Ja, wir haben geknutscht und uns auch sonst …«

»Ihr habt euch auch sonst echt gut verstanden«, grätschte Jonas dazwischen und klappte den vierten Finger auf.

Vielleicht war es gut, dass ein Gast in diesem Moment lautstark bemängelte, es sei kein Kaffee mehr da. Ivo musste sich darum kümmern, jedoch nicht, ohne mir vorher anzukündigen, dass er gleich zurückkehren werde, um sich die ausstehenden einhundert Euro abzuholen.

Jonas und ich lehnten uns zurück und tranken beide gierig einen Schluck Kaffee, als wollten wir den schlechten Geschmack im Mund loswerden.

»Bah, ist der grässlich«, sagte Jonas. »Mach mir nicht weis, dass du ihm glaubst.«

Ich zuckte mit den Schultern. »Nun denn, da ist immerhin das Video …«

»Ja, das ist echt, sonst aber nichts.«

»Woher willst du das wissen?«

»Ehrlich, Mama, sie fand seinen Gürtel toll?«

Ich lachte leise vor mich hin und brachte damit auch Jonas zum Lächeln. Er war viel zu ernst in letzter Zeit.

»Willst du meine Meinung hören?«, fragte er und wartete, bis ich nickte. »In Ordnung, Ivo sieht ganz gut aus, und eine

Gleichaltrige könnte sich innerhalb von wenigen Stunden auf ihn einlassen, wenn sie ähnlich gestrickt ist wie er. Aber Jule Klee? Echt nicht! Ich habe ihr Foto gesehen und die Kurzbio gelesen. Sie war zehn Jahre lang auf einer Montessori-Schule, richtig? Montessori-Schülerinnen knutschen nicht mit blondgefärbten Landeiern rum, die mehr Gel in den Haaren haben als Grütze im Hirn und sich als Models verkleiden. Ist so. Frag Fabia, sie war eine Montessori.«

»Soso, und weil du bei Fabia landen konntest, kann Ivo unmöglich bei Jule landen, verstehe ich das richtig?«

»Das kommt dem ziemlich nahe, was ich ausdrücken wollte.«

Ich lachte. »Du bist wenigstens ehrlich. Ein bisschen aufgeblasen, aber ehrlich.«

Tatsächlich verstand ich Jonas besser, als ich vorgab. Ich hatte auch Mühe, mir die beiden als schockverliebte Turteltauben vorzustellen. Andererseits grenzte das haarscharf an ein Vorurteil, zumal wir so gut wie nichts über Jule Klee wussten und kaum mehr über Yannick Gandelagen. Es hätte sich also durchaus so zutragen können, wie Ivo behauptete.

»Wenn du mich fragst ... der hat seine Geschichte ordentlich frisiert«, sagte Jonas. »Kann sein, dass er bloß ein kleiner Blender ist, aber vielleicht steckt da noch mehr dahinter.«

»Sieh einer an, bist du neuerdings von der Neurologie in die Psychologie übergewechselt?«

»Ich sage das nicht als Assistenzarzt, sondern als normaler Beobachter menschlichen Verhaltens, der zufällig ein wenig psychologisches Hintergrundwissen mitbringt. Dieses permanente Grinsen beispielsweise, das ist so falsch wie ein Werbeversprechen. Und dass er dich immerzu Madame nennt. Nicht zu vergessen dieses endlose Wiederholen seiner Eroberungsfantasien: Wir haben uns auf Anhieb prima verstanden, sie hat mir die Sterne erklärt, und dafür habe ich ihr das Knutschen erklärt ... Da kommt er, du kannst ihn ja mal fragen, warum er das Video aufgenommen hat, anstatt sich zu verteidigen.«

»Mach du das doch.«

Jonas nickte überrascht, und im selben Moment hielt mir Ivo die hohle Hand vors Gesicht.

»Einhundert Euro, Madame.«

Während ich mir viel Zeit damit ließ, das Geld hervorzukramen, sprach Jonas ihn ohne Umschweife auf das Video an.

»Wieso ich ...? Na ja, ich wollte einen Beweis haben. Hätte ja sein können, dass er zuschlägt.«

»Der Hänfling? Dann hättest du ihm einfach eine zurückgedonnert. So hätte ich es jedenfalls gemacht.«

»Ich hab's nicht so mit Schlägereien. Das ist was für Proleten.«

»Ich glaube eher, das ist ein Muster bei dir. Den Schwanz einziehen, wenn's ernst wird, ausweichen, zurückweichen, Filmchen drehen, klein beigeben. Süß, wie du am Ende des Videos quasi um Vergebung wimmerst.«

»Was ist denn jetzt mit den Scheinchen, Madame?«

»Oder wolltest du, dass Yannick dich schlägt? Damit du ein Opfer bist, denn Opfer können klagen und eine Entschädigung fordern. Manche Leute genießen es auch, unterlegen zu sein, und berauschen sich daran. Bist du so jemand?«

»Jonas ...«, schritt ich ein, doch ich konnte nicht verhindern, dass er nun erst so richtig aufdrehte.

»Lässt du dich gerne von anderen fertigmachen, um hinterher zu jammern, wie böse die Welt ist? Oder warst du vielleicht mehr an Yannick als an Jule interessiert? Fandest du es am Ende toll, wie er auf dir saß und ...«

»Warum dauert das so lange?«, rief Ivo und schnappte sich das Geld, das ich auf den Tisch geblättert hatte. »Pech gehabt, Madame. Für fünfzig mehr hätte ich Sie mit einer Zusatzinformation versorgt. Aber wenn ich hier so beleidigt werde ...«

»Was denn für eine Zusatzinformation?«

»Sie betrifft etwas, das ein paar Tage später passiert ist. Bedanken Sie sich bei diesem Idioten da, dass ich es für mich behalte.« Ohne ein weiteres Wort verschwand er in der Küche, wobei er die Rufe eines hungrigen Gastes ignorierte.

»Was war das denn?«, fragte ich meinen Sohn.

»Da siehst du mal, wie er sich unter Druck verhält. Er lässt seine Wut nicht am Aggressor aus, er verteidigt sich nicht mal, obwohl ich es ihm ordentlich gegeben habe: Feigheit, Geldgier, Masochismus, Homosexualität. Er hat mich kein einziges Mal böse angesehen, geschweige denn ein Schimpfwort benutzt. ›Typ‹, das war noch das Schlimmste.«

Eigentlich hatte meine Frage seinem provokanten Verhör gegolten, das gut und gerne nach hinten hätte losgehen können. So kannte ich meinen Sohn nicht. Ein spitzbübisches Naturell, eine gewisse Frechheit waren ihm immer schon eigen gewesen. Aber so etwas … Noch dazu ohne mit der Wimper zu zucken. Wie ein abgebrühter Spieler, der gerade mit einem Bluff durchgekommen war, sah er mich über den Tisch hinweg an und schlug seinem Frühstücksei das Köpfchen ein.

»Wenn du mich fragst«, sagte Jonas, »ist dieser Ivo entweder ein kleiner Feigling, der zu keiner Bluttat fähig ist, die über den Verzehr eines englisch gebratenen Steaks hinausgeht. Oder er ist ein Psychopath.«

EINIGE TAGE ZUVOR

Elsi hatte die letzten beiden Tage genossen, denn endlich wanderte die Gruppe vereint. Zwar hinkten Romina, Fritzie und Joe immer noch ein wenig hinterher, aber sie hatten ihre Lektion gelernt und verloren den Anschluss nie ganz. Was auch

Biskuit zu verdanken war, da Gregor den Hund als Meldegänger einsetzte.

»Biskuit, gib Laut!«, war nun ein oft gehörter Befehl, dem der Labrador stets folgte und über den sich die ganze Truppe amüsierte. Alle mochten den Hund, aber Yannick war geradezu vernarrt in ihn. Er warf Stöckchen um Stöckchen, was ihn – ganz nebenbei – der Notwendigkeit enthob, mit den anderen zu kommunizieren. Erst, wenn Gregor ihm einen strengen Blick zuwarf, hörte er auf, mit dem Hund zu spielen, und trottete wieder teilnahmslos vor sich hin.

Elsi ließ ihren Enkel in Ruhe. Mit Strenge und Druck erreichte man bei Yannick gar nichts. Sie setzte daher auf Faktoren, die sich allein aus den Umständen ergaben: die zehntägige Abwesenheit von seinen Freunden und der gewohnten städtischen Umgebung, die eingeschränkte Handynutzung, die körperliche Anstrengung und nicht zuletzt der Kontakt zu neuen Menschen, deren Erfahrungen und Lebenswege ganz verschieden waren. Was der Junge am dringendsten brauchte, waren neue Gedanken. Raus aus dem Vertrauten, dem Hässlichen, Harten.

Sie kamen diesmal zügig und ohne Zwischenfälle voran. Die Landschaft war weitgehend flach, das Wetter gut, nicht zu warm und auch nicht zu windig.

In ein, zwei Stunden würden sie auf das Meer treffen, es nicht nur sehen, sondern auch spüren können, was für den einen oder die andere sicher ein Motivationsschub war.

Am besten absolvierte Gregor das jeweilige Tagespensum. Er wanderte im Takt eines Uhrwerks, meist mit Jule an seiner Seite, und empfahl zur richtigen Zeit, eine Pause einzulegen. Nicht zu viele und nie länger als zehn Minuten. Niemand beschwerte sich, nicht einmal Joe, der zusammen mit Fritzie meist die Nachhut bildete. Sie hörten ihn noch hundert Schritte entfernt husten, und wenn er irgendwann zu den anderen aufschloss, brachte er kalten Zigarettenrauch mit, seinen ständigen Begleiter.

Die meiste Zeit lief Elsi nur wenige Meter hinter Gregor und Jule. So konnte sie jederzeit eingreifen, wenn es darum ging, auf dem richtigen Weg zu bleiben. Sie hatte eine ausgeprägte Orientierungsgabe, einen Instinkt, der sie nie verließ. Hauptsächlich aber blieb sie deshalb in der Nähe von Vater und Tochter, weil es schön mitanzusehen war, wenn Gregor Jule von Zeit zu Zeit in den Arm nahm oder ihre Hand ergriff und sie dann den Kopf auf seine Schulter legte. Eine ziemlich unpraktische Art zu gehen, weshalb die zärtliche Geste nie länger als wenige Augenblicke dauerte. Lange genug, damit Elsi sich an ihr erfreuen konnte. Glückliche Menschen zu beobachten, war eine willkommene Abwechslung zu ihrem Job, in dem das Unglück Gesetz war, wie eine Farbe.

Am späten Vormittag erreichten sie bewohntes Gebiet. Jule blieb stehen und wies ihren Vater auf einen hübsch angelegten Bauerngarten hin. Sie nahm eine Blüte in die Hand und versuchte, den Namen der Pflanze mit Hilfe einer App zu enträtseln. Elsi konnte weiterhelfen, es handelte sich um einen Storchenschnabel. Daraufhin entspann sich ein lockerer Dialog mit Jule über Düfte, Farben, Wildblumen und Staudenkombinationen ...

Nicht, dass Elsi je einen Garten besessen hätte. Sie war in Lichtenberg geboren und hatte nach Weißensee geheiratet. Der Garten war stets eine ausdruckslose, sauber gemähte Grünfläche gewesen, auf die sie vom vierten und später vom neunten Stockwerk aus hinunterblickte. Aber einige ihrer Kinder ... Nun war es wieder passiert! Sie nannte ihre Klienten ständig »Kinder«, obwohl man ihr im Büro oft gesagt hatte, sie solle das lassen. Aber Kinder traf es nun mal viel besser, weil ... Na ja, weil in dem Wort etwas von dem Herzblut steckte, das in Elsis Arbeit floss. Ein Klient war letztendlich bloß ein Name auf einer Akte.

Wie auch immer, die meisten ihrer Klienten waren ältere Menschen. Einige besaßen Schrebergärten, an denen sie festhielten, während ihre übrige Welt längst zerbrochen war: der Lebenspartner tot, das Gemüt am Boden, das Bankkonto unterirdisch, die Kinder weit entfernt oder selbst in Nöten. Elsi versuchte immer, sie aufzurichten, etwa indem sie sich von den Schrebergärten erzählen und Bilder zeigen ließ. Oder indem sie die Balkonbepflanzung bewunderte, ganz nebenbei, während sie ein Formular ausfüllte. Und dann noch eines und noch eines. Formulare waren das eine, sozusagen die Pflicht. Die Kür dagegen bestand darin, diesen Menschen etwas dazulassen. Einen Schimmer oder Funken, einen Strahl, ein Lächeln – oder ein Gespräch über den Schrebergarten oder Balkon. Wenn sie die Leute dann zwei, drei Monate später wiedersah und sich nach den Anemonen, den Dahlien oder dem Estragon erkundigte, glomm ein Leuchten in den Augen dieser einsamen Menschen auf.

Im Job hatte Elsi gelernt, andere Menschen zu lesen – so nannte sie es zumindest. Als Sozialarbeiterin, die mehr als eine Führerin durch den Bürokratiedschungel sein und etwas bewirken wollte, musste sie das können. Und eine gewisse Freude daran haben. Vielleicht war Freude das falsche Wort, immerhin bekam sie es tagtäglich mit allerlei Elend zu tun. Enthusiasmus, das klang besser. Wichtiger noch, als den Menschen die richtigen Fragen zu stellen, war es, ihren Antworten zu lauschen. In den letzten drei Tagen, seit sie losgewandert waren, hatte sie fast nichts anderes getan, als zu fragen und zuzuhören. Als zu helfen, wo sie konnte. Das würde sich nie ändern. Genauso gut hätte man von ihr verlangen können, mit dem Atmen aufzuhören.

»Elsi, es ist eine Pelargonie«, sagte Jule.
»Wie bitte?«
»Eine Pelargonie, kein Storchenschnabel, behauptet die App.«
»Was es nicht alles gibt.«

Ihr kam der Gedanke, dass Yannick sich einer beinahe Fremden gegenüber vermutlich eher öffnen würde als ihr, vor allem, wenn sie im gleichen Alter wie er war. Nicht immer wanderte Jule Schulter an Schulter mit ihrem Vater …

Am frühen Nachmittag erreichten sie die Klosterruine Eldena, die kurz vor Greifswald lag. Sie streiften durch die verstreuten Mauerreste, und Elsi nutzte die Gelegenheit, um Jule anzusprechen. Bis dahin hatten die beiden nur Belanglosigkeiten ausgetauscht, ein Satz hier, eine Bemerkung dort, ein kleines Lächeln als Erwiderung. Es dauerte meist einige Tage, bis die Menschen etwas mehr von sich preisgaben. Man ging ja auch nicht beim Arzt ins Wartezimmer und sagte zu seinem Sitznachbarn: »Hallo, ich bin wegen meiner entzündeten Bauchspeicheldrüse hier.« So etwas dauerte. Elsi hatte Kinder, die sich erst nach mehreren Jahren öffneten.

»Imposant, nicht?«, sagte sie und deutete auf das riesige gotische Portal, das vor ihnen fünfzehn oder noch mehr Meter in die Höhe ragte. Die einstige Klosteranlage war geradezu monumental, vor allem, da Greifswald nicht gerade Rom oder Paris war und ein wenig abseits religiöser Routen lag.

Jule blickte am Mauerwerk entlang nach oben, den Mund geöffnet. »Ich finde es einfach nur schön, wunderschön. Wie die Nachmittagssonne auf die rötlichen Backsteine fällt und sie wie Bernstein schimmern lässt. Und darüber der Himmel, blau wie ein Opal, und dazu der sattgrüne Rasen. Atemberaubend, oder?«

Sie hatte eine glockenreine, ein wenig verträumte Stimme und ebensolche Augen. Selbstbewusst war sie dennoch. Elsi spürte so etwas. Gute Bildung, ob in der Schule oder selbst erworben, ging meistens mit einem grundsätzlichen Vertrauen in sich selbst einher. Jule würde Yannick guttun.

Überall warfen alte Bäume breite Schatten, die zum Verweilen einluden. Unter einem davon nahm Jule Platz und lehnte sich mit dem Rücken gegen den Stamm.

Elsi setzte sich dazu und hielt ihr die Thermoskanne hin. »Ein Schluck Apfelsaft?«

»Mal was anderes. Das Wasser kommt mir schon zu den Ohren raus.«

»Das habe ich bei meiner ersten Wanderung vor zwei Jahren gelernt. Man braucht zwischendurch auch mal was Süßes.«

»Die wievielte ist diese hier?«

»Meine dritte. Habe ich vorgestern erzählt, beim Kennenlerngespräch.«

»Sorry, da war ich wohl geistig abwesend.«

»Macht nichts.«

»Und wie ist das so, wenn Sie unsere Wanderung mit den vorherigen … Blöd, jetzt habe ich Sie … ich meine, habe ich dich gesiezt. Tut mir leid, ich muss mich erst noch daran gewöhnen.«

»Du brauchst dich nicht andauernd zu entschuldigen«, sagte Elsi. »Das ist völlig normal bei fast fünfzig Jahren Altersunterschied. Du hast nach meinen früheren Wanderungen gefragt. Na ja, die Fitness lässt diesmal bei einigen Teilnehmern zu wünschen übrig.«

»Zum Glück aber nicht bei dir.«

»Oh, danke. Du und ich, wir müssen die anderen aufrichten. Das stärkt den Zusammenhalt, und obendrein kommt man beiläufig ins Gespräch. Vielleicht springt dabei ja sogar etwas für uns heraus, ein Gutschein für eine kostenlose Maniküre oder eine Lehrstunde in Ruhrpottdeutsch.«

Damit war der Anfang gemacht. Drei Minuten im Schatten, ein paar Schlucke Apfelsaft, und sie verstanden sich lächelnd. Elsi wurde bisher noch ein bisschen zu wenig gelächelt und gelacht. Bei den bisherigen Wanderungen hatten sich fast alle binnen zwei Tagen prächtig verstanden. Natürlich hatten sie sich erst beschnuppert, aber bald hatte einer den Anfang gemacht und von sich erzählt, von der Heimat, dem Familienstand, den Kindern, vom Beruf oder früheren Beruf vor der Rente. Jemand sagte: »Weißt du, meine Frau ist letztes Jahr gestorben, wir sind immer gewandert.« Sofort wussten alle, warum es ihn in die Natur verschlagen hatte und in die Gesellschaft anderer. Sie musste an das tschechisch-österreichische Paar denken, das sich kurz nach der Grenzöffnung 1989 kennengelernt hatte und seither fast jedes Jahr irgendwo in Europa auf Wanderschaft ging.

Es wurde Zeit, mehr von sich preiszugeben, und wenn keiner von den anderen den Anfang machte, dann eben sie selbst.

»Ich hätte gedacht, dass du und Yannick ein bisschen mehr Zeit miteinander verbringt«, begann sie vorsichtig.

»Er ist nicht ganz bei der Sache«, sagte Jule und blickte durch die tief herabhängenden Zweige ans andere Ende der Ruinenstätte, wo Elsis Enkel an einer tausend Jahre alten Mauer lehnte und vor sich hin brütete.

»Er hat Handyverbot, weil er sonst von früh bis spät mit seiner Clique chatten würde.«

»Das ist in dem Alter echt heftig.«

»Yannick hat gestohlen, Jule, zum wiederholten Mal. Wenn er nicht von seinen Leuten wegkommt, ist er nächstes Mal fällig. Dann heißt es drei oder sechs Monate Jugendstrafanstalt und danach Bewährung, das hat er schon zweimal hinter sich. Wenn er erst einmal gesessen hat, bedeutet das Hilfsarbeiterjobs für die nächsten vierzig Jahre. Oder, noch schlimmer, eine kriminelle Karriere. Ich finde, das ist echt heftig.«

Die beiden teilten sich einen weiteren Becher Apfelsaft, den sie mehrmals hin und her reichten.

In die Stille sagte Elsi: »So ist er eigentlich nicht. Er ist kein schlimmer Junge, er ist nur in schlechter Gesellschaft.«

Für sie stand fest, dass Yannick durch unglückliche Umstände da hineingerutscht war. Dass er eigentlich nicht tun wollte, was er tat. Dass er nicht unrettbar mit beiden Beinen tief im Sumpf steckte.

Sie grollte seinen beiden besten Freunden, sobald sie an die Teenager dachte. Sie hatte die drei vor einem Jahr mal zufällig zusammen erwischt. Surinam – natürlich nicht sein richtiger Name – war arbeitsscheu in dritter Generation, ein Handaufhalter, Schnorrer und Bummelant. Bolko hatte die Augen eines Beutegreifers, fuhr ein Auto, das ein halbes Dutzend Auspuffe zu haben schien und lauter dröhnte als eine Büffelherde in Panik. Das waren eigentlich keine besten Freunde, denn »beste« war die Steigerung von »gute«. Die beiden waren dagegen durch und durch schlecht. Sie waren nicht einmal zu Yannicks Gerichtsverhandlungen erschienen, nutzten ihn nur aus. Elsis Kinder – die Menschen, denen sie half – waren oft genug Opfer solcher Tyrannen, die sie hemmungslos aussaugten: Söhne, Enkel, Nichten, Neffen, Chefs, die alles, was sie bekamen, als selbstverständlich ansahen, aber sobald sie etwas geben sollten … Und dann diese Trickbetrüger, die arglose ältere Leute über den Tisch zogen, die Einbrecher, die sogenannten Spendensammler, die Propheten, die einem den Himmel auf Erden versprachen …

Manchmal hasste Elsi sie alle, da sie ihre Kinder bedrängten und übertölpelten, ihnen falsche Versprechungen machten oder sie ins Unglück stürzten.

»Und du bist mit ihm hier, um ihn aus seinem schlechten Umfeld rauszuholen?«, fragte Jule.

»Wie bitte? Was hast du gesagt?«

»Ich habe gefragt, ob du … Egal, du scheinst eine beherzte Frau zu sein.«

»Yannick ist mein einziger Enkel.«

»Wie willst du vorgehen? Ich meine, zehn Tage wandern, und danach ist wieder alles wie gehabt … das wird nicht reichen.«

Elsi spürte, dass sie Jule gegenüber offen sein durfte. Das Mädchen war intelligent und zugänglich, hatte nicht nur Humor, sondern auch Manieren.

»Mein Plan sieht so aus: Ich werde ihn erst ab Tag sieben bearbeiten, wenn für gewöhnlich die größte Schwächephase beim Wandern eintritt. Die Kraft ist dann aufgebraucht, die Glieder schmerzen, der Körper ist müde. Man wird weniger achtsam, spricht impulsiver. Dazu der Aufenthalt in der Natur und die große Entfernung zu dem Leben, das man normalerweise führt.«

»Klingt alles logisch. Aber was meinst du, wenn du von bearbeiten sprichst?«

»Tja, das weiß ich auch noch nicht so genau. Ihm irgendwie den falschen Weg vor Augen führen …«

»Glaub mir, mit 'ner Gardinenpredigt kommst du bei ihm nicht weiter. Yannick muss selbst erkennen, dass er Scheiße gebaut hat.«

»Könntest du ihm vielleicht mal auf den Zahn fühlen? Ich meine, würdest du das eventuell für mich machen?«, fragte sie Jule unumwunden. Direktheit war die erfolgreichste Methode, wenn man jemanden um einen Gefallen bitten wollte.

»Während der nächsten Tage hätte sich das sowieso irgendwann ergeben«, sagte Jule schulterzuckend. »Klar, kann ich machen.«

Sie holte eine Banane aus ihrem Rucksack, schälte sie und bot Elsi die Hälfte davon an. Als würden sie einen Pakt besiegeln, bissen die beiden Frauen gleichzeitig in die Frucht. Jule gab einem vorwitzigen Spatz bereitwillig ein Stück ab, dann einem zweiten und einer Kohlmeise.

Elsi sagte: »Es ist schön, zu sehen, dass auch junge Leute gerne auf Wanderschaft gehen.«

»Das hier ist meine erste richtige Wanderung. Aber so ist es nun mal. Ich bin hier, und ich wandere.«

Sie verschnürte ihren Rucksack, stand auf und schulterte ihn. »Was mich angeht, können wir weiter. Ich gehe mal meinen Vater suchen. Danke noch mal für den Saft.«

Elsi hatte verstanden, dass es etwas gab, worüber Jule nicht reden wollte. Obwohl ihrer Erfahrung nach die meisten Menschen irgendwann auch das Intimste offenbarten, das sie mit sich trugen – es musste nur der richtige Mensch kommen.

Ihr Blick wanderte von der Uhr an ihrem Handgelenk zu Romina, die sich wie ein Mauerblümchen im Schatten der Klostermauer verkrochen hatte. Da Fritzie und Joe fast unentwegt aneinanderklebten – da bahnte sich etwas an oder hatte bereits im Vorfeld gefunkt – und Jule mit ihrem Vater sowie Elsi mit Yannick ein Zweiergespann bildeten, war Romina so etwas wie die einzige Alleinreisende auf dieser Wanderung. Elsi vermutete, dass ihr dieses Gefühl nicht fremd war. Der fehlende Ehering war ihr gleich aufgefallen, und soviel sie wusste, galten Italienerinnen, die mit Mitte dreißig noch nicht verheiratet waren, unter ihren Landsleuten als sonderbar.

So wie Jule bei Yannick, so wollte Elsi Romina bei Gelegenheit auf den Zahn fühlen. Warum nicht gleich damit anfangen? Sie rieb die Hände im Gras trocken, schulterte ihren Rucksack und machte sich auf den Weg. Der Tag versprach überaus erfolgreich zu werden.

Fritzie mochte es nicht, wenn sie so dicht gedrängt saßen, doch die Terrasse des Restaurants auf dem Greifswalder Marktplatz war derart überfüllt, dass man sein eigenes Wort kaum verstand. Der Tisch quoll fast über von Bier, Wein, Fisch und Bratkartoffeln, und vollgestellte Tische mochte sie auch nicht. Lustlos stocherte sie in ihrem Kabeljau herum. Lieber wäre sie noch ein bisschen durch die Gegend gelaufen, aber sie traute sich nicht, einfach aufzustehen.

Joe neben ihr war wie üblich in seinem Element. Er mochte laute Kneipen, Gebrüll und Gelächter. Gerade erzählte er von dem Jahr, als er als junger Mann auf einem Krabbenkutter in der Ostsee malocht und sich damals in die See verliebt hatte. Beim vierten Bier ging es um den Frachter nach Uruguay, auf dem er beim Kartenspielen sein letztes Hemd verloren hatte, beim fünften um den Hafen von Manila auf den Philippinen, wo er kofferweise verbotene Zimtzigaretten von Bord schmuggelte, die er auf Java erworben hatte, und beim sechsten um Tanger in Marokko, wo ihn die fünf Brüder einer Frau, mit der er angebandelt hatte, durch die Gassen jagten. Im Rückblick schien sein Leben eine einzige Gaudi gewesen zu sein, auch wenn er zwischendrin immer mal ernst wurde und seufzte: »Oh, dat war ernst«, »dat war knapp«, »dat war gar nicht lustig«. Einen Moment später begann er lachend die nächste Geschichte, ganz egal, ob die anderen sie hören wollten oder nicht. Das war Joe.

So war er auch bei ihrer ersten Verabredung gewesen. Er hatte schon nach einer Woche ein Treffen ins Spiel gebracht, Fritzie dagegen war sich nicht sicher gewesen. Wann war sie sich je sicher bei irgendwas? Joe war so anders als sie. Und dann auch wieder nicht, wenn man ihre jeweilige Vergangenheit verglich …

Nach zwei, drei Wochen hatte sie sein ganzes Leben gekannt, er jedoch fast nichts von ihr gewusst. Es machte ihm anscheinend nichts aus. Er war geduldig geblieben, vielleicht gerade wegen ihrer Scheu, von sich zu erzählen.

Oder er ahnte etwas. Wie hieß das noch? Unbewusst. Ja, das könnte durchaus sein. Vor vielen Jahren hatten die Leute dieses Wort ihr gegenüber oft benutzt. Joe schien unbewusst die Verbindung zu ihr zu spüren, und das war doch mal ein schöner Gedanke. Oder nicht?

Als sie sich endlich trafen oder dateten – was in ihren Ohren irgendwie doof klang –, war Fritzies Überraschung groß gewesen. Angeblich machten viele Menschen, die sich über das Internet kennenlernten, diese Erfahrung. Eigentlich sah Joe aus wie alle Männer, die sie bisher näher kennengelernt hatte: groß, langhaarig, tätowiert, locker, irgendwie zäh und zugleich sanft. Überrascht war sie in erster Linie von seinem Charme. War dies überhaupt das richtige Wort? Sie wusste nicht viel über Charme. Jedenfalls war kein Mann vor ihm so gut gelaunt, so witzig, so extro… Ihr fiel der Begriff nicht ein. Lustig gewesen halt. Joe hatte für jedes Thema einen Schwank parat, aber am komischsten war seine Sprache, all diese seltsamen Ausdrücke: Trallafitti, Pinneken, Röllekes … Von da an trafen sie sich einmal pro Woche immer zur selben Zeit am selben Ort, nämlich in einem Café in Prenzlauer Berg. Das Chatten stellte Fritzie ein, sie fand es doof, jetzt, da sie sich schon ein bisschen besser kannten. Telefonieren ging leider nicht, da sie in der Schrebergartenkolonie, wo sie wohnte, keinen Telefonanschluss hatte, und einen Handyvertrag bekam sie auch nicht, ohne gültigen Personalausweis und ohne Meldeadresse.

Natürlich wollte Joe bald mehr als ein wöchentliches Treffen bei Kaffee und Kuchen an einem öffentlichen Ort. Sie zögerte. Er wollte sie zu Hause besuchen, aber das ging nicht, wegen Almut. Die war fast immer zu Hause, außerdem wusste Joe nichts von Almut und Almut nichts von Joe. Dann schlug er vor, sie solle zu ihm kommen, aber worauf das hinauslief, war ja wohl klar, und dazu war sie noch nicht bereit. Ausgerechnet Almut lieferte ihnen dann – aus Versehen – die Lösung. Sie hatte in einer Zeitschrift von Wandergruppen gelesen, die sich über das Internet zusammenfanden, und Fritzie nichts ahnend davon erzählt. Eine Reise mit Fremden, das war viel besser als ein Urlaub zu zweit, denn es war nicht nur deutlich billiger. Joe und sie konnten sich dabei unverbindlich besser kennenlernen, und zugleich waren immerzu Menschen um sie herum, die verhinderten, dass mehr passierte, als Fritzie wollte.

Joe war einverstanden, obwohl das Unterwegssein, wie er sagte, nicht sein Ding war, jedenfalls nicht zu Fuß, eher schon zur See. Nur, wie sollte das gehen? Trotzdem schob Fritzie die Reise mehrmals auf, auch wegen Almut. Fritzie nahm Kontakt zu verschiedenen Gruppen auf, ohne sich festzulegen, aber dann ging alles ganz schnell, von einem Tag auf den anderen.

Die Gruppe lachte über eine weitere Anekdote von Joe, mit Ausnahme von Gregor, der mit dessen speziellem Witz nichts anfangen konnte, vielleicht sogar mit Humor an sich. Fritzie mochte ihn nicht, sie ließ ihn seit Tagen links liegen und er sie ebenfalls.

»Und was lässt einen Seebären wie dich zur Landratte werden, die Wälder und Dünen durchstreift?«, fragte Elsi Joe bei Bier Nummer acht.

Er wischte sich den Schaum vom Oberlippenbart, der ungepflegt und rot-braun-graumeliert spross. »Nix Besonderes. Ich hatte einfach mal Lust auf wat Neues.«

»Willst du sesshaft werden?«

»Ach, Ommi, wat morgen is …« Dabei wanderte sein Blick ein weiteres Mal zu Fritzie, die ihn schüchtern erwiderte.

»Nun mal Butter bei die Fische«, sagte Elsi forsch. »Ihr zwei kennt euch doch schon länger. Ihr verratet kein Geheimnis, wenn ihr es zugebt, denn alle hier am Tisch haben schon darüber getuschelt. Ihr seid sozusagen unser Gerücht Nummer eins.«

Alle lachten, sogar Gregor, und Joe zeigte sein breites Grinsen samt Zahnlücke. Er legte einen Arm um Fritzie und küsste sie, woraufhin die Gruppe applaudierte. Fritzie ließ Joe die ganze Geschichte ihres Kennenlernens erzählen oder, besser gesagt, jenen Teil, von dem er wusste.

»Wir halten es andersherum«, fasste Joe am Schluss noch mal zusammen. »Wir machen die Flitterwochen vor der Hochzeit, nich wahr, Fritzie?«

Sie kicherte verlegen, und wahrscheinlich wäre sie um eine Antwort nicht herumgekommen. Doch dann ...

Etwa einen Steinwurf entfernt stand er da, fest und unerschütterlich wie ein Baumstamm, mitten auf dem belebten Marktplatz, über den sich die Nacht senkte. Dreizehn Jahre lang hatte sie ihn nicht gesehen, dabei hätte sie ihn immer und überall wiedererkannt: kräftig, fast einen Meter neunzig groß, O-Beine, ledernes Gesicht, Kurzhaarschnitt. Er hatte sich kaum verändert. Es waren unzweifelhaft seine Augen, die Augen waren noch immer dieselben. Im Mundwinkel qualmte eine Zigarette. Ferdi hatte schon mit zehn angefangen zu rauchen und dabei Humphrey Bogart imitiert.

Ferdi. Ihr Bruder.

Sie sprang auf. »Das ... das ist er.«

Joe stand ebenfalls auf. »Wer denn? Wo?«

»Der Mann mit der Zigarette im Mundwinkel.«

Eine Gruppe asiatischer Touristen schob sich an Ferdi vorüber, und im nächsten Moment war er auch schon weg. Entgeistert blickte sie dorthin, wo er eben noch gestanden hatte.

»Fritzie, was ist denn los?«, fragte Joe.

»Nichts. Ich habe mich ... Ich dachte nur ... Gar nichts.«

Zum Glück löste die Runde sich nur wenig später auf. Alle waren erschöpft, wollten zu Bett. In der Greifswalder Pension, in der sie abgestiegen waren, schloss Fritzie das Einzelzimmer zweimal hinter sich ab. Bei Joe hätte sie sich deutlich sicherer gefühlt. Aber mit Joe in einem Bett zu schlafen – dazu war sie noch nicht bereit. Oder doch?

In den nächsten Tagen würde sie eine Entscheidung treffen müssen.

Das frühe Aufstehen war der Horror. Aber Oma Elsi hatte ihm erklärt, dass eine halbe Stunde mehr Schlaf auch nichts brachte, dass vielmehr ein Tag ohne Dusche und mit einem hastig in die Backen geschobenen Frühstück dagegen noch stundenlang negativ nachwirkte. Seltsamerweise leuchtete ihm das ein, nutzte aber nichts. Yannick musste Joe, mit dem er sich erstmals das Zimmer teilte, um sechs Uhr fast mit Gewalt wecken, das hatte er seiner Oma versprochen. Dann musste er ihn unter die Dusche stellen und ihm beim Anziehen helfen, das hatte er ihr auch versprochen. Die Folge war, dass er selbst zu nichts kam. Einen Dornenbusch anzukleiden, war leichter, der hielt wenigstens still und zog nicht den linken Ärmel wieder aus, während man ihm den rechten überstülpte. War ja klar, dass Joe und er einmal mehr viel zu spät zum Frühstück kamen. Wie gehabt, schüttelte Oma Elsi den Kopf, und wie gehabt, drängte Gregor zum Aufbruch.

»Ich will hier nicht andauernd den Zuchtmeister spielen«, sagte er. »Aber einer muss es tun, denn wir wollen heute noch Stahlbrode erreichen. Und ein Bad in der Ostsee wollen wir uns zwischendrin auch gönnen, oder?«

Joe schob sich schnell irgendwas vom Büfett in den Mund, Leberwurst mit Heringssalat und Rührei. Dazu schlürfte er zwei Becher Kaffee im Stehen und erwiderte schließlich mit glasigen

Augen: »Ich bin drei vor acht abmarschbereit. Gibt also nix zu nölen.«

Yannick schulterte seinen Rucksack. Die Riemen schnürten ihm in die wunden Schulterknochen. Er hasste das. Er hasste alles am Wandern. Aber das Schlimmste war die Müdigkeit von letzter Nacht. Deswegen hatte er auch den Chat mit Surinam und Bolko verpasst. Er war einfach eingeschlafen. Wann war er zum letzten Mal um halb elf eingeschlafen?

Pünktlich verließen die Wanderer das Hotel. Ein letztes Mal führte eine Schleife sie mehrere Kilometer vom nahen Meer weg und über Felder und Äcker, bevor sie bei Tremt nordwärts direkt auf die Küste zumarschierten. Es gab einige Leute in der Gruppe, die nichts anderes im Kopf hatten, als endlich das Meer zu sehen. Yannick konnte es gestohlen bleiben. Die Urlaube auf Rügen gehörten zu seinen hässlichsten Kindheitserinnerungen. Seine Mutter war jeden Abend sturzbetrunken gewesen, und sein Vater hatte sie wie den letzten Dreck behandelt. Mehrfach hatte er als kleiner Junge daran gedacht, sich in ein Boot zu setzen und wegzurudern, und einmal hatte er es tatsächlich versucht. Mit seinen dünnen Ärmchen war er jedoch nicht weit gekommen …

Eine Stunde lang spielte er mit Biskuit. Ein geiler Hund, so was von unkompliziert. Der Labrador legte das Stöckchen jedes Mal freiwillig vor Yannick ab. Schleckte ihm über die Hand. Sah ihn verliebt an. Fiepte. Bis Gregor sich räusperte und diesen speziellen Blick aufsetzte: Habicht trifft auf Spitzmaus. Yannick zertrümmerte das Stöckchen, dann war Ruhe im Karton.

Er ließ sich hinter die anderen zurückfallen, und ehe er seinen fatalen Fehler bemerkte, lief die keuchende Kosmetikerin mit den Plastikfingernägeln neben ihm.

»Ein Höllentempo, das die da vorlegen, findest du nicht auch?«

»Mhm.«

»Wie deine Oma das nur schafft, erstaunlich! Wie eine Nähmaschine, und das in ihrem Alter.«

»Mhm.«

»Ich habe schon drei Blasen an den Füßen. Geht's dir genauso?«

»Nö.«

»Gibt's da einen Trick?«

»Alte Socken.«

Sie blieb stehen und sah ihn mit offenem Mund an. Er lief einfach weiter, und sie holte ihn wieder ein.

»Die Socken nicht wechseln. Am besten dicke Socken aus Wolle. Der Fußschweiß macht sie geschmeidig.«

»Bäh. Ganz sicher?«

»Logisch. Ich wechsle sie nur alle vier Tage. Das mache ich immer so, auch wenn ich nicht wandere, ist aber ein echter Trekking-Geheimtipp. Kannste googeln. Gilt übrigens auch für die Unterwäsche. Verhindert, dass du dir 'nen Wolf läufst.«

Sie würde ihm nicht lange auf die Pelle rücken, nicht nur, weil sie sich jeden Tag mit allerlei Salben und Ölen einpökelte, sondern vor allem nach dem Spruch, den er da gerade vom Stapel gelassen hatte. Dabei war's geschwindelt. Nur der Geheimtipp mit den alten Socken, der stimmte und war inzwischen selbst schon 'ne alte Socke, sozusagen. Aber dass Yannick seine Unterhosen … Krass. Allein der Gedanke war widerlich.

»Ist dir eigentlich was aufgefallen?«, fragte sie ihn.

»Mir fällt grundsätzlich nichts auf.«

»Ganz im Ernst, ich glaube, wir werden verfolgt.«

»Hä?«

»Jemand läuft uns in einigem Abstand hinterher. Guck doch bitte mal.«

Widerwillig blieb er stehen und warf einen Blick auf die schnurgerade halbseitige Allee, die sie in den letzten Minuten entlanggegangen waren. Die Sonne stand so hoch, dass die Bäume keine Schatten warfen.

»Kein Schwanz zu sehen.«

»Ganz hinten am Rand von dem Dorf, durch das wir eben gekommen sind.«

»Dazu braucht man ja ein Teleskop. Das wird irgendein Dorfsepp sein.«

»Nein, der Mann ist mir mit seinem blauen T-Shirt schon vor einer Stunde aufgefallen.«

»Echt jetzt, wir latschen hier auf einem Europa-Wanderweg, der nicht nur für uns gebaut wurde. By the way, wer sollte uns denn verfolgen? Und wieso?«

»Weiß ich auch nicht. Eigentlich war es Fritzie, die mich darauf aufmerksam gemacht hat. Sie hat ein gutes Gespür.«

»Okayyy«, sagte er gedehnt. »Wie du meinst, ich werde ein Auge darauf haben. Mit deinem und dem von Fritzie sind das dann schon drei, das müsste reichen, um den Verfolger zu identifizieren. Beruhigt?«

»Ein bisschen. Ich wollte Gregor nicht darauf ansprechen, er ist immer so entsetzlich vernünftig. Und du bist ein aufgeweckter Junge.«

Sie hatte wohl nicht viel Erfahrung mit Männern, sonst würde sie nicht so einen Bullshit von sich geben – er ein aufgeweckter Junge, Fritzie ein gutes Gespür. Eine Wohltat, als er Romina hinter sich ließ.

Zwanzig Minuten später erreichten sie das Meer. Der ockerfarbene, von Grasnarben durchsetzte Strand war klein und auf beiden Seiten von einem Schilfgürtel begrenzt. Wenige Leute, zum Glück. Yannick zog sich bis auf die Boxershorts aus und hechtete ins kühle Nass. Er kraulte ein Stück hinaus, wandte

sich nach links und verschwand hinter einer Insel aus Schilf.
Ihm war nach Gammeln und Gamen. Vor seiner Abreise hatte er mit *Dark Days Ahead* angefangen und war beim Kämpfen gegen die Rattenarmee seither immer wieder unterbrochen worden. Also ein paar Dutzend Meter schwimmen und auf dem kleinen Sandbett gut versteckt zwischen dem Schilf an Land kriechen. Er griff in die Schwimmshorts und zog sein Smartphone hervor. Oma Elsi zu überlisten, war easy, sozusagen Grundschule des Tricksens. Von wasserdichten Handys in wasserdichten Beuteln hatte die noch nie was gehört ... Grins, grins und Start.

Nach ein paar Minuten war alles vorbei, der Rattenkönig hatte gesiegt.

Yannick legte das Telefon auf dem Bauch ab, verschränkte die Arme hinter dem Kopf. Für eine Minute oder so. Seit Tagen hatte er keinen Kontakt zu seinen Kumpels Surinam und Bolko gehabt, es wurde Zeit. Ab acht Uhr abends waren sie Tag für Tag im Web unterwegs, um zu spielen oder zu fachsimpeln. Alles andere Fehlanzeige. Die Pizza ließen sie sich kommen, das Bier stand gekühlt im Mini-Cooler neben dem Desk. Toilettengänge störten nur und wurden so lange verschoben, bis es nicht mehr anders ging. Bis drei Uhr morgens waren sie für Outsider kaum ansprechbar, und outside war jeder, der gerade nicht dasselbe tat wie sie.

»*hey, bin online*«, schrieb er in den BYS-Chat, der aus den Anfangsbuchstaben ihrer Vor- und Spitznamen bestand. Es gab noch einen zweiten Chatroom, ein erweiterter Kreis von neun, zehn, elf Kumpels – die Zahl schwankte stets –, die ähnliche Interessen hatten und mit denen man von Zeit zu Zeit abhing. Der BYS war jedoch der wichtigere Chat.

14:10 Uhr, sie könnten gerade wach sein.

»*knock, knock, jemand zu hause?*«

Er starrte auf den blinkenden Cursor. Eine Minute, zwei Minuten. Es dauerte immer ein bisschen, bis einer antwortete.

Drei Minuten. Er hörte das Schilf hinter sich rascheln und drehte sich um. Da war niemand. Vielleicht eine Möwe. Oder? Als er genauer hinsah, erkannte er durch die sich leicht im Wind bewegenden Schilfhalme jemanden, der ein blaues T-Shirt trug.

Ein »*yeah*« kam aus dem Handy, sein Signalton. Sofort sah er nach. »*hey yanne was geht wo bist du?*«

Surinam. Er war ein Jahr älter als Yannick, sitzen geblieben und in seiner Klasse gelandet. Yannick hatte ihm geholfen, damit er nicht noch mal sitzen blieb, mit begrenztem Erfolg. Surinam hatte dann doch alles hingeschmissen und Yannick aus Solidarität gleich mit. Jetzt suchten sie alle beide eine Ausbildungsstelle. Surinam als Dachdecker. Der hatte aber Probleme mit Mathematik und der »räumlichen Erfassung« – so stand es jedenfalls in den Ablehnungsbriefen. Yannick wollte Gärtner oder Tierpfleger werden. Warum? Gute Frage, denn außer während der Sozialstunden, die man ihm aufgebrummt hatte, Laub zu rechen und gegen ein Trinkgeld mit dem Hund der Nachbarn Gassi zu gehen, hatte er keinerlei Erfahrungen in diesen Bereichen. Aber *fuck*, irgendwas musste er ja lernen.

»*na, wo wohl? in the middle of nowhere. deutsche prärie. hab mich mal kurz übers meer abgeseilt.*«

»*cool die oma als gouvernante. hoffentlich hat sie auch die pampers für dich eingepackt.*«

»*bist'n goofy. mir ist nicht zum lachen, das sag ich dir.*«

»*scheiße was treibst du so den ganzen tag*«

»*was treibt man so auf 'ner wandertour, einstein? ich schlafe tagsüber nur deswegen nicht ein, weil ich jetzt 'nen hund als freund hab. was geht bei euch?*«

»gestern war zocken. hab 200 euronen gemacht bolko noch mehr heute wollen wir beim trucker racing *gegeneinander antreten 23 uhr. bist du dabei«*

»nee, da penne ich längst. außerdem sind meine augen von blattgrün geschädigt ... und mit empfang sieht's auch mau aus.«

»shit schieß deine bitch-oma aufn mond und komm wieder her.«

»sie hat mich vor dem knast bewahrt, bro. der staatsanwalt wollte mich für drei monate einlochen. das bin ich ihr schuldig.«

»wenn die old bitch einsam is soll sie sich nen kakadu kaufen.«

Okay, Yannick konnte Surinam gut leiden, jedenfalls die meiste Zeit. Er war unkompliziert, erwartete grundsätzlich nichts, und die ganze Welt war für ihn ein Spiel – online versteht sich. Lebte einfach in den Tag, ohne sich um Schulnoten zu scheren, um Marken-Sneakers, um coole Halsketten oder um den fucking Führerschein. Seine Eltern lagen ihm damit ständig in den Ohren, damit er wenigstens als Fahrer arbeiten konnte, weil man dazu keine Mathematik brauchte, blablabla ... Wozu er keine Lust hatte, das machte er einfach nicht. Er war abgezockt.

Nur wenn Surinam »old bitch« sagte, dann mochte Yannick ihn nicht. Hasste ihn sogar eine Minute lang.

»halt die fresse, surinam.«

»heute machst du auf sissi oder was?«

»hallo einfach die fresse halten du hast keine ahnung isso.«

Bolko klinkte sich in den Chat ein. Er war der Älteste von ihnen, sechsundzwanzig. Yannick hatte ihn vor zwei Jahren auf einer Computermesse kennengelernt. Über Computer, Web, Künstliche Intelligenz oder was auch immer konnte man ihn fragen, was man wollte, er wusste alles. Sein Desk war so lang wie ein Tapeziertisch und voller Gadgets, mit denen er auch ein

Raumschiff hätte steuern können. Voll krass. Er lebte davon, dass er gebrauchte Laptops, Desktops und andere Hardware kaufte, aufmöbelte und mit Gewinn wieder verscherbelte. Sagte er zumindest. Damit finanzierte er eine Einhundert-Quadratmeter-Mietwohnung in Steglitz, einen geleasten SUV, groß wie ein Schützenpanzer, und Equipment für mindestens fünfundzwanzigtausend Euro.

»*wir vermissen dich, yanne. komm bald zurück.*«

Gut. Menschen, die ihn vermissten. Seine Eltern waren viel zu sehr damit beschäftigt, einander auf die Nerven zu gehen, um überhaupt zu merken, dass er für eine Woche fort war. Und sonst war da niemand. Keine anderen Freunde. Keine Klassenkameraden mehr. Nur seine Kumpels. Und Oma Elsi.

»*noch sechs tage.*«

»*boah, digga, so lange?*«

»*ja, fuck.*«

»*ich würde sterben. also dann verlauf dich nicht im wald oder so. übrigens schieb mal die adresse deiner ur-alten rüber.*«

»*hä?*«

»*deiner omi, digga.*«

»*kapiere nicht, was du damit willst.*«

»*wirste schon sehen.*«

»*jetzt sag.*«

»*digga, nerv nicht. außerdem hab ich dir und ihr mal 'nen großen gefallen getan. also was ist geht das jetzt klar oder was?*«

Man sagte einmal Nein zu Bolko, das war kein Problem, sie waren Kumpels und durften sich alles sagen. Beim zweiten Mal musste man sich schon einen Ruck geben. Denn Bolko war nicht einfach nur der Typ mit dem Equipment, er ließ Surinam und Yannick auch damit herumspielen. Brachte ihnen bei, damit Rap-Songs zu komponieren. Sie entwarfen auch Grafiken, schrieben eigene Programme, lernten jede Woche was Neues von Bolko. Er war es auch, der Yannick zum Boxen und zum Judo geschickt hatte, damit er sich künftig Respekt verschaffen könne, wie er sagte. Das Boxen hatte Yannick nach zwei Stunden aufgegeben, es war einfach nicht sein Ding. Trotzdem, Yannick war Bolko etwas schuldig. Außerdem waren sie eine Crew. Bolko war der mit dem Sachverstand, und Surinam hatte die Kontakte. Er kannte tausend Leute in Weißensee, die wiederum Leute in allen möglichen Stadtteilen kannten, allesamt potenzielle Abnehmer für das, was Bolko so »produzierte«. Yannick fiel die Rolle zu, das zu beschaffen, was zusätzlich gebraucht wurde, aber nicht zu finanzieren war.

Okay, Yannick hatte es kapiert: Bolko wollte irgendwas Teures bestellen, an Oma Elsis Anschrift schicken lassen und die Lieferung abfangen.

Man sagte nicht dreimal Nein zu Bolko. Der Ältere hatte es nicht nur technisch und unternehmerisch drauf, er hatte auch Bizeps wie Billardkugeln und einen Sixpack. Flößte Yannick in jeder Hinsicht Respekt ein.

»jean-sibelius-weg 15, vierter stock.«

»okay hast du einen schlüssel?«

Er hatte einen. Für die Mineralwasserkästen, die er seiner Oma alle zwei Monate die Treppen raufschleppte.

»ich weiß nicht, bro, muss das sein? die rechnung bleibt dann doch an meiner oma hängen.«

»quatsch, digga! damit kommen die nie durch. trust me.«

»lass uns morgen noch mal drüber sprechen.«

Surinam, der den Chat verfolgt hatte, schrieb: *»yanne nun mach mal zierst dich ja wie ne jungfrau mit ausschlag.«*

Danach war eine Minute lang Pause im Chat. Ein leerer Raum, beunruhigend still. Yannick starrte auf den blinkenden Cursor, auf seine zitternden Fingerkuppen.

Plötzlich lenkte ihn etwas ab, ein Schatten, der von hinten auf ihn fiel. Das Girl. Jule.

Er schrieb: »ok«, und schob das Handy in die Schutzhülle zurück.

Jule legte sich einen guten Meter entfernt neben diesem merkwürdigen Jungen hin – der ein Nerd war, ein Dieb – und ziemlich schüchtern. Ihr Cousin war auch so ein Nerd, und in der Schule hatte es zwei, drei von seiner Sorte gegeben. Sie waren harmlos, alles in allem. Sie nervten mehr, als dass man sich wirklich über sie ärgerte. Meistens kapselten sie sich ab, aber Jule fand, dass auch das eine Frage der Sichtweise war. Eigentlich begaben sie sich nur in eine andere Welt, die für sie nicht weniger real war als die der anderen, in der sie sich nicht aufgehoben fühlten. Waren sie denn so verschieden von den Menschen, die sechs Stunden am Tag fernsahen, Bücher lasen, Bier trinkend am Kneipentisch saßen, sich in die Arbeit stürzten oder Sport trieben bis zum Exzess? Jeder schaffte sich seine eigene Burg, um in dieser »realen« Welt zu bestehen.

»Wirst du es ihr verraten?«, durchbrach er die Stille.

Sie fuhr zu ihm herum. »Was?«

»He, mach keinen auf Dulli. Du weißt genau, was. Sie schickt dich, oder?«

»Jetzt gerade? Nein.«

»Aber sie will, dass du mich aushorchst.«

»Glaubst du, ich könnte das schaffen?«

»Garantiert nicht, Prinzessin.«

»Na, dann brauchst du dir ja keine Sorgen zu machen. Egal, was Elsi will oder was ich versuche, du bist uns immer einen Schritt voraus. Außerdem bin ich dir etwas schuldig, seit du mich vor dem Wichtigtuer im Gasthaus befreit hast.«

»War mir ein Fest. Ich kann blondierte Piefkes, die sich

für unwiderstehlich halten, nicht ausstehen. Und bei weißen Sneakers sehe ich sowieso rot. Der Kerl hatte alles, was es rechtfertigt, ihn 'ne Nummer kleiner zu machen.«

Der Vorfall hatte sich noch vor Greifswald ereignet, in der Pension *Sonnenfeld*. Dieser Kellner war ihr den ganzen Abend nachgelaufen. Als sie während des Essens vor die Tür ging, um frische Luft zu schnappen, stand Ivo plötzlich vor ihr, und sie unterhielten sich. Sie war so wortkarg wie möglich und ging früher wieder rein als ursprünglich beabsichtigt. Später am Abend, als alle bereits schliefen, ging sie noch einmal nach draußen, um sich die Sterne anzusehen, und prompt tauchte er erneut aus der Dunkelheit auf. Diesmal mit einer Decke, die er ihr ein wenig zu zärtlich um die Schultern legte und die sie ihm schon deshalb weniger zärtlich zurückgab. Ein Schnellmerker war er nicht. Typen wie er betrachteten selbst einen Tritt vors Schienbein noch als Liebesbeweis. Ein Wort gab das andere, und wie aus dem Nichts waren seine Hände dort, wo sie absolut nichts verloren hatten. In dem Moment war Yannick erschienen ...

Obwohl sich die Szene vor zwei Tagen ereignet hatte, redeten sie erst jetzt darüber. Sie hatte Yannick längst darauf ansprechen wollen, aber wenn die anderen dabei waren, ging es nicht, sonst war die Gefahr zu groß, dass ihr Vater es mitbekam, und dann würde er sie gar nicht mehr aus den Augen lassen. Zweimal hatte Jule seither versucht, mit Yannick ins Gespräch zu kommen, und zweimal hatte er sich prompt verkrümelt und war Biskuit nachgelaufen.

»Du warst an dem Abend weg, bevor ich dir danken konnte, und gestern ...«

»Jetzt bist du ihn ja losgeworden, deinen Dank. Immer zu Diensten, Prinzessin.«

»Ich habe Ivo nicht ermuntert.«

»Wenn ich dir sonst nix glaube, aber das nehm ich dir ab. Mit einem wie dem geben sich Prinzessinnen nicht ab.«

»So sehr Prinzessin bin ich nun auch wieder nicht«, sagte sie augenzwinkernd, aber er sah sie nicht einmal an.

»Wenn du meinst …«

»Du hättest ihn vielleicht nicht gleich auf den Boden schicken müssen.«

»Hab ich gar nicht. War auch nicht nötig, der ist über seine eigene Blödheit gestolpert.«

»Er hat aber gedroht, es dir heimzuzahlen.«

»Tja, offensichtlich ist er nicht nachts in mein Zimmer geschlichen und hat 'ne Tube Klebstoff auf dem Reißverschluss von meinem Rucksack ausgedrückt. Was anderes fällt einem wie dem nicht ein, und jetzt sind wir weg und es ist zu spät. Ich werde nie wieder nach … Wie heißt das Kaff noch? Egal, ich komm da nie wieder hin.«

Das war im digitalen Zeitalter gar nicht nötig, so weit dachte Yannick offenbar nicht. Feiglinge wie Ivo schossen ihre Pfeile aus großer Entfernung und von hinten ab.

»Und wenn er das Video auf Insta oder Tiktok stellt? Oder wenn er zur Polizei geht und Anzeige erstattet?«

»Ich bebe vor Angst. Echt prall, dass du dir meinen Kopf zerbrichst. Lass es besser, er ist zu klein für dich.«

»Warum sagst du das?«

»Hast du vor, Pädagogik zu studieren, oder was soll die Fragerei? Du hast Danke gesagt und ich Bitte. Sollte genügen.«

Jule streckte sich im warmen Gras aus, nach dem die Luft roch, ganz leicht modrig, sodass es gerade noch angenehm war. Sie schloss die Augen, allerdings nur zu fünfundneunzig Prozent, und dank der restlichen fünf Prozent bemerkte sie, dass Yannick sie betrachtete. Es war ihr nicht unangenehm. Sie trug das ultralange, schlabbrige weiße T-Shirt, das ihr fast bis zu den

Knien reichte, und darunter einen BH und ein Höschen. Nass, wie der Stoff war, lag es eng an.

»Bringen wir es hinter uns«, sagte er unvermittelt.

»Was meinst du?«

»Meine Oma hat dir doch bestimmt von meinen ... Problemen erzählt.«

Die Augen noch immer fast geschlossen, schmunzelte sie. »Lass noch drei Tage ins Land gehen, und sie hat drei weiteren aus der Gruppe von deinen ... Problemen erzählt. Mach dir nichts draus, für unsere Alten ist alles, was wir tun, ein großes Ding. Obwohl, in deinem Fall ... Ach, egal.«

Sie spürte, wie die Wärme des Bodens ihren Rücken erfasste, die Schultern und den Nacken, und wie der Atem der Erde sie bald völlig umgab. Als direkt über ihr ein paar Möwen schrien, öffnete sie die Augen und verfolgte den akrobatischen Tanz der Seevögel. Es sah aus wie Lebensfreude.

Yannick sagte: »Wahrscheinlich findest du es krass und crazy, was ich gemacht habe.«

»So krass und crazy nun auch wieder nicht. So etwas passiert jeden Tag irgendwo viele tausend Mal.«

»Du würdest so etwas natürlich nie machen.«

Sie schloss die Augen wieder und atmete tief ein, spürte dem Geruch von Schilf, von Gras und salziger See nach. »Stimmt.«

Einen gedehnten Atemzug lang überlegte sie, ob sie ihm davon erzählen sollte. Es wäre eine Premiere. Sie hatte noch nie darüber gesprochen, nicht mit ihrem Vater, nicht mit ihren besten Freundinnen und auch nicht mit Oliver. Mit dem Kapitän der Turnmannschaft ihrer Schule war sie ein Jahr lang gegangen, bis vor zwei Monaten. Wieso also ausgerechnet mit Yannick, der nur halb so viel Mann war wie Oliver und von dem sie so gut wie nichts wusste, weil er selbst nicht besonders gesprächig war?

»Ich breche in Häuser ein«, murmelte sie. Der Satz kam wie selbstverständlich aus ihrem Mund, so als hätte sie gerade gesagt: »Türkis ist meine Lieblingsfarbe.« »Keine bewohnten«, ergänzte sie, die Augen noch immer geschlossen. »Bei uns in der Umgebung von Eisenach gibt es viele verlassene Häuser. Die Kinder sind nach der Wende in den Westen gezogen oder leben jetzt in Neubaugebieten. Die Eltern und Großeltern sind gestorben, und die Häuser verfallen. Sie sind klein und grau, abgelegen, vereinsamt, unnütz und auch ein bisschen hässlich. Die Fassade bröckelt, die Fenster zerbrochen, und die Türen sehen aus, als würden sie umfallen, sobald einer ›Buh!‹ ruft. Trotzdem ist es nicht gerade leicht, aber inzwischen habe ich Übung darin, die Schlösser zu knacken, das ist Teil der Vorfreude. Manchmal muss ich eine Fensterscheibe einschlagen, doch das ist nicht wichtig, das Glas ist keine zehn Cent mehr wert. Sobald ich drin bin, zünde ich eine mitgebrachte Kerze an, denn ich gehe nur spätabends auf Tour. Kerzen sind schöner als die Taschenlampe vom Handy. Dann sehe ich mich um. Oft sind die Häuser leergeräumt, aber irgendeine Kiste oder einen staubigen Sessel finde ich fast immer, und zur Not tut es auch eine Fensterbank. Ich setze mich hin, sauge die Stimmung auf und überlege, wer dort wohl gelebt hat. Wirklich crazy wird es, und das ist meine heimliche Hoffnung, wenn noch Fotos an der Wand hängen. Die Atmo ist dann ganz besonders, melancholisch und gleichzeitig irgendwie …«

»Tröstlich«, fiel Yannick ihr ins Wort.

Sie öffnete die Augen und sah ihn an. In seinem Blick lag nichts Fragendes, keine Neugier, nur große Aufmerksamkeit. Die Frage, die Verwunderung war ganz auf ihrer Seite, nicht nur, weil das Wort »tröstlich« aus dem Mund eines Gleichaltrigen, der ständig auf Prol machte, absolut unerwartet kam.

»Ja, genau das wollte ich sagen.«

Er winkelte die hageren Beine an, beugte den knochigen, bleichen Oberkörper nach vorne und stützte sich mit den Ellenbogen auf dem Boden ab. »Die Gesichter von Fremden, am besten in Schwarzweiß, lösen den krassesten Effekt aus. Sie haben alle in dem Haus gelebt oder kannten es, und sie haben alle ihre Geschichte, eine unbekannte Geschichte … weird. Sie sind fort, tot oder fucking sonst wo. Das irritiert. Aber es wärmt auch. Die Leute waren alle mal in dem Raum, in dem du stehst und das Foto betrachtest. Da braucht es nur einen Funken fantasy, und ihre Geister erscheinen. Keine echten, aber sie sind da. Du spürst sie.«

Jule stutzte. »Ja! Das ist … verrückt. Machst du das etwa auch, in leere Häuser einbrechen?«

»Bis jetzt nicht. Ich stelle es mir nur genau so vor. Dazu kommt der Thrill, das ist überhaupt das Wichtigste, der eigentliche Grund, dorthin zu gehen.«

»Nein, da ist kein Thrill«, widersprach sie enttäuscht, weil er nun doch danebenlag. »Um ein blödes, oberflächliches Kribbeln geht es mir dabei bestimmt nicht.«

»Aber klar doch.«

»Kein Thrill«, beharrte sie. »Keine Gänsehaut. Das ist was für Nerds wie dich.«

»Ich meine den Thrill, sich selbst zu spüren, die eigene Existenz anfassen zu können. Man ist ganz für sich in einem leeren, staubigen Haus, das einem nicht gehört, entfernt von allem, was man kennt. Man sitzt im Dunkeln, mit nichts als einem winzigen Licht. Draußen der Mond und dazu diese tiefe Stille. Echt weird. Wer sich in so 'nem Moment nicht spürt, dem ist nicht zu helfen.«

Jule schluckte. Unglaublich! Dieser Freak hatte tatsächlich etwas erkannt, was ihr selbst entgangen war.

Durch Zufall war sie zwei Jahre zuvor zur Einbrecherin geworden, mit dem Fahrrad auf dem Rückweg von einer Freundin, die in der Nähe von Eisenach lebte. Kleine Landstraße, 23:00 Uhr vorbei, sintflutartiger Regen. Auf halbem Weg hatte sie einen Platten, den sie in der Dunkelheit nicht geflickt bekam. Handyempfang: Fehlanzeige. Sechs Kilometer schieben: auch nicht berauschend. Das Tausend-Euro-Fahrrad zurücklassen: keine gute Idee. Plötzlich bemerkte sie dieses verlassene graue Haus und entdeckte ein paar Meter weiter einen Stein …

Ohne Not beging sie kurz darauf einen weiteren Einbruch, das Haus hatte sie zuvor ausfindig gemacht. Sie konnte gar nicht genau sagen, warum sie es tat, aber als sie wieder herauskam, fühlte sie sich gut. Oder zumindest besser.

»Sei froh«, sagte Yannick, nachdem sie ihm davon erzählt hatte. »Manche Mädchen ritzen sich, um sich besser zu spüren. Was du da machst, ist deutlich cooler.«

Oliver hätte sie nicht verstanden. Er hätte sie für verrückt erklärt oder die Einbrüche als Grufti-Marotte abgetan. Ihr Vater dagegen hätte sich vor allem um die juristischen Aspekte ihres Spleens gesorgt und sich gefragt, wer ihr solchen Blödsinn beigebracht habe.

Jule passte sich Yannicks Körperhaltung an. Es war ihr ein Bedürfnis, ihm das zu sagen. Sie holte tief Luft. »Ich glaube, ich habe dich falsch eingeschätzt.«

Er richtete seinen Blick auf das Meer, das zwischen dem Schilf glänzte. »Du hast mich für einen lebensuntauglichen Freak gehalten, der außer Computer und Gossensprache nix in der Birne hat. Einen Loser, der die Schule geschmissen hat und beinahe im Knast gelandet wäre, weil er versucht hat, ein fucking MEG-Gaming-Desktop für dreitausend Euro zu stehlen.«

»Du musst zugeben, dass die Hälfte der Punkte zutrifft. Also, ich meine die zweite Hälfte.«

Er sah sie kurz an. »Ja.«

»Und was den Rest angeht ... Ich habe mich korrigiert.«

Er lächelte. »Krass.«

»Krass«, sagte sie und erwiderte das Lächeln, in dem sie beide für Sekunden verharrten. »Und wo jetzt alles so krass ist ... Willst du mir verraten, wieso du wieder versucht hast zu klauen?«

Sie merkte ihm nicht an, ob ihn die Frage ärgerte oder kaltließ. Ganz egal, ob er einen ansah oder nicht, ob er was sagte oder zuhörte – die meiste Zeit war sein Gesicht ausdruckslos, frei von Ärger, Freude, Skepsis, Nachdenklichkeit, Interesse. Es war eine Maske der Gleichgültigkeit, und nur selten ließ er eine Emotion zu, so wie eben, als er kurz gelächelt hatte. Einen Atemzug später mutierte er wieder zum kalten, blassen Fisch. Tagein, tagaus wanderte er allein vor sich hin, von Biskuit einmal abgesehen, immer mit fünf Metern Abstand nach vorne und hinten, und brütete mit der ewig gleichen Miene vor sich hin. Das war schon keine Teenager-Coolness mehr, sondern Abschottung.

Nach einer Weile antwortete er: »Weißt du, wie das ist, mit zwei Menschen in einer Wohnung zu leben, die selbst in guten Momenten kein besseres Gefühl mehr füreinander aufbringen können als beschissenes Desinteresse? Da ist nichts als Verachtung, und trotzdem bleiben sie zusammen.«

»Sag das deiner Oma, die will es wissen.«

»Fuck, sie weiß es. Sie hilft der ganzen beschissenen Welt, den Hungrigen, den Kranken, den Nutzlosen, den Behämmerten, nur bei ihrem eigenen Kind, meinem Vater, da kriegt sie nichts auf die Kette.«

»Bist du sauer auf sie?«

»Meine Oma ist der einzige Mensch, auf den ich nie sauer bin. Wenn sie nicht gewesen wäre ... Ich wäre ...«

»Du würdest jetzt nicht hier liegen?«
Er sah sie an. »Im Sarg.«
»Wow.«
»Ich war vierzehn, da hab ich die Schlaftabletten von meiner Mutter geklaut. Oma Elsi hat sie in meiner Jacke gefunden und durch Placebos ersetzt. Hab die Dinger am Ende doch nicht geschluckt, weil … Zwei Wochen lang hat meine Oma mich mit auf ihre Touren genommen, nichts als Elend, und da ist mir aufgegangen, dass es Leute gibt, die noch viel schlimmer dran sind als ich. Die siehst du sonst gar nicht, weil sie nur in ihren Wohnungen hocken.«
»Raffinierte Methode.«
»Ja, aber man kann sein Leben nicht dauerhaft auf die eigene Oma aufbauen. Ist ein biologisches Gesetz. Man braucht Freunde. In ein paar Wochen werde ich achtzehn, und dann gehe ich weg.«
»Wohin?«
»Wahrscheinlich zu einem Kumpel.«
»Nicht in was Eigenes?«
»In Berlin? Kann ich mir nicht leisten.«
»Dann in eine WG.«
»Mein Kumpel ist die WG.«
»Verstehe. Und … geht der auch klauen? Ich frage nur, so von Siebzehnjähriger zu Siebzehnjährigem.«
Ungerührt sah er sie an. »Jetzt gibst du hier also doch die fucking Spionin, ja?«
»Meine Güte, ich bin nur neugierig.«
»Meine Güte, ich auch«, äffte er sie nach. »Ist der Typ, mit dem du wanderst, wirklich dein Vater? Ich frage nur, so von Dieb zu Einbrecherin. Er ist pretty touchy.«
»Wie bitte?«, sagte sie.
»Ziemlich körperlich, heißt das.«

»Ich weiß, was das heißt, du Blödmann.« Sie stand auf. »Ich muss mich nicht vor einer Vollniete wie dir rechtfertigen, und mein Vater, der in seinem Leben schon zehnmal mehr hingekriegt hat als du, schon gar nicht.«

»Und ich brauche keine bitch, die mich aushorcht. Sag meiner Oma, wenn sie was wissen will, soll sie mich selbst fragen.«

»Vielleicht würde sie das ja tun, wenn sie glauben könnte, dass du ihr was sagst, eventuell sogar die Wahrheit. Ich werde ihr nichts verraten, ich habe es nur ...«

»... gut gemeint, schon klar. Stell dich hinten an. Übrigens, deine Playlist ist beschissen.«

Sie seufzte. »Ich werde mich über dich nicht ärgern, dafür bist du viel zu unwichtig.«

Jule stand auf und ging zum Wasser, ließ sich hineingleiten und schwamm hinaus aufs glitzernde, träge, gleichmütige Meer. Sie war wirklich nicht wütend. Mit seiner geschmacklosen Anspielung hatte Yannick verhindert, dass ihm dasselbe passierte wie ihr, nämlich dass ihm etwas Persönliches, Intimes entschlüpfte. Ganz Unrecht hatte er nicht, Jules Vater war tatsächlich ein bisschen touchy geworden in letzter Zeit. Nur anders, als Yannick glaubte, war daran überhaupt nichts Zweideutiges. Aber das konnte er nicht wissen.

Nach einigen kräftigen Schwimmzügen war sie für sich. Ganz alleine war sie schon lange nicht mehr gewesen, und es tat ihr gut. In Eisenach war sie nie allein, selbst wenn ihr Vater unterwegs war. Es war sein Haus, er war überall präsent, ebenso wie ihre Mutter, die vor fünf Jahren an Brustkrebs gestorben war. Die meisten Möbel, die teure Stereoanlage, die Yucca-Palme in der Wohnküche und die seltsame, mehrere Meter lange Rankpflanze in Jules Zimmer, von der sie in letzter Zeit immer träumte, sie würde sie im Schlaf erwürgen – alles stammte aus der Zeit, als ihre Ma noch lebte. Die Erinnerung an sie war überall. Und in den Häusern, in die Jule einbrach, waren es die Erinnerungen der früheren Bewohner, ihre Fotos und sonstigen Hinterlassenschaften.

Hier draußen dagegen gab es nur sie und das Meer und die Stille. Die anderen Menschen waren weit weg, nichts weiter als stumme, beinahe unbewegliche Punkte am Horizont. Sie spürte, wie ihr Herz warmes Blut in die Kapillaren ihrer Haut pumpte und sich gegen die frische See behauptete. Sie leckte das salzige Wasser von den Lippen, reckte das Gesicht der sengenden Sonne entgegen. Eine Minute lang strömte etwas durch sie hindurch, von dem sie nicht wusste, was es war, bis sie auf den Gedanken kam, es könnte Glück sein.

Sie stieß ein Lachen über den seichten Wellen aus, die an ihr Kinn schwappten. Sie und Yannick hatten nicht nur das Alter gemeinsam, wie sich herausgestellt hatte. Er hatte sehr schöne, interessante Dinge über ihr kleines Geheimnis gesagt und sie damit zum Nachdenken gebracht, was sie von ihrem anderen Geheimnis, dem großen Geheimnis, ablenkte.

Sie und Yannick – nein, das war absurd.

Gerade als sie ein zweites Mal lachte, spürte sie etwas auf der Haut unter ihrem Schlabbershirt. Sie griff danach und ertastete eine unangenehm weiche Masse, einen Fisch, eine Qualle... Jule versuchte es festzuhalten, was ihr nicht gelang. Das Ding streifte ihre Brust, dann die Achselhöhle. Sie fing an zu strampeln, so heftig, dass sie Wasser schluckte. Plötzlich steckte sie mit beiden Armen mitten in einem Algenteppich. Die grünen Schlingen waren überall, wickelten sich um ihre Beine. Sie schluckte noch mehr Wasser, ihr Gurgeln übertönte ihren Hilferuf. Ich gehe unter, dachte sie.

In diesem Moment spürte sie zwei Hände an ihrem Nacken.

4

Ich blieb unvermittelt stehen und dachte: Das ist meine Heimat. Hier lebe ich. Hier bin ich zu Hause. Und ich fühlte mich an diesem Platz so geborgen, dass ich dort hätte Wurzeln schlagen und weinen können: ein weites Haferfeld im Morgenlicht, wogende goldene Rispen, das Schattenspiel fliehender Wolken, am Horizont einige Silberweiden und dazwischen das Meer in Lapislazuliblau, wie eine Verheißung. Der Wind streichelte meine Haut, und mir schauderte, nicht vor Kälte, sondern vor Glück.

Am dritten Tag der Wanderung fing es an. Langsam, fast unmerklich, stellte sich ein Gefühl bei mir ein, als wohnten zwei Seelen in meiner Brust, die nicht die besten Freunde waren. Mit der einen war ich allzu vertraut, ich stand mit ihr auf und ging mit ihr schlafen. Wenn ich meine Texte schrieb, wenn ich mich mit den Sujets meiner Projekte befasste, wenn ich Interviews führte, Gerichtsverhandlungen besuchte oder mit Kollegen sprach – stets nahm ich meine Aufgabe ernst und versuchte, sie bestmöglich auszufüllen, selbst dann noch, wenn ich müde war und lieber die Beine hochgelegt hätte. Ich war nicht die fleißigste Biene im Stock, ganz sicher aber eine gewissenhafte, immerhin gab ich mir Mühe, die Dinge mit Abstand zu betrachten, also möglichst unvoreingenommen. Hatte ich einen neuen Auftrag angenommen, stand für mich außer Frage, dem Kunden mindestens sehr gute Qualität zu liefern, besser ausgezeichnete. Ich tat das alles nicht etwa, um andere zufriedenzustellen, sondern mich selbst. Und weil das so war, konnte ich diesen Seelenanteil unmöglich am Garderobenhaken aufhängen, wenn ich nach Hause kam. Gewissenhaft ist man entweder immer oder gar nicht. Engagiert ist man, bis der Krug zerbricht.

So wie ich es als selbstverständlich ansah, meine Arbeit sorgfältig zu erledigen, so verhielt ich mich auch im Privaten, etwa in meiner Partnerschaft mit Yim. Ihn zu unterstützen, ihn zu beraten und zu lieben, ihm nahe zu sein, kurz, eine gute Ehefrau zu sein, war mir das Wichtigste. Dasselbe erwartete ich von ihm, wenn auch in geringerem Maße. Ich stellte Anforderungen an mich, die nicht in voller Höhe zurückgezahlt werden mussten.

Der andere Seelenanteil war mir zwar nicht unbekannt, aber ich hatte nicht allzu oft mit ihm zu tun. Einmal richtig loslassen, komplett abschalten, das fiel mir ungeheuer schwer. In meinem Alltag war dafür wenig Platz, mein Wohlfühlprogramm beschränkte sich auf drei Saunagänge alle zwei Wochen und dann und wann eine Radtour mit Yim. Ich hatte es auch mit Pilates versucht, ebenso mit Tai-Chi, Squash und sogar mit Golfen, aber entweder fand ich es langweilig, oder es ließ sich nicht mit meinem Beruf vereinbaren, der viel Flexibilität erfordert. Allerdings hatte ich während der Radtouren und einiger Kurzurlaube gemerkt, dass ich durchaus verführbar war, wenn es darum ging, mich gehen zu lassen. Die Arbeit, die Disziplin, das Anspruchsdenken, alles glitt dann wie Staub unter der Dusche von mir ab. Ich aß und trank wie eine Königin. Ich verführte meinen Ehemann, las Gedichte. Diese Ausflüge in die Natur – gewissermaßen in eine andere Welt – genoss ich so sehr, dass ich in den Tagen danach meinen Job noch eifriger und akribischer wieder aufnahm, ganz so, als fürchtete ich, diese Seite meines Wesens könnte sonst die Oberhand gewinnen.

Dass genau das drohte, spürte ich deutlich an jenem dritten Tag unserer Wanderung. Plötzlich saugte ich die Schönheit der Natur in mich auf, etwa wenn lila Blumen vor einem gelben Busch leuchteten oder ich aus einem kühlen Wald in die Wärme eines offenen Feldweges trat, wenn sich die hügelige Landschaft vor mir ausbreitete, überall Wiesenblumen, Rapsfelder und Reihen von Bäumen. Ich bemerkte den auffrischenden Wind, der den Duft des Meeres mit sich trug, und ebenso, wenn er sich legte, sodass nur noch die Vogelstimmen zu hören waren.

An die Welt jenseits dieser Wahrnehmungen dachte ich über Stunden fast kaum noch, und wenn, dann höchstens in Zusammenhang mit meinem Sohn. Vielleicht war meine Sensibilität geschärft, denn meine Ahnung verdichtete sich, dass es einen konkreten Grund gab, weshalb Jonas diese Wanderung mit mir unternahm. Nun gut, ich war eine Mutter und ein von Natur aus neugieriger Mensch, zudem investigative Journalistin und bald auch Buchautorin – vier gute Gründe, sich von meinem Sohn die Geschichte erzählen zu lassen, die ihn an meiner Seite hierhergeführt hatte, auf diesen Weg, der quer durch eine lichtdurchflutete Mischobstwiese führte.

Ich fasste mir ein Herz und wartete, bis er zu mir aufgeschlossen hatte. »Nun mal raus mit der Sprache. Da ist doch was.«

Mehrere Minuten vergingen. Jonas und ich tauchten schweigend in das letzte Waldstück ein, das uns noch von Eldena trennte. Es roch nach Unterholz, Laub und Moos. Die urwüchsigen Farne zu beiden Seiten des Weges, deren riesige Wedel im leichten Wind tanzten, erzeugten eine fast magische Stimmung. Es war ein Ort zum Verweilen, zum Hineinhorchen, ein wohltuendes Bad für Augen und Ohren.

Als wir bereits die ersten Häuser sahen, sagte er völlig unvermittelt: »Es geht um Fabia. Wir machen eine Krise durch, und ich habe uns da reingebracht.«

Es tat mir ehrlich leid, das zu hören. Ich mochte Fabia gerne. Die beiden waren seit fast fünf Jahren zusammen, und ich hatte sie immer als ideales Paar begriffen. Nicht nur, weil sie beide den gleichen Beruf hatten, sie ähnelten sich auch in ihrem Temperament und ihren Geschmäckern. Sie hatten etliche gemeinsame Freunde, trieben gerne Sport und kochten oft zusammen, und manchmal lasen sie hintereinander dasselbe Buch und sprachen anschließend darüber. Sie waren nur deswegen noch nicht verheiratet, weil beide nicht viel von der Institution der Ehe hielten. Wenn sie mich besuchten, lachten wir ständig und waren sehr unternehmungslustig. Ich konnte mir nicht vorstellen, was die beiden auseinanderbrachte, außer natürlich, woran man als Erstes denkt: eine dritte Person.

»Magst du mir mehr darüber erzählen?« Als Jonas schwieg, ergänzte ich: »Du musst nicht. Vielleicht bist du ja hier, weil du mal Abstand brauchst.«

»Nein, schon okay. Ich hätte bestimmt früher oder später von mir aus damit angefangen, du bist mir nur zuvorgekommen. Also, es ist so ... am besten sage ich es geradeheraus. Ich überlege, meinen Job im Krankenhaus hinzuwerfen und für *Ärzte ohne Grenzen* zu arbeiten.«

Bumm! Was für eine Mitteilung. Trotzdem, ich hätte nicht überrascht sein dürfen. Jonas hatte sich schon als Zehnjähriger für Menschen eingesetzt, denen es schlechter als ihm ging. Als Teenager hatte er alten Leuten die Einkäufe in den vierten Stock getragen, während des Studiums Schülern mit Lernproblemen unentgeltlich Nachhilfeunterricht in Biologie, Deutsch und Englisch gegeben, und in seiner Zeit als Assistenzarzt war er ehrenamtlich in einem »Medi-mobil« mitgefahren, in dem Obdachlose medizinisch versorgt wurden. Er war ein Vorzeigesohn, ich selbst kam da nicht ansatzweise hinterher. Momentan stand er kurz vor seinem Doktortitel und, wie es schien, vor der bedeutendsten Entscheidung seines jungen Lebens.

»Man kann auch in unserem Land für Schwache da sein«, sagte ich. »Muss es denn gleich *Ärzte ohne Grenzen* sein? Das ist gefährlich. Du könntest in Palästina eingesetzt werden, im Sudan oder in Afghanistan, letztlich überall, wo es hoch hergeht, um es mal milde auszudrücken.«

»Das ist ja der Sinn, Mam. Für die Menschen dort geht es wirklich ums Ganze. Jeder Arzt kann tagtäglich mehrere Leben retten.«

»Du bist Neurologe.«

»Ich habe eine medizinische Grundausbildung, ich kann von Fieber und Unterernährung über Knochenbrüche, Schlangenbisse und Malaria alles behandeln.«

»Aber die physische und vor allem psychische Belastung!«

»Wenn ich das mache, Mam, dann erst mal nur für zwei Jahre.«

»Zwei Jahre! Und Fabia?«

»Das ist der springende Punkt.«

Er musste es mir nicht weiter erklären. Fabia war Anästhesistin und würde ebenfalls in Kürze ihren Doktortitel erlangen. Sie war sehr ehrgeizig, was ihren Beruf anging, und wollte in nicht allzu ferner Zeit Kinder. Mit einem Mann im Kongo war beides schwer zu realisieren, und ich schätzte sie so ein, dass sie Jonas nicht in die Ferne folgen würde, auch nicht für einige Monate. Es wäre womöglich das Aus für die Beziehung der beiden.

»Du nimmst in Kauf, Fabia zu verlieren, um deinen Altruismus auszuleben?«

»So, wie du es formulierst, hört es sich fast wie ein Verbrechen an.«

»Entschuldigung, so habe ich das nicht gemeint. Wie würdest du es denn ausdrücken?«

»Ich habe vor, meiner inneren Stimme zu folgen und etwas zu tun, von dem ich restlos überzeugt bin, und werde dafür die Konsequenzen tragen.«

»Soso, die Konsequenzen. Du liebst Fabia, nehme ich an?«

»Na klar.«

»Dann verstehe ich dich nicht.«

»Genau das ist das Problem. Keiner versteht mich. Nicht du, nicht Fabia, nicht meine Freunde. Trotzdem höre ich meine innere Stimme laut rufen, um es mal pathetisch auszudrücken.«

Meiner eigenen Stimme war ich sehr oft gefolgt, etwa bei meiner Berufswahl, und als ich mich später auf Gerichtsreportagen konzentriert hatte. Nicht immer war unmittelbar etwas Gutes dabei herausgekommen, ich hatte teils lange Durststrecken und Rückschläge zu bewältigen gehabt. Doch wenn ich mein gegenwärtiges Leben betrachtete, konnte ich ehrlich sagen, dass ich im Großen und Ganzen sehr zufrieden war und dass ich – vor die Wahl gestellt, alles anders oder es noch einmal genauso zu machen – mich noch einmal für diesen Weg entscheiden würde. Auf meine innere Stimme zu hören, hatte sich für mich ausgezahlt. Aber man konnte dabei auch von Rebellen abgeknallt oder einer Rakete zerfetzt werden oder mit einem Trauma zurückkehren. Oder einer verlorenen Liebe nachweinen. Ich fand, dass meine innere Stimme sehr gnädig mit mir umgegangen war, weil sie nie etwas von mir gefordert hatte, das mein Leben auf den Kopf stellte.

Was sollte ich Jonas raten? Um die Frage beantworten zu können, brauchte ich vorher selbst einen Rat.

Unser Plan sah vor, dass wir an diesem Tag bis Stahlbrode kamen, genau wie die Wandergruppe an ihrem dritten Tag, aber in Greifswald-Wieck wurde ich nach einem üppigen Mittagessen in einem Fischrestaurant mit Blick auf den Fluss Ryck schwach. Ein Windjammer lag vor Anker, umgeben von Fischerbooten und einem betulichen Städtchen mit bummelnden Touristen und Pfeife rauchenden Urgesteinen – ein echtes Postkartenmotiv. Am liebsten wäre ich geblieben. Ich wusste, dass ich die Strecke nach Stahlbrode sowieso nicht mehr schaffte, was bedeutete, dass wir gewissermaßen hinter die Wandergruppe zurückfielen. Nach Busfahren war mir nicht, also gönnte ich uns ein Taxi.

Jonas sagte nichts dazu, aber ich wusste, dass er vom Schummeln nicht viel hielt, dafür umso mehr von Selbstüberwindung. Damit wiederum hatte ich es nicht so sehr, daher redeten wir während der Fahrt kaum ein Wort. Ich glaube nicht, dass er wegen meiner lockeren Einstellung ernsthaft verärgert war, so wenig wie ich über seine Leistungsorientiertheit. Aber ein ganz klein wenig stinkig war ich schon auf ihn, hauptsächlich wegen *Ärzte ohne Grenzen*. Die Angelegenheit schlug mir auf den Magen, die fette Fischpanade tat ein Übriges, und als wir in Stahlbrode ankamen, war ich froh, mich in die Hängematte des gebuchten Ferienhauses zu legen. Mit Blick auf den Hafen schlief ich ein und wachte erst gegen 19:00 Uhr wieder auf.

Jonas saß auf dem Rasen, keinen Meter von mir entfernt, und biss in ein Fischbrötchen, dessen säuerlicher Geruch mich leicht anwiderte.

Als er bemerkte, dass ich wach war, sagte er: »Keine Sorge, ich habe dir eins mit Käse und Tomaten besorgt. Gar nicht so leicht hier, ein Belegtes mit etwas anderem als Fisch zu bekommen.«

Ich lächelte, ließ den rechten Arm müde von der Hängematte gleiten und streckte ihn Jonas entgegen, der meine Hand ergriff.

»Ist schon gut«, sagte er und ließ offen, was genau er damit meinte. Es konnte sich auf das Brötchen beziehen oder ein Ausdruck von Verständnis sein, weil ich mich den Nachmittag über eingeschnappt gezeigt hatte. »Übrigens habe ich mich bei der Gelegenheit ein bisschen umgehört. Ist schon erstaunlich, was für ein gutes Gedächtnis die Leute hier haben. Liegt vielleicht daran, dass der Ort so überschaubar ist. Oder am überdurchschnittlichen Fischkonsum. Der Wirt vom Imbiss erinnert sich noch genau an die Wandergruppe. Die haben alle sieben bei ihm gegessen, weil eines der Restaurants Ruhetag hatte und das andere eine geschlossene Gesellschaft. Denen ist nichts anderes übrig geblieben, als sich bei ihm durchzufuttern.«

Ich schälte mich aus der Hängematte und setzte mich zu Jonas auf den Rasen. Der war warm, weich und trocken wie ein Tierfell vor dem Kamin und etwas zu puristisch für meinen Geschmack. Ich mochte es, wenn ein paar Gänseblümchen, Schlüsselblumen und Klee das Grün durchbrachen. Auch, dass man von den beiden benachbarten Ferienhäusern einen uneingeschränkten Blick auf unseren Rasen hatte, ebenso wie wir auf deren, gefiel mir nicht. Wir saßen hier schon mitten auf dem Präsentierteller.

»Erzähl«, bat ich, biss in das Brötchen, das er mir gereicht hatte, und trank einen Schluck aus der Wasserflasche.

»Es hat einen Vorfall gegeben … in der Wandergruppe, meine ich. Die Tochter von dem einen Mann, Jule, hatte eine Art Badeunfall und wäre fast ertrunken. Der Wirt sagt, sie hätte schrecklich ausgesehen, käsebleich. Außerdem hat sie mit ihrem Vater wegen irgendetwas gestritten, er hat wohl den Kürzeren gezogen und ist wütend abgedüst. Anschließend haben Jule und die anderen die Köpfe zusammengesteckt, und am Ende haben sie alle lange Gesichter gemacht. Die Runde hat sich aufgelöst, nur dieser Joe ist noch geblieben. Er hat sich zum Wirt an den Tresen gesetzt, ihn mit Schwänken aus seinem Leben zugetextet und dabei ein Bier nach dem anderen gezischt. Das meiste davon hat der Wirt wieder vergessen, aber an zwei Dinge kann er sich erinnern. Rowolt hat sich gebrüstet, Jule das Leben gerettet zu haben, und er nannte sie eine Hammer-Kaline. Das hat er angeblich mehrmals wiederholt: Hammer-Kaline.«

Ich sah meinen Sohn wenig intelligent an.

»Ich hab's gegoogelt, Mam. Im Ruhrpott bedeutet das so viel wie ›super Mädel‹.«

Ich lehnte mich zurück und aß mein Brötchen. Natürlich hatte ich nicht die geringste Ahnung, was an dem Tag vorgefallen war, weder zwischen Joe Rowolt und Jule Klee noch zwischen Jule und ihrem Vater. Aber ich verstand ein bisschen was von Gruppendynamik.

Wenn man zehn Tage lang zusammen wandert, interagiert man zwangsläufig. In so einer Gruppe kommen unweigerlich Prozesse in Gang, etwa wenn es um die Rollenverteilung geht. Ob die Einzelnen sich dessen bewusst sind oder nicht, jedes Gruppenmitglied nimmt unweigerlich einen Platz ein: der Tempogeber, der Spaßmacher, der Nachzügler, das Küken, der neutrale Vermittler, der Angeber, der Tyrann, die gute Seele, der Langweiler, das Mauerblümchen … Die Rolle, die man für sich selbst definiert, ist selten die gleiche, die einem die anderen zugestehen. Das kann ebenso zu Konflikten führen wie die Tatsache, dass jede Gruppe schon nach kurzer Zeit Regeln entwickelt, die entweder offiziell beschlossen werden oder sich ganz von selbst ergeben, ob man das nun will oder nicht. Und wo es Regeln gibt, da gibt es Regelverstöße … Andererseits entfaltet sich jedoch auch ein Wir-Gefühl, ein Zusammenhalt, der durch die gemeinsamen Erlebnisse entsteht, durch näheres Kennenlernen und persönlichen Austausch, durch Erfolge und Rückschläge. Im Falle einer Wandergruppe ergeben sie sich ganz profan auch durch die ständige Ausschüttung von Glückshormonen, die durch die Bewegung und das Sonnenlicht angeregt wird.

Die Entstehung ebenso wie das Handeln, Siegen, Verlieren und Zerfallen von Gruppen ist eine spannende Geschichte, wobei man damit ebenso ein ganzes Volk begreifen kann wie auch zwei Personen im Zugabteil, die Sitznachbarn in einem

Passagierflugzeug oder Patienten im Wartezimmer eines Arztes. Vor einigen Jahren hatte ich am eigenen Leib erlebt, dass so etwas wie Gruppendynamik auch zwischen nur zwei Menschen entstehen konnte. Damals ging ich zufällig zeitgleich mit einem fremden Mann in die Sauna – finnisch, fünfundneunzig Grad. Ich drehte die Sanduhr an der Wand um, weil ich normalerweise nach zehn bis höchstens zwölf Minuten die Kabine verließ. An jenem Tag kam es anders. Kurz vor dem Saunagang hatte ich mitbekommen, wie arrogant der Typ mit seiner Frau umsprang, und wollte deshalb unbedingt länger durchhalten als er. Man könnte die Aktion albern nennen, aber so war es nun mal. Als nach einer Viertelstunde der Sand durchgelaufen war, drehte ich die Uhr demonstrativ noch einmal um. Wir sprachen kein Wort, sahen uns auch nicht an, wir saßen einfach nur da, zwei um die Wette schwitzende Nackte in den entgegengesetzten Ecken der Kabine. Wir wussten alle beide, dies war ein Fight zwischen uns.

Selbst jetzt noch, Jahre später, wünschte ich mir, ich hätte damals triumphiert. Aber nach vierundzwanzig Minuten machte mein Kreislauf nicht mehr mit, und ich verließ die Kabine, um mir die drohende Peinlichkeit zu ersparen, von ihm gerettet zu werden. Er kam eine halbe Minute nach mir heraus.

Fasziniert von der Absurdität dieses Ereignisses, beschäftigte ich mich danach intensiver mit dem Thema Gruppendynamik. Auch mein Sohn und ich waren auf dieser Wanderung eine Gruppe, was auch immer wir sagten und taten oder nicht sagten und nicht taten, hatte Einfluss auf unser Zusammensein, vielleicht sogar auf die gesamte Unternehmung. Wenn ich mir nun vorstellte, dass kürzlich sieben fremde Menschen aufeinandergetroffen waren, von denen jeder eine Beziehung zu den sechs anderen aufbaute, dann kam da einiges zusammen. Mehr als vierzig persönliche Wechselwirkungen über zehn Tage hinweg, dazu die körperliche Anstrengung, die Fremdheit, die kulturellen Verschiedenheiten und die unterschiedlichen Erwartungen … Ich hätte bei der Wandergruppe liebend gerne Mäuschen gespielt.

EINIGE TAGE ZUVOR

Seit Joe sie aus dem Wasser gezogen hatte, flatterten alle um Jule herum wie aufgescheuchte Motten. Vor allem ihr Vater. Sie ließ es geschehen. Bei dem Vorfall hatte sie Salzwasser geschluckt und war hauptsächlich mit Husten beschäftigt. Jemand legte ihr eine Decke um die Schultern, obwohl ihr nicht kalt war, gab ihr Kamillentee zu trinken, obwohl ihre Stimme einwandfrei funktionierte, und maß alle fünfzehn Minuten ihre Temperatur, obwohl sie kein Fieber hatte. Aber das war in Ordnung. Sie war Besorgnis um ihre Person gewohnt, das störte sie nicht weiter.

Als ihr Vater darauf bestand, sie mit einem Taxi nach Stahlbrode zu bringen, fügte sie sich wortlos. Er hatte vor der Reise ein ganzes Ferienhaus für sie beide gemietet, mit zwei Schlafzimmern, zwei Badezimmern sowie einer Terrasse mit Blick auf das Meer und den Hafen. In der Ferne sah man die Küste von Rügen. Dort erholte sie sich auf Anweisung ihres Vaters von dem Schock.

Die Ironie an dem Ganzen war, dass sie gar keinen Schock hatte. Zumindest spürte sie ihn nicht. Okay, in dem Augenblick, als die Schlingpflanzen sie unter Wasser zogen, war sie in Panik geraten. Aber sobald sie sich in Joes Rettungsgriff befunden hatte, war jede Angst von ihr abgefallen. Die Husterei war lästig gewesen, ansonsten fühlte sie sich gut. Jedenfalls nicht traumatisiert. Während sie nun auf der Sonnenliege döste, fragte sie sich, wie das sein konnte. Sie war dem Tod von der Schippe gesprungen, doch emotional betrachtet, ging es ihr nicht anders, als wäre sie vor einigen Stunden über einen Stein gestolpert und hätte sich das Knie aufgeschürft. Ihre Hände zitterten nicht, als sie sie ausstreckte, um den x-ten Kamillentee entgegenzunehmen, den ihr Vater brachte.

Er sah sie besorgt an. »Vielleicht sollte ich einen Arzt rufen.«

»Mir geht's gut.«

»Wir dürfen das nicht auf die leichte Schulter nehmen. Du warst immerhin minutenlang unter Wasser.«

»Aber nicht bewusstlos, Papa. Außer ein bisschen Salzwasser habe ich nichts abbekommen. Wie wäre es, wenn du uns für nachher irgendwo einen Tisch reservierst?«

»Bist du sicher, dass du essen gehen willst? Wir haben hier eine kleine Küche, ich könnte etwas einkaufen für ... eine Suppe oder Haferbrei oder so.«

»Komische Idee. Ich habe noch alle meine Zähne.«

»Wie ist dein Puls?« Er überprüfte ihn, war zufrieden und ging los, um ein Restaurant für den Abend auszusuchen.

Von der See frischte der Wind ein wenig auf und milderte die Kraft der Sonne, streichelte ihre Haut. Irgendwo hinter einem Zaun spielten Kinder, und Jule dachte lächelnd an ihre eigene Kindheit, die erst wenige Jahre zurücklag. Mein Gott, war sie oft laut gewesen, ein rasender Wildfang, egoistisch, ungeduldig und fordernd. Der Tod ihrer Mutter hatte aus ihr über Nacht ein anderes Mädchen gemacht, nachdenklich und ruhig. Seltsam, das über sich selbst zu sagen, aber sie mochte sich seither viel lieber, auch wenn ihre Freundinnen sagten, sie sei viel zu erwachsen für siebzehn. Das empfand sie überhaupt nicht so. Sie hatte einfach zu sich selbst gefunden, wenn auch ein paar Jahre früher als andere, das war alles. Damit war dieser tragische Verlust zum ersten Wendepunkt in ihrem Leben geworden, kurioserweise zum Guten.

An einem ähnlich heftigen Einschnitt befand sie sich nun wieder. Mit siebzehn war sie eigentlich zu jung für zwei derart große Schicksalsschläge. Manche Menschen erlebten ihren ersten mit fünfzig oder sogar noch später, andere nie. Aber das Schicksal war dafür bekannt, dass es seine Schläge ungleich und ungerecht verteilte. Das war sein Wesen.

»Es gibt nur einen Imbiss am Hafen, der offen hat«, sagte ihr Vater, als er zurückkehrte. »Ich habe den anderen eine Nachricht geschickt. Wir treffen uns dort in einer halben Stunde. Du siehst blass aus. Willst du nicht doch lieber hierbleiben? Ich würde uns was zu essen holen. An deiner Stelle ...«

»Du bist nicht an meiner Stelle.«

Er sah sie betreten an. »So habe ich das nicht gemeint.«

»Ich weiß, Papa.« Sie lächelte ihn auf jene Weise an, von der sie wusste, dass damit alle trüben Gedanken bei ihm dahinschmolzen.

Nach einmal tief durchatmen war er regelrecht aufgedreht. Er wusch ein paar Sachen im Waschbecken aus und brühte sich einen Kaffee auf, den er eilig herunterstürzte, bevor sie zum Imbiss aufbrachen.

Für den Weg brauchten sie nur ein paar Minuten und waren die Ersten. Ihr Vater holte ihnen zwei Fischburger und gönnte sich dazu ein Bier. Nach und nach trafen die anderen ein, bis auf Joe, sie setzten sich an einen langen Tisch, aßen und tranken. Gerade, als jemand Joe anrufen wollte, um zu fragen, wo er bliebe, kam er in seinem behäbigen, leicht gebückten Gang angetrottet. Jules Vater stand auf und ging ihm ein paar Schritte entgegen, er klopfte dem Retter auf die Schulter und fiel ihm um den Hals.

»Ich habe vorhin so unter Schock gestanden, dass ich dir gar nicht richtig gedankt habe, Joe. Also, mein Lieber, tausend Dank. Du bist ein Held. Meiner und der von Jule. Gut gemacht.«

Der ganze Tisch jubelte und applaudierte, sie ließen Joe hochleben, dass man meinen konnte, er habe Geburtstag. Der Geehrte wusste gar nicht, wie ihm geschah, er lächelte verlegen und machte ein paar abschwächende Gesten.

Die Szene dauerte nicht länger als eine halbe Minute, aber danach war nichts mehr wie vorher. Die Stimmung hatte sich komplett gewandelt. Die Wanderer hatten sich in den vergangenen Tagen nicht schlecht verstanden, und auch wenn es ein paar kleinere Reibereien gegeben hatte, war im Großen und Ganzen alles friedlich geblieben. Sie hatten sich zusammengerauft, machten Small Talk, alles ein bisschen spröde, trotz der kleinen Vorkommnisse. Sieben Leute, die zufällig den gleichen Weg gingen, waren noch lange kein Team, und das galt auch für sie.

Doch mit einem Mal kam es Jule vor, als hätte jemand frische Luft in einen lange verschlossenen Raum gelassen, und wenn sie in die Gesichter der anderen blickte, ging es ihnen allen ähnlich. Die Unterhaltungen, zuvor oft zäh wie Melasse, sprudelten plötzlich leicht und natürlich, so als würden sie sich schon länger kennen. Und das alles nur wegen ihres Badeunfalls?

Ja, vielleicht hatte der Vorfall etwas bewirkt und eine Art elektrischen Impuls durch alle hindurchgejagt. Dazu die ungezwungene, herzliche Art, mit der ihr Vater sich bei Joe bedankt hatte. Dass die beiden Männer in ihrem Wesen nicht unterschiedlicher sein konnten, hatte ein jeder von Minute eins an gemerkt, und ihr weitgehend stumm ausgetragener Konflikt hatte die ganze Zeit wie eine Schleierwolke über der Wanderung geschwebt. Die Wolke war nun wie weggefegt. Ihr Vater spendierte eine Runde Getränke und setzte sich neben Joe. Die beiden unterhielten sich lange und angeregt.

Genau so hatte Jule sich das vorgestellt, als sie ihren Vater zu der Wanderung überredete: unterwegs zu sein mit Menschen, die nichts über sie wussten, mit denen sie in der Natur unbe-

fangen Zeit verbringen konnten, dazu die Weite des Meeres ...
Sie hatte sich instinktiv dazu entschlossen, ohne viel darüber nachzudenken. Nachgedacht hatte sie in den letzten Monaten wahrlich genug.

Nun war sie hier, an einem Hafen mit urigen Fischerbooten, die in der Abenddämmerung auf dem Wasser schwankten, in diesem urigen Imbiss mit Akkordeonmusik aus dem Lautsprecher, dem Geruch von Fisch und Bratfett, einer Schar Möwen in Lauerstellung, einer kühlenden Brise, dem versiegenden Licht ...

Von einem Moment auf den anderen fühlte sie sich inmitten der angeregt schwatzenden, lachenden Menschen um sie herum allein. Sie war von ihnen isoliert durch ihr Schicksal, ihr Geheimnis.

Verrückt! Sie hatte genau das bekommen, was sie sich gewünscht hatte, und nun, da es Wirklichkeit geworden war, erschien es ihr nicht mehr richtig. Sie warf Yannick einen Blick zu, den er auffing und richtig interpretierte. Er tauschte mit Romina den Platz und setzte sich neben Jule. Leise, fast intim, sprach er zu ihr.

»Ich freue mich, dass es dir gut geht.«

Sie schlug die Augen nieder. »Es geht mir nicht gut.«

»Nicht? Du siehst zwar ein bisschen müde aus, aber ...«

»Darum geht es nicht, Yannick.«

Vorsichtig lächelte er sie an. »Cool, du hast zum ersten Mal meinen Namen ausgesprochen. Jule, was ich vorhin am Strand zu dir gesagt habe ...«

»Vergiss es einfach.«

»Nein, so läuft das nicht. Es war fucking nasty von mir. Eigentlich bin ich nicht so, weißt du?«

»Eigentlich sind wir manches nicht. Wenn aber ein paar Dinge zusammenkommen ... Ich habe dich ganz schön bedrängt, und du hast dich gewehrt. Es ist in Ordnung, wenn du nicht alles preisgeben willst.«

»Nein, ist es nicht. Du warst voll ehrlich zu mir, als du mir von den Häusern erzählt hast, und ich hab dich auflaufen lassen.«

»So ehrlich nun auch wieder nicht.«

Yannick kicherte leise vor sich hin, und Jule ließ sich davon anstecken.

»Was ist, warum lachst du?«

»Weil wir uns gerade gegenseitig im Entschuldigen übertrumpfen wollen. Wer war bloß der Bösere von uns beiden?«

Sie lachte. »Eindeutig du, ich gebe mich geschlagen.«

Er lachte. »Hey, Moment mal! So haben wir nicht gewettet.«

Dabei berührte er wie zufällig ihre Hand und versuchte aus dem Augenwinkel ihre Reaktion zu erhaschen. Richtig altmodisch, wie aus einem nostalgischen Film. Ihr erster Freund hatte Jule an einer Bushaltestelle in die Ecke gedrängt und geküsst, der zweite im Geräteraum der Turnhalle, und Oliver war in seinem Zimmer unmissverständlich geworden. Mit drei Fingern ihrer rechten Hand hatte sich noch keiner beim ersten Annäherungsversuch zufriedengegeben.

Yannick sah ihr lange in die Augen, was bemerkenswert war, da er außer seinem Telefon nichts und niemanden länger als zwei Sekunden am Stück betrachtete. »Freunde?«

»Freunde.«

Er lächelte verlegen. »Aber dann musst du an deinem Musikgeschmack arbeiten. Wie soll ich jemanden cool finden, der Debussy hört?«

»Ich höre ihn nicht nur, ich spiele ihn auch.«

»Fuck. Echt jetzt?«

»Weißt du das denn nicht? Alle Prinzessinnen spielen Klavier. Ich wollte mal Pianistin werden.«

»Pianistin. Cool. Bist du gut?«

»Zweiter Platz beim Jugendmusikwettbewerb in Thüringen, letztes Jahr.«

»Krass.«

»Ja, aber ich habe aufgehört.«

»Warum?«

Sie schüttelte heftig den Kopf und trank von der Limo.

»Sag schon.«

»Einfach so.«

»Mit der Musik hört man nicht einfach so auf, wenn man ein Instrument beherrscht.«

»Woher willst du das wissen? Spielst du auch eins?«

»Nein, ich komponiere.« Er grinste verlegen. »Wie sich das anhört … komponieren. Ich hab ein paar Songs geschrieben, das ist alles. Sie gefallen dir bestimmt nicht. Ist nämlich Rap. Ich könnte auch … Okay, ich könnte auch mal was mit Klavier ausprobieren. Ich schick dir die Noten, und du sagst mir, ob es was taugt. Wie wär's?«

»Hast du nicht zugehört? Ich spiele nicht mehr.«

»Fuck, dann fängst du eben wieder an.«

»Dir zuliebe, oder wie? Und kannst du mal mit diesem ewigen fuck aufhören, das nervt.«

Sie fuhr ihn heftiger an, als sie es vorgehabt hatte. Sofort tat es ihr leid. Er wollte sicher nur nett sein, und seine Gossensprache … Es gab Wichtigeres. Vor ein paar Monaten hätte sie noch anders darüber gedacht, strenger, aber die Dinge hatten sich grundlegend geändert. Das betraf auch ihre Sicht auf die Welt und ihre Mitmenschen.

Jule atmete tief durch. Ihre Stimme zitterte vor Erregung. Sie wusste nicht, was sie tat und warum. Ihr Kopf war daran nicht beteiligt, an der Wahrheit. Sie kam aus dem Herzen.

»Es hat vor knapp einem halben Jahr angefangen. Ich habe plötzlich schlechter gesehen und mir schon über eine Brille und farbige Kontaktlinsen Gedanken gemacht. Irgendwann bin ich zum Augenarzt, aber der hat mich bloß weitergeschickt, und von da an bin ich einmal quer durch die Fachgebiete der Medizin gehüpft, bis ...« Sie schluckte schwer. »Vor ein paar Monaten haben sie einen bösartigen Gehirntumor bei mir gefunden.«

Ein Stöhnen platzte in Jules Bekenntnis. Es kam nicht von Yannick, und erst jetzt bemerkte sie, dass Romina mitgehört hatte.

»Ein Tumor, wie furchtbar!«

Ursprünglich hatte Jule nur Yannick davon erzählen wollen, doch nun war es zu spät. Der ganze Tisch war aufmerksam geworden. Sie begegnete dem traurigen Blick ihres Vaters, in den sich ein leiser Vorwurf mischte, den er jedoch schnell wegblinzelte.

»Was soll's, nun wisst ihr es. Das ist der Grund, warum ich hier bin. Ich habe die ersten Wochen nach der Diagnose wie im Nebel verbracht. In einem Nebel aus Tränen. Es folgten gefühlt tausend Tests, eine Strahlentherapie und jeden Tag Schmerztabletten. Niemand sagt einem konkret, was passiert, wenn und so weiter. Vielleicht hat es mir auch jemand gesagt, und ich habe es nur nicht verstanden. Aber irgendwann war dann doch alles klar, und zwar als die Strahlentherapie nicht angeschlagen hat.«

Ein Fischkutter kehrte hupend heim, umschwirrt von Möwen, und die Leute an den anderen Tischen zückten ihre Handys, um Fotos davon zu machen. Nur an ihrem Tisch war das Leben erstarrt.

»Wenn der Tumor nicht entfernt wird, werde ich in weniger als einem Jahr erblinden. Das ist absolut sicher.«

Jule vermied es, sich die Betroffenheit in den Gesichtern der anderen anzusehen. Irgendwann hielt man in ihrer Lage keine Betroffenheit mehr aus, andererseits gab es auch keinen Trost, ohne dass sie die Karten offenlegte, und der Trost war der einzige Balsam, den es für sie gab. Ohne ihn wäre sie ganz auf sich selbst zurückgeworfen und würde irgendwann verrückt werden. Das war eine kräftezehrende Zeit im ständigen Widerspruch – Zuspruch gegen Aufmunterung, wie bei einem Lungenkranken, der atmen musste, um weiterzuleben, aber mit jedem Atemzug sein Leiden verschlimmerte.

Sie wusste, welche Frage als Nächstes kommen würde. Sie kam immer als Nächstes.

Es war Yannick, der sie stellte: »Das bedeutet, der fucking Tumor kann entfernt werden?«

Sie stützte das Gesicht in die Hände und spürte, wie tief in ihr drin Zweifel aus dem Bauch hinauf bis in den Kopf stiegen, wo sie sich zu Tränen verdichteten, die ihr übers Gesicht flossen, vom Kinn über den Hals. Zwei Hände legten sich fast zeitgleich auf ihre Schultern, eine Hand von jeder Seite, Yannicks und die ihres Vaters.

Ein paar aus der Gruppe bissen sich stumm auf die Lippen, andere richteten den Blick in ihr Glas oder auf die seichten Wellen des Hafenbeckens. Yannick starrte auf die Tischplatte. Jule wischte sich mit einem Taschentuch die Wangen ab, zerknüllte es und ließ es zwischen den Fingern hin und her wandern. Sie sah in die Wolken, die sich unten rot färbten und oben grau.

»Jule?«, fragte Yannick, der immer noch auf eine Antwort wartete.

»Wie? Oh, sorry, ich war kurz … Ja, das geht. Aber die Operation ist sehr riskant. Etwa vierzig Prozent der Patienten überleben sie nicht. Und erblinden kann ich trotzdem. Man wacht aus der Narkose auf und ist blind, oder man wacht nicht mehr auf. Oder man schlägt die Augen auf, und alles ist gut.«

Ein Stöhnen und Seufzen erhob sich, verklang wieder. Eine Frau trat an ihren Tisch und bat darum, dass jemand sie und ihre Töchter mit dem Handy fotografierte. Joe wollte sie abwimmeln, aber Jule tat ihr den Gefallen. Das größere der beiden

Mädchen war so alt wie sie und wirkte so glücklich neben ihrer Mutter. Mit dem Glück der anderen verhielt es sich dieser Tage wie mit dem Trost – es tat gut, und es tat weh.

Sie kehrte an den Tisch zurück. »Ich habe noch zwei Wochen Zeit, mich zu entscheiden«, sagte sie und sah dabei Yannick an.

Yannick saß wie erstarrt da, wich dem Blick aus. Er fühlte sich wie damals, als Surinam ihm diese Pille gegeben hatte. Speed. Machte angeblich euphorisch und reduzierte das Schlafbedürfnis. Bei Yannick nicht. Die ganze Nacht über hatte er sich gefühlt, als wate er durch Sirup, jeder Schritt bedeutete Anstrengung. Er war völlig benommen, verlor jedes Zeitgefühl, er hörte Sido, vor allem den Song »Astronaut«, dabei war das gar nicht seine Mucke, er hörte es trotzdem wieder und wieder und wieder. Ein Karussell.

Jule.

Der Tod war bis jetzt unendlich weit weg gewesen, etwas, das vor allem Oldies betraf. Okay, einer seiner Großväter war dement, und Oma Elsis Mann war über mehrere Jahre langsam verreckt. Aber das betraf ihn nicht persönlich, noch nicht. Das Elend wartete meistens verschwommen am Horizont. Nur manchmal, da schlug es dicht neben ihm ein. Vor zwei Jahren war ein Klassenkamerad, mit dem er nicht viel zu tun gehabt hatte, ein Sport-Ass, bei einem Verkehrsunfall schwer verletzt worden und seitdem halbseitig gelähmt. Ein kurzer Schreckmoment. Selbst als er mit dem Gedanken gespielt hatte, die Schlaftabletten seiner Mutter zu schlucken, hatte Yannick sich nicht näher mit dem Tod beschäftigt.

Jule.

Er konnte sich nicht in ihre Lage versetzen. No way. Wer konnte das schon? Nicht mal sie selbst fand sich in dieser Scheiße zurecht.

Manchmal, wenn er beobachtete, wie Oma Elsi mit Menschen umging, wünschte er sich zu sein wie sie: hilfsbereit, zupackend. Sie wusste immer Rat, fand immer das passende Wort, ständig tatschte sie die Leute an, an den Händen, den Schultern, am Rücken, im Gesicht. Yannick war das krasse Gegenteil. Ratschläge waren der reinste Horror für ihn, tröstende Worte kamen ihm hohl vor, jede Berührung kostete ihn Überwindung. Manchmal wäre er gerne anders gewesen. Aber dann beobachtete er seine Oma, die nie stillhielt, die ihren Senf zu allem dazugeben musste, die unermüdlich von Ehrenamt zu Ehrenamt düste, dreimal am Tag die Welt rettete und kübelweise Optimismus auf jedes Problem schüttete, egal, wie groß es war. Ihr Hamsterradtempo hatte etwas Zwanghaftes, so als hätte sie Angst davor, zu erstarren, sobald sie langsamer machte. Ihr konnte gar nichts Besseres passieren als ein zerrissenes Mädchen vor der Entscheidung ihres Lebens.

Jule.

Er wünschte sich, mit ihr alleine zu sein. Und dann? Er hätte nicht gewusst, was er sagen oder tun könnte, damit es ihr besser ging, daher war er gleichzeitig froh, nicht mit ihr alleine zu sein. Was sollte sie mit einem wie ihm? Prinzessinnen verliebten sich nicht in künftige Gärtner, sondern in Prinzen und Frösche, die zu Prinzen wurden.

Er ging in den Imbiss zum Tresen, an dem Joe alleine saß.

»Geht das hier noch lange?«, fragte Yannick.

»Hömma, es geht so lange, wie es geht.«

»Gibst du mir den Schlüssel? Ich lasse die Tür einen Spalt breit offen.«

Joe wusste nicht mehr, welcher von den zwei Schlüsseln in seiner Hosentasche zu der Ferienwohnung gehörte, daher gab er ihm beide.

»Wo ist Gregor?«

»Auf'm Klo.«

Yannick traute dem lallenden Joe nicht zu, noch irgendwelche Nachrichten zu übermitteln, deswegen wartete er zwei Minuten, und als Gregor immer noch nicht zurückkam, gab er dem Wirt einen Zettel, auf dem stand, dass Jule und Biskuit bei Elsi schlafen würden.

Bei der Ferienwohnung angekommen, probierte er die Schlüssel aus und stellte fest, dass der zweite zu einem Wohnwagenschloss gehörte. Er wusste, wie die Dinger aussahen, Surinam hatte mal für ein paar Wochen mit im Wohnwagen eines Kumpels gewohnt. Sieben Quadratmeter zu zweit und im Winter aufs Außenklo – von wegen freies Leben! Einfach nur bodenlos. Und von Hygiene keine Spur. War so ein Teil etwa Joes Zuhause, wenn er gerade nicht auf dem Ostsee-Wanderweg unterwegs war?

Yannick ließ die Hose an und legte sich auf die äußere rechte Bettkante, weiter an den Rand ging nicht, er wäre sonst rausgefallen. Er hätte auch das Sofa genommen, aber das war nur ein Zweisitzer, und Yannick war ein langer Lauch. Natürlich versuchte er einzuschlafen, aber es ging nicht. Erstens: »Astronaut« von Sido. Zweitens: Jule.

Jule.

Er war noch nie so richtig in ein Girl verknallt gewesen, dabei war er schon siebzehn. Nein, in einen Jungen auch nicht, so war er nicht drauf. Warum ihm die Girls nicht gefielen – er hatte sich das nie gefragt, es war einfach so. Aber jetzt ... Die allermeisten Mädchen erinnerten ihn irgendwie an ihn selbst, sie saßen nur die Zeit ab, in der Schule, nach der Schule. Cornern halt, rumhängen, am besten mit Breezer, dabei über Videos im Netz gackern, über Musikshows im TV, Model-Castings, Netflix-Serien oder so wie er mit Surinam, Bolko und ein paar anderen über Gaming talken, über Hacking, Spieleentwicklung.

Ein Girl wie Jule war ihm noch nie begegnet, einerseits ernsthaft, musizierend, gebildet – schon wie sie redete – und trotzdem ein bisschen verträumt. Die in Häuser einbrach, geil.

Die dem Tod ins Auge sah.

Dem Tod.

Das hatte etwas … Krasses. Nein, das Wort traf es nicht, es war zu abgeschmackt. Er dachte lange darüber nach, bis er darauf kam. Es hatte etwas Heldenhaftes, aber nicht im Sinne von Abenteurertum. Es hatte Bedeutung. Es hatte Tiefe. Da war Kampf, außerdem Hilflosigkeit und Mut. Eine endlose Schlacht auf innerem Terrain. Nicht gegen digitale Ratten, sondern analog und existenziell. Nicht im Geringsten vergleichbar mit der Schlaftablettenaktion damals und seinem kurzen Flirt mit dem Sensenmann. Vor diesem Abend hätte er auch nicht von sich gedacht, dass es solche Dinge waren, wonach er suchte, die ihn anzogen.

Irgendwann schlief er ein.

Er wachte wieder auf, als er aus dem Bett fiel. Joe hatte sich wie ein Achtzig-Kilo-Sack auf die Matratze geworfen und sie zum Schwingen gebracht. Das Deckenlicht strahlte hell wie ein Sommertag, und Joe krächzte ein Lied in einer Sprache, die Yannick weder kannte noch zuordnen konnte. Es klang asiatisch. Der Zungenschlag und die gekräuselten Lippen des Sängers deuteten auf einen derben Inhalt hin, wahrscheinlich vulgär.

Er beschloss, Joe nicht darauf hinzuweisen, dass es zehn nach eins in der Nacht war und sie in fünf Stunden schon wieder aufstehen mussten. Yannick hatte gelernt, auch unter widrigen Bedingungen zu schlafen, etwa während eines Ehekrachs seiner Eltern, oder wie bei Surinam, der am PC »Dark Orbit« spielte. Er löschte das Licht, legte sich wieder ins Bett und zog die Decke so weit hoch, dass nur noch die Nase hervorlugte.

»Hey, Kleiner.«

Yannick verdrehte die Augen. »Was?«

»Hey, Kleiner.«

»Was ist denn?«

»Deine Biene, das is 'ne Hammer-Kaline.«

Yannick seufzte. »Jule ist nicht meine Biene.«

»Killefitt. Scharwenzelst doch die ganze Zeit um se rum. Richtig so, die hat was drauf. Erinnert mich an Asiatinnen, die sind tough, so was von tough, und nich unterzukriegen. Die sind mit allen Wassern gewaschen, aber sie haben nix Weiches, verstehste? Weichheit geht denen völlig ab. Charaktisch … charakterisch, mein ich, verstehste?«

Yannick schlug die Decke ein wenig zurück und wandte sich widerwillig der anderen Bettseite zu. Im diffusen Licht einer Außenlaterne, das durch die Vorhänge drang, erkannte er Joes Umrisse. Er zündete sich gerade eine Zigarette an, keine normale, sondern irgendein Dope.

»Du könntest ihr Großvater sein«, sagte Yannick.

»Hehe, nur nicht eifersüchtig werden, Kleiner. Is nur so'n Spruch, das mit der Kaline. Das war einsame Spitze, wie sie uns von dem Gehirndings erzählt hat. Mann, die macht Eindruck. Von der können wir uns 'ne Scheibe abschneiden, du und ich und ihr Vater.«

»Ist das schlau, auf zehn Bier noch Dope?«

»Hey, red nich so mit mir, ja? Ich hab schon mehr von der Welt gesehen, als du Furzknoten in hundert Jahren siehst. Wart's ab, so kommt's.«

»Ich hab keinen Bock auf Streit, Joe. Lass mich einfach schlafen.«

»Nix da, Streit. Wir doch nich. Wir sind uns voll ähnlich, Kleiner. Ja, da staunste, was? Ich guck in deine Visage und sehe meine. Die von vor vierzig Jahren. Ein Loser, das bin ich. War ich irgendwie schon immer. Na ja, ich wollt's richtig machen, hab ich aber nich. Is immer was schiefgelaufen.«

»Ich bin aber kein abgefuckter Loser.«

»Das behaupten alle abgefuckten Loser. Ganz tief in dir drin weißte, dass du einer bist.«

»Schickt dich meine Oma, Alter?«

»Dazu brauch ich deine Omma nich. Du bist ein kleiner Heiopei, das merkt man gleich. So einer wie ich damals. Ey, was ich alles verbockt hab im Leben, das passt nich nach ganz Duisburg rein. Dabei war nich alles schlecht, das nich. Spaß kann man überall haben, auch ganz unten, verstehste? Da war ich meistens. Am unteren Ende der Nahrungskette. Hab mich durchgewurstelt. Aber dann, als ich gedacht hab, weiter runter geht's nich, da war ich mit einem Schlag echt am Arsch.«

Auf das Geschwätz von Besoffenen gab Yannick nichts, er verachtete es geradezu. Seine Eltern brüllten sich gerne mal nach einer Flasche Wodka an, deshalb hielt er sich mit dem Zeug auch zurück, egal ob in destillierter oder gebrauter Form. Trotzdem schaffte Joe es irgendwie, mit dem Gelalle sein Interesse zu wecken. Vielleicht, weil er ehrlich war. Etwas von sich preiszugeben, war in Yannicks Welt exotisch.

»Du hast diese vielen Storys doch nicht erfunden, oder? Die vielen, die du in den letzten Tagen zum Besten gegeben hast.«

»Nee, ich sach ja, ich hatte genug Gaudi im Leben. Aber dazu auch drei Eimer voll Scheiße, verstehste? Auch 'ne Lunte?«

»Nein, danke. Ich verstehe bloß nicht, was du hier machst, Joe. Mal ehrlich, du pfeifst aus dem letzten Loch. Deine Lunge ist fertig, deine Stiefel haben kaum noch Profil, und die meiste Zeit hat man nicht den Eindruck, dass du weißt, wo du bist. Hättest du mit Fritzie nicht besser 'ne Kreuzfahrt ins Polarmeer buchen sollen?«

Joe kicherte in die Dunkelheit. Yannick hatte das Gefühl, dass er und Joe eine gemeinsame Sprache gefunden hatten, die es ihnen erlaubte, offen zu sein, ohne einander zu beleidigen. Wahrscheinlich hatte Joe recht: Im tiefsten Innern waren sie sich ähnlich, und Yannick wusste es.

Joe knurrte, während er den Rauch in einer langen Fontäne ins Zimmer blies. »Ey, Furzknoten, du bist in Ordnung. Du darfst so was zu mir sagen.«

Eine Weile lang war es fast still. Joes leise rasselnder Atem war zu hören, wenn er an der Zigarette zog oder den Rauch ausstieß, dazu das Flattern der Gardine im Wind, der durch das angelehnte Fenster hereinströmte. Yannick stand auf und öffnete es ganz. Die abgestandene Luft wurde durch eine Meeresbrise ersetzt. Er lehnte am Sims, blickte in das gräulich erhellte Zimmer, in dessen Mitte Joes Augen glänzten.

»Meine Zeit auf See war vielleicht meine beste«, sagte er. »Ein scheiß Job zwar, schwere Maloche, die Einsamkeit, oft Langeweile. Hab mich so durchgefrickelt. Bei der Crew wusste man auch nie, die hat ständig gewechselt, da waren Sklaventreiber dabei, Langfinger, Falschspieler. Aber dann gab's da diese Momente, wenn du an Deck bist in der Nacht oder wenn du Pause hast, nur das Meer hörst und das dumpfe Motorengeräusch, das ewige Pumpen wie von einer fetten, schnarchenden Omma. Über dir die Sterne, am Horizont die vorüberziehenden Lichter anderer Schiffe, dann die Nebel am Morgen, die Häfen und die fremden Sprachen an Land, der starke Kaffee und die Storys der anderen, von Armut, fremden Ländern, von Frauen und Kindern, die zu Hause auf die Kohle warten ... Manchmal krieg ich die Pimpernellen und will da unbedingt wieder hin. Verstehste das? Die Kameradschaft mit den anderen Pennern, die alle irgendwie sind wie du, die Kameradschaft mit dem Schiff ...«

Joes Augen glänzten stärker, und Yannick wagte nicht, sich zu bewegen, ohne sagen zu können, warum. Es fühlte sich einfach richtig an, den Moment in die Länge zu ziehen, gar anzuhalten.

»Warum gehst du nicht wieder aufs Schiff?«, fragte er.

»Was glaubst du denn? Bin viel zu alt. Die schwere Maloche schaff ich nich mehr. Und Fachkräftemangel gibt's in dem Job nich. Junge Filipinos wachsen auf Bäumen.«

Er warf den Zigarettenstummel in ein Wasserglas und zündete sich gleich eine neue an, die nicht weniger stank.

»Ich bin jetzt sechsundfuffzig, Kleiner. Es heißt doch, man ist so alt, wie man sich fühlt. Ich fühle mich wie siebzig, eher wie achtzig. Keine Ahnung, was noch groß kommen soll. Außer Fritzie, is ja klar.«

»Wovon lebst du? Stütze?«

»Stütze is nich. Nich für mich. Ich hab ein bisschen was gespart … könnte Fritzie was bieten. Nix Großartiges, aber immerhin.«

Yannick war es nicht gewohnt, dass Menschen ihr Innerstes vor ihm ausbreiteten. Das war noch nie vorgekommen. Surinam und vor allem Bolko machten immer einen auf obercool, und sie waren auch nie schuld an irgendetwas. Nicht mal Oma Elsi war so offen zu ihm wie dieser Fremde, der sich selbst als Versager bezeichnete.

»Willst du mir endlich verraten, warum du und Fritzie diese Tour mitmacht?« Yannick wartete zwanzig, dreißig Sekunden auf eine Antwort. »Joe?«

Es blieb still.

»Joe?«

Wieder vergingen etliche Sekunden, und Yannick glaubte schon, Joe sei eingeschlafen oder wolle darauf nicht antworten. Er drehte sich zur Seite.

Da sagte Joe so langsam, dass man hätte mitschreiben können: »Ich glaube, sie läuft vor irgendwat davon. Frag mich nich, warum, aber ich hab 'ne scheiß Angst, dass ich sie nich davor beschützen kann.«

Schließlich ertönte ein Schnarchen, dunkel und leise wie das eines gutmütigen Bären.

»Hey, das kitzelt.«

Sie saßen in ihrer Ferienwohnung, es war Mitternacht durch, und Fritzie verfolgte mit teils heiterem, teils skeptischem Blick, was Romina mit ihren Fingernägeln anstellte. Mit routinierter Schnelligkeit und Präzision feilte sie daran herum und brachte sie in eine sanft gebogene Form. Zuletzt hatte Fritzies Tante ihr die Hände schön gemacht, für die Beerdigung ihrer Mutter, das war schon sehr lange her.

»Es kitzelt nur, weil du es nicht gewohnt bist. An deinen Fingerspitzen bildet sich schon Hornhaut, ist dir das aufgefallen? Die muss weg.«

Romina sah sie ein wenig mitleidig an. Solche Blicke kannte Fritzie zur Genüge, sie begleiteten sie schon ihr Leben lang. Aber wie die Hornhaut an den Fingerspitzen, hatte sich auch um ihr Gemüt eine Art Schutzschicht gelegt, die kaum Kritik oder Mitleid durchließ, aber auch keine Liebe und Freundschaft.

»Zum Schluss noch Lack auf die Nägel, und du bist ein neuer Mensch. Na ja, es ist zumindest ein Anfang. Wunder kann ich auch nicht vollbringen.«

»Farbe? Auf meine Fingernägel? Nicht während unserer … Jetzt doch nicht. Wozu soll das …?«

»Nichts Auffälliges. Keine Angst, ich verwandle dich schon nicht in eine Tigerin. Etwas Dezentes. Ich hätte dir ja Pfirsich empfohlen, das passt zu deinem hellen Teint, ein paar Sommersprossen hast du auch auf den Wangen und am Arm.«

»Ja, als Kind hatte ich viele … Mein Bruder war ganz vernarrt in die Dinger.«

»Ich habe nur sieben Nagellacke mitgenommen, Pfirsich ist leider nicht darunter. Deswegen nehme ich Kumquat, einverstanden?«

Kumquat. Was immer das war. »Ja, mach einfach. Ich verstehe nur nicht, warum du mir … Ich meine … *mir*.«

»Warum ich das für dich mache? Sieh mal, *cara*, wenn ich mich um Fingernägel kümmern kann, geht's mir gut. Der Tag heute war ziemlich scheußlich, nicht wahr? Erst Jules Unfall, dann die Sache mit dem Tumor. Einfach nur scheußlich. Was tust du, wenn du trübe Gedanken verjagen willst?«

»Ich? Weiß nicht.«

»Jetzt komm schon. Denk nach.«

Fritzie hatte immer nur gearbeitet, seit sie mit fünfzehn die Schule verlassen hatte, und davor auch schon. Auf einem Hof mit Vieh und Ackerbau war immer was zu tun, selbst im tiefsten Winter, und letztendlich hatte sie immer auf einem Hof oder dergleichen gelebt.

»Körbe flechten, glaube ich. Das macht mir am meisten Spaß.«

Romina hielt mitten im Lackieren inne. »Du stellst eigenhändig Körbe her? Das ist ja super. Was machst du damit?«

»Die meisten verkaufen wir auf Märkten.«

»Wer ist wir?«

»Die anderen und ich.«

»Deine Familie?«

»Nein … ja. Sozusagen.«

Romina lächelte und nahm ihre Tätigkeit wieder auf, einen Fingernagel nach dem anderen überzog sie orange.

Fritzie betrachtete ihre Hände. Kumquat. Hörte sich lustig an.

»Ich will dich nicht aushorchen, *cara*. Wenn du darüber sprechen willst, dann tu es. Wenn nicht, dann nicht. Aber denk daran: Ich habe dir auch ein kleines Geheimnis anvertraut, jetzt wärst eigentlich du an der Reihe.«

Fritzie wartete, bis Romina fertig war, und breitete auf deren Anweisung die Arme wie ein junger, flugunfähiger Kormoran aus. Sie wedelte leicht, damit der Lack – Kumquat, wiederholte sie im Geiste – schnell trocknete. Sie wollte Romina nicht verärgern, daher tat sie, als verdanke sie der Zimmergenossin ein kleines Abenteuer.

»Ich lebe in einer Wikingerkolonie in Dänemark«, sagte sie und biss sich auf die Lippe.

Romina, die sich gerade ein Glas Chianti einschenkte, stellte die Flasche ab. »Wie bitte? Wikinger?«

»Ich weiß, für die meisten Leute klingt das ein bisschen … Vor dreizehn Jahren bin ich hingezogen.«

»Ich dachte, du lebst in Berlin?«

Fritzie hatte keine Lust, von Berlin zu erzählen, von Almut und dem Schrebergartenhäuschen. »Och, das ist nur eine Auszeit. Und früher, vor dem Wikingerdorf, habe ich mal in Bayern gewohnt, ein paar Jahre nach dem Tod von … Bis vor dreizehn Jahren halt. Und aufgewachsen bin ich ganz woanders, in Brandenburg.«

Sie wusste, dass sie ein bisschen chaotisch erzählte, wie so oft. Aber so war es nun mal, sie konnte nichts dagegen tun.

»Wo liegt dieses Wikingerdorf denn genau?«

»Auf Lolland. Wir sind momentan zweiundsechzig Frauen, Männer und Kinder. Und wir leben, wie es die Wikinger … na ja, so ähnlich. Wir versuchen es jedenfalls.«

»Ohne Strom? Seit dreizehn Jahren?«

»Das stört mich fast gar nicht. Auf dem Hof damals in Brandenburg haben wir den Herd mit Feuerholz geschürt. Elektrisches Licht haben wir kaum gebraucht, wir sind mit den Viechern ins Bett und mit den Hühnern aufgestanden. Und wozu gibt es Kerzen? Nur für die Landmaschinen hat mein Bruder … und vorher meine Eltern, also …«

Da war er wieder, dieser Blick. Als wäre sie kein Teil der Gesellschaft, keine Frau von dieser Welt, sondern eine Spinnerin. Fritzie knabberte an der Innenseite ihrer Lippe, während Romina sich auf das Bett setzte und ungläubig an ihrem Chianti nippte, den sie am frühen Abend an einem Kiosk gekauft hatte.

»In unserem Wikingerdorf ziehen wir Gemüse, halten Ziegen, Schafe und Hühner, verkaufen Käse, Blumen, Körbe und Handgewebtes ... solche Sachen eben. Mit dem Geld kaufen wir, was wir nicht selbst herstellen können.«

»Puh! Jetzt ist mir auch klar, warum deine Hände so aussehen. Eine Wikingerkolonie. Was es nicht alles gibt. Ich muss gestehen, davon habe ich noch nie gehört.«

»In Norwegen gibt es noch ein paar davon, aber ... Ja, wir sind Außenseiter.« Sie wiederholte es auf Englisch: »*Outsider.*« Das Wort hatte Ferdi ihr beigebracht. Damals waren sie zehn Jahre alt gewesen, und Fritzie hatte immer gefunden, dass es auf Englisch einen ganz speziellen Klang hatte. Da schwang etwas mit. Etwas Rebellisches, Kämpferisches, Einsames.

»Und was ist mit Joe, *cara*? Ich dachte, ihr seid zusammen.«

»Ja, ja«, sagte sie nur, als erkläre das alles.

Romina hakte nach. »Diese Wanderung macht ihr, um euch zu beschnuppern, ja?«

Fritzie kicherte. »So könnte man es ausdrücken.«

»Und? Wie läuft es bis jetzt? Was denkst du von Joe? Ist er dein Typ? Nimmst du ihn mit zu deinen Wikingern? Nun sag endlich, wir sind inzwischen doch so was wie Freundinnen.«

»Ja, schon ... wenn du meinst. Joe ist sehr nett.«

»Er sollte mehr als nur nett sein, *cara*. Er sollte dein privater Superman sein.«

»Superman?«

»Dein Held, dein Ein und Alles, der Traum deiner schlaflosen Nächte. Aber er ist nicht gerade ein Casanova, oder? Für dich bestimmt trotzdem der Richtige. Du brauchst einen Mann, der dich aus deinem Schneckenhaus lockt, einen lustigen Typen, der locker drauf ist und was von der Welt gesehen hat. Das alles scheint er ja zu sein. Allein seine Sprache … Wenn er Bömmsken sagt, werde ich jedes Mal rot, obwohl ich gar nicht so genau weiß, was das heißt.« Romina lachte, fläzte sich auf das Bett und trank den Wein in kleinen Schlucken, als wären sie Satzzeichen. »Ein Wikingerdorf. Für mich wäre das nichts. Schon allein die Abgeschiedenheit. Die Kälte im Winter. Auf dem Feuer kochen. In eine Grube pinkeln, jetzt mal ehrlich. Aber am schlimmsten wäre für mich die Enge der Gemeinschaft. Zweiundsechzig Leute, denen du auf Gedeih und Verderb ausgeliefert bist. Stell dir vor, es gibt Streit. Das erinnert mich zu sehr an *Herr der Fliegen* und *Bounty* und so weiter, wo sich Leute auf kleinen Inseln plötzlich gar nicht mehr verstehen.« Romina schenkte sich erneut nach, trank und leckte sich über die Lippen. »Ich habe da eine Idee, wie ich dir helfen kann.«

»Bei was?«

»Bei deiner Entscheidungsfindung, was Joe angeht. Oder bist du dir schon sicher?«

»Ich glaube nicht. Oder erst so halb. Elsi hat mir angeboten, mich zu … meine Gedanken zu ordnen, hat sie gesagt.«

Romina seufzte. »Nichts gegen Elsi, sie meint es ja gut. Aber die Alte kann einem schon mächtig auf die Nerven gehen. Mich hat sie auch schon beraten. Von wegen Single-Frau und so, ein unverlangter Vortrag über Einsamkeit. Die nimmt sich ganz schön was raus.«

»Ich mag sie. Du etwa nicht?«

»Geht so. Ich habe sie jedenfalls auflaufen lassen und ihr klar gemacht, dass ich, wenn ich einen Rat brauche, eine eigene Oma zu Hause habe. Ich glaube, danach war sie beleidigt. Mir doch egal. Zurück zu dir, *cara*. Dir fehlt irgendwie die letzte Gewissheit.

Also, ich will dir nichts aufdrängen, aber denk mal drüber nach. Ich habe meine Tarotkarten dabei. Weißt du, ich beschäftige mich seit einigen Jahren mit Tarot. Es geht dabei nicht um Hellsehen, keine Sorge, diesem Irrtum sitzen die meisten auf, die davon hören. Tarot ist weder Hokuspokus noch esoterisches Klimbim. Man gewinnt Einsichten über sich und die eigenen Absichten, und es klärt die Gedanken. Darum geht es, vereinfacht ausgedrückt. Und das, was ich dir über die Konstellation erzähle, die ich dir lege, ist nicht wichtiger als das, was du darin erkennst.«

Fritzie begann mit geübten Bewegungen ihren Zopf aufzuflechten. Tarot, dachte sie. Wieder ein neues Wort, so wie Kumquat. »Davon verstehe ich nichts.«

»Das ist nicht wie Autofahren, *cara*, das muss man nicht können, um voranzukommen.«

Während Romina das Glas Chianti leerte, kämmte Fritzie sich die Haare. Sie wusch sich das Gesicht mit Wasser und Seife, zog das schlichte weiße Nachthemd aus Leinen an und kroch neben Romina unter die Bettdecke. Verwundert und ein wenig angeekelt betrachtete sie ihre Kumquat-Nägel, als wären es zehn orangefarbene Monster, die sich ihrer Fingerspitzen bemächtigt hatten.

Ein wenig erinnerte die Farbe sie an Schlehen, an jene rund um den Hof ihrer Kindheit in der Nähe eines Sees in der Märkischen Schweiz. Jedes Jahr an einem frostigen Novembermorgen war die Mutter mit ihr und Ferdi losgezogen, jeder mit zwei Eimern ausgestattet. Dann schwärmten sie aus und kehrten erst zum Treffpunkt zurück, wenn die Eimer voll waren. Vor knapp vierzig Jahren an einem solchen Erntetag war es passiert: Plötzlich stand Ferdi hinter ihr, mitten im Dickicht, ohne die Eimer, dafür mit einer Ringelnatter in Händen, die er mit seiner Kinderhand knapp unterhalb des Kopfes umklammert hielt. Die Schlange hatte sich verzweifelt um seinen Arm gewunden, was ihr jedoch nichts nützte. Je fester er zudrückte, desto stärker vibrierte der Körper des Tiers. Es gab entsetzliche Laute von sich, ein Zischen, das Fritzie durch Mark und Bein ging, während sie auf Ferdis Mund starrte, der lächelte.

Als die Schlange verstummte, warf er sie ihr vor die Füße. Fritzie konnte sich nicht bewegen. Sie versuchte es, aber es ging nicht, so als hinderte ein lähmendes Gift sie daran. Schließlich trat er einen Schritt auf sie zu, zwischen den gewundenen zuckenden Körper der toten Schlange, und blickte ihr tief in die Augen. In seinen las sie weder Triumph noch Reue, weder Stärke noch Angst, sie las gar nichts, es waren zwei leere Zimmer. Nur sein Mund lächelte noch immer.

Ferdi sagte: »*Outsider.*«

Romina schaltete die Nachttischlampe aus. »Gute Nacht, *cara.*«

»Gute Nacht, Romina. Ich habe es mir überlegt. Vielleicht machen wir das mit dem Tarot irgendwann. Schaden kann es ja nicht.«

»Sehr gerne, bei der nächsten Gelegenheit. Ich habe mir überlegt, ob ich der armen Jule dasselbe anbieten soll. Was meinst du?«

Fritzie dachte mehr an sich als an Jule, als sie antwortete: »Ich an ihrer Stelle würde nach jedem Strohhalm greifen.«

5

Jonas und ich erreichten die Kormorankolonie Niederhof um die Mittagszeit, als die Alt- und Jungvögel gerade zu einem ohrenbetäubenden Konzert anhoben. Zu Hunderten hockten sie in den mächtigen Eichen, Eschen und Erlen, die von Schilfwiesen umgeben waren. Jonas war so beeindruckt, dass er das Schauspiel mit der Handykamera einfing und diese danach über den angrenzenden Strelasund schweifen ließ. Tief hängende Wolken färbten ihn fast schwarz, und auf der anderen Seite fegten Regenvorhänge über Rügen hinweg. Bei uns, südlich davon, war es noch trocken. Da die Wolken von Westen nach Osten zogen, hatten wir gute Chancen, dass es dabei blieb, trotzdem hielten wir unsere Capes griffbereit.

Als die ersten Blitze über dem Sund zuckten, wurde mir dann doch etwas mulmig. Selten zuvor hatte ich die Naturgewalten so nahe aus der Zuschauerposition erlebt; zumeist hatte ich mittendrin gesteckt oder war sehr weit entfernt gewesen. Nun spielte sich direkt vor meinen Augen ein zugleich bedrohliches und faszinierendes Spektakel ab, das mich seltsam fesselte.

Die ersten Tropfen fielen, und gerade, als ich dachte, wir kämen noch mal glimpflich davon, tat es einen Donnerschlag, der mir durch alle Eingeweide fuhr. In der Nähe eines jüdischen Friedhofs stellten wir uns in einer Scheune unter, und kaum hatten wir sie betreten, prasselte der Regen nieder. Das Rauschen war so laut, dass ich beinahe das Klingeln meines Telefons überhört hätte. Das Display zeigte eine Nummer aus Bayern an.

»Hallo?«

Ich steckte den Zeigefinger der linken Hand in die Ohrmuschel und wiederholte: »Hallo? Hier Doro Kagel.«

»Sahn Sie die Frau, die ma auf'n AB drafgrehd hoad?«, fragte mich eine resolute weibliche Stimme.

Ich schätzte sie auf ungefähr mein Alter, und ihr Dialekt machte es mir noch schwerer, sie zu verstehen. Ich drückte das Telefon etwas fester ans Ohr.

»Ja, das bin ich. Doro Kagel mein Name. Danke, dass Sie zurückrufen, Frau … Thornagel, nehme ich an?«

»Walli Thornagel. Sie, fünf Mal ham's ma drafgrehd. I ruf bloß z'ruck, dass a Ruah gehm.«

»Dann wissen Sie ja, was ich von Ihnen will. Ich hätte gerne Ihren Mann Ferdinand gesprochen, wenn das geht.«

»Da Ferdi is ned do.«

»Könnte er mich bitte zurückrufen?«

»Na.«

»So? Dann sagen mir bitte, wann er zu erreichen ist. Ich versuche, mich dann pünktlich zu melden.«

»Na, dös geht ned.«

»Warum nicht?«

»Er is ned do.«

»Ja, das habe ich verstanden. Aber ich …«

»Na, dös hams ned verstanden. Er is goa ned mehr do. Weg is a.«

Ein zweiter ohrenbetäubend lauter Donnerschlag brachte die Scheune zum Beben, und die Regentropfen hämmerten wie Nägel auf das Dach. Jonas war so hilfreich, die Scheunentore zu schließen, damit wenigstens das tönende Rauschen gemildert wurde.

Ich lehnte mich gegen einen Strohballen, der mich um ein ganzes Stück überragte.

»Weg? Ja, wohin denn?«

»Wos woas i?«

»Und für wie lange?«

»I woas ned.«

Es konnte natürlich auch an mir und meinem Ansinnen liegen, aber ich hatte den Eindruck, dass Telefongespräche mit Walli Thornagel im Allgemeinen eher kurz ausfielen.

»Und seit wann ist Ihr Mann weg?« Das zumindest musste sie wissen, es sei denn, die beiden führten eine Ehe, in der das Fehlen des jeweils anderen kaum auffiel. Auf einem Bauernhof konnte ich mir das jedoch nicht vorstellen.

»Seit a boa Doag.«

»So lange schon? Und Sie wissen weder, wo er zurzeit ist, noch, warum er überhaupt fort ist?«

»Ja und wenn scho?«

»Haben Sie Ihren Mann als vermisst gemeldet?«

»I vermiss eam ned, überhaupt ned, warum sollt i eam vermisst meld'n? Soll er do bleibm, wo da Pfeff'r wachsd.«

Ich schloss die Augen und setzte mich auf einen der niedrigeren Strohballen und glitt in die Horizontale, um zum einen meinen Rücken zu entlasten und zum anderen einer gewissen Ermattung nachzugeben.

»Ist an Ihre Adresse ein Personalausweis geschickt worden, ungefähr vor einer Woche, ausgestellt auf Ihre Schwägerin Fritzie Thornagel?«

»Ah, dös wissen's also ah? Trotzdem, i muss ned mit Ehna rehn.«

»Nein, das müssen Sie nicht, Frau Thornagel, aber es wäre besser für Sie. Ansonsten werde ich Ihren Mann bei der Polizei vermisst melden, und dann bekommen Sie Ärger mit den Behörden, weil Sie es unterlassen haben.«

»Ha, Sie san ma ja a ganz a Freche, san ma Sie.«

Walli Thornagel, hörbar empört über meine Drohung, redete

nun noch schneller als vorher, und ich verstand nur noch die Hälfte. Wenn mich nicht alles täuschte, hatte Ferdi sich fürchterlich aufgeregt, als der Brief mit Fritzies Personalausweis eintraf, und am nächsten Tag war er verschwunden.

Der Regen ließ nach, und der Donner zog langsam weiter. Jonas drückte mir einen Becher Kaffee in die freie Hand, und ich richtete mich auf, um einen Schluck zu trinken.

»Eine Frage noch, Frau Thornagel. Warum hat Ihre Schwägerin vor dreizehn Jahren den Hof verlassen? Gab es Streitigkeiten?«

»Des Weibsbild hat si ned wohlg'fühlt, von Anfang o ned.«

Es folgte eine weitere Kaskade in feinstem Niederbayerisch, und ich musste mich voll konzentrieren, um halbwegs mitzukommen. Fritzie hatte sich offenbar in einer Nacht-und-Nebel-Aktion davongeschlichen, und Ferdi hatte sie verzweifelt gesucht. Als sie nach drei Tagen endlich anrief, kam es zu einem lautstarken Streit, und seitdem war Funkstille zwischen den beiden. Ferdi hatte seine Schwester seither mit keinem Wort erwähnt... bis eines Tages der Personalausweis im Briefkasten lag.

»Das war mir eine große Hilfe, ich danke Ihnen.«

»Na, freiwillig hoab i's ned g'macht.«

»Trotzdem danke.« Eine letzte Bemerkung konnte ich mir nicht verkneifen. »Allerdings rate ich Ihnen dringend, zur Polizei zu gehen. Früher oder später bekommen die Behörden mit, dass Ihr Mann vermisst wird, auch wenn es Ihnen nicht so geht.«

»I denk, er is mit seina Schwesta af und davuh. Wia a Liebespaar, ham's mi?«

»Ich glaube, ja. Und bei Ihnen hat sich wirklich noch niemand gemeldet? Weder die Polizei noch die Staatsanwaltschaft?«

»Na. Brauch i a ned. I mächd mei Ruah. War's dös? Dann Servus.«

»Ja. Servus, Frau Thornagel.«

Das Gewitter hatte sich verzogen, ein wenig Hitze mitgenommen und dafür einen Duft nach Heu und Unterholz hinterlassen. Millionen kleiner Fliegen tanzten in der Nachmittagssonne, in deren Licht die Regentropfen auf Laub und Gräsern glänzten. Käfer surrten an uns vorüber, als wir unseren Weg nach Stralsund wieder aufnahmen.

»Das war ganz schön tough«, sagte Jonas nach einer Weile, »der Frau damit zu drohen, sie zu verraten. Ich entdecke ganz neue Seiten an dir.«

Ich streichelte seinen Arm. »Meinst du? Ich finde es deutlich tougher, den eigenen Ehemann auch nach mehreren Tagen nicht vermisst zu melden.«

»Vielleicht ist er ja gar nicht fortgegangen. Vielleicht behauptet sie das bloß, und er wollte nicht mit dir sprechen. Oder sie hat ihn gekillt und auf dem Hof vergraben, unter dem Hühnerstall, zum Beispiel. Wer weiß.«

Ich lächelte und ließ mir seine Theorien durch den Kopf gehen. »Nein, dafür war ihre Geschichte zu abenteuerlich und verrucht. Welche Frau bezichtigt schon freiwillig ihren Mann, mit seiner Schwester durchgebrannt zu sein? Das ist ein riesiger Makel, vor allem im katholischen Niederbayern. Nein, ich gehe davon aus, dass Ferdi tatsächlich an die Ostsee gefahren ist, um die Spur seiner Schwester aufzunehmen.«

»Du meinst, er ist ihr hinterher? Die entscheidende Frage ist, ob er erfolgreich war. Außer einer Restaurantadresse hatte er nichts, und die Ostseeregion ist groß und weitläufig.«

»Du sagst es. Außerdem, ein Ferdi oder Ferdinand Thornagel taucht in den bisher offengelegten Akten zu dem Fall nicht auf. Könnte natürlich Verschlusssache sein.«

Am westlichen Horizont ballten sich die nächsten dunklen Wolken hinter der Hansestadt, und wir wollten Strecke machen, daher beschleunigten wir unsere Schritte.

Es blieb zum Glück trocken, und am späten Nachmittag gegen halb sechs ließ ich es mir nicht nehmen, in Stralsunds wunderschöner Altstadt in einem Café in der Nähe der Kirche St. Jakobi einen großen Milchkaffee und ein Stück Birnenkuchen zu essen. Danach war mir wohl.

Ich bestellte einen weiteren Milchkaffee und wollte soeben zum Handy greifen, um Yim anzurufen, als er anklingelte. Ich hatte mich zuletzt aus Wolgast bei ihm gemeldet, das war vor drei Tagen gewesen. Irgendwie war es mir peinlich, obwohl wir es so ausgemacht hatten.

»Ich habe gerade an dich gedacht und hatte Sehnsucht nach deiner Stimme«, sagte ich und hoffte, dass er mir glaubte.

»Ich war schneller. Ist alles in Ordnung bei euch?«

»Ja, wir sind mittlerweile in Stralsund.« Ich berichtete ihm von den letzten Tagen der großen Mühen und kleinen Hühneraugen, aber auch von den vielen guten Gefühlen beim Durchqueren der atemberaubend schönen Landschaften und dem klaren Kopf, den man beim Wandern bekam.

»Das solltest du auch mal versuchen«, riet ich ihm. »Man ist komplett raus aus dem Hamsterrad, physisch wie psychisch. Eine tolle Erfahrung.«

»Du vergisst, dass ich Buddhist bin«, antwortete Yim. »Wir haben unsere eigenen Methoden, das Hamsterrad zu verlassen, oder besser, es gar nicht erst zu betreten. Übrigens, die Vorbereitungen für die Eröffnung sind fast abgeschlossen, heute habe ich den Schankvertrag unterschrieben und die ersten Einladungen für die Eröffnungsparty verschickt. Die Gläser, die Teller, die Töpfe, das Gas ... alles startbereit.«

Er freute sich wie ein kleines Kind auf Weihnachten. Es lag ihm so viel daran, dass das neue Restaurant gut lief, vermutlich würde er eine Niere dafür hergeben, wenn das etwas nützte. Obwohl mir Zahlenwerke zuwider waren – meine Steuererklärung treibt mich jedes Jahr in den Wahnsinn –, hatte ich Yim zugesagt, mich um die Buchführung zu kümmern. Das sollte mein Beitrag zu seinem Erfolg sein.

»Was fehlt noch?«, fragte ich.

»Ein zweiter Koch.«

»Und eine Servicekraft, oder?«

»Dazu komme ich gleich. Aber sag erst mal, ist Jonas bei dir?«

»Jetzt gerade? Nein, er ist schon in die Pension vorausgegangen, um seine Sachen zu waschen. Wieso?«

»Seine Freundin hat bei uns angerufen.«

»Fabia? Wieso versucht sie ihn denn nicht auf dem Handy zu erreichen?«

»Das hat sie wohl, an die zehn Mal. Jonas geht nicht ran und ruft auch nicht zurück. Sie macht sich Sorgen. Nicht zu Recht, hoffe ich.«

»Ja und nein. Ich erkläre es dir, wenn ich zurück bin.«

»Und da ist noch etwas, das dich betrifft. Eine Ania Carbol hat vor einer halben Stunde hier angerufen.«

»Wer ist das?«

»Sie sagt, sie sei Kellnerin in Wolgast. Du hast ihr deine Karte gegeben.«

»Ah, jetzt. Was wollte sie?«

»Ihr ist noch etwas eingefallen zu dem Brief, den sie abgeschickt hat, den mit dem Perso drin.«

»Wie nett von ihr.«

»Ja, sie ist wirklich sehr freundlich und hilfsbereit. Als sie hörte, dass ich ein Restaurant eröffne, hat sie sich gleich bei mir beworben. Sie stellt sich morgen vor, hoffentlich wird's was. Du weißt ja, wie schwer gutes Personal zu finden ist.«

Ich lachte. »Sehr schön, so fügt sich eins zum anderen. Welche Info hatte sie denn für mich?«

»Ich hoffe, du kannst etwas damit anfangen. Zwei, drei Tage

nachdem die Kellnerin den Brief abgeschickt hat, ist ein Mann im Restaurant aufgetaucht und hat sich nach Fritzie Thornagel erkundigt. Er sagte, er sei ihr Bruder Ferdi.«

»Oh.«

»Ist das nun gut oder schlecht?«

»Wie man es nimmt. Für mich passt es, der Nebel lichtet sich ein wenig. Aber ob Fritzie das gut gefunden hat … Sieht mir ganz danach aus, als hätte Ferdi sich seiner Schwester an die Fersen geheftet. Konnte Ania Carbol ihm denn weiterhelfen?«

»Kaum. Sie wusste ja nur, dass Fritzie zu einer Wandergruppe gehörte, mehr nicht. Er hat sich dann noch nach Hotels und Pensionen in der Umgebung erkundigt, und das war's. Auch von mir übrigens, ich muss leider los. Nur eines noch.«

»Ja?«

»Ich liebe dich.«

EINIGE TAGE ZUVOR

Elsi spürte die Veränderung in der Gruppe. Die Atmosphäre am fünften Tag der Wanderung war nicht mehr wie am ersten oder vierten Tag. Sie waren ein ganzes Stück zusammengewachsen. Joes Anekdoten hatten aus einem müden, ungepflegten Mann mit Zahnlücke einen Abenteurer mit wechselhafter Vergangenheit gemacht, und dass seine Freundin Fritzie aus einem Wikingerdorf kam, hatte sich dank Romina auch schon herumgesprochen. Die beiden waren sozusagen ein Paar auf Beschnupperurlaub, was Elsi amüsant fand. Jules Schicksal bildete den Gegenpart dazu, und auch ihre traurige Geschichte hatte etwas seltsam Verbindendes. Die anderen waren gewissermaßen Zeugen ihres inneren Kampfes, ihrer Tapferkeit, und standen vor dem gemeinsamen Problem, wie sie damit umgehen sollten. Senkte man vor Jule den Blick, fühlte man sich feige. Hielt man ihm stand, drohte die Gefahr, mitleidig, kalt oder nervös zu wirken. Und sah man an ihr vorbei, galt man als Ignorant. Ein schlichtes »Guten Morgen« entwickelte sich für so manchen zur Herausforderung.

An diesem Punkt kam Elsi ins Spiel. Sie kannte sich mit schweren Schicksalen aus, sozusagen ihr täglich Brot, und so war es an ihr, der Gruppe vorzuleben, wie man eine solche Situation meisterte. Natürlichkeit war das oberste Gebot. Bloß keine Mitleidsbekundungen. Bloß kein künstliches Schweigen. Bloß kein Herumdrucksen. Wer eine Frage an Jule hatte, der stellte sie. Am besten war es, alles offen anzusprechen und danach wieder die Klappe zu halten und über etwas anderes zu reden. Und vor allem: ZUHÖREN. Eigentlich war es gar nicht so schwer. Am Vorabend hatte Elsi das Mädchen einfach reden, sie alles mal loswerden lassen, aber damit war es dann auch mal gut. So gingen Profis damit um.

Elsi mochte Menschen, das war das ganze Geheimnis. Anderen zu helfen, war ihre Leidenschaft, nicht nur von acht bis fünf, sondern auch danach, selbst am Wochenende und im Urlaub. Gerade dann. Ihr Berufsalltag war komplett durchgetaktet, um neun Uhr dort, um elf Uhr da, aber sie kam gut damit klar. Es gab ihrem Tag Struktur. In ihrer Freizeit dagegen konnte sie sich so viel Zeit nehmen, wie sie wollte. Bei der Berliner Tafel zum Beispiel, wo sie samstags Essen ausgab. Dort verwickelte sie einsame Menschen in Gespräche. Inzwischen hatte sie die Adressen von neununddreißig Leuten, denen sie von Zeit zu Zeit half, ihren Alltag zu bewältigen: mit ihnen Anträge schreiben, sie zu Behörden, zum Arzt oder zur Schuldnerberatung begleiten, sich mit den Vermietern herumstreiten. Oder im Frauenhaus, wohin arme Seelen flüchteten, die sich im Leben nicht mehr zurechtfanden. Denen half sie, eine Wohnung zu finden und bei Bedarf Kontakt zu ihren Verwandten aufzunehmen. Oder im Seniorenheim, wo die Einsamkeit reiche Beute fand, sich wie ein Gas in düstere Quartiere schlich und sich unsichtbar ausbreitete ...

Elsi hatte zwei Mottos. Erstens: Du kannst für jeden etwas tun. Und zweitens: Gib niemals auf. Sie gab niemals auf. Wie könnte sie das? Sie mochte Menschen. Sie mochte den schludrigen Joe, der nichts auf die Reihe bekam, ebenso wie Fritzie, die unendlich verloren wirkte, oder die ledige Romina, die kranke Jule ... Mit Menschen wie Gregor hingegen, die immerzu taten, als könnte nichts und niemand sie aus der Spur bringen, fremdelte sie.

»Sieh mal, Elsi«, sagte Jule, die neben sie getreten war. »Was für ein bezaubernder Ausblick.«

Hinter Stralsund erstreckte sich eine weite Landschaft, die Vorpommersche Boddenküste. Auf zahlreichen Wiesen blühte der letzte Klatschmohn, die Gräser standen hoch, der Blick ging über das Getreide hinweg in die Ferne, wo Kraniche über Felder stolzierten. Der Bodden war gesprenkelt von weißen Seevögeln, die auf einem nahezu glatten blaugrauen Spiegel schwammen.

»Ja, Liebes, sehr hübsch.«

»Wir sollten hier Rast machen, was meinst du?«

»Brauchst du eine Pause?«

»Nein. Ich dachte nur, weil ... Na ja, es ist ein so schöner Platz.«

Elsi schüttelte den Kopf, es war zu früh für eine Pause. Sie hatte mehr oder weniger das Kommando in der Gruppe übernommen. Gregor war angeschlagen. Zu viele Schnäpse mit Joe am vergangenen Abend. Er hatte sich nicht mal rasiert, na so was. Es war ganz natürlich, dass sie das Ruder übernahm. Sie war die Älteste, sie war die Erfahrenste im Wandern, und sie besaß einen fabelhaften Orientierungssinn. Jule und Yannick waren zu jung, Joe und Fritzie zu passiv. Und Romina hatte genug mit ihrer Kondition zu tun.

Sie lächelte und rief: »Pause in einer halben Stunde. Weiter geht's, Jungs und Mädels. Immer munter, immer munter.«

»Moment noch, Oma«, sagte Yannick. »Joe fehlt.«

Da kam er auch schon um die Ecke, etwa hundert Meter entfernt, atemlos und hustend. Er wedelte mit beiden Armen.

»Na, Joe, wieder mal ein paar Bierchen an einen Baumstamm entleert?«, fragte Elsi augenzwinkernd und wandte sich schon zum Gehen.

»Wart mal, Elsi«, keuchte er und wandte sich zu Fritzie um. »Mimi, du hast recht.«

»Womit?«, erkundigte sich Elsi.

Joe hielt sich die Seiten, als er antwortete: »Der Mimi ist heute Morgen was aufgefallen, nein, eigentlich schon die letzten Tage, und der Romina auch, deshalb hab ich jetzt mal drauf geachtet. Donnerlüttchen, es stimmt, irgend so 'n Schaluppi verfolgt uns.«

»Was denn für ein Schaluppi?«

»Ein Schlawiner. Jemand, der nix Gutes vorhat. Immer derselbe Kerl. Sieht aus wie ein Ringer.«

»Ein Ringer?«

»Jau. Klein und kräftig, Ommi.«

»Das ist doch Käse, Joe«, wiegelte Elsi ab. »Wer soll das sein? Und wo ist er? Ich sehe keinen Ringer. Wir sind hier allein.«

»Mir ist bisher auch nichts aufgefallen«, sagte Gregor.

Jule verneinte es ebenfalls. Aber Joe, Fritzie und Romina bestanden auf den unbekannten Verfolger. Und Yannick merkte an, dass er gestern jemanden in einem blauen Shirt durch das Schilf hindurch bemerkt hatte, eine fremde Person, auf die ihn Romina hingewiesen hatte.

Elsi blieb unbeeindruckt. »Ich stelle nochmals fest: Ich sehe niemanden, weder blau noch klein noch kräftig. Da ist keiner.«

Joe blieb standhaft. »Jetzt ist er weg. Aber gerade eben ...«

»Ach, nun kommt, Leute, ihr lest zu viele Krimis. Warum

sollte jemand absichtlich hinter uns herlaufen? Bitte macht euch nicht gegenseitig kirre. Denkt an was Schönes. Freut euch auf die Pause in einer halben Stunde. So, weiter geht's.«

Das Doppelferienhaus, in dem sie alle gemeinsam übernachteten, besaß eine große, überdachte, in der Mitte geteilte Terrasse mit traumhaftem Blick. Die grünen Wiesen, das Schilf und das glatte bleifarbene Wasser flossen ineinander und verschmolzen unter einem weichen goldenen Abendlicht, das langsam entschwand und dabei die Geräusche des Tages mit sich nahm. Graue Wolken zogen auf, und bald fiel ein gleichmütiger Regen über Land und See, von jener Art, die beruhigt.

Jule lehnte am Geländer und trank Kräutertee in kleinen Schlucken aus einem Becher. Biskuit schlief schnarchend neben ihr.

Solche Augenblicke waren selten und kostbar, deswegen versuchten so viele Menschen, sie auf Fotos festzuhalten. Für Jule waren sie noch kostbarer, aber sie hatte schon vor Wochen mit dem Fotografieren aufgehört. Lieber genoss sie den Moment. Sie umarmte ihn gewissermaßen, verliebte sich. Brannte ihn sich ein, mitsamt seiner Geräusche und Düfte und all der Attribute, so wie jene Tasse Tee, die warm in ihrer Hand lag. Vielleicht gelang es ihr dadurch, später einmal solche Bilder heraufzubeschwören, wenn es keine neuen Bilder mehr für sie gab, wenn alles im Dunkel versunken war, wie der helle Tag in einer mond- und sternlosen Nacht.

Sie war nicht bereit, diese Welt zu verlassen, nicht, wenn das Flüstern des Regens sich vom Geruch von Wasserpflanzen begleiten ließ. Nicht, wenn ein Windstoß, der das Schilf bog, sie glücklich machte. Nicht, solange dieses seltsame Gefühl in ihrer Brust wuchs, neuartig und irritierend, aber auch süß und süchtig machend. Dann glaubte sie, die Entscheidung, die sie zu treffen hatte, zu kennen.

Doch Augenblicke waren flüchtig, ihre noch mehr, und die Gewissheiten des Abends waren oft genug beim ersten Tageslicht verflogen. Morgens in der zarten Dämmerung überkam sie der Wagemut. Und das Ringen begann von vorn.

Vielleicht hatte sie deswegen gestern ohne Bedauern spontan ihre Misere vor nahezu fremden Menschen ausgebreitet. Vielleicht war es aber auch von Anfang an ihre Absicht gewesen. Sie war sich nicht sicher. Sie wusste nur, dass ihr die Meinungen ihres Vaters, ihrer Tanten und Onkel, ihrer Freundinnen und der Ärzte nicht genügten, die ihr allesamt von einer Operation abrieten. Sie hatte bisher niemanden gefunden, der ihr zuriet. Ihr Wagemut stand völlig alleine da im Kampf gegen die Vernunft. Einzig ihre Psychotherapeutin hatte sich verschwommener ausgedrückt, wie es solche Leute gerne taten, und die Entscheidung an Jules »innere Stimme« delegiert.

Elsi war da nicht anders, auch wenn sie lieb war, sehr lieb sogar. Die halbe Nacht hatte sie gemeinsam mit ihr damit verbracht, die Pros und Contras durchzugehen, nur um am Ende zu sagen: »Es ist deine Entscheidung.« Das wusste Jule bereits. Sie kannte die Statistiken, sämtliche Vor- und Nachteile. Selbstverständlich war es ihre Entscheidung, wessen denn sonst? Aber der Verweis darauf half ihr nicht weiter, und sie wurde langsam verrückt unter dieser Last, weshalb sie sogar schon daran gedacht hatte, am letztmöglichen Tag vor der Entscheidung eine Münze zu werfen, so idiotisch das auch war.

Womöglich war die Idee idiotisch, mit Fremden auf Wanderschaft zu gehen, nichts weiter als eine Trotzreaktion gegen ihren Vater, der immer stärker klammerte, behütete, alles und jeden von ihr fernzuhalten versuchte. Aber nicht er allein isolierte Jule, manchmal war sie es auch selbst. Einige ihrer Freunde, die vor Wochen noch großspurig versprochen hatten, sie zu Hause zu besuchen, kamen dann doch nicht vorbei oder trauten sich nur im Pulk von fünf, sechs Leuten zu ihr. Das waren ihr zu viele, davon bekam sie bloß Kopfschmerzen, und dann ließ sich wieder tagelang niemand blicken.

Sollte sie dem nicht ein Ende bereiten? Übermorgen war ihr Geburtstag, sie war dann volljährig und könnte sich wochenlang an irgendeinen einsamen Ort verkriechen, wo es schön war: an den Bodensee, in die Provence, auf eine italienische Insel. Allerdings müsste sie dafür ihren Vater anpumpen.

»Hey, Jule.«

Am Ende der Wand aus Schilfrohr, die die beiden Terrassen trennte, streckte Yannick den Kopf um die Ecke.

»Hey, Yannick. Wo sind die anderen?«

»Die pennen alle, sogar meine Oma, und das will was heißen.«

»Biskuit auch, wie du siehst. Stöckchenwerfen hat sich für heute erledigt. Was ist mit dir?«

»Meine Stelzen sind stabiler, als sie aussehen. Wenn meine Oma geglaubt hat, sie kriegt mich platt, dann hat sie sich getäuscht. Ist bei dir die Luft rein?«

»Mein Vater duscht, falls du das meinst.«

»Darf ich rüberkommen?«

»Klar, ich mach dir vorne die Tür auf.«

»Keep cool.«

Die Trennwand teilte die komplette Terrasse, nur ein Geländer verband die zwei Hälften. Dahinter ging es gut vier Meter einen mit Büschen bewachsenen Hang hinunter, aber Yannick kletterte ohne ersichtliche Mühe auf die andere Seite und ließ sich auf den Liegestuhl neben ihr fallen. Sein Grinsen sollte wohl Coolness ausdrücken, aber Jule bemerkte die Nervosität dahinter.

»Ich habe uns Pizza bestellt«, sagte er.

»Uns beiden?«

»Uns allen. Müsste für jeden was dabei sein: Salami, Meeresfrüchte, Veggie ... In dem Kaff hier gibt es bloß so ein typisches

Rehbraten-mit-Soße-Lokal, der reinste Zement nach dreiundzwanzig Kilometern Fußmarsch. Die Pizza geht auf meine Rechnung.«

»Huch, was ist denn mit dir los?«

Er zuckte mit den Schultern. »Was soll schon los sein? Ich kann's mir leisten ... na ja, gerade so.«

»Mit den meisten in der Gruppe hast du nicht mehr als drei Wörter am Tag gesprochen.«

Mit dem Daumen und Zeigefinger seiner linken Hand zupfte er an der Handfläche der rechten herum, so als würden sie weiden. Das Handy in seiner Hosentasche vibrierte, was er jedoch nicht weiter beachtete. Sein Blick war auf den Boden gerichtet.

»Krass schön hier«, sagte er. »Ich habe immer in Berlin gelebt, für mich wäre das nichts. Trotzdem schön.«

Er schien zu meinen, was er sagte. Sein blasses, oft emotionsloses Gesicht hatte sich leicht verändert, wie wenn mildes Licht durch ein vereistes Fenster schimmert. Keine Spur mehr von obercool.

Ruckartig sah er sie an, seine Miene wurde ernst, und er zog die Augenbrauen zusammen. »Tut mir leid, dass ich gestern so still war. Und heute auch. Das war nicht okay.«

»Du meinst, dass du mir nach meiner Beichte aus dem Weg gegangen bist? Halb so wild und schon vergessen. Warum tut es dir leid?«

Sein Blick schweifte wieder zum Bodden, dann auf die Finger, die nach wie vor an der anderen Handfläche zupften. »Es tut mir einfach leid, klar?«

Einige Fledermäuse zogen in zahllosen Kurven über den anthrazitgrauen Abendhimmel, und ein frischer Windhauch strömte vom Bodden her über die wogenden Schilfgraswiesen. Von drinnen waren Geräusche zu hören. Ihr Vater war offenbar mit Duschen fertig. Mit einem langen weißen Handtuch um

Hüfte und Oberschenkel und einem zweiten um die Schultern, trat er zu ihnen auf die Terrasse.

»Yannick«, sagte er bloß und nickte ihm zu.

»Hallo. Ich ... wollte mich ein bisschen mit Jule unterhalten, bis die Pizza geliefert wird. Hab ich für uns alle bestellt, müsste bald kommen. Eine mit Kochschinken ist auch dabei. Ich hab mitbekommen, dass Sie ... dass Sie beim Frühstück gerne ...«

»Ja, das stimmt, ich mag Kochschinken. Und Biskuit auch.«

Er kniete sich neben den Hund, der sofort aufstand, als er sein Herrchen neben sich bemerkte, und sich herzen ließ. Gregor sparte nicht mit Liebkosungen. Man spürte die Liebe, die er dem Tier entgegenbrachte.

»Bei dem Wort Kochschinken wird er lebhaft«, sagte Gregor, und sie lachten, zum ersten Mal zu dritt. Dabei fiel sein Blick auf Yannick, und er sah ihm in die Augen, dann seiner Tochter. »Ich gehe mich mal anziehen.«

Als er weg war, sagte Jule: »Du kannst Papa ruhig duzen, Yannick. Ich duze deine Oma ja auch.«

»Er erinnert mich an einen Mathematiklehrer, den ich mal hatte. Der hat mir nix als Fünfen gegeben.«

»Papa ist schnell mal skeptisch, wenn es um meine Freunde geht, aber meistens nicht lange. Eigentlich ist er harmlos.«

»Eigentlich«, wiederholte Yannick. »Das sagt man über Rottweiler auch. Er will also nur spielen, ja?«

»Er ist kein Rottweiler. Egal, das mit der Pizza ist jedenfalls eine gute Idee, warum auch immer ausgerechnet du sie hattest.«

»Ich habe nachher beim Essen was vor«, sagte er. »Ich hoffe, es klappt.«

»Worum geht's?«

»Lass dich überraschen.«

»Hat es mit mir zu tun?«

»Indirekt.«

»Ich hoffe, du weißt, was du tust.«

»Selten. Aber wenn ich irgendetwas anders gemacht hätte, dann wäre ich jetzt nicht hier, und wir hätten uns nicht kennengelernt. Wär schade, oder?«

Jule lächelte in sich hinein. Seit Tagen wurde sie aus Yannick nicht recht schlau, er war mal nachdenklich, mal schroff, mal charming boy. Als Superman hatte er sie vor dem grässlichen Ivo gerettet, aber heute noch kein Wort mit ihr gesprochen, bis auf eben – völlig verwandelt.

Inzwischen war die Dunkelheit so weit vorangeschritten, dass man sich die Gesichter zuwenden konnte, ohne einander zu sehen. Yannicks Silhouette zeichnete sich gegen den Horizont ab, hager und groß. Jetzt erst fiel ihr auf, wie maskulin seine Stimme war, rund und wohlklingend.

»Wenn ich ein Problem habe, aber nicht weiterweiß und sich meine Gedanken wie in einem fucking lauten Karussell drehen ... Sorry, ich hab mir vorgenommen, nicht mehr fucking zu sagen.«

»Mega. Erzähl weiter.«

»Also, wenn das Karussell nicht stehen bleibt, ich aber eine Entscheidung treffen muss und es einfach nicht schaffe, dann ... Es gibt da einen Ort, wo ich hingehe, um allein zu sein, ein paar S-Bahn-Stationen entfernt in einem Wald am Stadtrand. Ich setze mich einfach irgendwohin hin oder laufe rum und denke nach. Wenn ich den Ort wieder verlasse, was echt Stunden dauern kann, habe ich eine Entscheidung getroffen, irgendeine. Bei der bleibe ich dann, egal ob ich es mir später wieder anders überlege. Ich bleibe dabei. Ums Verrecken. Ich ziehe das einfach durch.«

Jule ließ eine Weile verstreichen, während sie überlegte, ob sie auch einen Lieblingsort hatte. Schnell fiel ihr das verlassene Haus östlich von Eisenach ein, zwischen einer Obstbaumwiese und einem Getreidefeld. Es war zu klein für ein Bauernhaus und zu stabil für einen Schuppen, vielleicht war es ein ehemaliges Bahnwärterhäuschen, denn in der Nähe befanden sich Reste von uralten Gleisen, die jede Bedeutung verloren hatten und ins Nichts führten. Das Häuschen war ihr drittes Einbruchprojekt. Davor stand eine alte, wurmstichige Holzbank, auf der womöglich schon Tausende von Reisenden auf ihren Zug gewartet hatten. Ansonsten gab es dort nur Staub und Schmutz, aber wenn man ein Fenster öffnete, strahlte in der Ferne die stolze Wartburg wie ein Juwel auf dem Berg.

»Hast du in deinem Wald gute Entscheidungen getroffen?«, fragte sie.

Er seufzte. »Du wirst es besser machen als ich, das weiß ich. Ist dein Vater gegen eine OP?«

»Sehr.«

»Warum?«

»Meine Mutter ist bei einer Operation gestorben. Bandscheibe. Irgendwas ist bei der Narkose schiefgegangen ... Lassen wir das, bitte.«

Sie beugte sich nach vorne und streckte den Arm aus, um seine Hand auf der Lehne zu ergreifen, aber da war keine Hand, nur Holz.

»Vielleicht ist diese Wanderung ja ein Wendepunkt, wer weiß?«, sagte er.

»Was meinst du damit?«

»Keine Ahnung. Ist nur so ein Feeling.«

Nach einem Moment der Stille war an der Wohnungstür ein Klopfen zu hören, ein einziges dumpfes Geräusch. Yannick stand auf, um die Pizza in Empfang zu nehmen.

Wenige Sekunden später hörte Jule einen Schrei.

Shit. Yannick stand an der Türschwelle und blickte angewidert auf den Boden. Vor seinen Füßen lag ein Hase, graubraun, reglos, mit weit aufgerissenen Augen. Die Zunge hing ihm aus dem

Maul, und da war auch Blut auf den Dielen. Er wandte sich ab. Tote Tiere ekelten ihn an, auch wenn sie gebraten, gekocht oder gegrillt auf dem Teller lagen. Er konnte Fleisch nur verzehren, wenn es nicht nach totem Tier aussah, als Gulasch zum Beispiel, als Hack, Döner oder Schnitzel. Hähnchenschenkel gingen überhaupt nicht, ebenso wenig Lammkeulen oder Rehrücken, und ein Fisch mit Kopf und Schwanz war geradezu horrible. Schon beim Anblick von verendeten Vögeln im Vorbeigehen wurde ihm kotzübel. Und jetzt das: ein vierbeiniges Lebewesen, die Läufe im grellen Licht der Außenbeleuchtung von sich gestreckt ...

»Was ist los?«, fragte Jule, die zeitgleich mit ihrem Vater zur Tür kam.

Yannick machte nur eine Armbewegung rückwärts. Ohne sich umzudrehen, hörte er Gregors Analyse.

»Verrückt! Was ist denn mit dem passiert? Das Maul ist ja voll Blut. Außerdem ... Warte mal ...«

Er wandte sich halb um, aber als er sah, wie Gregor den Hasen an den Ohren packte und in die Höhe hob, bereute er es. Sofort blickte er wieder geradeaus.

»Sein Genick ist gebrochen«, stellte Gregor fest. »Ganz eindeutig.«

»Woher weißt du das denn?«, fragte Jule.

»Der Bruder meines Großvaters hat Hasen gehalten, und an jedem ersten Sonntag im Monat ging er mit seinen riesigen Pranken in den Stall und ...«

»Danke«, unterbrach ihn Jule, »jetzt habe ich ein Bild im Kopf.«

»Der muss mit voller Wucht gegen die Tür gerannt sein.«

»Machen Hasen so etwas, Papa? Gegen Türen rennen?«

»Wäre mir neu. Vielleicht war er tollwütig. Mir fehlt echt die Fantasie, was hier sonst passiert sein könnte.«

»Ein schlechter Scherz von irgendwelchen Dorfkindern?«, schlug Jule achselzuckend vor. »Auf dem Land muss man sehen, wie man sich amüsiert, und nichts macht mehr Spaß, als verweichlichte Städter zu ärgern.«

Yannick war der Unterhaltung widerwillig gefolgt, und erst, als Gregor den Kadaver in die Büsche warf, wich die Übelkeit. Auf den Dielen waren noch Blutspuren, über die er mit einem großen Schritt hinwegstieg. Der Pizzabote kam angefahren, und er war froh, den Anblick des Hasen verdrängen zu können.

Wenige Minuten später versammelte sich die Wandergruppe um den runden Esstisch auf der Terrasse, alle gründlich mit Mückenschutzmittel eingerieben, von dem manch einer reichlich eingepackt hatte, und umwölkt vom Duft dreier Citronellakerzen, die sie in irgendwelchen Schubladen gefunden hatten. Ansonsten hätten die Biester sie aufgefressen. Nur Joe schienen sie nichts anhaben zu können. »Lederhaut«, erklärte er grinsend und mampfte bereits das erste Stück Pizza, während Yannick als Letzter noch Mückenschutz auftrug.

Alle aßen mit großem Appetit, außer ihm – der Hase war schuld. Yannick knabberte noch immer am ersten Stück, als die anderen schon beim vierten oder fünften waren. Die Pizzeria hatte wegen der Großbestellung zwei Flaschen Valpolicella gratis mitgeliefert. Es war der reinste Fusel, aber das störte an diesem Abend niemanden, noch nicht einmal Romina, die zwar bei jedem Schluck den Mund verzog, deswegen aber nicht weniger trank als die anderen. Yannick, für den es eine Premiere war, genehmigte sich ein halbes Glas. Rotwein, stellte er schon nach dem ersten Schluck fest, war nicht sein Ding. Bolkos Wodka-Breezer allerdings auch nicht, und trotzdem trank er sie, einfach weil Bolko sie trank.

Also los, *let the games begin.*

Yannick richtete sich auf. »Hört mal her, Leute. Keine Ahnung, ob es sich schon zu euch rumgesprochen hat«, sagte er in die Runde. »Jedenfalls bin ich hier, weil meine Oma mich dazu verdonnert hat. Ich bin ein kleiner Kaufhausdieb … okay, eher ein mittelgroßer. Teure Elektronik. Hab mich dabei blöd angestellt und wäre fast eingebuchtet worden. Zum Glück hat Oma den Staatsanwalt und die Richterin um den Finger gewickelt. Ich bin hier, weil sie denkt, dass mich das von der schiefen Bahn wegbringt. So, jetzt isses raus. Aber keine Sorge, eure Kohle ist vor mir sicher, und solange keiner von euch ein MEG Gaming Desktop im Rucksack mit sich herumschleppt, habt ihr nichts zu befürchten.«

Sechs Augenpaare, alle auf ihn gerichtet. Das war noch weniger sein Ding als der Rotwein. Er schenkte sich ein paar Tropfen von dem sauren Zeug nach und starrte ins Glas, als läge eine goldene Münze auf dem Grund.

Romina lachte, es war eher ein Kichern. »Also, ich finde das gut. Ehrlich, Leute, das hat was. Dazu gehört Mut.«

Gregor war nicht ganz so begeistert. »Soll das jetzt zur Regel werden, jeden Abend eine Lebensbeichte? Warum hast du das gemacht, Junge? Das ist doch nicht gut für dich.«

»Keine Ahnung, ob es gut für mich ist oder nicht. Wenigstens ist Jule jetzt nicht mehr die Einzige, die mit einem fucking ... die hier mit einem Problem rumläuft. Da war so ein ... was weiß ich ... so ein ... Ungleichgewicht zwischen uns. Zwischen uns sieben. Sorry, das klingt krass hochgestochen. Aber ihr checkt, was ich meine? Wir sind eigentlich 'ne gute Crew. Okay, am Anfang fanden wir uns nicht so toll, aber inzwischen ... Jule hat gestern instinktiv das Richtige gemacht, sie hat gesagt, warum sie hier ist, und ich jetzt halt auch. So, das war alles.«

Nach einigen Sekunden verlegenen Schweigens schmunzelten einige am Tisch, darunter auch Romina.

Sie sagte: »Also schön, ich bin wegen der Karten hier. Der Tarotkarten. Um ganz ehrlich zu sein, wegen meines Katers Lollo und der Tarotkarten. Lollo ist gestorben, da habe ich mich einsam gefühlt, und dann habe ich die Karten befragt.«

Trotz Gregors Seufzen und Augenrollen – die entweder der zweiten Beichte des Tages oder dem Tarot galten, vielleicht auch beidem – holte Romina einen Kartenstapel hervor, suchte sieben davon heraus und legte sie trichterförmig angeordnet zwischen die Pizzaschachteln. Ihre apfelgrün lackierten Fingernägel glitten über die Formation hinweg.

»Turm, Tod, Wechsel, Wagen, Frieden, Quälerei und Eremit«, zählte sie auf. »Turm liegt auf der Position Vergangenheit, Tod liegt auf der Gegenwart, Wechsel auf der Zukunft, Wagen auf der Lösung, Quälerei auf Energie von außen, Teufel auf Hoffnung oder Befürchtung und Eremit auf Ausgang. Wichtig ist hier vor allem der Wagen. Er steht für Aufbruch, für das Meistern von Problemen, das Überwinden von Hindernissen, das Erlangen innerer Stärke und so weiter. Ich habe ein paar Nächte darüber geschlafen und den Aufbruch schließlich als eine Reise verstanden, die mir zwar viel abverlangt, am Ende aber hilft, meine Probleme zu lösen.«

Yannick hatte schon mal von Tarot gehört, so wie er auch von Dostojewski gehört hatte, ohne je mit ihm in Berührung gekommen zu sein. Den anderen erging es offenbar ähnlich, denn keiner wirkte besonders informiert, alle blickten ratlos auf die Karten. Gregor sogar verächtlich, aber das war ja klar.

Joe zündete sich eine seiner stinkenden Fluppen an und deutete auf Position zwei. »Der Tod liegt also auf der Gegenwart, Bömmsken?«

Romina wirkte froh, dass endlich jemand nachfragte, und wedelte hektisch mit den apfelgrünen Fingerspitzen.

»Nein, nein, nein, bloß nicht zu wörtlich nehmen. Der Tod steht für einen abrupten Wandel oder ein endgültiges Ereignis, das kann ein Todesfall sein, muss aber nicht. Was mich betrifft, habe ich es so interpretiert: Es ist die nach wie vor präsente Nachwirkung von etwas, das ich als Kind erlebt habe.«

Daraufhin erzählte sie die dramatische Geschichte von der Ermordung ihrer Großeltern, die jeden am Tisch fesselte, sogar den abgebrühten Joe, den nichts aus der Ruhe zu bringen schien.

»Ich glaube«, schloss Romina, »dass dieses schreckliche Ereignis für vieles verantwortlich ist, was ich in meinem Leben nicht hinbekomme. Ach so, da der Eremit auf Ausgang liegt und ...«

»Okay, okay«, unterbrach Gregor sie. »Ich finde, dein Kindheitstrauma steht für sich, das braucht man jetzt nicht mit dem Kartendingsbums zu vermengen. Du hast noch immer daran zu knabbern, deshalb suchst du Abstand und eine Herausforderung. Das verstehen wir alle, glaube ich. Wollen wir es damit vielleicht gut sein lassen? Für den Rest des Abends? Ich bin nämlich hundemüde.«

Für seine Verhältnisse hatte Gregor sich geradezu freundlich ausgedrückt, was nicht hieß, dass seine Worte irgendetwas mit Freundlichkeit zu tun hatten. Aber er hatte sich mächtig zusammengerissen, und eventuell hätte sein Schlusssatz tatsächlich die Runde aufgelöst. Die übrig gebliebenen Pizzastücke packten Elsi und Romina alle in eine Schachtel, letzte Reste des Weins wurden die Kehlen hinuntergestürzt, zwei der drei Kerzen gelöscht.

Da blies Joe, der unbeeindruckt sitzen blieb, den Rauch der Zigarette über den ganzen Tisch und murmelte: »Ich war bis vor Kurzem in Malaysia im Kittchen. Und weil ihr ja sowieso fragen werdet ... wegen Mord.«

Alle setzten sich wieder, außer Gregor.

»Dat war ein abgekartetes Spiel«, sagte Joe, drückte die Kippe auf einer leeren Pizzaschachtel aus und zündete sich gleich die nächste an. Kurz erhellte die Flamme des Feuerzeugs sein fahles Gesicht, bevor die Dunkelheit es wieder verschluckte. »Ein uraltes Spiel. So 'ne Nutte hat mich in 'ne Hütte gelockt, die gar nich ihre war, aber dat wusst ich zu dem Zeitpunkt nich. Mitten inne Nacht wollte sie sich mit meiner Kohle wegschleichen, aber ich hab's bemerkt. Als sie um Hilfe geschrien hat, kam gleich ihr Komplize angerannt. Ich wollt ihn beruhigen, aber Englisch Fehlanzeige bei dem. Voll dat Muskelpaket, der Typ. Er is sofort auf mich los, was hätt ich denn tun sollen? Der Filipino hatte ein Messer, ich hatte ein Messer, dat obligatorische Seemannsmesser. Ich hab dann gewonnen.«

Joe zog lange an der Zigarette, inhalierte noch mal so lange, wobei er eine Schnute wie ein Fisch auf dem Trockenen machte, und dampfte schließlich aus allen Nüstern. Der Rauch waberte über die letzte brennende Kerze hinweg wie Nebel.

»Ich hatte keine Schangse vor Gericht, die halten da alle zusammen. Bin kein Rassist, echt nicht, hab zwanzich Jahre lang unter Asiaten auf Schiffen gelebt, viele gute Jungs darunter. Trotzdem, die halten da alle zusammen. Immerhin, nach acht Jahren ham se mich rausgelassen, und ich bin zurück nach Duisburg. Dort wollt mich aber keiner, da bin ich nach Berlin ausgewandert. Seitdem maloche ich als Hilfsarbeiter auf'm Bau. So, jetzt wisst ihr's. Nettes Pläuschken, wat?«

Crazy. Unter ihnen war ein echter Mörder, wer hätte das gedacht? Yannicks Bild von einer typischen Wandergruppe war ein völlig anderes gewesen. Klar, die Typen mit den grünen Filzhüten und den Wurzelholzstöcken waren längst ausgestorben oder so gut wie. Auf den Spazierwegen in den Weißenseer Wäldern, aber auch auf dem Ostsee-Wanderweg sah man inzwischen eher Rentner, die lange, dünne Stecken umklammerten und aus der Ferne Stabheuschrecken ähnelten. Bolko nannte sie Stockenten. In den Medien war auch viel die Rede von Wanderern auf der Suche nach Entschleunigung oder auf den Spuren eines Bestsellers, von Öko-Freaks und Naturliebhabern, Vogelkundlern und Teilzeitbuddhisten. Alles Leute, mit denen Yannick nie in Berührung gekommen war, weder in der Schule noch in der Freizeit, und die er sich schrecklich langweilig vorstellte.

Er hätte nie gedacht, dass jemand wie Jule auf eine solche Tour gehen würde oder jemand wie Joe.

Oma Elsi reagierte als Erste. »Du hast deine Strafe abgesessen, damit ist das Thema abgehakt, und du kannst jetzt wieder ein nützlicher Teil der Gesellschaft werden. Mach es wie Romina, und betrachte die Wanderung als Weg zur Inspiration.«

»Ach, Ommi, wenn ich mal wüsste, was das ist. Aber zerbrech dir mal nich meinen Kopp. Ein paar Tage durch die Gegend schlendern mit Fritzie is auch schön, da brauch ich keine Inspi… keinen Firlefanz, mein ich. Wer weiß, vielleicht werd ich noch zu so 'nem dänischen Typen mit Hörnern auf'm Kopp. Bloß für 'nen Zopf reichen die paar Zotteln nich mehr.«

Joe drückte auch die zweite Kippe auf der Schachtel aus, doch diesmal zündete er keine neue an. Es schien jetzt wirklich das Ende des Abends zu sein.

Cool. Crazy. Für Yannick lief es. Hauptsächlich, weil Jule zufrieden war, wenigstens deutete er ihren Gesichtsausdruck so. Auch Oma Elsi zwinkerte ihm anerkennend zu, als wolle sie sagen: Mal was richtig gemacht.

Ja, es war eine runde Sache. Irgendwie wirkte die Gruppe gelöster, jetzt, da sie mehr voneinander wussten. Ihre Verschiedenheit trennte sie nicht mehr, so empfand er es jedenfalls, sondern würde in den nächsten Tagen für reichlich Gesprächsstoff sorgen. Zumindest, was ihn anging. Selten zuvor hatte er so viel über andere Menschen nachgedacht wie in den letzten beiden Tagen. Fritzie und Joe, das künftige Traumpaar? Romina, die Kartenhexe. Und natürlich Jule.

Sie und ihr Vater gingen nach nebenan, Oma Elsi hatte ihr eigenes Zimmer, und Yannick würde sich erneut ein Zimmer mit Joe teilen. Als er aus dem Bad kam, fing Fritzie ihn ab. Sie trug ein weirdes Nachthemd, in dem sie wie eine Uroma rüberkam.

»Yannick«, flüsterte sie. »Ist es wahr, dass du vor dem Abendessen ein totes Kaninchen vor der Tür gefunden hast? Gregor hat vorhin kurz mit Jule darüber gesprochen, aber ich habe es nicht richtig gehört, und bevor ich nachfragen konnte ... Hast du?«

»Ja«, sagte er und versuchte die bildhafte Erinnerung an den Moment zu vermeiden. »Aber es war ein Hase.«

»Mit gebrochenem Genick?«

»Mhm.«

»Und sonst war da nix und niemand?«

»Du meinst, ein Ringer mit blauem T-Shirt? Nein, nix und niemand.«

Sie blickte ihn merkwürdig an, so als hätte er sie bei irgendwas ertappt, aber eigentlich sah sie die Hälfte der Zeit so aus.

»Gute Nacht«, sagte sie.

»Gute Nacht«, erwiderte er und schob hinterher: »Alles in Ordnung?«

Sie lächelte schwach, eigentlich war es nur ein Verziehen der Mundwinkel.

Als Yannick das Zimmer betrat, in dem Joe bereits schnarchte wie eine verrostete Säge, dachte er an die kleineren und größeren Geheimnisse, die heute und in den Tagen davor ans Licht gekommen waren: Er, ein Dieb, schlief in dieser Nacht neben einem pensionierten Mörder, eine Tarot-Esoterikerin mit Verfolgungswahn neben einem scheuen Häschen mit Verfolgungswahn. Alle hatten inzwischen etwas offengelegt, sich den anderen gezeigt.

Na ja, fast alle. Nur Oma Elsi nicht.

Er legte sich ins Bett. Sein Telefon kündigte neun neue Nachrichten an, aber er las sie nicht. Auch seine Lust, den Rattenkönig endlich mal zu besiegen, ging gegen null. Er verschränkte die Arme hinter dem Kopf und dachte an Jule. Und so schlief er ein.

Das war er gewesen. Ferdi war das gewesen. Wer denn sonst? Er war hier, irgendwo da draußen. Er war ein Naturbursche, als Kind schon und als Erwachsener erst recht. Er konnte länger wach bleiben als irgendjemand sonst, den sie kannte. Kälte und Regen machten ihm nichts aus oder fast nichts. Schon mit sieben hatte er die Tiere gehütet, war für sie zuständig gewesen, der Vater hatte ihm die Verantwortung übertragen. Der Vater hatte ihm auch die Verantwortung für sie übertragen, seine Zwillingsschwester, das Nesthäkchen. Der Vater erlaubte Ferdi, Fritzie überallhin mitzunehmen, aber wehe, er passe nicht gut auf sie auf, dann käme er in den Ofen. Na gut, in den Ofen hatte der Vater ihn ein paar Jahre später dann doch nicht gesteckt, aber nur, weil die Volkspolizei ihn mitgenommen hatte. Die Mutter hatte geweint, fast die ganze Zeit über. Keiner wusste, ob sie wegen Ferdi weinte, wegen Fritzie oder wegen der Schande für die Familie.

Fritzie war damals elf gewesen.

Die Geschichte mit dem Kaninchen hatte sich ein Jahr davor ereignet. Oder war es ein Hase gewesen? Fritzie konnte beides nie richtig auseinanderhalten, obwohl jeder sagte, so schwer sei das gar nicht. Ferdi hatte sie nach dem Sonntagsessen, meistens Broiler oder Kapernklopse, mit in die Wälder um Buckow genommen. Schon in jungen Jahren waren Ferdis Beine stramm wie Schraubstöcke vom vielen Klettern auf Bäume und vom Schwimmen im See. Er arbeitete bereits mit der Sense an den Hängen der LPG – freiwillig, der Vater hatte es nicht von ihm verlangt. Ferdi bereitete die harte Arbeit Vergnügen, vor allem, wenn er dabei die anderen Jungen, die zwei, drei Jahre älter als er waren, locker übertrumpfte, und am allermeisten, wenn Fritzie ihm dabei zusah. Daher machte es ihm auch nichts aus, sie ein Stück weit Huckepack zu tragen. Sie war zwar genauso alt wie er, aber viel schmächtiger.

»Hüa!«, rief sie. »Hüa, Hottehü, hüa!«

Er tat, was er konnte, bis er erschöpft zu Boden sank, glücklich, weil sie glücklich war. Sie machten Rast im Wald mit Blick über die dunkelgrünen, sanften Hügel der Märkischen Schweiz und ihre hellgrünen Weiden. Um sie herum wimmelte es von Leben: Hü-hüpfs, Käferlein mit Punkten, Ameisen.

Ferdi fragte sie, ob sie ein Geheimnis bewahren könne, und sie lehnte lächelnd den Kopf an seine Schulter. Er war ihr Beschützer, ihr bester Freund, vielleicht sogar ihr einziger. Den anderen Mädchen war sie zu still, einige nannten sie dumm. Ferdi sagte das nie. An manchen Tagen wechselten sie nur zehn Wörter, und dennoch war es, als hätten sie stundenlang miteinander gesprochen.

»Ich zeige dir mein Geheimnis. Es ist nicht mehr weit.«

Die Höhle, ein ehemaliger Bunker, lag abseits des Wegs gut verborgen unter Laub und riesigen Farnen. Das Gestein war über und über mit Moosen bewachsen, getränkt von einem Rinnsal, das aus einem Felsen floss und so rein war, dass man es bedenkenlos trinken konnte. Ein zauberhafter Ort, auf seine Weise. Es hätte Fritzie nicht gewundert, wenn ihnen eine Fee erschienen wäre. Der Einstieg, eine Luke aus Holz, glich dem eines Dachsbaus, er war eng, und man musste auf allen vieren hineinkriechen.

Drinnen war es kalt, und die Luft roch erdig. Ferdi entzündete mit einem Streichholz eine Kerze, die bereitstand. Der Docht war feucht, das Licht reichte kaum einen Meter weit. Merkwürdige Geräusche hallten von den schwarzen Wänden wider, ein leises Rascheln, ein Knacken, ein Zähneklappern, Fiepen, Knistern ...

»Was ist das? Ich habe Angst, Ferdi.«

Er nahm sie an der Hand und führte sie gebückt – er war gut einen Kopf größer als sie – ein paar Schritte tiefer in die Höhle hinein, wo es noch feuchter, noch schwärzer war. Vor einem menschlichen Skelett, dessen Knochen an etlichen Stellen aus einer zerfetzten Uniform hervorragten, blieben sie stehen. Der Schädel war halb unter einem Helm verborgen.

»Ein Wehrmachtssoldat«, erklärte Ferdi ihr. »Wahrscheinlich erschossen. Der Bunker ist nie entdeckt worden. Er gehört jetzt uns.«

Das Skelett war schaurig, erklärte aber nicht die seltsamen Geräusche. Dann leuchtete Ferdi in eine andere Ecke des Bunkers, wo eine Ansammlung von Käfigen stand. Sie waren einfach konstruiert, mit Schnüren und Seilen zusammengebunden, etwa ein Dutzend davon. Darin Tiere. Fritzie erkannte eine Ratte, wie es sie auf dem Hof zuhauf gab, und eine Katze – davon hatten sie auch mehrere. Dann ein Hase, oder war es ein Kaninchen? Eine Amsel, ein Rotkehlchen, ein Igel, eine Fledermaus. Die anderen Tiere kannte sie nicht.

»Das ist ein Marder«, erklärte Ferdi. »Hier eine fette Kröte. Eine Schafstelze. Alle selbst gefangen, mit bloßen Händen oder selbst gebauten Fallen. Ich will noch einen Fuchs, und mein größter Traum ist ein Rehkitz.«

Fritzie betrachtete die Tiere mit staunenden Augen, so nah war sie bisher den wenigsten gekommen. Das Rotkehlchen gefiel ihr am besten, der Marder tat ihr irgendwie leid in seiner Ruhelosigkeit, er lief die ganze Zeit auf und ab.

Als sie den Bunker wieder verließen, fiel das Licht der Sonne seitlich auf die Bäume. Mindestens zwei Stunden waren vergangen, in Fritzies Wahrnehmung allerdings nur ein paar Minuten.

Auf dem Weg zurück fragte sie zuerst sich, und als sie keine Antwort fand, schließlich ihn: »Warum?«

Ferdis Antwort kam schnell und stolz: »Weil sie mir gehören, kleine Schwester, und niemandem sonst. Sie gehören mir und jetzt auch dir. Es sind unsere. Wir bestimmen über sie, über jedes einzelne von ihnen. Du erzählst doch niemandem etwas?«

Das hätte sie nie getan, Ferdi verraten, und das wusste er auch. Wäre die Mutter oder der Vater tot umgefallen, sie wäre traurig gewesen, aber wenn ihr geliebter Bruder wegginge, sie hätte sich von einem Baum gestürzt.

Von da an drehte sich Fritzies Leben nur noch um die Höhle. Die Tiere mussten versorgt werden, je nach ihren Bedürfnissen. Es mussten Spinnen und Fliegen gefangen, Würmer gesammelt, Hühnereier aus dem Stall und Salat und Möhren aus dem Gemüsegarten geklaut werden. Trotzdem kam es immer wieder vor, dass Tiere starben, Ferdi fing dann neue. Wenigstens zweimal in der Woche krochen sie gemeinsam hinab in den Bunker, manchmal ging Fritzie auch alleine hin. Die Hausaufgaben litten darunter, und es kam sogar vor, dass sie den Unterricht schwänzte. Sie war auf einer Sonderschule, trotzdem wurde der Unterrichtsstoff für sie zu schwierig, da sie nur noch an Ferdi und die Höhle dachte. Erst als ihre Versetzung gefährdet war, schimpften die Eltern mit ihr und erteilten ihr Stubenarrest. Monatelang schaffte sie es daher nicht in die Höhle, bis sich ihre Noten wieder besserten.

In dieser Zeit fand sie, als sie von der Schule heimkam, den Hasen in ihrem Zimmer. Er lag am Fußende ihres Bettes, tot und mit gebrochenem Genick, aus der Schnauze blutend. Auf dem Leib lag ein Zettel. In Ferdis ungelenker Handschrift stand darauf geschrieben: Er hat aufgehört zu fressen, er musste bestraft werden.

Jetzt, dreieinhalb Jahrzehnte später, lag da wieder ein Hase mit gebrochenem Genick. Das war kein Zufall, Ferdi war zurück.

Fritzie schlug die Decke zur Seite und schlurfte, ohne das Licht einzuschalten, zum Fenster. Nein, ihr Bruder würde sich nicht blicken lassen, noch nicht. Er mied andere Menschen. Aber er würde sie von nun an nicht mehr loslassen, wie ein Schatten.

Romina schlief tief und fest, was Fritzie jedoch nicht daran gehindert hätte, sie zu wecken, wenn nötig. Einige Minuten lang stand sie neben dem Bett und überlegte. Dann schlich sie sich, immer noch barfuß, aus dem Zimmer und öffnete die Haustür. Im leinenfarbenen Nachthemd stand sie da, im Licht der grellen Lampe an der Hauswand, wie auf einer Bühne. Vor ihr nichts als die Nacht. Der Himmel war nicht ganz finster: Halbmond, keine Wolken. Der Wald dagegen, nur zwei Steinwürfe weit entfernt, war eine schwarze Wand.

Ihr Bruder befand sich irgendwo dahinter. Sie fürchtete sich nicht vor ihm, nein, Furcht war das nicht, denn sie liebte ihn ja, und man konnte jemanden, den man fürchtete, unmöglich lieben. Er war der Gott ihrer Kindheit.

»Ferdi«, flüsterte Fritzie, obwohl er nicht zu sehen war.

Sie ging auf die schwarze Wand zu, barfuß, doch den Kies spürte sie kaum. Schritt für Schritt verließ sie den Lichtkegel der Lampe über der Haustür und tauchte in das Dunkel ein, fast wie in Zeitlupe, wie jemand, der ins Wasser ging, um dort zu bleiben.

Wind kam auf. Sie empfand es als wohltuend, wie er durch das Nachthemd kroch und ihre Schenkel umspielte. Ohne den Wald aus dem Blick zu lassen, löste sie das Band um ihren Zopf und flocht ihn auf, wie sie es immer getan hatte, schon als Kind. Denn den Zopf trug sie, wie auch das Nachthemd, seit sie denken konnte.

Als sie das Laub unter den Sohlen spürte, hielt sie inne.

»Ferdi«, flüsterte Fritzie, obwohl er noch immer nicht zu sehen war. Die Geräusche des Waldes umgaben sie, während sie zögerlich voranschritt: das Knistern der Blätter im Wind, das Knarren der Baumstämme, das Knirschen der Zweige.

»Ferdi?«

Er konnte überall sein, aber sie glaubte fest daran, dass er in der Nähe war. Jetzt, da er sie gefunden hatte, würde er sie nicht mehr aus den Augen lassen.

»Ach, Ferdi, du Lieber, lass mich doch bitte in Ruhe«, flehte sie. Dass sie weinte, bemerkte sie erst, als sie das Salz auf den Lippen schmeckte. »Lass mich los, lieber Ferdi, bitte lass mich gehen. Es ist so lange her, das bringt doch nix.«

Sie glaubte ein Geräusch zu hören und drehte sich um. Da war nichts als Dunkelheit. Sogar die Lampe war nicht mehr zu sehen. Fritzie war schon weiter gelaufen, als sie gemerkt hatte. Sie sah nun so gut wie gar nichts mehr. Einige kleine Mondlichttupfer auf dem Unterholz, das war alles.

Mit dem linken Fuß stieß sie gegen einen Ast und stolperte, rieb sich den Knöchel, stand wieder auf. Aus welcher Richtung war sie eigentlich gekommen? Sie lehnte sich gegen einen Baumstamm und weinte, nun nicht mehr still, sondern laut schluchzend. Nicht wegen des schmerzenden Knöchels. Auch nicht, weil sie sich verlaufen hatte oder fürchtete.

Die Erinnerungen waren schuld. Sie waren böse. Sehr böse.

Eine Sekunde bevor sie seine Stimme hörte, roch sie den Zigarettenrauch. »Fritzie, ich bin da. Sieh mich an, du Liebe.«

Sie schrak zusammen. Seine Stimme hatte sich nicht verändert, sie war fest, forsch und ein bisschen verwaschen im Ausdruck, wenn er das ch sprach. Dass er seit vielen Jahren in Bayern lebte, hörte man nicht heraus. Nicht die Spur eines Dialekts.

»Wo ... bist du? Ich kann dich nicht ...«

Da war er, zehn Schritte entfernt, auf der anderen Seite eines umgestürzten Baumstammes, dessen mächtiges Wurzelwerk wie ein schattenhafter Koloss aufragte. Fritzie konnte nur den Oberkörper ihres Bruders als Schemen erkennen, mittendrin ein Glühpünktchen, die glimmende Zigarette. Sein Gesicht blieb ihr verborgen.

»O mein Gott! Ferdi!«

»Ja.«

»Warum bist du gekommen? Was soll das? Wir gehören nicht mehr zusammen.«

»Doch.«

»Nein, jedenfalls nicht so.«

»Ich kann dich nicht weggehen lassen.«

»Ich bin doch längst weg, Ferdi.«

»Du willst zu mir zurückkommen. Du hast mir ein Zeichen geschickt.«

»Nein, nein, das verstehst du falsch. Ich habe bloß meinen Ausweis verloren.«

»Du hast ihn absichtlich verloren, Fritzie.«

»Habe ich nicht! Lass mich in Ruhe.«

»Wir sind für immer miteinander verbunden, Fritzie. Geschwister wie wir. Du weißt, warum. Du willst es bloß nicht wahrhaben. Aber das wird sich mit der Zeit ändern. Ich bleibe jetzt bei dir.«

»Nein, Ferdi. Nein.«

Sie trommelte mit beiden Fäusten auf den umgestürzten Baumstamm ein und starrte in die Dunkelheit.

»Ferdi? Ferdi?« Keine Antwort, der Schemen war fort, lediglich Schritte waren zu hören, die sich entfernten. »Ferdi!«

Ihr Ruf verhallte. Seltsam, sie war traurig, als ihr Bruder fort war, obwohl sie ihn selbst weggeschickt hatte.

Noch eine Stunde oder länger tapste sie auf der Suche nach dem Ferienhaus im Wald herum, bis sie die Lampe über der Haustür durch die Bäume erkannte und darauf zuging. Die Tür stand noch immer offen. Vorsichtig trat sie ins Innere und kontrollierte die Räume auf der Suche nach Ferdi. Sogar in das Schlafzimmer von Joe und Yannick warf sie einen Blick.

Würde Ferdi Joe etwas antun? Ihr niemals, das wusste sie.

Nicht ein Haar würde er ihr krümmen. Aber Joe? Ferdi konnte fürchterlich sein. Fürchterlich eifersüchtig.

Sie musste es Joe sagen. Obwohl, musste sie das?

Gab es keinen anderen Weg? Immerhin, er hatte ihr seine Geschichte erzählt, von dem Mord in Malaysia, jedenfalls seine Version davon. Er hielt etwas zurück, das spürte sie. Sie hatte seine Eifersucht vom ersten Tag an bemerkt. Von Eifersucht verstand Fritzie etwas, sie konnte sie riechen, und Joe war schrecklich eifersüchtig, genau wie Ferdi.

Fritzie setzte sich in einen Sessel im dunklen Wohnzimmer und dachte darüber nach, ob, und wenn ja, wem sie von Ferdi erzählen sollte. Der Morgen dämmerte bereits, als sie in Elsis Schlafzimmer ging und sich neben dem Bett auf den Boden setzte. Die alte Frau schnaufte wie eine lungenkranke Katze, ein wenig Himmelgrau fiel durch einen Spalt im zugezogenen Vorhang auf das Gesicht der Schlafenden. Fritzie bemerkte, dass Elsi einen Oberlippenbart aus weichem Flaum hatte, der ihr bei Tag nie aufgefallen war.

Zaghaft streckte sie die Hand aus und rüttelte an Elsis Schulter. Zweimal, dreimal, viermal und jedes Mal stärker.

»Was ist? Fritzie, du? Habe ich verschlafen? Du liebe Güte, es ist ja fast noch Nacht. Ist etwas passiert?«

Fritzie sah der alten Frau in die Augen, atmete tief durch und sagte: »Sein Name war Kilian.«

6

Als ich am nächsten Morgen in Stahlbrode aufwachte, nach einem tiefen achtstündigen Schlaf, war mir sofort klar, dass sich grundlegend etwas verändert hatte, meine Einstellung zur Wanderung und den Fall betreffend.

Es kam einiges zusammen. Die schnöden körperlichen Gebrechen vereinigten sich mit den Zweifeln des Geistes und den Tränen der Seele. Das Profane zuerst: Meine Füße, die Beine, die Hüfte und die Schulter meldeten erstens Aua und zweitens Nö, und obwohl es hieß, dass Bewegung gut für den Rücken sei, war der meine anderer Meinung. Beim Aufstehen und im Bad schoss es mir ein paarmal übel ins Kreuz. Zudem war ich, trotz des erholsamen Schlafs, schlicht müde. Beim Blick in den Spiegel erschauderte ich. Ich war gut fünf Jahre gealtert. Keinen einzigen Schritt der letzten Tage bereute ich, ich hatte die Natur mit anderen Augen gesehen, meinen Körper auf andere Art gespürt und meinen Geist einmal durchgeblasen – es hatte alles seine Richtigkeit gehabt. Aber nun, sagten meine Knochen, war es nicht mehr richtig. Ich Wandernovizin hatte offenbar zu viel gewollt.

Zu viel gewollt – das galt auch für den eigentlichen Zweck der Reise, der ja weder im Erleben der Natur noch im Bekämpfen eines Burn-outs begründet lag. Vereinfacht ausgedrückt, hatte ich mir von der Wanderung Material für die Story erwartet. Und was hatte ich erhalten? Allzu wenig. Nicht auf den ersten Blick, zugegeben. Da waren immerhin der verlorene Personalausweis von Fritzie Thornagel und das Video mit Yannick

Gandelagens Attacke auf Ivo. Nette Details, doch ob sie in irgendeinem Zusammenhang mit dem Mord standen, war höchst ungewiss.

Entscheidender als das Fehlen handfester Erkenntnisse war jedoch mein Bauchgefühl. Ich würde auf dieser Wanderung, was die Story betraf, keine wichtigen Informationen sammeln, und der Grund dafür war recht simpel. Ich lief dem Fall hinterher, sowohl im übertragenen Sinne als auch buchstäblich. In mancherlei Hinsicht war das natürlich immer so. Wer ermittelte, wer einem Verbrechen nachspürte, wer eine Geschichte neu aufrollte, der tat das in aller Regel von hinten. Im kriminologischen wie auch im journalistischen Sinn konnte man immer nur Fragen zu einem Sachverhalt stellen, der bereits vorlag, also bereits geschehen war. Aber diese Fragen waren stets nur ein Teil der Arbeit. Ein wenig dramatisch formuliert: Um ein Geheimnis aufzudecken, musste man sich gewissermaßen vor seine Entstehung begeben.

Ansätze dazu hatte es bei mir durchaus gegeben, etwa das Telefonat mit Fritzie Thornagels Schwägerin. Doch das genügte nicht. Im Normalfall wäre ich zu diesem Zeitpunkt meiner Reise schon viel weiter gewesen, hätte längst mit sämtlichen Beteiligten gesprochen, mit deren Angehörigen, Freunden und Arbeitgebern, oder es zumindest versucht. Irgendetwas fand sich bei einer feinen Schnüffelei immer, und in Kombination mit dem, was ich über Gruppendynamik wusste und von der menschlichen Psyche verstand, hätte sich vielleicht eine Theorie ergeben, zu der ich gezielt hätte nachforschen können. Stattdessen verbrachte ich gut sieben Stunden des Tages auf Schusters Rappen, inmitten von Wäldern, Wiesen und Feldern, auf Dünen, an Stränden … Alles wunderbar, wenn man in erster Linie wandern wollte. Ich aber wollte etwas ganz anderes. Und wenn ich mal nicht wanderte, dann war ich müde vom Wandern.

Und was das Seelische anging ... Das Telefonat mit Yim vom Vorabend hatte mich irgendwie traurig gestimmt. Er hatte mir gesagt, dass er mich liebte. Er sagte mir das mindestens dreimal in der Woche und fast immer, wenn ich unterwegs war und wir telefonierten. Mein Job brachte es mit sich, dass ich in den Amts- und Schwurgerichten der ganzen Republik zu tun hatte. Nicht selten waren wir eine Woche am Stück getrennt. Aber dann arbeitete ich, meine Gedanken waren anderswo, zerstreut.

Diese zehntägige Wanderung war das Gegenteil von Zerstreuung, sie bedeutete Fokussierung. Dinge, die sonst aus Zeitmangel und Ablenkung in einem verstaubten Aktenordner ganz hinten im Gehirn gelagert wurden, drängten sich mit einem Mal in den Vordergrund. Verbrachten Yim und ich genug Zeit miteinander? Müsste ich ihn, was das Restaurant anging, nicht viel mehr unterstützen? Wir hatten das Haus bei Wismar gekauft und eingerichtet, aber noch nicht mit Leben gefüllt. Seit Jahren sprachen wir davon, einen Hund aus dem Tierheim zu uns zu nehmen, doch kam es nie dazu. Auch die Urlaubsreise an den Mekong nach Kambodscha, wo Yims Wurzeln lagen, verschoben wir von Jahr zu Jahr. Ganz zu schweigen von unserem Vorhaben, reiten zu lernen, da wir nun mitten im Grünen wohnten und ein Gestüt in der Nähe lag. Nichts davon würde je Wirklichkeit werden – das war meine Sorge. Einerseits. Andererseits war ich wie jemand, der sich über eine beständige Gewichtszunahme beklagte, bevorzugt dann, wenn er gerade eine ganze Torte verdrückt hatte.

Ich konnte nicht alles haben. Ich musste Prioritäten setzen. Nur welche?

Und dann waren da noch Jonas und seine ausstehende Entscheidung, eine von solcher Tragweite, dass sie die Weichen für sein ganzes Leben stellen würde. Er war längst erwachsen, und die Sache ging mich nichts an. So viel zur Theorie. Tatsächlich war ich jedoch seine Mutter, und bevor er nicht mindestens sechzig war, würde mich nichts kaltlassen, was er tat. Mit jeder Faser meines Körpers spürte ich, dass, wenn er tatsächlich zu *Ärzte ohne Grenzen* ginge, nicht nur seine Beziehung zu Fabia enden, sondern sich auch die Beziehung zu seinem Beruf, vielleicht sogar zu seinem Land stark wandeln würde. Ich sah meinen Sohn bereits für immer in der Dritten Welt leben, in Kriegs- oder Hungergebieten, und wenn mir eine deutsche Mutter sagen würde, dass sie sich deswegen keine grauen Haare wachsen ließe, würde ich ihr kein Wort glauben.

All dies – die Schmerzen, die Zweifel, die Sorgen – überkam mich unter der heißen Dusche, und als ich eine Viertelstunde später mit einer Tasse Kaffee in der Hand die Terrasse betrat, wo mich Jonas bereits erwartete, wusste ich, dass die Reise für mich an diesem Punkt zu Ende war.

»Ist es meinetwegen?«, fragte er, nachdem ich ihm meinen Entschluss mitgeteilt hatte.

»Nein. Ich will nicht verschweigen, dass der Rucksack, den ich mit mir herumtrage, dadurch noch ein kleines bisschen schwerer wiegt. Aber ob ich nun weiterwandere oder nicht, ändert nichts daran. Es gibt ein halbes Dutzend bessere Gründe für den Abbruch der Reise.«

»Dann bin ich erleichtert.«

»Na, wenigstens einer. Nein, im Ernst, ich habe das Gefühl, nichts dazuzugewinnen, wenn ich bis Wismar durchhalte. Nichts, was den Mordfall angeht.«

Er deutete auf sein Telefon. »Die Polizei tappt noch immer im Dunkeln, habe ich gerade gelesen. Einer deiner Berufskollegen hat darüber einen Artikel geschrieben. Sieht ganz so aus, als hätten die Verdächtigen, also die Wandergruppe, alle dasselbe gesagt. Angeblich sind sie morgens aufgewacht, und da lag die Leiche in der Nähe des Ferienhauses. Von ihnen war es keiner, behaupten sie, weil es keinen Grund für einen Mord gab. Die Wandertour ist angeblich störungsfrei verlaufen. Laut Artikel, der auf Insiderinformationen beruht, liegen auch der Kripo keine Anzeichen für ein Mordmotiv vor. Sie geben den Tatort heute Abend frei und werden die sechs Wanderer wohl ziehen lassen. Bei einer Person scheint es außerdem ein medizinisches Problem zu geben, der Autor schreibt aber nicht, bei wem. So oder so, damit bleibt wieder mal ein Mord ungeklärt.«

Jonas' letzte Bemerkung klang leicht ironisch, daher sagte ich: »Die Polizei macht viel bessere Arbeit, als manche denken. Nur in den Kriminalromanen, in denen der Ermittler kein Polizist ist, kommt sie selten gut weg, und zwar von Agatha Christie bis Raymond Chandler.«

»Kann sein. Tatsache ist, dass die Beamten nicht weiterwissen.«

»Das passiert uns allen mal.«

Er ging in die Küche und brachte mir einen Kaffee mit, den ich gierig trank.

»Und was jetzt?«, fragte er. »Gehst du deiner Wege und ich meiner?«

»Ich werde mir einen Mietwagen nehmen, und du bist herzlich eingeladen, mitzukommen.«

»Wohin?«

»Wenn ich das mal wüsste. Gib mir ein bisschen Zeit, bis der Kaffee wirkt.«

Ich lehnte mich zurück und las den Online-Artikel einer größeren Regionalzeitung aus Mecklenburg-Vorpommern über den Fall. Es war so, wie Jonas sagte. Sechs nahezu identische Aussagen. Am Abend waren sieben Wanderer müde schlafen gegangen, und am nächsten Tag waren nur noch sechs von ihnen am Leben. Der Tatort war ein großes Ferienhaus in der Nähe von Neuburg, nordöstlich von Wismar, offenbar ein ehemaliges Forsthaus und wie so viele Forsthäuser einsam und idyllisch im Wald gelegen. Der Kollege hatte es nicht gerade ausführlich beschrieben, es ging ihm wohl eher um die nüchterne Vermittlung der Fakten als um eine Reportage, wie sie mir vorschwebte. Ich hätte das Haus sowieso aufgesucht, ganz am Ende meiner Recherche, denn eine jede Geschichte lebte auch vom atmenden Schauplatz des Verbrechens, ob es nun ein Hinterhof, ein Schlafzimmer oder ein Waldrand war. So ein Tatort sagte etwas aus, auch wenn er in den meisten Fällen eher zufällig zu einem solchen wurde.

Außerdem musste ich irgendwo neu anfangen, und mit einer Mordermittlung verhielt es sich wie mit einem Puzzle: Welches Teil man als Erstes aus dem Haufen herausgriff, war im Grunde egal.

»Auf nach Neuburg«, sagte ich daher zu Jonas. »Kommst du mit?«

»Cool«, sagte er.

Das hieß dann wohl Ja.

Das Ferienhaus befand sich etwa zwei Kilometer außerhalb des Städtchens Neuburg, malerisch auf einer Anhöhe gelegen. Auf einem holprigen Feldweg tauchte ich am Steuer meines Mietwagens mit etwa zwanzig Stundenkilometern in ein Wäldchen ein, um im nächsten Moment eine Lichtung von etwa einhundert Metern Durchmesser zu erreichen, in deren Mitte die ehemalige Försterei stand. Durch die Bäume hindurch glühten die goldenen Kornfelder in der Mittagssonne, und wenn man den Zufahrtsweg entlangblickte, ragte in der Ferne der Neuburger Kirchturm vor dem Horizont auf. Hinter dem Haus war nichts als Wald, der, soviel ich wusste, von einem Stausee durchzogen wurde. Das Haus war massiv gebaut und wirkte, trotz der eleganten weißen Holzsprossenfenster, irgendwie klobig. Das Dach war von Moosnestern überzogen, die dort gewiss schon seit hundert Jahren siedelten, der Jägerzaun um das Grundstück sah ähnlich betagt aus – abgesehen davon, dass ich einen Zaun an dieser Stelle überflüssig fand.

Die Eigentümerin, Frau Bernholz, die eine Viertelstunde mit dem Auto entfernt wohnte, hatte mir einfach so den Schlüssel überlassen, was ich sehr entgegenkommend fand. Sie wollte nur meinen Personalausweis sehen und meinte dann, dass ich die Unordnung entschuldigen solle, sie habe seit der Freigabe durch die Polizei noch keine Zeit gehabt, sauber zu machen. Von ihr erfuhr ich, was sie zuvor schon den Beamten erzählt hatte: dass die Wandergruppe am ausgemachten Tag bei ihr erschienen war, um die Formalitäten zu erledigen und den Schlüssel in Empfang zu nehmen. Im Grunde hatte sie nur mit einer älteren Dame gesprochen, also Elsi Gandelagen, und den anderen bloß ein kurzes Hallo zugerufen.

Es war nicht das erste Mal, dass Wanderer das Haus für nur eine Nacht buchten, und da es vier Schlafzimmer hatte, handelte es sich meistens um größere Gruppen. Der Eigentümerin war nichts an den Gästen aufgefallen, außer, dass sie müde und wortkarg waren, was bei Wanderern aber nicht ungewöhnlich sei. Sie hatte Elsi eine Karte gegeben, auf der der Weg eingezeichnet war, ihr noch ein paar Hinweise über das Haus gegeben und ihre Ankunft für den nächsten Morgen um acht Uhr angekündigt, um den Schlüssel wieder in Empfang zu nehmen und die Kaution zurückzuzahlen.

Als sie eintraf, war bereits eine Polizeistreife vor Ort gewesen.

Frau Bernholz erzählte mir das alles mit einem dicken Kloß im Hals, der Tonfall in Moll gehalten. Mir kam sie völlig überfordert vor. Sie machte den Eindruck einer typischen Landfrau mittleren Alters: Kinder aus dem Haus, Teilzeitjob, in der Freizeit Marmelade einkochen. Sie hatte ein Haus geerbt, mit dem sie sich ein bisschen was dazuverdiente und das nun tragische

Berühmtheit erlangt hatte. Ich konnte mir gut vorstellen, dass sie es eine Weile leer stehen lassen, vielleicht sogar verkaufen würde.

Ich überließ Jonas die zweifelhafte Ehre, die Tür zu öffnen und ins Haus vorauszugehen. Ich selbst blieb auf der Schwelle stehen und blickte noch einmal zurück auf den Jägerzaun, den Feldweg, die Lichtung und die locker um das Gebäude stehenden Eichen und Birken, weiter auf die Kornfelder und den fernen Kirchturm. Ein einzelner Fetzen eines Absperrbandes, an einen Holzpfosten gebunden, flatterte etwa dreißig Meter von mir entfernt im sanften Wind. Es hätte harmlos aussehen können, das Überbleibsel einer Baustelle, doch ich wusste es besser.

Irgendwo hier war Jochen Rowolt gestorben. Erstochen mit einem Messer. Von vorne in den Bauch.

Um mich herum Stille. Nun gut, ein Specht, ein paar Vogelstimmen, eine Grille. Was eben so zu einer nicht ganz perfekten Stille dazugehört. Außer dem Schatten einer vorüberziehenden Wolke und dem Absperrbandrest bewegte sich nichts. Die Luft roch nach Erde, Harz, Blattgrün und Einsamkeit.

Wenn ich es richtig verstanden hatte, war diese Unterkunft die letzte, in der die Gruppe gemeinsam übernachten wollte. In Wismar sollten sich ihre Wege trennen, einige wollten noch ein Stück weiterwandern, andere für ein oder zwei Tage in der schmucken Hafenstadt bleiben, wieder andere umgehend nach Hause zurückfahren.

Man kam nicht umhin, sich zu fragen, warum die Situation ausgerechnet in der letzten Nacht des Zusammenseins, achtzehn Stunden, bevor sie auseinandergehen würden, so eskaliert sein könnte, dass Joe Rowolt gewaltsam zu Tode gekommen war. Zwischen zwei und halb drei in der Nacht. Und wieso draußen? Hätten die anderen einen Streit nicht mitbekommen müssen? Außer, er wäre zwischen einem Paar erfolgt, das darauf bedacht war, keine Aufmerksamkeit zu erregen – was Fritzie Thornagel verdächtig machte. Über das Messer war nichts bekannt, die Polizei hatte es trotz intensiver Suche in der näheren Umgebung des Tatorts nicht gefunden, und die Eigentümerin des Ferienhauses konnte nicht sagen, ob eines fehlte. Alle Messer in der Küche waren ohne die geringsten Spuren menschlichen Blutes. Andererseits, wer hätte zu nachtschlafender Zeit mit einem Messer bewaffnet vor dem Haus lauern sollen, in der Hoffnung, jemand ließe sich blicken? Joe Rowolts Portemonnaie hatte man in seinem Rucksack gefunden und diesen wiederum im Haus.

Ich konnte gut verstehen, dass die Kriminalpolizisten sich an den Mitgliedern der Wandergruppe abarbeiteten. Sie waren die Hauptverdächtigen, allein deshalb, weil sonst niemand greifbar war. Ich wusste bisher nicht viel über Joe Rowolt, die Kripo hatte sicherlich weitaus mehr Informationen, und ohne Frage hatten sie das Umfeld des Opfers bereits abgeklopft. Offenbar ergebnislos, trotz seiner – wohlwollend formuliert – bewegten Vergangenheit. Er war vor Jahren wegen eines Verbrechens in Malaysia verurteilt worden, und wenn jemand von dort nach Deutschland eingereist war, um sich an Rowolt zu rächen, hätte die Polizei das längst herausgefunden.

Im Haus gab es nichts weiter zu sehen als ein paar ungemachte Betten. Ihre persönlichen Gegenstände waren den Mitgliedern der Wandergruppe ausgehändigt worden, nachdem die Kripo sie untersucht hatte – vermutlich vergebens. In der Küche standen ein paar ungespülte Gläser, die nach Bier, Wein, Limonade oder gar nichts rochen. Im Abfalleimer fand ich leere Verpackungen und Lebensmittelreste, die auf Chili con carne hinwiesen, außerdem zwei Käsesandwiches. Alles sah nach einem normalen geselligen Abend aus.

»Mam!« Jonas brüllte aus einem der Zimmer quer durchs Haus.

Ich folgte seinem Ruf. »Was ist los?«

»Ich hab was gefunden. Dort, zwischen der Bettwäsche.«

»Du hast das Bett durchwühlt? Ich muss mich doch sehr wundern.«

»Hey, ich eifere dir bloß nach.«

»Ich habe nur gesagt, dass ich mich wundere, und nicht, dass ich nicht begeistert wäre.«

Wir zwinkerten uns zu, und ich nahm das Fundstück in Empfang. Gewiss hatte die Polizei auf der Suche nach der Mordwaffe auch dieses Bett gründlich auf den Kopf gestellt, somit war alles, was sich noch darin fand, völlig unverdächtig und frei zur Begutachtung. Kein Wunder, es handelte sich um Tarotkarten, und mit denen war Joe Rowolt bestimmt nicht ermordet worden. Sie steckten in der dafür vorgesehenen Schachtel, darauf eine halb verwitterte Prägung, ein A und ein C, die miteinander verschlungen waren. Als ich sie öffnete, lag obenauf der Tod.

»Oh, Sie haben die Karten gefunden.«

Eine Frau stand in der Tür, die ich sofort erkannte. In natura waren ihre Augen noch schöner als auf dem Foto in den Dossiers, groß und schwarz und wie mit Weichzeichner gemalt, was das passende Make-up noch verstärkte. Sie hatte ein wenig zugenommen, wie mir schien, das Foto war immerhin schon drei Jahre alt.

»Romina Pantelli«, stellte sie sich unnötigerweise vor und gab mir und meinem Sohn die Hand, wobei sie beide Male kurz zögerte, so als prüfe sie in unseren Gesichtern, ob es überhaupt erwünscht war.

»Ich war wohl kurz nach Ihnen bei der Vermieterin. Sie sagte, wenn ich mich beeile, treffe ich Sie bestimmt an. Sie sind die neuen Feriengäste, ja?«

Frau Bernholz hatte ihr offensichtlich verschwiegen, wer wir waren und warum wir uns im Haus aufhielten. Ein weiteres Anzeichen, dass die Vermieterin mit der Situation überfordert war und vermutlich auch nicht damit gerechnet hatte, einen der sechs verbliebenen Wanderer je wiederzusehen. Wahrscheinlich hatte sie Romina Pantelli kurz abgefertigt, die Tür geschlossen und gehofft, dass kein weiterer Mord passierte.

Ich beschloss, weder zu lügen noch – um im Bild zu bleiben – sofort mit offenen Karten zu spielen. Ein paar Minuten durfte ich mir ruhig damit Zeit lassen.

»Mein Name ist Doro Kagel. Das Tarot gehört Ihnen, Frau Pantelli?«

»Ich hänge sehr daran. Deswegen bin ich extra zurückgekommen ... hierher. Darf ich?«

Sie streckte die Hand aus, und ich übergab ihr die Schachtel.

»Es sieht wertvoll aus«, bestätigte ich. »Alt, hübsche Patina. Es atmet Geschichte. So etwas lässt man nicht zurück.«

»Hätte ich normalerweise auch nicht«, erwiderte sie beinahe empört, um den Gedanken jedoch nicht zu Ende zu führen.

Da ich den Gesprächsfaden nicht abreißen lassen wollte, fragte ich: »Teuer?«

»Ich habe es ersteigert, auf einer Auktion in London. Es ist von neunzehnhundertelf, aus England. Es war nicht billig, aber ...« Sie dachte wohl, bereits genug gesagt zu haben, und unterbrach sich.

»Aber das ist nicht der eigentliche Wert, nicht wahr?«, riet ich, was keine besondere Leistung war, da ihre Finger die Schachtel die ganze Zeit über liebkosten, als wäre sie aus Diamantenstaub.

»N... nein«, antwortete sie verhalten und mit einem skeptischen Seitenblick auf mich. »Ein Tarot ist immer etwas Persönliches oder sollte es sein.«

»Selbst mit geschlossenen Augen erkennt man, ob man das eigene in der Hand hält.«

Romina Pantelli sah mich verwundert an. »Ja, ganz genau. Sie kennen sich aus?«

Ich kannte mich keineswegs aus, zumindest nicht, was Tarot betraf. Aber ich verstand ein wenig von Menschen, bedingt durch die vielen Jahre, in denen ich nun schon mit Verbrechern und deren Opfern sowie den Angehörigen beider Seiten lange und intensive Gespräche führte. Ich hatte gelernt, in Gesichtern zu lesen, selbst kleine Gesten zu interpretieren, Stimmlagen zu deuten, dann und wann in Herzen zu blicken. Außerdem hatte ich ganz nebenbei und ohne es zu beabsichtigen eine Begabung für das richtige Wort an der richtigen Stelle entwickelt – oder die Klappe zu halten.

Diesmal war es eindeutig besser, die Klappe zu halten und stattdessen vielsagend zu lächeln.

»Wir haben eine spezielle Beziehung zueinander, die Karten und ich. Nur dann bringt es überhaupt etwas, sie zu legen. Ohne enge Beziehung, ohne Respekt und Zuneigung wäre es nur ein *spettacolino* ... eine Show, verstehen Sie?«

»Natürlich.«

»So natürlich ist das nicht. Nur wenige verstehen das. Ich hatte von Anfang an Respekt und Zuneigung für die Karten, und sie haben mich nie im Stich gelassen. Neulich zum Beispiel ...«

Wie zuvor unterbrach sie ihren Gedankengang an einer unpassenden Stelle – unpassend vor allem für mich.

»Ich will Sie nicht länger stören«, sagte sie und wandte sich zum Gehen, was ich gar nicht gut fand.

»Ähm ...«

»Ja?«

»Ich ... habe gehört ... Frau Bernholz hat erwähnt, dass hier kürzlich ein Mann umgebracht wurde. Und da Sie offenbar zuletzt hier gewohnt haben, wissen Sie vielleicht ...«

Ein Hauch von Arroganz, eventuell auch Gleichgültigkeit huschte über Romina Pantellis weiches Gesicht.

»Ich habe den Toten nur flüchtig gekannt, erst ein paar Tage, als er ... Wieso fragen Sie danach?«

»Weil ... Nun ja, es ist ein komisches Gefühl, in einem Haus zu übernachten, in dem kurz vorher ... Die schlechten Schwingungen ...«

Sie schien meine Bedenken nun absolut zu verstehen. Mit schlechten Schwingungen schien sie sich auszukennen.

»Ach so, da brauchen Sie sich keine Sorgen zu machen. Er wurde nicht hier drinnen ... Er ist nicht im Haus gestorben.«

»Oh. Könnten Sie mir bitte die Stelle zeigen?«

Meine Bitte kam ungelegen, das war ihr deutlich anzumerken, aber immerhin hatte ich ihr kostbares Tarot-Set gefunden, und sie beschloss, sich dafür zu bedanken.

»Meinetwegen. Kommen Sie mit, es ist nicht weit.«

Wir gingen zu dritt ins Freie, wo ich Jonas mit einer Geste bat, zurückzubleiben. Er wirkte nicht allzu traurig darüber, was keineswegs daran lag, dass ihn Tatorte nicht interessierten. Neben dem vorm Haus geparkten Auto stand eine attraktive junge Frau, die Rominas Augen hatte, nicht aber ihre üppige Figur.

»Meine Cousine Laura«, sagte sie bloß und lief mir voran um das Haus herum, von wo ein mit Wurzeln überzogener Pfad in den Wald führte. Am Himmel tauchten schon wieder blauschwarze Wolken auf. Ich hoffte, wir blieben von einem weiteren Guss verschont, wenigstens so lange, bis ich ein wenig mit Romina geplaudert hatte.

Zwei Minuten später waren wir bereits am Ziel. Die Polizei hatte alles entfernt, was auf einen Tatort hindeutete, aber da ich schon Dutzende Tatorte gesehen hatte, erkannte ich trotzdem die heimlichen Anzeichen: verwischte Kreidereste, winzige Löcher im Boden für die Markierungen, jede Menge Schuhabdrücke, ein besonders dunkler Fleck von beträchtlicher Größe. Selbst der letzte Regenschauer hatte nicht alle dezenten Hinweise beseitigt, es würde mindestens einen weiteren brauchen, bis der Ort seinen Frieden wiederhatte.

Zwischen den Bäumen und Sträuchern funkelte der Stausee, er war keine zehn Meter entfernt. Der Pfad traf an dieser Stelle auf das abschüssige Ufer. Bei Tag gewiss ein schöner Platz. Bei Nacht … nun ja.

»Was hat er zu so später Stunde hier draußen gemacht?«, wollte ich von Romina Pantelli wissen.

Die Frage schien sie zu überraschen, obwohl sie auf der Hand lag und die Kripo sie ihr mit Sicherheit ebenfalls gestellt hatte. »Wer weiß, vielleicht hat er geraucht. Er hat viel geraucht.«

»Mitten in der Nacht? Da geht man für eine Zigarette allenfalls kurz vor die Tür. Würden Sie im Stockfinsteren allein durch den Wald laufen? Mal ehrlich.«

»Nein. Aber Joe war furchtlos, was solche Dinge anging. Er war anders als wir, hat das Schicksal immerzu herausgefordert. Vielleicht wollte er sogar, dass es passiert.«

Das war nun eine wirklich gewagte These. »Sie meinen, er wollte ermordet werden?«

»Nicht direkt, aber … Was soll's, es ist passiert. Gehen wir zurück?«

Ich hatte wenig Lust, den schönen Faden fallen zu lassen, den ich gerade erst gesponnen hatte, und reagierte instinktiv mit einem Journalistenkniff. Jeder Interviewpartner hatte eine Schwachstelle, ich bezeichnete sie allerdings lieber als sensitive Zone. Das konnte Eitelkeit sein in Bezug auf das Aussehen oder die persönliche Fitness, ebenso ein Erfolg gegen alle

Widrigkeiten, Kochkünste oder ein begabtes Kind. Es konnte sich aber auch um ein spezielles Interesse handeln, zu dem eine innige Beziehung bestand: japanisches Kunsthandwerk, ein englischer Garten oder ein Deutscher Schäferhund. Es galt, mein jeweiliges Gegenüber im Innersten zu berühren, sein Vertrauen zu gewinnen und ihn in Plauderlaune zu versetzen. In Romina Pantellis Fall war die Sache offensichtlich und keine große Herausforderung.

»Jetzt verstehe ich«, schmeichelte ich ihr. »Sie haben es vorausgesehen. Vielmehr haben die Karten es vorausgesehen, und Sie haben die Hinweise richtig interpretiert.«

Die Halbitalienerin, schon im Gehen begriffen, blieb stehen und wandte sich zögerlich zu mir um.

»Ja, ich ...« Sie war noch nicht bereit, sich zu öffnen, und setzte ihren Weg fort, jedoch so langsam, dass ich sie nach ein paar Schritten eingeholt hatte. Wir liefen nebeneinander her, und mit jeder Sekunde wuchs ihr Drang, sich mir anzuvertrauen.

»Joe war ein Mörder, er hat einen Mann und eine Frau umgebracht.«

»Das haben Sie in den Karten gesehen?«

Ich nahm an, dass ihre Leidenschaft bei den Vernehmungen nicht zur Sprache gekommen war – wieso auch? Das Tarot war im Haus zurückgeblieben, und wenn sie es nicht von sich aus erwähnt hatte ... Laut Presseinformationsdienst hatten die polizeilichen Befragungen bis gestern angedauert. Demnach war ich – von ihrer Cousine einmal abgesehen, die sie abgeholt und mit der sie eine Stunde im Auto verbracht hatte – die erste Person, der gegenüber Romina Pantelli eine Ahnung artikulieren konnte, für die eventuell nicht jeder Verständnis hatte. Die Gegner belächelten Tarot, und die Skeptiker sprachen nicht gerne darüber, gerade weil etwas dran sein konnte und sie sich vor den Gegnern nicht lächerlich machen wollten. Ich hatte meiner Gesprächspartnerin mit meinem Hinweis auf die schlechten Schwingungen zu verstehen gegeben, dass ich bereit war, mich für Tarot zu öffnen.

Sie blieb stehen und sagte: »So funktioniert Tarot nicht, Frau Kagel. Ich könnte Ihnen zehnmal die Karten legen und würde Ihre Vergangenheit nicht darin sehen. Das ginge erst, wenn wir über das sprechen, was ich gelegt habe. Das Ganze basiert auf der Deutung Ihrer Reflexionen, verstehen Sie?«

Ich verstand es nicht. Doch das war in jenem Moment überhaupt nicht wichtig, deshalb nickte ich, als hätte ich einen Zipfel der mir dargebotenen Weisheit erhascht, wirklich nur einen Zipfel. Das verleitete meine Gesprächspartnerin wie erhofft dazu, weiter auszuholen.

»Es war Joes Schicksal, zu sterben. Ich weiß, das klingt hart, aber so meine ich es nicht. Er war mir als Mensch nicht unangenehm, jedenfalls am Anfang. Angenehm war er mir aber auch nicht. Er wurde schnell komisch, hat mir seltsame Fragen gestellt.«

»Oh, tatsächlich? Welche denn?«

Sie schnaufte. »Lassen wir das. Worauf es ankommt: Dieser Mann hat zwei Morde begangen. Dafür war er zwar im Gefängnis, doch so eine Schuld kann man nicht einfach absitzen. Ich rede jetzt nicht vom Gesetz und der Gesellschaft und so weiter. Ich rede vielmehr von der Schuld und vom Schicksal.«

Frau Pantelli war nun richtig schön im Redefluss, und ich wagte kaum, sie zu unterbrechen. Nur manchmal brauchte sie ein Stichwort, damit sie sich nicht gänzlich im Urwald ihrer Suada verlor.

»Es stand also alles in den Karten.«

»Es stand alles in den Karten«, wiederholte sie. »Die Karten, das muss man verstehen, sind keineswegs das in Bilder und Rätsel gefasste Buch des Schicksals. Sie sagen nichts voraus, was nicht noch geändert werden könnte. Vielmehr sind sie das Kaleidoskop von Vergangenheit, Gegenwart und Zukunft, und es ist an uns, die richtigen Schlüsse daraus zu ziehen. Das hat er nicht.«

»Joe?«

»Er hat seine Schuld verleugnet. Und damit hat er sein Schicksal verleugnet. Schlimmer noch, er hat uns angelogen, als er nur den ermordeten Mann erwähnte und die Frau wegließ. Ich habe ihn darauf angesprochen. Ich habe ihm ins Gesicht gesagt, dass er seine Schuld nicht losgeworden ist, dass sie ihm folgt wie ein Schatten und ihn irgendwann einholen wird.«

»Wann?«

»Am vorletzten Abend, als er mir die seltsamen Fragen gestellt hat.«

»Nun bin ich aber doch neugierig, was das für Fragen waren.«

Die Pantelli sah mich an, zum ersten Mal, seit sie den Satz »Es war Joes Schicksal, zu sterben« ausgesprochen hatte. Die ganze Zeit über hatte sie sich mehr mit sich selbst als mit mir unterhalten, mich hatte sie kaum wahrgenommen. Zusammen mit ihrer Leidenschaft für und dem Glaube an das Tarot erklärte das ihre Offenheit. Hinzu kamen der Ort, die Abgeschiedenheit und dass sie wahrscheinlich zum ersten Mal die Gelegenheit hatte, das Geschehene in dieser Ausführlichkeit zu reflektieren.

Sie zog die Tarot-Schachtel aus der Hosentasche, öffnete sie behutsam wie ein im wahrsten Wortsinn erlesenes Buch und hielt ihn mir vor Augen: den Tod.

Ich muss sagen, ästhetischer lässt sich ein Peitsche schwingendes Skelett nicht darstellen, vor einem Hintergrund in Hellgelb, Pastellgrün und Türkis, dazu Jugendstilelemente mit einem Klecks keltischer Symbolik darin. *Death meets colour*, könnte man sagen.

»Der Tod war sehr präsent während unserer Wanderung. Das habe ich auch Fritzie gesagt, als wir ...«

Sie schloss die Schachtel, sah mich an, und ich wusste, sie würde kein Wort mehr sagen. Genau so kam es.

Als wir das geparkte Auto erreichten, wechselten mein Sohn und ihre Cousine Worte und vielsagende Blicke, weshalb es mich nicht gewundert hätte, wenn die beiden bereits Handynummern ausgetauscht hätten. Wie sich später herausstellen sollte, hatten sie das nicht.

Die Pantelli dankte mir noch einmal für das gefundene Tarot-Set, setzte sich auf den Beifahrersitz, und keine Minute später fuhr sie davon. Noch während wir dem Auto nachblickten, informierte ich Jonas in groben Zügen über das, was ich erfahren hatte. Handfestes war kaum dabei, trotzdem hatte ich ein paar interessante Eindrücke gesammelt.

»Du glaubst wahrscheinlich, dass ich die letzte halbe Stunde mit Flirten verbracht habe«, sagte Jonas.

»Hast du das etwa nicht?«

»Doch, allerdings für den guten Zweck. Laura hat aus dem Nähkästchen geplaudert. Sie ist ziemlich genervt von ihrer Cousine und ein geborenes Plappermaul. Dazu mein unwiderstehlicher Charme ...«

Er lächelte kurz und berichtete mir dann in gebotener Ernsthaftigkeit von Romina Pantellis Kindheit, der Ermordung ihrer Großeltern vor ihren Augen und von den Jahren danach. Die kleine Romina war bis zu ihrem zehnten Lebensjahr Bettnässerin gewesen und litt unter zahlreichen Angststörungen. Eine Psychotherapie jagte die nächste. Man probierte alles mal aus, und irgendwann besserte sich ihr Zustand. Nur eine Phobie verfestigte sich – sie litt zeitlebens unter Verfolgungswahn. Selbst mehr als dreißig Jahre nach dem traumatischen Erlebnis in Süditalien glaubte sie noch immer, jemand sei auch hinter ihr her. Und wenn es nicht die Mafiosi waren, dann irgendwelche Schürzenjäger, Trickbetrüger oder neidische Kolleginnen, die ihr den Erfolg als Nageldesignerin missgönnten. Irgendjemand hatte es immer auf sie abgesehen. Laut ihrer Cousine war das der

Grund, weshalb sie noch nicht verheiratet war und auch keinen Freund hatte, nicht einmal enge Freundinnen.

»Und das alles erzählt sie dir, nur weil du sie nett angelächelt hast?«

»Ich kann nicht nur nett, sondern überwältigend lächeln«, konterte Jonas. »Mal im Ernst, ich glaube, dass Laura von ihrer Cousine schwer genervt ist. Als Einzige aus der Familie lebt sie in der Nähe, und immer, wenn Romina sich wieder mal verfolgt fühlt, ruft sie Laura an. Und die muss dann hin. In italienischen Großfamilien ist das so, da sind alle füreinander da. Weißt du, was sie eben wörtlich zu mir gesagt hat? ›Ich bin nach Rostock gefahren, um Romina mal wieder aus der Scheiße zu holen, und war total überrascht, dass sie diesmal nicht selbst schuld an der Misere war.‹«

Auf dem Rückweg zu Frau Bernholz, um ihr den Schlüssel zu bringen, ließ ich die Informationen sacken. Ob es einen Zusammenhang gab zwischen Romina Pantellis Paranoia und dem Tod von Joe Rowolt? Falls ja, blieb er mir verborgen. Diese Frau hatte viel gesagt, über das es sich zu grübeln lohnte, vor allem eine Bemerkung gegen Ende unseres Gesprächs trieb mich um: *Der Tod war sehr präsent während unserer Wanderung.*

EINIGE TAGE ZUVOR

»Sein Name war Kilian, wir waren Klassenkameraden. Fünfte Klasse. Kilian war ein lieber Junge, ein ganz lieber Junge«, sagte Fritzie.

Elsi richtete sich im Bett ein wenig auf. Sie war noch benommen, hatte tief geschlafen und geträumt, irgendetwas mit einem Laden, den sie für immer schließen musste. Sie fand das verwirrend, denn einen Laden hatte sie nie besessen noch je besitzen wollen. Und von einem Moment auf den anderen kauerte diese Frau, die tagelang kaum gesprochen hatte, mit zerknirschter Miene neben ihrem Bett und breitete eine lange Geschichte vor ihr aus.

»Ich mochte Kilian sehr gerne. Er war schüchtern, genau wie ich. Ich sehe ihn nicht mehr ganz vor mir. Rote Pausbacken, glaube ich, kurze Beine, dicke Hände. Er hat Fußball gespielt, das weiß ich noch. Sein Vater war auch in der LPG, wie meiner. Sie wohnten etwa zehn Kilometer weg. Ich war nie dort.«

Elsis Mund war wie ausgetrocknet, sie trank einen Schluck Wasser aus der Flasche, die neben dem Bett auf dem Boden stand, dann noch einen und noch einen. Unterdessen erzählte Fritzie weiter.

»Anfang der Sommerferien stand er plötzlich bei uns auf dem Hof. Er hat mir kalten Hund vorbeigebracht. Zehn Kilometer für eine Packung mit kaltem Hund. Da habe ich gelacht, und er wurde ganz rot. Dann hat er gesagt, dass er mich gerne mag. Dann habe ich gesagt, dass ich ihn auch gerne mag. Am nächsten Tag stand er wieder da, diesmal mit gelben Blumen. Sie hatten einen schönen Namen, ich weiß ihn leider nicht mehr. Bei uns auf dem Hof wuchsen die auch. Ich habe sie gepflückt und mit den anderen zusammengebunden. Das hat Kilian gefallen. Mutter hat uns Kakao gemacht, und wir haben den kalten Hund aufgegessen. Am nächsten Tag war er wieder da und dann wieder und wieder. Irgendwann ist er Ferdi begegnet. Ferdi ist mein Zwillingsbruder. Die beiden kannten sich nicht, der Kilian und der Ferdi. Kilian war zwar genauso alt wie wir, aber er und ich sind in die normale Schule gegangen und Ferdi in die Hilfsschule. Ihm ist das Lernen schwergefallen ...«

»Liebes«, unterbrach Elsi ihren nächtlichen Gast. »Es muss etwas sein, das dir mächtig auf der Seele brennt, wenn du in zwei Minuten mehr sprichst als in den letzten Tagen. Aber wollen wir nicht in die Küche gehen, und ich mache uns erst mal einen schönen heißen Kaffee?«

Elsi wartete die Antwort nicht ab, sondern schlug die Bettdecke zurück und stand auf. Gemeinsam gingen sie in die Küche hinüber. Das Haus schlief noch. Sie befüllte die Kaffeemaschine und schob zwei Aufbackbrötchen in den kleinen Grill daneben. Zusammen mit einem Klecks Zuckerrübensirup kam das dem typischen DDR-Frühstück nahe, mit dem sie und vermutlich auch Fritzie aufgewachsen waren.

Kalter Hund – Butterkekse mit Schokolade. Daran hatte sie ewig nicht mehr gedacht. Sie hatte mal gehört, dass es das in sogenannten Ostalgie-Shops zu kaufen gab, aber ihr Herz hing nicht an solchen Dingen. Produkte oder Marken, ein bestimmtes Essen, ein Stil mit Wiedererkennungswert, das waren alles Äußerlichkeiten. Sie kaufte Kleidung, wie sie ihr in die Hände fiel, ähnlich lief es im Supermarkt. Eigentlich aß sie fast immer dasselbe: morgens mit Wurst belegte Schrippen, mittags Salat, abends Brot mit Käse, Radieschen, Gurke oder was sonst gerade im Angebot war. Selten gab es mal was Warmes. Das Kochen nahm zu viel Zeit in Anspruch, die ihr woanders fehlte. Ab und zu briet sie sich eine Bratwurst oder machte Rühreier.

Elsi stellte zwei Becher Kaffee, die Schrippen und den Sirup auf den Tisch.

»Nun erzähl mal. Was war denn mit diesem Kilian?«

Es war, als hätte sie einen Schalter betätigt, und das Tonbandgerät startete genau dort, wo es angehalten worden war.

»Ferdi mochte Kilian nicht. Wenn Kilian weg war, hat er ihn einen Blödian genannt, aber eigentlich hat er ihn in Ruhe gelassen. Vater hatte viel zu arbeiten für Ferdi, er durfte zum ersten Mal Traktor fahren. Mit elf. Kein Junge durfte mit elf Traktor fahren, da war er richtig stolz drauf.«

Elsi lächelte in sich hinein. So war es mit vielen ihrer Schützlinge – sie waren liebe, dankbare Menschen, aber im Erzählen von Geschichten hatten sie so ihre Defizite. Oft genug begannen sie drei Geschichten parallel, und keine schien so richtig voranzukommen.

»Aber eines Tages ist Ferdi auf Kilian losgegangen«, versuchte Elsi das Ganze abzukürzen. Es handelte sich um eine geschwisterliche Eifersuchtsgeschichte, das war offensichtlich, und sie war nicht nur ewig her, sondern auch ein wenig banal. Nichts, wofür es sich lohnte, am frühen Morgen eine alte Frau aus dem Schlaf zu reißen.

»Ja, genau. Aber erst, nachdem ich Kilian die Höhle gezeigt hatte.«

»Welche Höhle?«

»Das war ein alter Wehrmachtsbunker. Ferdi hat dort unten Tiere in Käfigen gehalten. Stimmt nicht ganz, wir alle beide haben die Tiere gehalten. Er hat sie gefangen, und ich habe sie gestreichelt und gefüttert. Aber manchmal, da ist es mit Ferdi durchgegangen. Dann war er nicht lieb zu den Tieren.«

»Nicht lieb?«

»Er ist mit Streichhölzern an sie ran und hat ihnen wehgetan.«

»Das ist ja … widerlich!«

»Ja, er hat sie auch mit Stöcken geschlagen. Und er hatte eine selbst gebastelte Peitsche aus Binsen. Dann gab es da noch die Zigaretten, die hat er …«

»Hör auf, da läuft es mir ja eiskalt den Rücken runter«, rief Elsi, und das war keine Floskel. Sie war entsetzt. »Ja und du? Warum hast du ihn nicht davon abgehalten?«

»Wie denn? Das ging nicht. Eigentlich waren es seine Tiere, immerhin hat er sie gefangen. Es war auch seine Höhle, er hat sie nämlich entdeckt. Und er war so viel stärker als ich. Außerdem, wir gehörten doch zusammen, er und ich. Wir waren Outsider.«

»Outsider«, wiederholte Elsi. »Ich sehe ja ein, dass du deinen Bruder nicht mit Gewalt davon abhalten konntest. Aber du hättest deine Eltern informieren können, die hätten dem Treiben schon ein Ende gesetzt.«

»Das Versteck verraten? Es war doch unsere Höhle, unser Outsider-Schlupfwinkel …«

»Mal ist es seine Höhle, dann wieder eure. Und was hat das alles nun mit Kilian zu tun?«

»Ja, der Kilian …«

Fritzie trank zum ersten Mal einen Schluck Kaffee. Elsis Tasse war schon fast leer. Sie schenkte sich nach, denn sie hatte so eine Ahnung, dass sie ihn gleich brauchen würde.

»Ich habe Kilian die Höhle gezeigt. Sie hat ihm nicht gefallen. Vor allem das Skelett hat ihm Angst gemacht.«

»Du liebe Güte, welches Skelett denn?«

»Das von dem toten Soldaten. Der Helm lag gleich daneben. Ferdi hat ihn benutzt, um Spinnen zu fangen, als Futter für die Vögel.«

»Das war euer Schlupfwinkel? Ein Soldatengrab?« Diesmal schüttelte Elsi nicht nur innerlich den Kopf. Unfassbar, dass zwei Kinder ihre freie Zeit in einer solchen Umgebung verbracht hatten, ohne irgendwelche Skrupel oder Ängste, so selbstverständlich wie auf einem Hinterhof, einem Spielplatz oder einem Rasen.

»Aber er war schon lange tot«, rechtfertigte sich Fritzie. »Er hat kein bisschen gerochen, und über seinen Kopf hatte Ferdi eine Decke gelegt.«

»Wie taktvoll. Ich muss dir sagen, Fritzie, dass dein Bruder ein schlimmer Finger war, und deine Rolle ist leider auch nicht rühmlich. Aber gut, ihr wart Kinder. In welchem Jahr war das eigentlich?«

»Im Sommer achtundachtzig.«

»Soso. Kilian hat euer Versteck verraten, deshalb ist Ferdi auf ihn losgegangen. War es so?«

»Nein. Ferdi hat uns gesehen, als wir aus der Höhle gekommen sind. Er hat Kilian überrumpelt und hinuntergeschleppt.«

Elsi schnappte nach Luft. »Jetzt sag mir bitte nicht, dass ...«

»Er hat ihn gefesselt und in einen Käfig gesteckt.«

»Fritzie!«

»Und da drin ist er dann geblieben, der Kilian.«

»Für wie lange denn, um Himmels willen?«

»Drei Tage. Ich habe ihn gefüttert, und der Ferdi hat ...«

Elsi hätte gerne nach Luft geschnappt, aber nicht mal dazu war sie noch in der Lage. Mit offenem Mund starrte sie ihr Gegenüber an, diese Frau in den Vierzigern mit aschblonden Haaren, aschgrauem Gesicht und schrundigen Händen, an denen orange lackierte Fingernägel leuchteten.

»Ja, aber ... Hat denn niemand nach dem Jungen gesucht?«

»Doch, schon. Aber der Bunker war gut versteckt, fast ganz eingegraben in die Erde. Ferdi hat immer eine dicke Laubschicht davor aufgetürmt. Und wenn die Luke zu war, konnte man da drinnen rufen, so laut man wollte, draußen hat man nichts gehört.«

»Und der Ferdi hat ... was genau getan? Was wolltest du eben sagen, Fritzie?«

»Der Ferdi hat den Stock genommen und Kilian damit gepikt. Dann hat er brennende Streichhölzer von oben in den Käfig fallen lassen, und ins Blasrohr hat er Bleikügelchen gestopft. Der Vater hatte doch eine Schrotflinte. Ja, und am vierten Tag hat Ferdi die heimlich mitgenommen.«

Elsi spürte, wie ihr das Blut aus den Fingern wich, ebenso aus den Armen und Beinen. Fast schlagartig bekam sie kalte Füße, und der Kaffee brannte ihr im Magen.

»Was ist dann passiert? Was hat Ferdi getan?«, wiederholte sie die Frage, obwohl sie ein wenig Angst vor der Antwort hatte.

Bisher war Fritzie eher gefasst gewesen, ihre Stimme dezent, geradezu sachlich, als gebe sie etwas wieder, das ihr selbst nur berichtet worden war. Elsi fiel auch auf, dass Fritzie sich so gut wie nie selbst unterbrochen hatte, wie es sonst ihre Art war, wenn sie halbfertige Sätze präsentierte. So viel kannte Elsi sich mit Menschen aus, auch wenn sie keine Psychologin war, dass ihr klar war: Fritzie hatte sich seit vielen Jahren bemüht, sich emotional von den Geschehnissen jenes Sommers zu distanzieren, sie zu verdrängen, zu vergessen. Aber irgendetwas hatte sie nun wieder an die Oberfläche gebracht.

Unvermittelt brach Fritzie am Küchentisch zusammen, weinend, schluchzend, zitternd. Minutenlang, so kam es Elsi vor, gab sie nichts als klägliche Laute von sich wie ein kleines Kind, aller Worte beraubt.

Elsi stand auf und ging mit weichen Knien zur Kaffeemaschine, füllte ihren Becher auf, trank einen Schluck und sagte, den Blick auf die Küchenzeile gerichtet: »Er hat mit der Schrotflinte auf Kilian geschossen.«

Ein lautes, verzweifeltes Aufheulen bestätigte ihre Vermutung.

»O mein Gott«, flüsterte Elsi so leise, dass nur sie selbst es hören konnte. Sie hatte im Laufe ihres Berufslebens schon viele schreckliche Geschichten gehört, von häuslicher Gewalt, Drogen, sexuellem Missbrauch, und nicht selten waren Kinder beteiligt. Als Opfer. In Fritzies Geschichte waren Kinder jedoch auch die Täter, und das machte sie besonders grauenhaft. Nein, grauenhaft war das falsche Wort. Besonders verstörend.

»O mein Gott«, wiederholte sie, diesmal lauter und in Fritzies Richtung.

Fritzie hob den Kopf. Ihr Gesicht war gerötet, die Augen waren verquollen. »Ich wollte das nicht, glaub mir. Ich dachte nicht, dass er … Ich habe Ferdi angebettelt, es nicht zu tun. Aber er … er hat einfach abgedrückt. Kilian hat geschrien wie am Spieß. Da waren lauter kleine … das Blut … überall.«

»O mein Gott.«

»Aber er war nicht tot.«

Ein Seufzer der Erleichterung drang aus Elsis Mund, auch wenn sie nicht wirklich erleichtert war. Dazu fühlte sie viel zu sehr mit dem armen Jungen, wie er da im Käfig saß, übersät mit Wunden, voll Angst. Auch wenn das grausige Geschehen fünfunddreißig Jahre zurücklag, für Elsi war es erst gestern passiert.

»Eine Kugel ist von der Bunkerwand abgeprallt und hat Ferdi getroffen. Genau da.« Fritzie, noch immer verheult und zitternd, deutete auf die Mitte des Kinns. »Ich hab die Tränen in seinen Augen gesehen, so weh hat es ihm getan. Aber der Ferdi … Er hat …«

Fritzie brach erneut zusammen, und Elsi konnte nicht anders, als zu ihr zu gehen und ihr über die Haare zu streicheln.

»Was hat er getan, kleine Fritzie?«

Das sechsundvierzigjährige Mädchen blickte zu ihr hoch. »Nachgeladen.«

Elsi schloss die Augen.

»Er hat die Flinte auf den Käfig gerichtet und mich dabei lange angeschaut. Ich sehe noch heute das Blut von seinem Kinn tropfen, sein T-Shirt war voll davon. Und die Schuhe auch. Er hat geweint. Er hat mich angeschaut, geweint und gesagt: ›Outsider.‹«

Diesmal war es ein Seufzer der Betroffenheit, der aus Elsis Brust entwich.

»Dann hat er abgedrückt. Kilian hat sich nicht mehr gerührt.«

Elsi riss sich los, trat zwei Schritte zurück und wandte sich ab. Sie spürte Fritzies flehentlichen Blick auf ihr ruhen, doch sie erwiderte ihn nicht. Instinktiv war ihre erste Reaktion Abscheu, Empörung. Das war ungeheuerlich. Ja, im wahrsten Wortsinn ungeheuerlich. Nur Ungeheuer konnten so etwas tun, einen hilflosen Gleichaltrigen zu Tode martern, völlig grundlos, aus einer Laune heraus, bar aller Skrupel. Wobei ihr Bruder der deutlich aktivere Part gewesen war, Fritzie vor allem Zuschauerin. Dennoch hatte sie nur wenig unternommen, um Ferdi daran zu hindern, Kilian zu quälen und schließlich zu töten. Sogar jetzt noch, so viele Jahre nach der Tat, ging sie mehr auf Ferdis kleine Wunde am Kinn ein als auf Kilians Schussverletzungen, die ihn das Leben gekostet hatten.

Elsi versuchte sich zu beruhigen und setzte sich wieder an den Tisch, auf dem Fritzie erneut zusammengesunken war. Sie gab sich alle Mühe, sämtliche Vorwürfe aus ihren Blicken und Worten fernzuhalten, als sie fragte: »Ich nehme an, ihr seid nicht einfach so davongekommen?«

Fritzie schüttelte den Kopf. »Zwei Tage danach ist alles rausgekommen.«

Elsi schlug die Augen nieder und nickte. Die Strafmündigkeit in der DDR hatte damals bei vierzehn Jahren gelegen, in dieser Hinsicht hatten Fritzie und ihr Bruder also nichts zu befürchten gehabt. Das Regime hatte solche bestürzenden Kriminalfälle auch gerne unter den Teppich gekehrt, sie widersprachen der Idealvorstellung vom sozialistischen Menschen.

»Ferdi haben sie in ein Sanatorium geschickt. Ich durfte ihm ein halbes Jahr lang keine Briefe schreiben, erst danach wieder. Und ich bin in die Hilfsschule gekommen, aber da hat es mir gar nicht gefallen. Als der Ferdi zurückkam, war er irgendwie komisch. Anders als vorher. Nicht mehr mein Ferdi. Die Mutter hat damals viel geweint. Zuerst ist sie gestorben, später der Vater an Herzversagen. Ich bin dann rumgezogen, der Ferdi auch, und irgendwie sind wir wieder zusammengekommen. Das war etwa zehn Jahre danach …«

»Ihr habt wieder zusammengelebt?«

»Ja, aber es war nicht mehr so wie davor. Wir haben mal in Sachsen gewohnt, dann in Thüringen. Ferdi hat als Landarbeiter gearbeitet, ich mal dies und das, kurz war ich in einem Drogeriemarkt. Irgendwann sind wir nach Bayern umgezogen, Ferdi hatte dort eine Frau mit einem Bauernhof kennengelernt. Eine Witwe. Die beiden haben geheiratet. Nach einer Weile habe ich gemerkt, dass ich das nicht mehr wollte. Ich meine, er und ich … Das war nicht gut. Da bin ich weg, einfach abgehauen in mein Wikingerdorf.«

»Habt ihr denn je darüber gesprochen, du und Ferdi? Über Kilian?«

Fritzie schüttelte den Kopf.

»Warst du nie in Behandlung? Du verstehst schon. Durch so etwas entsteht ein furchtbares Trauma.«

»Nicht so richtig. Es gab ein paar Gespräche mit einer Psychologin.«

Elsi nickte. Das passte zu ihren eigenen Erfahrungen gegen Ende der DDR. Der Staat hatte sogenannte »Problemfälle« mit zwei Methoden behandelt, entweder mit der Keule oder durch konsequentes Verschweigen.

Es hätte noch so einiges zu besprechen gegeben, aber Elsi war ziemlich geschlaucht von der letzten halben Stunde, und sie fühlte sich müde, obwohl der Tag gerade erst begonnen hatte. Die ersten Geräusche mäanderten durch das Ferienhaus: eine rauschende Wasserleitung, eine quietschende Schranktür, Joes bäriges Gähnen. In wenigen Minuten würde sich die Küche füllen.

»Nur eins noch«, sagte Elsi. »Ich finde es gut, dass du mir alles erzählt hast, Fritzie. Es war … keine schöne Geschichte, das nun wirklich nicht. Aber sie musste mitgeteilt werden, das sehe ich ein. Nur eines verstehe ich nicht: Wieso gerade jetzt?«

Fritzie biss sich auf die Lippe. Sie war schon ganz zerkaut.

»Wegen Ferdi. Er ist hier. Irgendwo da draußen.«

»Unsinn, Liebes, das bildest du dir bloß ein. Woher soll er denn wissen, dass du dich ausgerechnet auf einer Wanderung an der Ostseeküste befindest?«

Zum dritten Mal an diesem frühen Morgen brach Fritzie am Küchentisch zusammen, völlig aufgelöst. Verzweifelt rief sie: »Ich habe meinen Ausweis verloren. In Wolgast, am ersten Abend. Ich hatte ihn in meine Jackentasche gesteckt, und am zweiten Tag war er weg. Er muss mir herausgefallen sein.«

»Ja und?«

»Ferdi sagt, jemand hat ihm den Perso nach Bayern geschickt.«

»Was meinst du mit ›er sagt‹? Ach, du lieber Himmel! Er ist wirklich da draußen? Dein Bruder ist hinter dir her?«

»Mhm.« Fritzie nickte. »Das mit dem Hasen, das war er.«

»Wie abscheulich! Und was will er von dir?«

»Mich holen. Ich will aber nicht zu ihm zurück. Ich will das nicht, Elsi. Ich will es nicht.«

»Nein, natürlich nicht, Liebes.«

Fritzie nickte, und Elsi überlegte, was zu tun war. Ihre Zimmergenossin war ziemlich durch den Wind und von Ängsten durchdrungen. Andererseits war sie eine erwachsene Frau und konnte zu nichts gezwungen werden. Drittens war Ferdi ganz gewiss nicht mehr derselbe Mensch wie damals als Elfjähriger, nur weil er einem Hasen das Genick gebrochen hatte. Er hatte geheiratet, inzwischen vermutlich eine Familie gegründet und bewirtschaftete einen Hof. Viertens brachte es jetzt gar nichts, die Pferde scheu zu machen. Und fünftens: Er hatte einem Hasen das Genick gebrochen.

»Wir beide lassen uns nichts anmerken, hast du gehört? Du und ich, wir laufen den restlichen Weg Seite an Seite, zusammen mit Joe. Dir passiert schon nichts. Oder willst du die Wanderung abbrechen?«

»Ich glaube … nein. Dann muss ich ja Joe alles erklären.«

»Früher oder später wirst du da nicht drum herumkommen, Liebes.«

»Lieber später.«

Elsi lächelte. Der Groll, den sie kurzzeitig gegen Fritzie verspürt hatte, war schon wieder verflogen. Es war zu viel verlangt von einer scheuen Elfjährigen, sich gegen den dominanten Zwillingsbruder zu stellen. So schrecklich die Tat auch war, sie war von Kindern begangen worden, vor langer, sehr langer Zeit. Das mit der Strafmündigkeit hatte schon seine Berechtigung. Elsi stand grundsätzlich auf Seiten der Bedrückten, und bedrückt war Fritzie allemal. Je länger Elsi in Fritzies Gesicht blickte – ein naives, argloses, hilfloses, kindliches Antlitz –, desto näher fühlte sie sich ihr. Und nicht zu vergessen: Fritzie war zu ihr gekommen, nicht zu Joe oder Romina oder sonst wem. Zu ihr. Das bedeutete etwas. Fritzie vertraute ihr, und Vertrauen durfte niemals enttäuscht werden, unter keinen Umständen.

Sich am Bauch und am Kopf kratzend, schlurfte Joe in die Küche. »Oh, schon wach, die Damen? Nächtliches Pläuschken, wat? Über mich?«

Elsi zwinkerte Fritzie zu. »Über das Leben«, sagte sie.

Mittlerweile konnte Yannick der bekloppten Idee einer Wanderung mit seiner Oma etwas abgewinnen. Das lag natürlich primär an Jule. Wenn man ihm gesagt hätte, dass er sich jemals in eine Klavier spielende Montessori-Super-Schülerin mit Bock auf Debussy verknallen würde, hätte er dem Freak zwei Mittelfinger gezeigt und die passenden zwei Wörter gleich mitgeliefert. In den Wohnblocks in Weißensee wären Edelmädels wie sie sofort aufgefallen, solche Prinzessinnen, denen man schon von Weitem ansah, dass sie aus einem anderen Stall kamen. Und wenn sie erst den Mund aufmachten … Wenn dagegen er den

Mund aufmachte, wenn Surinam den Mund aufmachte, wenn Bolko oder Bolkos Freundin Kiki den Mund aufmachte, kam oft nur Bullshit raus, verbale Knallfrösche, laut und intensiv und stinkend ... und verpuffend. Für'n Arsch. Aber eine Sprache, mit der man sich zu erkennen gab: Ich bin wie du.

Jule war nicht wie er. Das kitzelte ihn. Vor allem, was sie sagte und wie sie es sagte. Und dass sie kein bisschen snobby war – na ja, vielleicht ein ganz kleines bisschen. Gut möglich, dass sie früher ein Snob gewesen war und ihre Krankheit sie verändert hatte. Aber war das wichtig? Nicht für ihn.

Allein die Tatsache, dass er sich solche Fragen stellte und über solche Dinge Gedanken machte, verwirrte ihn. Er erkannte sich an diesem Morgen selbst nicht wieder, aber dieses Gefühl war ihm seltsamerweise nicht unangenehm. Er war gerne verwirrt. Vielleicht hätte er in den letzten Jahren öfter mal verwirrt sein sollen, anstatt immer alles sofort ganz genau zu wissen – wo sein Platz war, wo absolut nicht sein Platz war, wer seine Freunde waren, warum sie seine Freunde waren ... An diesem sechsten Tag wanderte Yannick nicht über festen Boden, er lief vielmehr über Wasser oder, besser, schwankenden Grund, und irgendetwas daran gefiel ihm.

Und dann natürlich seine Beichte vom Vorabend, die war auch cool gewesen. Es fühlte sich richtig an, dass jetzt alle wussten, woran sie mit ihm waren. Wann war er je ehrlich gewesen, außer wenn er seinen Eltern gesagt hatte, dass er sie zum Kotzen fand? Nicht einmal zu Surinam war er ehrlich, denn eigentlich, also tief in ihm drin, mochte er Bolko nicht, aber Surinam mochte Bolko, und Yannick mochte Surinam. Er klaute auch nicht gerne Sachen, aber er durfte nur mit Bolkos Gadgets komponieren, wenn er für ihn loszog, und er komponierte nun mal für sein Leben gern. Er hatte nur das. Komponieren war Lust. Alles andere war Last.

Am liebsten hätte er Jule das alles gesagt, denn mit jedem Tag, fast schon jedem Augenblick, der verging, wollte er ihr mehr von sich erzählen, dabei ließ er sonst niemanden so richtig an sich heran. Aber sie wanderte wieder neben ihrem Vater, alles wie gehabt, und Gregor ging Yannick lieber aus dem Weg.

Dafür verbrachte er umso mehr Zeit mit Biskuit. Inzwischen waren sie Kumpels geworden. Yannick verstand die Hundesprache viel besser als zu Beginn, konnte inzwischen unterscheiden, wann Biskuit zum Spielen aufgelegt war, wann er was zu trinken brauchte und wann er keinen Bock mehr hatte. Alles, was Yannick Jule nicht sagen konnte, erzählte er dem Labbi, und der Labbi wiederum bedankte sich für die Offenheit mit reichlich Gesicht abschlecken. Yannick hatte sich in ihn verliebt, in ihn und sein Frauchen, und das war ziemlich viel Liebe auf einmal für jemanden, der zum ersten Mal liebte.

An diesem Tag wäre er am liebsten für immer auf Wanderschaft gegangen und nie wieder nach Berlin zurückgekehrt.

»Du solltest dir einen Hund anschaffen«, meinte Oma Elsi, die sich zurückfallen ließ und zu ihm gesellte. »Mit Tieren kannst du offenbar gut umgehen.«

»Im Gegensatz zu Menschen?«

»Leg nicht alles auf die Goldwaage, Junge. Ich finde nur, dass ihr gut zueinander passt, Biskuit und du.«

»Ich wollte mal einen Hund. Dein Sohn hat es mir verboten.«

»André kann nicht mit Tieren, hat er nie gekonnt.«

»Mit Kindern auch nicht.«

Er wusste, dass er sich snotty anhörte. Mit Oma Elsi hatte er nie länger als zwei oder drei Sätze über seine Eltern gesprochen, über deren Probleme, über seine Probleme, die er mit deren Problemen hatte. Über seine Einsamkeit in diesem winzigen Zimmer im Wohnblock 35 C, siebter Stock, zweite Tür links nach dem Aufzug. Über die Wortlosigkeit zwischen drei Menschen.

Seine Mutter, sein Vater und er sprachen nur über das Fertiggessen, das ätzende Fernsehprogramm, die ätzenden Nachbarn, den ätzenden Chef, die ätzende Arbeit oder das ätzende Wetter. Und die ganze Zeit lag diese ätzende Spannung in der Luft, wann der nächste Streit ausbrechen würde. Worüber, war eigentlich schnurz. Es interessierte seine Eltern zero, was er so trieb, mit wem und warum. Als man ihn das erste Mal beim Klauen erwischt hatte, zwei Jahre war das jetzt her, da sagte seine Mutter nur: »Wie kann man sich nur so blöd anstellen?« Und sein Vater meinte: »Den Anwalt zahlst du von deinem Taschengeld.«

»Du bist frustriert wegen deiner Eltern, das verstehe ich. Aber bald wirst du achtzehn und fängst einen neuen Lebensabschnitt an, das ist doch was.«

Er warf ein Stöckchen für Biskuit. »In einen neuen Abschnitt nimmt man immer auch die alten mit. Man kann sie nicht einfach auf den Kompost werfen wie einen faulen Apfel. Die letzten zehn Jahre waren voll mies, damit du's weißt.«

»Das weiß ich doch längst, mein Junge.«

»Ja, aber du hast ... nichts dagegen unternommen. Der Typ ist dein f... Er ist dein Sohn, verdammt.«

»Schön, dass du dich neuerdings bemühst, deine Sprache aufzuwerten.«

Diesmal warf Yannick das Stöckchen für Biskuit deutlich weiter. »Lenk nicht ab, Oma.«

»Was willst du von mir hören, Junge? Dass wir bei deinem Vater versagt haben, ich und dein Opa, als er noch lebte?«

»Das wäre ein Anfang.«

»Als André ausgezogen ist, hatte er einen passablen Schulabschluss, eine Ausbildung zum Lokführer und eine feste Freundin, deine Mutter. Wir haben nicht versagt. Was er später aus allem gemacht hat, ist eine Tragödie.«

Tragödie, das war Oma Elsis Lieblingswort, ohne das kein Tag verging. Tragödie hier, Tragödie da. In Yannicks Ohren klang es viel zu edel, zu dramatisch. Der Niedergang eines Menschen hatte selten etwas Edles und Dramatisches an sich, meistens war er einfach nur erbärmlich, schmutzig und würdelos. Yannicks Vater hatte im Dienst Alkohol getrunken und seinen Job verloren. Er verrichtete inzwischen Hilfsdienste für die Stadt und räumte Hundehaufen weg, obwohl er Hunde hasste. Er hatte Yannicks Mutter geschlagen und war nun vorbestraft. In seiner Lieblingskneipe riss er jede Frau auf, die nicht bei drei wieder draußen war. Denn trotz seiner Alkoholsucht sah er nicht übel aus für einen Einundvierzigjährigen. Deswegen glaubte er auch, er sei ein Hero. Dabei war er genau das Gegenteil: ein Feigling, der fucking nichts auf die Reihe kriegte.

»Schulabschlüsse sind nicht alles«, murmelte Yannick. »In einem seiner klaren Momente hat er mir mal erzählt, wie das damals für ihn war als Kind. Er sagt, du hast ihn vernachlässigt.«

»Wir haben beide gearbeitet, dein Opa und ich. Dein Vater war ein Schlüsselkind. Das war damals nichts Ungewöhnliches.«

»Nein, ich meine, dass ... Was du ihm nie gegeben hast, das war ... Okay, lassen wir das.«

»Wieso denn, sprich weiter. Lass es raus, Junge.«

»Das hier ist keine Therapie.«

»O doch. Deswegen sind wir hier, auf dieser Wanderung.«

»Ich meine dieses Gespräch. Es ist deswegen keine besch... keine Therapie, weil du keine Therapeutin bist. Du bist nicht neutral, sondern eine Beteiligte. Aber das hast du nie begriffen, Oma. Du lebst in deiner eigenen Welt, und die ist auf ihre Weise nicht weniger vernagelt als Papas oder Bolkos oder meine.«

Yannick schleuderte das Stöckchen diesmal mit so viel Schwung von sich fort, dass er sich dabei fast die Schulter ausrenkte. Zudem zerbrach der morsche Zweig lautstark an einem Baumstamm.

»Pass lieber auf, Yannick, Gregor hat dich im Auge.«

»Gregor kann mich mal.«

»Verscherze es dir nicht mit ihm. Zwischen dir und Jule knistert es, das ist weder mir noch ihm verborgen geblieben.«

»Sie ist bald wieder in Eisenach, ich in Berlin. Dann hat es sich schnell ausgeknistert. Ach ja, und noch was, Oma. Hör damit auf, hier für jeden die Beichtmutter zu spielen, das wird langsam peinlich. Joe, Romina, Jule, allen wird das zu viel. Du gehst ihnen auf die Nerven. Konzentrier dich auf Fritzie, die hat es am nötigsten, so plemplem, wie die immer aussieht.«

Er redete hart, fast bösartig zu dem einzigen Menschen, der ihm wirklich etwas bedeutete. Vielleicht gerade deswegen. Vielleicht wollte er sie von sich stoßen, um sich selbst zu bestrafen, weil er so ein Versager war. Er glaubte mit einem Mal nicht mehr daran, eine echte Chance bei Jule zu haben. Nicht er, der Junge aus Weißensee, arbeitslos, vorbestraft, der brotlosen Rap komponierte. Der nicht mal Geld für eine neue Jeans hatte. Der vorhatte, mit einem Typ namens Surinam in eine WG zu ziehen. Außerdem war Jule krank, todkrank. Sie hatte jetzt andere Prioritäten, und wer wollte ihr das übel nehmen?

»Immer hörst du dich so lustlos und pessimistisch an«, beklagte Oma Elsi sich, »anstatt das Positive und die Chancen zu sehen. Gestern Abend zum Beispiel, da warst du ganz anders. Du hast die Menschen am Tisch mit deinem Eingeständnis inspiriert. Nach dir hat Romina von sich erzählt, dann Joe. Das war großartig. Und sieh die Gruppe heute an, wir unterhalten uns alle viel mehr miteinander, Gregor mit Joe, Romina mit Jule, sogar du mit mir.« Sie lachte. »Du hast etwas bewegt, allein durch dein Verhalten. Eine Pizza plus ein bisschen Ehrlichkeit, und schwuppdiwupp ist die Welt eine andere.«

Schwuppdiwupp, dachte er. Schwuppdiwupp hatte sich seine Stimmung wieder verfinstert. Nachdem er selbst noch vor einer

Stunde stolz auf sein Geständnis gewesen war, bedeutete es ihm jetzt fast gar nichts mehr.

»Wie gesagt, deine Welt ist immer eine andere, Oma. In meiner geht es anders zu, und meine ist die echte. Lassen wir das. Ich hab heute einfach keinen Bock auf die Patientennummer. Wenn du schon die Glucke spielen musst, dann stürz dich lieber auf Fritzie, die ist heute noch weirder drauf als sonst.«

»Das stimmt. Könntest du sie bitte ein wenig im Auge behalten?«

»Krass. Sie ist so langweilig wie eine Bibliothek.«

»Ich kann nicht gleichzeitig vorne die Gruppe anführen und hinten die ganze Zeit neben ihr herlaufen. Ich erkläre es dir ein andermal, aber es ist wichtig, dass sie nicht alleine wandert, und Joe ist chronisch unzuverlässig.«

Es kam selten vor, dass jemand Yannick als chronisch zuverlässig einstufte, und ob er nur mit dem Hund lief oder mit dem Hund und Fritzie, lief auf dasselbe hinaus. Hauptsache, er musste sich nicht mit ihr unterhalten, aber das war glücklicherweise nicht zu befürchten.

Hinter Barth gelangten sie auf die Halbinsel Darß, machten in Zingst Rast für einen Imbiss und besprachen das weitere Programm. Ein freier Nachmittag stand an, und jeder wollte ihn anders verbringen. Jule und ihren Vater zog es zur Vogelbeobachtung in den Osten der Halbinsel, Oma Elsi und Romina wollten auf die Seebrücke und anschließend durch das Städtchen bummeln, Joe war einfach nur nach Füße hochlegen und Bubu machen, wie er sagte. Sie hatten vier Zimmer in einer Pension gebucht, die bereits bezugsfertig waren. Fritzie hingegen hatte Lust auf Strand, und Oma Elsi gab Yannick mit Blicken zu verstehen, dass er zufällig auch Lust auf Strand haben sollte.

Wieso nicht?, dachte er. In der Nähe gab es einen Hundestrand, und da Biskuit beschlossen hatte, seine Pfoten zu schonen und bei ihm zu bleiben, konnte er das Herrchen für alle beide spielen, den Labbi und die Langweilerin.

Die Gruppe trennte sich in der Zingster Innenstadt vor der Pension und verabredete sich zum Abendessen für 19:30 Uhr.

Zum Abschied fragte Jule ihn: »Sag mal, machst du überhaupt noch dein Handy an und liest deine Nachrichten?«

Das hatte er seit zwei Tagen nicht getan, um die Kommentare seiner Freunde nicht lesen zu müssen. Auch Oma Elsis Haustürschlüssel hatte er ihnen nicht zugeschickt, obwohl er es versprochen hatte, und er wusste, das würde Stunk geben.

»Warum fragst du?«

»Nur so«, antwortete sie mit einem Lächeln, das viel sagte.

Er wusste nur nicht, was. »By the way, kannst du bitte den Schlüssel erst mal behalten, Jule? Ich brauche ihn erst am letzten Tag zurück.«

»Strange«, sagte sie. »Gib ihn doch deiner Oma.«

»Dann will sie bloß wissen, warum.«

»Ich will auch wissen, warum.«

»Schon, aber dir muss ich es nicht erklären. Oder?«

Nun war er es, der vielsagend lächelte, und der Schlüssel verschwand in Jules Jackentasche.

Shit, dachte er auf halbem Weg zum Hundestrand, als er sein Handy anschaltete und die aufgelaufenen Nachrichten las. Zuerst natürlich die von Jule. Sie waren von vergangener Nacht, vier Messages alle zwischen 23:32 Uhr und 23:44 Uhr verfasst.

»hey yannick, das war total crazy und cool. du hast alle verblüfft, am meisten meinen daddy, er ist schwer beeindruckt von deiner ehrlichkeit, das will was heißen. nein, stimmt nicht, ich bin noch schwerer beeindruckt. auch die art, wie du es gemacht hast, nicht rotzfrech, sondern leicht ironisch, dreimal wow. Daraus könnte man einen rap machen.«

»noch mal hey, du schläfst wohl schon? ich wollte dir nur sagen, ich bin sehr froh, dass du hier dabei bist. was du über deinen lieblingsort gesagt hast, an dem du entscheidungen triffst, das ist super hilfreich.«

»meine uhr tickt, yanne. ich hab echt angst. gerade jetzt habe ich eine scheiß angst, dass schon bald alles vorbei ist ... vorbei sein könnte. nachts vorm einschlafen ist es am schlimmsten. jede nacht ist das ende von etwas ...«

»ich liebe dich, yanne.«

»Shit!«, rief er.

»Ist was?«, fragte Fritzie.

»Äh, nein.«

Wäre er doch bloß mit Jule zu dem Vogelausguck gelaufen. Aber weil ihr Vater bei ihr war und er Oma Elsi versprochen hatte, bei Fritzie zu bleiben ...

Okay, das war kein Weltuntergang, sie würde zurückkommen, spätestens um 19:30 Uhr würden sie sich sehen. Er überlegte, ihr zu schreiben, doch er wusste nicht, was. Einfach nur »ich liebe dich auch«, das war ihm zu billig. Vielleicht ein Rap als Antwort? Das wäre cool, aber das bekäme er so schnell nicht hin, dafür war er zu aufgeregt.

Er war froh, als sie am Hundestrand ankamen und er Biskuit von der Leine lassen konnte. Er legte sich in den cremefarbenen Sand, Fritzie wollte ins Wasser.

»Aber nicht hier«, sagte sie. »Die Hunde machen Pipi ins Meer.«

»Nur, wenn ein Baum aus dem Meer ragt. Siehst du hier einen? Es sind die Menschen, die ins Meer pinkeln, Fritzie.«

Sie wirkte nicht überzeugt. Yannick war es schnurz. Es wäre ihm auch ohne Jules Messages schnurz gewesen, aber so war es ihm noch mehr schnurz.

»Hast du etwas Wasser für mich übrig, lieber Yannick?«

Lieber Yannick, puh. »Hier, nimm die Flasche, ich hab noch eine.«

Fritzie schlenderte ostwärts davon, Biskuit spielte mit einem Artgenossen, und Yannick las noch einmal Jules Nachrichten und danach ein drittes und viertes Mal, als wolle er sie auswendig lernen. Bei jeder Nachricht ging ihm etwas anderes durch den Kopf und durch den Körper auch. Bei der ersten musste er lächeln. Was gab es Größeres, als von jemandem, den man liebte, gelobt zu werden? Bei der zweiten stellte er sich vor, sie zu ihrem Lieblingsort zu begleiten. Natürlich nicht ganz bis dorthin, er würde in einiger Entfernung auf sie warten und ihr bei ihrer Rückkehr Mut machen, ganz egal, wofür sie sich entscheiden sollte. Bei der dritten schnürte es ihm das Herz ein. Jule hatte Angst vor der Nacht, vor dem Tod, und inzwischen verspürte er dasselbe. Bei der vierten konnte er sein Glück kaum fassen ...

Eine halbe, vielleicht eine ganze Stunde war vergangen, als er widerwillig die Nachrichten seiner Freunde Surinam und Bolko las. Es waren schlappe siebzehn, alle mit gleichem Inhalt und im typischen Bolko-Duktus geschrieben: *wo ist der schlüssel, digga? wo bist du?, melde dich, mann ey, schlüssel ey, scheiße ey, die bestellung für die gadgets ist schon raus* ... Dazu fünf Anrufversuche und fünf Messages auf der Mailbox.

Gerade kam wieder eine Kurznachricht rein, von Bolko, der offenbar gesehen hatte, dass Yannick online war.

Er wartete die Nachricht nicht ab, sondern schaltete das Handy wieder aus, verschränkte die Arme hinter dem Kopf und starrte in den babyblauen, leicht verschleierten Himmel. Irgendwo ein Kinderlachen, Hundegebell und winzige Wellen, die an Land schwappten. Er versuchte, die Umgebung auf dieselbe Weise zu sehen und zu hören, wie er annahm, dass Jule sie hörte und sah. Sie achtete immer auf so viele Kleinigkeiten. Manchmal blieb sie mitten auf dem Weg stehen und betrachtete zwei Käfer im Liebesspiel, einen Kartoffelacker im Morgendunst, lauschte Möwengeschrei, Schiffssirenen, betrachtete einen Korb voll zappelnder Fische, die um Luft rangen und beim Aneinanderreiben ihrer Körper ein Geräusch wie eine wispernde Stimme von sich gaben. Vor dem Hintergrund von Jules Krankheit bekam die Intensität, mit der sie sich in der Welt bewegte, eine Botschaft.

Ihre Krankheit veränderte auch ihn. Es war bereits geschehen, es war noch im Gang. Er konnte sich ein Leben vorstellen, sein Leben. Das war neu. Bisher hatte er nicht viel an die Zukunft gedacht, eine Woche vielleicht im Voraus, einen Monat, das war für ihn Zukunft. Dahinter war nichts gewesen. Vergangenheit auch kaum und eher auf die Weise, dass er gerne noch mal »neu« leben wollte, alles auf Anfang. Nicht wegen Unsterblichkeit und so was, sondern weil er dann aus einem anderen Bauch rauskommen und eine andere Existenz haben würde.

Das alles war jetzt vom Tisch. Crazy, selbst wenn es mit ihm und Jule nicht klappte, selbst wenn sie ihm morgen schriebe, dass alles ein Irrtum gewesen sei, wäre die Welt eine andere.

Wassertropfen, die ihm ins Gesicht und auf die Brust spritzten, ließen ihn die Augen öffnen. Fritzie stand über ihm, grinsend, mit nassem Zopf, den sie schüttelte wie eine alte Schulglocke.

»Aufwachen, Schlafmütze.«

Sehr witzig. Wie verschieden man auf ein und dieselbe Tat reagierte, je nachdem, wer sie beging. Hätte Jule das hier mit ihm gemacht, er hätte gelacht, bei Oma Elsi eine Schnute gezogen, Joe einen Vogel gezeigt, Gregor höflich gegrüßt ... Er konnte Fritzie aus irgendeinem Grund nicht leiden, und wenn er eine ganze Stunde darüber nachgedacht hätte, er hätte nicht sagen können, warum. Schön, sie war ein bisschen langsam im Kopf, aber das war Surinam auch, und bei dem störte es Yannick nicht weiter. Und dass sie immer so verdrucks durch die Welt tapste, war ihm egal. Alles, was sie machte, war ihm egal. Es musste also etwas anderes sein.

»Warum?«, fragte er.

»Warum ... was?«

»Aufwachen.« Sie kam gedanklich nicht hinterher. »Warum ... soll ... ich ... aufwachen?«

»Weil ... Ich bin fertig.«

»Yeah.«

»Ja, und weil ... Das Wasser ist herrlich.«

»Mega.«

»Ich würde gerne ... also, ich ... wäre so weit.«

Er sah auf die Uhr. Fast zwei Stunden waren vergangen, hätte er gar nicht gedacht. Seine Haut auf der Brust war ein bisschen rot, und auch im Gesicht spannte sie.

»Also schön, let's go.« Er stand auf und klopfte sich den Sand von der Hose. »Wo ist Biskuit?«

»Ich habe ihn nicht gesehen«, sagte sie. »Ich war ganz da hinten.«

Nervös blickte Yannick nach links, nach rechts, nach hinten und nach vorne auf das Meer. Biskuit war verschwunden.

Er lief hinter die Düne, lief ein Stück ostwärts, dann vor bis zur Seebrücke. Dort traf er die Eis schleckende Romina, die ihm sofort beim Suchen half. Zu dritt gingen sie den Strand ab, befragten Hundebesitzer, irgendwelche Leute, doch niemand hatte Biskuit gesehen. Schließlich wandten sie sich an die Polizei. Konnte ja sein, dass jemand den frei laufenden Hund dort abgegeben oder gemeldet hatte. Auch nichts. Ein Beamter notierte sich Yannicks Handynummer, falls man einen Hinweis bekommen sollte. Um erreichbar zu sein, schaltete er im Hinausgehen das Telefon wieder ein.

Sollte er Gregor anrufen? Es war schon halb sechs, spätestens in zwei Stunden würde er mit leeren Händen vor ihm stehen.

Vielleicht tauchte Biskuit bis dahin ja wieder auf. Da Hunde nicht sprechen konnten, musste er nur Romina und Fritzie anbetteln, bloß nichts zu verraten. Das wäre ihm tausendmal lieber als ein Donnerwetter von Gregor.

Yannick machte sich aber in erster Linie Sorgen um den Labrador, sein Wohlbefinden hatte absoluten Vorrang, und Gregor musste sofort die Wahrheit erfahren.

Zwei Stunden lang waren sie durch den Osterwald gestapft. Fünf Leute: Romina, Fritzie, Yannick, sie und ihr Vater. Sie hatten sich aufgeteilt. Der Osterwald war ein großflächiges Landschaftsschutzgebiet zwischen Ostsee und Barther Bodden, ein romantischer Urwald, durchzogen von Kanälen, hier und da ein Moor … Frische Meeres- und würzige Waldluft mischten sich mit starkem Erdgeruch, dem Odem der Verwesung. Möwen trafen sich mit Krähen zum Konzert. Und plötzlich war alles ruhig.

Jules Handy klingelte, es war Yannick.

»Wir haben Biskuit gefunden«, sagte er, sonst nichts, keine Freude, keine Erleichterung. Da wusste sie es.

Sie wartete, atmete schwer, hörte sein Seufzen, schloss die Augen.

»Er ist tot.«

Zuallererst tat es ihr nicht einmal um Biskuit leid. Obwohl, das stimmte so auch nicht. Sofort kamen Erinnerungen hoch, wie Biskuit als Welpe in die volle Badewanne gesprungen war, oder in die Bodenvase, aus der er dann nicht mehr herauskam. Wie er Freundschaft mit einer Katze geschlossen hatte, später mit einer Schildkröte. Wie er auf der Beerdigung von Jules Mutter in hohen Tönen geheult hatte … Die Trauer um ihn wurde schnell von einem anderen, noch intensiveren Gefühl überlagert.

Ihre Mutter hatte den Hund damals aus dem Tierheim geholt, da war er noch keine zwölf Monate alt gewesen, und ihr letztes Jahr war bereits angebrochen, ohne dass sie es ahnten. Biskuit war wie ihr Vermächtnis gewesen, von Anfang an und all die Jahre hindurch. Er zeigte Verhaltensweisen, die sie ihm antrainiert hatte, etwa, dass er nicht an einem hochsprang, sondern die linke Hand schleckte oder dass er sich im Restaurant still verhielt. Jedes Mal, wenn er sich vor einem auf den Boden kauerte und seine großen, melancholischen Augen kullern ließ, war es, als wäre ihre Mutter unsichtbar präsent.

Das war nun vorbei. Irgendwie kam es Jule vor, als wäre ihre Mutter an diesem wunderschönen Juniabend in diesem romantischen Wald ein weiteres Mal gestorben. Diesmal endgültig. Wenn sie selbst schon so fühlte, wie würde es dann erst ihrem Vater ergehen, der noch mehr an dem Hund hing als sie.

»Wo bist du? ... Gut, ich komme.«

Sie brauchte zehn Minuten, sie lief viel zu schnell. Die Ärzte hatten ihr von jedweder sportlichen Betätigung dringend abgeraten. Ihr Weg führte sie an Mammutbäumen vorbei, mächtigen Riesen, die, von unten betrachtet, am Himmel zu kratzen schienen. Hoffentlich, dachte Jule, war Biskuits Seele an ihren Stämmen hochgefahren.

Als sie eintraf, fand sie ihre schlimmsten Befürchtungen erfüllt. Ihr Vater stand vor Yannick und machte ihm lautstark Vorwürfe. Seine Stimme erstickte fast an dem Kloß in seinem Hals, aber er hielt die Tränen zurück. Yannick ließ die Tirade wortlos und mit gesenktem Kopf über sich ergehen.

Jule kniete sich auf den weichen Boden. Biskuit war am Rande eines Waldsees gestorben, ein friedlicher Ort, der von Stockenten, Reihern und einem Kuckuck bevölkert war. Romina beugte sich zu ihr herunter.

»Hier habe ich ihn gefunden, dann habe ich erst mal Yannick angerufen. War doch okay, oder?«

Jule nickte. Ihr Herz war schwer wie ein Fels. Jedem, der einen Hund als Gefährten hatte, war klar, dass er ihn höchstwahrscheinlich verlieren würde, bevor er selbst ging. Manchmal begleiteten einen vier oder fünf dieser Rabauken im Lauf des Lebens, und jeder einzelne war etwas Besonderes, nicht anders als bei einem Menschen.

»Biskuit«, sagte sie, hob seinen Kopf an, umklammerte den Hals und drückte sein weiches keksfarbenes Fell an sich. Nie wieder würde sie sein anhängliches Fiepen hören, seine zärtliche Zunge auf ihrer Hand spüren. Sie drückte die Wange fest an die seine. Da erst bemerkte sie das Blut, das ihm am Hals klebte.

»Was …?«

Ihr Vater hatte sich so in seinen Zorn hineingesteigert, dass er Jules Ankunft nicht mitbekommen hatte. Jetzt kniete er sich neben sie, zog sie an sich, streichelte ihr übers Haar. Schließlich beugte er sich über den toten Biskuit, seinen besten Freund in den letzten Jahren. Jeden Tag waren die beiden in den Wald gegangen, bei Wind und Wetter, mindestens eine halbe Stunde, am Wochenende länger.

»Was ist mit ihm … passiert?«, fragte sie.

Ihr Vater war kein Typ für Tränen, aber jetzt schossen sie ihm in die Augen. »Er wurde erstochen. Siehst du die Wunde an seinem Hals? Sie geht tief. Sie ist glatt und geht tief. Das war ein Messer. Irgendein Spinner hat unseren Biskuit … hat ihn …«

Seine Stimme bebte, als er sich erhob und die Vorwürfe ein zweites, vielleicht schon ein drittes Mal Yannick entgegenschleuderte. Über allem schwebte die Frage: »Was hast du dir bloß dabei gedacht?«

Jule wechselte einen Blick mit Yannick. Sie konnte, sie durfte ihm jetzt nicht helfen. Mit einem Mal fühlte sie sich schwach und müde, der schnelle Marsch zum Unglücksort hatte sie erschöpft, dazu die trüben Gedanken.

»Ich möchte hier weg«, sagte sie. »Können wir Biskuit bitte begraben und dann zurückgehen?«

»Du willst ihn hier begraben?«, fragte ihr Vater. »Das … ist ein Landschaftsschutzgebiet. Ich glaube nicht, dass es erlaubt ist … Und wir haben auch keine Schaufel dabei.«

Jule fing mit beiden Händen an, ein Loch in den torfigen Boden zu graben, Yannick ging neben ihr in die Hocke und half mit. Schließlich gab ihr Vater nach.

Eine Stunde später trafen sie in Zingst ein, in einem Restaurant gleich neben der Pension. Inzwischen war halb neun durch, und keiner hatte so richtig Appetit, aber ein paar Kleinigkeiten landeten dann doch auf dem Tisch: Oliven, Bruschetta … Elsi war hinzugekommen. Sie hatte sich an der Suche beteiligt und den frühen Abend damit verbracht, die Zingster Stadtmitte von Osten nach Westen und von Süden nach Norden abzuschreiten. Nun saß sie so deprimiert wie alle anderen am Tisch. Joe hatten sie nicht erreicht. Er ging nicht ans Telefon, aber Gregor hatte ihm hinterlassen, wo die Gruppe zu finden war.

Jule wollte jetzt nicht allein sein, sie fürchtete sich sogar davor. Biskuits Tod wurde ihr erst in dem Moment richtig bewusst, als er nicht da war, um sich unter den Tisch zu legen, irgendwann hervorzukommen und sie oder ihren Vater mit der Schnauze anzustupsen, als dezentes Zeichen, dass er etwas abhaben wollte.

»Vorhin auf der Seebrücke«, sagte Romina in die beklemmende Stille, »ist mir die Seele meines Katers Lollo begegnet. Ich habe sie in den Augen einer schwarz-weiß melierten Katze bemerkt. Das wird dir auch passieren, Gregor. Dein Biskuit ist nicht wirklich tot. Seine Seele wird dich eines Tages …«

»Für uns ist die Wanderung hier und heute beendet«, unterbrach ihr Vater die Halbitalienerin. »Morgen reisen wir ab, Jule und ich.«

Die Ankündigung kam überraschend und doch auch wieder nicht. Einfach so weitermarschieren, als wäre nichts passiert? Biskuit war ein Familienmitglied gewesen, eine Art Pflegekind, das mit ihnen gelebt hatte und nun auf brutale Weise ums Leben gekommen war. Einfach zur Tagesordnung überzugehen, das war unmöglich. Andererseits befanden sie sich nicht auf einer Vergnügungsreise, sie beide nicht. An den Beweggründen für die Wanderung hatte sich nichts geändert.

Jule fuhr sich mit den Händen durch die Haare. »Ich möchte noch nicht nach Hause.« Sie wechselte einen Blick mit Yannick. Er sah elend aus, aber bei ihren Worten glitt ein Hoffnungsschimmer über sein Gesicht.

Ihr Vater blieb entschlossen. »Ich aber. Wir fahren morgen.«

»Das verstehe ich gut. Fahr nur. Ich wandere wenigstens bis Wismar weiter.«

»Nein«, widersprach er. »Du kommst mit mir.«

»Übermorgen werde ich achtzehn, ich kann machen, was ich will, und ich möchte jetzt noch nicht zurück. Das ändert nichts an Biskuits Tod, ich würde mir zu Hause nur den Kopf zerbrechen.«

»Wie du sagst, du wirst übermorgen achtzehn. Heute bist du noch siebzehn.«

»Das ist nun wirklich albern«, entgegnete sie kopfschüttelnd. »Auf diesem Niveau diskutiere ich nicht mit dir.«

»Richtig, du diskutierst überhaupt nicht mit mir. Noch mal, wir fahren ab.«

»Noch mal, du hast deine Art, mit Biskuits Tod umzugehen, ich habe meine, und keine ist richtiger als die andere.«

»Es liegt an ihm, stimmt's? An dem da. Diesem Strichmännchen, dem Ladendieb, dem Kleingauner ...«

»Bitte, Papa, lass uns das nachher in Ruhe besprechen, wenn wir ...«

»Ich habe nichts Falsches gesagt, oder habe ich das? Er gibt es doch selbst zu, und wenn du ehrlich bist, ist er der Grund, weshalb du die Tour nicht abbrechen willst.«

»Es gibt sehr wohl noch einen anderen Grund, den du sehr gut kennst.«

Seine Gesten wurden fahrig, und er leckte sich hektisch über die Lippen. »Nein, du bist auch nicht ehrlich. Nein, nein. Er ist der wahre Grund, dieser Penner. Wenn er nicht eingeschlafen wäre …«

»Wie oft ist Biskuit mir schon weggelaufen?«, schrie sie ihren Vater an. »Und dir! Und Mama! Er ist uns allen schon mal weggelaufen. Yannick hatte nur das Pech, dass dieses Mal ein Unglück passiert ist.«

Es war Jule unangenehm, dass alle am Tisch Zeugen ihrer Auseinandersetzung waren, vor allem Yannick. Aber sie war weder bereit, das Lokal zu verlassen, noch dem Willen ihres Vaters nachzugeben. Es war eine seltsame Mischung aus Müdigkeit einerseits und Kraft andererseits, die sie dazu brachte, an ihrem Entschluss festzuhalten. Ja, ihr Vater hatte nicht unrecht, sie wollte tatsächlich bei Yannick bleiben. Doch sie hatte zugleich das Gefühl, dass der Zweck ihrer Reise noch nicht erfüllt war und dass ihre Müdigkeit am Ende mit der Lösung zu tun haben würde. Wie genau, wusste sie nicht. Sie folgte ihrem Instinkt, keinem Gedanken.

»Das war kein Unglück«, sagte Fritzie leise nach einem Moment der Stille, in der alle peinlich berührt vom Vater-Tochter-Zwist zu Boden oder in ihre Gläser geschaut hatten. »Das war er, ganz sicher. Das war Ferdi.«

Jule blickte sie verwirrt an, alle machten den gleichen Gesichtsausdruck, nur Elsi nicht.

»Das ist jetzt nicht der richtige Augenblick, Fritzie«, sagte sie.

»Moment mal, Moment mal«, sagte Jules Vater. »Was meinst du damit? Wer ist Ferdi?«

Fritzie begann mit einer wilden Geschichte, der vermutlich keiner am Tisch richtig folgen konnte. Jule jedenfalls nicht. Es ging um einen verlorenen Personalausweis, einen psychisch kranken Bruder in Bayern, eine Höhle, die gar keine war und einen toten Jungen. Es folgten ein Kindheitstrauma, der tote Hase vom Vortag, eine nächtliche Stunde im Wald mit einem nach Zigarettenrauch stinkenden Phantom hinter einem umgestürzten Baumstamm. Wenn jemand Fritzies Schilderungen aufgeschrieben hätte, wären unzählige Pünktchen, Klammern, Gedankenstriche und Semikolons darin vorgekommen. Man hätte sie dreimal lesen müssen und trotzdem nur die Hälfte verstanden.

»Heißt das«, hakte Jules Vater nach, »dieser Ferdi ist hinter dir her? Dein eigener Bruder? Während wir hier sitzen und schwatzen? Gestern auch schon und vorgestern?«

Fritzie nickte wie ein Kind, das den Diebstahl eines Bonbons gestand.

»Und du hast die ganze Zeit davon gewusst?«, fragte er weiter, diesmal an Elsi gewandt.

»Na ja ... Erst seit gestern.«

»Na toll, seit gestern«, schrie er, »und heute ist mein Hund tot, verdammt noch mal!«

»Ach, Papa«, sagte Jule. »Biskuit ist sicher gegen einen spitzen Ast gerannt, so etwas passiert. Der Hund von den Meiers in unserer Straße ist in eine Grube gesprungen und von einer Eisenstange aufgespießt worden, und der von Tante Hanni hat sich mit dem Halsband an einem Lattenzaun verfangen und erdrosselt.«

»Ich sehe das genauso«, sagte Elsi. »Unsere arme Fritzie macht sich verrückt wegen ihres Bruders, doch ich glaube, da gehen bloß die Nerven mit ihr durch. Nüchtern betrachtet, war es bis heute Nachmittag eine ganz normale Wanderung. Ja, es gab einen toten Hasen vor der Tür, aber was bedeutet das schon?«

Die Lage war offensichtlich: Fritzie wollte bei Joe bleiben, Jule bei Yannick und ihr Vater mit ziemlicher Sicherheit bei ihr. Damit war das Thema gegessen. Elsi schlug vor, am nächsten Morgen beim Frühstück, wenn die Emotionen abgekühlt waren, noch einmal darüber zu sprechen, und so beschlossen sie es.

Kurz nachdem sie die Rechnung geordert hatten, tauchte Joe dann doch noch auf. Nachdem er um 19:30 Uhr niemanden am Treffpunkt vorgefunden hatte, war er in einer Billardkneipe ein paar Straßen weiter versackt. Sein Handy hatte keinen Saft mehr, das Ladegerät lag ganz unten im Rucksack, und er hatte keine Lust gehabt, es herauszukramen. Später hatte er es erneut am Treffpunkt versucht und Erfolg gehabt. Biskuits Tod kommentierte er mit: »O Mann, shit.«

Es war inzwischen zehn nach elf, und alle wollten ins Bett. Alle außer Jule und Yannick.

Es zog die beiden zum Strand. Um diese Uhrzeit, nachdem auch das letzte Glimmen am Horizont erloschen war, begegneten sie nicht mehr vielen Flaneuren. Ein paar jugendliche Touristen machten Party, gut gelaunte Tschechen oder Slowaken, und hier und da saß ein rauchendes Paar im Sand. Kein Mond, keine Sterne, nur die Lichter der kleinen Stadt und ein paar Handylampen. Der Wind frischte auf und brachte den Geruch von Algen mit sich. Irgendwann zogen sie die Sandalen aus und liefen barfuß weiter. Der Sand war kühl und leicht feucht.

»Ich würde fucking alles tun, um Biskuit wieder lebendig zu machen, das weißt du.«

»Er hat dich gemocht«, sagte sie. »Aber bitte lass uns nicht mehr darüber reden. Nicht jetzt.«

»Okay.« Im Gehen legte er den Arm um sie. »Ich habe deine Nachrichten gelesen.«

»Beinahe hätte ich sie wieder gelöscht, heute Nachmittag im Vogelbeobachtungsturm. Mein Vater hat Kiebitze beobachtet, und ich habe die ganze Zeit nur an dich gedacht. Nicht, dass ich irgendetwas zurückzunehmen hätte von dem, was ich geschrieben habe. Es ist nur ... Ich habe mich so ...«

»Du hast dich verletzbar gefühlt. Jeder, der seine Seele auf den Tisch packt, setzt sie den Blicken anderer aus. Das macht Angst, ist doch klar.«

Jule dachte darüber nach, während sie ihre Füße von den Welle umspielen ließ. »Tust du das manchmal, deine Seele auf den Tisch packen?«

»In meinen Raps. Ich stelle die Entwürfe online, auf einem Forum, wo die anderen User sie dann kritisieren. Das ist ... hart.«

»Es sind also sehr persönliche Texte?«

»Sonst brauchst du keinen Rap zu schreiben. Bei Pop oder Schlager ist der Text so gut wie egal, ist eh immer dasselbe, Liebe, Treue, Tschingderassassa. Aber kennst du einen Schlager, der zum Thema hat, dass dein kleiner Bruder wegen Drogen vor die Hunde geht und wie du dich dabei fühlst? Oder dass deine Eltern zwei Arschlöcher sind, die sich einen Scheiß um dich kümmern? Oder dass du dich in einer Abwärtsspirale finsterer Gedanken bewegst und nicht weißt, wie du den Kreislauf durchbrechen sollst?«

Jule lachte. »Das kann ich mir aus dem Mund von Roland Kaiser oder Andrea Berg nicht vorstellen.«

Yannicks Augen reflektierten das Licht einer fernen Laterne und leuchteten in der Dunkelheit. »Das gibt's nur im Rap. Na ja, bei Taylor Swift vielleicht auch noch, aber ihre Sprache ist nicht wirklich tough, und ihr Rhythmus ist viel zu klassisch. Dein Tumor, zum Beispiel, und die Entscheidung, die du treffen musst, das ist ein Thema für Rap-Lyrik. Auch wenn das für manche Leute gewöhnungsbedürftig ist.«

»Wirst du darüber schreiben?«

»Über dich? Nicht, um es online zu stellen, ganz bestimmt nicht. Für mich schon, um es irgendwie zu verarbeiten. Hast du was dagegen?«

»Nein. Ich finde es sogar gut ... irgendwie. Du bist der Einzige, mit dem ich halbwegs normal darüber sprechen kann. Na ja, deine Oma gibt sich immerhin Mühe ...«

»Sie tut so gut wie nie was anderes.«

»Die meisten Leute stimmen sofort ein Klagelied an. Oder sie schweigen das Thema tot.«

Es fröstelte sie bei diesem Wort. Tot. Seit Wochen bestimmte es ihr Leben, zusammen mit einem anderen: blind. Nur selten gelang es ihr, sich völlig abzulenken und nicht daran zu denken, und wenn, dann begegnete ihr eines der beiden Wörter garantiert in einem Buch oder beim Fernsehen. So wie wenn man sich das Rauchen abgewöhnen will und einem alle naselang Zigaretten begegnen.

»Yannick?«

»Hm?«

»Wie soll es weitergehen?«

»Mit uns?«

»Ja.«

Er trat vor sie, hinter ihm erstreckte sich der tiefdunkle nächtliche Ozean, unterbrochen nur von gemächlich dahinziehenden Schiffslichtern. Er legte die Arme um ihre Taille, ganz langsam, als müsse er sich an dieses Gefühl, einen weiblichen Körper zu umschließen, erst herantasten. Andere Jungs hatten sie schon fester angefasst, selbstbewusster, manche auch zärtlicher. Aber Jule hatte sich in deren Umarmung nie so gut gefühlt wie jetzt. Wenn sie sich vorstellte, dass sie sich vor einer Woche alles Mögliche von diesem Yannick erwartet hatte, nur nicht, dass er sie glücklich machen würde ...

Sie lachte auf.

»Mach ich etwas falsch?«, fragte er.

»Nein. Bitte stell mir die Frage heute nicht mehr. Erzähl mir lieber was von der Zukunft.«

Er schluckte, dachte nach. »Ich bin ein newbie, was die Zukunft angeht. Aber so viel weiß ich ... sie ist weit wie das Meer, und ihre Farbe ist Blau.«

Fritzie wartete, bis Romina ihr Schlafmittel eingenommen hatte, dann schaltete sie das Licht aus. Das Zimmer wurde schlagartig finster. Die Vorhänge waren zugezogen, Fritzie hatte darauf bestanden, obwohl sie im dritten Stock schliefen und sich gegenüber nur eine Grünfläche befand, also niemand hineinspähen konnte. Sie fühlte sich sicherer so. Die Tür war zweimal abgeschlossen.

Wirklich?

Sie versuchte, sich daran zu erinnern.

Ja, doch, sie wusste es genau. Zweimal hatte sie den Schlüssel umgedreht und es ein paar Minuten später, als Romina im Bad war, noch einmal kontrolliert. Und kurz darauf noch einmal. Trotz der Hitze hatte sie das Fenster heimlich wieder geschlossen, nachdem Romina es gekippt hatte, und dann den Vorhang zugezogen.

Sie spürte, wie die Müdigkeit sie überkam und ihr Wille dagegen Widerstand leistete. Eine Schlacht tobte in ihrem Kopf. Letzte Nacht hatte sie kaum geschlafen. Das galt es nachzuholen, aber sie fürchtete sich davor. Nicht weniger fürchtete sie, wach zu bleiben und die nächsten sieben Stunden über Ferdi nachzugrübeln. Sie sah keinen Ausweg, sie war überfordert, so wie damals in der Höhle, als sie vor der Leiche stand, die durchsiebt war von Schrotkugeln. Kilian, der gut zu ihr gewesen war, der sie gemocht und ihr Geschenke gebracht hatte.

»Fritzie?« Einige Minuten waren vergangen, seit sie das Licht ausgeschaltet hatte. »Schläfst du schon?«, flüsterte Romina.

»Nein. Ich dachte, du.«

»Das Mittel wirkt erst nach einer Viertelstunde. Ich muss dich noch etwas fragen. Vorhin im Restaurant ging alles so schnell, und ich wollte dich nicht in Verlegenheit bringen, außerdem hat sich sowieso alles um den Hund gedreht und so weiter … Damals in Brandenburg, habe ich das richtig verstanden, dass du und dein Bruder Ferdi …?«

»Wir haben etwas ganz Schlimmes gemacht. Wir waren elf Jahre alt.«

»Wie schlimm? Ich habe das nicht ganz verstanden.«

»Sehr, sehr schlimm.«

»Ist es um Leben und Tod gegangen?«

»Ja.«

Es wurde wieder still im Zimmer. Die Fenster dichteten gut ab, von draußen war nichts zu hören, kein Mucks, kein Piep, auch nicht vom Hotelflur. Nicht einmal Rominas Atem.

Wer konnte wissen, wie sie darauf reagieren würde. Fritzie hatte die Geschichte nur viermal in ihrem Leben erzählt: vor fünfunddreißig Jahren ihren Eltern, dann der Polizei und der Psychologin und gestern Elsi. Die Mutter hatte damals geweint, der Vater hartnäckig geschwiegen, und die Polizei … Sie erinnerte sich nicht mehr an die Polizisten, nur an die Psychologin. Inzwischen wusste sie, dass es eine Psychologin gewesen war, damals stellte die Frau sich als Ärztin vor und machte einen auf liebe Tante.

Wie lieb Elsi zu ihr gewesen war, so verständnisvoll. Das Ganze hatte noch einmal offenbart werden müssen, die Zeit war reif dafür, nun, da Ferdi zurückgekehrt war.

»Ist dir aufgefallen«, flüsterte Romina nach einer weiteren Minute, »dass wir vom Tod umgeben sind? Und nicht bloß umgeben. Er ist überall, mitten unter uns. Joe hat einen Menschen getötet und du vor langer Zeit irgendwie auch. Zumindest warst du daran beteiligt, nicht wahr?«

»Ja.«

»Dann die Ermordung meiner Großeltern und der arme Lollo, mein Kater. Jule nicht zu vergessen, die schon bald sterben könnte und vor einer lebenswichtigen Entscheidung steht. Gestern der Hase mit Genickbruch, heute der aufgeschlitzte Hund ... Das ist doch offensichtlich, meinst du nicht?«

»Ja.«

»Siehst du! Als ich mir neulich das Tarot gelegt hatte, vor der Wanderung, da lag der Tod an prominenter Stelle, nämlich auf Gegenwart. Ich dachte, damit sei meine Vergangenheit gemeint, deren Folgen bis heute andauern. Tatsächlich ist etwas ganz anderes gemeint. Der Tod ist präsent, und zwar buchstäblich. Es stand in den Karten.«

»Ja.«

Romina beendete das Flüstern und sprach mit normaler, leicht gedämpfter Stimme weiter, die der Dunkelheit geschuldet war.

»Da stand noch etwas, Fritzie. Auf dieser Reise, die ich unternehmen würde ... damit ist unsere Wanderung gemeint, ja?«

»Ja.«

»Da stand, ich würde dem Teufel begegnen. Natürlich ist der Teufel nur eine Metapher, im Tarot ist alles eine Metapher. Er kann eine Versuchung bedeuten, eine große Widrigkeit, einen inneren Dämon, eine Sucht, eine Ur-Angst oder auch eine Täuschung, der ich erliege. Da der Eremit auf Ausgang lag, steht am Ende der Reise eine Erkenntnis. Welcher Art, das sagen die Karten nicht, denn wenn man das wüsste, könnte man sich den ganzen Weg dahin ersparen, richtig?«

»Ja.«

Noch so ein Wort, das Fritzie nicht kannte: Metapher. Romina hatte es jedoch ganz gut erklärt. Der Teufel als eine Täuschung, eine Irreführung, ein Dämon, eine beherrschende Gestalt … Damit kannte Fritzie sich aus. Ihr Teufel hieß Ferdi, schrecklich geliebt und für alle Zeit mit ihr verbunden.

»Und jetzt frage ich mich, ob dieser Teufel dein Bruder ist. Er macht mir Angst, verstehst du?«

»Ja.«

»Auf einmal kommt alles wieder hoch, was damals passiert ist. Nicht die Bilder, ich habe ja kaum Bilder im Kopf. Aber die Empfindungen danach, diese schreckliche Ohnmacht. Und auch die Schuld. Ich, eine Vierjährige, habe mich damals unendlich schuldig gefühlt, als hätte das Verbrechen auch etwas mit mir zu tun, und dasselbe empfinde ich jetzt wieder. Ich weiß genau, ich kann nichts für Biskuits Tod, trotzdem werde ich das Gefühl nicht los, dass ich an etwas Bösem beteiligt bin. Am liebsten würde ich die Wanderung abbrechen.«

»Ja.«

»Geht es dir nicht so?«

Fritzie überlegte. Das war eine wichtige, eine große Frage, über die es sich lange nachzudenken lohnte. Sie richtete sich ein wenig im Bett auf und sah nach rechts, obwohl sie Romina noch nicht einmal als Schemen wahrnehmen konnte.

»Ich bin sehr lange vor Ferdi davongelaufen«, sagte sie dann äußerst langsam und mit Bedacht. »Ich bin ganz müde davon. Und weißt du was, Romina? Ferdi hatte recht … Ich glaube, den Ausweis habe ich absichtlich verloren, damit jemand ihn zu Ferdi nach Bayern schickt. Er hat das erkannt. Na ja, nicht richtig absichtlich verloren, nur so halb.« Ihr fiel das eine Wort wieder ein, das die Psychotherapeutin damals häufiger in den Mund genommen hatte, nicht gleich zu Anfang der Therapie, erst nach ein paar Jahren, als Fritzie schon vierzehn oder fünfzehn war. »Unbewusst«, sagte sie. Es hatte so einen schönen

Klang, und es steckte etwas Geheimnisvolles darin, ein riesiges, nahezu unerforschtes Universum, wie ein Wald oder eine Höhle. Ein spannendes Wort, so wie Outsider. »Unbewusst«, wiederholte sie, wobei sie jede einzelne Silbe betonte.

»Ja, das könnte sein«, stimmte Romina zu. »Unbewusst suchst du die Konfrontation mit deinem Dämon und hast ihn daher auf deine Fährte gelockt. Was willst du tun? Dein Bruder ist gewalttätig, zumindest war er das mal, und jetzt, da der Hund tot ist ... Das ist ein Spiel mit dem ...«

»... Teufel«, unterbrach Fritzie sie, die sonst nie jemanden unterbrach. »Aber irgendwann muss ich es spielen. Und du auch.«

Romina stieß einen überraschten Laut aus und verfiel dann in Schweigen. Zwei, drei Minuten lang sagte keine von ihnen etwas.

»Du, Fritzie, ich habe mich mein ganzes Leben lang vor den Mördern meiner Großeltern gefürchtet, obwohl sie wahrscheinlich längst im Knast oder tot sind. Das ist völlig idiotisch, denn wenn sie mich hätten erledigen wollen, hätten sie es längst ... Aber ich habe nicht nur vor ihnen Angst, sondern auch vor einsamen Landhäusern, Gartenlauben, Bushaltestellen, Parkplätzen, dem Postboten, vor nächtlichen Geräuschen im Treppenhaus oder Hotelzimmern wie diesem hier, wenn ich dort allein schlafen muss. Sogar vor dir hatte ich am ersten Abend ein bisschen Angst.«

»Vor mir? Das ist ja lustig.«

»Ich könnte die halbe Nacht von meinen Ängsten sprechen. Wenn ich jetzt wieder weglaufe, obwohl die Karten mich mahnen, dranzubleiben und dem Teufel zu begegnen, dann bekomme ich wohl nie die Kurve. Ist es das, was du mir sagen wolltest?«

»Ja.«

»Du bist sehr weise.« Rominas Hand tastete im Dunklen nach Fritzies Wange, und nach einem Umweg über die Nase fand sie sie auch. Mehrmals streichelte sie darüber, bevor sie den Arm wieder zurückzog.

»Ich habe trotzdem furchtbare Angst, Fritzie. Dabei weiß ich gar nicht, wovor. Vielleicht, dass sich alles wiederholt.«

»Ja.«

Es wurde erneut still im Zimmer. Nach einiger Zeit vertiefte sich Rominas Schnaufen und arbeitete sich bis zu einem leisen Schnarchen hoch. Fritzie lag wach. Sie spürte, dass Ferdi in der Nähe war. Er war die ganze Zeit in der Nähe gewesen, so viel war klar.

Behutsam stand sie auf, um Romina nicht zu wecken. Auf dem weichen Teppichboden machten ihre Schritte keinerlei Geräusch. Sie schob den Vorhang zur Seite. Die Straße war von Laternen gut beleuchtet, die Grünfläche dahinter war dagegen in tiefste Finsternis getaucht. Ferdi war nirgends zu sehen.

Vielleicht hatte sie sich geirrt. Auch ihr Bruder musste mal schlafen. Trotzdem blieb sie noch eine Weile am Fenster stehen.

Jule und Yannick kamen die Straße entlang auf die Pension zugelaufen, jetzt erst, nach Mitternacht, und eng umschlungen. Was wohl Gregor dazu sagte? Eine jugendliche Liebesgeschichte inmitten von so viel Drama, dachte Fritzie und folgte lächelnd dem Weg der beiden.

Plötzlich erstarb ihr Lächeln. Das junge Liebespaar passierte eine Gestalt, die rauchend an einer Mauer lehnte, sich dann löste und hinter den beiden herging. Die Gestalt griff in die Hosentasche und zog einen länglichen Gegenstand hervor.

O nein! Fritzie versuchte das Fenster zu öffnen, doch ließ es sich bloß kippen, sosehr sie auch an dem Griff herumfummelte und daran zog. Sie klopfte mit der flachen Hand gegen die Scheibe, dann mit den Fäusten. Sie rief Jules und Yannicks Namen, doch vom dritten Stock kam dort unten nichts an.

Sie wandte sich um in Richtung der Zimmertür. Zwei Schritte, und sie stolperte über etwas, vermutlich Rominas Rucksack, und konnte den Sturz gerade noch mit den Händen abfangen. Orientierungslos tapste sie, wobei sie wild mit den ausgestreckten Armen fuchtelte, im Dunkeln umher, ertastete erst den Sessel, dann den kleinen Beistelltisch und die Lampe darauf, schließlich das Kabel, den Schalter ... Sie knipste ihn an.

Romina hatte von alldem nichts mitbekommen, das Schlafmittel war wohl sehr stark.

Fritzie schloss die Zimmertür auf und trat auf den Gang. Die Deckenlampen gingen automatisch an, und Fritzie rannte bis zum Treppenhaus und eilte die Stufen hinab. Schon lange hatte sie sich nicht mehr so beeilt. Sie, von der in ihrer Kindheit und auch danach immer alle gesagt hatten, sie sei zu langsam, worauf sie immer erwidert hatte, sie könne nicht schneller.

Drei Stockwerke.

Unten angekommen, riss sie die Haustür auf. Sie ließ sich nur von innen öffnen, von außen brauchte man einen Schlüssel.

Den hielt Yannick in der Hand, als sie sich gegenüberstanden.

»Fritzie.«

»Oh, Yannick. Ich ...« Sie spähte über seine Schulter hinweg, aber außer Jule war niemand zu sehen. »Ich wollte mir nur ... was zu trinken holen.«

Yannick und Jule lächelten sie auf diese spezielle Weise an, die Fritzie von so vielen Menschen vertraut war.

»Im Nachthemd auf der Straße, Fritzie?«

»Nein, ich ... Wir haben doch einen Getränkeautomaten im Erdgeschoss. Ich ... habe euch nur gehört, wie ihr ... Ich dachte, ich mache euch schnell auf.«

»Dann mal danke, Fritzie.«

»Gute Nacht.«

Sie wartete, bis die beiden nach oben gegangen waren, öffnete erneut die Tür, trat einen halben Meter hinaus und spähte die lange Straße entlang, wobei sie sich auf die Lichtkegel der Laternen konzentrierte.

Nichts. Er war weg.

Sie wusste nicht, ob sie enttäuscht oder erfreut sein sollte, es war von beidem etwas.

Da hörte sie ein Geräusch aus der anderen Richtung, vielleicht war es auch gar kein Geräusch, nur eine Ahnung, ein Instinkt ... ihr Unterbewusstsein. Sie wandte sich abrupt um.

Er kam auf sie zu. Nicht schnell, aber mit den für ihn typischen langen Schritten. Schon als Kind hatte er seine geringere Körpergröße nicht ausgeglichen, indem er mehr Schritte machte, sondern längere.

Sie erschrak so sehr, dass sie – erneut instinktiv – zurück ins Haus hüpfte und die Tür zuwerfen wollte. Der Schließmechanismus war jedoch sehr langsam, weshalb sie beide Arme benutzen musste, um sie zuzudrücken. Buchstäblich vor Ferdis Nase rastete sie ein. Ein Knall schoss durch das Treppenhaus.

Fritzie lehnte mit dem Rücken an der Tür und schloss die Augen. Ihr Herz klopfte wild, ihre Kehle war wie zugeschnürt, die Knie waren weich wie Butter.

»Warum hast du das getan, Fritzie?«

Halb sackte sie zusammen. Ihr war das alles zu viel. Irgendwo hatte sie mal gehört, dass Menschen in kritischen Lebenslagen über sich hinauswuchsen. Sie nicht. Sie war wie eines von den Vögelchen, damals in den Käfigen in der Höhle, die ihr Bruder wieder und wieder quälte. Beherrscht, gefüttert und misshandelt.

»Du ... d-du hast ... den Hund umgebracht.«

»Stimmt.« Seine Lippen berührten offenbar die Tür, sie spürte die Vibrationen, wenn er sprach. Mit den Fingern trommelte er leise gegen das Holz. »Er hat dir schöne Augen gemacht, und das erlaube ich nicht.«

»Schöne Augen gemacht? Der Hund?«, fragte sie.

»Nicht der Hund, kleine, dumme Fritzie. Der Besitzer.«

»Gregor? Mir schöne Augen? Er mag mich nicht mal, glaube ich. Er hält sich für was Besseres, weißt du? Nicht wie wir. Er ist ein hohes Tier, Ingenieur. Und seine Tochter geht auf eine besondere Schule.«

»Er ist zu jung, um eine Tochter zu haben.«

Fritzie richtete sich wieder auf, drehte sich langsam um und berührte – so wie Ferdi – die Tür mit den Lippen.

»Du meinst … Yannick? Aber er ist … er war nicht der Besitzer, er hat nur gerne mit dem Hund gespielt. Außerdem … Er macht mir keine schönen Augen. Yannick ist siebzehn, fast dreißig Jahre jünger als ich und … Er ist in wen anders verliebt. Ferdi, was denkst du dir bloß aus?«

»Er hat dir Geschenke gemacht, ich habe es selbst gesehen. Geschenke, so wie Kilian. Du erinnerst dich doch noch an Kilian? Damals haben sie uns getrennt, aber das wird nicht wieder passieren.«

Sie fing an zu weinen. »Das war doch nur eine Flasche Wasser. Ferdi, du … du bist verrückt.«

»Sag das nie wieder, hast du gehört!«, peitschte seine Stimme durch die Tür, woraufhin Fritzie erschrocken einen Schritt zurückwich. »Mach auf, Fritzie.«

»Nein.«

»Mach sofort die verdammte Tür auf!«

»Nein. Nein.«

»Fritzie!«, schrie er so laut, dass die Luft bebte.

Erneut wich sie zurück, stolperte rücklings über die unterste Treppenstufe, blieb einfach sitzen und stützte das Gesicht in beide Hände. Tränen tropften zu Boden und vermischten sich nach und nach mit der gelblichen Pfütze, die sich dort bereits befand.

Zeit verging, während ihr Schluchzen langsam abebbte. Irgendwann stand sie auf und schleppte sich zurück ins dritte

Stockwerk. Als sie ins Zimmer kam, schlief Romina tief und fest. Fritzie wusch ihr uringetränktes Nachthemd im Waschbecken aus. Weil sie nur dieses eine dabeihatte, musste sie es gleich trocknen. Sie hasste es, nackt oder nur mit einem Schlüpfer zu schlafen. Die Mutter hatte ihr beigebracht, ein Nachthemd zu benutzen, und davon war sie niemals abgewichen.

Im Badezimmer hing ein Fön, sie zögerte nicht, ihn zu benutzen, obwohl er höllisch laut war. Es dauerte fast eine halbe Stunde, bis sie das Nachthemd wieder anziehen konnte, und eine weitere halbe, bis sie geduscht und sich abgetrocknet hatte.

Romina bekam auch davon nichts mit. Das Schlafmittel musste wirklich sehr stark sein.

Fritzie blieb eine Weile neben dem Bett stehen und kaute auf den Fingerkuppen herum, bis sie wund waren. Endlich rang sie sich dazu durch, Rominas Rucksack zu öffnen. Rasch fand sie, wonach sie suchte: eine Schachtel Benzodiazepin. Verschreibungspflichtig.

Wenn eine einzige Tablette eine solche Wirkung hatte ... Es befanden sich noch vierzehn in der Packung. Würden die reichen?

Zum zweiten Mal in dieser Nacht schob sie den Vorhang zur Seite und blickte hinunter auf die Straße. Die Beleuchtung war reduziert worden, nur noch halb so viele Laternen spendeten Licht. In einem der hellen Kegel stand Ferdi, eine Zigarette rauchend, und starrte nach oben. Obwohl das eigentlich unmöglich war, schien er genau zu wissen, welches Fenster er beobachten musste.

Da unten stand er und wartete auf seine Gelegenheit, sie sich erneut untertan zu machen. Hier oben stand sie mit vierzehn starken Schlaftabletten in der Hand.

Gab es überhaupt eine Wahl?

7

Raimo Clement von der Kripo Rostock leitete die Untersuchungen im Mordfall Joe Rowolt. Gemessen an der Aufgabe, war er ein junger Mann, nur ein paar Jahre älter als Jonas. Wir kannten uns schon gut eine Dekade, und zwar seit ich Licht ins Dunkel der Nebelhaus-Morde gebracht hatte und er, noch grün hinter den Ohren, als neues Mitglied zur Rostocker Kriminalpolizistenzunft gestoßen war. In den letzten fünf Jahren waren drei seiner Kollegen in Pension gegangen, und ein sensationeller Drogenfund sowie die Zerschlagung eines Schleuserrings hatten ihm Prestige und zwei Beförderungen eingebracht. Im vergangenen Jahr hatte ich einige Beiträge für den Hörfunk mit ihm gemacht, die ihm gefallen und seinem Ego geschmeichelt hatten, daher durfte ich annehmen, dass ich bei ihm einen Stein im Brett hatte. Was wäre ich nur ohne meine vielen Steine?

Allerdings benötigte es in der Regel eher einen Felsen im Brett, damit ein Oberkommissar, der seine Karriere fest im Blick hatte, ins Plaudern kam. Daher wandte ich mich zunächst wieder einmal an meinen alten Freund Carsten Linz vom Staatsschutz, den ich während meiner Ermittlungen auf Usedom kennengelernt hatte. Beinahe wäre es damals zu einer Affäre gekommen, aber eben nur beinahe, und seither hatten wir uns nicht mehr gesehen. Gelegentlich benutzten wir uns gegenseitig als Auskunftei, außerdem war es für einen Staatsschutzbeamten ebenso nützlich, Kontakte zur Presse zu haben, wie es für eine Journalistin nützlich war, jemanden in der Führungsriege beim Staatsschutz zu kennen. Er zögerte keinen Moment und versprach, Raimo

Clement vor meinem Termin mit ihm anzurufen, um dessen Redebereitschaft, wie Carsten es formulierte, Flügel zu verleihen.

Dass der Anruf stattgefunden hatte, war in dem Moment klar, als ich Clements Büro betrat. Da war so ein schelmisches Glitzern in seinen Augen. Ein junger Fuchs und eine alte Häsin gaben sich die Hand.

Der Small Talk dauerte zwei Minuten, zwar nur das übliche Trallala, aber immerhin bemerkte ich die Offenheit in seiner Stimme. Nach so vielen Jahren in meinem Beruf mit Hunderten, wenn nicht Tausenden von Interviewpartnern hatte ich gelernt, bereits in der ersten Minute eines Vis-à-vis-Gesprächs einzuschätzen, ob es eher zäh verlaufen oder sich lohnen würde. Diese Unterredung versprach auf einer Skala bis zehn eine Sechs zu werden, vielleicht sogar eine Sieben. Clement würde mir nicht alles verraten, das durfte er gar nicht, vor allem nicht, was die Ermittlungsergebnisse betraf. Aber auch jene Erkenntnisse, die er allein seiner Spürnase verdankte, seiner Intuition und Erfahrung, und die deshalb keine Verschlusssache waren, würde er mir nicht vollständig offenbaren. Doch zu einem gewissen Entgegenkommen war er bereit, ermuntert vom Staatsschutzbeamten Carsten Linz sowie seinem ureigenen Opportunismus. Natürlich wusste er von meinen bescheidenen Erfolgen auf Hiddensee, Usedom und Fehmarn, und wenn eine Reporterin einem Mord nachgehen wollte, dann fiele im Erfolgsfall ein Teil des Glanzes auf ihn und seine Behörde.

Nach besagten zwei Minuten stand er auf und ging zu der kleinen Kaffeebar an der Wand. Sein Büro, obwohl maximal fünfzehn Quadratmeter groß, kam ohne den üblichen Behördenmuff aus. Er hatte ganz nette Bilder an der Wand, und das Foto seiner Frau und seiner beiden kleinen Töchter stand in einem sehr hübschen Rahmen auf dem aufgeräumten Schreibtisch. Zur Entspannung las er offenbar Bücher, was mir grundsätzlich sympathisch war. Ein paar davon lagen neben seinem Lunchpaket.

Ohne zu fragen, schenkte er mir einen Kaffee mit Milch und Zucker ein, wie ich ihn mochte, und ich wusste, er würde gleich zur Sache kommen.

»Was genau wollen Sie wissen?«

»Ich kann nicht sagen, was genau ich wissen will, da ich keine Ahnung habe, in welche Richtung Sie ermitteln. Beginnen wir daher vielleicht mit der Frage, warum Sie bisher keine Verhaftung vorgenommen haben.«

Er drückte mir den Kaffee in die Hand, in einer Tasse, die mit Motiven aus Göteborg bedruckt war. Ich wusste, er war großer Schweden-Fan und fuhr jedes Jahr mit seiner Familie dorthin in den Urlaub. Ich dankte ihm, insgeheim sogar noch für etwas anderes, und zwar, dass er darauf verzichtete, mir einen Vortrag darüber zu halten, dass nichts von dem, was er sagte, ohne seine Genehmigung veröffentlicht werden durfte. Dieses Lied kam mir nämlich schon zu den Ohren heraus.

»Sie kennen den Tatort?«, fragte er.

»Ja, ich war gestern dort.«

»Dann wissen Sie, dass praktisch jeder, der in jener Nacht in dem alten Forsthaus übernachtete, die Gelegenheit hatte, Joe Rowolt in den Wald zu folgen und ihn am Ufer des Stausees niederzustechen. Dazu brauchte es weder Kraft noch Raffinesse, und keiner aus der Reisegruppe hat ein belastbares Alibi, es sei denn, man befindet gegenseitige Alibis oder Nachtschlaf für gut.«

»Heißt das, Sie haben so viele Verdächtige, dass Sie mit ihnen die halbe Justizvollzugsanstalt belegen könnten?«

»Ja, bloß geht es hier nicht um das, was ich habe, sondern um das, was ich nicht habe ... ein Motiv.«

»Oh. Ich hätte gedacht, bei jemandem wie Joe Rowolt ... Ich

meine, ein verurteilter Mörder, so etwas kann polarisieren, oder nicht?«

»Davon wissen Sie also auch schon.«

»Na ja, nicht sehr viel. Was Staatsschutzbeamte und Kartenlegerinnen eben so wissen.«

Er lächelte. »Die Kurzform?«

»Bitte.«

»Unser Landsmann Joe ist vor Jahren über einige Umwege in Malakka gestrandet. Dort verlor er seinen Job wegen Trunkenheit, schlug sich ein paar Monate irgendwie durch und verliebte sich in eine chinesische Prostituierte. Eines Tages stach er einen ihrer Kunden ab, einen Filipino, und sie gleich mit. Klassische Eifersuchtstat, so lautete jedenfalls die Anklage. Er behauptete etwas anderes und bekam trotzdem fünfundzwanzig Jahre. Ende der Novelle.«

Clement trank einen Schluck Kaffee und sah mich an. Ich sagte erst mal nichts und wartete ab.

»Jetzt fragen Sie sich bestimmt, warum er schon nach acht Jahren wieder auf freiem Fuß ist.«

»Genau.«

»Die malaiischen Gefängnisse quellen über, warum also sollten die Behörden einen Ausländer, der zwei andere Ausländer umgebracht hat, weitere siebzehn Jahre durchfüttern? Vor drei Monaten wurde er begnadigt und ausgewiesen. In Duisburg war er nur ein paar Wochen gemeldet, zog dann nach Berlin in eine illegale Container- und Wohnwagensiedlung. In seiner Unterkunft haben wir nichts Auffälliges gefunden, nur ein paar Fotos von Fritzie Thornagel an der Wand. Die beiden sind seit Kurzem ein Paar. Was seine Vergangenheit angeht … Es gibt nicht den geringsten Hinweis auf einen Streit innerhalb der Wandergruppe in dieser Richtung. Ein paar kleinere Meinungsverschiedenheiten, das ist alles, ein flotter Spruch hier, ein

Augenrollen dort. Ja, es gab Zoff unter den Teilnehmern, aber nicht mit Rowolt.«

»Sondern?«

»Die Klees, Vater und Tochter, hatten einen Hund dabei, der in einem Wald auf dem Darß zu Tode kam. Angeblich hat Yannick Gandelagen nicht auf das Tier aufgepasst, obwohl er es versprochen hatte. Außerdem scheinen die beiden Teenager sich verliebt zu haben, was dem Vater nicht gefiel. Mit alledem hatte Rowolt nichts zu tun.«

Ich kramte in meiner Handtasche und zog einen großen wattierten Umschlag hervor. »Rowolt war nicht der Einzige in der Gruppe mit einer gewalttätigen Vergangenheit, oder?«

Er seufzte. »Wo haben Sie das denn nun schon wieder her?«

Ich schob ihm den Umschlag hin. »Ein kleines Dankeschön für Ihren freundlichen Empfang. Da ist ein Stick mit einem Video drin, das den jungen Gandelagen zeigt, wie er einen Kellner bedrängt und niederringt. Wahrscheinlich wollte der junge Mann zuvor das Mädchen in die Kiste kriegen, was sie jedoch nicht wollte.«

Dankbar nickend nahm er den Umschlag an sich. »Noch ein Eifersüchtiger also, die reinste Volkskrankheit. Yannick Gandelagen hat eine zur Bewährung ausgesetzte Vorstrafe plus Sozialstunden wegen Körperverletzung, weil er einem Verkäufer, der ihn beim Stehlen ertappte, eins auf die Nase gegeben hat. Der Junge hat sich nicht immer im Griff, so viel steht fest. Aber wie ich schon sagte …«

»… hat das nichts mit Joe Rowolt zu tun, schon klar.«

»Die beiden Vorbestraften haben sich während der Wanderwoche fast jede Nacht das Zimmer geteilt, um Kosten zu sparen, und nach übereinstimmenden Aussagen haben sie sich bestens vertragen. Dasselbe gilt übrigens für Fritzie Thornagel. Als Rowolts Begleiterin und Partnerin ist sie die heißeste Kandidatin ... enttäuschte Liebe, Eifersucht. Die fünf anderen schwören jedoch Stein und Bein, dass es keine Differenzen zwischen ihm und der Thornagel gab. Im Gegenteil, die beiden scheinen sich in den Tagen der Wanderung erst so richtig nähergekommen zu sein. Gut, Fritzie Thornagels langer Aufenthalt im Ausland ist eine Blackbox ...«

»Wo im Ausland?«

»Dänemark, ein Wikingerdorf auf der Insel Lolland. Ich war auch überrascht, doch so etwas gibt es. Mittelalter pur. Ich habe die dänischen Behörden um Amtshilfe ersucht, aber noch nichts gehört. Außerdem, wenn Sie die Frau erlebt hätten ... Sie war völlig fertig, das reinste Nervenbündel, und ich glaube nicht, dass sie eine so gute Schauspielerin ist.«

»Verstehe. Hat sie Ihnen erzählt, dass sie ihren abgelaufenen Personalausweis verloren hat, in Wolgast, am Anfang der Wanderung?«

»Nein, das ist mir neu.«

»Er wurde nach Bayern geschickt, an die Adresse ihres Bruders, der nach Auskunft seiner Frau seither vermisst wird.«

»Das ist ein guter Hinweis«, erwiderte er und machte sich Notizen.

»Sagen Sie, Herr Clement, wie lange kannten die beiden sich, Fritzie und Joe?«

»Erst seit ein paar Wochen.«

»Und seit wann ist sie zurück in Deutschland?«

»Noch nicht lange, ein frischer Reimport. Frau Thornagel hat Rowolt im Internet kennengelernt, über eine Kontaktbörse. Sie hat keine Dokumente und keinen eingetragenen Wohnsitz, auch nicht in Dänemark. Deswegen wollten wir sie zunächst nicht gehen lassen.«

»Wieso dann doch?«

»Frau Pantelli hat angeboten, sie bis auf Weiteres bei sich zu beherbergen. Einmal in der Woche muss Fritzie Thornagel sich bei einer Berliner Polizeistation melden.«

»Wenn das so ist, habe ich eine schlechte Nachricht für Sie. Ich habe Romina Pantelli gestern getroffen. Sie war in Begleitung ihrer Cousine, die sie nach Berlin fahren wollte, und ich habe keine dritte Person im Auto gesehen.«

»Verdammt! Aber das muss noch nichts bedeuten. Ich rufe Frau Pantelli nachher mal an.«

»Da wir gerade von ihr sprechen …«

»Gehen wir jetzt die Gruppe einen nach dem anderen durch, oder wie?«

»Aber sicher doch.«

Er grinste mich schief an, ging zur Kaffeebar und füllte erst meine und dann seine Tasse auf. Erwartungsvoll blickte ich ihn an.

»Die Pantelli ist ein bisschen esoterisch drauf«, sagte er. »Sie wird nie laut, ist nie unbeherrscht, selbst nach vier Stunden Verhör nicht. Ihre größte Sorge war, dass sie ihre Tarotkarten nicht dabeihatte.«

»Die hat sie inzwischen von mir zurückbekommen. Sie war erleichtert wie ein Junkie nach der erlösenden Spritze. Das erklärt auch, weshalb sie so ausführlich auf meine Fragen geantwortet hat.«

»Und auf unsere so verhalten, sie war sehr einsilbig und oft ausweichend. Manchmal erweckte sie den Eindruck, als wäre sie gar nicht dabei gewesen, dann wieder …« Er zog eine Schublade auf und holte eine Akte hervor. »Das dürfte ich Ihnen eigentlich gar nicht zeigen.«

»Geht es um die Mafia-Morde in Süditalien?«

»Nicht übel. Ich stelle fest, wir sind beim Informationsstand gleichauf.«

»Dürfte ich trotzdem mal sehen? Keine Sorge, ich habe die

Akte nie zu Gesicht bekommen und werde jedes Wort vergessen, sobald ich Ihre Bürotür hinter mir schließe. Das gilt selbstverständlich für unsere gesamte Unterredung.«

Er nickte und lehnte sich zurück, bis ich das Schriftstück studiert hatte. Es war eine ins Deutsche übersetzte polizeiliche Anfrage aus Italien, ein Amtshilfeersuchen bezüglich der »Zeugin Romina Pantelli« wegen zweier lange zurückliegender Morde. Das Ersuchen war an die Bundespolizei gegangen und daher im Polizeicomputer verfügbar.

»Daraufhin haben wir weitere Nachforschungen angestellt, das Ergebnis steht auf dem zweiten Blatt«, erklärte Clement, nachdem ich fertig war.

Nach einer Minute war ich über die Mafia-Morde im Bilde, von denen ich seit der Unterhaltung von Jonas mit Romina Pantellis Cousine nur skizzenhaft wusste.

»Was hat das mit unserem Mordfall zu tun?«, fragte ich.

»Wenn ich das mal wüsste.« Clement beugte sich nach vorne, verschränkte die Finger und blickte gedankenversunken an mir vorbei in eine leere Ecke des Büros. »Ich denke nicht, dass es da eine direkte Verbindung gibt, so nach dem Motto, die 'Ndrangheta schickt jemanden, um der Pantelli das Licht auszupusten, und erwischt dabei den Falschen. Das wäre wie aus einem billigen Krimiheftchen, nicht wahr?«

»Entsetzlich billig.«

»Ich denke eher an den psychischen Zustand der Pantelli. Die Frau fürchtet sich fast ihr ganzes Leben lang jeden einzelnen Tag vor etwas. Sehen Sie nur mal, wie oft sie die Polizei gerufen hat, weil sie jemand Verdächtigen im Hausflur oder vor ihrem Schönheitssalon gesehen haben will. Allein vierzehn Mal in den letzten acht Jahren. Ein schiefer Blick, eine verärgerte Miene, ein unerwartetes Geräusch, alles versetzt diese Frau in Angst.«

»Einverstanden«, sagte ich und war voll entflammt. Die

menschliche Psyche in all ihren Facetten interessierte mich seit jeher. Ich verstand nur noch nicht, was das ...

Der Oberkommissar las in meinem Gesicht. »Es gibt eine Aussage von Jule Klee, gleich zu Beginn ihrer Befragung. Da erwähnt sie, dass einige aus der Gruppe, unter anderem Frau Pantelli, in den ersten Tagen der Wanderung das Gefühl geäußert hätten, jemand folge ihnen. Später sei es aber nicht mehr zur Sprache gekommen. Daran ist zweierlei bemerkenswert.«

Ich nickte. »Frau Pantelli hat in ihrer Befragung vermutlich kein Wort davon erwähnt.«

»So ist es. Erst viel später, auf unsere Nachfrage hin, gab sie an, da sei mal kurz so ein oberflächliches Gefühl gewesen, das habe sich aber schnell gelegt. Hört sich das für Sie nach der Frau an, die sich im Alltag unentwegt bedroht fühlt?«

Das war tatsächlich bemerkenswert. Es war mit Romina Pantellis Persönlichkeit schwer in Einklang zu bringen und wirkte wie eine bemühte Bagatellisierung ihrerseits.

»Außer Jule Klee hat niemand sonst die vermeintliche Verfolgung erwähnt?«

»Kein Einziger aus der Gruppe. Das ist der zweite bemerkenswerte Punkt. Überhaupt war Jule Klee die Einzige, bei der ich nicht diesen ...« Er stand auf und ging ein paar Schritte im Raum umher. »Ich nenne es den Suspense-Moment. Das ist dieser ganz bestimmte Augenblick, wenn ich spüre, dass an einer Geschichte etwas faul ist, ohne genau sagen zu können, was. Und ich meine in diesem Fall nicht bloß eine Geschichte von sechs. Ich meine alle, außer vielleicht die des Mädchens, aber auch da bin ich mir nicht ganz sicher. Sie hat sehr offen gewirkt, geradezu auskunftsfreudig, trotzdem ...« Er setzte sich wieder, sah mich lange an und sagte schließlich: »Diese Leute verbergen etwas. Es ist fast, als könnte ich mit dem Finger darauf zeigen. Und anschließend müsste ich mir die Hände waschen.«

EINIGE TAGE ZUVOR

Elsi war in ihrem Element. Sie machte das, was sie am besten konnte: sich um andere kümmern. Und für eine Kümmerin gab es an diesem Tag jede Menge zu tun. Gregors Hund war gestorben, Yannick machte sich deswegen Vorwürfe, Jule hatte sich mit ihrem Vater gestritten, Fritzie sah noch elender aus als am Vortag, und Romina blickte abwechselnd und zutiefst besorgt auf immer dieselben sieben Tarot-Karten in ihren Händen und zurück zu Joe, sodass sie mehrmals stolperte. Auf dem Weg südwärts die Halbinsel Darß hinunter, vorbei an Ahrenshoop und Dierhagen, widmete Elsi sich ihnen einem nach dem anderen.

In dem bizarren Urwald zwischen Prerow und Born, wo mächtige Erlen ihre krummen Äste über modrige, von Wasserlinsen bedeckte Gewässer reckten und der Westwind die Geräusche des Meeres durch das Dickicht der Stämme trieb, lud sie Gregor ein, wieder die Rolle des Scouts zu übernehmen.

»Soll mich das irgendwie trösten?«, fragte er.

»Es kann nicht schaden, oder?«

»Ich will nicht den Scout spielen. Ich glaube nicht mehr an diese Wanderung. Durch das Verschulden deines Enkels ist Biskuit tot und meine Tochter auf Abwegen.«

»Soso, auf Abwegen.«

»Ja, und das ist nicht lustig.«

»Biskuit ist tot, und deine schlechte Laune macht ihn nicht wieder lebendig.«

»Er war nicht einfach nur mein Hund, er war mein Freund, klar?«

»Wie auch immer, du kannst gerne bis zum Ende der Wanderung den Muffel geben, aber damit verbesserst du das Verhältnis zu Jule nicht. Und was Yannick angeht, seine guten Seiten überwiegen, und die schlechten wird ihm deine Tochter schon austreiben.«

»Die treibe ich ihm schon selbst aus«, sagte er. »Wenn er ihr jemals wehtut ...«

»Ich denke, im Moment tust du ihr weh. Morgen wird sie achtzehn, aber sie ist heute schon kein kleines Kind mehr. Ich weiß, Väter und Töchter, das ist so eine Sache. Mach deinen Frieden mit Yannick, und lass Jule ihre eigenen Entscheidungen treffen«

»Lass du mich doch einfach meine eigenen Entscheidungen treffen. Wie wäre das, hm?«

Elsi beschloss, vorerst nicht weiter zu insistieren, und ließ sich zurückfallen. Ihr Schlichtungsversuch war nicht sehr erfolgreich gewesen. Von Rückschlägen hatte sie sich allerdings noch nie beeindrucken lassen, sie dienten nur als Nährboden ihrer Beharrlichkeit.

Am Hohen Ufer bei Ahrenshoop, wo Uferschwalben in den lehmigen Hängen der Steilküste brüteten und die Kartoffelrosen in voller Blüte standen, nahm sie sich Romina vor. Sie musste eine ganze Weile warten, bis die Halbitalienerin schwer atmend um die Kurve bog.

»Du solltest die Karten wenigstens hier wegstecken«, schlug sie vor. »Ein Stolperer, und du fällst den Abhang hinunter.«

»Ich habe sie doch längst weggesteckt, Elsi.«

»Ja, physisch hast du das. Aber du hast sie trotzdem noch vor Augen, stimmt's?«

»Na ja ...«

»Romina, du hast selbst gesagt, dass die Karten nicht im eigentlichen Sinn die Zukunft vorhersagen, sondern nur offenbaren, welche Möglichkeiten wir haben, die Zukunft zu gestalten, richtig? So oder so ähnlich, ich bin mir ziemlich sicher.«

»Na ja ...«

»Erinnere dich an den Grund, warum du die Wanderung angetreten hast. Bestimmt nicht, um die ganze Zeit an ihr Ende zu denken, oder?«

»Na ja, also ...«

»Ich weiß nicht, Romina, du kommst mir vor wie jemand, der einen Brief in der Hand hält, ihn aber nicht öffnet, weil er sich vor der Nachricht fürchtet. Pack den Stier bei den Hörnern.«

»Das ist es ja. Ich warte noch immer auf den Stier.«

»Welche Gestalt hat er?«

»Ich weiß es nicht. Ich glaube nur, es wird etwas Schlimmes passieren.«

»Wenn man daran glaubt, dass etwas Schlimmes passiert, dann passiert es auch.«

»Gregor hat bestimmt nicht daran gedacht, dass der Hund stirbt, aber nun ist Biskuit tot, und Jule hat nicht erwartet, dass sie einen Tumor im Kopf hat, aber jetzt ist er da.«

»Sie wird ihn besiegen.«

Sich im Voraus verrückt zu machen, half gewiss nicht, aber Elsi wusste, dass man Ängste nicht mit guten Argumenten vertreiben konnte, sonst wären die Wartelisten von Psychotherapeuten nicht so lang. Romina hatte sich in die Hand ihrer Karten begeben, und das war durchaus in Ordnung, solange sie ihr irgendwie halfen. Andere stürzten sich in ihre Arbeit, ihre große Liebe, betrieben Körperkult oder strebten nach möglichst viel Geld. Dennoch gab es einen Punkt, an dem ...

»Liebe Elsi«, sagte Romina in ihre Gedanken, »können wir uns darauf einigen, dass ich dich nicht bekehre und du mich nicht? So kommen wir bestimmt prima zurecht.«

Wieder abgeblitzt. Möglicherweise hatte Yannick recht, und sie sollte sich auf Fritzie konzentrieren. Elsi hatte den ersten Schock, nachdem sie von Fritzies Untat als Kind erfahren hatte, längst überwunden. Es lag auf der Hand, dass diese Frau ein Opfer war, das Opfer ihres herrschsüchtigen Bruders, ebenso wie das ihrer verklemmten, wortkargen Familie und der Dummheit eines Regimes, das alles unter den Teppich kehrte, was ihm nicht passte. Derart fahrlässig mit einem traumatisierten Kind umzugehen, also wirklich!

Elsi blieb kurz stehen, um sich der ärmsten Person ihrer Gruppe anzunehmen, die so unglücklich dreinblickte wie nie.

Sie näherten sich Wustrow. Ein milder Wind strich über das Dünengras und trug neben den Düften der Natur auch den feinen Geruch von Sonnencreme mit sich. An den Stränden tummelten sich die Badegäste, vor allem Familien mit Kindern, die noch nicht schulpflichtig waren. Die Ferien hatten noch nicht begonnen, aber das muntere Treiben bot bereits einen Vorgeschmack auf den Trubel des Hochsommers.

»Was ist denn los, Liebes?«, fragte sie Fritzie.

»Ich glaube, ich … kann nicht mehr.«

»Brauchst du eine Pause?«

»Nein, ich meine, ich kann gar nicht mehr. Ich muss das hier abbrechen.«

»Was ist denn passiert?«

»Gestern Abend … Ferdi … Er … war wieder da. Unten, auf der Straße stand er, vor der Pension an eine Mauer gelehnt. Er hat geraucht und auf mich gewartet. Yannick und Jule sind direkt an ihm vorbeigelaufen. Wenn Ferdi einem von euch etwas antut …«

»Bist du ganz sicher, dass es dein Bruder war? Aus dieser Entfernung, bei Nacht?«

»Gesehen habe ich ihn nicht richtig. Aber ich habe mit ihm gesprochen, durch die Tür.«

»Mein Gott, das ist ja schauderhaft. Was will er?«

»Na, dass ich mit ihm mitkomme, was sonst? Holen will er mich.«

»Nach Bayern?«

»Vielleicht nach Bayern, vielleicht irgendwohin. Bei Ferdi weiß man nie.«

Elsi atmete scharf ein. »Wir müssen den Vorfall der Polizei

melden. Er darf dich nicht bedrängen, dagegen kann man etwas unternehmen. Vor allem bei seiner Vorgeschichte.«

»Nein, das will ich nicht.«

»Was willst du nicht?«

»Mit jemandem darüber sprechen. Mit dir ist das was anderes, aber die Polizei ... Die kann ja doch nichts tun. Ich muss wieder verschwinden, wie früher schon mal.«

»Und Joe? Soll der etwa mit dir verschwinden?«

»Nein. Mit Joe ... Es geht eben nicht.«

»Also wirklich, Fritzie! Du darfst nicht dein Leben lang vor deinem Bruder weglaufen, das geht nicht. Gerade habe ich Romina empfohlen, sich ihren Ängsten zu stellen. Auf dich trifft das hoch drei zu.«

»Aber ... aber was ...?« Sie stürzte sich schluchzend in Elsis Arme und begann zu weinen.

»Geht ihr schon mal ein Stück vor, wir kommen dann nach«, rief Elsi Romina zu und blieb kurz vor Wustrow mit Fritzie zurück. Sie setzten sich in den warmen Sand, und für ein paar Minuten verharrten sie einfach nur, ohne zu sprechen. Über ihnen kreisten die Möwen in akrobatischen Zirkeln.

Elsi wollte nicht, dass Fritzie die Wanderung abbrach, und zwar aus mehreren Gründen. Zum einen natürlich, weil Weglaufen nichts brachte. Emotional nicht, und es wäre auch sonst sinnlos. Wenn Ferdi den Aufwand betrieb, tagelang der Wandergruppe zu folgen, bekäme er zweifellos auch Fritzies Abreise mit. Er konnte überall sein und sie beobachten – dort vorne auf der Seebrücke, zwischen dem Dünengras, hinter einem Strandkorb ... In der Gruppe genoss Fritzie wenigstens den Schutz der anderen.

Doch es gab auch noch einen anderen Grund. Würde Fritzie abreisen, würde Joe es ihr gleichtun, und da Romina jetzt schon wackelte, wäre das auch für sie eine Zäsur und damit für die gesamte Gruppe. Und das, wo Yannick gerade dabei war, sich zu verlieben. Sein Verhalten hatte sich bereits zum Besseren verändert, das Handy blieb im Rucksack, was bedeutete, er hatte den Kontakt zu seinen Freunden wenigstens vorübergehend abgebrochen, und Jule brachte ihn auf andere Gedanken. Besser konnte es kaum laufen. Nun ja, das mit dem Hund war tragisch, doch das Entscheidende war, dass ihr Enkelsohn endlich mal Verantwortung zu spüren schien. Verantwortung und Zuneigung. Die Gruppe durfte unter keinen Umständen auseinanderfallen. Nicht jetzt.

Elsi hatte aber auch noch ein egoistisches Motiv, weshalb Fritzie die Wanderung fortsetzen musste. Sie hasste es, zu verlieren. Vor allem hasste sie es, Menschen zu verlieren – an die Resignation, die Qual, die Schicksalsergebenheit. Die Hilflosen rührten ihr Herz in besonderer Weise. Oft konnte sie für ihre Kinder nur kleinere Stolpersteine zur Seite räumen, hier einen Zuschuss gewähren, dort eine Erstattung aus der Behördenmaschine pressen. Ganz selten ergab sich eine Gelegenheit wie diese, in der sie jemandem einen Neuanfang ermöglichen konnte. Denn die soziale Not, in der diese Leute steckten, war oft nur das Symptom einer Malaise, zum Beispiel frühkindlicher Vernachlässigung, eines Traumas, eines einzigen falschen Schritts, der sie unweigerlich tiefer und tiefer hinabzog. Deswegen war sie auch so extrem darauf bedacht, ihr einziges Enkelkind zu retten.

Mit Fritzie war es dasselbe, nein, viel schwieriger. Vor vierzig Jahren war sie in eine tiefe Abhängigkeit zu ihrem Zwillingsbruder geraten, einem Sadisten, und die grausame Ermordung des gleichaltrigen Jungen, bei der sie zugesehen hatte, ließen sie die Fesseln sogar noch stärker empfinden. Bis sie keinen anderen Ausweg mehr wusste, als in die totale Anonymität zu flüchten, auf eine dänische Insel, in eine abgeschiedene Gemeinschaft.

Nach Elsis Überzeugung war Flucht im besten Fall der Anfang eines Ausbruchs, nicht mehr, und im schlimmsten nur ein Austausch der Abhängigkeiten. Sie kannte unzählige vergleichbare Geschichten aus dem Frauenhaus, in dem sie sich engagierte. Die Frauen dort hatten zweifellos den spektakulärsten Schritt aus ihrer Misere getan, aber sie ahnten nicht, dass der weit längere und schwierigere Teil des Weges aus jahrelanger Hörigkeit ein innerer war. Nach außen wirkte das meist wenig dramatisch, und viele scheiterten daran, blieben stehen oder kehrten gar um. An einem solchen Punkt war die arme Fritzie angekommen. Sie hatte sich nie wirklich von ihrem Bruder befreit, selbst im dänischen Exil nicht, weil sie nicht innerlich frei von ihm war. Jetzt kam alles wieder hoch, die böse alte Geschichte, Ferdis Dominanz ...

»Er wird dich so lange terrorisieren, bis du dich wehrst, und selbst dann nicht aufhören«, sagte Elsi. »Dir bleibt nur die Wahl, zu kämpfen oder dich zu ergeben, und wenn du mich fragst, ist kämpfen tausendmal besser.«

»Nur ... wie denn?«

Elsi seufzte. »Es geht mich zwar nichts an, aber ... Jetzt mal Hand aufs Herz, wie steht es um dich und Joe? Magst du ihn?«

Fritzie lächelte sie an, fing an zu kichern. »Er ist genau mein Typ, ein großer Mann mit Tattoos. Er hat was von der Welt gesehen, er ist lieb, und er hat ein gutes Herz, egal, was damals in Malaysia passiert ist. Außerdem nimmt er die Dinge, wie sie kommen. Er ist wie Bent.«

»Bent?« Elsi merkte, dass Fritzie die Frage unangenehm war. Der Name war ihr wohl herausgerutscht.

»Ein Mann aus dem Wikingerdorf. Wir waren ... zusammen.«

Elsi ließ die Sache auf sich beruhen. Bloß nicht noch ein Fass aufmachen. Dieser Bent war Vergangenheit, Joe präsent.

»Wie sieht es bei Joe aus? Glaubst du, er ist in dich verliebt?«

Erneut kicherte Fritzie, noch während ihr die Tränen über die Wangen zum Kinn kullerten. »Ja, schon. Er hat es jedenfalls gesagt.«

»Gut, dann ist der allererste Schritt, dass du ihn in alles einweihst. Es geht einfach nicht, dass du so etwas Wichtiges vor ihm geheim hältst. Und ich hoffe, er wird dir denselben Rat geben wie ich, nämlich, dass du in Rostock zur Polizei gehst. Danach sehen wir weiter.«

»Das wird schwer, das mit Joe. Was ist, wenn er mich deshalb nicht mehr mag?«

»So ein Quatsch. Er hat doch selbst eine komplizierte Vergangenheit.«

»Gerade deswegen, Elsi. Er hat mir bei unserem ersten Treffen gesagt, was er in Malaysia getan hat, ich dagegen habe ihm kein Wort von Kilian erzählt.«

»Na und? Du öffnest dich ihm eben ein bisschen später. Wenn er dich liebt, hält er fest zu dir. Ansonsten kannst du ihn in der Pfeife rauchen, jetzt mal ehrlich. Aber ich habe eine gute Menschenkenntnis und bin sicher, dass du dich auf ihn verlassen kannst.«

»Was, wenn er auf Ferdi losgeht?«

»Ich glaube, dem würde eine Abreibung nicht schaden. Im Grunde ist dein Bruder ein Waschlappen, Fritzie. Jemanden in einem Käfig mit einer Schrotflinte abzuknallen, ist nicht nur krank, sondern auch feige. Und hier zeigt er sich dir auch nicht offen, sondern nur bei Nacht und Nebel.«

Elsi drückte Fritzie ein letztes Mal, erhob sich aus dem Sand und half ihr auf die Beine.

»Am besten, du bringst es so schnell wie möglich hinter dich. Joe und du, ihr macht nachher in Wustrow einen langen Strandspaziergang, wie wäre das?«

Eine Viertelstunde später beobachtete Elsi, wie das Paar

auf die Seebrücke ging, Hand in Hand, und dort eine Weile blieb. Fritzie sprach lange mit Joe, und sie kehrten in inniger Umarmung zurück. Fritzie lächelte, und Joe zeigte Elsi den erhobenen Daumen.

Gut gemacht, Elsi.

Wie aus dem Nichts stand Ferdi vor ihr, nur eine Armeslänge entfernt. Die Gruppe wanderte entlang eines Moors über einen Feldweg, der eine blühende Wiese durchquerte. Leichter Regen hatte eingesetzt, zum ersten Mal, seit sie gestartet waren, und sie hatten ihre Capes übergezogen. Weil der Wind von vorne kam, gingen sie gebeugt, Fritzie neben Elsi an der Spitze. Eine einzelne Gestalt näherte sich ihnen vom Waldrand, auf den sie zuschritten. Auch ein Wanderer, dachte sie zunächst, denn er trug ein Cape wie sie und einen Rucksack, und er hielt einen Stock in der Hand. Es war die Art, wie er den Stock benutzte, die Fritzie einen zweiten Blick abverlangte, dann einen dritten … Ein Mann, zweifellos, recht groß. Er hielt den Stock ganz oben und setzte das untere Ende weit vor sich auf den Boden, um sich dadurch nach vorne abzustoßen. Diese Bewegung kannte sie von irgendwoher. Mit jedem Schritt, den sie sich näher kamen, stiegen ihre Nervosität, ihre Ahnung, die aufkeimende Übelkeit.

Wie ein Stromstoß fuhr sein Anblick durch ihren Körper. Er war kein Phantom mehr, kein Geist in der Nacht, keine Stimme von der anderen Seite der Tür. Es war Ferdi, leibhaftig und im hellen Tageslicht. Er sah ihr nicht mehr so ähnlich wie früher. Als Kinder waren sie zwei Seiten der Geschlechtermedaille gewesen, so hatte die Mutter es immer gesagt. Beide blond, die gleichen blaugrauen Knopfaugen, das gleiche spitze Kinn, der kleine Mund mit den harten Lippen, die O-Beine … Nur dass Ferdi kräftigere Arme hatte, von der Arbeit. Vor dreizehn Jahren, als Fritzie den Hof in Bayern verlassen hatte, entwickelten sie sich bereits ein wenig auseinander, aber noch immer erkannte sie jeder auf Anhieb als Bruder und Schwester.

In den dreizehn Jahren war etwas mit ihnen geschehen, so als hätte die räumliche Trennung sie auch körperlich voneinander entfernt. Die Haare waren Ferdi ausgegangen, er trug einen Monatsbart, und in seinem Blick lag etwas Trauriges unter der Fassade des zähen Burschen vom Land. Etwas, das früher nicht dort gewesen war.

Er breitete die Arme aus. »Fritzie.« Tränen stiegen ihm in die Augen. »Fritzie.«

Sie wich vor seiner Einladung, seinen Tränen zurück, schob sich eilig hinter Elsis kleinen Körper. »Es ist so weit, es ist so weit.«

»Du meinst, das ist Ferdi?«, fragte Elsi.

Fritzie war nicht in der Lage, ihr zu antworten. Sie konnte sich aus Ferdis Blick nicht befreien, ihn aber auch nicht ertragen.

»Sind Sie ihr Bruder?«, fragte Elsi den Fremden, doch der ignorierte sie. »Hey, ich rede mit Ihnen.«

Inzwischen hatte Gregor zu ihnen aufgeschlossen und wollte wissen, was los war.

»Das wüsste ich auch gerne«, sagte Elsi. »Ich glaube, der Mann da vorne ist Fritzies Bruder.«

Gregor ließ auf der Stelle alles fallen, was er in der Hand hielt. »Stimmt das, Freundchen?« Als er genauso ignoriert wurde wie Elsi, stürmte er auf den Fremden zu und packte ihn am Revers. »Antworte gefälligst!«

Erst jetzt wanderte Ferdis Blick von Fritzie zu Gregor. »Was? Ja. Lass mich los, du Hanswurst.«

»Du hast meinen Hund abgestochen, Dreckskerl. Gibst du es zu?«

»Was geht mich dein Hund an? Lass mich los, letzte Warnung.«

Gregor versetzte ihm einen Schlag in die Magengrube, Ferdi krümmte sich, taumelte zurück und richtete sich wieder auf.

Er war immer schon zäh gewesen, ein Stehaufmännchen. Sooft er auch zu Boden ging, sosehr man ihm zusetzte, er war ein Krieger. Mit beiden Händen umfasste er den Stock. Es war nur ein Ast, aber massiv und stabil, und mit einer plötzlichen Bewegung schwang er dessen Ende durch die Luft. Gregor wich aus, wurde aber an der rechten Hand erwischt.

Mittlerweile war die Gruppe komplett, Joe und Yannick drängelten sich zu Gregors Unterstützung nach vorne. Elsi erklärte in aller Kürze, was los war. Jeder der drei Männer hatte eine Wut auf den vierten, Yannick und Gregor wegen Biskuit und Joe, weil Fritzie sein Mädchen war.

Mehrmals ließ Ferdi den Ast durch die Luft zischen, mehrmals duckten sie sich oder wichen zurück. Sie verteilten sich im Halbkreis um Ferdi, wie Wölfe, die einen Bären zur Strecke bringen wollten.

Der Regen wurde stärker, prasselte in schweren Tropfen auf sie nieder, hüllte die Landschaft in nasse graue Vorhänge. Bald gab es nur noch sie, acht Personen auf einem Feldweg, auf einer Bühne, in einer Schlacht. Keiner von ihnen sagte ein Wort. Es hätte sein können, dass jemand »Schluss jetzt« oder etwas Ähnliches gerufen hätte, aber nein. Da waren nur die Geräusche des Regens, der schneller werdende Atem der Männer und die Schritte auf dem matschigen Boden.

Immer, wenn Gregor, Joe oder Yannick einen Vorstoß wagte, reagierte Ferdi mit einem blitzschnellen Stockhieb, und immer, wenn Ferdi auf einen der drei eine Attacke unternahm, riskierte er von einem der beiden anderen angegriffen zu werden. Seltsamerweise wurde keiner von ihnen müde. Ferdi zog sich nicht zurück, Fritzies Verteidiger boten ihm keinen Rückzug an. Es sah aus wie ein Patt, ein ewiges Theater.

Bis Yannick einen weiteren Angriff startete und dafür einen Stoß in die Rippen in Kauf nahm. Es gelang ihm, den deutlich älteren Ferdi von hinten an den Armen festzuhalten, sodass Gregor und Joe freie Bahn hatten. Sie entrissen Ferdi den Ast, und Joe donnerte ihm wieder und wieder die Faust in den Bauch, bis er irgendein ekliges Zeug ausspuckte. Auf Gregors Befehl ließ Yannick ihn los, Gregor holte aus, rief »Der ist für Biskuit« und schlug Ferdi mitten ins Gesicht. Der stürzte rücklings in die nasse Wiese.

Da saß er nun, besiegt, hielt sich den Kopf und weinte wie ein kleiner Junge. Fritzie hatte ihn zuletzt vor sechsunddreißig Jahren so gesehen, nach dem Verhör durch die Volkspolizei, bei dem er irgendwann zusammengebrochen war. Die Beamten hatten sie zuerst gemeinsam verhört, dann in getrennten Räumen, und als sie nach einem Tag und einer Nacht wieder aufeinandertrafen, war nichts mehr so wie davor. Und wurde es auch nie mehr. Obwohl sie viele Jahre lang noch eng verbunden blieben, die Zeit war zerrissen in jene vor und jene nach dem Verbrechen.

So ähnlich war es jetzt wieder. Elsi hatte recht: In den dreizehn Jahren, in denen Fritzie und Ferdi sich nicht gesehen hatten, war sie nie wirklich frei von ihm gewesen. Nicht wegen der guten und der schlechten Erinnerungen, sondern weil ein Teil von ihr zu ihm zurückwollte, ihn nicht aufgeben konnte, während der andere Teil einen eigenen Weg zu gehen versuchte. Dreizehn Jahre lang hatte das in ihr gezerrt. Es zerrte immer noch.

Sie ging zu ihrem Bruder, neun Schritte, sie zählte mit und kniete sich neben ihm ins Gras, sah ihn lange an.

»Fritzie ... ich ... will ... doch nur, dass du ...«

Sie umarmte ihn ein letztes Mal.

8

Wir fuhren nach Schwerin, Jonas am Steuer, damit ich besser nachdenken konnte. Das war auch nötig, denn Raimo Clement hatte mir einen ganzen Koffer voller Ungereimtheiten mitgegeben, die auch ihn beschäftigten. Rein juristisch betrachtet, war nichts dabei, das auch nur einen aus der Wandergruppe belastet hätte, und dass sie bei ihren Aussagen zum Teil nachlässig gewesen waren, ließ sich auf den situationsbedingten Stress zurückführen. Deswegen hatte der Oberkommissar die Vernehmungen beenden und sie gehen lassen müssen. Hinzu kam, dass sich Jule Klees Gesundheitszustand massiv verschlechtert hatte, weshalb man sie, begleitet von ihrem Vater, in eine Schweriner Klinik mit einer ausgezeichneten neurologischen Abteilung eingeliefert hatte. Clement hatte mich umrisshaft über ihr Krebsleiden aufgeklärt. Auch Elsi Gandelagen hatte sehr unter den tagelangen Verhören gelitten, und Clement hatte von seinem Vorgesetzten einen Rüffel bekommen, da er die Untersuchung zu rabiat leitete.

Mochte sein, dass ich ihm gelegen gekommen war und er deswegen Details preisgegeben hatte, die andere bei ihm anklopfende Journalisten nicht erhielten. Hinzu kamen sicher die Fürsprache von Linz und meine bescheidene Reputation als, salopp gesprochen, mecklenburgische Miss Marple. Mein Besuch hatte sich gelohnt, für die kommenden Tage gab es für mich genug zu tun.

Meine Wahl für den nächsten Besuch war auf Jule Klee gefallen. Sie war nicht nur diejenige, die der Oberkommissar als Auskunftsfreudigste beschrieben hatte, sondern wohnte auch am weitesten entfernt. Ich scheute mich, es einen Glücksfall zu nennen, dass ich nicht halb Deutschland durchqueren musste, um mit ihr zu sprechen, denn die Umstände waren ja nun wirklich traurig. Dennoch, für mein Vorhaben war es günstig, und ich wollte die Gunst der Stunde unbedingt nutzen.

Ich rechnete damit, in dem Krankenzimmer Jules Vater anzutreffen, der mich hochkant rauswerfen würde, sobald ich den Anlass meines Kommens enthüllte. Nur deshalb nahm ich Jonas mit. Zufällig war er Arzt, noch zufälliger Neurologe, und ich hoffte, in seinem Windschatten zu Jule Klee vordringen zu können. Zu diesem Zweck wollte ich ihm in Schwerin einen weißen Kittel und bequeme weiße Schuhe kaufen.

In Ordnung, das war die Stelle, auf die ich nicht stolz war. Ein wenig wunderte ich mich über mich selbst, denn was ich da vorhatte, kam arglistiger Täuschung nahe, zumal die Zielperson eine schwer kranke junge Frau war. Unter anderen Umständen hätte ich als Erste moralische Bedenken angemeldet.

Zu meiner Verteidigung nur so viel: Während meiner zwanzigjährigen Zeit als Gerichtsreporterin verstand ich mich mehr und mehr auch als eine Art Anwältin der Opfer, vor allem der Toten und ihrer Angehörigen. Nicht im juristischen Sinne, versteht sich. Bei einem Kapitalverbrechen wie Mord oder Totschlag gab es, allgemein gesprochen, drei beteiligte Gruppen: die Täter, die Opfer und die Zeugen. Von diesen drei Gruppen haben mit Abstand die Opfer die wenigsten Rechte vor Gericht, schlicht deshalb, weil sie logischerweise abwesend sind. Mordopfer hatten keine Stimme, wohingegen die Beschuldigten einen ganzen Chor aufbieten konnten.

Von dem Moment an, da jemand unter Tatverdacht geriet, war er vollumfänglich geschützt: Anwälte, Dutzende von Paragrafen, Richtlinien und das, was man »den Zweifel« nannte, arbeiteten für ihn. Prozesse zogen sich oft ewig hin – Einsprüche, Gutachten, angebliche Verhandlungsunfähigkeit, angebliche Befangenheit der Richter – und gingen durch etliche Instanzen. Die Opfer wurden nicht selten diskreditiert, Zeugen fürchteten sich vor Konsequenzen, sprangen wieder ab oder erinnerten sich im Laufe der verstreichenden Jahre nicht mehr an jedes Detail. Gab es auch nur den geringsten Formfehler, fing alles wieder von vorne an. Erschwerend kam meist die Vorgeschichte des jeweiligen Prozesses hinzu: überlastete, unterbesetzte Polizeibehörden … Sehr viele Morde gelangten daher nie vor Gericht.

Ich stand nicht ohne Grund aufseiten der Opfer, denn ich hatte im Laufe meiner Karriere zu viele grinsende Angeklagte gesehen, die fröhlich pfeifend den Gerichtssaal auf Nimmerwiedersehen verließen, und zu viele verzweifelte Hinterbliebene, seien es Mütter, Väter, Großeltern, Kinder oder Ehepartner, die mit leeren Gesichtern zurückblieben.

Folgendes war ein Fakt: Ein Mann war ermordet, sein Leben ausgelöscht, eine unverzeihliche, nicht wiedergutzumachende Tat war begangen worden, und der Täter oder die Täterin lief noch immer frei herum. Mit jeder Woche, die verging, sank die Wahrscheinlichkeit, dass sich der Fall aufklären ließe.

Ich konnte einfach nicht vergessen, was Raimo Clement in seinem Büro zu mir gesagt hatte, und zwar dass die sechs übrig gebliebenen Wanderer irgendetwas verbargen. Wenn ich einen kleinen Trick anwenden musste, um ein paar Fragen loszuwerden und dadurch neue Erkenntnisse zu gewinnen, dann hielten mich kleine und selbst mittelgroße Gewissensbisse nicht davon ab.

Mit denselben Argumenten überzeugte ich Jonas. Mein Sohn weigerte sich zunächst, bei der Nummer mitzuspielen, schon gar nicht mit Arztkittel. Aber als ich ihm versprach, die Krankheit des Mädchens bei der Befragung stets im Hinterkopf zu behalten, lenkte er ein, Jules Vater eine Weile abzulenken – ohne den

Kittel. Wie er das anstellen wollte, ließ er offen. Vermutlich wäre es ein Desaster geworden.

Vor Ort zeigte sich, dass ich die Dinge mal wieder unnötig verkompliziert hatte. Gregor Klee trafen wir nämlich gar nicht an. Still und friedlich lag Jule in ihrem Krankenbett, ein Buch in Händen, und blickte an diesem herrlichen Junitag zum Fenster hinaus auf den Schweriner See, der verträumt im Nachmittagslicht glänzte. Sie hatte ein geräumiges Einzelzimmer bekommen – ihr Vater war Ingenieur und vermutlich privat versichert –, das gleich mehrere prächtige Blumensträuße behaglicher wirken ließen.

»Bitte verzeihen Sie die Störung. Frau Klee? Mein Name ist Doro Kagel, und ich bin hier, um ...«

»Oh, Sie sind das.«

Ich blieb nach zwei Schritten im Zimmer stehen, hinter mir kam Jonas herein.

»Nun bin ich überrascht«, sagte ich. »Es kommt nicht oft vor, dass jemand etwas mit meinem Namen anfangen kann. Schließlich bin ich nicht Felicitas Woll oder Helene Fischer.«

Sie lachte. »Ich habe Ihren Namen gestern zum ersten Mal gehört oder, besser gesagt, gelesen. In diesem Magazin dort.« Sie deutete auf den kleinen Tisch am Fenster, auf dem die schönen Blumen standen, neben denen ein paar Zeitschriften lagen, vom Gesellschaftsblatt bis zum Politmagazin. »Sie sind also hinter uns her, ja?«

»Das ...« Ich lachte kurz auf. »Das würde ich anders formulieren. Sehen Sie, ich bin keine Sensationsjägerin. Und ich schnüffle auch nicht für mein Leben gern.«

»Ich habe Sie gegoogelt, gleich nachdem ich den Artikel gelesen hatte. Hatte eh nichts Besseres zu tun, ich liege hier nur herum und warte auf die Laborergebnisse. Was da alles über Sie stand, klang nicht schlecht. Ich habe sogar für zwei neunundneunzig ein Monatsabo für die Online-Ausgabe einer Zeitung abgeschlossen, von deren Existenz ich bisher nichts wusste. Das alles nur, um Ihre Gerichtsreportage über die Alstermorde von Hamburg zu lesen. Wow, was für ein Titel: *Topographie einer zerstörten Familie*. Echt cool, hat mir gut gefallen. Einerseits intellektuell, andererseits mega nah an den Menschen dran.«

Jules aufgeräumte Art festigte meine Auffassung, sie ein wenig belästigen zu dürfen, und ich nahm auf dem Stuhl neben dem Bett Platz.

»Apropos intellektuell, Sie sind aber auch nicht schlecht«, sagte ich. »Dylan Thomas als Krankenbettlektüre? Noch dazu im englischen Original? Seine Gedichte sind schon für Muttersprachler eine echte Herausforderung.«

Sie lächelte und legte das Buch beiseite. »Von Yannick«, sagte sie nur, da sie wusste, dass ich wusste, wer Yannick war. »Die Blumensträuße sind von meinem Vater und meinen Tanten. Aber Yannick hat mir den Gedichtband aus Berlin mitgebracht.«

»Er ist gerade in Schwerin?«

»Nachdem wir gestern die Stadt verlassen durften, ist er nach Berlin gefahren, um ein paar frische Sachen zu holen, und gleich wieder hergekommen. Er ist nur schnell in der Cafeteria was essen und sicher gleich wieder da.«

»Und Ihr Vater?«

Sie senkte den Blick und schüttelte leicht den Kopf. »Die Entscheidung, die ich zu treffen habe, muss ich ohne ihn treffen, und das erträgt er nicht. Kommt das alles in einen Artikel? Oder in Ihr neues Buch?«

»Ich möchte zunächst etwas klarstellen. Die Privatsphäre von Zeugen, Opfern und deren Angehörigen ist mir sakrosankt, und ich würde niemals ohne Ihre Zustimmung …«

»Sorry, war bloß ein blöder Spruch. Ich bin ein bisschen dünnhäutig in letzter Zeit.«

»Dazu haben Sie jede Berechtigung.«

»Nein, die habe ich nicht.« Sie betrachtete ihre Finger, die an der Bettdecke herumnestelten.

Erst jetzt, da ich sie näher in Augenschein nahm, bemerkte ich den gräulichen Schimmer unter ihrer hellen Haut und die dunklen, überschminkten Augenringe.

»Jule ... ich darf Sie doch Jule nennen? Wie ist der Stand der Dinge? Ich habe kein Recht, diese Frage zu stellen, aber es interessiert mich persönlich. Sie interessieren mich. Warum sind Sie hier? Ein akuter Notfall?«

Sie nickte nach einigem Zögern und blickte weiter auf die Bettdecke, dann über meine Schulter hinweg in den Raum. »Wer ist eigentlich Ihr Doktor Watson da hinten?«

Ich hatte völlig vergessen, dass Jonas auch anwesend war. »Oh, wie dumm von mir. Das ist mein Sohn Jonas. Er ist Arzt, zufällig Neurologe. Aber ich kann gut verstehen, wenn es Ihnen nicht recht ist. Jonas, würdest du uns ...«

»Nein, lassen Sie nur. Ist egal, wirklich. Ich meine das ganz ernst. Monatelang habe ich ein Geheimnis aus diesem widerlichen Tumor gemacht, er hatte mich voll im Griff, hat mein ganzes Handeln und Denken bestimmt. Nicht nur meinen Körper, verstehen Sie, er hatte auch meinen Geist und meinen Willen unter seiner Kontrolle. Ich bin von der Schule ab- und auf diese Wanderung gegangen, um Abschied zu nehmen. Abschied von der Schönheit der Welt. Es war wie eine Kapitulation vor dem Tumor, aber das kapiere ich erst jetzt. Letztendlich war es trotzdem gut, dass mein Vater und ich die Wanderung gemacht haben, sonst hätte ich Yannick nicht kennengelernt. Sorry, jetzt quatsche ich schon Opern ... zurück zum Thema. Die Polizei hat uns tagelang verhört, und von einem Moment auf den anderen habe ich nichts mehr gesehen. Vorher hieß es, ich hätte noch ein paar Wochen Zeit für meine Entscheidung, aber aktuell sieht es so aus, als müsste ich mich in den nächsten drei Tagen entschließen. Die Ärzte checken gerade, ob es überhaupt noch eine Möglichkeit gibt oder ob es nicht schon ... zu spät für eine OP ist.«

Nach ihren Worten war ich in mehrfacher Hinsicht geplättet, zunächst natürlich von Jules dramatischem Gesundheitszustand. Ich versuchte mir vorzustellen, was in der jungen Frau vorging, wie sie sich fühlte, aber wenn man selbst noch nie in einer solchen Lage gewesen war, konnte das nur rudimentär gelingen. Überrascht war ich aber auch von ihrer Offenheit mir als fremden Person gegenüber. Vermutlich war es der Erkenntnis geschuldet, dass Jule sich von dem Tumor nicht mehr beherrschen lassen wollte, zumindest nicht auf der geistigen Ebene. Sie traf die Entscheidungen nun alleine, und sie hatte beschlossen, offen mit ihrer Krankheit umzugehen. Zu guter Letzt imponierte mir ihre Reife, was bei einer Achtzehnjährigen nicht selbstverständlich war.

Wie sollte ich ihr nach der eindrücklichen Rede zu meinem profanen Anliegen Fragen stellen? Frei nach dem Motto: Wo waren Sie in der Zeit von? Das wäre ja geradezu peinlich. Aber Trostlieder anstimmen wollte ich nun auch wieder nicht, die hatte Jule gewiss ausreichend gehört. Also, wie weiter verfahren?

Noch während ich überlegte, erledigte sich das Problem von selbst. Yannick Gandelagen erschien, kam zur Tür herein. Ich »kannte« ihn ja bereits von Ivos Video: schwarze Klamotten, zerwühlte schwarze Haare, als wäre er gerade aus dem Bett aufgestanden, sehr dünne Arme und Beine sowie Augen, die zugezogenen schwarzen Vorhängen glichen. Keine Regung, als er Jonas und mich im Krankenzimmer seiner Freundin antraf. Zögerlich, als er seine Sporttasche abstellte. Zärtlich, als er Jule einen Kuss gab. Obercool, als er uns mit einem einfachen »Hi« und einem angedeuteten Heben der Hand begrüßte.

Er wunderte sich offensichtlich, was hier vorging, wagte aber nicht zu fragen, daher schob er unsicher die Hände in die vorderen Taschen seiner Jeans. Das war die eine Seite seiner Persönlichkeit, die passive, unentschlossene. Er war die Gesellschaft fremder Erwachsener nicht gewohnt, brauchte Zeit, um sich darauf einzustellen, und er brauchte Jule, die ihm den Weg wies, ihm Halt in einer solchen Situation gab.

»Doro Kagel nebst Sohn … Jonas, richtig?«, stellte sie uns vor. »Ich habe dir ihren Artikel zu lesen gegeben, do you remember? Sie möchte wissen, wer Joe gekillt hat, so wie wir alle. Hast du mir die Pfefferminzdrops vom Kiosk mitgebracht?« Er nickte. »Ah, danke, ich muss endlich diesen grässlichen Geschmack im Mund loswerden, irgendwie metallisch …«

»Das sind bestimmt die Medikamente«, sagte Jonas und unterhielt sich eine Weile mit Jule über die Nebenwirkungen von Tumorbehandlungen.

Dadurch hatte ich Zeit, Yannick zu beobachten. Er kramte einige Papiere aus seiner Sporttasche, zog sich auf einen Stuhl in eine Ecke zurück und begann zu lesen – scheinbar. Tatsächlich verfolgte er das Geschehen aus den Augenwinkeln, und ich wette, er hörte jedes Wort mit. Sein linkes Bein wippte unruhig auf und ab. Von mir nahm er keinerlei Notiz mehr, er war voll auf seine Freundin und Jonas fixiert.

Sobald Jule ihn ansprach, wurde er hellwach, geradezu Feuer und Flamme. Bei Jungverliebten war das nicht ungewöhnlich, trotzdem fand ich, dass sich seine Welt extrem um seine Freundin drehte.

»Hast du es fertig?«, fragte sie ihn, woraufhin er aufsprang wie ein herbeigerufener Welpe und sofort an ihr Bett eilte.

»Ich habe noch eine Strophe ergänzt, der Beat kommt jetzt viel besser zur Geltung. Hier, lies mal.«

Ein Blatt Papier wechselte die Hände, und für eine Minute waren Jonas und ich komplett abgemeldet.

»Wow, Yanni, das ist krass. Die Lyrics sind mega. Jetzt brauchst du nur noch das musikalische Thema und den Titel.«

»Zum Thema kam mir vorhin die Idee, als ich in der Cafeteria deine Playlist abgespielt habe, du weißt schon, die klassische. Halt dich fest ... die *Pavane* von Fauré.« Er übergab ihr ein Notenblatt. »Natürlich leicht bearbeitet, aber stell dir das mal vor: die melancholischen Moll-Akkorde und dazu der Beat und die Lyrics. Was den Titel betrifft, einfach nur *Joe* ist zu langweilig. Ich dachte eher an *Rolling Joe*, das passt auch besser zum Rhythmus.«

»*Rolling Joe* ist genial«, rief sie. »Ich würde es ein paarmal in den Text einbauen, vielleicht hier oben und da unten noch mal, ganz am Schluss.«

Während Yannick ihre Vorschläge checkte, wandte Jule sich wieder an mich.

»Das kommt Ihnen jetzt vielleicht komisch vor, aber ... Wir fanden, dass wir Joe ein Denkmal setzen sollten, und weil wir beide Musik machen, Yanni komponiert, und ich spiele Klavier ... Es wird ein Rap-Song, Joe gewidmet. Joe und Fritzie. Sie ist ja im Grunde seine Witwe, na ja, so ein kleines bisschen.«

»Das ist ... interessant«, sagte ich. »Waren Sie mit ihm befreundet?«

»Yanni mehr als ich. Er hat auf der Wanderung die Nächte mit Joe verbracht, und die Lyrics basieren auf ihren nächtlichen Unterhaltungen. Joe, der Killer, der einsame Seebär, der sich verloren fühlt in der Welt, der mittellos ist, ohne Job, ohne Perspektive, und dann taucht eines Tages diese Frau auf ... Yanni, du hast recht, die *Pavane* ist top in ihrer Mischung aus Melancholie und Trost.«

Die beiden lächelten sich zufrieden an, und er verkrümelte sich wieder in seine Ecke, wo er Korrekturen in den Text kritzelte und so tat, als wäre er gar nicht da.

»Um auf Joes Ermordung zu sprechen zu kommen«, begann ich. »Es gibt da etwas, das mich stutzig gemacht hat, nämlich, dass es in der Wandergruppe zu einer kurzzeitigen Unruhe kam. Angeblich soll Ihnen jemand gefolgt sein.«

»Woher haben Sie das?«

»Stimmt es denn nicht?«

»Sie kennen wohl jemanden bei der Polizei.«

»Nun denn, ich kenne viele Leute, unter anderem Ihre Wanderkameradin Romina Pantelli.«

Jule und Yannick wechselten einen Blick, und nach einigem Zögern sagte Jule: »Ich glaube nicht, dass Romina so etwas behauptet hat.«

Ich schmunzelte vielsagend, mein Fata-Morgana-Lächeln – oft die beste Methode, ein Meer aus Wissen vorzutäuschen, wo nur Wüste war.

»Demnach war es ein Irrtum?«, fragte ich. »Keiner aus der Wandergruppe hat je den Verdacht geäußert, Sie würden verfolgt?«

»Ich glaube, ich habe so etwas Ähnliches zu den Polizisten gesagt, aber nur, weil die keine Ruhe gegeben haben. Das war mal kurz Thema, ganz am Anfang der Wanderung. Romina hat mal so etwas erwähnt, doch wir haben es ihr schnell wieder ausgeredet, that's it. War echt keine große Sache. Oder, Yanni?«

Er hob kurz den Kopf. »Nö.«

Ich versuchte mir die Situation vorzustellen. Einer meiner Wanderkameraden war ermordet worden, mit einem Messer und nur ein paar Steinwürfe weit entfernt von dem Bett, in dem ich geschlafen hatte. Da fragte man sich doch: Was ist passiert, und warum? Und: Wer war das? Und nicht zuletzt: Hätte es auch mich treffen können? Da waren der Schock, das Entsetzen, die Unsicherheit. Trotzdem war keiner auf die Idee gekommen, dass er sich dieses Gefühl, verfolgt zu werden, vielleicht nicht eingebildet hatte? Niemand hatte es gegenüber der Polizei erwähnt? Sie hatten es auch untereinander nicht thematisiert? Doch, eine Person hatte etwas gesagt: Jule. Doch ein paar Tage später spielt auch sie die Aussage herunter. Das schrie geradezu nach einer näheren Betrachtung.

»Wo genau haben Sie das diskutiert? An welchem Tag?«

»Das weiß ich nicht mehr«, antwortete sie.

Yannick, der noch immer auf seinem Handy herumtippte, hob erneut kurz den Kopf und sagte: »Ich auch nicht.«

»War es nach Ihrer unerfreulichen Begegnung mit Ivo?«

»Sie meinen diesen Kneipenkellner? Wie kommen Sie denn jetzt auf den? Obwohl, warten Sie mal, es könnte sein, dass es am Tag danach war. Der Typ war echt unterkomplex. Yannick hat ihm …«

»Einhalt geboten?«, schlug ich vor.

Jule lachte. »Ja, so etwas in der Art. Wenn er uns ein Stück gefolgt ist …«

»Das glaube ich eher nicht«, unterbrach ich sie. »Er gibt an, zu der Zeit Urlaub auf Mallorca gemacht zu haben. Die Polizei überprüft das sicherlich, jetzt, da sie das Handyvideo hat, auf dem Yannick ihm … Einhalt gebietet.«

»Ich hab ihn gecrasht!«, rief Yannick mir zu, und auf meinen fragenden Blick hin ergänzte er: »Zerstört, verzwergt. Hat er verdient, so wie er Jule angemacht hat, der Penner.«

Das war Yannick Gandelagens andere Seite. Er bewegte sich in einem Umfeld, in dem Passivität als Schwäche galt. Die vielen Jahre in Berlin haben mich mit solchen Milieus bekannt gemacht und einiges über sie gelehrt. Sein eigentliches Naturell war zurückhaltend, vielleicht sogar ein wenig schüchtern und eigenbrötlerisch, das eines typischen Nerds. Andererseits war da der Drang, sich zu beweisen. Erst recht vor dem Mädchen, in das er verknallt war. Wenn man da bei ihm die falschen Knöpfe drückte …

Ein Arzt kam herein, die neuesten Laborergebnisse in der Hand. Ich bot an, den Raum zu verlassen, aber Jule winkte ab, und Jonas und ich zogen uns ans Fenster zurück. Was für ein schöner Tag: der blaue See, über den Puderzuckerwolken hinwegglitten, die sattgrünen Bäume voller Stare, das imposante Schweriner Schloss, die vielen Blumenrabatten, ein herumtollender Hund im Garten ... Und dann dieser schreckliche Kontrast, die düstere Botschaft. Eine umgehende Operation war Jules letzte Chance, fünfzig zu fünfzig betrug die Erfolgsquote. Es gab einen freien OP-Termin in drei Tagen, bis zum kommenden Abend brauchte der Arzt Jules Entscheidung.

Es verstand sich von selbst, dass ich nun keine Fragen mehr an sie oder ihren Freund richten würde, die mit dem Mord an Joe Rowolt zu tun hatten. Ich fühlte mich plötzlich wie ein Eindringling. Vor mir lag eine junge Frau, das blühende Leben – sie sollte sich in den womöglich letzten Tagen, die ihr blieben, nicht über eine neugierige Journalistin ärgern.

Ich wollte mich verabschieden, ihr alles Gute wünschen und meine Hilfe anbieten, was man in solchen bedrückenden Situationen, in denen man Zuschauerin und nicht Mitwirkende ist, eben so sagt. Aber noch bevor ich auch nur die Hälfte davon aussprechen konnte, eilte Yannick zu ihr und umarmte sie fest.

»Bring mich hier raus, Yanni. Ich will nach Eisenach. Nicht zu meinem Vater, sondern zu dem verlassenen Haus, von dem ich dir erzählt habe. Das Haus, in dem ich ... mich entscheiden werde.« Sie blickte mich direkt an. »Wenn man sich entscheiden muss, sucht man einen stillen Ort auf, an dem man sich geborgen fühlt. Man geht nicht eher fort, bis man weiß, was man tun will.« Sie sah ihren Freund an und streichelte ihm über die Wange. »Das habe ich von ihm.«

Ich erwiderte etwas Freundliches, Belangloses und sah zu, wie Yannick Jule aus dem Bett half. Sie war ziemlich schwach auf den Beinen, und er bemühte sich rührend um sie. Auf den ersten Blick erschloss sich einem nicht, was die beiden zusammengebracht hatte, zu unterschiedlich waren ihre Sprache und ihr Auftreten, aber über solche Oberflächlichkeiten war ich hinaus. Es war offensichtlich: Yannick war jemand, den Jule brauchte, und Jule war jemand, den Yannick brauchte.

Jonas und ich verabschiedeten uns, und als wir zur Tür hinausgehen wollten, bekam ich mit, dass die beiden Geldprobleme hatten. Mit dem Zug von Schwerin nach Eisenach, das bedeutete mehrmals umsteigen, obendrein war ein Teil der Strecke gesperrt. In Jules geschwächtem Zustand war das eine Tortur. Für ein Taxi reichte das Geld nicht, ihren Vater wollte Jule nicht anpumpen, und weder sie noch Yannick besaßen einen Führerschein.

Ich drehte mich um und ging ein paar Schritte zurück. »Mein Sohn kann Sie beide nach Eisenach fahren, wenn Sie möchten. Unser Mietwagen steht unten. Ich nehme den Zug nach Wismar, dort steht mein eigenes Auto. Es macht wirklich keine Umstände, nicht wahr, Jonas?«

Er pflichtete mir bei, etwas überrascht zwar, aber durchaus bereitwillig. Yannick hingegen wirkte wenig begeistert, doch als er die Situation erneut betrachtete, vor allem aber Jules fahles Gesicht, nahm er das Angebot an.

»Cool«, sagte er und streckte mir die Hand entgegen.

Offenbar dachte er, ich würde sie nicht ergreifen, denn er zog sie zurück und schob sie in die Hosentasche. Dann bemerkte er meine Hand, streckte die seine erneut aus, und endlich kamen wir zusammen.

»Über das hinaus, was Sie mir über die Wanderung gesagt haben, Yannick, fällt Ihnen vielleicht noch irgendetwas ein?«

Er zog die Hand zurück und sah mich mit strahlenden schwarzen Augen an. »Nein, eigentlich nicht.«

EINIGE TAGE ZUVOR

Ein ganze Weile lang sprachen sie kein Wort. Vielleicht, weil ihnen der Schreck noch in den Knochen steckte, der Schreck, Biskuits Mörder begegnet zu sein, der Schreck, für kurze Zeit die Kontrolle über sich verloren zu haben. Vielleicht aber auch nur, weil der Regen noch immer auf sie niederprasselte.

Fritzie war das alles egal, sie hatte genug mit sich selbst zu tun. Sie konnte nichts denken und nichts fühlen, so als hätte der zusammengeschlagene Mann auf dem Feld eine riesige Leere hinterlassen, eine innere Ödnis, die erst durchschritten werden musste. Irgendwann schnürte es ihr die Kehle zu, aus Angst vor dem, was nun auf sie zukommen würde, und sie weinte hemmungslos. Dank der Sturzbäche, die vom Himmel kamen, fiel es niemandem auf. Erst in einer Schutzhütte im Moor, in der sie sich unterstellten, offenbarte sich den anderen, wie es um Fritzie stand.

Sie brach in heftiges Schluchzen und Zittern aus, das nicht enden wollte, und Joe und Elsi wichen ihr für den Rest des Weges nicht von der Seite.

Einmal trommelte sie völlig unvermittelt mit beiden Fäusten auf Joe ein. Ein anderes Mal fuhr sie Elsi barsch an, als die ihr über den Arm streicheln wollte. Jedes Mal fasste sie sich sogleich wieder, um im nächsten Moment erneut in Tränen auszubrechen. Das eben, das war ein Abschied für immer gewesen. Sie hatte diesen Menschen losgelassen, endgültig. Ihre gemeinsame Geschichte war vorbei. Eine andere Geschichte konnte nun beginnen.

Als die Gruppe die Ferienhäuser am Rande von Graal-Müritz erreichte, hatte der Regen aufgehört. Die Landschaft dampfte und entließ den Duft nach Wald, Moor und Wiesen in den Äther. Jule mochte die niedlichen Vollholzhäuser auf Anhieb, weinrot gestrichene Latten, weiße Fensterläden, eine Veranda mit Blick in die Bäume. Sie waren wegen Fritzie nicht gut vorangekommen an diesem Tag, und nun war es zu spät, um sich in ein Restaurant zu setzen, die auf dem Land meistens schon schlossen, wenn in der Stadt die besten Umsätze gemacht wurden. Also schickten sie Yannick und Romina los, um irgendwo für alle Fast Food zu besorgen.

»Wir können gerne miteinander essen«, sagte Jule und setzte sich neben ihren Vater auf die Veranda, »aber die Nacht verbringe ich mit Yannick.«

»Wie bitte?« Er rieb sich die rechte Hand, sie war angeschwollen von dem Kampf am Nachmittag.

»Ich habe es mit den anderen schon besprochen. Joe möchte heute Nacht bei Fritzie bleiben, Elsi und Romina teilen sich den zweiten Bungalow, und ich nehme mit Yannick den vierten. Laut Vermieter ist er frei, und wir können ihn uns gerade so leisten, wenn wir zusammenlegen.«

»Mit allen hast du gesprochen«, erwiderte er, »nur mit mir nicht.«

»Doch, jetzt.«

»Nachdem du die Entscheidung längst getroffen hast. Wirklich nett von dir.«

»Ich weiß, wie du darüber denkst, und warum.«

»So? Warum denn?«

Jule seufzte. »Ach, Papa. Du lehnst Yannick aus so vielen Gründen ab. Weil er in 'ner Platte wohnt, weil er geklaut hat, die Schule abgebrochen hat, keine Ausbildung macht ...«

»Vier Schüsse, drei Treffer. Wo er wohnt, ist mir egal. Ich bin auch in einer Platte groß geworden. Aber die Vorstrafe, der Schulabbruch und seine Orientierungslosigkeit ... Jetzt mal ehrlich, Jule, das sind alles gute Argumente gegen ihn, meinst du nicht auch?«

Es war kühl geworden, und Jule zog eine Weste an, die leider ziemlich klamm auf der Haut lag und nicht gut roch.

»Papa, hast du Oliver gemocht?«

»Deinen letzten Freund? Was soll die Frage? Ja, er war ganz in Ordnung.«

»Du hast ihn gemocht, weil er immer ein frisches Hemd getragen hat, wegen seines sauberen Haarschnitts, weil sein Vater Sparkassendirektor ist ... Ach ja, und weil er Rechtsanwalt werden will.«

»Ist das denn so furchtbar?«

»Was, wenn ich dir verrate, dass er richtig schlimme Abstürze hatte, dass er mit seinen Freunden Tequila-Orgien gefeiert und sich regelmäßig, obwohl er noch keinen Führerschein hatte, den Mercedes seines Vaters geborgt hat? Außerdem ist er ein Womanizer, wovon er ausgiebig Gebrauch macht, und was das Anwaltsgeschwätz angeht, dafür sind seine Noten viel zu schlecht.«

Das war wieder so ein Moment, in dem sie selbst fand, dass sie sich furchtbar erwachsen anhörte. Das war ihrer Krankheit geschuldet. Dieses dämliche Ding in ihrem Kopf hatte sie verändert, und niemand wollte das begreifen, außer Yannick.

»Jule, das beweist doch nur, dass du ein schlechtes Händchen bei der Auswahl deiner Partner hast.«

»Lass das mal mein Problem sein.«

»Warte, bis du eigene Kinder hast, dann wirst du verstehen ...«

»Ich will nur sagen, dass man dich genauso blenden kann, indem man nett wohnt, zum Beispiel, oder sich nett kleidet und nette Eltern hat. Alle Menschen machen Fehler, Papa. Yannick ist wenigstens kein Angeber, und er ist bereit, sich zu ändern. Oliver feiert immer noch Tequila-Orgien, obwohl er schon zwei Unfälle gebaut hat.«

»Ich verstehe trotzdem nicht, was du an ihm findest.«

»Er mimt keine Rolle, sondern ist einfach nur er selbst. Das nennt man aufrichtig, Papa, und auf so was stehe ich. Ich glaube sogar, inzwischen ist es mir wichtiger als alles andere.«

»Wenn du meinst. Aber warum musst du es so überstürzen? Wieso könnt ihr euch denn nicht erst einmal eine Weile beschnuppern?«

Sie weigerte sich, auf die Frage zu antworten, sah ihn stattdessen lange an. Endlich dämmerte es ihm. Noch vor ein paar Tagen hätte er sich für den Satz entschuldigt, aber Biskuits Tod und die unerfreuliche Begegnung mit Fritzies Bruder hatten ihn extrem aufgewühlt. Jule hatte ihn noch nie jemanden bedrohen oder gar schlagen sehen, bis zu diesem Tag.

»Das ist fies«, sagte er. »Du benutzt deinen Tumor, um mich zu überzeugen, dass du mit Yannick schlafen darfst.«

Ihr blieb fast die Spucke weg. Diese Bemerkung war deutlich unter seiner Würde und hätte es verdient, ihm um die Ohren gehauen zu werden. Ihr Tumor! So als hätte sie ihn zu diesem Zweck erworben. Aber sie war müde, außerdem billigte sie ihrem Vater mildernde Umstände zu, also beließ sie es bei einer schwachen Erwiderung. »Immer hübsch dran denken, in ziemlich genau drei Stunden bin ich achtzehn.«

Er stand auf, schob die Fäuste in die Hosentaschen und öffnete die Tür mit einem Tritt. »Dann Gute Nacht.«

Eine ganze Weile saß sie nur so da, den Blick in den Wald gerichtet, der vom Geräusch der Tropfen erfüllt war, die von den Blättern auf das Laub am Boden fielen. Das beruhigte sie, und es gelang ihr, sich von den turbulenten Ereignissen des Tages zu lösen. Das war alles nur Schall und Rauch, in einem Jahr würde keiner mehr auch nur einen Gedanken daran verschwenden.

In einem Jahr …

In einem Jahr wäre sie vielleicht schon ein Jahr tot.

Nicht daran denken, Jule, nicht jetzt. Sie stand auf, schulterte ihren Rucksack und lief hinüber in das vierte Häuschen, wo sie mit Yannick die Nacht verbringen wollte. Es lag nur etwa zehn Meter vom Haus ihres Vaters entfernt. Die Inneneinrichtung war skandinavisch einfach: dezente Farben, Handwebteppiche, Funktionsmöbel. Sie machte sich einen Kräutertee, der Regen hatte die Temperatur um gut zehn Grad fallen lassen, und im Schatten der Baumkronen war es ohnehin kühler. Sie setzte sich auf die Terrasse, trank in kleinen Schlucken und erwehrte sich der Mücken, sonst tat sie nicht viel. In der Ferne hörte sie irgendwann Yannicks und Rominas Stimmen, und durch einen Spalt im Dickicht sah sie die beiden, die sich gemächlich der Hütte näherten.

Da passierte es, einfach so. Sie saß da und war glücklich.

Seit dem Tod ihrer Mutter hatte sie kein Glücksgefühl mehr verspürt. Zufriedenheit, ja. Momente der Freude, ja. Aber nicht diesen Schwebezustand jenseits der Vernunft und des Realen, dieses seltsam traumhafte, passive Empfinden eines vollkommenen Augenblicks, zu dem man selbst nichts beitrug, den man einfach nur annahm. Angesichts des Streits mit ihrem Vater, ihrer gesundheitlichen Situation, Biskuits Tod und den vielen Turbulenzen und Anstrengungen des Tages war das Auftreten eines solchen Augenblicks besonders unwahrscheinlich, und dennoch verbrachte Jule ihn um – sie sah auf ihr Smartphone – 21:03 Uhr am 9. Juni.

Als Yannick auf die Veranda trat, zwei schwere Tüten in den Händen, nassgeschwitzt und lächelnd, da hätte sie weinen können vor Glück, doch sie tat es nicht.

»Alles okay?«, fragte er.

»Alles okay«, sagte sie.

»Du siehst so … so …«

»So was?«

»Du siehst aus, als wolltest du mir jeden Moment sagen, dass du schwanger bist.«

Jule brach in ein lautes Gelächter aus wie schon lange nicht mehr und hätte dabei beinahe die Tasse zerbrochen. Sie steckte Yannick mit ihrem Lachen an, aber er war auch verunsichert, wusste nicht, wohin mit sich und den Tüten. Sie erkannte, dass es genau das war, was sie so sehr an ihm mochte, die leichte Unbeholfenheit und Jungenhaftigkeit in manchen Situationen und in anderen seine Reife.

Sie umarmte ihn in dem Wissen, dass er die zärtliche Geste mit vollen Händen nicht erwidern konnte.

»Es ist durchaus möglich, am Morgen danach schwanger zu sein«, sagte sie. »Aber am Abend davor, das wäre mir neu.«

»Es war auch nur so ein ...«

Sie küsste ihn. »Ein süßer Vergleich.«

Er lächelte verlegen. »Hör zu, ich ... ich verteile nur schnell den Imbiss an die Crew, dann komme ich zurück. Ich hab ein Baguette mit Kochschinken und Ei für deinen Dad besorgt.«

Sie ließ ihn ziehen, ohne zu erwähnen, dass ihr Vater zwar Kochschinken mochte, aber Ei hasste. Sich anzubiedern, würde Yannick sowieso nichts nützen, da müsste er schon einen ganzen Tag beim Friseur und danach beim Herrenausstatter verbringen, einen soliden Ausbildungsvertrag und idealerweise noch eine olympische Medaille vorweisen können. Ein wenig Ei auf dem Schinkenbaguette fiel da nicht weiter ins Gewicht.

Jule packte aus, was er für sie beide geholt hatte: zwei Falafel-Sandwiches mit Kräutersoße und extra Krautsalat, dazu eine Flasche türkischen Weins. Sie wartete nicht auf ihn. Glück macht hungrig, dachte sie, und trank schon mal ein Glas.

Währenddessen sickerte die Dämmerung vom Himmel in den Wald hinab, die Geräusche erstarben. Jule zündete Räucherstäbchen an, um die Mücken fernzuhalten, was überraschend gut klappte. Plötzlich bemerkte sie in einiger Entfernung eine Gestalt mitten im Unterholz, ein Tier vielleicht … Doch es sah für sie mehr nach einem Menschen aus.

In diesem Moment erschien Yannick.

»Was ist?«

»Dort hinten.« Sie deutete in den Wald.

»Ich sehe nichts.«

»Er ist schon wieder weg. Ich glaube, es war Fritzies Bruder.«

Yannick fläzte sich in einen der Terrassenstühle. »I'm pissed off. Erst vierundzwanzig Kilometer wandern, dann die Prügelei, die Schlepperei eben und die nervige Romina, die einem ohne Ende die Ohren vollquatscht. Sie behauptet, wir hätten Fritzies Bruder nicht zum letzten Mal gesehen, sie hält ihn für den Teufel, nein, für die Metapher des Teufels, und jetzt siehst du auch schon Gespenster im Wald. Ich hab echt genug und werde ganz bestimmt nicht hinter dem Freak herlaufen. Wenn er Fritzie zurückholen will, meinetwegen. Soll Joe sie doch beschützen, ich mache heute nix mehr.«

Jule fand, er hatte recht, immerhin war dies der Vorabend ihres achtzehnten Geburtstags. Vor einem halben Jahr hatte sie angefangen, ihn zu planen: Big Party, Mojitos, Caipirinhas, BBQ, ein offener Kleinbus, der die Gäste kurz vor Mitternacht hoch zur Wartburg kutschieren sollte, dazu Samba … Stattdessen saß sie todkrank in einem abgelegenen Waldkaff, mit müden Beinen, einem zerrupften Falafel-Sandwich und einem türkischen Wein für 2,49 Euro die Flasche.

Und war glücklich.

Sie lächelte Yannick an. »Wirklich gar nichts mehr? Sag mal, was willst du mir um Mitternacht eigentlich schenken?«

Der Handyempfang war mal wieder unterirdisch, ein einziger wackeliger Balken, das war alles. Nur mit einer Boxershorts am

Leib machte Yannick sich draußen auf die Suche nach einem zweiten. Morgens um 03:45 Uhr war die beste Zeit, um Bolko zu erreichen, da war er mit Zocken und Gamen fertig, meistens aber noch nicht im Bett. Yannick wusste das, weil er es oft genauso hielt. Er hatte sich dem Rhythmus seiner Freunde angepasst, und im Grunde traf das auf sein ganzes Leben zu, seit er die beiden kannte.

Auf der Veranda wurde der Empfang nicht besser, also tapste Yannick barfuß durch das Laub zwischen den Ferienhäusern. Das Gefühl unter den Füßen war nicht unangenehm, nur ungewohnt. Er konnte sich nicht erinnern, das jemals zuvor getan zu haben, schon gar nicht im Dunkeln, aber er hätte sonst die dicken, nassen Schuhe wieder anziehen müssen. Die Flipflops hatte er aus Platzmangel zu Hause gelassen.

Das Laub war noch feucht vom Regen des vorherigen Tages, die Luft erstaunlich mild, er schätzte achtzehn bis zwanzig Grad warm. In ein paar Stunden sollte es heiß werden, ein wolkenloser Junitag. Der Blick nach oben bestätigte es: Der Mond war fast voll, hier und da schimmerte ein Stern zwischen den schemenhaften Baumkronen.

Nach ein paar Metern geschah ein Wunder: Ein zweiter Balken erschien und verschwand auch nicht wieder. Jetzt galt es.

Statt Bolko anzurufen, hätte er auch eine Message schreiben oder Surinam anrufen können. Beides wäre völlig easy gewesen. Er hätte die Nachricht versendet, das Handy wieder ausgeschaltet und den Kopf in den Sand gesteckt. Für Surinam empfand er Freundschaft, aber keinen Respekt, jedenfalls nicht so wie für Bolko, so habachtmäßig. Aber er durfte sich das, was er vorhatte, nicht leicht machen. Warum, das wusste er nicht. Nur, dass es so war.

»Yannick? Digga, ey, endlich. Meine Fresse, ich hab dich schon …«

Das Gespräch brach ab, kein Balken mehr. »Fuck.«

Außer dem Handy und dem Mond erhellten hauptsächlich die Außenlampen in den Eingangsbereichen der vier Ferienhäuser die Nacht um Yannick herum. Sie warfen ein kühles Licht und so manchen langen Schatten. Einer davon war sein eigener, eine lange Stelze.

Er ging ein paar Schritte weiter, und diesmal erwischte er sogar drei Balken.

»Bolko? Sorry, ich stehe hier voll im Wald. Bevor du Luft holst, lass mich erst mal reden.«

»Digga, what the fuck ist mit dir los? Was machen die da mit dir? Wo ist der Schlüssel? Ich musste die fucking Hardware wieder abbestellen und ...«

»Der Schlüssel ist bei mir, und du kriegst ihn auch nicht.«

»Was?«

»Jetzt sperr halt mal die Ohren auf, schaffst du das?« Yannick schluckte, so hatte er noch nie mit Bolko gesprochen. »Was du vorhast, ist große Scheiße, nein, megagroße Scheiße. Erstens, weil du meine Oma da reinziehen willst, und zweitens, weil du es überhaupt abziehen willst. Die Bullen kommen doch sofort dahinter, dass jemand die Bestellung absichtlich abgefangen hat. Schon vergessen? Ich bin vorbestraft und als ihr Enkel der erste Verdächtige. Am Ende wandere ich in den Knast, und ihr sackt das Gadget ein. Schönen Dank dafür. Aber viel wichtiger ist, dass ich ...« Yannick holte tief Luft. »Das bin einfach nicht ich, verstehst du? Ich will die Scheißaktion nicht mitmachen, weil ich finde, dass es 'ne richtige Scheißaktion ist. Ich bin Musiker, Mann. So, jetzt kennst du meine Meinung dazu.«

So ähnlich hatte Jule es am Vorabend ausgedrückt, nachdem er ihr bei Kerzenschein und Wein erklärt hatte, was es mit dem Schlüssel auf sich hatte, warum sie ihn verwahren sollte und so weiter. Er hatte die komplette Situation vor ihr ausgerollt, Jule hatte sie eine Minute lang still betrachtet und schließlich gesagt, dass echte Freunde einen so mochten, wie man war, und dass diejenigen, die wollten, dass man so wurde wie sie, keine Freunde waren.

»Bist du fertig?«, rief Bolko.

Yannick schluckte. »Ja.«

»Dann erklär ich dir jetzt mal was. Du …«

Yannick hörte ihn nicht mehr. Er nahm zwar Bolkos Stimme wahr, aber nicht, was er sagte. Wie in Zeitlupe senkte er den Arm, bis er neben seiner Hüfte herabhing, und starrte auf den Boden. Mit dem rechten Fuß war er auf etwas getreten, das sich im ersten Moment wie ein bemooster Stein anfühlte. Doch es entpuppte sich als Wildlederstiefel, der zu einem Körper gehörte, der reglos im Laub lag.

»Bolko, ich muss Schluss machen.«

»Digga, ich schwör dir, wenn du jetzt auflegst …«

Yannick drückte ihn ohne ein weiteres Wort weg und leuchtete mit dem Display des Handys auf den Boden, genau dorthin, wo der leblose Körper ausgestreckt lag. Er leuchtete von den Beinen aufwärts bis zum Gesicht und noch ein Stück höher bis in die weit aufgerissenen Augen.

Voll krass. Der Typ war wirklich tot, das sah man gleich, aber was ihn umgebracht hatte, das war nicht zu erkennen. Er lag auf dem Bauch, den Kopf zur Seite gedreht, und Yannick fiel es nicht im Traum ein, ihn anzufassen, geschweige denn umzudrehen.

Oma Elsi! Wenn Yannick mal nicht weiterwusste, fiel sie ihm als Erste ein. Wieso auch nicht? Mit ihren dreiundsechzig Jahren hatte sie wahrscheinlich schon mehr als eine Leiche gesehen, und irgendwen musste er schließlich dazuholen. Natürlich ging ihm auch kurz der Gedanke durch den Kopf, einfach ins Haus zurückzugehen und diesen Ferdi in zwei, drei Stunden von jemand anderem finden zu lassen. Aber er hatte sich gerade erst vorgenommen, nicht vor jeder Schwierigkeit zu kneifen, und da sollte er bei der erstbesten Gelegenheit gleich einknicken?

Da Oma Elsis Bungalow wie üblich abgeschlossen war, klopfte er möglichst leise an ihr Schlafzimmerfenster. Sie wachte sofort auf, im Gegensatz zu Romina, die tief und fest weiterschlief. Zwei Minuten später stand sie mit ausgeleierter Pyjamahose und Anorak vor Ferdis Leiche. Und weitere fünf Minuten später auch Gregor, den sie zu Hilfe holte.

»Was ist passiert?«, fragte er Yannick flüsternd.

»Woher soll ich das denn wissen? Ich habe ihn genau so gefunden.«

»Was hast du hier draußen gemacht, mitten in der Nacht?«

»Telefoniert. Ist das so wichtig?«

»Es könnte noch wichtig werden. Drehen wir ihn erst mal um.«

»Krass, du willst ihn umdrehen? In den Krimiserien heißt es immer: bloß nichts anfassen.«

Gregor stöhnte genervt. »Steh hier nicht rum, sondern hilf mir.«

Zu dritt schoben sie Ferdi auf den Rücken, Oma Elsi half auch mit. Eine Blutlache im eigentlichen Sinne kam nicht zum Vorschein, das Blut war offenbar von dem Laub und der Erde aufgesogen worden. Als Yannick mit der Handytaschenlampe den Körper des Toten von den Füßen aufwärts absuchte, entdeckte er zunächst nichts Auffälliges. Erst, als er ziemlich weit oben ankam, sah er es. Etwas steckte in Ferdis Hals ...

»Was ist das?«, fragte Yannick, und während er die Lampe auf besagte Stelle hielt, kam Gregor näher heran.

Er richtete sich wieder auf, sah Yannick und Elsi an und sagte: »Eine Nagelschere, ohne Zweifel. Und keine billige. Ich habe das eingestanzte Symbol erkannt, sie ist von Zwilling. Was für Wohlhabende oder Profis.«

Yannick dachte dasselbe wie die beiden anderen. Es war klar, dass die Schere weder Fritzie gehörte, die ihre Nägel bis auf die Haut abkaute, noch der frugal lebenden Oma Elsi, ihm oder Joe. Jule benutzte ein einfaches Modell aus dem Drogeriemarkt, und wenn die Schere Gregor gehören würde, hätte er Yannick und seine Oma wohl kaum mit der Nase auf den Markennamen gestoßen.

»Es wird das Beste sein«, sagte Gregor, »wenn wir Romina wecken.«

Die Halbitalienerin war erst nach wiederholtem starken Rütteln ansprechbar, und obwohl sie ihr erklärten, weswegen sie sie geweckt hatten, verstand sie es erst, als sie vor Ferdis Leiche stand.

»Ist das deine Schere?«

Gregor zog sie dem Toten aus dem Hals, zäh wie Lava floss das Blut aus der Halsschlagader des Toten auf den Boden.

Yannick rief: »Mann, Gregor, jetzt sind deine Fingerabdrücke drauf und die vom Täter verwischt.«

»Du nervst«, fuhr Gregor ihn an und wandte sich an Romina. »Ist das nun deine oder nicht?«

»Sie sieht aus wie meine«, murmelte sie nachdenklich. »Aber ... ich ...«

Sie lief zurück ins Haus, um nachzusehen, ob ihre Nagelschere noch dort war, wo sie hingehörte.

Yannick kapierte nicht ganz, was da vor sich ging. »Warum stehen wir hier um Viertel nach vier noch immer blöd rum und machen die Arbeit der Cops, kann mir das mal einer erklären?«

Sowohl seine Oma als auch Gregor wichen seinem Blick aus.

»Hör auf, blöde Fragen zu stellen. Mach dich nützlich, und hol Joe und Fritzie«, murrte Gregor.

Erst, als Oma Elsi zustimmend nickte, folgte er der Aufforderung.

Joe öffnete sofort die Tür. Er sah mal wieder verboten aus, aber irgendwie auch obercool in seinem wild zusammengewürfelten Outfit aus einem durchgeschwitzten Unterhemd und einem viel zu engen Slip. Yannick erklärte ihm die Lage.

»Scheiße, der Typ ist abgekratzt?«

»Er hatte keinen Herzinfarkt, Joe, sondern eine Schere im Hals. Fritzie muss es erfahren.«

»Ja klar, nur … Sie schläft wie ein Stein, ehrlich. Romina hat ihr zwei Schlaftabletten von sich gegeben.«

Joe hatte recht. Egal, was sie unternahmen, Fritzie schlief weiter, selbst als sie ihr einen nassen Waschlappen ins Gesicht drückten. Fast, als wäre sie ebenso tot wie ihr Zwillingsbruder. Glücklicherweise war sie es nicht.

Als sie nach draußen gingen, war Romina zurückgekehrt. »Ich kann die Schere nirgendwo finden, demnach ist das wohl meine. Aber ich war es nicht. Ich hab die ganze Nacht im Bett gelegen, neben Elsi.«

»Tut mir leid, Romina, ich habe geschlafen«, sagte Elsi. »Was nicht heißen soll, dass du das hier getan hast.«

»Genau, die Schere kann mir jeder aus dem Etui gestohlen haben«, rief Romina etwas zu laut, was ein allgemeines »Schscht« zur Folge hatte.

Am Horizont graute bereits der Morgen, und obwohl die nächsten Häuser gut zweihundert Meter entfernt waren, konnte jederzeit ein Jogger oder Frühaufsteher auf sie aufmerksam werden. Nur gut, dass der Weg, an dem die vier Ferienhäuser standen, abseits der großen Straßen lag.

»Das mag sein«, flüsterte Gregor. »Trotzdem bedeutet es, dass einer von uns ihn umgebracht hat. Wer sonst hätte sich Rominas Schere greifen können?«

Das sah selbst Yannick ein. Alle musterten sich gegenseitig im Halbdunkel, und Gregors Blick blieb auf Yannick haften.

»Was ist?«, fragte er. »Ey, ich hab den Typ bloß gefunden, nicht umgebracht.«

»Wie wär's, wenn du dich schlafen legst.« Das war keine Frage, sondern eine Aufforderung, so viel kapierte Yannick anhand des Tonfalls.

»Ich geh doch jetzt nicht schlafen.«

»Doch, das wirst du. Wir können gerade keine Kinder gebrauchen. Und kein Wort zu Jule, verstanden?«

»Sag mal, geht's noch! Ich lasse meine Oma nicht allein.«

Sie berührte ihn an der Schulter. »Geh nur.«

»Oma, ich ...«

»Tu, was er gesagt hat, behalte es vorläufig für dich. Nun mach schon.«

Yannick hatte kein gutes Gefühl dabei, dennoch ging er zurück in das Ferienhaus. Erst jetzt merkte er, wie ausgekühlt er war, kein Wunder mit nur einer Boxershorts. Er zog dicke Socken über die schmutzigen Füße und kochte sich einen Kaffee, der fürchterlich schmeckte, weil er keine Ahnung vom Kaffeekochen hatte. Bolko hatte ihm eine Kurznachricht geschickt, ganze vier Buchstaben: YOLO.

You only live once – von wegen Freiheitsgefühl und »du lebst nur einmal«. Aus Bolkos Mund und Fingern war das eindeutig als Drohung zu verstehen. Er würde Yannick fertigmachen, morgen, nächste Woche, nächsten Monat, irgendwann.

Yannick schlüpfte zu Jule ins Bett. Sie schlief wie ein Engel, und fast beneidete er sie.

Was wohl jetzt gerade da draußen vor sich ging?

9

Zurück in meinem Haus bei Wismar, verstaute ich als Erstes die Wanderschuhe auf dem Dachboden, im hintersten Eck. Danach gönnte ich mir eine viertelstündige heiße Dusche, obwohl es draußen sechsundzwanzig Grad warm war. Zum Anziehen wählte ich luftige Kleidung, die nach Frische und Seife roch, genoss es, barfuß zu laufen, bereitete mir einen Eistee zu und setzte mich auf die Terrasse. Die ersten Englischen Rosen waren aufgegangen, rosa und weiß, und der Lavendel duftete, als ich über die zahlreichen Rispen strich. Nur wenige Schritte von dieser Perfektion entfernt schrie der Garten förmlich nach Pflege. Yim war natürlich zu nichts gekommen. Die Iris waren verblüht, mussten zurückgeschnitten, die Gladiolen waren umgekippt, mussten aufgerichtet werden. Der Rasen war tüchtig gewachsen. Man hätte sofort etwas tun müssen, doch mein Mann war im Restaurant gebunden und ich auf dem Liegestuhl. Ich hätte Jonas gut gebrauchen können ...

Ich legte die Füße hoch und schloss die Augen. Ihn zu bitten, die beiden jungen Leute nach Eisenach zu fahren, war eine spontane Eingebung gewesen, der zum Teil mein Wunsch zugrunde lag, Jule zu helfen. Doch ich gebe zu, dass bei der Sache auch ein leiser Hintergedanke mitschwang – je mehr Zeit Yannick und Jule mit Jonas verbrachten, desto größer war die Wahrscheinlichkeit, dass sie ihm etwas offenbarten, ob absichtlich oder aus Versehen, das mich weiterbrachte.

Denn ähnlich wie Oberkommissar Clement bei den Vernehmungen, hatte auch ich diesen »Suspense-Moment«, als ich mich von Yannick Gandelagen verabschiedete. *Nein, eigentlich nicht*, hatte er auf meine Frage geantwortet, ob er mir noch etwas über die Wanderung erzählen könne, und ich spürte, dass er log.

Jeder Fall lag anders, jede Ermittlung stieß auf andere Hindernisse. Manchmal tappte man völlig im Dunkeln, und dann kam die Erleuchtung mit einem Schlag. Manchmal untersuchte man Fakten, die in eine bestimmte Richtung wiesen, und erkannte erst nach Tagen oder Wochen, dass man völlig falschlag. Der Mordfall Joe Rowolt hatte zahlreiche lose Enden, meinetwegen auch Spuren, aber das war es auch schon. Mehr als ein paar Meter hatte ich keiner davon folgen können. Es gab da diesen Thornagel-Bruder, der sich aus Bayern auf den Weg gemacht hatte, um seine Schwester zu suchen, und der seither vermisst wurde. Es gab da diese Aussage von Jule Klee, die Gruppe habe sich verfolgt gefühlt, was sie inzwischen jedoch bagatellisierte. Es gab da die Tarotkarten der Pantelli mit ihren dunklen Ahnungen, einen tödlich verunglückten Hund und ein paar kleinere Zwistigkeiten, die immer mal vorkamen: die Vorstrafe des Opfers wegen Mordes, der Vorfall von Yannick Gandelagen mit dem Kellner ... Lauter lose Enden, wie Fransen an einem weißen Tuch.

Die vielversprechendste Spur war noch der verschollene Ferdi Thornagel. Mal angenommen, er hätte sich an die Fersen der Wandergruppe geheftet, um seine Schwester in einem günstigen Augenblick zu stellen – mit welchem Ziel auch immer –, so musste er nach seinem Aufbruch aus Rottal doch zumindest zwei, drei Tage lang irgendwo gewohnt haben. Das zu recherchieren, war extrem zeitraubend, und ich hatte nun mal nicht die Mittel der Kripo. Vielleicht würde der tüchtige Oberkommissar Clement das übernehmen, doch um ihn dazu zu bewegen, bräuchte ich mehr als eine halbherzige Vermisstenanzeige der Ehefrau.

Ich hatte mit Romina Pantelli sowie den beiden jungen Leuten gesprochen. Mein Gefühl, das auf meinen Erfahrungen beruhte, sagte mir, dass ich bei Gregor Klee abblitzen würde. Offensichtlich war es zu einem wie auch immer gearteten Zerwürfnis mit seiner Tochter gekommen, die sehr schwer krank war und sterben konnte, da würde er den Teufel tun und einer Reporterin Rede und Antwort stehen. Brennend gerne hätte ich mich auch mit Fritzie Thornagel unterhalten, sie schien mir eine wichtige, wenn nicht die zentrale Figur in dem Fall zu sein. Allerdings war sie abgetaucht, bei der Pantelli war sie jedenfalls nicht, sie hatte keinen eingetragenen Wohnort, keine Arbeitsstelle.

Ich setzte mich in dem Liegestuhl auf, trank einen Schluck und nahm mir noch einmal das Dossier vor. Die Zwillinge Thornagel hatten noch einen weiteren Bruder, er war fast zwanzig Jahre älter als die beiden, hieß Etienne und lebte als Landwirt in Brandenburg. Gut möglich, dass sie sich bei ihm einquartiert hatte, und falls nicht, dass er zumindest etwas über ihren Verbleib wusste. Immerhin musste Fritzie, um Joe kennenzulernen, irgendwo in der Nähe untergekommen sein. Wenn ich eines gelernt hatte in all den Jahren als Gerichtsreporterin, dann die Tatsache, dass keine Spur zu dünn und kein Detail zu winzig war, um es zu ignorieren. Falls ich meine Zeit vergeudete, verlor ich nicht viel davon, denn mein nächster Weg führte mich ohnehin nach Berlin zu Elsbeth Gandelagen. Von dort ins Brandenburgische war es nur ein Katzensprung.

Zunächst sah ich bei Yim im Restaurant vorbei. Alles war tipptopp, sogar die Tische waren schon eingedeckt. Natürlich nur probeweise, denn die Eröffnung fand erst in drei Tagen statt. Yim schulte gerade seine Servicekräfte, unter ihnen Ania Carbol, die Kellnerin aus Wolgast. Wie sich herausstellte, hatte sie noch eine Freundin aus Polen nachgeholt, die nun ebenfalls als Kellnerin für Yim arbeitete, sowie den Mann einer weiteren Freundin, der als Beikoch angeheuert hatte. Sämtliche Personalprobleme waren also mit einem Schlag gelöst, somit hatte ich ganz nebenbei mehr für Yims Restaurant getan als in all den Monaten zuvor, seit die Idee für seinen zweiten Versuch als Gastronom entstanden war.

»Aufgeregt?«, fragte ich.

»Im Moment ist alles wunderbar aufregend«, gestand er mir wie ein kleiner Junge vor dem ersten Angelausflug. »Sogar, die Servietten auszusuchen, obwohl sie einfach nur weiß sind.«

Wir lachten. Yim hatte eine lange Durststrecke hinter sich, nachdem er sein erstes Lokal hatte aufgeben müssen. Weniger aufgrund der Schulden, die er seitdem mit sich herumschleppte, sondern eher, weil er sich in den wechselnden Jobs, mit denen er die letzten zwei Jahre überbrückt hatte, so nutzlos fühlte. Er war Koch mit Leib und Seele, und reihenweise panierte Schnitzel in siedendes Öl zu werfen, war für ihn so, als hätte ihn jemand dazu verdonnert, die Verkehrsmeldungen im Radio durchzugeben.

»Was, wenn die Gäste meinen Fisch nicht mögen?«

»Wie wahrscheinlich ist das? Die Leute hören eher auf, Fußball zu mögen. Dein Fisch ist göttlich, das Restaurant schick, und die Preise sind bezahlbar. Vergiss eines nicht: Wir sind hier in Wismar, direkt am Meer, ein herrlicher Sommer steht uns bevor. Aber dein größter Pluspunkt ist dein Charme. Alle Frauen zwischen vierzig und fünfundneunzig werden von dem neuen Restaurant und seinem umwerfenden Küchenchef schwärmen.«

»Eifersüchtig?«

»Nicht doch, ich bin eine von ihnen.«

Wir lagen uns in den Armen. Die zehn Jahre, seit wir uns im Zuge meiner Nebelhaus-Ermittlungen kennengelernt hatten, waren für Yim äußerst bewegt gewesen: der dramatische Tod seiner Eltern, der Konkurs, die Arbeitslosigkeit, der Makel des Scheiterns. Ohne seine buddhistische Gelassenheit hätte er tief fallen können.

»Wenn du morgen früh in den Spiegel siehst«, sagte ich, »dann siehst du einen Mann, der instinktiv wieder aufsteht, wenn er hinfällt. So jemanden nenne ich einen erfolgreichen Menschen.«

Er lächelte. »Warum bis morgen warten? Sehen wir ihn uns gleich im Spiegel an.«

So blieben wir eine Weile stehen, eng umschlungen. Yim hatte den großartigen Einfall gehabt, sein Personal auf die Probe zu stellen, vor allem den neuen Beikoch, und da bereits einige Lebensmittel das Lager füllten, sollten sie uns daraus ein Dreigängemenü zubereiten und servieren. Wir setzten uns auf die Terrasse mit Hafenblick, und Yim orderte den besten Sauvignon Blanc, mit dem wir in der milden Abendsonne anstießen.

Während wir toskanische Fischsuppe, Cassoulet mit Rotbarsch und Zitronensorbet genossen, sprachen wir ausgiebig über meine Wandertage, den Fall Joe Rowolt sowie Jonas und seine Idee, zu *Ärzte ohne Grenzen* zu gehen. Vor allem bei Letzterem tat es mir gut, darüber zu reden, auch wenn Yim mir nichts Neues sagte: dass ich immer seinen Mut zu schwierigen Entscheidungen gefördert hätte, dass ein Einsatz für die Hilfsorganisation kein Himmelfahrtskommando sei, dass es langfristig oftmals gesünder sei, seiner inneren Stimme zu folgen, als sie mundtot zu machen, und nicht zuletzt, dass uns Jonas' Beziehung zu Fabia nichts angehe. Ich stimmte ihm in allen Punkten zu. Und war kein bisschen beruhigter.

»Glaubst du, du bist zur Eröffnung zurück?«, fragte er mich beim Sorbet.

Mir wäre fast der Löffel aus der Hand gefallen. »Natürlich werde ich hier sein. Wo denn sonst?«

»Deine Fälle führen dich oft weit weg.«

»Berlin ist nicht weit weg. Außerdem sind es noch drei Tage bis dahin. Ich besuche Elsbeth Gandelagen in Weißensee und Fritzies Bruder, der seinen Hof am Scharmützelsee hat, außerdem will ich herausbekommen, wo Joe Rowolt gewohnt hat. Das schaffe ich vermutlich alles an einem Tag, vielleicht brauche ich auch zwei, aber die Eröffnung lasse ich mir um nichts in der Welt entgehen.«

»Versprochen?«

»Versprochen. Das Essen war übrigens köstlich.«

»Finde ich auch. Die Fischsuppe war vielleicht minimal überwürzt, und das Cassoulet hat ein bisschen zu lange gekocht. Außerdem hat Ania die Weingläser zu voll eingeschenkt, das sieht billig aus.«

»Ein hoher Anspruch ist gut und schön, aber sei bloß behutsam, wenn du das deinen neuen Mitarbeitern erklärst. Sonst muss ich einspringen, und dann sind zu voll eingeschenkte Weingläser dein geringstes Problem, das kann ich dir sagen.«

Es war schön, wieder im eigenen Bett zu schlafen und in Yims Armen zu liegen. Aber ich dachte viel an Jonas' Fahrt nach Eisenach und daran, dass Jule in diesen Stunden in einem verlassenen Häuschen in Thüringen eine Entscheidung auf Tod und Leben zu treffen hatte.

Der Thornagel-Hof lag zwischen dem Großen Storkower See und dem Scharmützelsee, eingebettet in eine überwiegend flache, wasserreiche Wald- und Wiesenlandschaft. Dort, auf halber Strecke zwischen Berlin und der Oder, gab es noch reizende alte Kirchen, Gemäuer aus Feldsteinen und bewohnbare Bootshäuser. Der Hof selbst war liebevoll restauriert worden und klassisch in seiner Aufteilung: ein uriges Holztor, die Ställe links, die Landmaschinen rechts, das Wohnhaus mittig. Man konnte dort Urlaub machen, wie ein Schild verriet, und da die Ferien in einigen Bundesländern bereits begonnen hatten, waren die Fremdenzimmer ausgebucht. Jetzt, zur Mittagszeit, war es merkwürdig still, weshalb ich Skrupel hatte, den Türklopfer zu betätigen.

Ich war viel zu früh dran. Als ich den Hausherrn am Morgen angerufen und ein Treffen mit ihm vereinbart hatte, war ich noch davon ausgegangen, erst gegen 15:00 Uhr einzutreffen. Zuvor wollte ich mit Elsbeth Gandelagen sprechen und war zu ihrer Wohnung in Berlin-Weißensee gefahren, doch auf mein Klingeln hatte niemand geöffnet. Daraufhin hatte ich mir anderthalb Stunden die Zeit in einem Café vertrieben und war noch mal zurückgekehrt – wieder nichts. Vielleicht war sie zur Arbeit gegangen, wo genau, das musste ich erst noch herausfinden. Sozialamt Berlin – das war nicht gerade eine genaue Adresse. Ich hinterließ ihr eine Nachricht im Briefkasten mit meiner Telefonnummer.

Ein rundlicher Mann von Mitte sechzig mit grauem Rauschebart öffnete mir die Tür, neben ihm seine Enkeltochter, die noch Gefallen am Daumen im Mund fand. Etienne Thornagel begrüßte mich ebenso freundlich wie gelassen und schlurfte vorneweg durch einen dunklen Flur auf die sonnige, warme Rückseite des Hauses, wo sich ein großer Gemüsegarten erstreckte. Mittendrin eine Platane, darunter zwei Stühle und ein runder Tisch, auf dem ein Krug Bier und ein halbvolles Glas standen, das er wieder füllte.

»Möchten Sie auch etwas?«, fragte er. »Wasser, Limonade ...?«

»Danke, sehr freundlich. Was Sie dahaben.«

Er tätschelte seiner Enkelin den Kopf und bat sie, der Mama

zu sagen, sie solle mir bitte schön eine kalte Limo bringen. Wir setzten uns, und kaum hatte ich das eine Bein über das andere geschlagen, legte er auch schon los.

»Am Telefon haben Sie gesagt, Sie wollen mit mir über Fritzie sprechen.«

»Ich habe sogar gehofft, Ihre Schwester hier anzutreffen.«

Er lachte in sein Glas. »Das hier wäre der letzte Ort, den sie aufsuchen würde.«

»Sie sind immerhin Ihr Bruder.«

»Vergessen Sie das, ist nur eine Formalie, mehr nicht. Fritzie und Ferdi waren als Kinder völlig aufeinander fixiert, der Rest ihrer Aufmerksamkeit ging für unsere Eltern drauf. Ich habe quasi nicht für sie existiert. Wir haben kaum miteinander geredet, als unsere Eltern noch lebten, und später gar nicht mehr. Zuletzt habe ich Fritzie auf der Beerdigung unseres Vaters gesehen, das war neunzehnhundertsiebenundneunzig. Ich habe den Zwillingen ihren Erbteil ausgezahlt, und danach war ich endgültig für sie gestorben. Keiner von beiden war je hier. Ich habe diesen Hof Ende der Neunziger baufällig erstanden und nach und nach instand gesetzt.«

»Er ist beeindruckend. Ein Postkartenmotiv.«

»Nett, dass Sie das sagen, aber deswegen sind Sie nicht hergekommen, oder? Sie sind hier wegen der alten Geschichte.«

Zum Glück kam in dem Moment die Kleine mit der Limonade zurück, die ich dankend entgegennahm. Mit dem ersten Schluck ließ ich mir gerade so viel Zeit, um zu überlegen, wie ich weiter vorgehen sollte. Von einer alten Geschichte wusste ich nichts, und die investigative Journalistin in mir hielt es angeraten, einfach mitzuspielen. Doch der ältere Herr mir gegenüber war so zuvorkommend, gelassen und offenherzig, dass ich das Risiko einging, die Wahrheit zu bekennen.

»Ich will ehrlich zu Ihnen sein. Ihre Schwester, und vielleicht auch Ihr Bruder, sind in einen aktuellen Mordfall verwickelt. Inwieweit, das ist völlig offen. Die Ermittlungen dauern noch an. Von einer alten Geschichte weiß ich daher nichts.«

Er füllte sein Glas auf, trank einen Schluck und leckte sich den Schaum aus dem Oberlippenbart. In aller Ruhe wartete er ab, bis seine Enkelin außer Hörweite war und zwischen Dill und Fenchel mit einem Kätzchen spielte.

»Meine Frau ist vor drei Monaten gestorben«, sagte er leise. »Sie hat sich immer geschämt für das, was im Sommer achtundachtzig passiert ist, obwohl sie damit nichts zu tun hatte. Wir waren damals noch jung verheiratet. Sie würde es nicht gut finden, dass ich mit Ihnen oder sonst jemandem darüber spreche, aber für mich ist das alles weit weg. Außer Bedauern für den kleinen Jungen empfinde ich gar nichts, wenn ich daran denke.«

Er trank einen weiteren Schluck Bier, leckte sich erneut den Schaum vom Oberlippenbart, lehnte sich auf dem Stuhl zurück und faltete die Hände vor dem Bauch.

»Sein Name war Kilian.«

Zwanzig Minuten lang erzählte mir Etienne Thornagel von Fritzie und Ferdi im Alter von elf Jahren, von ihrer innigen Beziehung, die alle anderen ausschloss, vom Bunker, von Kilian, der Vertuschung durch die Behörden und der Schande, die mit dem schrecklichen Vorfall über die Familie kam, weshalb sie kurz darauf fortzog. Das Geständnis der Zwillinge war der Schicksalsmoment für die Thornagels schlechthin, ein normales Zusammenleben gab es von da an nicht mehr. Die Eltern zerbrachen daran, nicht nur an dem ungeheuren Skandal und daran, dass die Leute im Ort sie wie Aussätzige behandelten, sondern vor allem an der Frage der Mitschuld, ihres persönlichen Versagens. Es war schon schlimm genug, wenn erwachsene

Kinder zu Mördern wurden. Bei Elfjährigen war das unfassbar, unerklärlich, demnach konnte es nur an ihnen liegen. Oder? Mein Gesprächspartner hatte selbst nach fünfunddreißig Jahren keine Erklärung für das unheimliche Geschehen. Er wirkte auf mich aber auch nicht so, als hätte er diese Frage jemals an sich herangelassen. Da er den Zwillingen nicht nahegestanden und sehr bald ein neues Leben an einem anderen Ort mit seiner eigenen Familie begonnen hatte, war es ihm möglich gewesen, emotional auf Abstand zu gehen. Dieser Tatsache sowie der großen zeitlichen Distanz hatte ich seine Offenheit zu verdanken.

»Ich glaube, die Volkspolizei wollte damals gar nicht so genau wissen, was die beiden zu der Tat getrieben hat«, sagte er. »Macht sich in den Statistiken und Berichten auch nicht so gut. Wahrscheinlich haben sie einfach den Stempel der frühkindlichen Verwirrung auf die Angelegenheit gedrückt. Ferdi kam für einige Zeit in ein Heim für Schwererziehbare, Fritzie ging wöchentlich zur Therapie, und sie sahen sich ein paar Jahre lang nicht. Die LPG wurde sowieso im Zuge der Privatisierung der Landwirtschaft aufgelöst, wir zogen innerhalb Brandenburgs um, an einen Ort, wo uns niemand kannte, und das ganze Drama geriet in Vergessenheit. Aber ...« Er zupfte an einem beachtlichen Strauchbasilikum herum, rupfte ein Blatt ab, zerrieb es und roch daran. Nachdenklich sah er mich an. »Aber ich glaube nicht, dass es sich so abgespielt hat, wie die Ermittler damals annahmen.«

Ich stellte keine Fragen, ließ ihn einfach machen. Dieser Mann brauchte keine Ermunterung, vielleicht war er sogar froh, endlich mal mit jemandem darüber sprechen zu können.

»Es stimmt, dass Ferdi eine sadistische Ader hat. Immer wieder hat er Tiere auf dem Hof, die seiner Meinung nach unnütz waren, mit Dartpfeilen beworfen, Katzen zum Beispiel oder Frösche und Heuschrecken. Es stimmt auch, dass er Fritzie in seine grausamen Spiele hineingezogen hat. Er war lange Zeit der dominantere von beiden, trotzdem stand sie ihm bald in nichts nach. Ich erinnere mich, dass sie einmal eine Ringelnatter erwürgte, nur um Ferdi zu beweisen, dass sie so etwas auch konnte. Als die Ermittler den kleinen Kilian ermordet in dem Bunker fanden, nahm Ferdi im Verhör alle Schuld auf sich. Mich hat das nicht überrascht, er war trotz seiner elf Jahre ein ausgewachsener Macho und hätte nie zugegeben, dass ein Mädchen ihn in irgendetwas überflügeln könnte. Was Fritzie anging, fasste die Volkspolizei sie mit Samthandschuhen an, mit ihren blonden Haaren und den Kulleraugen.«

»Sie meinen, Fritzie hatte einen größeren Anteil an Kilians Tortur und Tod als angenommen?«

»Ich war ja nicht dabei, und wie gesagt, die beiden haben in einer Kapsel gelebt ...« Er hob das Bierglas an die Lippen, stellte es jedoch wieder ab, ohne zu trinken. Er schob es zur Seite und neigte sich leicht zu mir. »Ich hatte meine eigene Familie, meine Arbeit, und nach dem Tod meiner Mutter habe ich meinen Vater nur noch selten besucht, zweimal im Jahr, zum Geburtstag und an Weihnachten. Es ist nur so ein Gefühl, ich kann es nicht belegen, aber ich hatte damals das Gefühl, dass Ferdi und Fritzie sich unterschiedlich entwickeln. Er wurde nach seiner Rückkehr aus der Klinik ruhiger, freundlicher und nachdenklicher, fast scheu. Er hat mit dem Rauchen aufgehört, sein Machogetue aufgegeben. Kaum einen normalen Satz konnte er sprechen, immer unterbrach er sich, fing an zu stammeln ...«

»Und Fritzie?«

»So ähnlich. Meine Schwester hat jahrelang unter schweren Schlafstörungen gelitten, die Ärzte haben sie mit Medikamenten vollgepumpt. Sie konnte eine Zeit lang kein grelles Licht vertragen, morgens fand man sie in völlig verrenkten Positionen im Bett, und sie wirkte eigentlich immer erschöpft.«

»Tja, wo ist dann der Unterschied im Hinblick auf ihre Entwicklung, von dem Sie sprechen?«

Er lächelte, sah mich lange an, und mit jeder Sekunde, die verstrich, erstarb sein Lächeln ein wenig mehr, bis sein Gesichtsausdruck ganz von Ernsthaftigkeit geprägt war.

»Der Unterschied, Frau Kagel, ist der, dass Fritzies Trauma damals erst begann, während Ferdi so etwas wie seinen Frieden gefunden hatte.«

Während meiner Unterhaltung mit Etienne Thornagel hatte ich das Handy auf stumm geschaltet, und nun, zurück im Auto, sah ich, dass Jonas versucht hatte, mich per Videoanruf zu erreichen. Ich rief umgehend zurück.

Er stand offensichtlich irgendwo auf einer gepflasterten Straße, hinter ihm Reihenhäuser mit gepflegten Fassaden, und blickte ernst, aber auch ein bisschen übernächtigt in die Kamera.

»Mam, Jule hat ihre Entscheidung getroffen, letzte Nacht in dem verlassenen Haus irgendwo in der Pampa. Ich habe die beiden dorthin gebracht und ein Stück entfernt im Auto gewartet, zuerst allein, dann kam Yannick, und wir harrten zusammen aus, etwa drei Stunden lang.«

»Spann mich nicht auf die Folter.«

»Sie macht die OP. Ich fahre die beiden jetzt zurück nach Schwerin.«

Ich wusste weder, ob ich mich darüber freuen sollte, noch, ob ich es für einen Fehler hielt. In mir stand es fünfzig zu fünfzig, ebenso wie Jules Chancen bei der Operation. Die junge Frau konnte sterben, sie konnte den Eingriff überleben und blind aufwachen, sie konnte ihn überleben und nicht erblinden. Da Jules Vater eine OP ablehnte, war es denkbar, dass er nicht nach Schwerin fahren würde, um seiner Tochter beizustehen.

So wirklich glaubte ich das jedoch nicht. Sie war sein Kind, sein einziges Kind. Mir wäre es auch lieber, Jonas würde nicht in den Südsudan gehen, aber hätte ich die Möglichkeit, ihn dort zu besuchen und ihn zu unterstützen, würde ich das sofort tun, Bürgerkrieg hin, Hungersnot her. Wenn es um meinen Sohn ging, gab es Wichtigeres als meine eigenen Wünsche und Bedürfnisse.

»Hat sie es ihrem Vater schon mitgeteilt?«, fragte ich.

»Sie ist gerade bei ihm drin. Aber wieso ich dich eigentlich anrufe ... Yannick will mit dir reden. Es geht um Fritzies Bruder Ferdi. Warte kurz, ich reiche dich weiter.«

Yannick sah noch erschöpfter aus als Jonas. Wenn Siebzehnjährige erschöpft aussahen, hatte das meistens nichts mit einer vorausgegangenen langen Nacht zu tun, denn körperliche Belastungen, welcher Art auch immer, steckten sie in der Regel gut weg. Dafür schlugen die psychischen voll zu Buche.

»Hi, Frau Kagel.«

»Hi, Yannick, alles in Ordnung?«

»Ist es okay, wenn wir den Small Talk weglassen?«

»Klar. Legen Sie los.«

»Ja, also ... Jule hat gesagt, dass sie reinen Tisch machen will, bevor sie in die OP geht, weil ... Sie sagt, es könnte passieren, dass sie ...«

»Ich verstehe schon, Yannick.«

»Okay, also ... Voll krass, ich ... Auf der Wanderung haben sich einige aus der Gruppe tatsächlich verfolgt gefühlt, ich eher nicht so und Jule auch nicht, aber einige andere halt, und wie sich später rausgestellt hat, lagen die voll richtig. Ich will nicht lange drumherum reden: Es war Fritzies Bruder.«

»Sind Sie ganz sicher?«

»Aber so was von. Wir sind ihm selbst begegnet ... also erst mal nicht. Irgendwann hat Fritzie meiner Oma gesteckt, dass ihr Bruder hinter ihr her ist. Er hat sie nachts im Wald überrascht und …«

»Nachts im Wald?«

»Crazy, ich weiß. Keine Ahnung, was sie nachts im Wald zu suchen hat, aber so ist sie halt, das Ganze hatte was mit 'nem erschlagenen Hasen zu tun. Na, jedenfalls war ihr Bruder auch in Zingst, als wir dort waren. Da haben wir ihn aber immer noch nicht gesehen, also Fritzie schon, nur wir anderen halt nicht. Er stand wohl rauchend unter einer Laterne, Jule und ich sind an ihm vorbeigegangen, und danach hat er mit Fritzie durch die Tür gesprochen.«

»Durch die Tür«, wiederholte ich.

»Ja, sie hat sie ihm vor der Nase zugeknallt. An dem Abend war sie besonders crazy. Erst im Ribnitzer Moor sind wir ihm dann richtig begegnet, Ferdi meine ich, und na ja … Nur so viel, wir waren nicht gerade freundlich zu ihm. Fritzie hat sich schrecklich vor dem Kerl gefürchtet, und wir wollten ihn so schnell wie möglich loswerden. Gregor hat ihm die Schuld an Biskuits Tod gegeben. Biskuit war sein Hund. Ist aber alles nicht so wichtig bis dahin. Das Krasse kommt erst noch. Und das ist richtig krass.« Er atmete mehrmals tief durch. »Es ist nur so, dass… Alles, was ich Ihnen bis jetzt erzählt habe, sind Sachen, die auch Jule weiß. Sie wollte, dass Sie alles erfahren … Bloß … Fuck.«

»Es gibt da noch etwas, von dem Jule keine Ahnung hat?«

»Etwas ist stark untertrieben. Vom Allermeisten hat sie keine Ahnung. Ich habe geschworen, die Klappe zu halten, nur jetzt ist alles so … total weird geworden. Wenn Jule reinen Tisch machen will, wie kann ich dann mit einem völlig verdreckten weiterleben? Das ist so … Es geht einfach nicht.«

Ich nickte. »Wem haben Sie denn geschworen, nichts zu sagen? Jules Vater?«

Er ließ die Frage unbeantwortet. »Okay, was ich Ihnen jetzt erzähle, ist in Graal-Müritz passiert. Ungefähr um vier Uhr morgens. Ich habe mit einem Freund telefoniert, draußen im Garten, als ich plötzlich über etwas gestolpert bin. Es war die Leiche von Fritzies Bruder.«

EINIGE TAGE ZUVOR

Elsi sah nach, ob Yannick auch wirklich zu Jule ins Ferienhaus gegangen war, und als sie zur Gruppe zurückkehrte, war die flüsternd geführte Diskussion bereits in vollem Gang.

Joe sagte: »Los, vergraben wir ihn. Sonst nehmen die Bullen uns auseinander.«

Gregor pflichtete ihm bei. »Fast jeder von uns hat ein Motiv. Ich gebe zu, ich hatte auch eins. Der Mistkerl da am Boden hat meinen Hund ermordet, und jetzt hat er eine klaffende Wunde im Hals, an derselben Stelle wie mein Biskuit.«

»Hey, das stimmt«, rief Joe viel zu laut.

»Schscht«, zischten die anderen ihn an.

»Freu dich nicht zu früh«, raunte Gregor. »Dein Motiv ist auch nicht schlecht. Du wolltest Fritzie beschützen. Und vergessen wir nicht, dass du es schon einmal getan hast. Ich meine, jemanden zu killen.«

»Das war Notwehr«, presste Joe so laut hervor, wie leises Sprechen es ermöglichte.

»Na ja, nicht ganz, Joe«, erwiderte Gregor. »Weißt du, ich bin neugierig geworden, nachdem du uns neulich deine Story aufgetischt hast. Wie es der Zufall so will, hat meine Firma ein Joint Venture mit einem chinesischen Unternehmen, deswegen beherrsche ich die Sprache ein wenig, und ich bin gut im Recherchieren, verdammt gut, wenn ich mal Lunte gerochen habe.

Über deinen Fall stand etwas in einer Zeitung in Shanghai, der Artikel ist im Internet abrufbar, ein paar Suchbegriffe und ... Wie auch immer, du hast nicht nur den Filipino gekillt, sondern deine Freundin gleich mit. Eine Prostituierte. Notwehr, ja? Hat sie dich mit einem wassergefüllten Dildo bedroht?«

Joe verschlug es einige Sekunden lang die Sprache. »Du ... du weißt doch gar nicht, wie es wirklich war.«

»Stimmt, ich gehe nämlich nicht zu Nutten. Ich war verheiratet und habe Verantwortung übernommen, wohingegen du ...«

»Schluss damit!«, zischte Elsi. »Das hier ist keine Selbsthilfegruppe. Wir müssen überlegen, was zu tun ist.«

Gregor antwortete umgehend: »Was Joe vorgeschlagen hat. Ihn vergraben.«

Elsi zögerte. »Also, ich weiß nicht ... Das ist doch ein Verbrechen, oder? Ich möchte nicht, dass du wieder Ärger bekommst, Joe. Oder du, Gregor. Wirklich nicht. Aber das hier widerspricht allem, was ich ... Ich war immer für andere Menschen da.«

»Dann sei jetzt für uns da«, sagte Gregor. »Vor allem für deinen Enkel.«

»Yannick? Wieso? Gregor, was meinst du damit?«

»Vergessen wir nicht, dass er die Leiche gefunden hat. Wahrscheinlich sind Blutspuren an seinen Füßen, und er hat sie überall hingetragen, in Joes Ferienhaus, in deines, in seines. Er ist mindestens so verdächtig wie wir beide. Und dann ist da noch Romina, mit deren Schere der Typ abgestochen wurde und die bei ihrer Geschichte von Ängsten und Neurosen ...«

»Ich habe keine Neurosen«, protestierte Romina.

»Nenn es, wie du willst. Du könntest den Kerl in einem Anfall von Verfolgungswahn getötet haben. Oder Satanismus. Tja, ich habe meine Hausaufgaben gemacht. Deine Tarotkarten, Romina, die haben eine Prägung, und die stammt von Aleister Crowley, einem berüchtigten Okkultisten. Was Fritzie angeht, die hat im Grunde das beste Motiv von uns allen, schließlich hatte es ihr Bruder auf sie abgesehen, nicht auf uns. Wo ist sie überhaupt?«

»Die poft«, erklärte Joe. »Nix zu machen, sie hat zwei Tabletten intus.«

»Das hat sie vielleicht nur vorgetäuscht«, wandte Gregor ein.

Romina widersprach: »Ich habe sie ihr selbst gegeben und war dabei, als sie sie eingenommen hat. Wir haben sie vorher in Wasser aufgelöst, und die Dinger sind echt stark. Ich wollte ihr eigentlich nur eine geben, aber die arme Frau war so was von fertig ...«

Gregor unterbrach sie. »Ist ja echt nett, mit euch in der Morgendämmerung über eure Schlafprobleme zu plaudern, aber wir stehen hier um eine Leiche herum und sollten uns zügig entscheiden, was wir als Nächstes tun. Ich bin dafür, dass wir ihn verscharren, und zwar irgendwo da hinten im Gebüsch. So schnell findet ihn dort keiner. Abstimmung ... wer ist dafür?«

Gregors Hand und die von Joe gingen sofort hoch. Romina verschränkte die Arme vor der Brust und trat von einem Fuß auf den anderen, als warte sie bei Eiseskälte auf den Bus. Ihr Blick ruhte auf Elsi, abwartend, Hilfe suchend.

Elsi versuchte sich zu erinnern, ob sie jemals eine unmoralische Entscheidung von solcher Dimension getroffen hatte. Juristisch hatte sie sich noch nie etwas zuschulden kommen lassen, darüber musste sie gar nicht nachdenken. Nicht mal schwarzgefahren war sie. Zeitlebens war sie für die Schwachen da gewesen, im Berufsleben wie in der Freizeit. Nicht selten hatte sie sogar ihren Urlaub geopfert, um bei der Tafel zu helfen, und selbst wenn sie nach Rügen gefahren waren, hatte sie nie vergessen, dort Blut zu spenden. Ihren Mann hatte das auf die Palme gebracht, aber es war ihr unmöglich gewesen, untätig im Strandkorb herumzusitzen, während so viele Menschen ihre Hilfe benötigten. Und nun sollte sie dabei helfen, eine Leiche zu beseitigen …

Gregor hatte nicht unrecht. Außer Jule und ihr waren alle verdächtig, auf die eine oder andere Weise. Yannick, Joe und Gregor hatten Ferdi verprügelt, die Polizei würde die Prellungen am Körper des Leichnams sofort bemerken. Der tote Biskuit, Rominas Schere, Joes Vergangenheit, Fritzies Vergangenheit, Yannicks Vergangenheit sowie die Tatsache, dass er als Einziger hier draußen gewesen war … Sie glaubte keinen Moment an die Schuld ihres Enkels. Dennoch stand fest: Einer von ihnen hatte es getan.

Was jedoch am schwersten wog: Fritzie durfte hiervon nie erfahren. All die Jahre hatte sie in einer Art Symbiose mit Ferdi existiert, sie konnte nicht mit ihm, aber auch nicht ohne ihn leben. Nun hatte jemand ihren Zwillingsbruder getötet, im schlimmsten Fall war es sogar Joe gewesen. Was, wenn sie sich daran eine Mitschuld gab? Was, wenn sie Ferdis Tod als Vorstufe zu ihrem eigenen ansah? Diese Frau hatte in ihrem Leben so viel durchgemacht. Hatte das denn niemals ein Ende?

Nein, Elsi würde verhindern, dass Ferdi seiner Schwester ein weiteres, ein letztes Mal wehtat: durch seinen Tod. Es war besser, wenn er in Fritzies Vorstellung weiterlebte.

Als Elsi sich entschloss, die Hand zu heben, war sie die Letzte. Romina hatte sich bereits vor ihr entschieden, mit einem Gesichtsausdruck, aus dem jeder Zweifel gewichen war.

Joe und Gregor trugen die Leiche zwanzig Meter weiter ins Unterholz, ein gutes Stück abseits des Weges. Das Laub lag dort fast eine Elle hoch. Zu viert begannen sie, mit bloßen Händen zu graben, doch der Boden war humos und schwer, sie kamen nur langsam voran. Der Gesang der Vögel untermalte ihren schweren Atem, dann das ferne Knattern eines Traktors. Als ein Auto den Weg entlangfuhr, legten sie sich alle flach auf den

Boden, und als sie sich wieder aufrichteten, sahen sie sich schweigend an. Gerade noch mal gut gegangen.

Es gab Augenblicke in diesen fünfunddreißig Minuten, in denen Elsi nicht glauben konnte, was sie da gerade tat, aber die meiste Zeit dachte sie an gar nichts, sondern schaufelte stoisch die Erde mit ihren hohlen Händen aus der tiefer und tiefer werdenden Grube und warf sie achtlos zur Seite. Wenn sie auf einen Regenwurm stieß, trug sie ihn unter Gregors kopfschüttelnden Blicken vorsichtig einen Meter weiter und setzte ihn ab. Irgendwann waren ihre Glieder steif, sie konnte nicht mehr und lehnte sich an einen Baumstamm. Die Feuchtigkeit schien ihren Körper zu durchdringen, und sie sehnte sich nach einem Bad.

»Das genügt«, sagte Gregor kurz darauf.

Ohne zu zögern, fast mechanisch, als wäre es ein routinierter Arbeitsschritt, rollten Joe, Gregor und Romina den Toten in die Grube. Joe durchsuchte Ferdis Taschen.

»Was soll das?«, fragte Gregor. »Willst du ihn etwa bestehlen?«

»Ich gucke nur, ob er wat bei sich hat, womit man ihn identifizieren kann.«

»Ja, hat er, du Dussel. Seine DNA. Erde drauf, Laub drauf und nichts wie weg. Hier findet ihn so schnell keiner. Und selbst wenn … niemand hat ihn zusammen mit uns gesehen.«

Eine Viertelstunde später saßen sie in Elsis und Rominas Ferienhaus um den Küchentisch. Es war exakt 05:58 Uhr, als sie sich nacheinander die Hände in der Spüle wuschen. Elsis waren schwarz wie noch nie.

»Jetzt weiß ich, wie sich Lady Macbeth gefühlt hat«, murmelte sie.

»Wir haben ihn nicht umgebracht«, sagte Gregor.

Traurig erwiderte sie: »Kommt mir aber so vor.«

»Okay, dann haben wir ihn halt umgebracht. Wir alle und keiner von uns.«

»Versteh ich nicht«, sagte Joe.

»Lass es mich so erklären. Wir sind ab jetzt auf Gedeih und Verderb aufeinander angewiesen. Es ist nicht wichtig, wer von uns es war.«

»Ich war es jedenfalls nicht«, stellte Elsi fest.

»Hörst du mir nicht zu? Ich sagte, es spielt keine Rolle, wer es war und wer nicht. Einer von uns war es, na und? Der Typ war ein Schweinehund, der einen kleinen Jungen gefoltert und umgebracht hat. Der meinen Hund gekillt hat. Der seiner Schwester nachgestellt hat. Vielleicht hat er sogar Inzest mit ihr betrieben, igitt!«

Elsi trocknete ihre Hände am Küchentuch ab und setzte sich zu den anderen an den Tisch.

»Eines wollen wir hier mal klarstellen«, sagte sie. »Ihr werdet mir Fritzie nicht in die Sache reinziehen. Kein Sterbenswörtchen kommt euch über die Lippen. Sie würde das alles nicht verkraften, das arme Ding. Habt ihr gestern bemerkt, wie fertig sie nach der Begegnung mit ihrem Bruder war?«

Gregor grinste. »Ich dachte, das ist ihr Normalzustand.«

»Sei nicht so sarkastisch«, wies ihn Elsi zurecht. »Wie kannst du in so einem Moment Witze reißen! Ich werde nicht erlauben, dass einer von euch ihr wehtut.«

Er zuckte mit den Schultern. »Nur nicht aufregen, ich stimme dir ja zu. Je weniger Leute davon wissen, desto besser. Außerdem ist sie sehr viele Jahre prima ohne ihren Bruder zurechtgekommen, und als wir ihn vermöbelt haben, hat sie auch keinen Mucks gesagt. Joe, du sorgst dafür, dass Fritzie es nicht erfährt, und du, Elsi, kümmerst dich um Yannick.«

Elsi passte es nicht, dass Gregor in einer Tour Kommandos gab wie ein übereifriger Unterleutnant. Aber inhaltlich lag er richtig. Sie hatten eine Leiche vergraben und somit ein Verbrechen begangen. Nun war es nötig, die Sache gründlich zu

Ende zu denken. Sie mussten schweigen. Und sie mussten zusammenhalten.

»Also abgemacht, die Sache bleibt unter uns vier, ja?«, fragte sie. Alle nickten, auch Romina, die leichenblass und apathisch vor sich hinstarrte. Elsi seufzte. »Vermutlich ist es ganz gut, dass sich unsere Wege morgen trennen.«

Gregor blickte sie überrascht an. »Spinnst du? Sorry, Elsi, aber wir müssen die Wanderung zu Ende bringen, als wäre nichts geschehen, das ist ja wohl sonnenklar. Angenommen, die Bullen finden die Leiche, dann überprüfen sie doch als Erstes die Ferienhausbuchungen für den fraglichen Zeitraum des Todes. Als Nächstes nehmen sie sich sämtliche Buchungen im ganzen Umkreis vor und bemerken, dass wir die Tour ausgerechnet hier beendet und die verbleibenden zwei Stationen storniert haben.«

Elsi wäre am liebsten in Tränen ausgebrochen, aber sie weinte nie, das hatte sie sich nach ein paar Jahren Sozialarbeit abgewöhnt. Die Sache ging ihr gehörig gegen den Strich, aber sie musste zugeben, dass Gregor ein weiteres Mal logisch dachte. Erschreckend logisch für jemanden, der zum ersten Mal ein Verbrechen vertuschte. So, als gäbe es einen dem Menschen innewohnenden kriminellen Instinkt.

10

Yannick hatte minutenlang gesprochen, ohne dass ich ihn unterbrochen hätte. Zwischendrin schien er seine Offenheit zu bereuen, er geriet mehrmals ins Stocken, und zwar immer dann, wenn seine Oma ins Spiel kam – ein Zeichen dafür, dass er ihr gegenüber eine starke Loyalität verspürte. Trotzdem wirkte er am Schluss erleichtert.

»Gut, dass Sie mir das alles erzählt haben«, lobte ich ihn. »Tun Sie auch den nächsten Schritt, und gehen Sie zur Polizei.«

»Können Sie das nicht übernehmen?«

»Kann ich. Muss ich sogar. Die werden trotzdem auch mit Ihnen sprechen wollen.«

»Aber ich weiß doch gar nicht, was mit der Leiche passiert ist. Die könnte sonst wo liegen.«

»Zwischen fünf und sechs Uhr am Morgen wirft man sich keine Leiche über die Schulter und läuft damit kilometerweit herum. Sie dürfte in der Nähe der Ferienhäuser verbuddelt sein.«

Zwei Atemzüge lang blieb es still. »Dieser ... dieser Ferdi ist mir scheißegal. Dem weine ich bestimmt keine Träne nach. Ich will nur nicht, dass ... Fuck, ich hab den Kopf so voll, ich kann nicht mehr klar denken. Jule ... meine Oma ... Joe ... Das ist alles so krass. Meine Oma hat beim Verbuddeln der Leiche nur für mich mitgemacht, verstehen Sie? Damit die Bullen mich nicht auseinandernehmen. Ich mache das hier gerade alles kaputt und werde am Ende trotzdem auseinandergenommen. Und sie kriegt auch Ärger, stimmt's? Aber ich kann ... Jule das nicht antun. Ich kann sie nicht mit so einer scheiß Lüge auf dem Gewissen in den OP schieben. Das geht nicht, das bedeutet doch, das Schicksal herauszufordern.«

Natürlich verstand ich die Beweggründe seines Geständnisses und auch dessen Zeitpunkt. Eine Wendung wie »das Schicksal herauszufordern« schien mir allerdings nicht zu Yannick zu passen, das war viel zu pathetisch und metaphysisch und hörte sich eher nach einer anderen Person an, die ich unlängst kennengelernt hatte.

»Haben Sie mit Frau Pantelli über die Angelegenheit gesprochen?«, fragte ich.

»Cool, woher …? Ja, stimmt. Sie hat mich gestern Abend noch spät angerufen, als ich mit Jonas im Auto saß. Ihr geht es auch nicht gut mit dem, was sie mit Ferdi gemacht haben.«

»Sie hat mit Ihnen darüber gesprochen?«

»Ja, warum denn nicht?«

»Na, die Beteiligten haben bestimmt Stillschweigen vereinbart.«

»Kann sein. Eigentlich wollte Romina auch mit Jule sprechen, aber das habe ich natürlich abgeblockt. Erstens, weil Jule von alldem keine Ahnung hat, und zweitens, weil sie gerade echt andere Probleme hat, als Romina zu trösten. Wir haben uns kurz unterhalten, keine zwei Minuten waren das. Ihr Gelaber ging mir auf den Keks, der Teufel, der Turm und irgendwas mit sieben Schwertern. Ich habe den Arm mit dem Handy einfach ausgestreckt und sie quasseln lassen.«

»Haben Sie mit ihr auch über Joe gesprochen?«

»Nö. Okay, war's das? Jule kommt gerade aus dem Haus, wir wollen gleich los.«

»Halt! Sie haben mir noch nichts über die restlichen zwei Tage der Wanderung erzählt.«

»Jetzt nicht. Jule ist da. Ciao, Ciao.«

Ciao, Ciao, also wirklich. Seine Jugend in allen Ehren, aber

Yannick nahm mir das alles viel zu leicht. Ich konnte sehr gut verstehen, dass er sich vor allem um Jule Gedanken machte, trotzdem … Einen Song zu schreiben und einen Lichtstrahl ins Dunkel zu werfen, damit war es nicht getan. Nicht bei Mord.

Zum Abschluss des Telefonats bat ich Jonas, mich anzurufen, sobald er Jule und Yannick an der Klinik in Schwerin abgesetzt hatte.

»Was machst du als Nächstes?«, wollte er wissen.

»Ich werde als Erstes Oberkommissar Clement informieren. Und danach tue ich etwas, das ich zuletzt als Kind gemacht habe.«

Ich fuhr nach Dänemark. Der Weg war weniger weit, als er sich anhörte. Von Puttgarden auf Fehmarn, wo ich als Mädchen regelmäßig die Sommerferien verbracht hatte, ging eine Fähre nach Rødbyhavn auf Lolland, und von dort war es nur noch eine gute Stunde nordwestwärts zu der Wikingersiedlung, die an einer fjordähnlichen Bucht am Langelandsbelt lag.

Es gab diese dänischen Tage, an denen der Himmel nirgendwo höher, nirgendwo klarer war. Der Horizont war weit, das Gras hellgrün, die Herrenhäuser strahlten wie polierter Alabaster. Überall hörte man Fohlen wiehern, Schwäne rufen, Kühe blöken, und die Luft mochte man am liebsten einpacken und mitnehmen. Und dann gab es jene dänischen Tage, an denen der Himmel nirgendwo tiefer hing, der Nebel zum Greifen nah war und man glaubte, man befinde sich auf dem Boden einer gut verschlossenen Butterbrotdose. Einen solchen erwischte ich.

Das Wikingerdorf war auf keiner Karte verzeichnet, daher musste ich mich durchfragen. Es befand sich auf einer Halbinsel, die in die Bucht hineinragte, und war durch einen Wald von der Zivilisation getrennt. Einen Parkplatz suchte ich vergebens, daher stellte ich den Wagen am Wegesrand ab und ging etwa einen Kilometer zu Fuß. Nichts hinderte mich daran, kein Zaun, kein

Schild. Touristen waren offenbar nicht unwillkommen. Von irgendwas mussten die Einsiedler ja leben, außer vom Fischfang und der Gemüsezucht, und da Raubzüge heutzutage verpönt waren ... Die Vorstellung, dass Menschen dauerhaft so leben wollten wie vor eintausendzweihundert Jahren, faszinierte mich, doch das war natürlich nicht der Grund für meinen Abstecher.

Durch den Tod ihres Bruders wurde Fritzie Thornagel für mich zum Mittelpunkt des Kriminalfalls. Allerdings ein schwer greifbarer, sowohl physisch als auch im übertragenen Sinne. Denn was sie anging, türmten sich die Fragen meterhoch auf.

Erstens: Warum war Ferdi so sehr hinter seiner Schwester her, dass er nach dreizehn Jahren alles stehen und liegen ließ, durch die ganze Republik eilte und sie an der Ostsee verfolgte? Mal angenommen, sie hätte zugestimmt, mit ihm zurückzugehen, was wäre dann passiert? Wie stellte er sich das vor? Wollte er seine Frau verlassen und mit Fritzie leben? Sie nach Bayern auf seinen Hof holen? Ihr etwas antun?

Zweitens: Als seine Freundin stand Fritzie Joe am nächsten. War er umgebracht worden, weil er über Ferdis Tod auspacken wollte? Eine Leiche zu verbuddeln, war eine Sache, aber jemanden umzubringen, um dieses nicht besonders schwere Vergehen unter Verschluss zu halten, war etwas anderes, etwas Monströses, schwer Glaubhaftes. Außerdem: Hatte er Fritzie überhaupt eingeweiht?

Drittens: Über Fritzies Geschichte, angefangen bei der Kindheit über die Jahre nach dem Verbrechen an dem kleinen Kilian und das Leben mit ihrem Bruder bis zu ihrer Flucht in das Wikingerdorf, den dreizehn Jahren dort und schließlich dem Kennenlernen von Joe, lag ein milchiger Nebel, ähnlich dem, durch den ich gerade auf die Siedlung zuschritt.

Irgendwohin musste Fritzie nach der Vernehmung durch die Polizei gegangen sein, und da sie weder bei Romina noch bei ihrem Bruder Etienne untergekommen war, hielt ich es für wahrscheinlich, dass sie einen Ort aufgesucht hatte, an dem sie sich geborgen fühlte. In dem Wikingerdorf Slotø hatte sie immerhin fast ein Viertel ihres Lebens verbracht.

Was Letzteres anging, wurde ich wieder einmal enttäuscht. Ich bekam die Frau einfach nicht zu fassen, weder als Gestalt noch als Charakter. Als Gerichtsreporterin begegnete ich den skurrilsten Menschen, in deren Wesen ich mich trotzdem hineinversetzen, das ich irgendwie greifen konnte, selbst wenn ich es abstoßend fand. Bei Fritzie dagegen hatte ich große Schwierigkeiten, was das anging. Sie war und blieb mir seltsam fremd, und wenngleich ich sie bei den Wikingern nicht antraf, hatte sie viele Jahre mit ihnen verbracht. Irgendetwas würde ich hier schon erfahren.

Bei dem Wort »Wikingerdorf« – bei dem Wort »Mittelalter« im Allgemeinen – hatte ich unwillkürlich klischeehafte Bilder vor Augen. In Slotø wurden sie Realität. Vor mir erstreckten sich etwa dreißig reetgedeckte Holzhäuser unterschiedlicher Größe, teilweise bemoost, ein einfacher Zaun aus schiefen Pfählen, der die Siedlung eingrenzte, aber ein breites, offenes Tor hatte, und ein runder Dorfplatz mit einer Linde. Darunter saßen Frauen, die Körbe flochten, Gefäße töpferten oder Kleidung nähten, und Männer, die Netze ausbesserten, Leder gerbten oder Messer schmiedeten. All die von ihnen hergestellten Gegenstände gab es auch zu kaufen, vom Küchenhelfer bis zum Wams. Die Gewänder der Bewohner ähnelten sich wie ihr Verhalten. Die Menschen hier waren alle freundlich, wenngleich zurückhaltend, von einem Handschlag zur Begrüßung hielten sie nicht viel. Eine Wollspinnerin mit einem Zopf, der dreimal um ihren Kopf gepasst hätte, empfahl mir, mich an Bent zu wenden, als ich sie nach Fritzie fragte.

Er wohnte in einem kleinen Haus mit kleinen Fenstern nah am Fjord. Auf dem First war ein Drachenkopf befestigt, oder was ich dafür hielt, und an der Tür hing ein Schild aus Eisen und Leder, das er vermutlich selbst hergestellt hatte. Auf mein Klopfen öffnete mir ein Bilderbuchmann von einem Meter neunzig mit blondgrau meliertem Bart und ebensolchen Haaren. Er trug ein ockergelbes Wams und irgendetwas zwischen Hose und Rock. Seine Beine waren mit Stoff umwickelt, und die Stiefel waren von schwerer Qualität. Er war um die fünfzig, strotzte jedoch vor Kraft und Energie, so, als wäre er halb so alt.

Ich stellte mich vor und erklärte ihm, dass ich wegen Fritzie gekommen sei.

Suchend blickte er über meinen Schopf hinweg und sagte auf Deutsch mit starkem dänischen Dialekt: »Haben Sie sie mitgebracht?«

Seine Stimme war tief und brummig, dennoch lag Sanftheit darin, ebenso Hoffnung, vielleicht sogar Verunsicherung.

»Leider nicht. Ich habe gehofft, sie hier zu finden.«

Er war sichtlich enttäuscht. »Hier ist sie nicht. Sie ist weggegangen.«

»Wann?«

»Zum Fest der Leinenernte.« Als er meinen ratlosen Gesichtsausdruck bemerkte, präzisierte er: »Wir feiern die Leinenernte am zweiten Vollmond nach Mittsommer.«

»Demnach letztes Jahr?«

»Vor elf Monaten.«

»Und Sie sind ihr ... Gefährte?«

»Ihr Ehemann.«

»Oh.«

»Weißt du, ob es ihnen gut geht, ihr und Almut?«

Dass er mich wie selbstverständlich duzte, gehörte wohl zur mittelalterlichen Attitüde und ging fast unter angesichts eines Namens, der mir neu war.

»Ich weiß nichts von einer Almut. Fritzie war auf einer

Wanderung an der Ostsee, und dabei hat es einen Vorfall gegeben, bei dem sie ... anwesend war.«

Ich hielt es für unpassend, ihm zu diesem Zeitpunkt mehr zu erzählen. Nicht, weil ich Bent misstraute. Als Mensch wollte ich ihm die Demütigung ersparen, dass seine Frau einen Gefährten oder auch Liebhaber gehabt hatte, und als Journalistin und Ermittlerin sah ich das, was ich wusste, als Tauschmasse an für das, was er wusste. Immerhin schien er Fritzie besser zu kennen als jeder andere, mit dem ich bisher gesprochen hatte. Und nicht zuletzt war ein neuer Name aufgetaucht: Almut.

Bent war nicht auf den Kopf gefallen. Er überblickte die Situation sofort und wies mit ausgestrecktem Arm auf zwei holzgeschnitzte Bänke an dem windschiefen Zaun, zwischen denen ein breiter Baumstumpf als Tisch diente. Während er klares Quellwasser holte, hatte ich Zeit, meine Umgebung eingehend zu betrachten. Der Nebel lichtete sich ein wenig und gab den Blick auf ein milchiges, fast glattes Gewässer frei, von dem ich wusste, dass es die Ostsee war, aber hätte schwören können, es sei ein See. Sämtliche Geräusche der modernen Welt waren abwesend, kein Rasenmäher, Radio, Auto oder Handy störte die Ruhe. Jemand besserte ein Boot aus, ein anderer fütterte die Hühner, eine Frau zerrte eine Ziege gegen deren Willen von einem Stall zu einem anderen. Der Alltag der Menschen hier hatte etwas Meditatives, auch wenn er von Mühe geprägt war.

Außer Quellwasser brachte Bent auch eine Suppe aus Sellerie, Möhren, Kohl und Petersilie, dazu zwei Wurzelholzschüsseln mit Holzlöffeln. Schweigend begann er zu essen, und ich tat es ihm gleich. Mein Instinkt riet mir wieder einmal, die Klappe zu halten und ihn das Gespräch beginnen zu lassen. Allerdings war sein Zeitbegriff ein anderer als meiner. Journalisten hatten eine eigene Zeitrechnung, Wikinger vermutlich auch, welche sich nur eben am entgegengesetzten Ende der Skala befand.

Als ich die leckere Suppe ausgelöffelt hatte, war er noch nicht halb damit fertig, und ich stellte mich schon auf eine weitere Viertelstunde Warten ein.

»Was war das für ein Vorfall?«, fragte er.

Na endlich. »Fritzie hat eine Gruppenwanderung unternommen, deren Mitglieder sich vorher nicht kannten, und zwar von Wolgast nach Wismar. Wolgast ist ein Städtchen bei Usedom. Zwei Tage vor Ende der Reise ist jemand ... gestorben.«

»Sie ist in meine Richtung gewandert?«

Ich stutzte. »Das könnte man tatsächlich so sagen. Aber ich habe keinerlei Informationen darüber, ob das ihr Hintergedanke war. Ich habe mich gerade eben nicht exakt ausgedrückt. Sie war nicht nur in Begleitung von Fremden, vielmehr kannte sie eine der Personen wohl seit einigen Wochen.«

»Einen Mann?«

»Ja. Er ist derjenige, der gestorben ist.«

»Und Almut?«

»Wie gesagt, ich weiß nichts von einer Almut. Aber Fritzie hat eine Zeit lang in Berlin gelebt.«

»Das habe ich mir fast gedacht.«

Diese Unterhaltung war wie ein Herumtapsen in Dunkelheit – ich machte zwar einen Schritt vorwärts, wusste aber nicht, ob er mich zum Lichtschalter oder sonst wohin führte.

»Vielleicht könnten wir chronologisch vorgehen«, schlug ich vor. »Wann haben Sie ... hast du Fritzie kennengelernt, Bent?«

»Vor ungefähr vierzehn Jahren. Ich habe damals ein Mädchen totgefahren.«

Ich war so baff, dass mir fast das Quellwasser in der Kehle stecken blieb.

»Ich hatte zu viel getrunken. Abenddämmerung, ein Vorort von Sønderborg. Das Mädchen wollte eine Katze einfangen und ist mir direkt vors Auto gelaufen, was auch die Zeugen ausgesagt haben. Ich bin gerade mal vierzig gefahren. Selbst wenn ich stocknüchtern gewesen wäre, hätte das nichts geändert, der Aufprall wäre genauso stark gewesen, hat der Gutachter behauptet. Deshalb haben sie mich nur wegen Trunkenheit am Steuer verurteilt. Der Unfall hat mein Leben verändert. Ich war geschieden, hatte keine Kinder und habe mich schon immer für die Wikinger interessiert. Also habe ich einfach alles hinter mir gelassen und bin hierhergekommen. Mit dem Alkohol habe ich inzwischen ganz aufgehört. Die Wikinger waren sehr trinkfreudig, ich bin es nicht mehr.« Er griff in sein Wams und holte ein Päckchen Tabak sowie Streichhölzer hervor. »Nur das Rauchen kann ich nicht lassen.«

Ich fragte mich, warum er mir das alles in solcher Ausführlichkeit erzählte, zumal ich ihm fremd war. Aber ich wusste, dass Alkoholiker, die seit vielen Jahren trocken waren, sehr offen mit allem umgingen, was mit ihrer Trunksucht und deren Folgen zusammenhing. Weit interessanter fand ich, dass Bent ganz offensichtlich eine Menge mit Joe gemeinsam hatte, bei Äußerlichkeiten wie der Körpergröße und der maskulinen Statur angefangen. Aber auch das Rauchen und die Aura des einsamen Wolfs verband die beiden Männer bis hin zu der Tatsache, dass sie jeweils ein Menschenleben beendet hatten, wenngleich auf völlig verschiedene Weise.

»Wusste Fritzie über deine Vergangenheit Bescheid?«

Er nickte, während er sich eine Zigarette drehte. »Sie kam ein paar Monate nach mir ins Dorf. Anfangs ist sie mir aus dem Weg gegangen, sie hatte nur mit Frauen zu tun, bestimmt ein Jahr lang. Irgendwann sind wir uns dann nähergekommen. Sie wusste zu dem Zeitpunkt schon, dass ich schuld am Tod eines Mädchens war. Ich habe ihr die ganze Geschichte noch mal von vorne erzählt. Wir wurden ein Paar und haben geheiratet. Keine

Kirche, kein Standesamt. Eine Wikingerhochzeit. Nur gültig hier im Dorf, nicht da draußen.«

»Verstehe.«

Er bekam feuchte Augen und leicht zittrige Hände. Die Zigarette, die er sich anzündete, war ein arg gequetschtes Krüppelchen, das schief in seinem Mundwinkel hing.

»Wir waren glücklich. Slotø ist ein feiner Ort. Wir fischen, bauen, flicken, nähen, wir haben unsere Arbeit und die Natur, und wir haben uns. Mehr brauchen wir nicht.«

Ich konnte das alles gut nachvollziehen. Auch, dass dieser Ort besonders reizvoll war für Menschen, die mit ihrem bisherigen Leben brechen wollten, aus welchen Gründen auch immer. Manche wendeten sich der Religion zu, andere gingen in den Busch oder schrieben in Spitzbergen ihr Leben auf. Mein eigener Sohn war gerade an einem Punkt, an dem er aus seinem Leben ausbrechen wollte.

»Hat Fritzie mit dir darüber gesprochen, weshalb sie nach Slotø gekommen ist?«

»Sie hat nur gesagt, dass sie von jemandem loskommen will. Die Gemeinschaft hat ihr Fragen gestellt, bevor wir sie aufgenommen haben, ob sie verheiratet ist, ob sie von der Polizei gesucht wird und so weiter. Das war nicht so. Nach einem Jahr Probezeit war es dann so weit.«

»Fast wie im Kloster«, sagte ich lächelnd, und Bent lächelte ebenfalls. Ich hielt ihn für einen ehrlichen, anständigen Menschen, der seiner Ehefrau nachtrauerte.

»Und du hast ihr in den ganzen Jahren keine Fragen zu ihrer Vergangenheit gestellt?«

»Nie. Das ist bei unserer Lebensart nicht wichtig. Was zählt, ist der Augenblick.«

»Gut, und was ist dann passiert, nach den Jahren des Glücks? Warum ist Fritzie von hier weggegangen?«

»An mir lag es nicht«, erwiderte er, bemerkte einen Funken Ungläubigkeit in meinen Augen und ergänzte: »Ich weiß, das behaupten alle Männer. Aber vor etwa drei Jahren ...«

Er unterbrach sich, und ich merkte, dass es da etwas gab, das ihm peinlich war. So, wie ich ihn einschätzte, war es etwas, das an seiner Ehre rührte, an seiner Ehre als Mann. Viele andere Wikinger hätten das Gespräch an dieser Stelle abgebrochen. Wieso sollte er sich rechtfertigen, noch dazu vor einer Frau, einer Fremden? Er war gewiss kein Macho im engeren Sinn, der seine Männlichkeit überbetont zur Schau stellte, aber ein gewisser Kult von Stärke wurde in dieser Gemeinschaft durchaus gelebt. Es waren eben nicht die Frauen, die hier die Boote und die Häuser bauten und zum Fischen hinausfuhren, und nicht die Männer, die die Körbe flochten.

Dass er an diesem Punkt dennoch nicht aufhörte, lag daran, dass es da etwas gab, mit dem er noch nicht abgeschlossen hatte, das an ihm zehrte und das er nicht verstand. Mit den Menschen um ihn herum konnte oder wollte er nicht darüber sprechen, und gewiss gab es vor Ort keinen Psychiater, an den er sich hätte wenden können.

Dreimal kurz hintereinander zog er an seiner Fluppe, drückte sie am Zaun aus und verstaute den Stummel in seinem Wams.

»Vor drei Jahren ist Almut zu uns ins Dorf gekommen. Bevor du fragst: Ich weiß über sie nur, dass sie aus Berlin war und Kostümbildnerin gelernt hatte, sonst nichts. Sie konnte nähen wie keine zweite hier, deswegen haben wir sie ungewöhnlich schnell aufgenommen. Sie war ein bisschen älter als ich, Anfang fünfzig, und Fritzie hat bald Freundschaft mit ihr geschlossen. Danach war nichts mehr wie vorher.« Er stand auf, ging ein paar Schritte im Kreis und setzte sich wieder mir gegenüber. »Wir waren damals zwar noch intim, aber ... ich habe gespürt, dass sie in Gedanken woanders war.«

»Bei Almut?«

»Fest steht: Mit Almut fingen unsere Probleme an. Diese Frau hat mir Fritzie entfremdet. Wenn du mich fragst, wie, muss ich dir antworten: Ich weiß es nicht.«

»Wie war sie denn so, diese Almut?«

»Eine Walküre, ganz schön groß für eine Frau und ziemlich dick.«

»Ich meinte, in ihrer Wesensart.«

»Sehr selbstbewusst. Würde es nicht so blöd klingen, würde ich sagen, sie hat ihren Mann gestanden. So schnell hat ihr keiner was vorgemacht. Zuerst fand ich es gut, dass Fritzie sich bei ihr was abguckt, weil sie so furchtbar schüchtern war und viel zu still. Man musste alles immer mühsam aus ihr herauskitzeln. Dank Almut hat sich das geändert, bloß … Nach ein paar Monaten erkannte ich meine Frau nicht mehr wieder. An einem Tag war sie wie Almut und am nächsten die alte Fritzie. Manchmal wechselte es sogar im Stundenrhythmus. Ich hatte das Gefühl, Almut will mir meine Fritzie wegnehmen, also stellte ich sie zur Rede.«

»Und was hat sie gesagt?«

»Sie hat getan, als wüsste sie nicht, was ich meine. Behauptete, dass ich nur so einen Aufstand machen würde, weil Fritzie endlich aus sich herauskommt, dass ich sie all die Jahre unterdrückt hätte. Aber ich habe meine Frau nicht unterdrückt …«

Das zu beurteilen, stand mir erstens nicht zu, und zweitens war die Faktenlage zu dünn dafür. Mein Gefühl sagte mir jedoch, dass Bent kein übler Kerl war. In einer derart eng verwobenen Gemeinschaft wie dieser war es allerdings schwer, seine gewohnte Rolle zu verlassen und sich neu zu definieren. Vielleicht hatte Fritzie es einfach über, in Slotø zu leben, vielleicht hatte sie durch Almut ihre Homosexualität entdeckt oder etwas ganz anderes.

»Fritzie hat dich also verlassen?«, fragte ich.

Es fiel Bent sichtlich schwer, zu nicken. Er schloss dabei die Augen wie ein Kind, das hoffte, dadurch nicht gesehen zu werden.

»Wenn dir die Frage nicht zu direkt ist ... Was genau ist damals passiert?«, hakte ich nach.

Er machte eine hilflose Geste. »Eines Morgens war sie weg und Almut mit ihr. Ich wäre ihr nachgefahren, um sie wenigstens zu fragen, warum. Aber ein paar Tage vorher hatte ich einen Unfall. Auf dem Heuboden war eine Planke morsch, und ich bin in die Tiefe gestürzt. Dabei habe ich mir ein Bein gebrochen, zum Glück nicht das Genick. Viel hat dazu nicht gefehlt. Als es mir einen Monat später endlich besser ging, beschloss ich, die Sache auf sich beruhen zu lassen.«

Wir redeten noch eine Weile über Fritzie und Almut, aber als ich merkte, dass ihm das Gespräch nur wehtat, ohne ihm etwas zu bringen, bedankte ich mich für seine Offenheit und Gastfreundschaft.

»Eine letzte Frage. Du weißt nicht zufällig, wo Almut wohnt?«

»Ich nicht, aber bei der Aufnahme hier muss man beim Dorfältesten seine letzte Meldeadresse angeben.«

Ich hatte doppelt Glück. Nicht nur, dass der Dorfälteste keinen Sinn darin sah, mir die Adresse vorzuenthalten, die Almut bei ihrem Einzug vor vier Jahren angegeben hatte, ich wusste sogar ungefähr, wo das war. Es handelte sich um eine Kleingartensiedlung an der Malchower Aue im Berliner Nordosten. Als Jonas noch klein war, hatten wir dort zwei- oder dreimal einen seiner Klassenkameraden besucht, um mit seiner Familie in deren Schrebergarten zu grillen. Mit der Mutter hatte ich mich gut verstanden, wir waren lose befreundet, aber als Jonas die Schule wechselte, schlief unsere Bekanntschaft ein.

Berlin – ich war gerade erst dort gewesen, und nun sollte ich gleich wieder hinfahren? Es lag von hier aus zwar nicht am Ende der Welt, aber ein paar Stunden bräuchte ich für die Fahrt, und es war schon recht spät.

Wieder in Puttgarden und damit Deutschland angekommen, hörte ich zwei Nachrichten auf meiner Mailbox ab. Jonas ließ mich wissen, dass er Jule und Yannick in die Schweriner Klinik gebracht hatte und jetzt den Rückweg »nach Hause« antrat, also in mein und Yims Haus bei Wismar. Außerdem sagte er noch, dass ihm Jules Idee gefiel, sich an einen ruhigen, vertrauten Ort zurückzuziehen, dort so lange zu bleiben, bis man eine Entscheidung getroffen hatte, und diese dann unter allen Umständen beizubehalten und umzusetzen. Das hörte sich ganz danach an, als hätte er demnächst etwas Ähnliches vor.

Die zweite Nachricht stammte von Oberkommissar Raimo Clement. Sie hatten in Graal-Müritz mit Spürhunden gesucht und waren nach nur zehn Minuten erfolgreich gewesen. Sie hatten Ferdi Thornagel, so, wie Yannick es beschrieben hatte, mit einer Stichwunde im Hals aufgefunden. Für den kommenden Tag waren Fritzie, Romina Pantelli, Gregor Klee sowie Elsi und Yannick Gandelagen ins Revier vorgeladen.

Ich sollte dazukommen.

EINIGE TAGE ZUVOR

Irgendetwas stimmte nicht. Gestern hatten sich alle noch darüber unterhalten, ob sie zur Feier ihres Geburtstages eine kleine Party in der nächsten Unterkunft organisieren sollte, und nun hatten alle vergessen, dass heute dieser Tag war. Alle, außer ihr Vater und Yannick. Als Erster hatte ihr Yannick gleich um Mitternacht gratuliert. Er hatte ein Törtchen gekauft, eine Art Riesenkeks, und achtzehn Kindergeburtstagskerzen daraufgesteckt.

Sie hatten sie gemeinsam ausgepustet, sich das Törtchen geteilt und sich dabei mehrmals geküsst. Das Bett war anschließend voller Krümel gewesen.

Jule hatte kaum geschlafen letzte Nacht, nur von etwa drei bis halb sieben, entsprechend müde war sie nun. Der Wein, immerhin hatten sie die halbe Flasche geleert, war auch nicht ganz unschuldig daran. Um sieben hatte dann ihr Vater an der Tür geklopft, sie umarmt und ihr ein Tablet überreicht. Ursprünglich wollte er ihr Geld für den Führerschein geben und ein Auto schenken, aber nun, da sie krank war und keiner wusste, wohin das führte ... Das Tablet war benutzerfreundlich für Blinde.

Das Frühstück nahmen die Wanderer noch getrennt in ihren jeweiligen Ferienhäuschen ein. Jules Vater aß natürlich mit ihr und Yannick, wobei ein kleines Wunder geschah, denn er war richtig freundlich zu ihm, obwohl er ihn tags zuvor noch als Versager betitelt hatte. Um acht Uhr trafen sie sich zum Abmarsch. Niemand gratulierte Jule, nicht einmal Elsi, die von sich behauptete, ein unschlagbares Gedächtnis zu haben und nie etwas zu vergessen. Tja, selbst sie dachte nicht daran, und Yannick musste ihr erst einen Wink geben. Selbst danach fielen die Glückwünsche der Gruppe merkwürdig verhalten aus, so als wäre in der Nacht eine große Erschöpfung über alle gekommen. Bei Fritzie konnte Jule es ja noch nachvollziehen, angesichts der Konfrontation mit ihrem Bruder, aber bei Joe, Elsi und Romina? Selbst Yannick kam ihr verändert vor, aber er hatte vermutlich noch weniger geschlafen als sie. Letzte Nacht hatte er ihr gestanden, dass es sein erstes Mal gewesen war.

Der Weg führte die Gruppe zunächst nach Warnemünde, das sie durchquerten, wobei sie auch mit einer Personenfähre vom einen ans andere Ufer übersetzten. Das war mal eine Abwechslung, die jedoch niemanden zu begeistern schien. Vielleicht war nun der Punkt erreicht, von dem Elsi vor einigen

Tagen in Eldena gesprochen hatte: aufgebrauchte Kraft, taube Glieder, verringerte Achtsamkeit und eine zunehmende Distanz zu dem Leben, das ein jeder im Alltag führte. Kurz, die Ich-unterschreibe-alles-Phase. Da Jule selbst unter bleierner Müdigkeit litt, unternahm sie keinen Versuch, die träge Stimmung aufzuheitern.

Weiter ging es bis nach Nienhagen, entlang einer endlos scheinenden, fast schnurgeraden Steilküste, durch Ginster, Sanddorn, Silberweide und Kartoffelrose hindurch, auf der einen Seite der grüne Wald, auf der anderen das stahlblaue Meer unter dem klaren Himmel. Sie wurden begleitet von einem leichten Wind, in dem Möwen artistische Kreise zogen, und dem Geschrei der brütenden Uferschwalben.

In Nienhagen bezogen sie eine Pension in der Ortsmitte, ein klobiges Gebäude mit hübschen weißen Holzbalkonen. Das Abendessen bestand aus Backfisch mit Pommes frites und Gurkensalat, anschließend bat ihr Vater sie um einen Strandspaziergang zu zweit. Dasselbe schlug Oma Elsi Yannick vor, die in die gleiche Richtung losliefen: westwärts, entlang des sogenannten Gespensterwaldes. Etwa einhundert Meter entfernt stapften die beiden hinter Jule und ihrem Vater durch den Sand, der im Sonnenuntergang aprikosenfarben schimmerte.

»Mein kleines Mädchen ist also seit heute erwachsen«, durchbrach er nach einer Weile die Stille.

»Eigentlich fühle ich mich schon seit zwei Jahren erwachsen, seit ich den zweiten Platz im Musikwettbewerb gewonnen habe. Der Drittplatzierte war neunzehn, und damals dachte ich, wenn ich besser Klavier spiele als er, wieso kann ich dann nicht auch erwachsener sein? Amtlich ist meine Volljährigkeit allerdings erst jetzt.«

»Ich hatte mir den heutigen Tag anders vorgestellt.«

»Ach, Papa, fang bitte nicht schon wieder damit an.«

»Ich fange nicht wieder an, keine Sorge. Aber darf ich mich denn nicht hilflos fühlen?«

»Natürlich, so geht's mir ja manchmal auch. Ziemlich oft sogar.«

»Es fällt mir schwer, dass du seit Neuestem deine Entscheidungen nicht mehr mit mir besprichst.« Er warf einen Blick zurück. »Sondern mit jemandem, der völlig anders tickt als ich.«

»Das ist der Lauf der Welt. Du hast deine Entscheidungen irgendwann doch auch nicht mehr mit Zustimmung deiner Eltern getroffen. Und jetzt möchte ich nicht mehr darüber reden. Ich habe immer noch Geburtstag, heute wird nach meiner Pfeife getanzt.«

»Was hast du vor?«

»Am liebsten möchte ich um die Welt segeln, aber ich habe nicht mal die Kraft, Muscheln zu sammeln. Wir sind alle kaputt. Der Tag heute war irgendwie spooky, findest du nicht?«

»Nein.«

»Absolute Depri-Laune bei allen. Es kommt mir so vor, als hätte uns Fritzies Bruder jede Freude genommen.«

Ihr Vater sah sie an, als forsche er in ihrem Gesicht nach etwas.

»Papa, was ist? Hab ich was Falsches gesagt?«

»Nein, nur … Was mich angeht, hat Fritzies Bruder Biskuit umgebracht. Ich weiß, du denkst da anders. Für mich ist es aber so, und ich bin noch nicht darüber hinweg.«

»Das heißt, du würdest ihn wieder zusammenschlagen, wenn er uns jetzt hier am Strand begegnen würde?«

Wieder sah er sie so komisch an, und in seinen Augen lag etwas, das sie darin nie vermutet hätte: Verunsicherung, vielleicht sogar Furcht. Sonst war sein Blick stets kontrolliert, wenn nicht gar geschäftsmäßig unterkühlt.

»Biskuits Tod hat dich ganz schön mitgenommen, Papa. Ich weiß, er war wie ein Freund für dich.«

»Ja, aber darüber möchte ich nun nicht mehr sprechen.«

»Einverstanden. Lass uns bitte die letzten beiden Tage der Wanderung fröhlicher gestalten, ja?«

»Und wie?«

»Hm ... Ich werde mich morgen eingehend mit jemandem unterhalten, mit dem ich bisher nur ein wenig Small Talk gemacht habe, und du tust dasselbe.«

»Irgendwelche Vorschläge?«

»Wie wäre es mit Yannick?«

Er lachte. »Das war ja klar. Und was ist mit dir?«

»Fritzie oder Romina, darüber muss ich erst noch eine Nacht schlafen.«

»Ich möchte nicht, dass du dich eingehender mit Romina befasst.«

»Wieso denn nicht? Klar, sie wird mir erst mal die Tarotkarten einzeln runterbeten, aber du kennst mich, ich kann damit genauso wenig anfangen wie mit der *Frohen Botschaft* der Zeugen Jehovas.«

»Ich möchte es trotzdem nicht. Ich halte sie für ... labil.«

»Sag bloß, für labiler als Fritzie?«

»Meinetwegen. Und ich unterhalte mich also mit Yannick.«

»Versprochen?«

»Ich werde sogar gleich damit anfangen.«

Sie blieben stehen und blickten zurück. Der Abstand zwischen ihnen und den beiden anderen war angewachsen. Sie liefen sehr langsam, in eine rege Diskussion vertieft.

»Sollen wir ihnen entgegengehen oder ...?«, fragte Jule.

»Wir warten«, bestimmte ihr Vater, und sie war froh, als sie sich in den Sand legen und im Licht der untergehenden Sonne baden konnte.

»Oma, hör auf, mir wird richtig schlecht davon«, sagte Yannick. Er blieb stehen, tauchte die Füße bis zu den Knöcheln in die leise schwappenden Wellen und richtete den Blick aufs Meer. Was Oma Elsi und die anderen getan hatten, war so außerirdisch, so kaputt, so outlaw, dass er sich vorkam wie in einem wirren Traum, aus dem er gerade völlig gerädert aufgewacht war.

»Jetzt mal ohne Scheiß. Ein Mordopfer zu vergraben ... warum hast du da mitgemacht? Doch nicht bloß meinetwegen.«

»Natürlich deinetwegen.«

»Das glaube ich dir nicht.«

»Eine andere Antwort kann ich dir nicht geben. Wahrscheinlich hattest du Blut an dir, an den Füßen, du warst mit deinen Quanten in fast jedem Ferienhaus, und die Polizei hat hochmoderne Methoden. Vergiss nicht, du bist wegen Körperverletzung vorbestraft.«

»Es war nur ein einziger Schlag im Affekt, vor zwei Jahren. Außer Nasenbluten ist nichts passiert.«

»Du hörst dich schon an wie Joe. Alles bloß Notwehr, ja?«

»Ey, ich hatte überhaupt keinen Grund, diesen Ferdi umzubringen.«

»Immerhin hast du mitgeholfen, ihn zu verprügeln.« Mit einer entschlossenen Geste verhinderte sie seinen Protest. »Über wen reden wir hier überhaupt? Der Mann hat seine Schwester bedrängt, sie verfolgt und ihr das Leben zur Hölle gemacht. Für so jemanden sollen wir uns einem Mordverdacht aussetzen? Genau das wäre nämlich passiert mit Rominas Schere als Tatwaffe. Ich finde ja auch, dass Gregor arg kaltschnäuzig ist, aber er und Joe haben die Situation ziemlich gut erfasst, im Gegensatz zu dir.«

Echt krass. Yannick hätte nie gedacht, dass seine Oma bei einer heimlichen Leichenbeseitigung mitmachte, wo sie doch eine bekennende Menschenfreundin war, unermüdlich im Einsatz für die Armen und Schwachen.

»Damit machst du dich strafbar, Oma, weißt du das? Vertuschung einer Straftat, Behinderung der Justiz, am Ende noch Beihilfe ...«

»Dass ausgerechnet du mir mal das Strafgesetzbuch herunterbetest, wer hätte das gedacht?«

»Ja, wer?«, erwiderte er spitz. »Oma, echt, ich bin sonst keiner, der ...«

»Jetzt gib Ruhe«, fuhr sie ihn an, was gar nicht ihre Art war. »Die Sache ist entschieden und lässt sich nicht mehr rückgängig machen. Oder wie stellst du dir das vor? Dass wir ihn wieder ausbuddeln und bei der nächsten Polizeiwache abgeben? Tu bitte, was Gregor gesagt hat. Kein Wort zu Jule. Kein Wort zu irgendwem.«

Das alles ging Yannick gehörig gegen den Strich. Wie oft hatte er schon gelogen, über kleine Dinge und große, vor Gericht, in der Schule, gegenüber seinen Eltern ... Sogar Bolko hatte er mal getäuscht, aber nur, weil er sich ganz sicher war, nicht damit aufzufliegen. Bei Jule wollte er erst gar nicht damit anfangen.

Er warf ihr einen Blick zu, sie saß mit ihrem Vater im Sand und wartete auf ihn und Oma. Eine Beziehung – seine erste echte Beziehung zu einem Girl – gleich mit einer faustdicken Lüge zu beginnen, das konnte nicht gut ausgehen. Er wollte aber, dass das mit ihnen gut ausging, dass es nie enden würde. Er und sie ... Yannick war so glücklich wie nie zuvor in seinem Leben – und zugleich todunglücklich, denn der einzige andere Mensch, den er außer Jule liebte, steckte in großen Schwierigkeiten: seine Oma.

»Versprich es mir, Junge«, bat sie. »Versprich mir, es für dich zu behalten. Wenn nicht um deinetwillen, dann für mich.«

Er wandte dem Meer den Rücken zu und sah ihr in die hellen, klaren Augen. Sie war immer für ihn da gewesen, der einzige beständige Halt seiner Kindheit, ein Floh von Frau, zum Umpusten leicht, aber nimmermüde. Ein Mensch, der sich selbst nie etwas gönnte: Secondhand-Klamotten, Spatzenportionen zu den Mahlzeiten. Die Wanderungen nach Opas Tod, alle zwei oder drei Jahre, waren ihr ganzer Urlaub. Sie behielt keinen Cent für sich, alles ging für andere drauf, für die Tafel, das Frauenhaus, das Seniorenheim. Yannicks Anwalt hatte ebenfalls sie besorgt und bezahlt, und er hatte ihn mehrmals gebraucht. Vorwürfe hatte sie ihm nie gemacht, nur ein paarmal gesagt, dass er sein Leben ruiniere. Und ausgerechnet jetzt, da er dabei war, es in Ordnung zu bringen, verlangte sie so etwas von ihm.

»Ich muss nachdenken«, sagte er und entfernte sich ein paar Schritte in Richtung des Gespensterwaldes.

»Aber Junge ...«

Er drehte sich um, schrie sie an. »Ich muss nachdenken, habe ich gesagt!«

Es tat ihm sofort leid. Seiner Oma gegenüber wurde er höchstens mal ungeduldig, aber nie laut. Trotzdem entschuldigte er sich nicht, sondern stapfte entschlossen durch den Sand, kämpfte sich eine Böschung hoch und tauchte in den Gespensterwald ein. Der war weniger abgeschieden, als der Name vermuten ließ. Als echte Touristenattraktion war er vor allem kurz nach Sonnenuntergang sehr belebt, zumindest an den Rändern, und zudem ein geiles Fotomotiv: windschiefe Baumstämme, dichtes Blätterdach, zitterndes Seegras. Jule hätte die Stimmung bestimmt besser beschreiben können als er.

Je tiefer er in das Gewirr der Baumstämme eintauchte, desto einsamer wurde es, und irgendwann war er allein. Das Licht wurde geradezu fortgesaugt, hinterließ eine seltsame Stille und Leere, obwohl es weder wirklich still noch leer war.

Er stand einfach nur so da. Er stand einfach nur so da. Er stand einfach nur so da.

Und während er das tat, stieg eine Frage in ihm auf, die ihm bisher fremd geblieben war, als wäre sie in Watte gepackt: Wer war es gewesen? Wer hatte das getan?

Die wenige Zeit, die er in den letzten Tagen nicht mit Jule zusammen gewesen war oder an sie gedacht hatte, war dafür draufgegangen, sich zwei Dinge zu überlegen: wie er sich bei Gregor beliebt machen und wie er Bolko beschwichtigen konnte. Selbst der Leichenfund hatte ihn nur für wenige Stunden aus seinem Gedankenkarussell gerissen.

No skin off my nose – dieser Ferdi war Yannick schnurz und Fritzie sowieso. Nicht einmal mit ihrer traurigen Kindheitsgeschichte hatte sie bei ihm punkten können, was ihn überraschte, da er aufgrund seiner eigenen traurigen Kindheitsgeschichte für so etwas durchaus empfänglich war.

Mit einem Mal überkam ihn ein mulmiges Gefühl, so, als würde der Leichenfund, als würde der Tod dieses nahezu unbekannten Menschen ihn noch lange und hartnäckig und hässlich verfolgen. Es kam ihm vor wie eine Prüfung, ein Wendepunkt ... Alles nur Feeling, nichts Greifbares.

Er stand einfach nur so da. Und wurde plötzlich herumgerissen. Gregor.

»Elsi hat gemeint, du musst nachdenken. Lass mich dir dabei helfen. Wenn ich will, wenn ich wirklich will, kann ich es dir bei Jule so richtig schwer machen. Möchtest du das?«

»Nein, ich ...«

»Gut, sehr gut.« Er tätschelte Yannicks Wange, wie Bolko es manchmal bei ihm tat. Yannick hatte das noch nie leiden können, es hatte so etwas Mafiöses an sich. Dann umfasste Gregor kumpelhaft seine Schulter und zog ihn sanft mit sich, ganz langsam. Das mochte Yannick noch weniger, trotzdem ließ er es geschehen. »Sieh mal, Kleiner, ich bin nicht grundsätzlich gegen dich. Du bist in einem schwierigen Alter, aber das geht bald vorüber, und wenn ich an ein paar Fäden ziehe, kann ich dir in Eisenach einen prima Ausbildungsplatz besorgen, an den sonst nur Einser-Abiturienten rankommen. Mir gehört eine kleine Wohnung, die würde ich dir billig vermieten, dann bist du ganz nah bei Jule. Du siehst, wenn ich will, kann ich ein ganz Lieber sein.«

»Ich kann auch ein ganz Lieber sein«, erwiderte Yannick. »Wenn man mir nicht die Backe tätschelt und an mir rumgrapscht, bin ich ein Lämmchen.«

»Gut, sehr gut. Wie wäre es, wenn ich nicht so tue, als wärst du mein Freund, und du nicht so tust, als wärst du mein Schwiegersohn.« Gregor ließ ihn los. »Jetzt aber zu unserem Deal. Es eilt, Jule und Elsi werden sich schon fragen, wo wir bleiben. Erstens rätst du Jule von der Operation ab, die ist viel zu riskant. Oder ist dir eine blinde Freundin etwa nicht gut genug?«

»So ein Quatsch, ich …«

»Und zweitens haben wir, zusammen mit deiner Oma, Joe und Romina, ein Geheimnis, wir sind jetzt gewissermaßen Blutsbrüder und -schwestern. Ist doch was, oder? Hat nicht jeder. Keiner von uns will noch über die Sache reden, nicht mal drüber nachdenken. Du auch nicht, okay?«

»In Filmen geht so etwas nie gut aus.«

»Wir sind hier aber nicht in einem Film. Es wird gut ausgehen. Wir halten zusammen, wir sind ein Team.«

»Und du bist der Kapitän, oder was?«

»Lass das, Yannick. Für pubertäre Aufstände ist die Lage zu ernst. Wenn wir nicht alle an einem Strang ziehen, gehen wir baden.«

»Mann, du produzierst ja Metaphern wie am Fließband. Ich hab gesagt, ich denk drüber nach. Und ich mach's auch.«

Yannick wollte gehen, aber Gregor packte ihn am Kragen.
»Hiergeblieben, Bürschchen. Du verstehst da etwas falsch.«
»So? Was denn?«
»Es ist gefährlich, zu lange darüber nachzudenken.«
»Oki, ich beeil mich.«
Gregors Lippen wurden zu Strichen. »Wir alle werden schwören, diese Sache zu vergessen, für immer. Du auch.«
»Krass ey, gleich schwören. Ist ja wie im Pfadfinderlager.«
Völlig unvermittelt schleuderte Gregor ihn gegen den nächstbesten Baumstamm und presste ihm einen Unterarm auf die Kehle. Seine rechte Faust fräste sich langsam in Yannicks Magengrube. Ihre Nasen berührten sich fast, er roch Gregors Mundwasser. »Jetzt hör mir mal gut zu, du kleiner Scheißer. Ich habe mich damit abgefunden, dass du meine Tochter anmachst, obwohl du ein gehirnamputierter Versager bist. Ich habe dir gerade ein Friedensangebot gemacht, und ich habe dich gewarnt. Deine flapsigen Sprüche behältst du ab jetzt für dich, klar?«

Gregor ließ ihm gerade so viel Luft, dass er antworten konnte. »Apropos Sprüche, Meister, deine klingen wie aus 'nem B-Movie.«

Yannick rammte sein rechtes Knie in Gregors Schritt, woraufhin der mehr als doppelt so alte und schwere Hobbysportler vor seinen Augen laut stöhnend aufs Moos sank. Völlig wehrlos lag er da, als Yannick mit der linken Hand seinen Kopf anhob, während er mit der rechten einen Faustschlag andeutete.

»Sei froh, dass ich so was nicht mehr mache. Okay, ich werde die Klappe halten. Versprochen, meinetwegen auch geschworen. Aber bestimmt nicht für dich, sondern für meine Oma. Und für Jule, damit ich ihr nicht erklären muss, was für ein Arsch du bist. Das soll sie mal hübsch selbst rausfinden.«

11

Noch am Fähranleger in Puttgarden überlegte ich, ob es sich für mich überhaupt lohnte, nach Hause zu fahren. Oberkommissar Clements Vorladung der Wandergruppe ins Polizeipräsidium nach Rostock, zu der ich als Gast dazukommen sollte, war für den nächsten Tag um 14:00 Uhr angesetzt. Allerdings hatte ich vor, den kommenden Vormittag für weitere Recherchen zu nutzen. Bisher hatte ich nichts von Elsbeth Gandelagen gehört, auch ein weiterer Anruf bei ihr war ins Leere gelaufen, und ich fragte mich, ob sie nur meine oder auch die Anrufe von Clement ignorierte. Ob sie sich in ihrer Behörde verkroch. Ob sie zu dem Termin im Präsidium erscheinen würde oder ob man sich Sorgen machen müsste. Wie auch immer, sie und Fritzie Thornagel waren die Einzigen, mit denen ich noch nicht gesprochen hatte, dafür hatte ich in Fritzies Umfeld wenigstens schon recherchiert. Über Elsbeth Gandelagen wusste ich lediglich das, was in dem dünnen, von mir selbst zusammengeschusterten Dossier stand: Sozialarbeiterin, dreiundsechzig Jahre alt, verwitwet und so weiter. Ihr Enkel hatte kaum etwas über sie gesagt und selbst das wenige nur widerwillig und ausweichend.

Die Fahrt von Wismar nach Rostock dauerte etwa eine Dreiviertelstunde, aber von Berlin nach Rostock kalkulierte man besser dreieinhalb bis vier Stunden ein. Das bedeutete, ich sollte Frau Gandelagens Arbeitgeber, das Sozialamt in Berlin, besser schon um acht Uhr morgens aufsuchen. Daher überraschte ich meine Berliner Freundin Hannah mit der spontanen und als Frage getarnten Ankündigung, ob ich bei ihr übernachten dürfe.

Es war kein Zufall, dass zwei meiner besten Freundinnen Psychotherapeutinnen waren. Als Gerichtsreporterin hatte ich unentwegt mit diesem Berufsstand zu tun. Ina, die an der Ostsee lebte, sah ich in letzter Zeit viel häufiger, wohingegen Hannah ihre Praxis vor einem Jahr verkauft und sich sechsundsechzigjährig zur Ruhe gesetzt hatte.

Ebenso wenig war es ein Zufall, dass ich mir ausgerechnet Hannah als Zimmerwirtin für eine Nacht aussuchte. Es hätte durchaus noch andere Übernachtungsmöglichkeiten für mich gegeben, doch ich fand, dass der Pilgermord von psychologischen Faktoren nur so strotzte.

Angefangen mit der gewalttätigen Vergangenheit des Opfers, oder, wie es inzwischen heißen musste, der Opfer. Sowohl Joe als auch Fritzies Bruder Ferdi waren Mörder, und bei aller Unterschiedlichkeit der Fälle gab es durchaus Gemeinsamkeiten. Beide waren vor dem Gesetz rehabilitiert, beide waren mit Fritzie verbunden, beide waren erstochen worden, beide an der Ostsee, noch dazu innerhalb weniger Tage. Aber das war noch lange nicht alles. Außerdem gab es da noch Jules Erkrankung, was permanenten Stress für sie und ihren Vater bedeutete, verstärkt durch den gewaltsamen Tod von Biskuit kurz vor den Morden an den beiden Männern. Hinzu kam Romina Pantellis labile Verfassung. Yannicks Lebensgeschichte wies diverse Kontrollverluste auf, Fritzies eine von der traumatischen Kindheit herrührende negative Prägung. So, wie sich die Situation mir darstellte, war Elsbeth Gandelagen dagegen geradezu langweilig, abgesehen von der Tatsache, dass sie offensichtlich bei der Vertuschung eines Verbrechens mitgewirkt hatte.

Einer aus der Wandergruppe war ein Mörder oder eine Mörderin, denn es war mehr als unwahrscheinlich, dass irgendein

Schurke sich mitten in der Nacht im Wald bei Neuburg versteckt hatte, um einen ahnungslosen Menschen abzustechen. Also noch mal von vorne: Jemand aus der Gruppe war ein Mörder. Allerdings erschloss sich mir das Motiv für Joe Rowolts Ermordung ganz und gar nicht, außer, ich ging davon aus, dass er drauf und dran gewesen war, den Konsens der Gruppe aufzukündigen und die Ermordung Ferdi Thornagels samt der Beseitigung der Leiche den Behörden zu melden. Dafür gab es nach meiner bisherigen Erkenntnis keinerlei konkrete Hinweise, aber falls dies tatsächlich der Grund für seinen Tod gewesen sein sollte, kam nur der Mörder von Thornagel als Täter in Betracht. Auf Justizbehinderung, Leichenschändung und dergleichen stehen keine besonders hohen Strafen, meistens bleibt es bei einer Bewährung und einer mittelhohen Geldstrafe. Wer davor nicht schon zum Mörder geworden war, würde dafür gewiss nicht zu einem werden.

Das alles legte ich Hannah im Detail dar, als wir auf ihrem kleinen Friedrichshainer Balkon im dritten Stock saßen. Wir ließen uns von der Dämmerung und dem süßlichen Duft der Linden in der Straße berieseln. Ein wenig auch von dem sardischen Rotwein, den sie so gerne trank, weil er sie an traumhafte, längst vergangene Urlaube erinnerte.

Wir sprachen auch über die *Dramatis Personae* des Falles, sprangen von diesem zu jener. Die ganze Zeit über machte sie sich Notizen, eine alte Therapeutinnen-Angewohnheit, wie sie es nannte. Von wegen Ruhestand. Der Schreibtisch in dem Zimmer, das auf den Balkon führte, quoll über von Papieren, Fachzeitschriften, dicken Abhandlungen und Lexika. Ihre Augen, die durch eine große Brille blickten, strahlten Klugheit aus, ihre rüstige Statur tat ein Übriges und machte sie zu einer eindrucksvollen Gestalt.

»Du gehst davon aus, dass der zweite Mord die direkte oder

indirekte Folge des ersten Mordes oder vielmehr dessen Vertuschung war?«, hakte sie mit gezücktem Stift nach.

»Das scheint mir am naheliegendsten.«

»Vermutlich jedem. Gerade deswegen wäre ich da vorsichtig.«

Nun machte auch ich mir Notizen. Alte Journalistinnen-Angewohnheit.

Hannah fuhr mit dem Finger über die Namen der Beteiligten, als folge sie einer Fährte. »Du hast mir viel erzählt«, sagte sie. »Von Zwangshandlungen, Tarotkarten, einer jungen Liebe, Autoritäten, Vorstrafen, Gewaltausbrüchen, Papas und Omas... Lauter überirdische lose Fäden, die hierhin und dorthin führen und am Ende vielleicht nirgendwohin. Aber an dieser Konstellation von Menschen und Ereignissen ist etwas, das viel tiefer geht, das quasi unterirdisch verläuft.«

»Du hörst dich schon an wie eine Detektivin.«

»Die Arbeit einer Psychotherapeutin hat viel mit der eines Detektivs gemeinsam. Beide stellen Fragen und entwickeln aus den Antworten eine Theorie.«

»Hast du denn schon eine?«

»Natürlich, ich habe den Fall längst gelöst. Soll ich einen Champagner aufmachen?« Sie lächelte mich schalkhaft an. »Doro, ich habe noch nicht einmal das T von einer Theorie. Dafür habe ich ein anderes Wort. Es schwebt über allem, ist sozusagen überall, obwohl du es in deinem Bericht nicht einmal benutzt hast.«

»Vorhang auf, Hannah. Das Publikum ist schon ungeduldig.«

»Dominanz.«

Sie ließ das Wort wirken und war so freundlich, es mir nicht auszubuchstabieren. Ich sollte mir meine eigenen Gedanken machen, schließlich brachte ich die nötigen Voraussetzungen dafür mit. Schnell erkannte ich, dass sie recht hatte. Die Dominanz oder besser das Streben danach schien mir plötzlich der Ausgangspunkt vieler der kleinen und großen, der tragischen und dramatischen Episoden im Leben der Beteiligten zu sein. Die einen wurden dominiert von traumatischen Bildern oder Ereignissen, großen Brüdern oder Krankheiten und waren somit realen oder empfundenen Zwängen ausgesetzt. Die anderen befanden sich in einer Position, die ihnen qua Amt, Status oder Beruf eine gewisse Führungsrolle zuschrieb, etwa Gregor Klee als Abteilungsleiter und Vater, oder Elsbeth Gandelagen, die oft genug mit Menschen zu tun hatte, die am Abgrund standen und ihr ausgeliefert waren. Auch wenn sie diese Tatsache nie für sich ausgenutzt hatte, war sie dennoch gegeben.

»Aber wo verorte ich Joe Rowolt?«, fragte ich.

»Genau zwischen den beiden Polen der Dominanz. Andere Menschen haben ihn sein Leben lang dominiert. Zuerst im Jugendheim, wo Zucht und Ordnung herrschen. In den Berufen, in denen er gearbeitet hat, spurt man entweder, oder man fliegt raus, von den finanziellen Nöten gar nicht erst zu sprechen. Er mag so getan haben, als könne ihn die Welt mal gernhaben, und ein Stück weit war das vielleicht auch so. Aber wie hat er reagiert, als das Gaunerpärchen in Malaysia ihm das mühsam verdiente Geld abnehmen wollte? Er hat sie umgebracht, fast schon hingerichtet, stellvertretend für seinen Vater, der sich damals verdrückt hat, für seine Mutter, die krank geworden ist, und die vielen anderen Menschen, die nach kurzer Zeit aus seinem Leben gefallen sind.« Sie genehmigte sich einen üppigen Schluck von dem sardischen Wein. »Tja, und was diesen Yannick angeht ... Es kommt mir so vor, als würden sich die kalten und heißen Duschen der Dominanz bei ihm ständig abwechseln. Mal ist er der Getriebene, dann wieder bleibt er aus vollem Lauf stehen, dreht sich um und verteilt Kopfnüsse. Ein interessanter junger Mann. Aber wenn ich das sage, ist das nicht unbedingt eine Empfehlung für die künftigen Schwiegereltern.«

Hannah blickte auf eine vierzigjährige Berufserfahrung zurück. Sie hatte unzählige Gutachten verfasst und war sechs Jahre lang fast ausschließlich für Gerichte tätig. Nur deshalb konnte sie aus der Distanz und ohne mit einem der Beteiligten gesprochen zu haben, eine ungefähre Bewertung abgeben. Es verstand sich von selbst, dass ihren Einschätzungen eine nicht unerhebliche Fehlertoleranz innewohnte, aber das bedurfte zwischen uns keiner Erwähnung. Wir unterhielten uns inoffiziell, als Freundinnen.

Ich sagte: »Wir wissen beide, dass ein Mordmotiv von banal bis verstiegen reichen kann, und alles, was wir im Fall der Pilgermorde haben, sind die Menschen aus der Wandergruppe. Wenn du also einen der verborgenen unterirdischen Fäden aufspüren würdest, wäre das eine große Hilfe für mich.«

»Ich hoffe, du erwartest als Nächstes nicht von mir, dass ich übers Wasser laufen kann. Aber meinetwegen, ich erkenne zumindest bei einigen deiner Wanderer ein wiederkehrendes Muster. Beginnen wir mit Romina Pantelli, die Entscheidungen gerne dem Schicksal übergibt, das sie natürlich selbst generiert, ohne dass sie es sich bewusst macht. Sie ist ihren Ängsten ohnmächtig ausgeliefert, inzwischen aber geradezu abhängig von ihnen. Hätte sie keine mehr, würde ihr etwas fehlen.«

Hannah trank einen Schluck Wein, den sie schmatzend die Kehle hinunterrieseln ließ, und gönnte sich eine der Pralinen, die ich ihr mitgebracht hatte. Ich griff ebenfalls zu, als sie mir die Schachtel hinhielt.

»Nehmen wir als Nächstes Elsbeth Gandelagen, die einen ausgeprägten Drang hat, anderen Menschen zu helfen. Dieser Drang ist allgegenwärtig, eventuell sogar zwanghaft. Du trittst ihr auf den Fuß, und sie fragt, ob sie dir einen Arzt rufen soll.

Bei Personen mit einem derart enormen Altruismus, ist man versucht anzunehmen, dass sie damit ein schlechtes Gewissen kompensieren wollen. Und schließlich Fritzie, die früher eng mit ihrem kräftigen Bruder verbunden war, einem Jungen mit sadistischen, gewalttätigen Neigungen, den sie später verließ. Eine Frau, die mit dem Dänen Bent und schließlich Joe nacheinander zwei Liebhaber hatte, die …«

»… ihrem Bruder auf verblüffende Weise ähnelten«, unterbrach ich Hannah, »und zwar nicht nur in Größe und Statur, sondern auch dadurch, weil sie starke Raucher waren und beide Menschenleben auf dem Gewissen hatten.«

»Sehr gut, Doro. Du brauchst mich gar nicht.«

»Nicht doch. Ich hatte die Erkenntnis zwar die ganze Zeit in mir, aber sie hat tief und fest geschlummert. Erst durch dich ist sie aufgewacht. Erzähl weiter.«

»Heute gibt es nur eine Kurzversion. Nein, im Ernst, Doro, ich habe mich schon viel zu weit aus dem Fenster gelehnt, und das weißt du. Muss am Wein liegen. Wenn du mich morgen früh noch mal fragst, werde ich behaupten, dass das, was ich da gerade zum Besten gegeben habe, deutlich näher an Dorfklatsch rangiert als an einer seriösen Expertise.«

Ich leerte mein Glas und stand auf. Für mich war es Zeit, schlafen zu gehen. Ich klopfte meiner Freundin dankbar auf die Schulter. »Weißt du eigentlich, wie viele Kriminalfälle schon durch Dorfklatsch gelöst wurden? Gute Nacht, Hannah.«

Am nächsten Morgen stand ich Punkt 08:00 Uhr vor dem Sozialamt, in dem Elsbeth Gandelagen arbeitete. Es war ein kubusförmiger Bau in deprimierendem Rotbraun gehalten, der beim Betreten ähnlich viel Laune machte wie ein Gang zum Zahnarzt. Innen roch es muffig und immer muffiger, je tiefer ich in den Kubus vordrang, aber das konnte auch daran liegen, dass die Umgebung muffig wirkte und ich mir den Geruch bloß einbildete. Die überquellenden Schreibtische, an denen ich vorbeikam, gaben mir einen dezenten Hinweis auf den Stand der Digitalisierung in unserem schönen Land.

Die Pförtnerin hatte mir eine Zimmernummer genannt, die mich jedoch zu den Sachbearbeiterinnen Frau Brick und Frau Schorflein führte, wie ich dem Namensschild neben der Tür entnahm. Ich erkundigte mich bei den beiden Damen nach ihrer Kollegin und erhielt die Antwort, sie hätten deren Fälle übernommen.

»Wie heißen Sie denn?«, fragte mich die Dunkelhaarige.

»Ich bin keine ... wie sagen Sie noch mal? Klientin? Das bin ich nicht. Ich hätte nur gerne Frau Gandelagen gesprochen.«

»Sie ist nicht da.«

»Ist sie noch im Urlaub? Oder krank?«

Frau Brick, die deutlich Ältere, meinte entschieden Ja, Frau Schorflein, noch keine dreißig, entschieden Nein, und ich gewann Frau Schorflein auf der Stelle lieb. Jede Journalistin hätte sie liebgewonnen, von solchen Menschen leben wir.

Zunächst verwies mich die andere jedoch an den Abteilungsleiter Herrn Lausitzer, der mir lediglich bestätigte, dass Frau Gandelagen nicht da sei und auf unabsehbare Zeit auch nicht da sein werde. Mehr dürfe er mir aus personalrechtlichen Gründen dazu nicht sagen.

»Aber die Auskunft, ob sie im Urlaub oder krank ist, kann unmöglich unter das Personalrecht fallen.«

»Von beidem etwas«, erwiderte er, und der in Richtung Tür ausgestreckte Arm ersparte ihm jedes weitere Wort.

Im Hinausgehen warf ich meiner neuen Freundin Frau Schorflein einen Blick zu und streckte kurz die Finger meiner linken Hand aus. Fünf Minuten später kam sie zur Raucherpause vor das Gebäude. Wir gingen um die Ecke.

Ich war keineswegs der Meinung, Sozialarbeiterinnen müssten graue Mäuse sein, dennoch fand ich, Linda Schorflein war zu stark geschminkt, und für meinen Geschmack hatte sie auch den Lockenstab zu intensiv benutzt. Ich sah sie eigentlich eher an der Kasse eines Sonnenstudios, aber das war unerheblich, es ging ja nicht um sie. Wie sich kurz darauf herausstellte, sah sie das anders.

»Sie sind Journalistin, ja?«

»Genau.«

»Wurde auch Zeit, dass das mal jemand untersucht. Welche Zeitung?«

»Frei.«

Sie zündete sich eine Zigarette an. »Wie haben Sie Wind davon bekommen?«

»Über die andere Sache.«

»Andere Sache?«

»Die Wanderung.«

»Wanderung?«

»Den Pilgermord.«

»Pilgermord?«

Langsam kam ich mir vor wie im Papageienhaus des Berliner Zoos. »Ihre Kollegin war auf Wanderschaft, wussten Sie das nicht?«

»Woher denn? Frau Gandelagen war zuletzt vor einem knappen Jahr hier.«

Diese Information war mir neu. »Und in der Zwischenzeit hat sie wo genau gearbeitet?«

»Na, nirgendwo. Sie ist beurlaubt. Ob bezahlt oder unbezahlt, darüber streiten sich das Amt und die Gewerkschaft immer noch. Sie sind wohl erst seit Kurzem an der Sache dran, was?«

»Ja, ich arbeite mich gerade ein. Erzählen Sie mal.«

Sie inhalierte den Zigarettenrauch. »Nee, so nicht. Was zahlen Sie?«

Ich hatte mich schon gefragt, wie lange es dauern würde, bis sie die Hand aufhielt. Nach wenigen Sekunden Gespräch hatte ich bereits bemerkt, wie sie tickte, die gute Frau Schorflein. Dass sie Elsbeth Gandelagen nicht mochte, schwitzte sie aus jeder Pore ihrer gleichmäßig gebräunten Haut, und ihre rosa geschminkten Lippen bekamen einen harten Zug, wenn sie von ihr sprach. Aber Antipathie genügte heutzutage nicht mehr, um jemanden in die Pfanne zu hauen. Eine Art persönlicher Bonus musste schon drin sein.

»Zweihundert.«

»Dreihundert.«

Ich tat, als überlege ich. Eins, zwei, drei, vier, fünf. »Zweihundertfünfzig, keinen Cent mehr.«

Ich zahlte zwar nicht wirklich gerne, doch ohne schlechtes Gewissen, und auch um das Geld war es mir nicht schade. Bei Ivo hatte ich mich noch geziert. Doch vor einer Woche hatte ich nicht wirklich in einem Mordfall recherchiert, sondern lediglich den Wanderweg bis zum Tatort nachempfunden. Außerdem machte es einen Unterschied, ob man einem blondierten Modegeck von Kellner ein verwackeltes Handyvideo abkaufen sollte oder die ehemalige Kollegin einer Tatverdächtigen interviewte. Ich hatte Elsbeth Gandelagen die Gelegenheit gegeben, mit mir zu sprechen, und sie hatte sie verstreichen lassen.

»Meinen Namen halten Sie da raus, damit das klar ist. Sonst bestreite ich alles.«

»Ist klar.«

»Also schön, die Elsi ist letzten Herbst nach Hause geschickt worden, von einem Tag auf den anderen. Für immer, wenn Sie mich fragen. War längst überfällig, sag ich Ihnen.«

»Hat sie nicht erst vor einem Jahr einen Preis bekommen für vierzig Jahre unermüdlichen sozialen Einsatz?«

Die Schorflein lächelte fein. In ihrer aufgeklappten linken Hand kokelte der Glimmstängel, während sie den Ellbogen in die rechte Handfläche stützte. »Das ist der Orden, der hier bei uns verliehen wird, bevor sie jemanden in die Wüste schicken. Es gab einen Blumenstrauß und ein Blatt Papier mit einem Stempel darauf. Sogar den Rahmen musste sie selbst kaufen. Ich sage Ihnen, damals war schon klar, dass man sie abservieren würde.«

»Wieso? Aus welchem Grund?«

»Pah! Wenn ich frech wäre, würde ich sagen, vierzig Jahre unermüdlicher sozialer Einsatz waren der Grund.«

»Und wenn Sie nicht frech wären? Ich verstehe nämlich nur Bahnhof.«

»Die Elsi kannte kein Halten mehr. Sie hat unseren Abteilungsleiter, dessen Vorgesetzte und den Behördenchef schier wahnsinnig gemacht mit ihren Eingaben. Um jeden Klienten hat sie gekämpft wie eine Löwin.«

»Und dafür wird man bei Ihnen in die Wüste geschickt?«

»Nein, natürlich nicht. Sie verstehen das falsch.«

»Kommen Sie doch bitte zum Punkt. Ihre Zigarettenpause ist gleich vorbei.«

»Na und, dann hänge ich eben die nächste gleich dran. Aber wie Sie wollen, dann per Schnelldurchlauf. Die Elsi hat mehrere Fragebögen so frisiert, dass ihre Klienten mehr Hilfen bekamen, als ihnen zustand. Sie war sogar nachts bei ihnen, an den Sonn- und Feiertagen, und sie hat die Leute weiter besucht, obwohl inzwischen wer anders für sie zuständig war. Seitenlange Berichte hat sie geschrieben, die nichts als subjektive Kommentare waren. Sie hat für ihre Schäfchen ebenso gegen Vermieter und Hausverwaltungen gekämpft wie gegen Ärzte und Krankenhäuser, wenn der Paketdienst nicht die Treppe raufkam oder die Versicherungen nicht zahlen wollten. Zum Schluss hat sie den Leuten sogar geholfen, gegen unsere Behörde zu klagen. Das muss man sich mal vorstellen. Die Alte hatte doch einen an der Waffel.« Sie ließ die Zigarette fallen und drückte sie mit dem Absatz ihres Pumps aus. »Uns Kolleginnen hat sie behandelt, als wären wir in einem Grillimbiss besser aufgehoben. Gut, sie hat nie was gesagt, aber wie sie uns angesehen hat … Kann schon sein, dass sie früher mal ganz in Ordnung war, ich kenne sie ja erst seit sechs Jahren, aber zuletzt war sie nur noch Panne.«

Sie zündete sich wie angekündigt die zweite Zigarette an. Ihre Hände waren völlig ruhig, nicht das geringste Zeichen von Nervosität oder Erregung. Von dem, was sie mir da erzählte, war sie völlig überzeugt.

»Einmal war ich in ihrer Wohnung.«

»In Weißensee?«

»Ja. Das war vor ein paar Jahren, nicht lange nach dem Tod von ihrem Mann. Sie war krankgeschrieben, irgendwas mit ihrem Arm, und der Chef musste sie geradezu zwingen, zu Hause zu bleiben. Sie hat mich angerufen und gebeten, ihr ein paar Akten vorbeizubringen. Ich sagte, benutz doch dein Kennwort und logge dich ins System ein. Aber mit dem Computer stand sie auf Kriegsfuß. Ich bringe ihr also widerwillig die Akten, es lag sowieso auf meinem Heimweg, und was sehe ich da? Sie lebt in einer fast leeren Wohnung, ein Sessel, ein winziger Tisch, ein uralter Fernseher. Ich schwöre, der Dalai Lama hat mehr Möbel als Elsi.«

»Vielleicht mag sie es spartanisch.«

»Das dachte ich zuerst auch. Aber an der Wand hing ein großes Foto von ihr und ihrem Mann in genau demselben Wohnzimmer, und siehe da: lauter schöne Möbel, größtenteils antik und in gutem Zustand, von der Kuckucksuhr bis zum Sekretär.

Und bevor Sie jetzt einwenden, dass Elsi finanzielle Probleme hat ... Ihr Mann war leitender Beamter im Verkehrsdezernat von Berlin, mit einer hübschen Pension, und er hat ihr eine fette Witwenrente hinterlassen.«

»Ich weiß nicht, was Sie mir damit ...«

»Sie gibt alles für ihre Leutchen her. Ihre Kinder, nennt sie sie übrigens. Alles, wirklich alles, opfert sie für die, ihre Zeit, ihre Energie, ihr Geld, ihren Job und, wenn Sie mich fragen, auch ihren Verstand.«

Ich gab Frau Schorflein ein Zeichen, dass der Groschen bei mir gefallen war. Trotzdem war ich nicht ganz zufrieden. Von ein paar frisierten Fragebögen abgesehen, war Elsbeth Gandelagen personalrechtlich nichts vorzuwerfen, und wie sie ihre Freizeit verbrachte, war ihre Sache. Nun gut, die Klienten dabei zu unterstützen, die eigene Behörde vor den Kadi zu zerren, war schon außergewöhnlich und riskant, und ich wollte keine juristische Bewertung darüber abgeben, inwieweit das noch mit ihrer Aufgabe als Sozialarbeiterin vereinbar war. Doch war das wirklich genug, um sie von heute auf morgen in den vorzeitigen Ruhestand zu versetzen? Am Ende gar unbezahlt?

»Hat es im letzten Herbst vielleicht einen speziellen Anlass gegeben, einen Vorfall, der ihre sofortige Beurlaubung rechtfertigt?«

Ein schadenfreudiges Grinsen spielte um Frau Schorfleins Lippen. »Das Sahnetörtchen kommt bekanntlich immer zum Schluss. Ein Schwerbehinderter ist aus einem anderen Bezirk in unseren gezogen, und wir haben ihn als Klienten bekommen. Die Elsi stellte fest, dass er bisher vom Sozialamt falsch beraten worden war ... angeblich, und so kam es zu einer Klage. Es ging um nicht weniger als einhundertachtzigtausend Euro an Nachzahlungen, plus Zinsen und Schmerzensgeld. Allerdings hat wohl der letzte Beweis für die Falschberatung gefehlt.

Keine Ahnung, wie sie das ohne große Computerkenntnisse angestellt hat, aber unsere Ritterin ohne Furcht und Tadel hat sich unbefugt Zutritt zu den Dateien des anderen Amtes verschafft und Informationen gestohlen, die dann beim Rechtsanwalt des Schwerbehinderten landeten. Als das immer noch nicht genügte, tauchten eines Tages vermummte Gestalten vor der Wohnung des Kollegen auf, der die Falschberatung zu verantworten hatte. Sie haben ihn mit Schlagstöcken bedroht, deshalb gab er seinen angeblichen Fehler vor Gericht zu. Die Stadt hat den Prozess verloren.«

Ich machte eine unbeteiligte Miene, während Frau Schorflein auch die zweite Zigarette einfach zu Boden fallen ließ, wo sie als rauchender Stummel endete.

»Und das Beste an der ganzen Sache ist«, fügte sie dann hinzu, »die Elsi hat hinterher zugegeben, dass sie das Programm gehackt hat.«

EINIGE TAGE ZUVOR

Elsi wich Fritzie kaum noch von der Seite. Jule hatte nun Yannick, mit dem sie ihre schwierige Situation besprechen konnte, das war ganz natürlich. Und Romina war neuerdings abweisend zu jedermann, zog sich in sich selbst zurück und sah aus, als würde sie jederzeit aufgeben. Fritzie brauchte also gerade am ehesten Unterstützung, und da ließ Elsi sich nicht zweimal bitten.

Die Ärmste lief seit der Begegnung mit ihrem Bruder durch die Gegend wie eine Hülle ohne Leben. Sie sprach kaum ein Wort, nur das Nötigste, mal ein »Danke« oder ein »Gute Nacht«. Dazu dieser leere, starre Blick. So als stünde sie unter Schock. So als sei ihr die Seele abhandengekommen. Dabei hatte ihr keiner etwas von Ferdis Tod gesagt, auch Joe nicht, wie er geschworen hatte. Er war noch hilfloser als Elsi, die sich unverdrossen, wenn auch einseitig, mit Fritzie unterhielt. Sie erzählte ihr einfach irgendetwas, stellte immer mal wieder Fragen und kümmerte sich nicht um die ausbleibenden Antworten. Joe lief neben den beiden Frauen her und nahm seine Freundin von Zeit zu Zeit in den Arm, aber es war eine verlorene Geste.

Bei einer Rast, als Fritzie kurz austreten war, sagte Joe leise zu Elsi: »Ommi, wir sind zu weit gegangen.«

»Wir haben ihn nicht umgebracht, nur weggeschafft.«

»Ich meine, als wir ihn verprügelt haben. Hast du gesehen, wie fertig Fritzie danach war? So wie jetzt auch. Irgendwie … hohl. 'N Baselkopp war se ja noch nie, aber jetzt: keen Mucks mehr. Letzte Nacht lag se völlig verrenkt auf dem Bett, wie 'n zerpflücktes Püppken. Und heute Morgen, da hat se geschrien wie irre, nich anfassen, dabei hab ich se überhaupt nich angefasst.«

»Die Ärmste. Aber du weißt selbst: besser ein Ende mit Schrecken … Schmiedet ihr denn Zukunftspläne?«

»Mein Mäppken is leer, is alles für die Wanderung draufgegangen«, murmelte er halb abwesend.

Elsi seufzte. »Ich will mal sehen, was ich zusammenkratzen kann. Ich muss erst meine nächste Witwenrente abwarten. In deinem Wohnwagen könnt ihr jedenfalls unmöglich zu zweit leben.«

»Mhm.« Joe war plötzlich nicht mehr richtig bei der Sache. »Vielleicht gehen wir nach Duisburg. Hab da 'n paar Kumpels.«

Das hörte sich für Elsi nicht so attraktiv an, und Fritzie tat ihr leid. Sie hätte ein schönes Zuhause verdient, behaglich, was zum Wohlfühlen, mit einem Garten voll Tomaten und Zucchini. Ein kleines Idyll, das war es, was Fritzie verdient hatte, keine ausklappbare Couch bei einem von Joes Bekannten.

»Fritzie könnte bei mir wohnen, bis ihr was Besseres gefunden habt. Von Weißensee nach Tegel braucht man etwa eine halbe Stunde.«

»Mhm«, wiederholte er, immer noch in Gedanken. »Weißte, Elsi, hab mir schon überlegt, ob ich mit ihr mal zu 'nem Nervendoktor gehe, bevor se tutto kompletto im Dunst verschwindet. Wat meinste?«

»Also, davon will ich nichts hören. Was Fritzie vor allem braucht, sind Freunde. Scht, da kommt sie«, zischte Elsi ihn an. Sie hakte Fritzie unter und wanderte Seite an Seite mit ihr weiter.

Es war ein Jammer, dass keiner von ihnen mehr die Landschaft genießen konnte, die zwischen Kühlungsborn und Rerik einfach nur wunderschön war. Ostsee »at it's best«, wie Yannick es nannte: Wolken wie Zuckerwatte, dazu das blaugrüne Meer und eine ockerfarbene Küste, die gesprenkelt war von Spaziergängern in bunten Anoraks. Es war warm, aber der Wind hatte aufgefrischt und zerrte ordentlich an ihnen. Als die Gruppe Rerik erreichte, waren sie alle froh.

Sie übernachteten in der Nähe des Salzhaffs, die üblichen vier Behausungen, diesmal allerdings ein paar Dutzend Meter voneinander entfernt. Fritzie und Joe wollten den Abend zu zweit verbringen, was Elsi für eine gute Idee hielt. Die Ärmste brauchte dringend Ruhe. Gregor schmollte alleine in seiner Ferienwohnung. Wie fast alle hatte er den ganzen Tag kaum gesprochen, noch nicht einmal mit seiner Tochter. Elsi hatte ihn gefragt, was die Aussprache mit Yannick im Gespensterwald ergeben hatte, aber er hatte bloß erwidert, sie solle ihren Enkel fragen. Das tat sie dann auch. Yannick aber sagte bloß, dass er und Gregor die Dinge ein für alle Mal geklärt hätten und dass er versprochen habe, alles zu vergessen, was mit Fritzies Bruder und der Nacht seiner Ermordung zu tun hatte. Was immer zwischen den beiden vorgefallen war, es ging Elsi nichts an, und so hakte sie nicht weiter nach.

Am späten Nachmittag gingen sie zu viert picknicken, Elsi, Yannick, Jule und Romina. Es gab da einen überdachten hölzernen Pavillon im Grünen, direkt am Haff, mit festen Bänken und einem Tisch in der Mitte. Dort packten sie Käse, Brot, Butter, Essiggurken und natürlich Räucherfisch aus und ließen es sich schmecken. Zwischendurch grüßten sie vorbeifahrende Radler.

Die Atmosphäre war vordergründig munter, aber drei von ihnen waren sich der Tatsache bewusst, dass eine vierte Person am Tisch saß, die nicht die leiseste Ahnung hatte, was zwei Nächte zuvor geschehen war. Sie unterhielten sich also über die milde Schönheit des Haffs, über das friedliche Panorama, das Rerik abgab, über die Segelboote im Abendlicht und die sich dem Ende zuneigende Wanderung, untermalt von den Rufen der Möwen und Seeschwalben. Der Abend des nächsten Tages war bereits ihr letzter, und er warf sowohl seinen Schatten als auch sein Licht voraus.

Schon bald wären sie alle zurück in ihren Nestern, mit denselben Problemen wie vor zehn Tagen. Vielleicht würde es ihnen ja überraschend gut gelingen, das Geschehene hinter sich zu lassen. Einerseits, weil der Tote, abgesehen von der ahnungslosen Fritzie, keinem von ihnen etwas bedeutete und sie am Ende nichts anderes getan hatten als ein Friedhofsgärtner. Andererseits, weil sie vor neuen Aufgaben und Veränderungen standen, die sie forderten: Yannick hatte nun Jule, um die er sich kümmern musste und wollte, Gregor hatte Yannick, an dem er sich die Zähne ausbiss, Romina war ihrem Teufel begegnet, der großen Herausforderung, von der sie gesprochen hatte, Joe hatte Fritzie …

Tja, und sie selbst?

»Jule, hast du den Schlüssel dabei, den ich dir vor ein paar Tagen gegeben habe?«, fragte Yannick und riss Elsi aus ihren Gedanken.

Jule zog ihn von ihrem Schlüsselbund ab. »Hier ist er.«

Yannick gab ihn an sie weiter. »Oma, das ist dein Haustürschlüssel. Ich war drauf und dran, ihn meinem Kumpel Bolko zu schicken, du weißt schon, der dir mal … der uns mal einen Gefallen getan hat. Er wollte ihn für eine krumme Sache benutzen.«

Elsi legte den Schlüssel zurück in seine Hand, deren Finger sie schloss, und lächelte ihn an. »Beinahe zählt nicht. Außerdem, wer soll mir denn die Wasserkästen in den vierten Stock schleppen?«

»Wahrscheinlich ziehe ich bald nach Eisenach.«

»Behalte ihn trotzdem, mein Junge. Ich freue mich sehr für euch beide. Heutzutage geht das ja alles viel schneller als früher. Dein Großvater ist ein halbes Jahr um mich herumgestolpert, bevor er mich endlich ins Kino eingeladen hat.«

Yannick hatte in Jule offenbar einen Anker gefunden, während die arme Fritzie wie betäubt auf dem stürmischen Meer trieb. Sie brauchte Elsi nun mehr als Yannick, und Elsi brauchte Fritzie.

Als es dunkelte und die Stechmücken überhandnahmen, spazierten sie zurück nach Rerik. Dort angekommen, teilten sie sich auf, die letzten hundert Meter ging Elsi mit Romina ein Stück hinter den anderen. Kurz bevor sie ankamen, blieb die Halbitalienerin stehen.

»Ich wollte vor Jule nichts sagen«, flüsterte sie. Es war fast dunkel. Die Straßenlaternen waren von Insekten belagert, die ein seltsames Wispern von sich gaben, wie tausend gehauchte Schreie. »Aber ich glaube, dass Joe Fritzies Bruder umgebracht hat.«

»Wie kommst du denn auf ihn?«

»Na ja, du, ich, Jule und Yannick, wir haben alle kein Motiv. Ist doch so, oder? Fritzie hat in der Nacht geschlafen wie ein Stein, dabei bleibe ich, außerdem bringen Zwillinge sich nicht gegenseitig um, das wäre ja so, als würde man sein zweites Selbst töten. Bleiben Gregor und Joe übrig. Die Idee, die Leiche zu vergraben, kam zuerst von Joe. Gregor trägt übrigens immer ein Messer bei sich, ich habe es heute gesehen. Es steckt in der Außentasche seines Rucksacks, ein Indiana-Jones-Messer für Abenteuerurlaube und so.«

»Na und?«

»Wir sind uns doch einig, dass die Tat spontan passiert ist und nicht geplant war. Niemand konnte wissen, dass dieser Ferdi noch mal auftauchen würde. Wenn dem so ist, warum nimmt Gregor, wenn er den Typen im rasenden Zorn umbringen will, dann nicht einfach sein großes Messer? Joe hat keins dabei, er ist also auf etwas anderes angewiesen. Als er Ferdi im Dunkeln um das Ferienhaus herumschleichen sieht ...«

»Da geht er erst zu uns rüber, um eine Nagelschere zu klauen? Also wirklich, Romina, da hast du dir ja einen feinen Mumpitz zusammengereimt.«

»Erinnerst du dich, dass er kurz bei uns war, um zu fragen, ob wir noch was zu essen übrig haben, weil er von dem Imbiss nicht satt geworden ist? Dabei muss es passiert sein. Mein Necessaire lag die ganze Zeit offen herum.«

»Die Nagelschere haben wir ins Meer geworfen, damit ist dieser Beweis futsch. Warum wärmst du das alles wieder auf? Was soll das?«

»Joe ist ein verurteilter Mörder. Er hat nicht nur einen Mann abgemurkst, wie er uns weisgemacht hat, sondern auch eine Frau, diese Nutte. Einmal ein Mörder, immer ein Mörder. Er hat es wieder getan. Und wer weiß, vielleicht wird er uns einen nach dem anderen ...«

»Nun mach aber mal einen Punkt«, entgegnete Elsi verärgert. »Immerzu ist jemand hinter dir her. Zuerst war es dieser Ringer im blauen Shirt, dann ...«

»Ich hatte recht, uns hat wirklich jemand verfolgt.«

»Aber es war kein kleiner, stämmiger Mann in einem blauen Shirt. Ferdi war über einen Meter achtzig groß, das hast du wohl schon vergessen. Und einen Tag später war es der Teufel persönlich, der dich verfolgt hat, und zwischendrin auch noch der Geist von deinem toten Kater.«

»Das war Lollos Seele«, korrigierte Romina spitz. »Und sie hat mich nicht verfolgt, sie ist mir begegnet.«

»Meinetwegen. Was willst du nun machen?«

»Sprich noch mal mit Gregor, auf dich hört er mehr als auf mich. Was wir da vorgestern Nacht gemacht haben, das ... war nicht richtig, Elsi. Es ist schlecht fürs Karma.«

»Wir waren uns doch einig.«

»Ich stand unter Schock«, rief Romina ein bisschen lauter. »Ich konnte nicht klar denken. Inzwischen habe ich alles in Ruhe noch mal Revue passieren lassen und ...«

»Du hast dir die Karten gelegt, nehme ich an.«

»Ich muss keine Karten legen, um zu erkennen, wenn etwas grundfalsch ist. Aber bitte, es stimmt, ich habe sie gelegt, und das Ergebnis sah nicht gut aus.«

»Es hat nicht gut ausgesehen, weil du wolltest, dass es nicht gut aussieht.«

»Mit Ungläubigen kann man nicht vernünftig darüber diskutieren. Die Sieben der Schwerter weisen auf eine schwere Täuschung in unserer unmittelbaren Nähe hin. Das ist hundertprozentig Joe mit seiner Lüge, was die Ereignisse in Malaysia angeht. Dass er uns den Mord an der Frau verschwiegen hat. Dieser Täuscher wird für uns zu einer großen Gefahr. Übrigens, dein Enkel wird am Ende Licht ins Dunkel bringen. Das war ganz deutlich zu lesen. Was ist nun, redest du mit Gregor, oder soll ich es mal versuchen?«

Elsi seufzte. Gerade mal zwei Tage hatte ihr Bündnis gehalten, und schon bekam es Risse. Immerhin, sämtliche Beweise waren vernichtet: die Schere ruhte auf dem Grund der Ostsee, die Ferienhäuser waren mehrfach geputzt, Yannicks Füße geschrubbt. Ein Motiv hatten sie fast alle, wenn auch ein mehr oder weniger gutes. Die Polizei konnte schlecht Ene Mene Muh spielen, um sich einen Täter herauszupicken.

»Also gut, ich werde morgen mit Gregor sprechen. Er hat bestimmt keinen Bock, wegen Justizbehinderung belangt zu werden, so etwas landet nämlich im Führungszeugnis. Dir und mir kann das egal sein, einem ehrgeizigen Ingenieur dagegen ... Romina, fällt dir denn gar nichts ein, womit du die Karten besänftigen könntest?«

»Wirklich, Elsi, du solltest dich nicht darüber lustig machen.«

Die beiden Frauen machten sich auf den Heimweg, kamen jedoch keine zehn Schritte weit. In einem Busch vor ihnen raschelte es, und eine Gestalt trat aus der Dunkelheit auf sie zu.

Elsi war kein schreckhafter Mensch, aber zuckte auch heftig zusammen. Das war allerdings nichts gegen Romina, die laut aufschrie und die Tüte fallen ließ, die sie in den Händen trug.

»Hömma! Ich bin's doch nur, der Joe.«

Sie atmeten tief durch, halb erleichtert und halb verärgert.

»Was schleichst du dich so an?«, fragte Elsi. In der einen Hand hielt Joe eine Zigarette, in der anderen einen Flachmann, sein »Puckimännchen«, wie er es nannte.

»War bloß austreten.«

»Gut, aber ... was machst du hier? Deine Unterkunft ist doch ganz am Ende der Straße.«

»Hab auf euch gewartet.«

»So?«

Wenn er sich schon länger in dem Gestrüpp aufgehalten hatte, war es denkbar, dass er ihr Gespräch mit angehört hatte.

Der Gedanke war Elsi unangenehm, und wenn es ihr schon so ging, wie musste sich dann Romina gerade fühlen.

»Was können wir für dich tun, Joe?«, fragte Elsi.

»Du gar nichts, Ommi. Aber mit dem Bömmsken hier hätt ich gerne mal gesprochen. Unter vier Augen, wenn's geht.«

»W… wieso?«, fragte Romina.

»Is wichtig.«

»Warum darf Elsi nicht dabei sein?«

»Wär mir lieber. Gibt's da ein Problem?«

»N… nein, ich bin nur ziemlich müde, weißt du?«

»Is wichtig«, wiederholte er.

Romina hob die Tüte auf und wirkte dabei, als fürchte sie, es wäre das Letzte, was sie auf Gottes Erden tat. »Na gut, aber … aber dann dort hinten bei der Laterne, einverstanden? Und Elsi wartet hier, ja?«

Joe lächelte so breit, dass seine Zahnlücke zu sehen war. »Bömmsken, man könnt glatt glauben, du hast Angst vor mir.«

12

Ich wäre liebend gerne noch in der Kleingartensiedlung in Malchow bei Almut Köhler-Leipold vorbeigefahren, Fritzies Freundin, deren Adresse ich im Wikingerdorf erhalten hatte. Genau wie Elsbeth war Fritzie wie ein Gespenst für mich, das ich nicht zu fassen bekam, da ich sie weder bei ihrem Bruder Etienne noch in Dänemark bei ihrem Ex Bent angetroffen hatte. Meine Hoffnung war, dass Fritzie vorübergehend bei Elsbeth wohnte und ich beide um 14:00 Uhr im Polizeipräsidium in Rostock antreffen würde.

Ich wurde enttäuscht. Frau Gandelagen blieb der Vernehmung fern, zu der Oberkommissar Clement sie vorgeladen hatte, Fritzie war ohnehin verschollen, und Romina schien sich ebenfalls zu verspäten. Allmählich machte ich mir ein wenig Sorgen um die drei Frauen. Einer polizeilichen Aufforderung nicht nachzukommen, war eine ernste Sache. In der Regel bedeutete es, dass man entweder etwas zu verbergen hatte, sich auf der Flucht befand oder nicht mehr in der Lage war zu erscheinen.

Clement informierte seine Berliner Kollegen und bat sie, je eine Streife zu den Wohnungen in Weißensee und Charlottenburg zu schicken. An seinem Ablaufplan der Vernehmungen änderte das erst mal nichts. Er hatte ohnehin vorgehabt, die Verhöre einzeln zu führen. Weder Yannick noch Gregor sahen einander, sie wurden in verschiedene Räume gebracht. Jule war wegen ihrer für den kommenden Tag angesetzten Operation entschuldigt.

Gregor Klee, dem sich Clement zuerst widmete, brachte einen Anwalt mit. Der Oberkommissar führte die Vernehmung zusammen mit einer jungen Kollegin durch. Es war ein typischer Verhörraum, schlicht, quadratisch, hell erleuchtet, fünf schlichte Aluminiumstühle. Clement saß Herrn Klee mit zwei Metern Abstand gegenüber, daneben sein Anwalt, vermutlich ein Freund oder Bekannter – gleiches Alter, gleiche Statur, und sie duzten sich. Die Kommissarin saß etwas abseits an der Wand, und eine Protokollantin hielt sich dezent im Hintergrund. Ein Fenster nach draußen gab es nicht, nur eine verspiegelte Einwegscheibe. Auf deren anderer Seite war es mir gestattet, der Vernehmung zu folgen, was ich sehr entgegenkommend von Clement fand.

»Dieser ganze Aufwand für nichts«, sagte der Anwalt. »Mein Mandant macht von seinem Recht auf Aussageverweigerung Gebrauch.«

»Und ich von meinem Recht, ihn vollzuquasseln«, parierte Clement. »Hören Sie mir einfach nur zu, Herr Klee. Zuhören und betrachten, mehr müssen Sie nicht tun.«

Er öffnete eine Mappe und hielt mehrere Fotos in die Höhe, eines nach dem anderen. Der angewiderten Reaktion Klees und des Anwalts entnahm ich, dass es sich um Aufnahmen der exhumierten Leiche handelte. Seit ihrer Bergung waren etwa zehn Tage vergangen, und der Waldboden in Graal-Müritz war feucht und humos. Sicher kein schöner Anblick.

»Das waren Sie«, sagte Clement. »Zusammen mit Frau Pantelli, Herrn Rowolt und Frau Gandelagen. Wissen Sie, wie man Sie hier im Präsidium bereits nennt? Das Skelett-Quartett.«

»Mein Mandant muss sich nicht selbst belasten.«

»Nein, das erledigen wir für ihn. Wir wissen nämlich bereits alles über Ihre Nebenbeschäftigung als Totengräber. Einer von Ihnen hat ausgepackt.«

»Das war dieser Freak, hundertprozentig«, platzte Klee heraus, und sein Anwalt musste ihn beruhigen.

»Wie gesagt, Herr Klee, belasten müssen Sie sich nicht. Aber wie wäre es, wenn Sie sich selbst entlasten, damit zu den Anklagen wegen Justizbehinderung und Leichenschändung nicht noch eine wegen Mordes hinzukommt?«

»Das ist lächerlich.«

»Ja, aber nur so lange, bis Ihr Anwalt die Anklageschrift auf dem Tisch hat. Sie hatten durchaus ein Motiv, nämlich Ihren erstochenen Hund.«

»Das war ein Unfall. Ich habe nur im ersten Moment geglaubt, dass Biskuit …«

Clement hielt zwei weitere Fotos in die Höhe. »Wir haben Ihren Hund ebenfalls ausgegraben, heute Morgen erst. Jemand hat uns die Stelle beschrieben, wo das Tier vergraben war. Es ist eindeutig an einer Stichverletzung verendet.«

Clement legte die Fotos zurück in die Mappe. Sie hatten ihre Wirkung nicht verfehlt, Gregor Klee war emotional angefasst, den Tränen nahe. Wenn es um Biskuit ging, war er ein anderer Mensch.

»Ein toter Hund ist kein Motiv«, sagte der Anwalt.

»Menschen sind schon für sehr viel weniger umgebracht worden. Sie, Herr Klee, waren der führende Kopf bei dem Plan, die Leiche verschwinden zu lassen. Die anderen haben nur mitgemacht. Das wirft einen Schatten auf Sie.«

»Behaupten die das, ja? Behaupten die das? Von wegen! Joe war das sehr recht, er hatte die Idee.«

»Herr Rowolt kann sich gegen diesen Vorwurf nicht mehr verteidigen.«

»Und Elsi auch. Die Alte hatte Angst um ihren feinen Enkel, diesen Kleinkriminellen und Schläger. Der ist Mitglied einer Bande, hundertprozentig. Er ist doch mitten in der Nacht draußen rumgeschlichen, und er war es auch, dem ich Biskuit anvertraut habe.«

»Ja, und er hat uns von der Leiche erzählt.«

»Klar, um von sich abzulenken, Mann, merken Sie denn gar nichts?«

Die junge Kommissarin bekam von einem Boten eine Akte überreicht, die sie kurz studierte und dann Clement reichte. Er stand auf und verließ den Raum, weshalb die Kommissarin Klees Befragung fortsetzte.

Clement stellte sich zu mir. Wir hatten bei meiner Ankunft nur ein schnelles Hallo sowie ein paar Informationen ausgetauscht, dann war es auch schon losgegangen.

»Schön, dass Sie kommen konnten, Frau Kagel. Und gut, dass Sie in Dänemark waren. So ein Amtshilfeersuchen kann schon mal mehrere Wochen dauern, da haben Sie als private Ermittlerin einen Vorteil. Was herausgefunden?«

Ich verschaffte ihm einen kurzen Überblick, während er nickend die Akte studierte.

»Der Bericht der Gerichtsmedizin«, klärte er mich auf.

»Zu Ferdi Thornagel?«

»Zu Biskuit.«

»Oh. Und?«

»Es besteht kein Zweifel daran, dass der Hund getötet wurde. Übrigens mit einer Nagelschere. Die tödliche Verletzung gleicht jener, die wir bei Ferdi Thornagel festgestellt haben. Sogar die Position der Wunden ist vergleichbar.« Er schloss die Akte und ließ sich auf einen Stuhl fallen. »Was die Dinge in einem völlig anderen Licht erscheinen lässt«, ergänzte er.

Ich verschränkte die Arme vor der Brust und ging ein paar Schritte in dem Raum umher, der an drei Wänden Einwegscheiben zu den angrenzenden Verhörräumen hatte. In einem davon saß Yannick Gandelagen.

Ich sagte: »Der Hundeschlitzer und Thornagels Mörder sind also identisch.«

»Jawohl. Demnach kann Ferdi Thornagel nicht der Hundeschlitzer sein.«

»Und Herr Klee nicht Thornagels Mörder, denn das würde bedeuten, er hätte seinen eigenen Hund umgebracht. Oder meinen Sie, er wollte den Mörder seines Hundes auf dieselbe Art umbringen?« Den Gedankengang verwarf ich, kaum dass ich ihn geäußert hatte. »Nein, dazu müsste er ja gerichtsmedizinische Kenntnisse gehabt haben. Er konnte ja nicht wissen, dass eine Nagelschere die Tatwaffe bei Biskuit war.«

»Sehe ich auch so. Ich denke, damit ist Klee erst mal aus dem Spiel, zumindest was den Mord an Ferdi Thornagel angeht. Bei Joe Rowolt war das Mordwerkzeug ein mittelgroßes Messer, und der Stich ging in den Bauch.«

Zum ersten Mal, seit ich von dem zweiten Toten erfahren hatte, kam mir der widerstrebende Gedanke, dass wir es nicht nur mit einem Täter zu tun hatten. Meine Skepsis war nur natürlich. Ein Mord war etwas so Ungeheuerliches und Verwerfliches, vor allem in der heutigen Zeit, dass nur wenige Menschen dazu fähig waren. Die Wahrscheinlichkeit, dass zwei Menschen in einer Gruppe von sieben einen Mord begingen, war verschwindend gering. Zumindest, wenn man von zwei voneinander unabhängigen Verbrechen ausging. Hingen die beiden Taten irgendwie zusammen, oder war die zweite gar eine Folge der ersten, sah die Sache anders aus. Im Schnellverfahren ging ich die Möglichkeiten durch.

»Denkbar wäre ein Racheakt«, merkte ich an. »Das würde allerdings voraussetzen, dass Joe Rowolt den Hund und Fritzies Bruder umgebracht hat.«

»Was bei seiner Vorgeschichte nicht undenkbar ist. Das Motiv für den Mord an dem Mann leuchtet einem sofort ein, er wollte seine Freundin von diesem Albtraum von Bruder befreien. Aber wieso den Hund, verflixt noch mal?«

Wieso den Hund, verflixt noch mal, wiederholte ich Clements Ausruf im Geiste. Wie wahr. Irgendwie passte Biskuits Tod nicht ins Bild, allein deshalb, weil er sinnlos war. Einen lästigen Verfolger oder einen Mitwisser zu töten, das war beides nachvollziehbar, aber einen friedliebenden Labrador?

»Lassen Sie uns mit dem Jungen reden. Er dürfte gesprächiger sein als Jules Vater. Trotzdem ist Vorsicht geboten. An dem, was Klee gesagt hat, ist durchaus etwas dran. Indem Yannick uns freiwillig von der Leiche erzählt hat, hat er sich aus der Schusslinie genommen.«

»Er hat es für Jule getan«, wandte ich ein.

»Ich weiß, das hat er selbst immer wieder betont. Aber ich halte ihn für schlau. Man könnte meinen, er sei es nicht, weil man ihn gleich bei drei Diebstählen ertappt hat. Geht man aber davon aus, dass er vielleicht dreißig Mal geklaut hat, wäre das gar kein so schlechter Schnitt. Sie halten ihn für unverdächtig?«

»So weit würde ich nicht gehen. Im Moment ist er unser ... pardon, Ihr bester Zeuge.«

»Wollen Sie mit rein?«

»Darf ich denn?«

»Wir haben ihn nicht vorgeladen, sondern nur hergebeten, eben weil er unser bester Zeuge ist. Also, wie sieht's aus?«

Ich ließ mich nicht lange bitten. Und Yannick auch nicht. Gleich nach der Begrüßung erkundigte er sich, was wir wissen wollten. Clement meinte, wir wollten alles wissen, und zwar von vorne bis hinten, alles, was ihm einfalle, vom ersten Tag der Wanderung bis zum letzten. Yannick nickte und fing an zu erzählen, flüssig, ruhig und entspannt. Ab und zu sah er auf die Uhr, manchmal auch auf sein Handy, um zu überprüfen, ob Nachrichten eingegangen waren. Mit seinen Gedanken war er mindestens zur Hälfte bei Jule, und wer hätte ihm das verübeln können.

Er begann mit dem Abend des Kennenlernens, seinen ersten Eindrücken und schilderte, wie Romina, Joe und Fritzie einen ganzen Tag umhergeirrt waren. Auch von dem Vorfall mit dem Kellner Ivo berichtete er freimütig und erklärte, wie es zu dem Video gekommen war.

»Wieso haben Sie zugelassen, dass der Mann Sie filmt?«, fragte Clement.

»Mir doch rille, ob der seine eigene Schande filmt. Ich hätte das Ding zerschmettern können, easily, aber genau das wollte er ja. Sein iPhone war drei Jahre alt, und er hat darauf spekuliert, dass ich ihm ein neues finanziere. Schadenersatz und so weiter.«

Am Tag darauf habe die Sache mit dem unbekannten Verfolger angefangen, ausgehend von Fritzie und später von Romina. Joe habe es irgendwann auch erwischt. Sogar er selbst sei kurz verunsichert gewesen.

»Da war ein Typ in 'nem blauen T-Shirt. Aber ich glaube nicht, dass das Ferdi war, der war größer als der erste. Der andere war eher durchschnittlich groß. Krass, ich habe mir das hundertpro bloß eingebildet. Ist doch so, jemand sagt, hier riecht es verbrannt, und man schnuppert panisch an jeder Steckdose, obwohl man gar nichts riecht.«

Er schilderte Jules Badeunfall und Joes Rettungsaktion, seine nächtlichen Gespräche mit dem um einiges älteren Joe, der ihn manchmal »Furzknoten« genannt hatte, schließlich Jules Geständnis und danach die des nächsten Abends: Rominas, Joes und sein eigenes. Unter anderem erwähnte er einen toten Hasen, der Fritzie verunsichert hatte, und ihr seltsames Verhalten.

»Sie hat ihren Bruder zum ersten Mal auf dem Marktplatz in Greifswald gesehen, später dann in Zingst von ihrem Zimmer aus im Dunkeln erkannt, unten auf der Straße. Offenbar sind Jule und ich direkt an ihm vorbeigelaufen, keine Ahnung, wir haben auf nichts und niemanden geachtet. Er hat geraucht und gewartet, geraucht und gewartet. Wir sind Fritzie unten am Eingang unserer Unterkunft begegnet. Im Nachthemd stand sie da, durcheinander wie immer, später hat sie mit ihrem Bruder durch die Tür gesprochen. Da waren wir aber schon weg. So hat sie es jedenfalls meiner Oma erzählt und die später mir.«

Als er seine erste Begegnung mit Ferdi schilderte, änderte sich sein gleichmütiger Ton, er wirkte alles andere als stolz auf seine Teilnahme an der Prügelei.

»Gregor hat Attacke geschrien, Joe war auch gleich dabei, und ich, na ja, ich wollte nicht der einzige Mann sein, der bloß danebensteht. Wozu kann ich Judo, wenn ich es nie einsetze? Heute weiß ich, wie blöd das war, ich habe es schon eine halbe Stunde später bereut. Dieser Ferdi war … Irgendwie hatte ich ihn mir beeindruckender vorgestellt. Ich meine, er war groß und sah zäh aus, wie ein hart arbeitender Bauer. Trotzdem hatte er nichts Gefährliches an sich. Seine Augen, seine Stimme, seine Moves, alles pretty relaxed. Na gut, er war gehypt, weil er endlich seine Fritzie gefunden hatte, aber sonst … Es war eine echte Scheißaktion von uns, ihn zusammenzuschlagen.«

»Schildern Sie uns doch bitte kurz, wie die Schlägerei abgelaufen ist«, bat ihn Clement. »Wer hat angefangen? Wie ist es ausgegangen?«

Er machte eine kurze Pause, in der er das Wasserglas leer trank. »Habt ihr 'ne Coke?« Clement brachte ihm eine, und Yannick erzählte detailliert von den Ereignissen und wie Fritzie noch am selben Tag halb zusammengebrochen war, komisches Zeug gefaselt hatte und von da an zu nichts mehr zu gebrauchen gewesen war. Der Abend war ruhig verlaufen, abgesehen von der ersten gemeinsamen Nacht, die Jule und ihm bevorstand. Sie hatten eine kleine, intime Geburtsfeier vorbereitet und um Mitternacht angestoßen. Als er um Viertel vor vier nach draußen gegangen war, um seinen Kumpel anzurufen, hatte Ferdi schon dagelegen.

Wie schon bei unserem Telefonat versuchte Yannick die Rolle seiner Oma herunterzuspielen, sie habe sich nur aus Sorge um ihn auf die Sache eingelassen und so weiter. Seine Stimme überschlug sich fast, als er elegisch seine Großmutter pries. Seine leicht tapsige Loyalität hatte etwas Rührendes, ich nahm sie ihm nicht übel und Clement wohl auch nicht. Im Gegenteil, sie machte das, was er uns bisher mitgeteilt hatte, umso glaubwürdiger, weil man ihm sofort anmerkte, wenn er log.

Der Oberkommissar war sehr zufrieden mit dem Interview, was sich derart äußerte, dass er Yannick am Ende der ersten Halbzeit nach etwa eineinhalb Stunden die Hand gab. »Danke sehr, junger Mann. Sie haben uns bis hierhin sehr geholfen. Nach einer kurzen Pause machen wir dann weiter mit dem folgenden Tag und dem Abend vor Joes Ermordung.«

»Dazu habe ich doch schon alles gesagt, als Sie mich letzte Woche vernommen haben.«

»Es wäre nicht das erste Mal, dass Zeugen sich mehrere Tage später an weitere Details erinnern.«

»Okay, aber ... Dauert das alles noch lange? Ich will zurück nach Schwerin zu Jule, sie braucht mich jetzt. Der Countdown läuft, you know?«

»Wir können auch sofort weitermachen, wenn Sie wollen.«

»Yes.« Er krempelte die Ärmel seines Hemds hoch und trank einen Schluck Cola. Dann beugte er sich vor, lehnte die Arme auf die Oberschenkel und begann aufs Neue zu erzählen.

ZWEI WOCHEN ZUVOR
Der letzte Tag der Wanderung war einfach nur Shit. Keiner hatte mehr Lust, den Weg zu Ende zu gehen, auch die beiden nicht, die von Ferdis Tod und der Beseitigung seiner Leiche keine Ahnung hatten. Fritzie war noch immer verstummt, und ihr starrer Blick wirkte ein bisschen spooky. Sie war restlos fertig. Selbst Jule hatte ihre Freude an der Schönheit der Natur verloren. Yannick vermutete, dass sie unter dem Schweigen zwischen ihm und ihrem Vater litt. Das Verhältnis zwischen ihnen war irreparabel zerrüttet, Jule spürte es, auch ohne die genaue Ursache zu kennen. Yannick wäre bereit gewesen, sich ihr zuliebe zu entschuldigen, wenn es etwas gebracht hätte, aber Gregor war nicht der Typ, der eine Demütigung verzieh. Und er war gedemütigt worden.

Ein jeder zählte also die Stunden, während sie die prächtigsten Landstriche durchquerten. Das friedliche Salzhaff lockte mit einem kühlen Bad, das jedoch keiner von ihnen nahm. Die Rapsfelder in voller gelber Blüte gaben wunderbare Fotomotive ab, doch keiner fotografierte sie. Die langen, imposanten Alleen luden zur Rast ein, aber sie hetzten ohne einen Blick dafür auf ihnen entlang. Bereits um 13:00 Uhr holten sie in Neuburg den Schlüssel für ihre Unterkunft ab, so früh waren sie noch nie an einer Zwischenstation angekommen. Vom Haus der Vermieterin war es noch eine Dreiviertelstunde Fußmarsch, bis sie am Ziel ankamen.

Das Forsthaus hätte eigentlich das Highlight und somit der krönende Abschluss der Tour werden sollen. Es bot alles, was der Anbieter im Internet versprochen hatte: helle, geräumige Zimmer, eine heimelige Einrichtung, einen Kräutergarten, mehrere Liegestühle, die Ruhe des Waldes, der es umgab. Doch nichts davon stieß bei den Wanderern auf Gegenliebe. Sie waren einander und der Tour überdrüssig, und wäre das sie verbindende Geheimnis nicht gewesen, wären sie erst gar nicht angereist. Von dem geselligen Festmahl, das sie zu Beginn für den letzten Abend vereinbart hatten, war keine Rede mehr. In Neuburg hatten sie drei Packungen Spaghetti und eine fertige Tomatensoße gekauft.

Den Nachmittag über gingen sie sich möglichst aus dem Weg. Jule war von dem schnellen Marsch erschöpft und ruhte sich aus, Yannick ließ sie dösen. Im Inneren des Hauses war es schön kühl, während draußen die Luft flimmerte. Romina legte sich in einer Ecke des Wohnzimmers die Karten. Sie starrte sie lange an, ging ein wenig umher, stand eine Weile am Fenster und kehrte wieder zu ihnen zurück. So ging das stundenlang. Joe machte es sich bei dreißig Grad draußen im Liegestuhl bequem und qualmte eine nach der anderen, wobei man irgendwann nicht mehr wusste, was mehr rauchte: sein Kopf oder die Zigarette. Nach acht Jahren in Malaysia machte ihm die schwüle Hitze nichts aus. Gregor war von der Bildfläche verschwunden. Vielleicht war er in seinem Zimmer, vielleicht auch nicht. Keiner fragte nach ihm, nicht mal Jule. Dasselbe galt für Fritzie.

Oma Elsi nahm Yannick mit auf einen Spaziergang in den Wald. Sie konnte einfach nicht die Füße hochlegen, auch nicht nach zweiundzwanzig Kilometern Fußmarsch.

»Was sagt dein Maps?«, fragte sie. »Gibt es irgendwas Interessantes hier in der Nähe?«

»Gute Aussprache, Oma. Yup, da vorne ist ein Stausee, etwa zweihundert Meter von hier.«

Der Pfad war stark verwurzelt, und sie mussten aufpassen, dass sie nicht stolperten. Für die Mountainbiker, die zwischendurch lärmend an ihnen vorbeischossen, schien er jedoch wie gemacht. Zwischendurch war es wieder still.

»Bist du froh, dass morgen alles vorbei ist?«

»Weiß nicht, Oma. Hab mich dran gewöhnt. Außerdem ...

morgen fangen die Probleme an. Reality, verstehst du? Meine Reality ist, dass ich Bolko 'ne Abfuhr erteilt habe, und auf so was reagiert er wie eine Viper, die man kitzelt. Vielleicht ziehe ich nach Eisenach, das wär die Lösung. Und Jule ... Sie hat ganz schön was vor sich in den nächsten Wochen, nicht nur wegen dem Tumor, auch wegen Gregor. Der stellt sich an wie eine Primadonna, seit wir zusammen sind.«

»Was ist, wenn sie sich gegen eine OP entscheidet, mein Junge?«

»Was soll dann sein?«

»Eine blinde Freundin. Bist du dem gewachsen?«

Er war fast beleidigt. Hätte sein Vater ihm diese Frage gestellt oder Joe oder Gregor, es wäre ihm egal gewesen. Aber dass Oma Elsi an ihm zweifelte ...

»Loyalität war nie meine schwache Seite, das solltest du eigentlich wissen.«

»Du kennst Jule erst seit einer Woche.«

»Was soll denn das jetzt? Willst du sie mir madig machen?«

»Wo denkst du hin, nein. Ich wäre sogar stolz auf dich, wenn es so käme.«

»Ein Move nach dem anderen, Oma. Noch ist sie nicht blind, und sie hat einen starken Willen. Keine Ahnung, ob wir ein Dreamteam werden. Aber wir stehen auf dem Spielfeld, und Gegner haben wir genug. Das schweißt zusammen.«

Sie erreichten das Ufer des Stausees, der nur eine Böschung entfernt war. Die tanzenden Reflexionen des Wassers ließen das frische Grün der Bäume erstrahlen – magic light.

»Apropos Dreamteam«, sagte sie. »Wir als Gruppe sind keins.«

»Echt nicht.«

»Trotzdem stehen wir irgendwie auch auf dem Spielfeld, gezwungenermaßen.«

»Okay, ich habe dir gesagt, was ich von eurer verrückten Leichenverbuddelung halte. Das war fucking … Es war unnötig, krank und scheiße.«

»Ist ja gut. Aber es ist nun mal passiert, und jetzt … Irgendwas geht da vor, Yannick.«

»Was meinst du?«

»Es braut sich was zusammen.«

»Bloß nicht konkret werden, Oma. Ich könnte am Ende verstehen, was du mir sagen willst.«

Sie setzten sich ins Moos an den Rand der Böschung. Unten im Wasser trugen einige Enten Revierkämpfe aus, und zwei Kormorane landeten in der Mitte des Sees, wo sie sich hektisch das Gefieder putzten.

»Ich will dir was erzählen, und ich möchte von dir ab sofort keine Witze oder flapsigen Sprüche mehr hören. Dafür ist die Lage zu ernst, verstanden?«

»Geht klar.«

»Romina hat eine Heidenangst. Sie würde lieber gestern als morgen abreisen.«

»Warum tut sie es dann nicht?«

»Erstens sind wir hier mitten in der Pampa, von hier kommt man gar nicht so leicht weg, und zweitens hat sie nur noch eine Nacht und ein gemeinsames Frühstück zu überstehen. Morgen Mittag sind wir in Wismar, und dann geht jeder seiner Wege. Drittens hat sie uns während der gesamten Wanderung vorgebetet, sie müsste sich endlich ihren Dämonen stellen. Man stellt sich seinen Dämonen nicht, indem man sich ein Taxi ruft und vorzeitig abhaut.«

»Okay, und wovor genau hat sie Angst?«

»Ich kann es dir nicht im Einzelnen erklären, aber sie glaubt, dass Joe der Mörder von Fritzies Bruder ist. Die Sache ist die: Gestern Nacht, kurz bevor wir in der Unterkunft angekommen sind, haben wir uns genau darüber unterhalten, und plötzlich stand Joe vor uns. Angeblich war er mal kurz im Gebüsch, Bier loswerden. Er wollte unbedingt mit Romina sprechen und hat sich nicht abwimmeln lassen.«

»Krass. Und dann?«

»Die beiden haben keine Minute miteinander geredet, er hat sie etwas gefragt oder etwas gesagt, das weiß ich nicht genau, aber sie hat sich furchtbar darüber aufgeregt und ihn stehen lassen. Seither ist sie total eigenartig. Sie vermeidet jeden Blickkontakt, und zwar ohne Ausnahme. Wir sind wohl alle Dämonen für sie. Ich fürchte, sie ist ein bisschen ...« Sie drehte den Zeigefinger an der Schläfe. »Du weißt, was ich meine.«

Wenn er ihr nicht versprochen hätte, sich flapsige Sprüche zu verkneifen, hätte er glatt erwidert, dass es inzwischen fast mehr Bekloppte auf dieser Wanderung gab als Normalos.

»Okay, Oma. Romina hat Hirngespinste, was Joe angeht. Wen juckt's? Wie du eben selbst gesagt hast, morgen Mittag ist alles vorbei. Wir werden weder Romina noch Joe je wiedersehen.«

»Immerhin habe ich Fritzie eingeladen, vorübergehend bei mir zu wohnen. Natürlich werde ich Joe wiedersehen.«

Das hatte Yannick ja ganz vergessen. »Ach, Oma! Das kommt davon, wenn du jedem das Sofa im Bügelzimmer anbietest. Fritzie soll in Joes Wohnwagen einziehen und fertig.«

»Könntest du vielleicht mal mit Romina sprechen?«

Yannick lachte. »Jetzt machst du aber Witze. Wenn sie dir nichts verraten hat, wieso glaubst du dann, dass sie mir mehr vertraut?«

»Weil du Licht ins Dunkel bringen wirst, das stand wohl in ihren Karten.«

»Come on, Oma, das ist doch Bullshit.«

»Für dich und für mich. Romina glaubt fest daran, und nur das zählt.«

Ein Windstoß kräuselte die Wasseroberfläche, brachte kurz die Baumkronen zum Rauschen. Er hinterließ Stille. Und dann gab es diesen Moment, da die Erde einen Atemzug lang zu erlahmen schien, die Enten verstummten, die Kormorane aufmerksam die Hälse reckten und in dieser Position verharrten und sich kein Blatt rührte. Einer jener Momente, in denen man die Luft anhält, aus Angst, ein Geräusch könnte ihn zerstören.

Yannick gab es gerne zu: Seit er von Jules Erkrankung wusste, seit er sie liebte und spürte, dass sie ihn ebenfalls liebe, versuchte er, die Welt auf ihre Weise zu betrachten. Er wollte ihr Augenlicht sein, für den Fall, dass ...

Ein Knacken durchbrach die Stille. Yannick blickte über die Schulter, und vor ihm stand Fritzie. Sie hatte wieder diesen starren Blick und machte ein Gesicht, als könnte sie jeden Moment entweder in Tränen oder in schallendes Lachen ausbrechen.

Aber sie sagte bloß: »Das Essen ist in zehn Minuten fertig.«

13

»Haben Sie getan, worum Ihre Großmutter Sie gebeten hat, und mit Frau Pantelli gesprochen?«, fragte Clement.

»Yup.«

»Sehen Sie, das haben Sie uns vor einer Woche nicht erzählt.«

»Weil ich es nicht ernst genommen habe. Romina hat die ganze Zeit nur von ihren Karten gefaselt. Irgendwas von einem Gericht, sieben Schwertern und einem … Elefanten oder so. Nein, es war kein Elefant, es hat sich nur so ähnlich angehört. Heliophant, gibt's das? Und meinen Geburtstag wollte sie wissen. ›Ja, das passt!‹, hat sie gerufen, als ich zwölfter Mai gesagt habe. Sie ist auch vorgeladen, oder?«

»Frau Pantelli ist nicht erschienen«, sagte Clement. »Genauso wenig wie Ihre Oma. Und Fritzie.«

»Was, meine Oma ist nicht gekommen? Shit.«

»Haben Sie dafür eine Erklärung?«

»Mann, ich habe sie nicht mehr gesehen oder gesprochen, seit wir letzte Woche befragt worden sind. War vielleicht ein Fehler.«

»Hat Frau Pantelli sich Ihnen gegenüber in irgendeiner Weise zu Joe Rowolt geäußert?«

»Nein, gar nicht. Sie hat überhaupt keine Namen genannt. Aber sie hat was von einer großen Täuschung gelabert, einem Riesenschwindel, den wir bald erkennen würden. Oder so ähnlich. Mann, ich war an dem Abend völlig distracted, weil ich … Ich habe meine Zukunft geplant, verstehen Sie? Den Umzug nach Eisenach, die Jobsuche, woher ich das Geld nehme. Warten

Sie, jetzt weiß ich's wieder, es ging um einen Hierophanten, was immer das für ein Freak ist.«

Erneut zog er das Handy aus der Hosentasche und warf einen prüfenden Blick auf das Display. Clement erklärte ihm, dass es in den Vernehmungsräumen keinen Handyempfang gab, was ihn nur noch nervöser machte.

»Es ist bloß ... Die Ärzte im Krankenhaus haben was von einem Gehirnchirurgen geblubbert, der extra für die OP aus Stockholm kommt, und dass sich deswegen der Termin ändern könnte. Mann, ey, ich werde hier drin noch verrückt.«

Einerseits fand ich es sympathisch, wie sehr er sich um Jule sorgte, obwohl er sie erst seit wenigen Wochen kannte. Er war bis über beide Ohren verliebt. Andererseits war er als Zeuge zunehmend unbrauchbar. Seine Beine zuckten unruhig auf und ab, auf und ab, minutenlang.

Das entging auch Clement nicht. »Eine letzte Frage, dann sind Sie uns los. Wie ist der restliche Abend vonstattengegangen?«

Yannick beschrieb das letzte gemeinsame Essen, Spaghetti mit Tomatensoße ohne Parmesan, den hatten sie schlicht vergessen einzukaufen. Immerhin war alles nach wenigen Minuten vertilgt, was das allgemeine Schweigen nicht unerträglich in die Länge zog. Die Gruppe einigte sich darauf, am nächsten Morgen erst um acht und damit etwas später als sonst aufzustehen, damit sie gegen neun den Marsch nach Wismar antreten konnte.

Romina hatte eine Flasche Rotwein gekauft, die sie in der Küche entkorkte und nach dem Essen mit in ihr Zimmer nahm. Sie hatte es für sich alleine, da das Forsthaus über acht Betten in fünf Räumen verfügte. Fritzie schlief in einem Doppelbett mit Elsi, da Joe sich auf dem Fernseher in der Wohnküche ein wichtiges Relegationsspiel des MSV Duisburg ansehen wollte, was Fritzie nicht interessierte. Yannick machte mit Jule einen

Spaziergang in der Dämmerung, der bald auf einer Sitzbank mit Blick über Felder und Wiesen auf das abendliche Neuburg endete. Gregor ging zum Stausee, um eine Runde zu schwimmen, und vor dem Schlafengehen wollte er noch die Zugtickets für sich und Jule von Wismar nach Eisenach buchen. Etwa um 23:00 Uhr kehrten Jule und Yannick ins Forsthaus zurück und gingen dann schlafen. Zu diesem Zeitpunkt war es im Haus bereits still und dunkel, nur Joe saß noch in der Küche, vor sich eine Kanne Kaffee, ein Becher, ein Stück Schinkenspeck und ein Messer …

»Ein Messer?«, hakte Clement nach. »Wie hat es ausgesehen?«

»Lang und schmal.«

»Ein Schinkenmesser?«

»Wenn Sie das sagen.«

Yannick schlief durch bis Viertel nach sieben, und als er aufstand, kochte seine Oma bereits Kaffee. Da Joe nicht zum Frühstück auftauchte, gingen sie ihn suchen, erst im Haus, dann draußen. Gregor fand Joe um 07:50 Uhr und wählte sofort den Polizeinotruf.

Fritzie erlitt einen Nervenzusammenbruch. Wieder und wieder rief sie: »Das war Ferdi. Ferdi hat das getan. Er wird mich holen. Morgen holt er mich.«

Dass Ferdi es nicht gewesen sein konnte, verschwiegen die anderen ihr. Yannick war kurz davor, es ihr zu sagen, aber in ihrem Zustand hätte die Mitteilung, dass ihr Bruder ebenfalls tot war, womöglich zu etwas noch Schlimmerem geführt, einem Trauma oder gar einem Suizidversuch. Außerdem stand auch Jule dabei. Sie und Elsi kümmerten sich um die schluchzende Fritzie, hielten sie abwechselnd im Arm.

»Was hat Frau Pantelli getan?«, fragte ich Yannick.

»Sie ist in ihr Zimmer verschwunden, und als die Polizei kam und uns wegen Joe befragen wollte, bin ich sie holen gegangen.

Auf mein Klopfen keine Antwort. Ich drücke die Klinke, Zimmer verschlossen. Sie hat geschlagene zwei Minuten gebraucht, um aufzuschließen, sah ganz schön mitgenommen aus. Vielleicht hatte sie eine Tablette genommen.«

Damit hatte Yannick uns alles erzählt, was wir wissen wollten. Clement bat ihn, sich noch ein paar Minuten in Geduld zu üben, während wir kurz in sein Büro gingen. Statt auf die andere Schreibtischseite, setzte er sich neben mich auf den zweiten Besucherstuhl.

»Sehen Sie, was ich meine?«, fragte er. »Jeder aus der Gruppe hätte es getan haben können ... und keiner.«

Ich nickte. Gelegenheiten hatte es in diesem Mordfall in Hülle und Fülle gegeben. Romina und Gregor hatten in Einzelzimmern übernachtet, Fritzie und Elsi hätten sich ebenso wie Jule und Yannick mitten in der Nacht unbemerkt vom jeweils anderen hinausschleichen können. Nach zwanzig Kilometern Fußmarsch am zehnten Tag einer Wanderung schliefen die meisten Menschen tief und fest. Die Möglichkeit, ein Messer aus der Küche zu holen, hatte jeder gehabt, ebenso wie die Gelegenheit, es nach der Tat im Stausee zu versenken. Ein Mordmotiv hingegen war weit und breit nicht in Sicht, außer man nahm an, dass Joe drauf und dran gewesen war, das Schweigegelübde zu brechen, das sich die fünf auferlegt hatten. Nur: Warum hätte er zum Stausee gehen sollen, also in die falsche Richtung, noch dazu mitten in der Nacht? Seinen Rucksack hatte er auch nicht dabeigehabt, obwohl den auch jeder andere in sein Zimmer zurückgetragen haben könnte.

»Gehen wir mal davon aus, Joe Rowolt wollte nicht heimlich verschwinden«, mutmaßte ich. »Es war doch eine Vollmondnacht oder so gut wie Vollmond, richtig? Und warm war es auch. Vielleicht wollte er nur ein bisschen frische Luft schnappen. Er hatte bestimmt schon viele einsame schlaflose Nächte auf diversen Schiffen an Deck verbracht, um eine zu rauchen. Vielleicht wollte er ja auch in aller Ruhe etwas mit jemandem besprechen, allerdings nicht in einem Haus mit so vielen Türen.«

Clement ließ sich darauf ein, meine Theorie durchzuspielen. »Sie meinen, er ist zusammen mit seinem Mörder in den Wald gegangen? Dann muss er komplett arglos gewesen sein.«

»Darauf will ich hinaus. Angenommen, er hatte einen Verdacht, wer Ferdis Bruder umgebracht haben könnte, oder eventuell sogar einen Beweis, dann würde er mit der Person nicht freiwillig nachts in den Wald gehen. So verrückt ist keiner. Er würde das nur mit jemandem tun, den er für harmlos hält.«

Clements Telefon klingelte. Er ging ran, und ich vertrieb mir die Zeit damit, die beiden Listen und die Fotos von den Gegenständen zu studieren, die man bei den Leichen von Ferdi Thornagel und Joe Rowolt gefunden hatte. Joe hatte Straßenkleidung getragen, ein halb offenes Hemd und Stiefel, die nicht verschnürt waren. Ein weiteres Indiz, das für einen kurzen Spaziergang sprach und nicht für einen Aufbruch. In seinen Hosentaschen hatte man eine Schachtel Zigaretten und ein Feuerzeug gefunden, außerdem ein Mentholbonbon, zwei Münzen und sein Handy. Es war ein älteres Modell mit zerkratztem Display und einer defekten Klappe für das Akkufach, das von einem Klebeband zusammengehalten wurde. Laut Bericht hatte er etwa zwanzig Stunden vor seinem Tod das letzte Gespräch geführt, und zwar mit einer Telefonauskunft. Das war eine Sackgasse, da solche Gespräche nicht aufgezeichnet wurden. Anders sah es mit Joes letzter Eingabe in die Suchmaschine seines Webbrowsers aus. Er hatte nach einem Karl-Werner Schön aus Aachen geforscht, und die Kripo hatte herausgefunden, dass es sich um einen Onkel von ihm handelte. Der Mann war jedoch vor vier Jahren im Alter von einundachtzig verstorben. Er hatte früher ein kleines Fotostudio besessen.

Wieso hatte Joe während der Wanderung Ahnenforschung betrieben?

Die zweite Liste gab nur wenig her. In Ferdi Thornagels Taschen hatten die Beamten lediglich ein neues Smartphone, einen Zettel mit Taxirufnummern aus mehreren Ecken von Mecklenburg und Vorpommern sowie dreihundertzweiundzwanzig Euro in überwiegend kleinen Scheinen und den abgelaufenen Personalausweis seiner Schwester Fritzie gefunden. Er hatte eine leichte Windjacke getragen, eine Jeans und Wanderschuhe. In einem kleinen Hotel, etwa zehn Kilometer vom Tatort entfernt, hatte die Kripo einen Koffer mit getragener und frischer Kleidung sowie einen Kulturbeutel sichergestellt. Sonst nichts. Von dort aus war Ferdi Thornagel also in seinen letzten Lebenstag gestartet, auf der Suche nach Fritzie und offenbar mit der Absicht, sich für den Rückweg ein Taxi zu rufen.

Clement legte auf. »Das waren die Kollegen in Berlin. Eine Streife hat vergeblich an Frau Gandelagens Tür geklingelt. Der Hauswart hat ihnen dann Zutritt verschafft, immerhin hat die Frau eine Vorladung missachtet. Keiner da, in der Wohnung jedoch nichts Ungewöhnliches. Von Frau Thornagel fehlt ebenfalls jede Spur, und es gibt auch keinen Hinweis darauf, dass sie bei Frau Gandelagen untergekommen ist. Jetzt warte ich noch auf einen letzten Anruf wegen Frau Pantelli.«

Ich hoffte immer noch, dass es für diese Umstände eine harmlose Erklärung gab. Nach allem, was ich erfahren hatte, war Yannicks Oma eine ruhelose Helferin, die sechzehn Stunden am Tag durch die Gegend wirbelte. Die Tatsache, dass ihr Arbeitgeber sie quasi in den Vorruhestand gezwungen hatte, schien daran nichts geändert zu haben. Womöglich öffnete sie ihre Post nur einmal pro Woche. Jedenfalls musste sie ja irgendwann mal in ihre Wohnung zurückkehren. Was Romina Pantelli betraf ...

Ich konnte mir gut vorstellen, dass sie sich zu Hause verbarrikadiert hatte. Ihre Ängste schienen eine ungute Allianz mit ihrer Schicksalsgläubigkeit eingegangen zu sein, und da Menschen wie sie nicht nach den Normen von weniger Schicksalsgläubigen funktionierten, war kaum vorhersehbar, wie sie sich nach den jüngsten Entwicklungen verhalten würde. Vielleicht war sie zu ihrer Familie geflüchtet oder zu irgendjemandem, dem sie vertraute. Und Fritzie ... Sie hatte keine offizielle Meldeadresse und nach dem Tod von Joe auch keine Freunde, soweit wir wussten. Die letzte Möglichkeit, die mir einfiel ...

»Herr Clement, ich habe hier noch eine Adresse von einer gewissen Almut Köhler-Leipold aus Berlin-Malchow in einer Kleingartenkolonie. Die Frau hat früher in demselben Wikingerdorf gelebt wie Fritzie Thornagel. Wäre das nicht noch einen letzten Versuch wert?«

Clement seufzte. »Ich kann gerne noch mal die Kollegen in Berlin verständigen, aber die gehen auch ins Wochenende. Vor Montagabend sehe ich da schwarz. Wollen Sie noch den Anruf aus Berlin wegen Frau Pantelli abwarten?«

Mit einem Blick auf die Uhr lehnte ich dankend ab, es war bereits 16:05 Uhr. Mir rannte die Zeit davon, deshalb bat ich Clement, mich auf dem Laufenden zu halten, und brach auf. In vierundzwanzig Stunden sollte Yims Einweihungsfeier mit Sekt und Kuchenbüfett und Hors d'oeuvres stattfinden, und ich war nicht nur durch ein Versprechen gebunden, sondern mich hätten auch keine zehn Pferde von einer Teilnahme abgehalten. Es war ein besonderer Tag für meinen Mann, dem wir alle beide seit Monaten entgegenfieberten.

Jede Minute bis dahin wollte ich allerdings noch für den Fall nutzen. Bloß wie?

Mir floss ein Gedanke durch den Kopf, kein Strom, eher ein Rinnsal. Genauer gesagt, mehrere Rinnsale. Sie konnten jederzeit versiegen, sie konnten sich aber auch zu einem Strom vereinen.

Da waren meine Dossiers von den sieben Wanderern, vor allem dieses eine. Da war Fritzies verlorener Personalausweis. Da war das Gefühl am zweiten oder dritten Tag der Wanderung, jenes Gefühl, von einigen Teilnehmern, verfolgt zu werden. Da waren Rominas Traumata, Joes Morde, Elsis Altruismus. Da waren der tote Biskuit und Gregors Wut. Da war Ferdi, der Fritzie nachstellte. Da war das, was meine Freundin Hannah über Dominanz gesagt hatte. Und nicht zuletzt waren da die Listen jener Dinge, die man bei Joe und Ferdi gefunden hatte.

Für sich genommen war jedes dieser Details entweder keine besondere Betrachtung wert oder aber von einer gewissen Faszination, und zwar von der Sorte, die einen vom Kern ablenkte. Alles zusammengenommen, ergab sich eine Theorie, jedoch spürte ich, dass noch etwas Entscheidendes fehlte. Das eine besondere Faktum, das Scharnier, wenn man so wollte. Allerdings wusste ich nicht, wo es zu finden war. Schlimmer noch, im Aufzug auf dem Weg nach unten und während ich das Atrium durchquerte, überkam mich das quälende Gefühl, der Lösung schon einmal ganz nah gewesen zu sein. Irgendetwas hatte ich übersehen, ignoriert oder verpasst.

Es hielt mich gefangen, bis ich vor das Gebäude trat, wo Yannick auf mich wartete.

Er daddelte auf seinem Telefon herum, sah mich streng an und sagte: »Jetzt ist's passiert. Sie haben die OP vorverlegt, kein Besuch mehr erlaubt, und ihr Handy ist aus. Morgen früh geht's los. Und der Kommissar und Sie sind daran schuld, dass ich Jule jetzt nicht mehr sagen kann, dass … Fuck.« Er stampfte mit dem Fuß auf. »Fuck, Fuck, Fuck!«

Er war stinksauer, sein Blick war unzweideutig, und genau das brachte mich auf die zündende Idee, nach der ich die ganze Zeit gesucht hatte.

»Soll ich Sie nach Schwerin fahren?«, bot ich Yannick an.

Er regte sich umgehend ab und dachte einige Sekunden darüber nach. »Nein«, sagt er dann, »ich stehe das nicht durch. Neun Stunden OP, neun Stunden! Ich kann nicht bis morgen Nachmittag im Kreis laufen. Ich … muss mich irgendwie ablenken. Nur wo soll ich …? Und wie …?«

»Wissen Sie denn nicht, wohin?«

»Nee. Zu Hause wartet bloß mein Ex-Kumpel Bolko auf mich, um mir meine Nase platt zu drücken. Und meine Oma ist sonst wo. Für 'n Hotelzimmer fehlt mir die Kohle, außerdem werd ich dort drin verrückt. Was soll ich in Schwerin? Sightseeing machen?«

»Hätten Sie Lust, mich nach Berlin zu begleiten? Meine Freundin Hannah hat ein tolles Schlafsofa.«

Er sah mich verdutzt an. »Echt jetzt? Mit Ihnen? Wo ich Sie gerade eben …? Sie schockt wohl gar nichts.«

»Ich bin Journalistin. Uns bringt nichts aus der Fassung. Wir fragen uns immer erst mal, ob wir eine Story daraus machen können.«

Er lächelte. »Tut mir leid, dass ich Sie so angemault habe.«

»Ich weiß, dass es nicht so gemeint war. Und ich bin mir sicher, dass Sie Jule bereits alles gesagt haben, was ihr Kraft für die Operation gibt. Also, wie sieht's aus? Fahren Sie mit? Allerdings müssen wir unterwegs noch einen Abstecher machen. Leider zu jemandem, den Sie gar nicht mögen.«

14

Ich kehrte ins Gasthaus *Sonnenfeld* bei Hanshagen zurück, wo ich gut eine Woche zuvor zu Beginn meiner Wanderung mit Jonas übernachtet hatte. Dort hatte mir der Kellner Ivo das Video verkauft, in dem Yannick die Hauptrolle spielte. Nicht, dass ich Sehnsucht nach diesem Kerl verspürte. Sein einfältiges Grinsen war mir in den Folgetagen sogar im Traum erschienen.

Es war Spätnachmittag, als wir eintrafen, und Ivo war gerade dabei, die Lebensmittel im Kühlhaus zu sortieren. Ich sagte Yannick, er solle im Wagen bleiben, immerhin waren er und Ivo nicht die besten Freunde. Das Autodach war geöffnet, die Sonne schien, der Duft von frischem Butterkuchen lag in der Luft, und ich hatte eigens für meinen Gast die Rolling Stones eingelegt, die seinem Musikgeschmack noch am nächsten kamen.

Ivo trug eine Jeans von Dolce & Gabbana, ein Hemd von BOSS und Sneakers von Puma, und ich dachte mir, dass dies vermutlich eine Weltpremiere war, weil noch nie jemand in so teuren Klamotten am Leib ein Kühlhaus aufgeräumt hatte. Er hätte gut aussehen können, wäre da nicht dieses Grinsen gewesen.

»Ei, ei, ei, wer kommt denn da?«, sagte er, als ich das Kühlhaus betrat. »Die Madame Journalistin. Diesmal ohne ihren jugendlichen Liebhaber?«

Der Typ ging mir mächtig auf die Nerven. »Das war mein Sohn.«

»Klar. Und ich bin Donna Karans Muse.«

Er hätte allenfalls zu Donna Karans Muttersöhnchen getaugt, aber die Bemerkung verkniff ich mir lieber.

»Ich will gleich zur Sache kommen und Ihnen ein weiteres Geschäft vorschlagen. Letzte Woche haben Sie von einer Zusatzinformation gesprochen, von etwas, das ein paar Tage nach dem Vorfall zwischen Ihnen und Yannick passiert ist und die Wandergruppe betrifft.«

Er feixte. »Ja, da war was. Ich erinnere mich vage.«

»Nicht zu vage, hoffe ich.« Ich holte fünfzig Euro aus dem Portemonnaie und hielt sie ihm unter die Nase. »Das war Ihr Preis, wenn ich mich recht erinnere.«

»Tut mir leid, Madame, er ist gestiegen. So ist das nun mal mit verpassten Chancen, man muss sie hinterher umso teurer bezahlen.«

Ich verdrehte die Augen und hielt ihm einen zweiten Fünfziger hin, aber er schüttelte nur verächtlich den Kopf.

»So wie Sie und Ihr angeblicher Sohn mich behandelt haben … Sie haben meine Ehre zutiefst verletzt.«

Ich zog einen dritten Fünfziger hervor. »Wohl kaum so tief, dass ein Schal von Donna Karan die Wunde nicht heilen könnte.«

Er feixte stärker. »Ja, bloß brauche ich gerade keinen Schal. Ich brauche ein neues iPhone. Eintausend Euro, Madame.«

»Sie spinnen wohl«, rutschte es mir heraus. »Das ist Wucher.«

»Na und?« Er zuckte mit den Schultern und fuhr damit fort, irgendwelche Kisten von links nach rechts zu räumen. »Sie müssen nicht zahlen, liegt ganz bei Ihnen.«

Eintausend Euro für einen Griff in die Lostrommel, die mit Nieten gut bestückt war. Am Ende würde mir nur eine einzige Information wirklich weiterhelfen, das letzte fehlende Glied in meiner ach so schönen Theoriekette. Jedoch gab es nicht die geringste Gewähr, dass Ivo genau dieses Detail ausspucken würde, genauso gut konnte er etwas von sich geben, das mich kein bisschen voranbrachte. Ich hätte ihn auf den Mond schießen können.

Meine Güte, ich war so nah dran. Sollte ich es riskieren?

Noch während ich mit mir haderte, erschien Yannick in der Tür. Augenblicklich kam Leben in Ivo, er bewaffnete sich mit einer Dose Ananas, was ein bisschen lächerlich aussah, und wich einen Schritt zurück.

»Du gibst ihr, was sie haben will, klar?«, sagte Yannick.

Ich versuchte, ihn zu bremsen. Das Letzte, was ich jetzt brauchte, war eine Dosenschlacht. Doch er ignorierte mich und schritt langsam und wie zu allem entschlossen auf Ivo zu, der sich davon durchaus beeindrucken ließ und sich Meter um Meter zurückzog.

»Na los, wirf deine Dose. Noch ein paar Eier oder Tomaten gefällig? Wird dir alles nichts nützen.«

Ivo war an der Rückwand des Kühlhauses angelangt, wo er auf eine Palette mit Mehl plumpste. Dort saß er wie ein Häufchen Elend, während ihm die Konserve aus der Hand kullerte. Er sah zu Yannick auf, der auf ihn herunterstarrte, und wandte sich dann zu mir um.

»Da war ein Typ, der nach der Gruppe gefragt hat, er wollte wissen, wohin die wandern. Ich ... hab ihm für zwanzig Euro irgendeinen Blödsinn vorgelabert, ich hatte ja keinen Schimmer. Wusste nur, dass die irgendwo an der Ostseeküste rumlaufen wollen. Das hat mir das Mädchen erzählt.«

Ich zeigte ihm ein Foto von Ferdi Thornagel, das ich von Oberkommissar Clement erhalten hatte.

»War das der Mann?«

Ivo nickte.

»Wann genau war er hier?«, fragte ich.

»Das war ... Genau weiß ich es nicht, ein paar Tage später halt.«

»Denken Sie nach.«

»Warten Sie, ich war zwischendurch auf Kurztrip in Malle,

drei Tage, geile Party. Vorne ein Tag dran, hinten ein Tag dran, er war also fünf Tage später hier.«

»Ganz sicher?«

»Klar, ich weiß noch, dass ich mir für den Zwanziger, den er mir gegeben hat, eine geile Hautcreme bestellt habe, die mir die tolle Bräune erhalten sollte. Hat geklappt, wie Sie sehen.«

Ich gab ihm zum Abschied die ursprünglich angebotenen fünfzig Euro für seinen nächsten Flug nach Mallorca und wünschte ihm noch ein schönes Leben.

Als wir wieder im Cabrio saßen, atmete ich erst mal tief durch und stellte die Musik ab.

»Danke«, seufzte ich. »Aber tun Sie so etwas nie wieder. Wenn ich Ihnen sage, Sie sollen im Wagen bleiben, dann halten Sie sich bitte daran und bedrohen nicht meine Gesprächspartner. Das sind Gewohnheiten aus Ihrem bisherigen Leben, die Sie dringend abstellen müssen, wenn Sie einen Neuanfang machen wollen.«

»Haben Sie von dem Lauch die richtige Info bekommen?«

»Ja, aber ...«

»Fett. Was steht als Nächstes an? Ich brauche Beschäftigung.«

»Die bekommen Sie. Während ich fahre, können Sie mit Ihrem Smartphone sämtliche Hotels und Pensionen zwischen hier und Wismar heraussuchen und nacheinander abtelefonieren.«

Die Anrufaktion dauerte am Ende deutlich länger als die Fahrt nach Berlin. Erwartungsgemäß machte es Hannah nichts aus, Yannick zu beherbergen, zumal er sehr pflegeleicht war. Den Thai-Fischeintopf, den sie für uns zubereitete, schlug er aus und holte sich stattdessen einen Döner und zwei Börek mit Schafskäse und Spinat beim Türken um die Ecke. Hätte meine Freundin zufällig eine Lammkeule im Kühlschrank gehabt, hätte er die auch noch vertilgt.

Ich wäre gerne noch mal siebzehn ...

Während er telefonierte und dabei aß – oder aß und dabei telefonierte –, unterhielten Hannah und ich uns. Gegen halb neun war Yannick mit der Aufgabe durch. Er hatte die Suche auf Pensionen in weniger guten Lagen beschränkt, weil die im Gegensatz zu Ferienwohnungen und -häusern nicht ausgebucht waren und auch in der Hochsaison spontan noch Gäste aufnehmen konnten. Nicht alle Wirte hatten ihm bereitwillig Auskunft gegeben, deswegen war seine Auflistung nicht vollständig. Immerhin hatte er herausgefunden, dass Ferdi Thornagel sich in den Tagen nach seiner Ankunft an der Ostseeküste in Neuenkirchen, Barth und Ribnitz aufgehalten hatte.

Wofür ich die Informationen brauchte, fragte er mich nicht. Er war mit seinen Gedanken ganz woanders und blickte oft auf die Uhr. Noch neun Stunden bis zur Narkose, noch acht ...

Auf Hannahs Balkon nahmen wir ihn in unsere Mitte. Statt sardischen Wein, den er scheußlich fand, was er lautstark artikulierte, gab es für ihn eine Cola, die er mit alkoholfreiem Bier mischte.

»Ich hab's noch mal bei meiner Oma versucht. Sie geht nicht ans Telefon. Shit! Wehe, Bolko hat ihr was getan? Dann bringe ich ihn um, ey.«

»Sie haben Ihre Großmutter sehr gern, nicht wahr?«, fragte ich.

»Yup. Sie und Jule, wen anders gibt's nicht.«

»Yannick, wir haben heute Nachmittag im Polizeipräsidium eine Sache ausgeklammert, über die wir aber dringend sprechen müssen.«

Ich erzählte ihm, was ich über den Vorfall wusste, der zur frühzeitigen Pensionierung seiner Oma geführt hatte.

»Die Dateien des Sozialamts haben Sie gehackt, ist das richtig?«

Er senkte den Kopf und nickte.

»Und die Jungs, die den Sozialarbeiter aus dem anderen Bezirk vor seinem Haus eingeschüchtert haben?«

»Das waren Bolko und Surinam«, flüsterte er, wobei seine Stimme fast brach und er sich räusperte. »Meine Kumpels ... Ex-Kumpels. Oma hat gesagt, dass es für eine gute Sache ist. Sie hat jedem von uns zweihundert Euro gegeben. Ich hab meinen Anteil aber nicht angenommen. Sie hat eh nix mehr. Alles hat sie weggegeben, an die Tafel, das Frauenhaus, das Obdachlosenheim, den Seniorentreff und was weiß ich noch alles. Ihre Wohnung sieht aus wie 'ne Nonnenklause. Selbst Opas Kuckucksuhr, an der sie so hing, hat sie irgendwann zu Geld gemacht. Sie hat sich sogar überlegt, eine Niere zu spenden, einfach so, an einen wildfremden Menschen. Crazy, oder?«

Wie Hannah richtig diagnostiziert hatte: extremer Altruismus. Die Ursache spielte dabei eine geringere Rolle als die Folgen. Inzwischen war Elsi Gandelagen sogar bereit, anrüchige Methoden anzuwenden, um ihren Helferdrang zu befriedigen.

Yannicks Beine zappelten wieder auf und ab, und er sah alle zwei Minuten auf die Uhr, so als wäre es sein eigenes Leben, das am seidenen Faden hing.

»Besser, Sie gehen jetzt schlafen«, empfahl ich.

»Ich bin viel zu turned up.«

»Ich kann Ihnen ein leichtes Schlafmittel geben«, bot Hannah an. »Nehmen Sie so etwas für gewöhnlich?«

»Nein, nie.«

»Sehr gut, dann genügt eine geringe Dosis.«

»Abfahrt ist morgen um neun«, rief ich ihm noch nach.

15

Um Viertel vor zehn parkte ich vor der Kleingartensiedlung in Berlin-Malchow.

»Bitte bleiben Sie im Wagen«, bat ich Yannick.

»Schon wieder?«

»Ich bin in einer halben Stunde wieder da.«

»Was wollen wir hier?«

»Sie wollen hier warten. Ich will eine Frau besuchen, die Fritzie Thornagel gekannt hat. Komponieren Sie einen Rap-Song, schlagen Sie Räder, aber bleiben Sie diesmal um Himmels willen hier, und machen Sie keinen Ärger, ja?«

Die Siedlung war ähnlich konzipiert wie Manhattan, mit schnurgeraden Avenues und kleinen Querstraßen. Die Häuser waren von unterschiedlicher Größe, vom Cottage bis zur Baracke mit Wellblechdach war alles dabei, manche aus Beton, andere aus Ziegelstein oder Holz. In den wildromantischen Gärten standen Klatschmohn und Kornblumen in voller Blüte, in den etwas geordneteren Anemonen und Mondviolen. Um diese Zeit war nicht viel los. Am Samstagmorgen fuhren die meisten Leute zum Einkaufen, bevor sie gegen Mittag mit ihren Taschen voll Grillgut, Bier und Wein eintrafen. Ein paar Rentner tranken Kaffee in den verschwiegenen Ecken ihrer Lauben.

C 47/2, so lautete die Adresse von Almut Köhler-Leipolds Kleingarten, der immerhin sechs bis sieben Gehminuten vom Parkplatz entfernt lag. Etwa sechzig Quadratmeter Grundstück, wovon die Hütte knapp ein Drittel einnahm. In der Mitte stand ein Kirschbaum, der alles dominierte, darunter ein Bistrotisch mit zwei Stühlen und einer karierten Tischdecke. Auf den ersten Blick wirkte der Garten wie aus einer Margarinewerbung. Das Gemüsebeet in der rechten hinteren Ecke war jedoch ein Trauerspiel, die Tomaten kümmerten vor sich hin, und der winzige Teich von einem Meter Durchmesser verschwand unter einem Algenteppich.

»Hallo, ist da jemand?«, rief ich ein paarmal über die mehr schlecht als recht geschnittene Buchsbaumhecke hinweg in den Garten, bis ich bemerkte, dass die Pforte nur angelehnt war. Ich ging hinein, und nach nur wenigen Schritten benetzte der Tau meine Füße in den Sandalen.

Die Hütte war von wildem Wein umrankt und eigentlich recht hübsch, aber seine langen Girlanden verdeckten die kleinen Fenster fast vollständig. Unter dem Vordach stand ein weiterer Tisch mit drei Stühlen, einem überquellenden Aschenbecher und drei benutzten Tassen, deren dunkelbrauner Inhalt bereits eingetrocknet war. Daneben auf dem Boden stand ein Katzenklo.

»Hallo? Frau Köhler-Leipold?«

Die Haustür war ebenfalls nur angelehnt, so als sei jemand kurz weggegangen, um den Müll fortzubringen oder bei der Nachbarin nach Zucker zu fragen. Noch einmal rief ich hinein, und als ich keine Antwort erhielt, setzte ich mich auf einen der Stühle.

Ich saß etwa eine untätige Minute herum, als ich meinte, ein Geräusch aus dem Inneren gehört zu haben, recht leise, als sei etwas verrutscht.

»Hallo?«

Statt einer Antwort erfolgte ein leises Pochen, kaum wahrnehmbar, weshalb ich im ersten Moment glaubte, es mir nur einzubilden. Möglicherweise war es bloß die Katze. Ich wiederholte also meinen Ruf und hörte erneut dieses seltsame Pochen, fünf- oder sechsmal hintereinander.

Ich nahm meinen Mut zusammen und stieß die angelehnte Tür behutsam auf, blieb aber vor der Schwelle stehen. Vor mir erstreckte sich ein düsterer Raum. Um etwas erkennen zu können, setzte ich die Sonnenbrille ab und legte sie auf den Tisch unter dem Vordach. Das Zimmer maß etwa vier mal vier Meter, in dem sich ein skandinavisches Sofa, zwei passende Sessel, ein Couchtisch, eine Glasvitrine, ein Bücherregal, eine Nähmaschine sowie ein Board mit einem Fernseher und einer Achtzigerjahre-Stereoanlage mit Plattenspieler drängelten. Nicht vorhanden war Platz. An den Wänden dasselbe Bild: allerlei Flechtwerk, ornamentale Matten, gewebte Schals und dazwischen vereinzelte Fotos. Eine Durchreiche gab den Blick in die Küche frei, die kaum größer als eine Speisekammer zu sein schien. Nichts bewegte sich, nirgendwo.

Dann wieder diese seltsamen Geräusche. Sie kamen definitiv aus einem hinteren Zimmer. Auf der anderen Seite des Raumes war ein Gang, den ein Perlenvorhang verdeckte.

Man tat so etwas nicht. Man ging nicht ohne Aufforderung in fremder Leute Häuser. Außer meine Mutter. In meiner Kindheit auf dem Land standen in den warmen Monaten alle Terrassentüren in der Nachbarschaft offen. Und wenn nach einem Ruf nicht binnen drei Sekunden eine Antwort erfolgte, war sie drin, bevor jemand Piep sagen konnte. Da kannte sie nichts.

»Hallo?«

Piep, dachte ich und ging nach einem weiteren Schulterblick hinein. Zuerst nur einen Schritt. Es roch irgendwie seltsam, nach vergorenem Sauerkraut und etwas, das ich zunächst nicht identifizieren konnte.

Ich trat auf ein Wollknäuel, machte einen halben Schritt zurück, stieß gegen eine Stehlampe und bekam sie gerade noch rechtzeitig zu fassen, bevor sie umstürzte. Mein Blick fiel auf ein Foto an der Wand, das zwischen einem Fischernetz und einem Strohhut hing. Die beiden Habseligkeiten fanden sich auf dem Foto wieder. Zwei Frauen, die beide Strohhüte trugen, hielten das Netz, das sie offenbar selbst geknüpft hatten, in die Kamera. Eine von beiden war eindeutig Fritzie Thornagel. Ich kannte sie von einem Bild in der Zeitung, auch wenn darauf ein schwarzer Balken ihre Augen verdeckte. Auf dem Foto an der Wand war sie ein paar Jahre jünger und wirkte fröhlich. Sie trug einen Zopf und eine Tunika aus Sackleinen und einige weitere klischeehafte Attribute von Wikingerfrauen wie eine aus Leder geflochtene Halskette und schwere Messingohrringe.

Die Person neben ihr war vermutlich Almut Köhler-Leipold. Sie war einen Kopf größer als Fritzie, an die einen Meter achtzig, und deutlich resoluter – genau die Walküre, die Bent mir beschrieben hatte. Sie hatte herbe Gesichtszüge, als hätte sie viel mitgemacht in ihrem Leben, wirkte auf mich in dem abgelichteten Moment aber auch glücklich.

Ein Geräusch riss mich aus der Betrachtung. So, als würde ein Möbelstück verrückt, dann quietschte es kurz.

Ich verkniff mir ein weiteres Hallo und schlängelte mich durch den vollgestellten Raum bis zu dem Perlenkettenvorhang, den ich erstaunlich beherzt beiseiteschob. Ich war so weit in das Haus eingedrungen, dass es auf ein paar Meter mehr auch nicht ankam. Rechts ging es zu der winzigen Küche mit mobiler Herdplatte, Spüle und Wasserkocher, links in ein Mini-Badezimmer mit Toilette und Waschbecken. Geradeaus befand sich ein Raum, dessen Tür halb offen stand. Ich erkannte den Rand eines hölzernen Bettes.

Mindestens ein weiteres Hallo war ich Frau Köhler-Leipold schuldig.

»Hallo?«

Diesmal klang das Geräusch nach Stoff, der an etwas rieb, und plötzlich kam mir der Gedanke, dass ich ein Paar beim

Liebesspiel überraschen könnte. Dabei konnte man durchaus sämtliche akustischen Wahrnehmungen ausblenden.

Just in dem Moment, als ich kehrtmachen wollte, fiel mein Blick unbeabsichtigt auf das gesamte Bett. Es war zerwühlt, aber darin regte sich nichts. Trotzdem war die Hemmschwelle groß, das Schlafzimmer zu betreten, immerhin ein deutlich intimerer Ort als der Wohnbereich. Ich beließ es daher dabei, den Kopf hineinzustecken.

Offensichtlich befand sich niemand in dem Raum, der etwa zweieinhalb mal vier Meter maß. Außer dem Doppelbett standen noch zwei Kleiderschränke darin, ein großer und ein kleiner. Von einer Katze, die eventuell die Geräusche verursacht haben könnte, keine Spur. Aber es roch irgendwie unangenehm, nach Urin und blumigem Raumspray.

Nein, sagte ich zu mir. Nein, Doro, das tust du nicht. Du gehst da jetzt nicht rein. Es gab hier nirgendwo den geringsten Hinweis darauf, dass Almut Köhler-Leipold etwas mit den Morden an Fritzies Bruder und ihrem Freund Joe zu tun hatte, und irgendwo musste ich eine Grenze ziehen. Ich zog sie exakt hier, an der Schwelle zum Schlafzimmer. Nicht einmal meine Mutter hätte die Kleiderschränke der Nachbarn heimlich geöffnet.

Ich wandte mich gerade zum Gehen, als ich ein weiteres Geräusch hörte, diesmal ein Seufzen.

Da erst bemerkte ich, dass auf der rechten Seite des Bettes die Decke derart zerwühlt und aufgeworfen war, dass darunter durchaus jemand schlafen konnte. Ein Nickerchen um zehn Uhr morgens? Bei offenen Türen?

Alles war möglich. Es ragte aber auch nicht das kleinste Zipfelchen unter der Decke hervor.

Eventuell die Katze?

Ich klopfte an die Tür. »Frau Köhler-Leipold?«

Die Bettdecke bewegte sich kein bisschen. Da fasste ich

mir ein Herz, betrat das Schlafzimmer und ging um das Bett herum auf die rechte Seite. Durch das kleine Fenster fiel genügend Licht auf die Decke, um zu erkennen, dass darunter unmöglich ein erwachsener Mensch liegen konnte, höchstens ein Kind – oder eine Katze.

Ich wollte endlich Klarheit über die Herkunft der Geräusche, daher fasste ich die Bettdecke an einem der Zipfel und schlug sie zurück, darauf gefasst, darunter einen verärgerten Stubentiger vorzufinden. Doch der Anblick, der mir wie ein Peitschenhieb ins Gesicht schlug, war der eines menschlichen Skeletts.

Schockiert taumelte ich einen Schritt zurück und prallte gegen die Fensterbank. Ich fuhr herum, riss das Fenster auf und schnappte nach Luft.

Zehn, zwölf schnelle Atemzüge später hatte ich mich halbwegs gefangen und wandte mich wieder dem Gerippe zu. Wer auch immer da lag, war entweder auf dem Bett gestorben oder zumindest unmittelbar nach Eintritt des Todes dorthin gelegt und seitdem nicht mehr bewegt worden. Das Laken war völlig von Motten zerfressen, die Matratze ebenso. Noch vor wenigen Wochen hatte es hier sicher furchtbar gestunken. Ich vermutete, der Tod der Person vor mir war vor ungefähr drei bis vier Monaten eingetreten. Als Gerichtsreporterin mit jahrzehntelanger Erfahrung traute ich mir diese grobe Schätzung durchaus zu. Es handelte sich um eine Frau, ziemlich groß und stämmig. Dass es sich allem Anschein nach um Almut Köhler-Leipold handelte, war keine allzu gewagte Spekulation. Dies war ihr Haus, und sie hatte die entsprechende Statur.

Erst jetzt bemerkte ich das sehr viel kleinere Skelett, das neben ihr lag. Ihre Katze war mit ihr gestorben, was einen natürlichen Tod nahezu ausschloss. Anders als treue Hunde legten sich Katzen nicht trauernd neben ihr Herrchen oder Frauchen, bis sie verendeten.

Sosehr mich der Fund überraschte, entsetzte und schockierte, er passte ins Bild und bestätigte meine Hypothese auf das Schrecklichste.

Mein nächster Gedanke war: Menschliche Überreste urinieren nicht, und sie geben auch keine Geräusche von sich.

Mein Blick fiel auf den größeren der beiden Kleiderschränke, und ich verlor keine Zeit mehr. Jegliches Zögern war unangebracht. Mit einem kräftigen Ruck schob ich die Tür auf und erstarrte. Vor mir auf dem Boden lag, gefesselt, geknebelt und mit verbundenen Augen: Romina Pantelli.

Ich stieß einen Laut des Schreckens aus.

In diesem Moment hörte ich aus dem Nebenraum erst ein Klappern und dann Schritte.

EINIGE TAGE ZUVOR

Es war, wie wenn man in einem Raum von absoluter Dunkelheit umherlief, in dem Wissen, dass sich noch jemand darin befand. Es war wie eine Röhre im Kopf, in der eine Stimme widerhallte. Es war wie ein Wurm im Inneren eines Körpers, der sich durch sämtliche Eingeweide fraß. Es war wie das Kettenkarussell, auf dem sie als Kind manchmal mitgefahren war, ein ewiges Drehen und Schweben ohne festen Boden, manchmal tage- oder nächtelang. Es war die schleichende, unausweichliche Kapitulation vor etwas Stärkerem, eine Vergewaltigung durch einen fremden Geist, der einem trotz allem nah und vertraut war. Es war die Hoffnungslosigkeit, es verhindern zu können, und es war die Hoffnung, danach in einen Zustand der Ruhe überzugehen, tot zu sein und doch weiterzuleben. Es war all das im Laufe der Jahre gewesen.

Sie erinnerte sich noch genau an das erste Mal, im Herbst, als ein kräftiger Windstoß die Baumkronen zum Wogen brachte und ein Wispern sich in das Rascheln mischte. Es war Ferdis Stimme. Ihr Ferdi, den sie ihr genommen hatten, den sie in eine Klinik gebracht hatten, weit weg von ihr. Seitdem war er in allen Geräuschen der Natur präsent, im hellen Plätschern des Bachlaufs, im Donnergrollen der Sommergewitter, im Rauschen des Regens und im Knistern des Schnees. Er war in der Nacht bei ihr, in ihren Träumen, ebenso bei Tag in der Schule und auf dem Hof. Auf dem Heuboden hatte er sich ihr erstmals zu erkennen gegeben, in der einsetzenden Dämmerung, umwölkt von schwebender Spreu. Später auch unter Wasser, beim Schwimmen im nahen Waldsee, in der Schultoilette oder beim Schlittenfahren. Sie empfand seine Gegenwart als angenehm. Er sagte zu ihr, sie würden eines Tages zu einer einzigen Person verschmelzen, und der Gedanke gefiel ihr.

Doch dann wurde Ferdi aus der Klinik entlassen und kehrte zu ihnen zurück. Das verstörte sie, und die Stimme in ihr wurde reizbar, als sie versuchte, mit dem leibhaftigen Bruder zurechtzukommen. Lange Zeit war sie hin- und hergerissen zwischen diesen beiden Brüdern, dem einen, der in ihr wohnte, und dem anderen, der sie überallhin mitnahm, sogar ins ferne Bayern. Die beiden Wesen vertrugen sich nicht, sie konnten nicht nebeneinander existieren. Es zerriss Fritzie, dass ein Kampf in ihrem Leib ausgetragen wurde, und irgendwann hielt sie es nicht mehr aus. Die Stimme befahl ihr, den anderen zu töten, ebenso seine Frau, und so floh sie beide Brüder, um nicht zur Mörderin zu werden. Weit weg in Dänemark, aus der Welt gefallen und unter der Fürsorge eines liebenden Mannes, gelang es ihr, zur Ruhe zu kommen. Ein paar Jahre lang war alles gut.

Doch die Sehnsucht nach dem Bruder ihrer Kindheit wuchs, gewann schließlich die Oberhand, und eines Tages, als sie am Ufer Wäsche wusch, glitt er in einem kleinen Ruderboot aus dem Morgendunst. Am nächsten Tag war er wieder da und am übernächsten auch, und irgendwann bekam die Erscheinung eine Stimme, sprach sie an. Sie wurden ein Paar, und er sagte: »Ich werde Bent töten, so wie ich Kilian getötet habe.« Sie bat ihn, es nicht zu tun, und eine Zeit lang gelang es ihr, ihn davon abzuhalten. Doch er wurde immer vehementer, was ihr manchmal gefiel und manchmal nicht. Er sägte die Bretter des Heubodens an, und Bent stürzte in die Tiefe. Am nächsten Tag flüchtete Fritzie in heller Panik mit Almut nach Berlin. Almut, die mehr für sie sein wollte als nur eine Freundin und schließlich bekam, was sie wollte. Erst schlief Fritzie mit Almut, dann schlief Ferdi mit Almut. Dann brachte Ferdi Almut um, und Fritzie floh erneut, ging mit Joe auf Wanderschaft. Joe war ihre letzte Hoffnung. Doch Fritzie fand die Kraft zum Widerstand nicht mehr, und auch den Willen nicht, der jeder Kraft zugrunde lag. Der Ferdi in ihr wurde übermächtig und wollte alle seine Rivalen töten, Joe, den leibhaftigen Ferdi, alle. Er ging raffiniert vor, stellte Fallen. Das, was vor vielen Jahren im Waldesrauschen begonnen hatte, fand seinen Abschluss mit dem Tod ihres Zwillingsbruders, des leibhaftigen Ferdi, und Fritzie hörte auf zu existieren.

Sie hörte auf zu existieren.

16

Raus hier. Ich konnte nichts anderes denken als: Sofort raus hier. Romina Pantelli war halb bewusstlos und geknebelt und konnte mir, selbst wenn ich etwas dabeigehabt hätte, um sie von ihren Fesseln zu befreien, nicht helfen.

Das Fenster!, schoss es mir durch den Kopf.

Es war vergittert. Normalerweise wäre es das Klügste gewesen, mich still zu verhalten und eine günstige Gelegenheit abzupassen, um das Haus in aller Eile zu verlassen. Doch meine Sonnenbrille lag auf dem Tisch neben der Haustür. Wer immer gerade hereingekommen war, dem musste klar sein, dass jemand hier drin war.

Panisch stieß ich einen Hilferuf aus, aber nebenan lief ein Rasenmäher, der jedes Geräusch verschluckte.

Ich konnte unmöglich in diesem Todeszimmer bleiben und darauf warten, dass jemand hereinkam, um mich umzubringen. Da es keinen anderen Ausweg gab, stürzte ich zur Schlafzimmertür, lief den kurzen Gang entlang und riss den Perlenvorhang zur Seite.

In dem gleißenden Sonnenlicht, das durch die Haustür hereinfiel, stand eine kleine Gestalt, glatzköpfig, breitbeinig, die Ärmel des karierten Hemdes bis zu den Ellbogen aufgerollt. In der einen Hand hielt die Person eine Harke, wie man sie zum Graben kleinerer Löcher oder zum Jäten braucht. Das Preisschild baumelte noch am Griff. Mit der anderen Hand hielt sie einen Spaten umklammert, ebenfalls nagelneu.

Einige Atemzüge lang starrten wir uns an. Im Gegenlicht konnte ich das Gesicht nicht erkennen.

Mir war klar, dass ich mit gutem Zureden allein niemals lebendig hier herauskam. Diese Option gab es nicht. Völlig aussichtslos.

Daher sagte ich: »Die Polizei ist bereits auf dem Weg.«

Das imponierte meinem Gegenüber in keiner Weise. In aller Ruhe lehnte die Gestalt den Spaten gegen die Wand und schaltete die Stereoanlage ein. Janis Joplin dröhnte aus allen Rohren. Selbst mit drei Lungen hätte ich gegen diesen Lärm nicht anschreien können.

Ich musste kämpfen.

Ich verschanzte mich hinter einem der beiden Sessel. Das einzig Gute an diesem vollgestellten Zimmer war, dass es aus lauter Hindernissen bestand.

Die Gestalt ergriff den Spaten wieder und schob sich, bewaffnet wie ein Gladiator, an einigen Möbeln vorbei in meine Richtung. Im nächsten Moment pfiff der Spaten knapp einen Millimeter an meiner Nasenspitze vorbei. Verzweifelt suchte ich nach irgendetwas, das ich zu meiner Verteidigung verwenden konnte, aber das Beste, was ich fand, war eine Schere neben der Nähmaschine.

Die Kante des Spatens traf mich an der Schulter. Auf der Stelle schien mein ganzer Arm in Flammen zu stehen. Tränen schossen mir in die Augen, ich sah fast nichts mehr.

Da flog auch schon die Harke auf mich zu. Ich wich aus … zu spät. Sie traf mich an der Wange, ich spürte das Blut rinnen, betastete die Wunde und betrachtete meine verschmierte Hand.

Der Spaten traf mich ein zweites Mal an der Schulter, fast an derselben Stelle, und ich wusste, dass ich auf der Stelle etwas unternehmen musste, wenn ich überhaupt noch eine Chance haben wollte.

Aufs Geratewohl schleuderte ich die Schere dorthin, wo ich mein Gegenüber vermutete, und sprang im selben Moment über den Sessel, um von dort weiter über das Sofa zu laufen.

Der Spaten traf mich ein drittes Mal, diesmal in der Kniekehle. Bäuchlings stürzte ich auf das Polster, drehte mich um und konnte in letzter Sekunde mit beiden Händen die Harke abwehren, die auf mich niedersauste.

Verwundet und halb blind wehrte ich mich gegen die Attacke. Ich sah nichts anderes als dieses stählerne Ding, das wieder und wieder meine Hände traktierte. Dass ich schrie, hörte ich nicht. Dass meine Finger aufrissen, spürte ich nicht. Es wollte einfach nicht enden.

Als es plötzlich doch endete, konnte ich mich nicht regen. Ich lag einfach nur da, starrte an die Decke und hörte Janis Joplin, die *Bobby McGee* sang.

Mitten im Lied stoppte die Musik, und Yannicks Gesicht schob sich in mein Blickfeld.

Zwei Stunden später saß ich unter dem Kirschbaum im Kleingarten und erholte mich von dem Albtraum. Drei meiner Finger waren verbunden, drei weitere mit Pflastern versehen worden. Ein Verband um meinen linken Oberarm und ein weiteres Pflaster auf meiner Wange komplettierten mein miserables Aussehen, das dem einer ausgeknockten Boxerin ähnelte. Die herbeigerufenen Polizisten hatten außer Romina Pantelli auch Elsi Gandelagen in den Kleiderschränken gefunden, sie befreit und ins nächstgelegene Krankenhaus gebracht. Die beiden hatten zwar ebenfalls zahlreiche Wunden diverser Quälereien und waren in einem geschwächten Zustand, doch bestand keine Lebensgefahr. Yannick hatte seine Oma in die Klinik begleitet, war aber schnellstmöglich zu mir zurückgekehrt. Inzwischen war auch die Spurensicherung eingetroffen.

»Wie geht es Ihnen?«, fragte er.

»Gemessen an dem, wie es mir gehen würde, wenn Sie im Auto geblieben wären, ausgezeichnet. Wieso haben Sie …?«

Oberkommissar Clement unterbrach uns. Er war zwar für Berlin nicht zuständig, aber als Yannick ihn benachrichtigte, hatte er sich sofort ins Auto gesetzt. Yannick schilderte ihm, was geschehen war. Er hatte Fritzie trotz ihres stark veränderten Aussehens auf dem Parkplatz erkannt, als sie den Spaten und die Harke aus dem Kofferraum holte, und war ihr gefolgt.

»Ich musste zweimal hingucken, wegen der Glatze und den komischen Klamotten. Am Ende waren es ihre Moves, die Art, wie sie sich bewegte. Sie hat O-Beine. Ich habe sie zehn Tage lang laufen sehen. Ich also hinterher, immer schön vorsichtig. Zu vorsichtig, ich hab sie nämlich verloren. Hab mich glatt verirrt auf der Suche nach C 47/2. Der reinste Irrgarten, diese fucking Kolonie. Als ich endlich ankomme, höre ich, was in dem Schuppen abgeht, und stürze rein. Kurzes Gefecht. Judo-Würgegriff. Hadaka-jime.«

Clement klopfte ihm auf die Schulter. »Gut gemacht.« Dann wandte er sich an mich. »Fritzie hat das alles getan? Das, was in der Hütte passiert ist? Und die anderen Taten auch?«

»Ja«, antwortete ich. »Und nein.« Ich trank einen Schluck aus der Wasserflasche, die jemand mir in die Hand gedrückt hatte. »Zum ersten Mal bin ich hellhörig geworden, als mir Fritzies älterer Bruder Etienne erzählte, sie habe sich nach dem Tode von Kilian und der anschließenden gewaltsamen Trennung von ihrem Zwillingsbruder eingekapselt. Ein Jahr psychotherapeutische Begleitung sowie Medikamente gegen die Schlaflosigkeit waren alles, was die Ärzte ihr angedeihen ließen. Ich denke, in Fritzies seelischer Abhängigkeit von Ferdi liegt der Keim zu dem, was in den letzten Wochen geschehen ist und was wir hier heute erlebt haben.«

Clement setzte sich auf den zweiten Stuhl, und Yannick ließ sich im Schneidersitz im Gras nieder.

»Aber das war erst einmal nur eine einzelne Hintergrundinformation zu einer Person aus der siebenköpfigen Wandertruppe«, erläuterte ich. »Eine ziemlich illustre Gruppe, muss ich gestehen. Wirklich koscher ist mir keiner von denen vorgekommen.«

Ich zwinkerte Yannick zu, der es locker nahm.

»Tja«, seufzte ich. »Einen konkreten Verdacht gegen Fritzie hatte ich zu dem Zeitpunkt noch nicht. Aber dann wurde ich erneut stutzig, als Yannick uns gestern erzählte, dass weder er noch Jule, Gregor, Elsi, Joe oder Romina den vermeintlichen Verfolger wirklich gesehen hatten.«

Yannick wollte protestieren, aber ich beschwichtigte ihn mit einer Geste.

»Jedenfalls bis zu dem Vorfall bei Graal-Müritz, wo die drei Männer Ferdi verprügelt haben. Aber lassen wir das kurz beiseite. Vor dieser Begegnung haben wir nur Fritzies Behauptung, Ferdi gesehen und mit ihm gesprochen zu haben. Hatte sie das wirklich? Die Befürchtung, die Gruppe werde verfolgt, setzte sie in die Welt. Bei Romina fiel diese Panikmache auf fruchtbaren Boden, und Joe war so verliebt in seine neue Freundin, dass er ihr alles glaubte. Später in Greifswald, da war es ebenfalls nur Fritzie, die ihren Bruder kurz erblickte. Dann der Moment nachts im Wald, als sie angeblich mit ihm gesprochen hatte. Und schließlich in Zingst, wo sie ihn vom Fenster aus im Dunkeln rauchend an der Straße stehen sah. Jule und Yannick sind zwar an ihm vorbeigelaufen, doch keiner der beiden erinnert sich daran. Fritzie will später mit ihm durch die geschlossene Tür gesprochen haben, und wieder ist niemand dabei, der das bezeugen könnte.«

»Krass. Sie hat das also alles nur erfunden?«, fragte Yannick.

»Nicht ganz. Alle diese Begegnungen und Gespräche haben zwar niemals stattgefunden, erfunden hat Fritzie sie trotzdem nicht. Sie war felsenfest davon überzeugt, dass sie ihren Bruder sah und hörte. Vermutlich hatte sie solche Halluzinationen schon seit Längerem. Anfangs nur gelegentlich und verschwommen, dann immer häufiger, konkreter und heftiger, irgendwie spürbarer, mitreißender. Diese Krankheit ist wie ein Strudel, in dem sie nach und nach versunken ist.«

Clement riss es fast von seinem Stuhl. »Schizophrenie!«

»Ja, Herr Oberkommissar, Schizophrenie. Vermutlich seit jenen Tagen, in denen man sie von ihrem Zwillingsbruder, Idol, Tatkomplizen und Seelenverwandten getrennt hatte. Bei Kindern wird diese Krankheit sehr oft nicht erkannt. Ferdi wurde nach dem Mord an Kilian jahrelang therapiert und begann danach ein neues Leben als gesunder Mann, er war im besten Sinne rehabilitiert. Er zog nach Bayern, arbeitete hart, heiratete. Irgendwann erkannt er zwar, dass mit seiner Zwillingsschwester etwas nicht stimmte, doch bevor er etwas unternehmen konnte, floh sie an einen unbekannten Ort. In dem dänischen Wikingerdorf fragte niemand nach ihrer Vergangenheit. Fritzies Sehnsucht nach Ferdi bekam in der Fremde mit der Zeit erotische Züge. Ihr dortiger Gefährte Bent ist quasi das Abziehbild ihres Bruders: groß, Kettenraucher ...«

»Und das alles«, fragte Clement skeptisch, »haben Sie aus Etienne Thornagels Schilderungen geschlossen? Ebenso wie die Tatsache, dass zunächst keiner aus der Wandergruppe Ferdi gesehen hatte?«

Ich schmunzelte. »Eine solche Faktenlage wäre ein bisschen dünn, nicht wahr?«

»Dünner als die letzte Seite der Tageszeitung«, erwiderte er, und ich lachte, was meiner Wange ein bisschen wehtat.

»Sie wollen es handfester, Herr Oberkommissar? Bitte sehr. Warum haben Ihre Kollegen bei Ferdis Leichnam keine Zigaretten gefunden? Weder hatte er sie bei der Exhumierung bei sich, noch waren sie bei seinen Sachen in der Pension. Alles Übrige war da, ein Handy, etliche Geldscheine, eine Liste mit

Taxirufnummern und Fritzies alter Perso. Laut Fritzies eigenen Schilderungen rauchte Ferdi jedes Mal, wenn er ihr begegnete, in Greifswald auf dem Marktplatz, in Zingst unter der Laterne, im Wald hat er nach kaltem Rauch gerochen ... Tatsächlich war Ferdi in seiner Jugend ein starker Raucher, aber Etienne erzählte mir, er habe damit aufgehört. Also habe ich gestern Abend seine Frau noch mal angerufen, und sie bestätigte es mir. Sicherlich, nur ein weiteres Detail. Doch dann ...«

Ich schilderte mein Gespräch mit Ivo. Wie konnte es sein, dass Ferdi sich an Tag fünf der Wanderung im Gasthaus *Sonnenfeld* nach seiner Schwester erkundigte, zu einem Zeitpunkt, als er ihr angeblich bereits mehrfach begegnet war? Er hätte sich doch bloß an ihre Fersen heften müssen. Warum tauchte er wie ein allwissender Verfolger an allen möglichen Orten auf, bei dem Kellner jedoch als ahnungslos Suchender? Wieso lief er Tage später in umgekehrter Richtung los, scheinbar umherirrend?

»Das ergab alles keinen Sinn, Herr Oberkommissar. Besser gesagt, es ergab nur dann Sinn, wenn man von zwei Ferdis ausging: dem eingebildeten, der seit geraumer Zeit nur Fritzie erschien, und dem realen Ferdi, der die Reise an die Ostsee wegen des verlorenen Personalausweises antrat. Plötzlich hatte der echte Ferdi eine Chance, seine verlorene Schwester wiederzufinden. Nicht nur, dass er sich ihr immer noch verbunden fühlte, er hatte außerdem die Befürchtung, dass sie ernstlich krank war, und wollte ihr helfen. Mit den besten Motiven fuhr er nach Wolgast, wo er von der Kellnerin Ania Carbol jedoch nur vage Informationen erhielt. Fest entschlossen, Fritzie zu finden, klapperte er die halbe Ostseeregion ab, auf der Suche nach der Nadel im Heuhaufen. Und schließlich fand er sie.«

»Face to face im Moor«, sagte Yannick.

»So ist es. Und das Drama ging in den nächsten Akt.«

Natürlich gab es bei meinen Schlussfolgerungen auch einige

spekulative Aspekte und Momente, was Fritzies Geisteszustand, Handlungsweise und Motivation anging. Hannah hatte mir allerdings sehr geholfen, allein dadurch, dass sie die Allgegenwart von Dominanz in diesem Mordfall erwähnte. Tatsächlich mochte es ein lange währender Kampf um Dominanz gewesen sein, der in Fritzie getobt hatte. Keine schizophrene Erkrankung war wie die andere, und die meisten verliefen von Außenstehenden unbemerkt und letztendlich völlig harmlos. Schizophrene waren nicht automatisch Verbrecher, so wenig wie Diabetiker oder Asthmatiker. Doch in Fritzies Fall nahm ihr imaginärer Bruder immer größere Teile ihrer Persönlichkeit ein, und irgendwann war sie mehr er als sie selbst. Jener Bruder wohlgemerkt, den sie in ihrer Kindheit abgöttisch geliebt und erlebt hatte: ein kindlicher Raucher, ein eifersüchtiger Sadist. Ein Mensch, der ihren ersten Verehrer Kilian in einen Bunker lockte, fesselte, quälte und mitleidlos tötete. Dieser Ferdi hatte eines Tages Besitz von ihr ergriffen, und ich vermutete, dass sie sich seit mindestens einem Jahr nicht mehr dagegen gewehrt hatte.

Noch im Wikingerdorf ließ sie sich mit Almut ein, einer vermutlich lesbischen Frau, und brannte mit ihr nach Berlin durch. Wie war wohl das Leben von Almut mit Fritzie verlaufen, die schon halb Ferdi war? Das wusste niemand. In dem Kleingarten lebten die beiden anonym, zwar unter Nachbarn, doch wer nicht wollte, der brauchte dort keine Kontakte zu pflegen. Ein paar Wochen oder Monate lang lief es gut, doch irgendwann schöpfte Almut Verdacht, und deshalb musste sie sterben. Alle, die das Geheimnis von Fritzie-Ferdi kannten, mussten sterben. Womöglich war auch Bents Unfall auf dem Heuboden, just als Fritzie mit Almut durchbrannte, ein Anschlag gewesen. Doch auch das erfuhren wir vermutlich nie.

Almut war getötet worden, und ich war mir ziemlich sicher, dass man sie vor ihrem Tod gefoltert hatte, was die Obduktion belegen würde. Ein schrecklicher Gedanke. Sogar für Fritzie. Denn noch war sie zu einem gewissen Teil Fritzie. Vielleicht lief sie ein letztes Mal vor ihrem zweiten Selbst davon, vielleicht auch bloß vor ihrer grausamen Schreckenstat. Einige Wochen zuvor hatte sie sich mit einem Mann eingelassen, einem verurteilten Mörder, der ihr seine Tat früh gestanden hatte. Übrigens ebenso wie Bent, der bei einem Verkehrsunfall ein Kind getötet hatte. Angezogen von gerade diesem Aspekt seiner Persönlichkeit – oder vielmehr seiner Vergangenheit –, ging sie mit Joe auf Wandertour. Nur fort von der Leiche, vom Anblick ihres Verbrechens.

Dadurch gelang es ihr tatsächlich, Almut zu entkommen, nicht aber ihrem zweiten Selbst. Im Gegenteil – um ganz ER werden zu können, musste der wahre Ferdi sterben. Und so fassten Fritzie und der imaginäre Ferdi gemeinsam den Plan, ihn umzubringen. Den Personalausweis verlor sie absichtlich, in der Hoffnung, dass genau das eintreten möge, was dann tatsächlich geschah. Auch der echte Ferdi enttäuschte sie nicht und tappte prompt in die Falle. Als er endlich auf seine Schwester traf, hatte sie längst dafür gesorgt, dass ihn fast jeder aus der Wandergruppe hasste. Sie hatte Biskuit erstochen, Gregors geliebten Hund, und die Tat Ferdi in die Schuhe geschoben. Sie hatte Elsis Mitleid erregt, während Romina, die ewig Verfolgte, diesen unheimlichen Mann fürchtete. Und Joe, der lange allein gelebt hatte, fraß seiner Gefährtin längst willig aus der Hand.

Ich sagte: »Menschen wie Fritzie, mit einem komplexen Innenleben, die stark auf sich selbst zurückgeworfen sind, haben sehr feine Antennen. Sie spüren Verwundbarkeiten bei anderen sofort. Und Fritzie hat die Schwächen ihrer Begleiter für ihre Zwecke gnadenlos ausgenutzt.«

»Boah!«, rief Yannick. »Aber woher wusste sie, dass ihr Bruder, also der echte, nicht der Fake-Brother, ihr noch weiter nachlaufen würde, nachdem wir ihn zusammengeschlagen hatten?«

»Die beiden sind Zwillinge, sie kennt ihn ein Leben lang, wenn auch mit einer Pause zwischendrin. Sie wusste, dass er zäh war, dass er sich von so etwas nicht abhalten lassen und auf einen günstigeren Moment warten würde. Um jedoch ganz sicherzugehen, wandte sie einen kleinen, man könnte sagen, einen Zaubertrick an.« Ich trank einen weiteren Schluck Wasser und benetzte meine heil gebliebene Wange und meine Kehle damit. Der Tag versprach heiß zu werden. »Yannick, Sie haben dem Oberkommissar und mir gestern die Prügelszene ausführlich beschrieben und dabei erwähnt, dass Fritzie ihren Bruder umarmt hat, als er am Boden lag.«

»Ja, wie zum Trost oder Abschied.«

»Das war weder ein Trost noch ein Abschied. Ich vermute mal, sie hat ihm bei der Gelegenheit zugeflüstert, wo sie in den nächsten Tagen zu finden wäre. Wie erhofft, ist Ferdi ihr nach Graal-Müritz gefolgt, wo sie ihn mitten in der Nacht mit der Nagelschere erstach, die sie zuvor Romina entwendet hatte. Die zwei Schlaftabletten, die sie am Abend vor Zeugen genommen hatte, waren mit Sicherheit stark. Wer jedoch lange Zeit hoch dosierte Schlafmittel einnimmt, der entwickelt eine gewisse Resistenz gegen die Wirkung. Fritzie ist in ihrer Kindheit mit diesen Medikamenten vollgepumpt worden, wie mir ihr älterer Bruder Etienne erzählt hat. Sie dürfte daher nur eine geringe Wirkung verspürt haben.«

»Holy shit. Und Joe hat von alldem nichts gewusst?«

»Da noch nicht. Aber anschließend hat sie sich ihm anvertraut.«

Clement fragte: »Wie können Sie sich da so sicher sein?«

»Der Fortgang der Ereignisse legt es nahe, Herr Oberkommissar. Sollte Ferdis Leichnam entdeckt werden, wäre die von ihm verfolgte Fritzie unweigerlich ins Visier der Polizei geraten. Zwar hatte sie dafür gesorgt, dass Gregor und Romina in diesem Fall ebenso verdächtig waren wie sie, weil der eine ein Motiv hatte und von der anderen die Tatwaffe stammte. Obendrein würde er aufgrund seiner Vorgeschichte zwielichtig erscheinen. Sehr viel sicherer und eleganter war es jedoch, wenn der Leichnam gar nicht erst entdeckt würde. Sie selbst war zu schwach, um einen solchen Brocken von Mann binnen einer Stunde unter die Erde zu bringen. Joe hingegen konnte es schaffen. Also führte sie in dem kleinen Schwedenhaus ein nächtliches Theaterstück auf, mit reichlich Tränen und gespielter Verzweiflung. Bei Joe hatte sie leichtes Spiel. Er war in sie verliebt und hatte keinen Grund, an ihr zu zweifeln. Ganz im Gegenteil, in seinen Augen hatte Ferdi nur seine gerechte Strafe erhalten.«

»Jetzt check ich's!«, rief Yannick. »Joe wollte gerade anfangen, die Leiche zu verbuddeln, als ich rauskam, um Bolko anzurufen, ja?«

Ich nickte. »Ohne Ihr nächtliches Telefonat wäre der Mord an Ferdi vermutlich nie ans Licht gekommen. Joe tat also notgedrungen das Zweitbeste: Er schlich zurück in sein Zimmer und ließ sich von Ihnen scheinbar wecken, während Fritzie sich weiter schlafend stellte. Als Nächstes drängte Joe darauf, Ferdis Leiche zu vergraben. Gregor ging im Nu darauf ein, die anderen nach einigem Zögern auch. Ihre Oma war da längst in ihrem Mitleid und ihrer Fürsorge für Fritzie gefangen.«

»Oma hat zu mir gesagt, sie hätte nur für mich dabei mitgemacht. Weil ich wegen meiner Klauerei auch verdächtig war.«

Ich lächelte ihn ein wenig traurig und versonnen an. »Vielleicht stimmt beides. Ihre Oma hat ein großes Herz, und manchmal ist es eben zu groß.«

»Yup«, sagte er nur und sah auf die Uhr. »Wir müssten eigentlich auch noch über Joe reden. Ich schätze mal, er ist irgendwie hinter Fritzies vertwistete Persönlichkeit gekommen, und sie wollte ihn als Mitwisser killen, genauso wie Oma und Romina.

Irgendwann wären vielleicht auch noch Gregor und ich drangekommen. Aber Leute, in vier Stunden hat Jule die OP hinter sich, ich muss los, nach Schwerin.«

»Ich habe bereits mit den Berliner Kollegen gesprochen«, sagte Clement. »Ein Streifenwagen nimmt Sie mit.«

»Cool. Ohne Verhaftung bei den Cops mitfahren.«

Clement lachte. »Sie sind der Held des Tages. Ich sage nur Hadaka-jime.«

Zum Abschied gaben wir uns die linke Hand, weil meine rechte verbunden war. »Sie schreiben mir heute Abend, wie es gelaufen ist?«, fragte ich.

»Oki. War echt cool mit Ihnen. Tolle Ablenkung, fast ein bisschen too much.«

Nachdem er gegangen war, wechselten Clement und ich einen langen Blick. Wir wussten beide, dass das noch nicht die ganze Geschichte war.

Langsam schlenderten wir zum Parkplatz, und dort angekommen, bot Clement mir an, mich nach Hause zu fahren und mein Cabrio von jemandem abholen zu lassen. Bereitwillig nahm ich an. Mit den unverbundenen vier Fingern zu fahren, wäre zu schmerzhaft und riskant gewesen, und mein Körper zitterte noch immer vor Stress. Auf dem Beifahrersitz öffnete ich das Seitenfenster und ließ mir den warmen Fahrtwind ins Gesicht wehen.

Clement gab mir Zeit, mich zu regenerieren. Eine Stunde lang sprachen wir nicht.

»In Ordnung«, sagte ich irgendwann. »Bringen wir es hinter uns.«

Er nickte. »Zum Teil hat Yannick recht mit dem, was er zum Schluss über Joe gesagt hat. Er schien wirklich gemerkt zu haben, dass mit Fritzie etwas nicht stimmte.«

»Ja, der dominante Ferdi ließ sich kaum noch verbergen. Die typischen Symptome von Schizophrenie sind unter anderem

Berührungshalluzinationen. Man glaubt, jemand fasse einen an, obwohl das gar nicht der Fall ist. Hinzu kommen bizarre Körperhaltungen, auch im Schlaf, plötzliche absolute Bewegungslosigkeit, extreme Stimmungsschwankungen, unerklärliche Gefühlskälte und bisweilen ein starrer Blick. Natürlich würde ein Lebenspartner als medizinischer Laie merken, dass etwas nicht stimmt, jedoch ohne gleich auf Schizophrenie zu schließen.«

»Ich vermute, Joe war kein Laie«, sagte Clement.

»Ganz genau. Wie ich in meinem Dossier erwähnte, war seine Mutter an Schizophrenie erkrankt, als er noch sehr jung war, ein Kind von zehn Jahren. Solche Erlebnisse brennen sich einem tief ein, man wird sie nie ganz los, und als er dieselben oder ähnliche Symptome bei Fritzie feststellte ...«

»Da hatten sie noch ein paar Tage Wanderung vor sich.«

»Joe wurde immer skeptischer. Im Internet und über die Telefonauskunft versuchte er den Bruder seiner Mutter ausfindig zu machen, um ihn zu der Krankheit zu befragen und sich seine Erinnerungen bestätigen zu lassen. Sein Onkel war allerdings bereits tot. Als Nächstes wandte er sich an Romina, die mehrere Nächte neben Fritzie geschlafen hatte und womöglich Beobachtungen gemacht hatte, die ihm dabei halfen, seinen Verdacht zu bestätigen. Doch Romina verweigerte ihm die Auskunft. Sie war zu diesem Zeitpunkt schon nicht mehr gut auf ihn zu sprechen, ängstigte sich sogar vor ihm.«

»Am letzten Abend«, sagte Clement, »muss er dann eine Beobachtung gemacht haben, die ihn davon überzeugte, dass Fritzie nicht mehr sie selbst war.«

»Wir können nur vermuten, was vorgefallen ist. Vielleicht ein mitleidloses Wort, das Fritzie niemals benutzt hätte. Vielleicht ein kalter Blick, ein zufällig mitgehörtes Selbstgespräch von Ferdi... Plötzlich war er im Bilde. Doch die Doppelpersönlichkeit Fritzie-Ferdi hatte ihrerseits bemerkt, dass Joe sie durchschaut hatte. Fritzie vor allen anderen zu enttarnen, hätte ihm nichts gebracht, denn keiner aus der Gruppe hätte ihm eine so abenteuerliche Story geglaubt. Die Polizei schon eher, sofern sie da Ferdis Leiche bereits gefunden gehabt hätte.«

»Fritzie musste also handeln.«

»Und zwar noch am selben Abend«, ergänzte ich. »Denn am nächsten Tag wäre es zu spät gewesen. Joe war nun vorgewarnt, er wusste, mit wem er es zu tun hatte. Fritzie hatte ihren Zwillingsbruder getötet, da würde sie vor einem zweiten Mord sicher nicht zurückschrecken. Deswegen verbrachte er den Abend in der Wohnküche, unter dem Vorwand, sich ein Fußballspiel anzuschauen, vor sich das Schinkenmesser. Fritzie konnte es nicht wagen, ihn in der Küche zu ermorden, und selbst wenn sie es vorgehabt hätte, war Joe deutlich stärker als sie und hätte sie überwältigt. Es wäre zu einem Riesentumult gekommen. Er fühlte sich also sicher. So wollte er offenbar die Nacht verbringen, mit einer Kanne Kaffee, einem Stück Schinken und dem Messer.«

»Und jetzt kommt der Teil, der uns ganz und gar nicht gefällt«, seufzte Clement.

Mir wurde ganz flau im Magen, wenn ich daran dachte. Aber es gab nur diese eine Schlussfolgerung. Denn wie wir alle wussten, war Joe nicht in der Küche, sondern im Wald ermordet worden, in der Nähe des Stausees, etwa einhundert Meter vom Forsthaus entfernt.

Clement sagte: »Niemals wäre Joe mit Fritzie dorthin gegangen, noch dazu mitten in der Nacht. Nur jemand, dem er vertraute, hätte ihn dazu bringen können.«

Ich ergänzte: »Und nur jemand, den Fritzie schon komplett für sich eingenommen hatte, würde für sie einen Mord begehen.«

EINIGE TAGE ZUVOR

Fritzie kam ins Zimmer gerannt und warf sich bäuchlings neben Elsi aufs Bett. Sie hatte mindestens eine Stunde lang heiß geduscht und dampfte noch aus allen Poren. Zwei große Badetücher waren ungeschickt um ihren Körper geschlungen und lösten sich, sobald sie lag.

»Was ist denn los?«, fragte Elsi, die sich bereits schlafen gelegt hatte, aber kein Auge zutun konnte. Das Badlicht fiel durch den Türspalt in den Raum, und Elsi schaltete zusätzlich die Nachttischlampe ein.

Sie streichelte Fritzies Hinterkopf wie bei einer Katze. »Nun sag schon, Liebes.« An deren Stimmungsschwankungen hatte sie sich inzwischen gewöhnt, was ihr nicht weiter schwerfiel. Immerhin litten die meisten ihrer »Kinder« unter Anfällen von Verzweiflung. Nur die Ursachen waren verschieden.

Ächzend wälzte sich Fritzie auf den Rücken und blickte Elsi aus tränennassen Augen an. Ein wenig freute Elsi sich sogar darüber, denn in den letzten Tagen hatte Fritzie den Blickkontakt meist gemieden.

»Ich hab was Schlimmes gemacht.«

»So? Was denn? Du kannst es mir sagen, Fritzie.«

»Aber es ist was wirklich Schlimmes.«

»Nichts, was du mir anvertraust, verlässt diesen Raum.«

»Versprochen?«

»Eigentlich müsste ich jetzt beleidigt sein, weil ich dir so etwas nicht extra versprechen muss. So viel solltest du über mich inzwischen wissen. Aber wenn du dich dann besser fühlst, verspreche ich es hiermit.«

»Machst du das Licht bitte wieder aus?«

Kaum hatte Elsi die Nachttischlampe ausgeschaltet, richtete Fritzie richtete sich auf und schlang die Arme um ihren Körper, wie eine erschöpfte Schwimmerin um eine Boje. So verharrten sie eine ganze Weile, wortlos, nur den Atem der anderen hörend. Im Haus war es längst still, Joes Fußballspiel war zu Ende, die jungen Leute waren bereits schlafen gegangen.

»Ich hab den Ferdi umgebracht, Elsi. Ich war das.« Sie schluchzte und wiederholte: »Ich war das. O weh.«

Elsi hatte den Verdacht von Anfang an gehabt, denn Fritzie brachte alles mit, was man für einen Brudermord brauchte: die Vorgeschichte, den Kummer, die Ausweglosigkeit. Keinen Moment hatte sie an Yannicks, Gregors oder Rominas Schuld geglaubt. Allein Joe wäre ihrer Meinung nach zu einer solchen Tat fähig gewesen und hätte auch ein Motiv gehabt.

»Hat Joe dir dabei geholfen?«

Fritzies Kopf schrammte waagerecht über Elsis Schulter.

»Hast du es ihm erzählt?«

Fritzie löste sich langsam von Elsis Körper. Das Badezimmerlicht fiel schräg auf ihr Gesicht, und für einen Moment meinte Elsi darin so etwas wie kalten Hass zu erkennen. Doch nur eine Sekunde später war da wieder Angst.

»Joe will … Er hat gesagt, er will mich verraten. Und dann komme ich ins Gefängnis. Elsi, im Gefängnis werde ich sterben.«

»Du kommst nicht ins Gefängnis.«

»Ich werde dort sterben.«

»Ferdi war ein übler Kerl, er war hinter dir her, hat dich bedroht, ist nachts ums Haus geschlichen. Du hast dich nur gewehrt.«

»Ich bin mit der Schere raus, Elsi. Ich hab ihn umbringen wollen, und dann hab ich ihn umgebracht. Ganz bestimmt komme ich ins Gefängnis, und dort gehe ich kaputt. Ich hab Angst, Elsi. Der Joe hat böse Sachen über mich gesagt …«

»Was denn für Sachen?«

»Er behauptet, ich bin nicht richtig im Kopf. Das ist gemein von ihm.«

»Ja, wirklich gemein.«

Elsi zog Fritzie wieder dicht an sich heran und küsste ihre Wangen. »Ich werde mit ihm reden.«

»Das nützt nichts. Er sagt, er geht nicht noch mal ins Gefängnis, nicht für eine Verrückte wie mich.«

»Es wird alles gut, Fritzie.«

»Nein, das wird es nicht. Das wird es nicht.«

»Aber ja doch.«

»Nein, nein, nein.«

»Du musst mir schon ein bisschen vertrauen, Fritzie.«

Fritzie schluchzte erbärmlich, und ihre Tränen benetzten Elsis Ohr.

»Jetzt hab ich nur noch dich, liebe Elsi. Du bist wie … eine Mama zu mir. Ich hab nur noch dich. Hilfst du mir, Mama?«

»Ja, ich helfe dir, Fritzie.«

»Hilfst du mir wirklich, Mama?«

»Ja, Liebes.«

Eine Minute lang schwiegen sie. Elsi versuchte vergeblich, ihre Gedanken zu ordnen, doch es war wie der Versuch, eine Stubenfliege mit der bloßen Hand zu fangen. Es ging alles viel zu schnell.

Irgendwann stand Elsi auf und schlüpfte in die Badeschuhe. In ihrem Schlafshirt und einer grauen Joggingshorts schlurfte sie zur Tür, und bevor sie die Klinke ergriff, wandte sie sich noch einmal zu Fritzie um, suchte im Halbdunkel nach ihrer Gestalt. Wie zertrümmert lag sie auf dem Bett, in merkwürdig verrenkter Haltung, den Blick starr zur Decke gerichtet. In Momenten großer Verzweiflung, so wusste Elsi, sagte man viele Dinge, aber mit einem hatte Fritzie gewiss recht: Sie würde im Gefängnis nicht überleben. Vermutlich käme sie ohnehin in eine Nervenheilanstalt, von denen Elsi dank ihrer Arbeit so einige kannte, und das waren wahrhaft schauerliche Orte.

Leise öffnete sie die Tür. Der Flur war dunkel, nur aus der Küche drang ein schwacher Lichtschein herüber.

Gerade als sie die Zimmertür hinter sich schließen wollte, hörte sie noch einmal Fritzies Stimme, die plötzlich viel dunkler und härter klang.

»Mama?«

Elsi schob die Tür wieder ein Stück auf. »Hm?«

»Wenn Joe zur Polizei geht, bringe ich mich um.«

Elsi wandte sich ohne ein Wort um und ging in die Küche, wo Joe vor einem rechteckigen Stück Schinkenspeck saß, das er am Nachmittag im Supermarkt gekauft hatte. In der linken Hand hielt er eine kleine Scheibe davon, in der rechten ein langes Messer, mit dem er gekonnt weitere mundgerechte Happen abschnitt. Die Hälfte des Schinkens hatte er bereits vertilgt.

»Ich muss mit dir reden, Joe.«

»Über Fritzie?«

»Ja. Aber nicht hier, wo die Wände vielleicht Ohren haben. Lass uns an die frische Luft gehen.«

Er zögerte kurz, wischte dann das Messer an einer Serviette ab, steckte es sich in den Gürtel und folgte Elsi nach draußen. Die Nacht war angenehm warm, fast tropisch, und die Luft würzig von der Erde und dem Harz der Bäume.

Joe zündete sich eine Zigarette an. »Ich muss dir wat sagen, Ommi.«

»Nein, lass mich zuerst«, widersprach sie.

Immer weiter schlurfte sie über den Waldboden in die Nacht, Joe im Gefolge. Der Mond warf seinen milden Schein wie eine Decke über die Umrisse.

»Fritzie ist krank, das weiß ich auch. Sie hatte eine furchtbare Kindheit und ein unstetes Leben, in dem die Normalität nur selten zu Gast war. Ihr Geist ist komplett durchgerüttelt. Was sie jetzt vor allem braucht, sind Liebe, Ruhe, Sicherheit und Zuwendung, idealerweise von mehr als nur einem Menschen. Im besten Fall, in ein paar Jahren vielleicht, klärt und festigt sich dadurch ihr Gemüt. Das ist jetzt unsere gemeinsame Aufgabe, deine und meine.«

Er wollte sie unterbrechen, doch sie ließ es nicht zu.

»Sie hat mir anvertraut, was sie getan hat, und ich gestehe dir ganz offen, dass ich ihr die Tat nicht übel nehme.«

Erneut versuchte er sie zu unterbrechen, und diesmal fiel die Geste, mit der sie ihn zurechtwies, besonders heftig aus.

»Nein! Lass mich ausreden, Joe. Einem Menschen das Leben zu nehmen, ist eine sehr ernste Sache, das weiß ich auch. Aber es gibt Situationen, in denen man einfach handeln muss, verstehst du das? Es gibt Fälle, in denen sich Ehefrauen, die tagtäglich häuslicher Gewalt ausgesetzt sind, nicht mehr anders zu helfen wissen, als ihrem Peiniger ein Messer zwischen die Rippen zu stoßen. Oder in denen von Stalkern verfolgte Personen irgendwann einfach durchdrehen und ihre Verteidigung selbst in die Hand nehmen. Fritzie ist ausgerastet, so einfach ist das, und dafür solltest du vor allen anderen Verständnis haben.«

»Nö, so einfach isses eben nich.«

Sie waren am Ufer des Stausees angekommen, der im Mondlicht durch das Astwerk funkelte. Joe warf die zu Ende gerauchte Zigarette ins Wasser und zündete sich sofort eine neue an.

»Jetzt zeich ich dir ma, wo der Frosch die Locken hat, Ommi. Die Fritzie, das ist 'ne ganz Ausgebuffte, dat kannste mir glauben. Die tut nur so harmlos.«

»Das ist doch Quatsch.«

»Aber wenn ich's dir sage. Ich kenne das von meiner Mattka.«

»Welche Mattka?«

»Von meiner Mutter.«

»Sag das doch gleich. Was kennst du von ihr?«

»Ich erklär's dir doch gerade. Meine Mattka hat auch gesponnen, genau wie die Fritzie. Zuerst ham wer gedacht, dat is was Bipolares, aber ...«

Ach, hör auf. Ich will das nicht hören, Joe.«

»Musst du aber. Fritzie gehört inne Klapsmühle, ich tu ihr ogar 'nen Gefallen damit.«

Elsi hätte sich am liebsten die Ohren zugehalten. Gegen das Unglück anderer, dem sie tagtäglich ausgesetzt war, hatte sie vor vielen Jahren einen inneren Damm errichtet, der zunehmend bröckelte. Anfangs hatten sie sich nur in ihre Träume geschlichen, die Schwerstdepressiven, die keine Sekunde Freude empfanden, niemals lachten, die Einsamen, die den ganzen Tag am Fenster verbrachten, die Bewohnerinnen des Frauenhauses, die für ein paar Wochen Frieden fanden und von denen man nie wieder hörte, nachdem sie in die Welt entlassen worden waren, und nicht zuletzt die Kinder in den Waisenhäusern, die sich in der Hierarchie der Stärke wiederfanden und sich darin behaupteten, zum Schlechten veränderten oder untergingen.

Eines Morgens waren sie beim Aufwachen nicht mehr versiegt, die Tränen, die sie in ihren Träumen vergoss. Sie dachte immer öfter an all jene, denen sie nicht hatte helfen können, die sie aus leeren Augen enttäuscht oder vorwurfsvoll anblickten. Sie dachte auch an ihren Sohn André, Yannicks Vater, dem sie damals das Spielzeug weggenommen hatte, um es armen Kindern zu schenken, und der ihr diese Geste der Nächstenliebe nie verziehen hatte. Sie fühlte sich schuldig. Nein, sie war schuldig.

Einmal jemanden retten, wirklich retten. Einmal ein Kind haben, das sie von ganzem Herzen lieben konnte. Einmal etwas tun, das alle Grenzen sprengte, für einen guten Zweck. Einmal etwas erreichen, etwas schaffen, das blieb. Einmal nicht enttäuschen.

Ohne zu überlegen, zog Elsi das Messer aus Joes Gürtel und stach mit aller Kraft zu.

Es war ganz leicht.

Es war viel leichter, als sie gedacht hatte.

17

»Wir werden Frau Gandelagen den Mord an Joe Rowolt nicht nachweisen können«, befürchtete Clement. »Was wir an Indizien haben, ist zu dünn, und Zeugen für die Tat gibt es keine.«

Wir hatten Wismar hinter uns gelassen und näherten uns meinem Dorf. Ich dachte an Jonas und Yim, und ein Gefühl von Vorfreude und Sicherheit überkam mich, sodass ich meine Blessuren kaum noch spürte. Ich hatte beide per Kurznachricht vorgewarnt, dass ich nicht ganz so frisch aussah wie sonst.

»So, wie ich Elsi Gandelagen einschätze, wird sie die Tat gestehen, nach allem, was sie und Romina in den letzten Tagen durchgemacht haben und wir über Fritzie wissen. Ihr Mordmotiv ist weggefallen, hat sich sogar ins Gegenteil verkehrt.«

Ich konnte nur erahnen, welchen Qualen Yannicks Oma ausgesetzt gewesen war, zugefügt durch ihre »Freundin«, ihren Schützling. Das Gleiche galt für Romina Pantelli. Fritzie hatte die beiden Frauen getäuscht und betrogen, sie vermutlich unter einem harmlosen Vorwand in den Schrebergarten gelockt und ihnen Kaffee serviert, um sie anschließend zu betäuben oder hinterrücks zu überrumpeln. Doch zusätzlich zu der physischen Tortur und der ausgestandenen Todesangst musste Elsi auch noch die Selbstvorwürfe ertragen, dass sie ein Menschenleben gewaltsam beendet hatte. Für eine Person, die sich als Schwindlerin und Sadistin entpuppt hatte. Vor allem Letzteres dürfte sie schwer erschüttern und für den Rest ihres Lebens zeichnen, ganz egal, welche Strafe ihr die Justiz auferlegte.

Irgendwie tat sie mir leid, aber Joe tat mir weitaus mehr leid,

n er hatte Elsis Irrtum mit dem Leben bezahlt. Es entbehrte
cht einer gewissen Ironie, dass ausgerechnet er, ein verurteilter Mörder, ermordet worden war, als er einen Mord enthüllen wollte.

»Ich gebe ihr eine Nacht Ruhe, morgen statte ich ihr dann einen Besuch ab«, sagte Clement.

»Möchten Sie vielleicht zu Yims Eröffnungsfeier bleiben?«, fragte ich spontan. »Sein Meeresfrüchtesalat ist ein Gedicht, und ich möchte mich dafür erkenntlich zeigen, dass Sie mich in Ihre Ermittlungen einbezogen haben. Das läuft leider nicht immer und überall so glatt.«

»Danke, auf mich wartet eine Menge Papierkram. Dies war nämlich mein letzter Fall für die Kripo Rostock.«

»Was? Wieso denn?«

Er lächelte. »Ich habe mich beim Staatsschutz beworben und heute Morgen die Zusage erhalten.«

»Warten Sie mal. Ist Ihre Bewerbung etwa über ...«

»Sie ist über den Schreibtisch von Carsten Linz gelaufen, ganz recht.«

Sein vielsagendes Grinsen war die letzte Bestätigung, dass Linz ihm den Job versprochen hatte, wenn er mich mit einem roten Teppich empfing. Was er getan hatte.

Der gute Linz. Damit war ich ihm endgültig etwas schuldig, was ich durchaus mit gemischten Gefühlen betrachtete. Denn so nützlich Connections zu den Ermittlungsbehörden auch waren, brachten sie andererseits auch Verpflichtungen mit sich. Etwas anderes zu denken, wäre naiv. Allerdings wollte ich mir davon nicht die Stimmung trüben lassen.

Kurz darauf setzte Raimo Clement mich zu Hause ab, und Jonas nahm mich in Empfang. Zwar machte er ein paar Scherze über mein Aussehen, aber seine Umarmung fiel herzlicher als sonst aus. Natürlich freute er sich, mich noch in einem Stück vorzufinden – es hätte durchaus auch anders kommen können. Aber ich spürte, dass er in einer für ihn untypischen sentimentalen Stimmung war. Er hatte seine Entscheidung getroffen, was Fabia und *Ärzte ohne Grenzen* anging, das sah ich ihm an.

Noch bevor ich mit meinem Kleid im Badezimmer verschwand, fragte ich nach, so gespannt war ich. »Lass mich raten, du bist irgendwo hingefahren und so lange geblieben, bis du wusstest, was du tun sollst.«

»Es gibt da einen einsamen Steg am Barther Bodden, wo wir immer Ruderboot gefahren sind, als ich noch klein war.«

»Ich erinnere mich. Ein guter Platz, um über die wirklich wichtigen Dinge im Leben nachzudenken.«

»Um es kurz zu machen, ich gehe für mindestens ein Jahr zu *Ärzte ohne Grenzen*. Wenn unsere Beziehung das nicht übersteht, dann würde sie wahrscheinlich auch so nicht halten. Fabia und ich sollten uns so lieben, wie wir sind, und nicht, wie wir uns den anderen wünschen.«

»Und was sagt Fabia dazu?«

»Sie sieht das anders. Aber ich muss das machen, Mam.«

»Okay«, sagte ich nur, weil ich nicht wusste, was ich sonst hätte erwidern sollen. Es war sein Leben, nicht meins, es war seine Beziehung und nicht meine. Wohin auch immer es ihn verschlüge, wie weit auch immer er sich von zu Hause entfernte, ich würde ihn weiter bedingungslos lieben und unterstützen. Was ich an Fabias Stelle tun würde, wusste ich nicht. Aber ich war nicht an ihrer Stelle, und an Jonas' Worten war durchaus etwas dran: Eine Beziehung, die nicht auf der Akzeptanz des Wesens und der Wünsche des Partners gründete, war zumindest brüchig, wenn nicht Schlimmeres. Nur galt das natürlich für beide Seiten, und wenn diese nicht in Einklang zu bringen waren … Zum Glück war es nicht an mir, darüber zu urteilen.

Ich ging ins Bad, um mich umzuziehen und zu schminken.

jemanden, der erst vor wenigen Stunden mit knapper Not ner Harke entkommen war, sah ich gar nicht mal so übel aus. Mit nur zwanzig Minuten Verspätung traf ich mit Jonas im Restaurant ein, und natürlich hatte Yim mit seiner kleinen Rede auf mich gewartet. Etwa dreißig Gäste waren gekommen, die meisten waren Freunde, außerdem ein paar Honoratioren aus Wismar, darunter einige Gourmets und hoffentlich künftige Stammgäste. Obwohl das Büfett traumhaft aussah, brachte ich kaum etwas hinunter, bis auf den Crémant de Limoux, in dem ich am liebsten gebadet hätte.

Nach einer halben Stunde Small Talk zog ich mich in einen ruhigeren Winkel der sonnendurchfluteten Terrasse zurück. Wer konnte schon auf Kommando unbeschwert sein – es gab einfach zu viel, was mir im Kopf herumging und nachhallte.

Yim gab mir fünf Minuten für mich alleine, dann kam er zu mir herüber und führte mich durch einen unauffälligen Torbogen auf die kleine Nachbarterrasse. Dort standen ein einzelner gedeckter Tisch – weiße Tischdecke, Silberbesteck, schicke Teller – und ein Champagnerkühler samt Inhalt.

»Einmal in der Woche werden wir hier unser *diner d'amour* einnehmen, dann koche ich nicht selbst, sondern lasse kochen und bin für niemanden zu sprechen außer für meine bezaubernde Ehefrau.«

In seiner Umarmung fühlte ich mich unsagbar geborgen, und die Aussicht auf viele intime Diners mit ihm floss durch mich hindurch wie reines Glück.

»Du zitterst ja«, stellte er besorgt fest. »Dein Tag war schlimm, richtig? Willst du darüber sprechen?«

»Nein. Nicht jetzt.«

Er schloss die Holztür nach nebenan, rückte wie ein perfekter Gentleman einen Stuhl für mich zurecht und setzte sich neben mich.

»Ganz sicher?«

Ich nickte. »Ich kenne diese Leute von der Wandergruppe kaum, trotzdem fühle ich mit ihnen. Mit Jule und Yannick zum Beispiel, dem jungen Paar.«

Ich erzählte ihm von Jules Erkrankung, und noch während ich redete, erschien eine Nachricht auf meinem Handydisplay. Sie stammte von Yannick. Es war ein Selfie: er zusammen mit der müden, aber erleichtert lächelnden Jule im Krankenbett, daneben Gregor Klee, beide Daumen erhoben. Darunter nur drei Wörter. »She rocked it.«

Mir fiel ein Stein vom Herzen. Offenbar war die OP erfolgreich verlaufen, und Jules Vater hatte sich einen Ruck gegeben. Ein Happy End also – zumindest für die drei.

Zwei Menschen waren gestorben, zwei weitere, Fritzie Thornagel und Elsi Gandelagen, auf die eine oder andere Weise vernichtet. Noch wusste Yannick nichts von der Tat seiner Großmutter, und ich war froh, dass er Jule hatte, die ihm helfen würde, diesen Schicksalsschlag zu verkraften. Ich mochte dieses junge Paar sehr, gerade weil die beiden so verschieden waren, und nahm mir vor, sie bald mal einzuladen.

Yim forschte in meinem Gesicht, und es war erschreckend, wie gut er darin zu lesen verstand.

»Da ist noch etwas«, bemerkte er. »Ich weiß von der schizophrenen Frau, von den beiden Toten, dem schlimmen Tag … Aber irgendwas beunruhigt dich darüber hinaus, ist doch so? Etwa der Plan von Jonas, in die Dritte Welt zu gehen?«

Ich streichelte ihm über die Wange. »Nein, damit komme ich halbwegs klar. Es ist nur … Wir haben eben über Jule und Yannick gesprochen, über Gregor, Elsi, Joe und Fritzie. Aber da ist noch etwas, das die siebte Person aus der Gruppe betrifft, Romina Pantelli.«

»Was ist mit ihr?«

Was ich Yim zu sagen hatte, kam mir nicht leicht über die Lippen, aber es war nötig, denn es beschäftigte mich unabhängig von der Auflösung der sogenannten Pilgermorde. Ich war nie besonders religiös gewesen, und mit Esoterik konnte ich gar nichts anfangen. Auf dem Schicksalsrad des Lebens hätte ich Darts gespielt, um es mal spitz zu formulieren. Und doch, in diesem speziellen Fall ...

»Es geht um etwas, das Romina Pantelli zu mir gesagt hat. Um drei Dinge.« Ich zählte an den Fingern auf. »Erstens, dass Yannick Licht ins Dunkel bringen würde, was er getan hat. Zweitens, dass es einen Täuscher innerhalb der Gruppe geben würde, was zutraf, auch wenn sie sich in der Person geirrt hatte. Und drittens, dass es einen großen Verrat geben würde ...«

»Warte mal«, unterbrach er mich. »Willst du damit sagen, du bist zu einer Jüngerin des Tarot geworden?«

Ich lächelte spitzbübisch und wiegte den Kopf. »Nein, nur dass ich Frau Pantelli lieber nicht zu uns einlade, um mir die Karten legen zu lassen. Was dagegen?«

Er küsste mich. »Um Himmels willen.«